KB163718

카라마조프가의 형제들 3

Братья Карамазовы

세계문학전집 156

카라마조프가의 형제들 3

Братья Карамазовы

표도르 도스토옙스키

김연경 옮김

민음사

안나 그리고리예브나 도스토옙스카야*에게 바친다

내가 진실로 진실로 너희에게 말한다.
밀알 하나가 땅에 떨어져 죽지 않으면 한 알 그대로 남고,
죽으면 많은 열매를 맺는다.

(요한복음서 12 : 24)

* 도스토옙스키의 두 번째 아내로 『회상록』을 남겼다.

일러두기

1. 번역 대본은 나우카 판(아카데미 판) 도스토옙스키 전집(1972~1990. 전 30권) 14, 15권에 수록된 Братья Карамазовы이며, 영역본 The Brothers Karamazov(C. Garnett 번역, Penguin Books, 1980: D. McDuff 번역, Penguin Putnam Inc. 2003), 불역본 Les Frères Karamazov(H. Mongault 번역, Gallimard, 1994), 기존의 국역본 『카라마조프의 형제』(김학수 번역, 범우사, 1989) 등을 참조했다.

2. 러시아어 고유 명사의 한글 표기는 국립국어원 외래어표기법을 따르는 것을 원칙으로 하되, 발음상의 편의를 위해 구개음화 적용(미챠, 카체리나, 스메르쟈코프 등)을 비롯한 몇몇 예외를 두었다. .

3. 작품 속에서 인용, 변주되는 성경 텍스트는 『성경』(한국 천주교 주교회의, 2006, 2쇄) 및 러시아어판 『성경』(모스크바, 러시아 성경 공동체, 2001)을 토대로 하여 옮겼다.

차례

12장 오심

주요 등장인물

표도르 파블로비치 카라마조프 이기적이고 탐욕스러운 중년의 지주

아젤라이다 이바노브나 미우소바 표도르의 첫 번째 아내이자 드미트리의 어머니

소피야 이바노브나 표도르의 두 번째 아내이자 이반과 알렉세이의 어머니

드미트리(미챠, 미첸카, 미치카, 미트리) 표도르의 장남

이반(바냐, 바네치카, 반카) 표도르의 차남

알렉세이(알료샤, 료샤, 알료셰치카, 알료센카, 알료쉬카) 표도르의 삼남

파벨 표도로비치 스메르쟈코프 표도르의 사생아로서 하인 겸 요리사

리자베타 스메르쟈쉬야 마을의 백치 여인으로 스메르쟈코프의 어머니

그리고리 바실리예비치 표도르의 하인

마르파 이그나치예브나 그리고리의 아내

카체리나(카챠, 카첸카, 카치카) 이바노브나 베르호프체바 드미트리의 약혼녀

그루센카(그루샤) 아그라페나 알렉산드로브나 스베틀로바 과거 삼소노프의 정부(情婦)이자 사업가

조시마(지노비이) 이 도시 수도원의 장로

미하일(미샤) 라키친(라키트카, 라키투쉬카) 알렉세이의 동료 신학생

카체리나 오시포브나 호흘라코바 젊고 부유한 미망인

리자(리즈) 호흘라코바의 딸

쿠지마 쿠지미치 삼소노프 이 도시의 거상(巨商)

이폴리트 키릴로비치 이 도시의 검사

페츄코비치 페테르부르크에서 초빙된 변호사

니콜라이 일리치 스네기료프 퇴역한 2등 대위

일류샤(일류셰치카) 스네기료프의 아들

니콜라이(콜랴) 크라소트킨 일류샤의 친구

4부

10장

소년들

1 콜랴 크라소트킨

11월이 시작됐다. 영하 11도의 추위가 닥치면서 곳곳에 살얼음이 끼기 시작했다. 얼어붙은 땅으로 밤이면 메마른 눈이 조금씩 내리고, '건조하고 날카로운' 칼바람에 눈가루가 날려 우리 소도시의 지루한 거리들, 특히 시장의 광장을 휩쓴다. 아침부터 날씨는 궂었지만, 그래도 눈은 그쳤다. 광장에서 멀지 않은 곳, 플로트니코프 상점 근처에 안팎이 모두 아주 깨끗하고 아담한 집 한 채가 서 있는데, 관리의 미망인 크라소트키나의 집이다. 현청(縣廳) 서기관이었던 크라소트킨은 이미 오래전, 거의 십사 년 전에 죽었지만, 살아남은 그의 미망인은 지금까지도 몹시 예쁘장한 서른 살의 부인으로 자신의 깨끗하고 아담한 집에서 '자기 재산으로' 살고 있다. 그녀는 성실하고 조심스럽게 살고 있으며 상냥하고도 상당히 명랑한 성격의 소유자이다. 일 년 남짓한 결혼 생활에서 아들을 하나 낳자마자 남편이 죽었는데, 그때 그녀의 나이는 열여덟 살이었다. 그때 이후, 그러니까 남편이 죽은 직후부터 그녀는 이 보물과 같은 아들 콜랴를 키우는 데 전력을 기울였으며, 십사 년간 내내 정신없이 사랑을 바쳤건만 물론 기쁨보다는 고통을 훨씬 더 많이 감내해야 했다. 행여 녀석이 아프지나 않을까, 감기라도 걸리지 않을까, 못된 장난질을 치지나 않을까, 의자에 올라갔다가 떨어지지나 않을까 등등 거의 날마다 너무 무섭고 불안해서 미칠 지경이었던 것이다. 콜랴가 초등학교에, 나중에는 우리 도시의 예비 김나지움에 다니기 시작하자 어머니는 아들의 학과 공부를 돕기 위해 아들과 함께 모든 과목을 배우기 시작했고, 또 선생님들 및 그들의 부인들과 안면을 트고 자기 콜랴를 집적거리거나 놀리거나 때리지 못하게 하려고 콜랴의 학교 친구들한테까지도 잘해 주고 그 아이들을 구슬리곤 했다. 결국, 아이들은 이 극성맞은 엄마 덕분에 콜랴를 마마보이라고 놀려 대고 약을 올리기 시작했다. 하지만 소년은 꿋꿋하게 굴 줄 알았다. 그는, 학급 안에서 급속도로 퍼져 굳어진 소문에 의하면, '엄청나게 힘이 센' 용감한 소년이었고 또 날렵하고 고집스러운 성격에 대범하고 진취적인 기상을 지니고 있었다. 공부도 잘했는데, 수학과 세계사에 있어서는 다르다넬로프 선생님을 쩔쩔매게 할 정도라는 소문까지 나돌았다. 하지만 소년은 콧대를 높이 세우고 모든 아이들을 눈 아래로 내려다보긴 했어도, 그래도 좋은 친구였고 지나치게 오만을 떨지는 않았다. 같은 학생들이 자기를 존경해 주는 건 당연하게 받아들였지만, 그래도 우정 어린 태도를 취했던 것이다. 무엇보다도, 그는 매사에 한계를 알았기 때문에 경우에 따라서 자제력을 발휘할 줄 알았고, 교사들과의 관계에서도 모종의 최후의 신성한 선은 절대로 넘지 않았으니, 행동이란 그 도가 지나치면 이미 용납될 수 없는, 소란이나 반란, 혹은 불법이 되기 때문이었다. 그러면서도 그는 기회만 주어지면 늘 망나니 골통과 같은 장난질을 아주 즐겼는데, 그건 사실 장난질이라기보다는 뭔가 난해한 일을 꾸미고 기발한 행각을 벌이고 '돌출 행동'을 해서 멋을 부리고 괜히 폼을 잡는 것이었다. 무엇보다도, 그는 자존심이 몹시 강한 아이였다. 심지어 자기 엄마한테도 거의 독재자처럼 영향력을 행사하여 자기들 관계에서 엄마를 자기 부하처럼 만들 줄 알았다. 엄마는 정말 부하처럼 굽실거렸고, 오, 그렇게 굽실거린 지 정말 이미 오래였지만, 이 엄마가 참을 수 없었던 건 단 하나, 즉 자기 아이가 자기를 '거의 사랑하지 않는다.'라는 그 생각뿐이었다. 콜랴가 자기에게 너무 '무정하다.'라는 끊임없는 생각에 그녀는 히스테릭한 눈물을 쏟으며 아들의 냉담함을 나무라는 일도 있었다. 아이는 엄마가 이러는 것이 싫었기 때문에 애틋한 애정 표현을 요구하면 할수록, 꼭 일부러 그러는 양 더 고집불통이 되었다. 하지만 이건 그가 일부러 그러는 것이 아니라 자기도 모르게 그렇게 된 거였는데—원래 성격이 그랬던 것이다. 그러니까 어머니가 오해를 한 셈이었다. 아이는 자기 엄마를 아주 사랑했지만, 그저 그가 초등학생다운 언어로 표현했듯, '송아지 같은 어리광'이 싫었던 것이다. 아버지의 유품으로 다소간의 책이 보관된 책장이 남아 있었다. 콜랴는 책 읽는 걸 좋아해서 그중 몇 권은 이미 혼자 다 읽은 터였다. 어머니는 이 일로 당혹스러워하지는 않았지만, 어떻게 저 어린 꼬마가 놀러 나가는 대신 책장 옆에 붙어 몇 시간씩이고 무슨 책을 들여다보고 있는 걸까 싶어 그저 이따금씩 놀라울 따름이었다. 이런 식으로, 콜랴는 그 나이에는 아직 읽지 말아야 할 것까지도 다 읽게 됐다. 하지만, 소년은 원래 장난질에 있어서 모종의 수위를 넘어서는 걸 좋아하지 않았지만 최근 들어 어머니를 그야말로 깜짝 놀라게 한 장난질을 벌이기 시작했으니——사실, 무슨 부도덕한 짓은 아니었지만 대신 절망적일 정도로 흉악무도한 짓을 저지르곤 했다. 때마침 올여름 7월에, 여름 방학 기간 동안 모자가 일주일 예정으로 70베르스타 떨어진 다른 군에 사는 어느 먼 여자 친척 집을 방문하러 떠난 일이 있었는데, 이 친척의 남편은 철도역(우리 도시에서 가장 가까운 역으로서 이반 표도로비치 카라마조프는 한 달 뒤 바로 이 역에서 모스크바로 떠났다.)에서 근무하고 있었다. 거기서 콜랴는 당장 철로를 자세히 둘러보며 여러 장치를 익히는 일에 착수했는데, 집에 돌아가면 예비 김나지움 친구들 앞에서 자신의 새로운 지식을 뽐낼 수 있으리라 생각했던 것이다. 그런데 그때 마침 그곳에는 소년들이 몇 명 더 있었기 때문에 콜랴는 그들과 어울리게 되었다. 그들 중 어떤 이들은 역관에, 다른 아이들도 그 근처에 살았는데——다들 열두 살에서 열다섯 살에 이르는 어린 청소년들로서 예닐곱 명이 함께 어울렸으며 그중 두 명은 우리 도시에서 온 아이들이었다. 아이들은 함께 장난을 치며 놀았는데, 역관에 머문 지 나흘째인가 닷새째 되는 어느 날 이 어리석은 청소년들 사이에서 참으로 불가능할 법한, 2루블을 건 내기가 있었으니, 바로 이런 것이었다. 이 중 거의 나이가 가장 어렸기 때문에 나이 많은 아이들한테 다소 멸시를 받아온 콜랴가 자존심이 상해서였는지 아니면 용감무쌍한 만용을 부리느라 그랬는지 여하튼 밤 11시 기차가 도착할 때 선로 사이에 엎드려 기차가 자기 위를 완전히 지나갈 때까지 꼼짝도 않고 있어 보겠다고 제안했던 것이다. 사실, 사전에 꼼꼼히 연구를 해 본바, 선로를 따라서 그 사이에 몸을 쫙 뻗고 납작하게 엎드려 있어도 물론 기차가 질주하면서 누워 있는 사람을 칠 리야 없겠지만, 그럼에도 아니, 어떻게 그렇게 누워 있겠단 말인가! 콜랴는 그렇게 하겠노라고 완강히 고집을 부렸다. 처음에는 다들 그를 조롱하고 거짓말쟁이, 허풍쟁이라고 놀렸지만, 이로써 그를 더욱더 부채질한 셈이었다. 무엇보다도, 이 열다섯 먹은 소년들이 콜랴 앞에서 너무나 콧대를 세우고 맨 처음부터 그를 '꼬맹이' 취급 하면서 친구로 인정해 주려 하지 않았다는 것, 이것 자체가 이미 참을 수 없는 모욕이었던 것이다. 자, 그리하여, 기차가 역을 출발하여 완전한 속력을 내며 달릴 수 있도록 하기 위해, 저녁 무렵에 역사에서 1베르스타 떨어진 곳으로 출발하기로 결정했다. 소년들이 다 모였다. 달도 보이지 않는 밤이 찾아왔으니, 어두운 정도가 아니라 거의 칠흑처럼 캄캄했다. 정해진 시각에 콜랴는 선로 사이에 누웠다. 내기에 동참한 나머지 아이들 다섯 명은 가슴을 졸이다가,

결국에는 제방 아래, 길가의 관목 숲으로 가서 기다렸는데 두려움과 후회가 밀려왔다. 마침내 역을 출발한 기차가 멀리서 우렁찬 소리를 내며 달려왔다. 암흑 사이로 두 개의 붉은 불빛이 번득이기 시작했고, 어느새 가까워진 괴물은 괴성을 질렀다. "뛰어내려, 선로에서 멀리 뛰어내리란 말이야!" 무서워서 죽을 것만 같은 소년들이 관목 숲에서 콜랴를 향해 소리쳤지만, 때는 이미 늦었다. 기차는 사정없이 들이닥쳐 쏜살같이 지나가 버렸다. 소년들은 콜랴에게로 달려갔다. 그는 꼼짝도 않고 누워 있었다. 그들은 그를 잡아당겨서 일으켜 세우기 시작했다. 콜랴는 갑자기 몸을 일으키더니 말없이 철둑에서 내려갔다. 아래로 내려가면서 그는 그들을 놀래 주려고 일부러 정신을 잃은 척 누워 있었다고 선언했지만, 실은, 훗날 이미 오랜 시간이 지난 뒤 제 입으로 직접 엄마에게 고백한 대로, 정말로 기절한 거였다. 이런 식으로, 그의 뒤에 붙은 '독한 놈'이라는 영광의 딱지는 영원토록 공고해졌다. 집으로, 역관으로 돌아왔을 때 그는 백지장처럼 하얗게 질려 있었다. 다음 날, 가벼운 신경성 열병을 앓긴 했지만 기분은 날 듯이 좋고 기뻤으며 또 만족스러웠다. 이 사건은 그 자리에서 곧 알려진 것이 아니라, 뒤에 우리 도시의 예비 김나지움으로 소문이 퍼졌고 그렇게 교사들의 귀에까지 들어가게 됐다. 하지만 콜랴의 엄마가 부디 자기 아이를 좀 봐 달라고 교사들에게 애걸복걸하고 또 제법 영향력 있고 추앙받는 다르다넬로프 선생이 그를 옹호하여 선처를 부탁하는 바람에, 이 일은 아예 없었던 걸로 유야무야되었다. 이 다르다넬로프라는 선생은 아직 별로 늙지 않은 독신자였는데, 벌써 수년 동안 크라소트키나 부인을 열렬히 사랑해 왔으며 일 년쯤 전, 한번은 너무 무섭고 조심스러운 마음에 가슴을 졸이면서도 아주 점잖게 그녀에게 청혼을 하는 모험마저 감행한 적이 있었다. 하지만 그녀는 결혼을 승낙하면 자기 아이를 배반하는 것이 된다고 생각하여 딱 잘라 거절했는데, 그런데도 다르다넬로프 쪽에서는 몇몇 은밀한 징후로 보건대 자신이 이 매력적이면서도 지나치게 순결하고 우아한 미망인에게 영 볼품없는 존재는 아니라는 꿈을 키울 권리 정도는 있었던 모양이다. 콜랴의 미친 장난질은 이 얼음을 깨뜨린 것 같았다. 즉, 다르다넬로프는 그를 옹호해 줌으로써 모종의 희망적인 암시를 받았는데, 사실 참으로 애매한 암시이긴 했지만 보기 드물 만큼 순결하고 민감한 성격의 소유자였던 다르다넬로프는 당분간은 이것만으로 충분히 행복감을 느낄 수 있었다. 그는 소년을 좋아했지만, 그런 티를 너무 많이 내는 건 굴욕적인 일이라고 생각되어 교실에서는 그에게 엄격하고 까다로운 태도를 취했다. 한편 콜랴도 그를 공손하게 대하고 학과 공부도 잘해서 자기 학급에서 2등을 유지했으며 다르다넬로프에게 건조한 태도를 취하기도 했는데, 학급 전체가 콜랴의 세계사 지식이 너무 뛰어나기 때문에 다르다넬로프마저도 '쩔쩔매게' 만들 거라고 확신하고 있었다. 그리고 정말로 한번은 콜랴가 그에게 "트로이를 세운 자는 누구입니까?"라는 질문을 던진 적이 있었으니 — 이에 대해 다르다넬로프는 그저 이 민족들이 어떻고 이들이 어디로 이동 및 이주하게 됐고 그 시대가 얼마나 까마득한 옛날이었고 그 신화 내용이 어떻고 등등에 대해 일반적인 이야기만 할 뿐, 정확히 누가 트로이를 세웠는가, 다시 말해서 정확히 어떤 인물이었는가에 대해서는 아무 대답도 할 수 없었고 심지어 이 질문 자체를 어쩐지 쓸모없고 부질없는 것으로 치부하기도 했다. 하지만 소년들은 다르다넬로프가 누가 트로이를 세웠는지를 모르는 거라고 확신하게 됐다. 콜랴는 아버지의 유품으로 남겨진 책장에 있던 스마라그도프의 책에서 트로이의 건국자들에 대해 읽은 적이 있었다. 결국, 모든 학생들이 트로이를 세운 것이 도대체 누구인가에 대해 관심을 갖게 되었지만, 콜랴는 자신의 비밀을 털어놓지 않았으며 그러면서도 박식가로서의 그의 명성은 확고부동한 것으로 남았다.

철로 사건 이후 콜랴가 어머니를 대하는 태도가 다소 바뀌었다. 안나 표도로브나(미망인 크라소트키나)는 아들의 무용담을 듣고 너무 끔찍해서 거의 정신이 나갈 지경이었다. 그녀에게는 너무도 끔찍한 히스테리 발작이 며칠씩이나 간헐적으로 이어졌기 때문에 콜랴도 이제는 정말로 경악해 버린 나머지 이런 장난질은 앞으로 절대 되풀이하지 않을 것이라고 진정 고결한 마음으로 맹세했다. 크라소트키나 부인의 요구대로 그는 성상 앞에 무릎을 꿇고 맹세했고 또 아버지의 이름을 걸고 맹세했는데, 그러다가 '씩씩한' 콜랴도 '감동'에 북받쳐 여섯 살배기 꼬마처럼 엉엉 울었고 숫제 이 모자는 그날 하루 종일 서로 부둥켜안고 전율하면서 흐느껴 울었던 것이다. 다음 날 잠에서 깬 콜랴는 여전히 '무정'한 아이였지만, 전보다 말수는 더 적고 더 겸손하고 더 엄숙하고 더 사려 깊어졌다. 사실, 한 달 반쯤 지나 그가 또다시 한 가지 장난질을 쳐서 그 이름이 우리 마을의 치안판사에게까지 알려졌지만, 이 장난질은 전과는 성질이 전혀 다른 것으로 심지어 우습고 어리석기까지 한 것이었으며, 게다가 밝혀진 바에 따르면 콜랴는 주동자도 아니고 그저 어쩌다 거기에 휘말려 든 것에 지나지 않았다. 하지만 이 얘기는 어떻든 나중에 하도록 하자. 어머니는 여전히 불안에 떨며 괴로워했고 다르다넬로프는 그녀의 불안이 커질수록 더 큰 희망을 품게 되었다. 여기서 한 가지 지적해 두어야 할 것은, 콜랴가 이 측면에서 다르다넬로프의 속내를 이해하고 또 헤아렸으며 응당, 그의 이런 '감정들'을 깊이 경멸했다는 점이다. 전에는 심지어 어머니 앞에서 이 경멸감을 표시하는 무례를 범하기도 하면서 다르다넬로프가 어떤 속셈을 품고 있는지 자기도 다 안다는 식으로 넌지시 암시하기도 했다. 하지만 철로 사건 이후엔 이 점에 대해서도 자신의 태도를 바꾸었다. 더 이상 이런 암시를 하는 일이, 심지어 아주 넌지시 던지는 일도 없었고 어머니 앞에서 다르다넬로프 얘기를 할 때는 더 공손해졌기 때문에 예민한 안나 표도로브나는 이것을 곧 알아채곤 내심 무한한 고마움을 느꼈지만, 대신 콜랴가 있는 데서 아무나 자기들과 상관없는 손님이 우연찮게 다르다넬로프 얘기를 조금이라도 꺼내면 갑자기 부끄러움을 느껴 장미처럼 얼굴을 붉히곤 했다. 이런 순간이면 콜랴는 인상을 팍 쓴 채 창문을 바라보거나 자기 장화에 구멍이 난 건 아닌지 살펴보거나, 한 달쯤 전 갑자기 어디선가 얻어 집으로 들인 뒤 무엇 때문인지 친구들 아무에게도 보여 주지 않고 방 안에서 몰래 키우고 있는 상당히 커다란 옴투성이의 털북숭이 개 페레즈본을 맹렬하게 부르곤 했다. 그런데 그는 이 개에게 무척이나 난폭하게 굴며 온갖 재주와 묘기를 다 가르쳤는데, 결국 이 불쌍한 개는 그가 학교에 가서 집에 없을 때는 끙끙대며 울다가, 그가 돌아오면 좋다고 멍멍 짖어 대고 반쯤 미친 듯 펄펄 뛰면서 주인을 섬기는가 하면 땅바닥에 나동그라져 죽은 척을 하는가 하면, 한마디로 자기가 배운 재주를 죄다 보여 주었으니, 이건 주인이 무슨 요구를 해서가 아니라 오로지 저 혼자 기뻐 죽겠고 너무 고마운 나머지 진심으로 그랬던 것이다.

그나저나 내가 그만 깜박 잊고 언급하지 않은 것이 있다. 즉, 독자 여러분도 이미 알고 있는 소년, 그러니까 퇴역 2등 대위 스네기료프의 아들인 일류샤가 학교 친구들이 자기 아버지를 '수세미'라고 부르며 약을 올리자 아버지를 변호하기 위해 펜촉으로 어떤 소년의 허벅지를 찌른 일이 있었는데, 이 봉변을 당한 소년이 바로 콜랴 크라소트킨이었던 것이다.

2 꼬맹이들

그리하여, 동장군이 기승을 부리는 혹한의 11월 아침, 소년 콜랴 크라소트킨은 집에 앉아 있었다. 일요일이어서 수업은 없었다. 하지만 시계가 벌써 11시를 친 지금, 그는 '극히 중차대한 어떤 일' 때문에 반드시 외출을 해야 했건만, 집안 어른들이 모두 다소 기괴하고 이례적인 사정이 있어서 집을 비운 탓에 자기 혼자 남아 수호신처럼 집을 지키고 있었다. 미망인 크라소트키나의 집에는 그녀 자신이 쓰고 있는 본채 말고도 그곳 현관 너머에 유일무이한 곁채가 하나 있었는데, 방 두 칸이 딸린 이 곁채를 어린애 두 명이 딸린 의사 부인에게 빌려 주고 있었다. 이 의사 부인은 안나 표도로브나와 동갑으로서 막역한 친구 사이였다. 의사가 벌써 일 년 전에 처음엔 오렌부르크 어디론가, 그다음엔 타슈켄트로 떠난 뒤로 벌써 반년째 아무 소식도 없었기 때문에 버림받은 이 의사 부인은 크라소트키나 부인과 친하게 지내면서 어느 정도라도 괴로움을 덜 수 있었던 셈인데, 안 그랬다면 너무 괴로운 나머지 연일 눈물 속에서 허덕였을 것이다. 그러던 차, 하필 엎친 데 덮친 격으로 바로 이날 밤, 토요일과 일요일 사이에 의사 부인의 유일한 하녀인 카체리나가 갑자기 아침 녘에 아이를 낳을 예정이라고 알려 왔으니 부인 입장에서는 정말 청천벽력 같은 소식이었다. 아무도 전혀 눈치도 못 채고 있었던 터라, 모두에게 거의 기적처럼 여겨졌던 것이다. 충격을 받은 의사 부인은 아직은 시간이 있으니까 이와 같은 일에 적합한 우리 도시의 한 시설의 산파 할머니에게로 데려가야겠다고 판단했다. 그녀는 이 하녀를 몹시 아꼈기 때문에 자신의 계획을 즉시 실행에 옮겼는데, 비단 그녀를 데려갔을 뿐만 아니라 그녀 자신도 하녀와 함께 거기에 남아 버렸다. 이어, 벌써 아침이 오고 왠지 크라소트키나 부인의 한결같은 우정 어린 관심과 도움이 필요해졌는데, 이 부인이라면 이런 경우에 누군가에게 뭘 부탁할 수도 있고 또 어떻게 뒤를 봐줄 수도 있으니 말이다. 이런 식으로, 두 부인은 출타한 상태였고, 크라소트키나 부인의 하녀인 아가피야 아줌마도 장을 보러 나갔기 때문에, 콜랴는 잠깐 동안 '뚱땡이들',[1] 즉 저희들끼리 남겨진, 의사 부인의 사내애와 계집애를 봐 주는 수호자 겸 파수꾼이 된 것이다. 집 지키는 일이라면 콜랴는 조금도 무섭지 않았고, 페레즈본까지 있으니 더더욱 그랬다. 녀석은 현관의 의자 밑에 '꼼짝 말고' 엎드려 있으라는 명령을 받은 터라, 콜랴가 이 방 저 방을 왔다 갔다 하다가 현관으로 들어설라치면 매번 머리를 흔들고 어리광 부리듯 꼬리로 마룻바닥을 두 번씩 탁탁 쳤지만, 안타깝게도 자기를 부르는 주인의 휘파람 소리는 들리지 않았다. 도리어 콜랴는 이 불행한 수캐를 위협적으로 바라보았고, 녀석은 또다시 쥐 죽은 듯 복종하며 꼼짝 않고 있었다. 그런데 콜랴를 곤혹스럽게 만든 것이 있었다면, 그것은 오로지 '뚱땡이들'뿐이었다. 카체리나에게 일어난 뜻밖의 사태를 응당 그는 몹시 혐오스러워했지만, 졸지에 고아가 돼 버린 이 뚱땡이들에 관한 한, 그는 애들을 아주 사랑하여 이미 무슨 어린이용 책을 가져다준 적도 있을 정도였다. 누나인 계집애 나스챠는 여덟 살로 글을 읽을 줄 알았고, 남동생 뚱땡이인 일곱 살짜리 꼬마 코스챠는 나스챠가 자기에게 책 읽어 주는 걸 듣길 좋아했다. 물론 크라소트킨은 이 꼬맹이들을 좀 더 즐겁게 해 줄 수 있었다. 즉,

---

[1] 원어 'puzyr'의 일차적 의미는 '거품'이지만 살이 포동포동 오른 어린아이를 지칭한다.

두 꼬맹이를 나란히 세워 두고 그들과 함께 병정놀이를 하거나 집 전체를 돌면서 숨바꼭질을 할 수도 있었던 것이다. 전에도 이런 일을 한 적이 몇 번이나 됐고 또 이걸 꺼려 하지도 않았기 때문에 심지어 한번은 크라소트킨이 자기네 옆방 꼬마들과 말타기 놀이를 하느라 말을 잡으러 뛰어다니고 말처럼 머리를 구부리곤 한다는 소문이 그의 반에 쫙 퍼지기도 했다. 크라소트킨은 이런 비난을 되받아치면서 '요즘 같은 시대에는' 열세 살짜리 동갑내기들과 말타기 놀이를 하는 것이 정말로 치욕스러운 일이지만, 자기는 '뚱땡이들'을 위해 이러는 것이고, 고로 자신의 감정에 관해선 아무도 감히 왈가왈부할 수 없다고 대놓고 말했다. 그 대신 두 '뚱땡이들'은 그를 숭배했다. 하지만 이번에는 장난감을 갖고 놀 여가가 없었다. 그에게는 아주 중차대한 자기만의 일이, 얼핏 보기엔 거의 비밀스럽기까지 한 어떤 일이 임박했고 시간은 흘러가고 있건만, 아이들을 맡겨 놓을 아가피야는 여전히 시장에서 돌아올 생각도 하지 않았다. 그는 벌써 몇 번씩이나 현관을 건너가서 의사 부인 집의 문을 열고서 근심에 찬 표정으로 '뚱땡이들'을 살펴보았는데, 그들은 그의 명령에 따라 책을 보고 앉아 있었지만 그가 문을 열 때마다 이제 곧 그가 들어와서 뭔가 재미있고 근사한 걸 보여 줄 거라는 기대감에 입을 활짝 벌린 채 말없이 미소를 지었다. 하지만 콜랴는 마음이 영 불안했기 때문에 그쪽으로 들어가지는 않았다. 마침내 시계가 11시를 알리자, 십 분 뒤에도 '망할 놈의' 아가피야가 돌아오지 않더라두 더 기다리지 않고 나가 봐야겠다고 최종적으로 단호한 결정을 내렸는데, 물론 '뚱땡이들'한테서 자기가 없어도 겁을 먹거나 무슨 장난을 치거나 무서워서 울거나 하지 않겠다는 다짐을 받고서 말이다. 이런 생각을 하면서 그는 무슨 고양이 털로 만든 깃이 달린 겨울용 솜 코트를 입고 어깨에는 가방을 멨으며, 전에도 어머니가 '이렇게 추운 날' 밖에 나갈 때는 항상 덧신을 신으라고 몇 번이나 애원했건만 가소롭다는 표정으로 덧신을 힐끔 바라보고는 장화 하나만 신고 현관으로 나갔다. 페레즈본은 그가 옷을 입은 것을 보고서 온몸을 파르르 떨고 꼬리로 마룻바닥을 힘껏 때리고 애처롭게 낑낑거리기까지 했지만, 콜랴는 자신의 수캐가 이렇게 열정적으로 덤비는 걸 보고서 이것이 규율을 해칠 수 있다는 생각에 잠깐만이라도 녀석을 의자 밑에 좀 더 있게 한 뒤, 현관문을 열어젖힌 후에야 갑자기 녀석을 향해 휘파람을 불었다. 수캐는 미친 듯 벌떡 일어나 콜랴 앞에서 기뻐 날뛰기 시작했다. 현관을 건넌 뒤 콜랴는 '뚱땡이들' 방의 문을 열었다. 두 아이는 아까처럼 책상 앞에 앉아 있었지만 이미 책은 읽지 않고 뭔가 열띤 논쟁을 벌이고 있었다. 이 꼬마들은 종종 흥미를 불러일으키는 다양한 일상사에 대해 논쟁을 벌이곤 했는데, 나스챠가 누나인 만큼 언제나 우위를 점했다. 코스챠는 누나의 의견에 동의하지 못할 때면 거의 늘 콜랴 크라소트킨한테 달려와 매달렸고, 그의 결정이 곧 쌍방 모두에게 절대적인 선고가 되었다. '뚱땡이들'의 이번 논쟁은 크라소트킨에게도 약간은 흥미진진했기 때문에 그는 문간에서 걸음을 멈추고 좀 들어 보았다. 꼬마들은 그가 듣고 있는 것을 보자, 더욱더 열을 올리며 말다툼을 계속했다.

"절대, 절대 믿을 수 없어." 나스챠가 열을 올리며 종알거렸다. "산파 할머니가 어린 아기를 텃밭에서, 양배추 밭고랑 사이에서 주워 온다니, 말이 안 돼. 지금은 이미 겨울이니까 밭고랑은 하나도 없단 말이야, 그러니까 할머니가 카체리나한테 딸을 갖다줄 수도 없어."

"휘이!" 콜랴가 혼자 휘파람을 불었다.

"아니면 바로 이런 거야. 그러니까 산파 할머니는 어딘가에서 아기를 갖다주긴 하는데, 오직 시집간 여자한테만 갖다주는 거야."

코스챠는 나스챠를 주의 깊게 바라보며 곰곰 머리를 굴리고 들으면서 다시 생각을 정리했다.

"나스챠, 누나는 정말 바보야." 마침내, 그가 열은 올리지 않아도 확고한 어조로 말했다. "카체리나한테 어떻게 아기가 생길 수 있어, 결혼도 안 했는데?"

나스챠는 끔찍할 정도로 발끈했다.

"너는 아무것도 모르는구나." 그녀가 짜증스럽게 동생의 말을 끊었다. "카체리나한테는 남편이 있었는데, 그냥 감옥에 있을 수도 있는 거고, 카체리나는 지금 아이를 낳은 거야."

"정말, 카체리나 남편이 감옥에 있는 거야?" 남의 말을 곧이곧대로 잘 믿는 코스챠가 근엄하게 물었다.

"아니면 이럴 수도 있지." 나스챠가 자신의 첫 번째 가정을 싹 까먹은 양 내팽개치고서 냉큼 동생의 말을 가로막았다. "카체리나한테는 남편이 없어, 이건 네 말이 맞지만, 너무 시집을 가고 싶어서 자꾸 시집갈 생각만 하다 보니까, 계속 그렇게 생각하고 또 생각하다 보니까, 결국에 가서는 이렇게 남편이 아니라 아기가 생긴 거야."

"응, 정말 그런가 보네." 완전히 패배한 코스챠가 마침내 수긍했다. "하지만 누나가 전에는 그런 얘기를 안 해 주었으니까, 난 알 턱이 없잖아."

"자, 꼬맹이들아." 하고 콜랴가 방 안으로 성큼 들어서면서 말했다. "지금 보니 너희들은 위험한 녀석들이구나!"

"페레즈본도 같이 왔어요?" 코스챠가 이를 드러내며 웃더니 손가락을 튕기면서 페레즈본을 부르기 시작했다.

"뚱뗑이들, 이 몸은 지금 곤경에 처해 있다." 크라소트킨이 근엄하게 말을 시작했다. "그래서 너희들이 나를 좀 도와줘야겠어. 아가피야는 지금까지 오지 않는 걸 보면 어디 다리라도 하나 부러진 게 분명해, 이건 의심의 여지 없이 틀림없는 사실이다. 하지만 이 몸은 밖에 나가 봐야 될 일이 있단 말이다. 어때, 나를 놓아줄 테냐, 엉?"

아이들은 근심에 찬 듯 서로 눈짓을 주고받았으며, 이를 드러내며 웃던 그들의 얼굴에는 금세 불안의 빛이 어리기 시작했다. 그들은, 하지만, 자기들에게서 원하는 것이 뭔지를 완전히 이해하지는 못하고 있었다.

"내가 없어도 장난을 치지는 않겠지? 장롱에 올라갔다가 다리를 부러뜨리는 일도 없겠지? 아무도 없다고 무서워 울지도 않을 테지?"

아이들의 얼굴에는 무서운 고뇌의 기운이 감돌았다.

“대신 너희들에게 보여 줄 게 있다. 진짜 화약을 넣어서 쏠 수 있는 청동 대포다.”

아이들의 얼굴이 금세 환해졌다.

“그럼, 대포를 보여 주세요!” 코스챠가 환하게 밝아진 얼굴로 말했다.

크라소트킨은 가방 안에 손을 집어넣더니 조그만 청동 대포를 꺼내서 책상 위에 올려놓았다.

“그래, 보여 달란 말이지! 자 봐, 바퀴가 달려 있어.” 그가 책상 위에서 장난감을 굴려 보았다. “쏠 수도 있어. 산탄을 장전하면 쏠 수 있는 거야.”

“그럼, 죽일 수도 있어요?”

“아무나 죽일 수 있어, 다만 조준은 해야겠지.” 하고 크라소트킨은 어디다 화약을 넣고 어디다 산탄을 굴려 넣는가를 설명했고 화문(火門)처럼 생긴 구멍도 보여 주었고 반동이 일어나곤 한다는 것도 이야기해 주었다. 아이들은 엄청난 호기심을 갖고서 귀를 기울였다. 특히, 반동이 일어나곤 한다는 것이 아이들의 상상력에 충격을 주었던 것이다.

“화약도 있어요?” 나스챠가 물었다.

“있고말고.”

“화약도 보여 주세요.” 그녀가 부탁한다는 듯 미소를 지으면서 말을 길게 뺐다.

크라소트킨은 다시 가방 속에 손을 넣어 작은 유리병을 꺼냈는데, 그 안에는 정말로 진짜 화약이 조금 뒹굴고 있었고, 둘둘 만 종이에는 산탄도 몇 알 있었다. 그는 심지어 유리병의 뚜껑을 열어 화약 몇 개를 손바닥 위에 쏟아 보기까지 했다.

"자, 어디든 불이 있으면 안 된다. 잘못했다간 지금 당장 터져서 우리 모두 휙 날아가 버릴 테니까." 그는 강렬한 효과를 내기 위해 이렇게 경고했다.

아이들은 화약을 살펴보면서 경건한 두려움을 느꼈는데, 덕택에 달콤함은 더 컸다. 하지만 코스챠는 산탄 쪽에 더 마음이 끌렸다.

"산탄에는 불이 붙지 않나요?" 그가 물었다.

"그래, 붙지 않아."

"나한테 산탄 조금만 주세요." 그는 애원하는 목소리로 말했다.

"산탄을 조금 줄 테니까, 자, 받아. 다만 내가 올 때까지는 엄마한테 보여 주면 안 된다. 안 그러면, 너희 엄마가 이걸 화약이라고 생각하곤 무서워서 죽을 거야, 그리고 너희들을 혼내 줄 테니까."

"엄마는 절대로 우리한테 매를 대지 않아요." 나스챠가 대번에 응수했다.

"알고 있어, 그냥 말을 그럴듯하게 하려고 그런 거야. 너희들도 엄마를 속이면 절대 안 되지만, 이번만은 내가 올 때까지만 가만히 있어야 한다. 자 그럼, 뚱땡이들, 이제 난 가 봐도 되겠지, 엉? 내가 없어도 무섭다고 울진 않겠지?"

"울—거—예요." 코스챠는 벌써부터 울 준비를 하면서 말을 길게 뺐다.

"울 거예요, 틀림없이 울 거예요!" 나스챠도 겁먹은 듯 빠른 말투로 말을 받았다.

"아, 꼬맹이들아, 요 꼬맹이들, 너희들 또래는 정말로 위험하구나. 어쩔 수가 없지, 요 햇병아리들아, 얼마나 될지는 모르겠지만 일단 같이 있어 줄 수밖에. 하지만 시간이, 시간이 간단 말이다, 아이고!"

"페레즈본한테 죽은 척해 보라고 명령해 주세요." 코스챠가 부탁했다.

"그래, 할 수 없지, 페레즈본이라도 써먹어야겠다, 헤이, 페레즈본!" 그러면서 콜랴는 개에게 명령하기 시작했고, 녀석은 자기가 할 줄 아는 모든 것을 선보였다. 이 녀석은 몸집이 보통 마당 개만 했고 북슬북슬한 털은 어쩐지 연보라색이 섞인 회색빛이 감돌았다. 녀석은 오른쪽 눈이 망가져 애꾸눈이었고 왼쪽 귀는 무엇 때문인지 찢어져 있었다. 녀석은 낑낑거리기도 하고 폴짝폴짝 뛰기도 했고, 심부름을 하기도 하고 뒷발로 서서 걷기도 했고, 네 발을 전부 반듯이 위로 들어 올린 채 죽은 듯 꼼짝 않고 나자빠져 있기도 했다. 이 마지막 재주를 보여 주고 있을 때 문이 열렸고 크라소트키나 부인의 하녀인 마흔 살쯤 된 뚱뚱한 곰보 아줌마 아가피야가 문지방에 모습을 드러냈는데, 장을 보고 오는 길이라 식료품이 가득 든 바구니를 한 손에 들고 있었다. 그렇게 그녀는 왼손에 바구니를 축 늘어뜨린 채로 서서 개를 구경하기 시작했다. 콜랴는 아가피야를 그렇게 애타게 기다려 왔음에도 이 공연을 중단시키지 않고 페레즈본이 정해진 시간 동안 죽은 시늉을 하고 있도록 했다가 마침내 녀석을 향해 휘파람을 불었다. 개는 벌떡 일어나 자신의 임무를 다한 기쁨에 젖어 폴짝폴짝 뛰기 시작했다.

"아이고, 요놈의 수캐 좀 보게!" 아가피야가 훈계조로 어르듯 말했다.

"아니, 여성, 왜 늦었어?" 크라소트킨이 위협하듯 물었다.

"여성이라니, 이놈의 뚱땡이가!"

"뚱땡이라니?"

"뚱땡이지, 그럼. 내가 늦었건 말았건 네가 무슨 상관이야, 다 그만한 이유가 있어서 늦은 거지." 아가피야는 페치카 주변을 정리하기 시작하면서 이렇게 투덜거렸지만, 불만스럽다거나 화가 난 목소리는 아니었고 오히려 명랑한 도련님과 희롱하며 놀 건수가 생겨 기쁜지 아주 만족스러운 목소리였다.

"들어 봐, 생각이 짧은 할멈 같으니." 하고 소파에서 일어나면서 크라소트킨이 말을 시작했다. "이 세상의 모든 성스러운 것과 그에 덧붙여 모든 걸 다 걸고서, 내가 없는 동안 한눈팔지 않고 이 뚱땡이들을 열심히 돌봐 주겠다고 나한테 맹세할 수 있겠어? 나는 좀 나가 봐야 할 일이 있거든."

"아니, 내가 왜 너한테 맹세를 해야 되지?" 아가피야가 웃기 시작했다. "안 그래도 돌봐 줄 거야."

"안 돼, 할멈 영혼의 영원한 구원을 걸고 맹세하지 않으면 안 돼. 안 그러면 안 갈 테니까."

"그럼, 가지 말지 그러냐. 그게 나랑 무슨 상관이야, 바깥은 엄청나게 추우니까 그냥 집에 있어."

"뚱땡이들아." 하고 콜랴는 꼬맹이들을 불렀다. "내가 돌아오거나 너희 엄마도 벌써 돌아올 시간이 됐으니까 너희 엄마가 돌아올 때까지, 이 여자가 너희와 함께 있어 줄 거다. 그뿐인가, 너희들에게 아침밥도 줄 거야. 요 꼬맹이들한테 뭘 좀 줄 거지, 아가피야?"

"그런 것쯤이야 뭐."

"잘들 있어라, 햇병아리들아, 그럼 이 몸은 안심하고 떠나련다. 그리고, 할멈." 하고 아가피야 곁을 지나면서 반쯤은 속삭이듯 근엄하게 그가 말했다. "저 꼬맹이들한테 카체리나를 두고 아줌마들이 흔히 지껄이는 멍청한 소리를 늘어놓지 말아줘, 좀 봐주란 말이야, 아직 어린 나이잖아. 헤이, 페레즈본!"

"아이고, 귀신은 네놈 좀 안 잡아가냐." 아가피야는 이미 정말로 화가 나서 툴툴거렸다. "에잇, 싱거운 놈 같으니! 정말로 네놈부터 매질을 해야 돼, 그딴 소리를 지껄이다니."

3 초등학생

하지만 콜랴는 이미 듣고 있지도 않았다. 드디어 떠날 수 있게 됐으니 말이다. 대문을 나오면서 그는 주위를 둘러보고 어깨를 으쓱 움츠리며 "추운걸!"이라고 말한 뒤 곧장 큰길을 따라 걷다가 그다음엔 오른쪽 골목길로 접어들어 시장의 광장으로 향했다. 광장까지 못 미쳐 어느 집 앞에 이르자, 그는 대문 앞에서 걸음을 멈추고 호주머니에서 호루라기를 꺼내서는 꼭 약속된 신호를 보내는 양 있는 힘껏 불었다. 일 분도 채 안 돼서 그의 앞으로 갑자기 얼굴이 발그스름한, 열한 살쯤 된 소년이 쪽문에서 튀어나왔는데, 따뜻하고 깨끗하고 멋스럽기까지 한 외투를 입고 있었다. 이 아이는 예비반에 재학 중인 소년 스무로프로(콜랴 크라소트킨은 이미 두 학년이나 위였다.) 부유한 관리의 아들이었는데, 부모가 크라소트킨을 아주 유명한 구제 불능의 장난꾸러기라 생각하여 자기 아들과 어울리는 걸 허락하지 않았던 까닭에 스무로프는 지금 분명히 몰래 빠져나온 것 같았다. 이 스무로프는 독자가 잊지 않았다면 두 달 전 개천을 사이에 두고 일류샤에게 돌팔매질을 한 소년들 중 하나였고 또 그때 알료샤 카라마조프에게 일류샤 얘기를 해 준 소년이기도 하다.

"꼬박 한 시간이나 기다렸어요, 크라소트킨." 스무로프는 단호한 표정으로 이렇게 말했고, 소년들은 광장으로 큰 걸음을 내딛었다.

"늦었어." 하고 크라소트킨이 대답했다. "그럴 사정이 좀 있었어. 나랑 어울린다고 너를 때리지는 않을까?"

"그런 소리는 그만해요, 왜 나를 때린대요? 페레즈본도 같이 가나요?"

"응, 페레즈본도!"

"형이 이 녀석을 그리로 데려갈 건가요?"

"응, 데려갈 거야."

"아, 쥬치카가 있다면!"

"쥬치카를 데려갈 순 없잖아. 쥬치카는 존재하지 않는걸. 쥬치카는 미지의 암흑 속으로 사라졌어."

"아, 이렇게 하면 안 될까요." 하고 갑자기 스무로프가 걸음을 멈추었다. "일류사가 말로는 쥬치카도 페레즈본처럼 털북숭이였고 털이 회색이 감도는 연기 같은 색깔이었다던데——이 녀석이 바로 쥬치카라고 말하면 안 될까요, 일류샤가 믿을지도 모르잖아요?"

"이봐, 초등학생, 거짓말을 싫어할 줄 알라고, 이게 첫째야. 심지어 좋은 일을 위해서도 거짓말은 안 된다, 이게 둘째. 그리고 무엇보다도, 저쪽에다가 내가 간다는 걸 누구한테도 알리지 않았길 바란다."

"맙소사, 나도 그 정도는 알고 있어. 하지만 페레즈본으론 개의 마음을 달랠 수 없을 텐데."[2] 스무로프가 한숨을 내쉬었다. "너도 알 거야, 이 아버지, 그러니까 수세미 대위가 우리에게 말하길, 오늘 개에게 코끝이 새까만 진짜 마스티프 종 강아지를 갖다줄 거래. 그 아저씨는 이걸로 일류사의 마음을 달랠 수 있을 거라고 생각하는데, 좀 힘들지 않을까?"

"그 애는 어때, 일류샤 말이야?"

"아, 나빠, 나빠! 내 생각으론 폐병인 것 같아. 정신은 말짱한데, 다만 숨 쉬는 게 말이야, 숨 쉬는 게 별로 좋지 않아. 얼마 전엔 자기를 좀 걷게 해 달라고 부탁해서 장화를 신겼는데 발을 내딛다가 그만 고꾸라지고 말았어. '아, 아빠, 아빠한테 말했잖아, 내 장화가 옛날부터 너무 고약해서 이걸 신으면 전에도 걷는 것이 불편했단 말이야.'라고 했어. 그러니까 걔는 자기가 장화 때문에 몸을 지탱하지 못해 고꾸라졌다고 생각했

---

2) 여기서 스무로프는 콜랴에게 반말을 하기 시작한다.

지만, 실은 그저 힘이 너무 없어서 그런 거야. 일주일도 못 넘길걸. 게르첸슈투베가 왕진을 오곤 해. 이제 그 집은 다시 부자가 됐어, 돈이 많거든."

"악랄한 놈들 같으니."

"누가 악랄하다는 거야?"

"의사들과 의술을 팔아먹는 날강도들 말이야, 이건 일반적으로 하는 말이지만 부분적으로도 물론 그렇지. 나는 의학을 부정하고 있어. 무용한 제도거든. 어쨌거나 나는 이 모든 걸 연구할 거야. 그건 그렇고, 너희들은 저기서 무슨 감상 놀음을 그리하는 거야? 반 학생들이 전부 다 그 집에 다니는 거야?"

"전부는 아니고 우리 반 애들 열 명 정도가 항상, 매일 그 집을 오가는 거야. 이건 뭐 괜찮아."

"이 모든 일에서 내가 놀라울 따름인 건 알렉세이 카라마조프의 역할이야. 자기 형이 내일이나 모레 그런 범행으로 재판을 받을 텐데, 정작 자신은 아이들과 어울려 감상이나 떨고 있다니, 시간이 철철 남아도나 봐!"

"감상을 떨고 그러는 건 전혀 아니야. 너도 지금 이렇게 일류샤와 화해를 하러 가는 거잖아."

"화해라고? 표현 한번 웃긴다. 난 말이야, 이렇든 저렇든 누가 내 행동을 분석하는 건 용납하지 않아."

"일류샤가 너를 보면 얼마나 기뻐할까! 녀석은 네가 올 줄은 상상도 못 하고 있는데. 왜, 그런데 왜 너는 그토록 오랫동안 가기 싫어했던 거야?" 스무로프는 갑자기 열을 올리면서 소리쳤다.

"친애하는 소년 양반, 그건 내 일이지, 네 일이 아니야. 나는 나의 자유 의지에 따라 나 스스로 가는 것이지만, 너희들은 모두 알렉세이 표도로비치한테 끌려간 셈이야, 바로 여기에 차이가 있는 거지. 그리고 네가 어떻게 안다는 거야, 내가 화해를 하러 가는지, 아님 전혀 아닌지? 표현 한번 바보 같다니까."

"카라마조프는 무슨, 그 아저씨 때문에 끌려간 건 절대 아니야. 우리 반 애들은 자기들이 알아서 그 집을 찾기 시작한 거야, 물론 처음에는 카라마조프와 함께였지만. 게다가 그렇고 그런 건, 그러니까 바보 같은 짓은 전혀 없었어. 처음에는 얘가 가고, 나중엔 쟤가 가고 이런 식으로 된 거라고. 걔 아버지는 우리가 가면 너무 기뻐 어쩔 줄을 몰라 했어. 너도 알겠지만, 일류샤가 죽으면 걔 아버지는 그냥 미쳐 버릴 거야. 그 아저씨는 일류샤가 죽을 거라는 거, 알고 있어. 우리가 일류샤와 화해했을 때는 기뻐서 어쩔 줄 모르더군. 일류샤는 네 얘기도 물어봤어, 별달리 덧붙인 건 없고. 좀 물어보더니 입을 다물어 버리더군. 그나저나 걔 아버지는 미쳐 버리든지 목을 매든지 할 거야. 전에도 정신 나간 사람처럼 굴긴 했잖아. 있잖아, 원래 그 아저씨는 고결한 사람인데, 그때는 오해가 있었던 거야. 이 모든 것이 자기 아버지를 죽인 그 사람 잘못이야, 그때 걔 아버지를 쥐어팼잖아."

"어쨌거나 카라마조프는 나한테 수수께끼야. 나는 오래전에 그 사람과 사귈 기회가 있었지만, 경우에 따라서 오만하게 구는 걸 좋아하는 편이거든. 게다가 내 나름대로 그 사람에 대해 어떤 견해를 갖게 됐는데, 아직은 좀 더 점검을 해 보고 밝힐 필요가 있지."

콜랴는 근엄하게 입을 다물었다. 스무로프도 그랬다. 스무로프는 응당 콜랴 크라소트킨 앞에서 경건한 마음을 가졌으며 그와 맞먹는다는 것은 감히 생각도 못했다. 한데 지금은 몹시 호기심이 발동했는데, 콜랴가 '자기 스스로' 가는 거라고 설명한 걸 보면, 즉 콜랴가 갑자기 지금, 정확히 오늘 가야겠다는 생각을 한 걸 보면 여기엔 어떤 수수께끼가 들어 있음이 분명했기 때문이다. 그들은 장터 광장을 걷고 있었는데, 거기에는 오늘따라 다른 곳에서 온 짐마차들이 많이 서 있었고 한 무더기로 몰아 놓은 조류들도 많았다. 도시의 아낙네들은 자기들만의 가건물 같은 걸 만들어 놓고 그 밑에서 롤빵이나 실 따위를 팔았다. 이렇게 일요일에 사람들이 모여드는 것을 우리 도시에서는 그냥 순박하게 정기시(定期市)라고 부르는데, 이런 정기시는 한 해에도 여러 번씩 섰다. 페레즈본은 아주 신이 나서는 연신 좌우로 고개를 기울여 어디 무슨 냄새라도 맡는지 킁킁대며 뛰어다녔다. 다른 개들과 마주칠 때면 자기들 나름의 규칙에 따라 예사롭지 않을 정도로 기꺼이 서로 몸 냄새를 맡았다.

"나는 리얼리즘을 관찰하는 게 좋아, 스무로프." 갑자기 콜랴가 말했다. "개들이 만나면 서로 냄새 맡는다는 거, 눈여겨봤니? 그러니까 그들에겐 어떤 공통적인 자연법칙이 있는 거야."

"그래, 뭐 좀 웃긴 법칙이겠지."

"다시 말해서 웃긴 게 아니란 말이야, 이건 네가 틀렸어. 자연 속에는, 인간이 자기만의 편견 때문에 무슨 생각을 할지는 몰라도, 여하간 우스꽝스러운 건 전혀 없어. 만약 개들이 이성적으로 판단하고 비판할 수 있다면, 분명히 자기들의 지배자들인 인간들의 사회적 관계에서 웃기는 점들을 그들보다 더 많이는 아닐지라도 최소한 그 못지않게 많이 발견했을 거야, 뭐 그들보다 더 많이는 아니겠지만. 내가 이 말을 반복하는 이유는 우리 인간 쪽에 멍청한 점들이 훨씬 더 많다고 확신하기 때문이야. 이것은 라키친의 사상이야, 훌륭한 사상이지. 나는 사회주의자야, 스무로프."

"사회주의자가 뭐야?" 스무로프가 물었다.

"이건 말이야, 모든 사람들이 평등하고 모든 재산도 공통된 하나의 재산이고 결혼 같은 것도 없고 종교며 법칙들이며 나머지 모든 것들도 다 그렇고 그렇다는 거야. 너는 아직 덜 커서 이런 걸 이해할 수 없어, 너한텐 아직 이르거든. 그나저나 춥다."

"그래. 영하 12도래. 아까 아버지가 온도계를 봤거든."

"그런데 너 눈여겨본 적 있냐, 스무로프, 한겨울에는 영하 15도, 심지어 18도가 되어도 예를 들면 지금처럼 이렇게 춥게 느껴지지 않아. 하지만 지금과 같은 초겨울에는 갑자기 영하 12도의 혹한이 닥치는 거니까 춥게 느껴지는 거야, 눈이 거의 없는데도 말이야. 이건 다시 말해 사람들이 아직 익숙해지지 않아서 그렇다는 거야. 인간 만사는 모두 습관이야, 국가적 일이나 정치적 일에서도 모든 것이 습관이지. 어디나 습관이 주된 동력이란 거야. 그건 그렇고 저 농군, 정말 웃긴다."

콜랴가 털가죽 외투를 입은, 사람 좋아 보이는 키 큰 농군을 가리켰는데, 그는 자기 짐수레 곁에서 너무 추워서 벙어리 장갑을 낀 손바닥을 탁탁 마주 치고 있었다. 아마빛의 기다란 턱수염은 날씨가 어찌나 추운지 하얀 성에로 덮여 있었다.

"저 농군은 턱수염이 얼어붙었군!" 그의 곁을 지나가면서 콜랴가 시비를 걸듯 큰 소리로 외쳤다.

"많은 사람들이 그렇단다." 농군이 대답 삼아 평온하게 교훈조로 말했다.

"저 아저씨한테 괜히 시비 걸지 마." 스무로프가 한마디 했다.

"괜찮아, 화내지 않을 거야, 좋은 사람이거든. 안녕히 계세요, 마트베이."

"그래, 잘 가렴."

"아저씨가 정말 마트베인가요?"

"그래, 마트베이야. 아니, 몰랐단 말이냐?"

"몰랐어요. 그냥 되는대로 불러본 거예요."

"참 별난 애로구나. 아마 초등학생일 테지?"

"예, 초등학생이에요."

"그래, 더러 맞아 봤겠네?"

"딱히 그렇진 않지만, 뭐 그냥 그렇죠."

"아프냐?"

"안 아플 리가 없잖아요!"

"아휴, 짠하기도 해라!" 농군은 진심으로 한숨을 내쉬었다.

"안녕히 계세요, 마트베이."

"그래, 잘 가거라. 참 귀여운 녀석이로구나, 정말로."

소년들은 계속 자기 길을 갔다.

"좋은 농군이야." 콜랴가 스무로프에게 말을 걸었다. "나는 민중과 이야기하는 것을 좋아하고, 또 민중의 가치를 언제나 기꺼이 인정해 주지."

"왜 저 아저씨한테 우리가 학교에서 매를 맞는다고 거짓말을 한 거야?" 스무로프가 물었다.

"위로를 좀 해 줄 필요가 있지 않겠어?"

"위로는 무슨?"

"이봐, 스무로프, 첫마디에 못 알아듣고 자꾸 되묻는 걸 나는 좋아하지 않아. 어떤 것은 아예 설명을 할 수도 없단 말이다. 농군의 생각에 따르면 학생은 매를 맞고 있고 맞아야 돼. 맞지 않는다면 그게 학생인가? 이런 식이지. 그런데 내가 갑자기 그에게 우리는 매를 맞지 않는다고 말한다면, 그는 정말로 실망할걸. 그래 봤자, 너는 이게 무슨 말인지 모르잖아. 민중과 얘기를 나누려면 요령이 있어야 되거든."

"그래도 제발 시비를 걸지는 마, 잘못했다간 그때 거위 사건 같은 일이 또 일어날 테니까."

"겁나냐?"

"비웃지 마, 콜랴, 겁이 나다뿐이겠어. 아버지가 정말 노발대발하실 거야. 너하곤 절대로 어울리지 말라고 단단히 금지시켰어."

"걱정하지 마, 이번에는 아무 일도 일어나지 않을 테니까. 잘 지냈어요, 나타샤?" 그가 가건물 밑에 앉아 있는 한 여자 상인에게 소리쳤다.

"내가 왜 나타샤야, 나는 마리야다." 아직 전혀 늙지 않은 여자 상인이 소리치듯 대답했다.

"마리야라니, 그거 좋군, 안녕히 계세요."

"아이고, 저런 망나니가 다 있나, 머리에 피도 안 마른 녀석이 어디서 설쳐 대는 거야!"

"시간이 없습니다, 아줌마와 이야기를 나눌 시간이 없으니, 다음 주 일요일에 이야기하죠." 콜랴는 꼭 자기가 아니라 그녀가 자기한테 치근거리기라도 한 양 두 손을 내저었다.

"아니, 일요일에 내가 너하고 무슨 얘기를 한단 말이야? 네가 먼저 시비를 걸었잖아, 내가 아니라, 정말 몹쓸 놈이구나." 마리야는 소리를 질러 댔다. "너 같은 놈은 좀 맞아야 정신을 차리겠다, 정말, 그 유명한 사고뭉치야, 정말!"

마리야 곁에서 물건들을 팔던 여자 노점상들 사이에서도 웃음이 터져 나오기가 무섭게, 아케이드처럼 늘어선 시내 상점들 밑에서 잔뜩 골이 난, 장사치로 보이는 사람 하나가 느닷없이 튀어나왔다. 그는 우리 도시 상인이 아니라 어디 외지에서 온, 아직 젊은 사람으로서 길고 푸른 카프탄을 입고 짙은 아마빛 곱슬머리에 챙이 달린 모자를 썼으며 길고 창백한 얼굴은 얽어 있었다. 그는 어쩐지 바보같이 흥분한 상태에서 곧장 주먹을 쥐고 콜랴를 위협하기 시작했다.

"난 네놈이 누군지 알아." 그가 짜증스럽다는 듯 소리쳤다. "네놈이 누군지 안다고!"

콜랴는 그를 주의 깊게 바라보았다. 그는 자기가 언제 이 사람과 무슨 드잡이를 한 적이 있는지 어쨌는지 통 기억해 낼 수가 없었다. 하긴, 길거리에서 드잡이를 한 일이 어디 한두 번이었어야지, 죄다 기억할 수도 없는 노릇이었다.

"날 안다고요?" 콜랴가 그에게 비꼬듯 물었다.

"네놈이 누군지 알아! 네놈이 누군지 안다고!" 소시민이 바보처럼 같은 말만 반복했다.

"그래, 아저씨는 좋겠네요. 뭐, 하지만 난 시간이 없어서 이만 실례!"

"왜 사고를 치는 거야?" 소시민이 소리쳤다. "너 또 난동을 부릴 거지? 내 네놈을 알고 있어! 네놈은 다시 사고를 칠 거지?"

"이봐요, 형씨, 내가 사고를 치든 말든 형씨와는 상관없는 일이야." 콜랴가 걸음을 멈추고 계속 그를 뜯어보며 말했다.

"아니, 어떻게 내 일이 아니라는 거야?"

"당연히 형씨 일이 아니죠."

"그럼 누구 일이야? 누구 일이냐고? 엉, 누구 일이야, 도대체?"

"이봐요, 형씨, 이건 트리폰 니키치치의 일이지, 형씨가 상관할 일이 아니야."

"트리폰 니키치치라니, 그건 또 누구야?" 여전히 열을 올리긴 했지만 바보같이 놀라워하면서 청년은 콜랴를 응시했다. 콜랴는 근엄하게 그를 훑어보았다.

"보즈네셰니예³⁾에 가 봤어요?" 콜랴가 그에게 엄격하고 집요하게 갑자기 물었다.

"보즈네셰니예라니, 거긴 또 어디야? 거긴 또 왜? 아니, 가

---

3) '예수 승천절'이라는 뜻인데, 여기서는 그런 이름의 교회를 일컫는 듯하다.

본 적 없어." 청년이 다소 어리둥절해했다.

"사바네예프는 알고 있어요?" 더욱더 집요하고 엄격하게 콜
랴가 계속했다.

"사바네예프는 또 누구야? 아니, 난 몰라."

"에이, 그렇다면, 볼 장 다 봤군!" 콜랴가 갑자기 딱 잘라 말
하더니, 갑자기 오른쪽으로 몸을 획 돌려 재빨리 큰 걸음으로
자기 길을 갔는데, 사바네예프도 모르는 이런 병신이랑 이야
기하는 것 자체가 경멸스럽다는 투였다.

"네놈 거기서, 에이! 사바네예프가 누구냐니까?" 청년은 정
신이 들자 다시 흥분해서 어쩔 줄을 몰랐다. "저 녀석, 도대체
무슨 소릴 한 거야?"

아낙네들은 웃음을 터뜨렸다.

"참 알다가도 모를 녀석이야." 한 아낙네가 말했다.

"저 녀석이 말한 사바네예프라는 게 누구, 누구냐니까?" 청
년은 오른손을 내저으며 여전히 광포하게 반복했다.

"이건 분명히 쿠지미체프 집에서 일했던 그 사바네예프일
거야, 암 그렇고말고." 갑자기 한 아낙네가 추측을 해 봤다.

청년은 의아스럽다는 듯 그녀를 응시했다.

"쿠지 — 미 — 체프라고?" 다른 아낙네가 말을 반복했다.
"아니, 그 사람이 무슨 트리폰이야? 그 사람은 트리폰이 아니
라 쿠지마야. 아까 그 꼬마 녀석이 트리폰 니키치치라고 했으
니까, 그 사람은 아니란 소리지."

"이봐, 그 사람은 트리폰도, 사바네예프도 아니고, 치조프
야." 갑자기 지금까지 아무 말 없이 심각하게 듣고만 있던 세

번째 아낙네가 말을 받았다. "그 사람 이름은 알렉세이 이바느이치[4]야. 치조프, 알렉세이 이바노비치."

"그래, 맞아, 치조프가 맞아." 네 번째 아낙네가 고집스럽게 맞장구를 쳤다.

어안이 벙벙해진 청년은 이쪽저쪽을 번갈아 바라보았다.

"그럼 저 녀석은 대체 뭐 하러 그런 걸 물어봤대요, 뭐 하러요, 마음씨 좋은 아줌마들?" 이렇게 외치는 그는 이미 거의 절망에 빠져 있었다. "'사바네예프를 아세요?'라고 했잖아요. 이놈의 사바네예프가 누구인지 알게 뭐람!"

"자네도 참 말이 안 통하는 사람일세. 사바네예프가 아니라 치조프라고들 하잖나, 알렉세이 이바노비치 치조프라고 말이야. 그럼 그런 줄 알아!" 엄격하게 타이르듯 한 상인 여자가 그에게 소리쳤다.

"치조프라니? 그래, 어떤 치조프 말이야? 알고 있으면 말해 봐."

"왜 키만 멀대같이 크고 코를 질질 흘리는 사람 있잖아, 여름에 시장에 앉아 있었는데."

"하지만 그 치조프란 사람이 나와 무슨 상관이에요, 마음씨 좋은 아줌마들, 예?"

"내가 어떻게 알아, 치조프가 자네랑 무슨 상관인지."

"그 사람이 자네랑 무슨 상관이 있는지, 누가 알겠어." 하고 다른 여인이 말을 받았다. "아니, 그렇게 떠들어 대는 걸 보면, 그 사람이 너랑 무슨 상관인지는 자네 자신이 알아야지. 저

---

4) 뒤에 나오는 '이바노비치'의 약칭.

꼬마 녀석은 자네한테 말했지 우리한테 말한 게 아니야, 이 어리석은 양반아. 아니면, 정말로 모르는 겐가?"

"누구를요?"

"치조프 말이다."

"에이, 귀신은 그놈의 치조프 안 잡아가나, 아줌마도 똑같아요! 저 꼬마 녀석은 정말 작살을 내 버려야겠어, 정말로! 그 녀석이 나를 놀렸어!"

"치조프를 작살낸다고? 오히려 그 사람이 자네를 작살낼걸! 자넨 바보야, 정말!"

"치조프, 치조프가 아니라 저 꼬마 녀석을 작살낼 거예요, 이 못되고 해로운 아줌마야! 저 녀석을 이리 내놔요, 어서 내놓으라고요, 그놈이 나를 놀렸어!"

아낙네들은 깔깔 웃어 댔다. 콜랴는 이미 의기양양한 표정을 지으며 성큼성큼 걸음을 뗐다. 스무로프는 멀리서 소리를 지르는 사람들 무리를 돌아다보며 그와 나란히 걸었다. 콜랴와 같이 있다가 소동에 말려들지나 않을까 줄곧 겁이 났지만 그도 몹시 즐거운 건 마찬가지였다.

"네가 아까 물어본 사바네예프는 어떤 사람이야?" 어떤 대답이 나올지 충분히 짐작이 됐지만, 그래도 콜랴한테 물어보았다.

"사바네예프가 어떤 사람인지 내가 어떻게 알아? 이제 저 사람들은 저녁때까지 저렇게 떠들어 댈 거야. 나는 사회의 모든 계층의 바보들을 뒤흔들어 놓는 게 좋아. 어라, 저기 또 병신이 하나 서 있군, 저기 농군 말이야. 명심해 둬, '멍청한 프랑스 사람보다 더 멍청한 건 아무것도 없다.'라고들 하지만 러시아 사람의 생김새도 만만치 않다는 걸 말이야. 저 사람 얼굴에 나는 바보다, 하고 쓰여 있지 않냐, 저 농사꾼 말이야, 엉?"

"저 사람 좀 그냥 내버려 둬, 콜랴, 조용히 지나가자."

"절대로 그냥 내버려 두지 않겠어, 난 지금 가 볼 거야. 헤이! 안녕하세요, 농군 아저씨!"

기골이 장대한 농군은 천천히 그들 곁을 지나가다가 고개를 들어 어린 청년을 바라보았는데, 필경 술을 한잔 걸친 듯했고 둥글둥글 순박해 보이는 얼굴엔 턱수염이 덥수룩하게 나 있었고 머리칼은 희끗희끗했다.

"그래, 너는 안녕하냐, 농담으로 인사한 게 아니라면 말이다." 그가 서두르지 않고 이렇게 대답했다.

"만약 농담이라면요?" 콜랴가 웃었다.

"농담이면 또 어떠냐, 그렇게 농담도 하렴, 하느님이 너와 함께하길. 아무렴 어떠냐, 그럴 수도 있지. 농담이란 원래 언제든지 하라고 있는 거니까."

"이거 미안한걸, 아저씨, 진짜 농담이었는데."

"뭐 그럼, 하느님이 너를 용서하시길."

"그럼 아저씨는 용서해 주는 건가요?"

"용서하다뿐이냐. 어서 가 봐라."

"어라, 그러니까 아저씨는 정말 현명한 농군인 것 같아요."

"너보다는 현명하지." 느닷없이, 아까처럼 근엄하게 농군이 대답했다.

"설마, 그럴 리가 있나요." 콜랴는 다소 어리둥절해졌다.

"내 말이 맞을걸."

"뭐 그렇다고 해 두죠."

"정말 그렇다니까, 얘야."

"안녕히 가세요, 농부 아저씨."

"너도 잘 가거라."

"농군도 종류가 가지가지야." 콜랴가 얼마 동안 입을 다물고 있다가 스무로프에게 한마디 했다. "저렇게 똑똑한 농군을 만날 줄은 몰랐는걸. 나는 언제나 민중의 지혜를 인정해 줄 준비가 되어 있어."

멀리 성당의 시계는 11시 반을 쳤다. 소년들은 서둘러 걸음을 재촉했으며, 2등 대위 스네기묘프의 집까지 남아 있는 꽤 먼 길을 이제는 거의 대화도 나누지 않고 빨리 걸어갔다. 집 앞에서 이십 보쯤 떨어진 곳에서 콜랴는 걸음을 멈추었는데, 스무로프한테 먼저 가서 카라마조프를 이리로 좀 불러 달라고 명령했다.

"미리 냄새를 좀 맡아 둘 필요가 있지." 그가 스무로프에게 말했다.

"왜 불러 달라는 거야." 하고 스무로프가 반박했다. "그냥 들어가면 다들 널 보고 좋아할 거야. 게다가 뭐 하러 이렇게 추운 바깥에서 인사를 하려는 거야?"

"왜 그 사람을 여기 이렇게 추운 바깥으로 불러내야 하는지는 내가 이미 알고 있어." 콜랴가 폭군처럼 딱 잘라 말했고(이 '코흘리개들'을 이런 식으로 상대하는 걸 끔찍할 정도로 좋아했다.) 스무로프는 명령을 이행하기 위해 달려갔다.

4 쥬치카

콜랴는 근엄한 얼굴을 하고 담장에 몸을 살짝 기댄 채 알료샤가 나오길 기다렸다. 그렇다, 그는 이미 오래전부터 알료샤를 만나고 싶었다. 그에 대한 얘기는 아이들한테서 지겹도록 많이 들어 왔지만, 지금까지 아이들이 자기 앞에서 그에 대한 얘기를 늘어놓고 심지어 '비판'까지 할 때면 그 얘기를 들을 때마다 겉으로는 늘 경멸스럽고 무심한 태도를 취했다. 하지만 속으로는 무척, 무척이나 사귀고 싶었다. 그가 들은 알료샤에 대한 얘기 속엔 모두 뭔가 공감이 가고 사람을 끄는 것이 있었던 것이다. 그랬기 때문에 이 순간은 중대했다. 첫째, 독립심을 보여 주기 위해 제 얼굴에 먹칠하는 일이 없도록 해야 한다. '안 그러면 내가 열세 살짜리 꼬마라고 생각하면서 나를 저 녀석들과 똑같은 코흘리개로 간주할 거야. 게다가 그 사람이 이 코흘리개들한테 무슨 관심이 있을까? 사귀게 되면 물어봐야겠다. 그나저나 내가 이렇게 키가 작다니, 영 고약해. 투지코프만 해도 나보다 어린데도 머리 반 개 정도는 더 크잖아. 하지만 내 얼굴은 똘똘해 보인단 말이야. 잘생긴 건 아니야, 그래 얼굴이 추잡하게 생겼다는 건 나도 알고 있어. 그래도 똘똘하게 생긴 얼굴이지. 속내를 너무 많이 터놓는 것도 안 돼. 그랬다간 그 즉시 나를 껴안을 테고 무슨 생각을 할지 뻔해⋯⋯. 쳇, 그렇고 그런 생각을 한다면, 그보다 더 추잡한 일이 어디 있겠어⋯⋯!'

콜랴는 가장 독립적인 태도를 취하려고 안간힘을 쓰느라

이렇게 흥분했다. 무엇보다도, 그를 괴롭힌 것은 키가 작다는 것, 얼굴이 '추잡하게' 생겼다는 것보다는 차라리 작은 키였다. 그의 집 벽 모퉁이에는 작년부터 연필로 선을 그어 자신의 키를 표시해 놓았는데, 그때 이후로 그는 두 달에 한 번씩 마음을 졸이며 자기가 또 얼마나 컸나, 재 보려고 다가가곤 했다. 하지만 정말 슬픈 일이다! 키는 눈곱만큼밖에 안 자랐으며, 이 때문에 그는 이따금씩 마냥 절망에 빠지곤 했다. 얼굴에 관한 한, '추잡'하기는커녕 오히려 뽀얗고 창백한 데다가 주근깨가 나 있어 상당히 귀여웠다. 크지는 않지만 생기 있는 회색빛 눈에는 대담한 기운이 가득했으며 풍만한 감정으로 불타오를 때도 종종 있었다. 광대뼈는 좀 넓은 편이었고 입술은 작고 그다지 두껍지는 않았지만 아주 붉었다. 자그마한 코는 완전히 들려 있었다. '이건 완전히 들창코야, 완전히 들창코라니까!' 거울을 들여다볼 때마다 콜랴는 속으로 이렇게 중얼거렸고 거울 앞을 떠날 때마다 언제나 분개했다. '그나마 얼굴은 정말 똘똘해 보이는 걸까?' 그는 이따금씩 이것마저도 의심하면서 생각에 잠기곤 했다. 하지만 얼굴과 키에 대한 근심이 그의 영혼을 송두리째 집어삼켰다고 생각해서는 안 된다. 오히려 거울 앞에 있는 순간들이 아무리 독살스럽더라도 이런 건 금방 잊어버렸으며, 그 자신이 자신의 활동을 정의한 대로, 오랫동안 '이념과 현실 생활에 완전히 몰두'하곤 했다.

알료샤는 곧 나타났으며 콜랴를 향해 빠른 걸음으로 다가왔다. 몇 걸음 떨어져 있을 때부터 이미 그는 알료샤의 얼굴에 기쁜 기색이 역력하다는 것을 알아보았다. '정말로 나를 만

나는 게 저렇게 기쁜 건가?' 콜랴는 만족감에 젖어 이렇게 생
각했다. 겸사겸사 한마디 해 두자면, 알료샤는 우리가 그의 이
야기를 중단한 시점 이후 몹시 달라져 있었다. 수도복을 벗어
던지고 지금은 멋지게 재단된 프록코트를 입고 부드럽고 둥근
모자를 쓰고 있었으며 머리카락은 짧게 깎은 상태였다. 이 모
든 것이 그를 몹시 돋보이게 만들어서, 완전히 미남이 되어 있
었다. 그의 귀염성 있는 얼굴은 항상 명랑한 표정을 짓고 있었
지만, 이 명랑함은 어쩐지 조용하고 평온한 것이었다. 그런데
콜랴는 알료샤가 방에 앉아 있을 때의 복장 그대로, 그러니까
외투도 걸치지 않고 나온 걸 보고서 몹시 놀랐다. 무척 서두
른 모양이었다. 그는 곧장 콜랴에게 한 손을 내밀었다.

"자, 드디어 콜랴 군도 왔군요, 우리 모두 얼마나 기다렸던지."

"이유가 좀 있었습니다, 지금 아시게 되겠지만요. 어쨌거나
만나 뵙게 돼서 반갑습니다. 오래전부터 기회가 오길 기다렸
고, 얘기도 많이 들었습니다." 콜랴가 다소 숨을 헐떡이며 중
얼거렸다.

"이 일이 아니더라도 우리는 인사를 나누었을 겁니다, 나도
당신 얘기를 많이 들었죠. 그런데 여기, 이곳에는 좀 늦게 왔
군요."

"그래, 여기 사정은 어떤가요?"

"일류샤는 상태가 아주 나빠요, 꼭 죽을 것 같군요."

"무슨 소리입니까! 의학이란 비열한 겁니다, 안 그렇습니까,
카라마조프 씨?" 얼을 올리면서 콜랴가 소리쳤다.

"일류샤는 자주, 몹시 자주 당신 얘기를 하곤 했습니다, 심

지어 잠을 잘 때나 열에 들떠 헛소리를 할 때도. 당신이 그에게 몹시, 몹시 소중한 존재였다는 걸 알겠더군요……. 그러니까 그 사건…… 나이프 사건이 있기 전까지는. 여기에는 또 다른 원인이 있는데…… 그래, 이건 당신의 개입니까?"

"예, 나의 개입니다. 페레즈본이죠."

"쥬치카가 아니고요?" 알료샤는 콜랴의 눈을 안타깝다는 듯 바라보았다. "그 녀석은 이미 그렇게 사라져 버린 겁니까?"

"다들 쥬치카가 오길 바라고 있다는 거 알고 있습니다, 다들었거든요." 콜랴가 수수께끼 같은 미소를 지었다. "들어 보십시오, 카라마조프 씨, 나는 당신에게 모든 일을 설명하겠습니다. 내가 온 건 무엇보다도 이 때문이니까요. 당신을 이렇게 불러낸 것도 안으로 들어가기 전에 미리 당신에게 모든 사건을 설명하기 위해서입니다." 그가 활기를 띠며 말을 시작했다. "보십시오, 카라마조프 씨, 봄에 일류샤는 예비반에 들어갔습니다. 뭐, 우리 학교 예비반이 어떤지는 유명하지요. 코흘리개, 꼬맹이 천국으로 말입니다. 일류샤는 곧장 놀림거리가 됐지요. 나는 두 학년이 높았기 때문에 물론 멀리서, 제삼자의 입장에서 그냥 보고만 있었습니다. 작고 허약하지만 좀처럼 굴복하지 않는, 심지어 그들과 싸움질을 할 만큼 오만한 아이라는 것을 알겠더군요, 눈이 타오르고 있었지요. 나는 그런 아이들이 좋아요. 하지만 애들은 일류샤를 더 심하게 괴롭혔지요. 무엇보다도, 그 당시 일류샤는 외투 꼴이 말이 아니었고 바지는 깡총하게 짧았고 장화에는 구멍이 숭숭 뚫려 있었습니다. 애들은 이것도 꼬투리를 잡았어요. 잔뜩 창피를 준 거죠. 하지만 나는 이런 것은 딱 질색이라서 즉시 일류샤를 감싸 주고 본때를 보여 줬죠. 사실 나는 걔들을 좀 때리기도 하지만 그래도 걔들은 나를 숭배합니다, 아시겠죠, 카라마조프 씨?" 콜랴는 아주 신이 나서 자기 자랑을 늘어놓았다. "게다가 나는 대체로 꼬맹이들을 좋아합니다. 지금도 우리 집에는 햇병아리 둘이 내 목에 매달려 있는데, 심지어 오늘도 요 녀석들 때문에 좀 지체가 된 겁니다. 이런 식으로, 애들은 일류샤를 때리지 않게 되었고, 나는 그를 내 보호하에 두게 됐습니다. 오만한 소년이라는 걸 알겠더군요. 분명히 말씀드리건대 오만한 녀석이었지만, 결국엔 노예처럼 나에게 헌신하게 됐고 나의 가장 하찮은 명령도 이행하고 나의 말을 하느님의 말인 양 따르고 나를 흉내 내기 시작했지요. 또 학교에서 쉬는 시간이 되면 이제 나한테 왔고 우리는 함께 다니곤 했습니다. 일요일에도 늘 그랬지요. 우리 김나지움에서는 상급생이 이렇게 어린 애들과 어울리면 놀려 대곤 하지만, 이건 편견에 지나지 않습니다. 나의 이상이 이런 만큼, 그걸로 된 겁니다, 안 그렇습니까? 나는 그 애를 가르치고 또 발전시키고 있습니다—그래, 그 애가 내 마음에 든다면 내가 그 애를 발전시키지 못할 이유가 없잖습니까? 아닌 게 아니라, 카라마조프 씨, 당신도 저런 햇병아리들과 어울리면서 젊은 세대에게 영향력을 행사하고 그들을 발전시키고 그들에게 유용한 존재가 되고 싶은 거 아닙니까? 그리고 고백하건대, 내가 들어서 알고 있는 당신의 성격 속에 깃든 이 특성이 제 흥미를 무엇보다도 자극했습니다. 어쨌거나 본론으로 들어가죠. 지적하건대, 그 아이의 내면에서는 어떤 예민하고 감상적인 측면이 자라나고 있는데, 나는 송아지 같은 어리광이라면 뭐든 단연코 반대이며, 태어날 때부터 그래 왔습니다. 게다가 일련의 모순들도 눈에 뜨입니다. 즉, 오만한데도 나한테는 노예처럼 헌신했고, 또 노예처럼 헌신했다가 갑자기 눈을 번득이면서 심지어 내 의견에 반대하면서 논쟁을 시작하곤 미친 것처럼 대들거든요. 이따금씩 내가 이런저런 사상들을 피력하면, 그 애는 딱히 내 사상에 반대한다기보다는 그저 나 개인에게 대든다는 것이 훤히 보이는데, 이건 내가 그 애의 다정스러움에 냉담하게 응수했기 때문이죠. 자, 그래서 나는 그 애의 버르장머리를 고쳐 주기 위해 그 애가 다정스럽게 굴면 굴수록 더욱더 냉담하게 굴었는데, 이건 일부러 그런 겁니다, 이게 나의 신념이니까요. 그러니까 나의 목적은 그 애의 성격을 엄중히 훈련시키고 다듬어서 제대로 된 인간을 창조하고…… 그리고 또…… 물론 당신은 내 말을 대번에 이해하실 테죠. 그러다가 그 애가 하루고 이틀이고 사흘이고 늘 혼란스러워하고 슬픔에 잠겨 있다는 걸 갑자기 알게 됐는데, 그건 이미 다정스러움을 갈망해서가 아니라 뭔가 다른, 아주 강하고 드높은 일이 있어서였던 겁니다. 이게 무슨 비극이란 말인가? 하고 나는 생각했지요. 그러곤 그 애를 족쳐서 사연을 알아냈습니다. 그 애는 어쩌다가 돌아가신 당신 아버지(그때는 아직 생존해 계셨지요.)의 하인 스메르쟈코프와 어울리게 됐고, 그 하인은 바보 같은 그 애에게 어리석은 장난질을, 다시 말해 짐승같이 저열한 장난질을 가르쳐 주었습니다. 그러니까 몰랑몰랑한 빵 조각을 가져와 그 속에 핀을 집어넣고서, 빵 조각을 씹지도 않고 집어삼킬 만큼 배를 곯고 있는 마당 개 아무 놈한테나 던져 주고 어떤 일이 일어나는지 보자, 하는 거였죠. 자, 그리하여 그들은 빵 조각 하나를 준비해서, 지금 문제가 되고 있는 바로 그 털북숭이 쥬치카에게 던져 주었는데, 녀석은 밥을 제대로 얻어먹지 못해서 하루 종일 허공에다 대고 컹컹 짖어 대던 마당 개였지요.(개들이 이렇게 멍청하게 컹컹 짖는 소리를 좋아하세요, 카라마조프 씨? 나는 참을 수가 없습니다.) 녀석은 냉큼 달려들어 빵 조각을 집어삼키더니, 이내 째질 듯 비명을 내지르며 빙빙 돌더니 달리기 시작했고, 달리면서도 계속 끼끼 비명을 지르다가 사라졌답니다——일류샤가 직접 나한테 이렇게 묘사해 주더군요. 나에게 이 일을 고백하면서도 그 애는 울음을 그치질 않고 나를 껴안은 채 몸을 부들부들 떨었습니다. '달려가면서도 끼끼대고, 또 달려가면서도 끼끼 비명을 질렀어.' 오직 이 말만을 반복했는데, 그 장면이 그 애에게 충격을 주었던 겁니다. 뭐, 내가 보기엔, 양심의 가책이었던 거죠. 나는 이걸 진지하게 받아들였습니다. 무엇보다도 옛날 일도 있고 해서 나는 그 애를 톡톡히 훈련해야겠다는 마음에, 고백하건대, 그만 머리를 좀 굴려서 이전의 저에겐 전혀 없었던 분노에 사로잡힌 척했지요. '너는 저열한 짓을 저질렀어, 너는 비열한 놈이야, 물론 나는 떠벌리진 않겠지만 당분간은 너와 절교하겠어. 이 일을 곰곰 생각해 본 뒤 스무로프(지금 나와 함께 온, 언제나 나에게 충성을 다하는 바로 그 소년 말입니다.)를 통해 너한테 알려 주겠어. 앞으로도 계속 너와의 관계를 유지할지, 아니면 너를 비열한 놈으로 간주하여 영원히 버릴지 말이다.'라고 말했지요. 이 때문에 그 애가 받은 충격이 이만저만이 아니었습니다. 고백하건대, 그때 내가 너무 엄격하게 군 건 아닌가라는 느낌이 들었지만, 어쩌겠습니까, 그 당시 나의 생각이 그랬던 것을. 하루가 지난 뒤 나는 스무로프를 그 애한테 보내서 더 이상 그와는 '말도 하지 않겠다.'라고 전했지요. 이건 두 친구가 서로 절교할 때 우리들끼리 쓰는 표현이지요. 사실 마음속으로는, 며칠 동안만 그 애를 그렇게 추방형에 처한 뒤 나중에 가서 뉘우치는 기색이 보이면 다시 그 애에게 손을 내밀 생각이었습니다. 이것이 나의 확고한 의도였습니다. 하지만 당신 생각은 어떠십니까, 스무로프한테서 내 말을 전해 들은 뒤 그 애는 갑자기 눈을 번득였다더군요. '크라소트킨에게 내 말을 전해 줘.'라고 그 애가 소리쳤답니다. '이제부터 난 아무 개한테나 핀이 든 빵 조각을 던져 줄 테다, 아무 개한테나, 아무 개한테나!' 그래서 나는 '그래, 그 녀석 제멋대로 구는 데는 일등인걸, 완전히 따돌려 버려야겠어.'라고 생각하곤 그 애를 드러내 놓고 멸시하기 시작했고 만날 때마다 외면하거나 조롱하듯 웃어 주었지요. 그러던 중 갑자기 그 애의 아버지 사건이 일어난 겁니다, 기억 나시죠, 수세미 사건 말입니다? 아시겠지요, 그러니까 그 애는 미리 진작부터 무서울 만큼 골이 나 있었던 겁니다. 아이들은 내가 그 애를 버렸다는 걸 알고서 그 애한테 달려들어 '수세미, 수세미'라고 약을 올렸습니다. 바로 그 무렵 그들 사이에선 한바탕 싸움질이 벌어졌고, 한번은 그 애가 호되게 얻어맞은 것 같아 나도 정말 유감스러웠습니다. 그러던 중 한번은 아이들이 수업을 끝내고 나올 때 운동장에서 그 애가 혼자 모든 아이들을 상대로 덤벼들었는데, 때마침 나는 열 걸음쯤 떨어진 곳에 서서 그 애를 보고 있었죠. 맹세코, 나는 그때 비웃었던 기억은 없고, 오히려 그때는 그 애가 너무, 너무나 안쓰러워서 한순간만 더 있었더라도 그 애한테 달려가 보호해 주었을 겁니다. 하지만 그 애가 갑자기 나의 시선을 보았습니다. 그 애에게 어떻게 보였는지는 모르겠지만, 그 애는 펜나이프를 끄집어내더니 나한테로 달려들어 제 허벅지를 찔렀어요, 바로 여기 오른쪽 다리요. 나는 꿈쩍도 하지 않았습니다. 고백하건대, 나는 이따금씩 용맹스러울 때가 있거든요, 카라마조프 씨. 나는 그저 '내 우정을 이딴 식으로 보답하고 싶단 말이지, 어디 해 봐, 기꺼이 응해 줄 테니.'라는 말을 담은 시선으로 경멸스럽게 바라보기만 했습니다. 하지만 그 애는 두 번 다시 찌르지는 못하고 오히려 그만 참질 못하고서 그 스스로 경악한 채 칼을 내팽개치고 목청껏 울음을 터뜨리면서 도망치기 시작하더군요. 나는, 물론, 고자질을 하기는커녕 다른 아이들한테도 선생님들 귀에 들어가지 않도록 입을 다물라고 명령했고, 심지어 어머니한테도 상처가 다 아물었을 때 비로소 말씀을 드렸습니다. 사실, 상처도 그냥 좀 할퀸 것일 뿐, 별게 아니었고요. 그다음에, 바로 그날 그 애가 돌팔매질을 했고 당신의 손가락을 깨물었다는 얘기를 들었습니다만, 하지만, 이해하시겠죠, 그 애가 어떤 상태였는지요! 그래, 뭘 어쩌겠습니까, 내가 그만 바보짓을 했는걸요. 그 애가 병이 났을 때 그 애를 용서해 주러, 다시 말해, 서로 화해를 하러 찾아가지 않은 것이 지금은 후회가 돼요. 하지만 그런 데는 나 나름의 특수한 목적이 있었습니다. 자, 이것이 사건의 전말이고…… 다만, 내가 바보짓을 했던 것 같아요……."

"아, 정말 유감이군요." 알료샤가 흥분해서 소리쳤다. "내가 그 애와 당신의 관계를 좀 더 일찍 알지 못했다니 말이죠, 진작 알았더라면 오래전에 내가 직접 당신을 찾아가서 나와 함께 그 애를 찾아가자고 부탁했을 텐데. 믿든 안 믿든, 그 애는 병상에 누워 열에 들뜬 상태에서도 줄곧 당신 얘기를 했습니다. 나는 당신이 그 애에게 얼마나 소중한지 미처 몰랐군요! 그런데 정말, 정말로 그 쥬치카는 못 찾아낸 겁니까? 그 애 아버지와 모든 아이들이 온 도시를 샅샅이 뒤졌습니다. 믿든 안 믿든, 그 애는 몸도 성치 않은데 눈물을 줄줄 흘리면서 내가 있는 데서 세 번이나 '내가 아픈 건, 아빠, 그때 내가 쥬치카를 죽였기 때문이야, 이건 하느님이 나한테 벌을 내리신 거야.'라며 아버지한테 반복하더군요. 아무리 해도 이 생각을 떨쳐 낼 수가 없는 모양입니다! 지금이라도 이 쥬치카를 찾아내서 녀석이 죽지 않고 살아 있다는 것을 보여 준다면, 그 애는 너무 기쁜 나머지 대번에 부활할 겁니다. 해서, 우리는 모두 당신에게 기대를 걸고 있었던 거죠."

"아니 그런데, 무슨 근거로 내가 쥬치카를 찾아내리라고, 다시 말해서 다른 누구도 아닌 내가 그럴 수 있으리라고 기대하신 거죠?" 굉장한 호기심을 보이면서 콜랴가 물었다. "왜 하필이면 다른 사람이 아닌 나를 염두에 두셨던 거죠?"

"어떤 소문이 떠돌았지요, 당신이 쥬치카를 찾고 있으니까 그 녀석을 찾아내기만 하면 데리고 올 거라는. 스무로프가 뭔가 이런 종류의 말을 한 것 같아요. 우리는 무엇보다도, 쥬치카가 살아 있는 것처럼, 사람들이 어디선가 그 녀석을 본 것처럼 믿게 하려고 줄곧 안간힘을 쓰고 있습니다. 아이들이 어디선가 살아 있는 토끼를 그 애한테 구해다 주었는데, 그 애는 그저 바라보면서 아주 약간 미소를 지을 뿐, 곧 토끼를 들판으로 풀어 주라고 부탁하더군요. 해서, 우리는 그렇게 했지요. 바로 지금 아버지가 돌아오는 길에 그 애에게 마스티프 종 강아지를 갖다주었습니다. 역시나 어디서 구한 것인데, 이렇게 해서 아이를 달랠 수 있으리라고 생각했겠지만, 상황은 더 나빠진 것 같군요……."

"그럼 말이죠, 카라마조프 씨, 그 아버지라는 사람은 어떤가요? 나도 그를 알고는 있지만, 당신이 보시기엔 어떤가요, 광대, 어릿광대 같지 않나요?"

"아, 절대 아닙니다, 감수성이 너무도 예민하지만 어쩐지 억눌린 그런 사람들이 있습니다. 그들의 어릿광대 같은 행동들은 몇몇 사람들이 너무 미워 빈정거리는 것과 비슷한데, 그들 앞에서 오랫동안 비굴할 정도로 소심하게 굴었던 탓에 그들의 눈을 똑바로 바라보고는 감히 사실대로 말할 수 없기 때문이죠. 정말로, 크라소트킨, 이런 유의 어릿광대 같은 행동들은 이따금씩 굉장히 비극적인 법입니다. 그는 모든 걸, 지상의 모든 걸 지금 일류샤에게 쏟아부었기 때문에 일류샤가 죽으면 너무 괴로운 나머지 미쳐 버리든지 아니면 자살을 할 겁니다. 지금 그를 바라보면 거의 꼭 그럴 거라는 생각이 들더군요!"

"당신 말씀은 잘 알겠습니다, 카라마조프 씨. 보아하니, 당신은 사람 보는 눈이 있군요." 콜랴가 감명을 받은 듯 덧붙였다.

"그런데 나는 당신이 개와 함께 온 걸 보고서 문제의 그 쥬치카를 데려온 줄 알았습니다."

"잠깐만요, 카라마조프 씨, 어쩌면 우리는 그 녀석을 찾아낼 수도 있을 겁니다. 하지만 이건, 이건 페레즈본입니다. 나는 이제 이 녀석을 방 안으로 들여보낼 건데, 어쩌면 이 녀석이 마스티프 종 강아지보다도 더 일류샤를 즐겁게 해 줄지도 몰라요. 잠깐만요, 카라마조프 씨, 당신은 지금 뭔가를 알게 될 겁니다. 아, 저런, 당신을 이렇게 오래 붙들고 있다니!" 콜랴가 갑자기 맹렬하게 소리쳤다. "이렇게 추운 날씨에 프록코트 하나만 달랑 입고 계신 분을 이렇게 붙들고 있군요. 거보세요, 나는 정말로 이기주의자라니까요! 오, 우리는 모두 이기주의자예요, 카라마조프 씨!"

"걱정 마십시오. 사실 춥긴 춥지만, 원래 감기에 잘 안 걸리는 체질입니다. 어쨌거나 이제 갑시다. 참, 그나저나, 이름이 어떻게 되시더라, 콜랴라는 건 알고 있습니다만, 그다음은?"

"니콜라이, 니콜라이 이바노프[5] 크라소트킨, 혹은 관청식으로 말해 아들 크라소트킨입니다." 무엇 때문인지 콜랴는 웃기 시작했지만, 갑자기 이렇게 덧붙였다. "나는 물론, 니콜라이라는 내 이름이 정말 싫어요."

---

5) 콜랴의 부칭 '이바노비치'를 잘못 쓴 것으로 보인다.

"아니, 왜요?"

"하찮은 데다가 관청 냄새가 나서요……."

"지금 열세 살이죠?" 알료샤가 물었다.

"다시 말해서 열네 살입니다. 두 주만 지나면, 정말 조금만 지나면 열네 살이니까요. 당신이 나의 천성을 단번에 모조리 알 수 있도록 첫인사를 하는 차원에서 당신 앞에서 미리 내 약점 하나를 고백하자면요, 카라마조프 씨, 나는 나한테 나이를 물어보는 게 싫습니다, 아니, 싫어하는 것 이상입니다……. 그리고 끝으로…… 나를 두고서 지난주에 내가 예비반 아이들과 강도 놀이를 했다는 못된 헛소문이 나돌았습니다. 내가 놀이를 했다는 것은 사실이지만, 나 자신을, 스스로의 만족을 위해 놀았다는 것, 그것은 그야말로 못된 헛소문입니다. 여러 모로 보아 그 소문이 당신 귀에까지 흘러 들어갔겠지만, 나는 나 자신을 위해서가 아니라 꼬맹이들을 위해서 놀아 주었던 겁니다. 왜냐면 꼬맹이들은 나 없이는 아무것도 생각해 낼 수가 없으니까요. 자, 이런 식으로 우리 도시는 헛소문 천국이라니까요. 완전히 유언비어의 도시죠, 정말로요."

"아니, 설사 자기 자신의 만족을 위해 놀았다고 한들, 그러면 또 어떻습니까?"

"그러니까 자기 자신을 위해서라도…… 당신이 말타기 놀이를 하지는 않잖습니까?"

"그럼, 그렇게 생각하십시오." 알료샤가 미소를 지었다. "극장이라면, 예를 들어, 성인들도 다니는데, 극장에서도 온갖 주인공들의 모험을 보여 줍니다. 이따금씩 그들이 강도들이나 군대와 겪는 모험담도 나오죠. 그렇다면 이것도 물론, 같은 종류의 것이 아닐까요? 젊은 애들이 여가 시간에 전쟁놀이나 저어기 강도 놀이를 하는 것은——그것도 역시 어린 영혼 속에서 생겨나는 예술, 예술을 향한 욕구이며, 이 놀이들은 심지어 이따금씩은 극장의 공연들보다 더 근사하죠. 차이점이라면 오로지, 극장을 찾는 건 배우들을 보기 위해서이지만 이 경우에는 젊은 애들 자신이 배우라는 거죠. 어쨌거나 이건 그저 자연스러울 따름입니다."

"그렇게 생각하세요? 그것이 당신의 신념인가요?" 콜랴가 그를 주의 깊게 바라보았다. "그러니까 그 발상은 상당히 흥미진진하네요. 나는 지금 집에 도착하면 이 문제를 놓고 머리를 좀 굴려 보겠습니다. 고백하건대, 나는 정말로 당신한테 뭔가를 배울 수 있을 거라고 기대했어요. 내가 온 것은 당신에게서 가르침을 받기 위해서입니다, 카라마조프 씨." 콜랴가 감명을 받은 듯 격정적인 목소리로 말을 끝맺었다.

"그럼, 나는 당신에게 가르침을 받도록 하죠." 알료샤가 그의 손을 쥐면서 미소를 지었다.

콜랴는 알료샤에게 굉장히 만족했다. 그를 감동시킨 것은 알료샤가 자기를 극히 동등하게, 그러니까 자기를 '완전한 어른'으로 대하며 얘기를 나누고 있다는 점이었다.

"그럼, 지금 바로 재주 하나를 보여 드리죠, 카라마조프 씨, 역시나 일종의 극장 공연입니다." 그가 초조하게 웃었다. "내가 온 것도 바로 이 때문이니까요."

"우선 왼쪽에, 주인집 방에 들릅시다. 당신 친구들은 전부 거기에 외투를 맡겨 두었지요, 방 안은 비좁고 후덥지근하거든요."

"오, 나는 아주 잠깐 들른 거니까, 그냥 외투를 입은 채로 들어가서 좀 앉아 있겠습니다. 페레즈본은 여기 현관에 남아서 죽을 겁니다. '헤이, 페레즈본, 자, 콱 죽어라!' 보십시오, 녀석은 죽었습니다. 나는 우선 들어가서 상황을 좀 살펴본 뒤 나중에 필요해지면 휘파람을 불겠습니다. '헤이, 페레즈본!' 하고요. 그러면 당신은 녀석이 미친 듯 냉큼 뛰어 들어오는 것을 보실 겁니다. 다만, 그 순간에 스무로프가 문을 열어 주는 걸 잊지 말아야 될 텐데. 어떻든 내가 조치를 잘 취할 테니까, 당신은 재주나 구경하세요……."

5 일류샤의 침대 곁에서

우리도 익히 알고 있는, 예의 그 퇴역 2등 대위 스네기료프의 가족이 거처하고 있는 방은 이 순간 사람들이 잔뜩 몰려든 까닭에 갑갑하고 비좁았다. 몇 명의 소년들은 이때 일류샤 옆에 앉아 있었다. 비록 그들 모두 스무로프처럼 알료샤한테 이끌려 일류샤와 화해한 건 아니라고 우겼을 테지만, 그럼에도 사실이 그렇기도 했다. 이 경우 그는 기술을 발휘하여 아이들을 하나씩 따로 일류샤에게 데려가 엮어 주었으며, 어떤 '송아지 같은 어리광'도 없이 고의가 아닌 양 우연히 그렇게 된 것처럼 했다. 일류샤로 말할 것 같으면, 그 덕택에 상당히 고통을 덜 수 있었다. 옛날에는 적이었던 이 모든 아이들이 자기에게 거의 상냥하기까지 한 우정과 애정을 기울이는 걸 보고 아주 큰 감동을 받은 것이다. 오직 크라소트킨 하나만 오지 않았으니, 이것은 그의 가슴속에 무서운 굴레로 남아 있었다. 일류셰치카의 쓰라린 추억 중에 가장 쓰라린 뭔가가 있었다면, 그건 바로 크라소트킨 사건, 즉 한때 자신의 유일한 친구이자 수호자였던 그에게 칼을 들고 달려든 일이었다. 영리한 아이인 스무로프(일류샤와 화해를 하러 제일 먼저 찾아간 아이였다.)도 그렇게 생각했다. 하지만 크라소트킨은 스무로프한테서 알료샤가 '한 가지 일이 있어서' 자기를 찾아오고 싶어 한다는 암시 같은 말을 듣자, 그 즉시 상대의 말을 끊고 일언지하에 방문을 거절했으며, 자기가 어떻게 행동해야 할지는 그 자신이 잘 알고 있으므로 그 누구의 충고 따위도 필요 없고 만약 아픈 일류샤를 찾아간다면 자기에게도 '그 나름의 계산'이 있기 때문에 언제 갈지는 그 자신이 잘 알고 있다는 말을 즉시 '카라마조프'에게 전하라고 스무로프에게 시켰다. 이것은 이번 주 일요일로부터 두 주쯤 전의 일이었다. 바로 이 때문에 알료샤는 자신의 계획과는 달리, 자기가 나서서 크라소트킨을 찾아가지는 않았던 것이다. 그래도 그는 기다리는 와중에도 다시 한번, 또 다시 한번 스무로프를 크라소트킨에게 보냈다. 하지만 이 두 번의 경우 모두 크라소트킨은 이젠 아주 성급하고 냉혹하게 딱 잘라 거절했으며, 만약 알료샤가 자기를 부르러 직접 온다면 더더욱 절대로 일류샤에게 가지 않을 테니까 더 이상 자기를 성가시게 하지 말아 주었으면 한다고 알료샤에게 전했다. 심지어 바로 마지막 날까지도 콜랴가 이날 아침 일류샤를 찾아갈 결단을 내릴 줄은 스무로프도 몰랐으며, 오직 그 전날 저녁에야 콜랴가 스무로프와 작별 인사를 나누다가 갑자기 냉혹하게 내일 아침 그와 함께 스네기료프 집에 갈 테니까 집에서 자기를 기다리고 있으라고, 하지만 느닷없이 가고 싶으니까 자기가 간다는 걸 아무한테도 알리지 말라고 선언했던 것이다. 스무로프는 그대로 복종했다. 크라소트킨이 실종된 쥬치카를 데려올 것이라는 스무로프의 꿈은 그가 지나가는 말로 "그 개가 살아 있는데도 찾아낼 수 없다면, 다들 당나귀야."라고 내뱉은 것 때문에 생겨났다. 스무로프가 기회를 엿보다가 개에 관한 자신의 추측을 크라소트킨에게 넌지시 언급하자, 그는 갑자기 버럭 화를 냈다. "내가 무슨 당나귀인 줄 알아, 나한테는 나의 페레즈본이 있는데 남의 개나 찾으러 온 도시를 뒤지게? 그리고 핀을 집어삼킨 개가 어떻게 아직 살아 있길 바랄 수가 있어? 송아지 같은 어리광일 뿐, 더 이상은 아무것도 아니야!"

그렇게 이 주가 지나도록 일류샤는 방 한구석 성상 옆에 놓인 자기 침대를 떠난 적이 거의 없었다. 알료샤를 만나 그의 손가락을 깨문 사건 이후, 학교도 가지 않았다. 바로 그날로 앓아누웠지만, 그래도 한 달 전만 해도 어떻게든 간간이 침대에서 일어나 간간이 방이나 현관을 거닐 수는 있었다. 하지만 결국에 기력이 완전히 쇠해져서 아버지의 도움이 없으면 움직일 수도 없게 됐다. 아버지는 아이 걱정에 벌벌 떨다시피 했고 심지어 술도 끊었으며 자기 아이가 죽으면 어쩌나 싶어 너무 무서운 나머지 거의 미칠 지경이 되었는데——특히나 아이를 부축하여 방을 좀 걷게 하고 다시 침대에 누인 뒤에는 갑자기 현관의 어둠침침한 구석으로 달려가 벽에 머리를 대고 일류셰치카의 방까지 소리가 들리지 않도록 목소리를 죽여 가며 몸을 부들부들 떨고 훌쩍대면서 흐느껴 우는 일이 허다했다.

그러다 방으로 돌아오면 보통 어떻게 해서든 자신의 귀한 아이를 즐겁게 해 주고 또 위로하기 위해 동화나 웃기는 일화들을 얘기해 주기도 했고 자기가 만났던 여러 웃기는 사람들 흉내를 내기도 했으며 심지어 우스꽝스럽게 울부짖거나 소리를 지르며 동물 흉내를 내기도 했다. 하지만 일류샤는 아버지가 몸을 비틀며 광대처럼 구는 걸 그다지 좋아하지 않았다. 소년은 자신의 불쾌감을 드러내지 않으려고 노력했지만, 아버지가 자기 사회에서 멸시받는 존재라는 것을 가슴이 아릴 만큼 강렬하게 의식하고 있었고 '수세미'와 바로 그 '무서운 날'을 늘 집요하게 떠올리곤 했다. 니노치카, 즉, 다리를 못 쓰는 조용하고 온순한 일류셰치카의 누나 역시도 아버지가 몸을 비틀거나 하는 것을 좋아하지 않았지만(한편 바르바라 니콜라예브나는 강의를 듣기 위해 이미 오래전에 페테르부르크로 떠났다.) 대신 반쯤 정신이 나간 엄마만은 자기 남편이 무슨 연기를 하거나 무슨 우스꽝스러운 몸짓을 선보일 때면 아주 신이 나서 진정으로 웃곤 했다. 이것만이 그녀의 유일한 위안거리였고 그 외 나머지 시간에는 줄곧, 이제 다들 자기를 잊어버렸다느니, 아무도 자기를 존경해 주지 않는다느니, 다들 자기를 모욕한다느니 하면서 끊임없이 툴툴거리며 울어 댔다. 하지만 아주 최근에 와서는 그녀마저도 완전히 변해 버린 듯했다. 그녀는 자주 구석의 일류샤를 바라보기 시작했으며 생각에 잠기곤 했다. 말수는 훨씬 줄어들고 조용해졌으며, 또 울기 시작할 때도 사람들에게 들리지 않도록 조용히 울었다. 2등 대위는 그녀에게 나타난 이 변화를 인지하곤 쓰라린 의혹에 빠져들었다. 소년들의 방문은 처음에는 그녀의 마음에 들기는커녕 오히려 화를 돋울 뿐이었지만, 나중에는 아이들의 즐거운 외침 소리와 이야기에 그녀마저도 즐거운 기분이 되었고 결국 그 정도로 아이들을 좋아하게 되었기 때문에 이 아이들이 발길을 끊는다면 가슴앓이를 할 정도가 되었다. 아이들이 무슨 이야기를 하거나 놀이를 시작하면, 그녀는 웃으면서 손뼉을 짝짝 치곤 했다. 어떤 아이들은 자기 곁으로 불러 입을 맞추기도 했다. 그중 특히나 스무로프 소년을 좋아하게 됐다. 2등 대위의 경우, 아이들이 일류샤를 즐겁게 해 주려고 자기 집에 나타나자, 아주 처음부터 그의 영혼은 황홀한 기쁨으로 가득 찼고 이제 일류샤는 더 이상 허전해하지도 않을 테고 아마 이 때문에라도 곧 건강해질 것이라는 희망을 갖게 됐다. 그는 일류샤의 상태에 대한 온갖 두려움이 앞섰음에도 불구하고, 최후의 순간까지 단 일 분도 자기 아이가 갑자기 건강해질 것이라는 믿음을 버리지 않았다. 해서, 꼬마 손님들을 맞이할 때는 늘 경건한 태도를 취했으며 그들 주위를 오가며 시중을 들고 그들을 자기 등에 업고 다닐 준비마저 되어 있었고 심지어 정말로 그렇게 업어 주었지만 이런 놀이를 일류사기 별로 좋아하지 않았기 때문에 그만두었다. 그들을 위해서 사탕이며 당밀 과자며 호두 따위를 사 오기도 하고 차를 준비하기도 하고 부테르브로드[6]를 만들기도 했다. 여기서 한 가지 지적해야될 점은 이 기간 내내 그의 돈이 바닥나는 일은 없었다는 것이다. 그때의 200루블을, 정확히 알료샤의 예언대로, 그는 카체리나 이바노브나로부터 받아들였던 것이다. 그러고 나서 카체리나 이바노브나는 그들의 형편과 일류샤의 병세를 좀 더자세히 알아낸 뒤 몸소 그들 집을 방문하여 가족 전체와 인사를 나누었으며 심지어 2등 대위의 반쯤 정신이 나간 부인까지도 매혹시킬 수 있었다. 그때 이후 그녀는 온정의 손길을 끊지 않았으며, 2등 대위는 자기 아이가 죽을지도 모른다는 생각에 너무 무서운 나머지 예전의 명예 따위는 다 잊고 순순히도움의 손길을 받아들였다. 이 기간 내내 의사 게르첸슈투베는 카체리나 이바노브나의 부탁으로 이틀에 한 번씩 꾸준히꼬박꼬박 환자를 보러 왔으나 그의 왕진 결과는 극히 부실하여 그저 온갖 약으로 아이의 몸을 망쳐 놓았을 뿐이었다. 하지만 그 대신 이날, 다시 말해, 이 일요일 아침, 2등 대위의 집에서는 모스크바에서 명성을 떨치고 있는 새로운 의사 한 명을 기다리는 중이었다. 카체리나 이바노브나는 큰돈을 들여일부러 이 의사를 모스크바에서 초대했는데——이건 일류셰치카를 위해서가 아니라 앞으로 때가 되면 얘기할 다른 목적하나를 위해서였지만, 어쨌거나 일단 왔으니 일류셰치카도 한번 봐 달라고 부탁했고, 2등 대위는 사전에 미리 이 통보를 받

---

6) 도톰하게 썬 빵 위에 햄, 치즈, 연어 알 등을 얹어 먹는 러시아식 샌드위치.

은 터였다. 콜랴 크라소트킨의 방문에 대해서라면, 이미 오래 전부터 자기 일류셰치카를 심적으로 이렇게까지 괴롭히고 있는 이 소년이 결국 제발 좀 와 주었으면 바라긴 했지만 어떤 예감이 있었던 건 아니었다. 크라소트킨이 문을 열고 방 안에 나타난 바로 그 순간, 2등 대위와 소년들은 환자의 침대 주위로 몰려들어 이제 막 데려온 조막만 한 마스티프 종 강아지를 뜯어보던 중이었는데, 이 녀석은 어제 막 태어난 놈으로서 실종된, 물론 이미 죽어 버렸을 쥬치카 때문에 줄곧 가슴앓이를 하는 일류셰치카를 즐겁게 해 주고 또 위로하려고 2등 대위가 일주일 전에 주문해 놨던 거였다. 하지만 일류샤는 사흘 전부터 작은 강아지를, 그냥 개도 아니고 진짜 마스티프 종을(물론 이건 몹시 중대한 대목이었다.) 선물받을 거라는 얘기를 들어 알고 있었고 비록 섬세하고 예민한 마음에서 선물을 보고 기뻐하는 기색을 보이긴 했지만, 아버지며 소년들이며 다 이 새로운 강아지 때문에 어쩌면 일류샤의 마음속에서 그가 괴롭힌 불행한 쥬치카에 대한 추억이 더욱더 강렬하게 꿈틀거렸을 뿐임을 분명히 알 수 있었다. 강아지는 그의 곁에 누워 꼬물거렸으며 그는 병색이 완연한 미소를 지으며 가늘고 창백한, 바싹 여윈 손으로 강아지를 쓰다듬었다. 강아지는 분명히 그의 마음에 든 것 같았지만, 그럼에도…… 어쨌거나 쥬치카는 없었고, 어쨌거나 이건 쥬치카가 아니었다. 쥬치카와 강아지가 함께 있었더라면, 그때는 그야말로 행복했을 게 아닌가!

“크라소트킨이다!” 방으로 들어선 콜랴를 제일 먼저 발견한 한 소년이 갑자기 외쳤다. 눈에 뜨일 정도로 흥분의 기운이 감돌았고, 소년들은 침대 양쪽을 따라 갈라섰고, 이로써 갑자기 일류셰치카에게로 향하는 길을 터 주었다. 2등 대위는 맹렬하게 콜랴를 맞이했다.

"어서 오시구려, 어서…… 귀한 손님이 왔구먼!" 그는 콜랴에게 혀짤배기소리로 말했다. "일류셰치카, 크라소트킨 군이 너를 찾아왔구나……."

하지만 크라소트킨은 곧 그에게 악수를 청하곤, 자신이 사교계의 예의범절을 굉장히 잘 알고 있다는 것도 얼른 보여 주었다. 제일 먼저 안락의자에 앉아 있는 2등 대위의 부인(이 순간엔 마침, 아이들이 일류샤의 침대를 가려 버리곤 자기한테는 이 새로운 강아지를 바라볼 기회조차 안 준다고 몹시 못마땅해져서 시종 툴툴대고 있었다.) 쪽을 향하더니 그녀 앞에서 한쪽 발을 뒤로 빼면서 굉장히 정중하게 인사를 했고, 그다음엔 니노치카 쪽으로 몸을 돌려 그녀에게도 마찬가지로 귀부인 대하듯 그렇게 인사를 했다. 이 정중한 행동은 병든 부인에게 예사롭지 않을 만큼 유쾌한 인상을 불러일으켰다.

"이런, 교육을 제대로 받은 젊은이라는 걸 대번에 알겠어." 그녀가 두 팔을 벌리면서 큰 소리로 말했다. "나머지 손님들과는 딴판이야. 한 놈이 다른 한 놈을 타고 온다니까."

"아니, 엄마, 한 놈이 다른 한 놈을 타고 온다니, 무슨 소리야?" 상냥하긴 하지만 그래도 '엄마'가 삐칠까 봐 걱정하면서 2등 대위가 혀짤배기소리로 웅얼거렸다.

"그냥 그렇게 들어온다니까. 현관에서 한 놈이 다른 놈의 어깨에 목마 타듯 올라탄 채로 점잖은 가정집으로 들어온다고. 이런 손님이 대체 어디 있어?"

"도대체 누가, 엄마, 누가 그렇게 타고 들어왔다는 거야, 누가 말이야?"

"오늘만 해도 바로 이 소년이 저 소년을 타고 들어왔고, 저기 저 소년은 저 소년을 타고……."

하지만 콜랴는 이미 일류샤의 침대 곁에 서 있었다. 환자는 눈에 확 뜨일 정도로 창백해져 있었다. 그는 침대에서 몸을 일으켜 주의 깊고도 주의 깊은 시선으로 콜랴를 바라보았다. 콜랴는 벌써 두 달 전에 보았던 자신의 자그마한 옛 친구의 모습이 보이지 않자, 갑자기 너무나 충격을 받아서 그 앞에 우뚝 멈춰 서고 말았다. 이토록 여위고 이토록 샛노래진 얼굴을, 열병의 고열에 들떠 이토록 불타오르고 커다랗게 퀭해진 두 눈을, 이토록 여윈 두 손을 보게 될 줄은 정말 꿈에도 몰랐던 것이다. 일류샤가 자주 너무도 가쁜 숨을 몰아쉬는 모습, 그의 입술이 그토록 바싹 말라 버린 것을 뚫어져라 지켜보자니, 가슴이 아려 오고 놀랍기만 했다. 콜랴는 그에게로 성큼 다가가 손을 내민 뒤, 거의 완전히 정신을 잃은 사람처럼 말했다.

"그래, 이봐, 영감…… 어떻게 지냈어?"

하지만 그는 목소리가 탁탁 끊겨서 허물없이 구는 것도 힘들어졌고, 얼굴은 어쩐지 갑자기 일그러지고 입술 주위는 왠지 파르르 떨려왔다. 일류샤는 그에게 병색이 완연한 미소를 지어 보였는데, 여전히 힘이 없어 무슨 말을 할 수도 없었다. 콜랴는 갑자기 한 손을 들어 올리더니, 뭘 하려는지 하여간 손바닥으로 일류샤의 머리를 쓰다듬었다.

"괜—찮—아!" 그는 일류샤에게 혀짤배기소리로 나지막하게 속삭였는데, 이건 딱히 격려의 말도 아니고, 무엇 때문에 이런 말을 했는지 그 자신도 모르고 있었다. 다들 또다시 잠깐 입을 다물었다.

"너, 이건 뭐야, 새로운 강아지야?" 콜랴가 갑자기 아주 무감각한 목소리로 물었다.

"으—응!" 일류샤가 숨을 헐떡이며 길게 속삭이듯 대답했다.

"코가 새까만 걸 보니 사나운 녀석 같아, 사슬로 매 놓아야 될걸." 콜랴가 근엄하고 강경하게 지적했는데, 꼭 모든 문제가 다름 아닌 강아지와 놈의 새까만 코에 있다는 투였다. 하지만 진짜 문제는 그가 줄곧 '어린애'처럼 울음을 터뜨리지 않으려고 자기 내부의 감정을 있는 힘껏 누르느라 안간힘을 썼지만 아무래도 통 그럴 수 없었다는 것이었다. "좀 더 자라면 사슬에 매 놓아야 될 거야, 그건 내가 잘 알지."

"커다란 개가 될 거야!" 무리 중 한 소년이 소리쳤다.

"당연하지, 마스티프인걸. 커다래질 거야, 이렇게 송아지만큼 커다래질걸." 갑자기 몇몇 목소리가 울려 퍼졌다.

"정말로 송아지만 해질 거야, 진짜 송아지만큼." 2등 대위가 벌떡 일어났다. "나는 일부러 이런 놈을, 가장 사나운 놈을 찾아낸 거란다. 이 녀석의 부모들도 역시나 커다랗고 아주 사나웠지. 이런 놈들은 마룻바닥에서부터 일어나면 키가……. 그나저나, 어서 앉아요, 여기 의자 말고 여기 침대 위에 일류샤 옆에. 어서 앉아요, 이 귀한 손님을 오랫동안 기다려 왔지……. 알렉세이 표도로비치와 함께 왔나요?"

크라소트킨은 침대 위, 일류샤의 발치 아래에 앉았다. 그는 어쩌면 길을 오는 내내 어떻게 하면 허물없이 얘기를 시작할 것인가 준비를 했겠지만, 지금은 그 실마리를 완전히 잃어버린 상태였다.

"아니요…… 저는 페레즈본과 함께 왔는데요……. 저한테는 지금 그런 개가 있습니다. 페레즈본이라고요. 슬라브식 이름이죠. 저기서 기다리고 있는데…… 휘파람을 불면 달려 들어올 거예요. 나도 개랑 같이 왔어." 그가 갑자기 일류샤 쪽으로 몸을 돌렸다. "기억나, 영감, 쥬치카 말이야?" 갑자기 그는 이런 질문을 던져 상대방을 달아오르게 했다.

일류셰치카의 얼굴이 일그러졌다. 그는 고통스럽다는 듯 콜랴를 쳐다보았다. 문지방에 서 있던 알료샤는 인상을 쓰면서 쥬치카 얘기는 꺼내지 말라는 뜻으로 살며시 콜랴에게 고갯짓을 했지만, 상대방은 알아채지 못했거나 알아채고 싶어 하지 않았다.

"그래, 어디 있지…… 쥬치카는?" 일류샤가 가슴이 미어터지는 듯한 목소리로 물었다.

"자, 이봐, 너의 쥬치카는 말이야——휘익! 너의 쥬치카는 행방불명이잖아!"

일류샤는 잠자코 있었지만, 주의 깊고도 주의 깊은 시선으로 다시 한번 콜랴를 쳐다보았다. 알료샤는 콜랴의 시선을 포착하고는 다시금 있는 힘껏 그에게 고갯짓을 했지만, 상대방은 다시 눈을 돌려 버리곤 이번에도 알아채지 못한 척했다.

"어디론가 도망쳐서는 행방불명이 됐어. 그런 음식을 먹었으니 멀쩡할 리가 없잖아." 콜랴가 매정하게 딱 잘라 말했지만 무엇 때문인지 그 자신도 숨을 헐떡이기 시작했다. "대신 나한 테 페레즈본이 있어…… 슬라브식 이름이지…… 내가 너를 위 해 데려온 거야……."

"그—러지 마!" 갑자기 일류셰치카가 말했다.

"아니야, 아니야, 그래야 돼, 꼭 보란 말이야……. 그러면, 너 도 즐거워질 거야. 일부러 데려왔다니까……. 그놈과 마찬가지 로 털북숭이야……. 부인, 저의 개를 이리로 불러들여도 되겠 습니까?" 그는 갑자기 스네기료바 부인을 향해 이렇게 물었는 데, 이제는 어쩐지 이해할 수 없을 만큼 심하게 흥분한 듯했다.

"그러지 마, 그러지 말라니까!" 일류샤가 가슴이 미어지는 듯한 목소리로 이렇게 외쳤다. 그의 눈에는 힐난의 불꽃이 활 활 타올랐다.

"저어기……." 벽 옆의 궤짝 위에 앉아 있던 2등 대위가 갑 자기 벌떡 일어났다. "저어기…… 언제 다른 때에 하지……." 그가 이렇게 중얼거렸지만 콜랴는 완강히 고집을 부리며 서둘 러 대더니, 갑자기 스무로프한테 "스무로프, 문을 열어!"라고 외쳤다. 스무로프가 문을 열자마자, 콜랴는 호루라기를 불었 다. 페레즈본은 맹렬하게 방 안으로 뛰어 들어왔다.

"뛰어 봐, 페레즈본, 어디 주인을 섬겨 봐! 얼른!" 콜랴가 이 렇게 외치면서 자리에서 벌떡 일어났고, 개는 일류샤의 침대 앞에서 뒷발로 곧추섰다. 그런데, 아무도 예상하지 못한 어떤 일이 일어났다. 일류샤가 몸을 부르르 떨더니 갑자기 온몸을 힘껏 앞으로 쑥 내밀어 페레즈본 쪽으로 몸을 구부리곤 숨을 죽여 가며 개를 바라보았다.

"이건…… 쥬치카다!" 그는 너무 고통스러우면서도 행복한 나머지 목이 멘 목소리로 갑자기 소리쳤다.

"아니 그럼, 너는 어떤 개일 거라고 생각했는데?" 크라소트킨이 낭랑하고 행복한 목소리로 큰 소리로 외쳤고, 몸을 구부려 개를 껴안은 채 일류샤에게 들어 보였다.

"잘 봐, 영감, 보이냐고, 애꾸눈에 왼쪽 귀가 잘려 나갔잖아. 네가 나한테 이야기해 준 쥬치카의 특징 그대로야. 내 요 녀석을 바로 이 특징들을 보고 찾아낸 거야! 그때 찾아냈어, 곧바로. 녀석은 주인도 없는 개였잖아, 정말 주인도 없었거든!" 그는 이렇게 설명한 뒤 재빨리 2등 대위와 그의 부인, 알료샤 쪽으로 몸을 돌렸고, 그다음엔 또다시 일류샤 쪽으로 몸을 돌렸다. "녀석은 표도토프네 집 뒷마당에 있었어. 거기에 붙어살았지만 아무도 녀석에게 먹을 것을 주지 않았던 거야. 실은 녀석이 마을에서 도망 나온 떠돌이 개였거든……. 내가 녀석을 찾아낸 거야……. 알겠지, 영감, 녀석은 그러니까 그때 너의 빵 조각을 삼키지 않았던 거야. 만약 삼켰다면, 물론 죽었을 거 아냐, 그건 당연한 얘기지! 다시 말해 지금 이렇게 살아 있다면, 그건 뱉어 내는 데 성공했다는 거야. 너는 녀석이 뱉어 낸 것을 알아채지 못했던 거야. 그런데 뱉어 내긴 했지만, 혓바닥을 찔렸기 때문에, 바로 그 때문에 그때 울부짖었던 거야. 그래서 뛰어나니며 비명을 질렀던 건데, 너는 녀석이 완전히 집어삼킨 줄 알았던 거지. 개는 입안의 살갗이 아주 부드러우니까 요 녀석, 당연히 심하게 비명을 질렀을 테지……. 살갗이 사람보다 더 부드럽다니까, 훨씬 더 부드러워!" 콜랴가 광포하게 소리쳤는데, 그의 얼굴은 환희에 차서 발갛게 달아올라 빛이 나고 있었다.

일류샤는 말을 할 수도 없었다. 어쩐지 금방이라도 툭 튀어나올 것처럼 눈을 커다랗게 뜨고 입을 쩍 벌린 채 콜랴를 쳐다보기만 할 뿐이었고, 얼굴은 백지장처럼 하얘졌다. 그러니까, 아무런 의심도 없었던 크라소트킨이 이 순간이 병약한 소년의 건강에 얼마나 고통스럽고 살인적인 영향을 끼칠 수 있는지를 알기만 했어도, 그는 절대 지금 이와 같은 장난을 칠 결심은 하지 못했을 것이다. 하지만 방 안에서 이것을 이해한 사람은 오직 알료샤 한 사람뿐인 듯했다. 2등 대위로 말하자면, 그는 그야말로 완전히 어린애로 변해 버린 것 같았다.

"쥬치카! 그러니까 이 녀석이 쥬치카란 말이지?" 그는 행복에 겨운 목소리로 소리쳤다. "일류셰치카, 이 녀석이 쥬치카였구나, 너의 쥬치카! 엄마, 이것이 쥬치카래요!" 그는 거의 울먹이고 있었다.

"나도 미처 깨닫지 못했지 뭐야!" 스무로프가 애석한 듯 소리쳤다. "그러게, 역시 크라소트킨이야. 얘가 쥬치카를 찾아낼 거라고 내가 말했지, 거봐 찾아냈다니까!"

"그래 찾아냈어!" 누군가가 또 기쁨에 겨워 화답했다.

"크라소트킨 장하다!" 세 번째 목소리가 울려 퍼졌다.

"장해, 정말로 장하다!" 모든 소년들이 이렇게 소리치면서 박수갈채를 보내기 시작했다.

"그만들 해, 그만 좀." 크라소트킨이 아이들의 함성을 누르려고 큰 소리로 외쳤다. "어떻게 된 일인지 얘기해 줄 테니까, 어차피 문제는 딴 게 아니라, 어떻게 된 일인지 하는 거잖아! 나는 녀석을 찾아내서 집으로 끌고 와 곧장 숨겨 두었고, 집은 자물쇠로 걸어 잠갔고, 그러곤 그야말로 마지막 날까지 아무에게도 보여 주지 않았어. 오직 스무로프 하나만 이 주일 전에 알게 되었지만, 내가 이놈은 페레즈본이라고 주장했더니 스무로프도 눈치채지 못하더란 말이야. 그사이에 나는 쥬치카에게 온갖 묘기를 다 가르쳤어. 너희들도 한번 봐, 한번 보라고, 녀석은 못 부리는 재주가 없다니까! 녀석을 제대로 훈련된 매끈한 모습으로 너한테 데려오기 위해서, 영감, 이렇게 가르쳤던 거야. 영감, 너의 쥬치카가 지금 어떤 모습인지 어디 한번 보란 말이야! 이런 식으로. 그런데 여기엔 무슨 쇠고기 조각 같은 거 없습니까, 녀석이 여러분에게 지금 배꼽이 빠질 만큼 웃기는 묘기를 보여 줄 텐데요──쇠고기든 뭐 고기 조각 같은 거 정말 없나요?"

2등 대위는 맹렬하게 현관을 지나 주인집 오두막으로 달려갔는데, 2등 대위 집의 식사도 그곳에서 준비했다. 콜랴는 귀중한 시간을 마냥 버리기가 아까워 필사적으로 서두르며 페레즈본에게 "죽어!"라고 소리쳤다. 그러자 녀석은 갑자기 빙빙 맴을 돌다가 바닥으로 발랑 나자빠져 네 발을 모두 위로 치켜든 채 꿈쩍도 않고 죽은 시늉을 했다. 소년들은 웃었고 일류샤도 아까처럼 고통스러운 미소를 머금은 채 바라보고 있었지만, 페레즈본이 죽은 것을 제일 좋아한 사람은 '엄마'였다. 그녀는 개를 보면서 깔깔 웃어 댔고 손가락을 튕기면서 녀석을 부르기 시작했다.

"페레즈본, 페레즈본!"

"어떤 일이 있어도 일어나지 않을 겁니다, 어떤 일이 있어도." 의기양양하고 응당 뿌듯한 심사를 드러내며 콜랴가 소리쳤다. "온 세상이 다 소리를 질러도 안 일어나지만, 이 몸이 소리를 지르면 단번에 벌떡 일어날 거예요! 헤이, 페레즈본!"

개는 벌떡 일어나더니 아주 신이 나서 낑낑대며 폴짝폴짝 뛰기 시작했다. 2등 대위가 삶은 쇠고기 조각을 들고 뛰어 들어왔다.

"뜨겁지는 않습니까?" 콜랴가 고기 조각을 받으면서 사무적인 어투로 다급하게 물었다. "아니, 뜨겁진 않군요. 개들은 뜨거운 걸 좋아하지 않거든요. 다들 한번 보십시오, 일류셰치카, 잘 봐, 잘 보라고, 잘 봐, 영감, 아니 왜 처다보지 않는 거야? 내가 실컷 데려다 났더니, 애는 처다보지도 않는군요!"

새로운 묘기는 코를 쑥 내민 채 꼼짝도 않고 있는 개의 코 위에다 맛깔스러운 쇠고기 조각을 얹어 두는 것이었다. 불행한 수캐는 털 하나 까딱하지 못하고 코 위에 고기 조각을 둔 채로 주인이 명령하는 시간만큼 계속 그렇게 서 있어야 했으니, 반 시간이라도 그렇게 움직이지도, 털 하나 까딱하지도 못할 형편이었다. 하지만 페레즈본은 고작해야 아주 짧은 시간만 그렇게 있으면 됐다.

"잡아라!" 콜랴가 소리쳤고, 한순간에 고기 조각은 페레즈본의 코에서 입안으로 날아 들어갔다. 관중은 응당, 환희에 찬 놀람을 표시했다.

"아니 정말, 정말로 고작 이것 때문에, 고작 개를 훈련시키느라고 지금까지 오지 않았단 말입니까!" 알료샤가 어쩔 수 없이 힐난하는 투로 소리쳤다.

"그럼요, 이것을 위해서였죠." 콜랴가 너무도 단순소박하게 소리쳤다. "나는 휘황찬란하게 변한 이 녀석을 보여 주고 싶었어요."

"페레즈본! 페레즈본!" 일류샤가 갑자기 예의 그 여윈 손가락을 튕기면서 개를 부르기 시작했다.

"아니, 왜! 녀석이 알아서 네 침대 위로 뛰어갈 거야. 헤이, 페레즈본!" 콜랴는 손바닥으로 침대를 탁 쳤고, 페레즈본은 화살처럼 일류샤 쪽으로 날아갔다. 일류샤는 두 팔로 맹렬하게 녀석의 머리를 껴안았고, 페레즈본은 그 대가로 얼른 그의 뺨을 핥았다. 일류셰치카는 녀석에게 몸을 바싹 붙인 채 침대에 몸을 뻗고 누워, 아무도 못 보게끔 녀석의 복슬복슬한 털 속에 자기 얼굴을 파묻었다.

"맙소사, 맙소사!" 2등 대위가 영탄을 내질렀다.

콜랴는 다시 일류샤의 침대에 앉았다.

"일류샤, 너에게 한 가지 묘기를 더 보여 줄 수 있어. 널 위해 작은 대포를 하나 가져왔거든. 기억하지, 내가 그때 너한테 이 대포 얘기를 했을 때, 네가 '아, 그거 한번 봤으면!'이라고 말했잖아. 그래서 지금 가져왔어."

그러면서 콜랴는 서둘러 자신의 가방에서 청동 대포를 꺼냈다. 그가 서둘렀던 것은 그 자신이 매우 행복했기 때문이었다. 다른 때 같으면 페레즈본이 불러일으킨 효과의 여운이 지나가길 기다렸겠지만, 지금은 인내고 뭐고 다 가소롭다는 듯 서둘러 댔다. '다들 이렇게 행복한데, 너희들에게 이제 또 다른 행복을 더 선사해 주지!'라는 식이었다. 콜랴 자신이 완전히 황홀경에 빠져 있던 것이다.

"나는 관리 모로조프 집에 있던 이 장난감을 벌써 오래전부터 눈여겨봐 두었어──너를 위해서, 영감, 너를 위해서 말이야. 이건 그의 집에서 그냥 놀고 있던 건데, 형한테서 받은 거래. 나는 이걸 아빠 책장에 있는 『마호메트의 혈족, 혹은 몸에 좋은 우행(愚行)』[7]이란 책과 맞바꾸었지. 100년 전에 모스크바에서 나온 건데, 아직 검열 제도가 없었던 때라 음탕한 책이야. 모로조프는 이런 것들을 좋아하거든. 고맙다는 말까지 했다니까……."

콜랴는 대포를 모든 사람 앞에서 한 손에 쥐고 있었고, 이 때문에 다들 보며 즐길 수 있었다. 일류샤는 몸을 일으켜 여전히 오른손으로 페레즈본을 껴안은 채 희열을 느끼면서 장난감을 뜯어보았다. 콜랴가 화약도 있으니까 '부인들에게 폐가 되지만 않는다면' 지금이라도 곧 쏘아 볼 수 있다고 선언하자, 그 효과는 극에 달했다. '엄마'는 곧장 좀 더 가까이에서 장난감을 보여 달라고 부탁했고, 즉시 그렇게 하도록 해 주었다. 바퀴 달린 청동 대포가 얼마나 마음에 들었는지, 그녀는 그걸 자기 무릎 위에 올려놓고 굴리기 시작했다. 콜랴가 대포를 쏴도 되겠느냐고 부탁하자, 상대가 뭘 묻는지도 모르면서

___

7) 다양한 연애 행각이 묘사된 책으로 1785년 프랑스어에서 번역, 출간되었다.

기꺼이 그러라고 대답했다. 콜랴는 화약과 산탄을 보여 주었다. 군인 출신인 2등 대위는 화약을 아주 극소량만 뿌려 넣고 장전을 했으며, 산탄은 다음 기회로 미루어 두자고 부탁했다. 대포를 포구가 사람이 없는 쪽으로 향하게 하여 마룻바닥에 세우고 세 개의 도화선을 화문에 꽂고 성냥으로 불을 붙였다. 발사는 아주 휘황찬란했다. 엄마는 몸을 부르르 떨었지만 곧 기뻐 날뛰면서 웃어 댔다. 소년들은 아무 말 없이 의기양양하게 바라보고 있었지만, 누구보다도 행복에 겨워한 사람은 일류샤를 바라보고 있던 2등 대위였다. 콜랴는 대포를 들어 올려 산탄과 화약과 함께 즉시 일류샤에게 선물했다.

"이건 너를 위한 거야, 너를! 오래전부터 준비했어." 그가 완전히 행복에 젖어 한 번 더 반복했다.

"아, 그거 나한테 선물해 줘요! 안 돼요, 대포는 차라리 나한테 선물하란 말이에요!" 갑자기 엄마가 완전히 어린애처럼 조르기 시작했다. 대포를 자기한테 주지 않으면 어쩌나 하는 불안감에서 나온 고통스러운 근심의 빛이 그녀의 얼굴에 어렸다. 콜랴는 곤혹스러웠다. 2등 대위는 불안한 마음에 흥분하기 시작했다.

"엄마, 엄마!" 그가 그녀 쪽으로 뛰어갔다. "대포는 당신 거야, 당신 것이고말고. 하지만 일류샤한테 선물한 거니까 일류샤가 갖고 있으면 되잖아. 그래도 어쨌거나 당신 것이나 다름없어, 일류셰치카는 언제든 당신이 갖고 놀도록 해 줄 거야. 그러니까 그건 당신과 일류셰치카가 공동으로 갖는 거야, 공동으로······."

"싫어, 공동으로 갖는 건 싫단 말이야. 일류샤는 무슨, 완전히 나 혼자 가질 거야." 엄마는 이제 숫제 울음을 터뜨릴 기세로 말을 이어 갔다.

　"엄마, 가져가, 자 여기 가져가요!" 일류샤가 갑자기 소리쳤다. "크라소트킨, 이거 우리 엄마한테 선물해도 되는 거지?" 그가 갑자기 애원하는 표정으로 크라소트킨에게 물었는데, 자기에게 준 선물을 남에게 준다고 상대방이 마음이 상하지나 않을까 염려하는 듯했다.

　"물론이고말고!" 크라소트킨이 곧장 동의했고, 일류샤의 손에서 대포를 받아 직접 아주 정중하게 절까지 하면서 엄마에게 전해 주었다. 엄마는 감동에 겨워 울음을 터뜨리기까지 했다.

　"일류셰치카, 요 귀여운 것, 자기 엄마를 너만큼 사랑해 주는 애가 또 어디 있겠니!" 그녀는 감동 어린 목소리로 외치더니 즉시 다시금 대포를 자기 무릎 위에서 굴리기 시작했다.

　"엄마, 당신 손에 입을 맞추게 해 줘." 그러고서 남편은 그녀 쪽으로 달려가 곧장 손에 입을 맞추었다.

　"몹시 귀여운 젊은 아이가 하나 더 있는데, 그게 바로 이 착한 아이야!" 부인은 고마운 마음에서 크라소트킨을 가리키며 이렇게 말했다.

　"화약은 말이야, 일류샤, 이제부터 네가 원하는 만큼 얼마든지 갖다줄게. 이제 우리가 직접 화약을 만들 수 있거든. 보로비코프가 성분을 알아냈어. 초석 스물네 개당 유황 열 개, 자작나무 숯 여섯 개, 이 모든 것을 함께 빻아서 물을 붓고 섞어 부드럽게 이긴 다음, 북 가죽으로 걸러 내면 바로 화약이 되는 거야.”

“스무로프가 나한테 너희들의 화약 얘기를 벌써 해 줬는데, 다만 아빠 말이 그건 진짜 화약은 아니래.” 일류샤가 대꾸했다.

“진짜가 아니라니?” 콜랴가 새빨개졌다. “우리 것도 불이 붙는데. 하지만 내가 잘 모를 수도 있으니까…….”

“아니, 내 말은 그게 아니라” 하고서 2등 대위가 갑자기 죄스러운 표정을 지으며 벌떡 일어났다. “사실, 진짜 화약은 그렇게 만드는 게 아니라고 말하긴 했지만, 이것도 상관없어, 이렇게 만들 수도 있죠, 뭐.”

“저야 잘 모르고, 아저씨가 더 잘 아실 테죠. 우리는 돌로 된 포마드 통에 넣고 불을 붙였는데, 멋지게 타던걸요. 다 타고, 아주 작은 검댕만 남았어요. 하지만 그냥 부드러운 반죽 상태였으니까 그렇지, 만약 가죽에 거른다면…… 어쨌거나 아저씨가 더 잘 아실 테죠, 저야 잘 모르니까……. 그런데 불킨은 우리 화약 때문에 아버지한테 아주 혼쭐이 났대, 들었지?” 그가 갑자기 일류샤한테 물었다.

“응, 들었어.” 일류샤가 대답했다. 그는 한없는 흥미와 희열을 느끼면서 콜랴의 말을 듣고 있었다.

“우리는 화약을 한 병 가득 만들었는데, 그 애는 그걸 침대 밑에 두었던 거야. 그러다 그만 아버지가 본 거지. 폭발할 수도 있다고 말씀하셨대. 그래서 바로 그 자리에서 때렸다는 거야. 학교에다 나를 고발하실 생각까지 하셨대. 지금은 나랑 어울리는 것도 허락하지 않아, 지금은 아무도 나랑 어울리게 하진 않는다니까. 스무로프도 그렇게 됐고, 그러니까 나는 모든 사람들에게 이름을 떨치게 된 거야. 내가 '구제불능 골통'이라는 거야." 콜랴가 경멸스럽다는 듯 비웃었다. "이건 전부 그 철도 사건에서 시작됐어."

"아, 우리는 콜랴 군의 그 모험담 얘기도 들었습니다!" 2등 대위가 소리쳤다. "아니, 어떻게 거기에 엎드려 있었나요? 거 참, 기차 밑에 엎드려 있는 동안에도 눈 하나 깜박하지 않다 니. 무섭지 않던가요?"

2등 대위는 콜랴의 비위를 맞추느라 여념이 없었다.

"아——뇨, 뭐, 특별히!" 콜랴가 무심한 척 대꾸했다. "이곳에 서 내 평판이 제일 심하게 훼손된 건 저 빌어먹을 거위 새끼 때문이야." 그가 다시 일류샤 쪽으로 몸을 돌렸다. 그런데, 그 는 얘기를 하면서 무심한 듯한 표정을 짓긴 했지만 그럼에도 여전히 자제력이 달려서 말을 하다 보니 무심한 어조를 유지 하기가 힘들었다.

"아, 난 거위 얘기도 들었어!" 일류샤가 그야말로 환해지면 서 웃기 시작했다. "애들이 얘기해 주긴 했는데, 그래도 이해가 안 됐어. 너, 정말로 재판관들한테서 재판을 받은 거야?"

"가장 싱겁고 가장 시시껄렁한 일이었는데, 그걸 가지고 아 니나 다를까 우리 도시 사람들이 코끼리 한 마리를 만들었다 니까." 콜랴가 거리낌 없이 마구 말을 늘어놓았다. "그러니까 내가 한번은 광장을 지나갈 일이 있었는데, 때마침 사람들이 거위 떼를 몰고 있더라고. 나는 걸음을 멈추고 그것들을 바라 보았지. 갑자기 비쉬냐코프라는 이곳 젊은 녀석 하나가, 지금 은 플로트니코프 가게에서 심부름꾼 노릇을 하는데, 나를 보면서 '아니 뭣 하러 거위 떼를 바라보는 거야?'라고 말하더군. 나는 그를 바라보았지. 멍청하게 생긴 둥근 낯짝에 스무 살쯤 된 젊은 녀석이었는데, 알다시피, 나는 절대로 민중을 거부하지 않아. 오히려 민중과 어울리는 걸 좋아하지……. 우리는 민중으로부터 너무 동떨어져 있어——이건 공리나 다름없는 거야——당신은 웃으시는 것 같은데요, 카라마조프 씨?"

"아뇨, 천만에요, 나는 당신의 말을 아주 경청하고 있습니다." 아주 소박하기 이를 데 없는 표정으로 알료샤가 이렇게 대꾸했고, 워낙 의심이 많고 예민한 콜랴도 금방 기운을 얻었다.

"나의 이론은, 카라마조프 씨, 분명하고도 단순합니다." 그가 즉시 다시금 기쁨에 차서 서둘러 댔다. "나는 민중을 믿고 있으며 늘 기꺼이 민중의 가치를 정당하게 인정해 주지만, 민중을 너무 오냐오냐 대하지는 않는데, 이게 필수조건(sine qua)이거든요……. 참, 거위 얘기를 하던 중이었지. 그래서 난 그 바보 녀석을 보고 대답해 줬지. '그러니까 난 거위가 무슨 생각을 하고 있을까, 생각 중이야.'라고. 그는 정말 멍청한 표정으로 나를 바라보면서 '아니 그래, 거위가 무슨 생각을 하고 있지?'라더군. 해서 나는 '저기 보이나, 귀리를 실은 짐마차가 서 있잖아. 자루 밑으로 귀리가 새 나오고 거위는 바퀴 바로 밑에까지 목을 쭉 빼 넣고서 낱알을 쪼아 먹고 있는 거, 보이냔 말이야?'라고 말했어. 저쪽에선 '그래, 잘 보이는군.'이라더군. '자, 그럼, 저 달구지를 앞으로 아주 살짝 밀면 거위의 목이 바퀴 때문에 잘릴까, 안 잘릴까?'라고 했지, '틀림없이 잘릴 테지.'라더군. '자, 그럼, 젊은 친구, 가서 어디 한번 시험해 보자.'

라고 했지. 젊은 친구도 '해 보자.'라더군. 술수는 준비하는 데 별로 많은 시간이 들지도 않았어. 그는 그렇게 눈에 뜨이지 않게 고삐 근처에 섰고, 나는 거위를 바퀴 밑으로 내몰기 위해 비스듬히 붙어 섰지. 그때 마침 농군은 하품을 하느라 정신이 없는 데다가 누구와 얘기를 나누고 있었기 때문에, 나는 숫제 거위를 내몰고 자시고 할 필요도 없었어. 거위 녀석이 제가 알아서 곧장 귀리를 향해 달구지 밑으로, 바퀴 바로 밑으로 목을 내밀었거든. 내가 그 젊은 친구에게 눈을 찡긋하자, 그는 고삐를 잡아당겼고—꽤—꽥, 그렇게 거위의 목이 두 동강 나 버린 거야! 그러자 물론, 바로 그 순간 모든 농군들이 우리를 발견하곤 뭐 대번에 떠들어 대기 시작했어. '네놈, 일부러 한 짓이렸다!' '아니에요, 일부러 한 게 아니에요.' '아니긴 뭘 아니야, 일부러 해 놓고선!' 뭐 그렇게 계속 떠들어 댔지. '재판관 나리한테 가자!' 그러더니 다들 나까지 붙잡고서 '네놈도 한패야, 거들어 줬으니까, 이 시장 바닥에서 네놈은 모르는 사람이 없을 정도야!'라더군. 그런데 정말로 무엇 때문인지 이 시장을 통틀어 나를 모르는 사람이 없긴 해." 콜랴가 으스대며 덧붙였다. "우리는 다 같이 재판관한테로 끌려갔고, 거위도 가져갔어. 보니까 나의 그 젊은 친구는 겁을 집어먹고 울부짖었는데, 정말로 여자처럼 울부짖더라고. 거위 장수는 '이런 식으로 하면 작살날 거위가 어디 한둘이겠어!'라고 외치더군. 뭐, 물론 증인들도 있었지. 재판관은 사건을 금방 마무리 지었어. 거위 장수에게 거위 값으로 1루블을 지불하고 죽은 거위는 그 젊은 친구가 가져가라는 거였지. 물론 앞으로는 절대 이런 장난을 쳐서는 안 된다고 주의를 주었고. 젊은 친구는 줄곧 여자처럼 울부짖더군. '이건 제가 한 짓이 아니라, 저 녀석이 시켜서 한 거예요.'라면서 나를 걸고넘어지는 거야. 나는 절대로 내가 시킨 것이 아니다, 그냥 기본적인 생각을 표현하고 그 구상을 얘기했을 뿐이다, 하며 완전히 냉담하게 대답했지. 재판관 네페도프는 히죽 웃었는데, 그러곤 곧 웃었다는 이유로 스스로에게 화를 냈어. 그러곤 '나는, 콜랴 군.' 하면서 나한테 말하더군. '지금 당장 학교 선생님들에게 연락해서 앞으로는 자네가 이런 구상 따위는 생각도 않고 대신 책만 붙잡고 학과 공부에 열중하도록 일러두겠다.'라고. 그래 놓고서도 내 일로 학교 선생님들한테 연락을 하진 않았어, 그냥 농담을 했던 거지. 하지만 소문이 퍼져서 이 일은 정말로 학교 선생님들의 귀에까지 들어가고 말았어. 우리 선생님들은 귀가 정말 길지 않니! 특히 고전어 선생님인 콜바스니코프가 들고일어났는데, 그래도 다르다넬로프 선생님이 이번에도 막아 줬어. 그런데 콜바스니코프는 지금 새파란 당나귀처럼 열을 받아선 우리 모두에게 씩씩대고 있어. 일류샤, 너 들었어, 이 선생님이 결혼을 했다는데, 미하일로프 집안에서 지참금으로 1000루블을 가져갔대. 한데 신부가 아주 구제받을 수 없을 정도로 못생겼대. 3학년 학생들은 즉시 이런 경구를 지었다니까.

우리 3학년생들에게 입이 쩍 벌어질 소식,
거뿔때기 콜바스니코프가 장가를 갔다네.

뭐 등등 이런 식인데, 어찌나 웃기는지, 나중에 너한테 갖다 줄게. 나는 다르다넬로프에 대해선 할 말이 전혀 없어. 학식을 갖춘 선생님이야, 그야말로 학식이 있지. 이런 부류의 선생들이라면 나도 존경하는데, 그렇다고 이 선생이 나를 두둔해 줬기 때문은 아니고⋯⋯."

　"하지만 너는 누가 트로이를 세웠는가 하는 문제로 선생님을 쩔쩔매게 했잖아!" 갑자기 스무로프가 끼어들었는데, 이 순간 그는 크라소트킨이 자랑스러워 어쩔 줄 몰랐던 것이다. 거위 얘기도 그의 마음에 쏙 들었다.

　"정말로 그렇게 쩔쩔매게 만들었나요?" 2등 대위가 콜랴의 비위를 맞춰 가며 거들었다. "트로이 건국자가 누구냐는 얘기죠? 맞아요, 선생님을 쩔쩔매게 했다는 얘기는 우리도 벌써 들었어요. 일류셰치카가 그때 나한테 얘기해 줬거든⋯⋯."

　"얘는, 아빠, 모르는 게 없어, 우리 반에서 제일 똑똑해!" 일류셰치카도 맞장구를 쳤다. "얘는 겉으론 그냥 그렇고 그런 애인 척 굴지만, 사실 우리 반에서 모든 과목을 통틀어 제일 똑똑한 학생이야⋯⋯."

　일류샤는 무한한 행복감을 갖고 콜랴를 바라보았다.

　"뭐, 그 트로이 얘기는 별거 아니야, 괜한 소리지. 나도 이 질문이 쓸데없는 거라고 생각해." 겸손한 척하면서도 오만하게 콜랴가 대꾸했다. 그는 이제 완전히 차분한 어조를 되찾았지만, 그래도 다소간은 불안해하고 있었다. 자기가 대단히 흥분해 있다는, 예를 들어 거위 얘기를 할 때는 너무나 넋을 잃었다는 느낌이 들었고, 얘기가 진행되는 내내 알료샤가 아무 말없이 진지하게 있었기 때문에 가뜩이나 자존심 강한 소년은 조금씩 신경이 쓰여서 이미 안절부절못하는 상태에 이르렀다. '저 사람이 아무 말 없이 있는 건 내가 자기한테서 칭찬을 듣고 싶어서라고 생각해서 나를 경멸하기 때문이 아닐까, 만약 그가 그런 생각을 하고 있다면, 그러면 나는……'이라는 생각이 들었던 것이다.

"나는 이 질문이 그야말로 쓸데없는 거라고 생각해." 그는 다시 한번 오만하게 딱 잘라 말했다.

"누가 트로이를 세웠는지 난 알아." 갑자기 지금까지 거의 아무 말도 하지 않고 있던 한 소년이 전혀 뜻밖에도 입을 열었다. 원래 말이 없고 보아하니 수줍음을 잘 타는 편인 데다가 아주 잘생기고 열한 살쯤 된, 카르타쇼프라는 성을 가진 애였다. 그는 문지방 바로 곁에 앉아 있었다. 콜랴는 놀라워하면서도 근엄하게 그를 쳐다보았다. 사실, '누가 트로이를 세웠는가?'라는 질문은 그야말로 전 학급의 비밀이 돼 버렸고 그것을 알아내기 위해서는 스마라그도프를 읽어야만 했다. 하지만 스마라그도프는 콜랴를 제외하면 아무한테도 없는 책이었다. 그러니까 한번은 카르타쇼프라는 소년이, 콜랴가 몸을 돌린 틈을 타서 그의 책들 사이에 끼여 있는 스마라그도프를 몰래 얼른 펼쳐 봤는데, 하필이면 곧장 트로이 건국자들 얘기가 나오는 대목이었던 것이다. 이건 이미 상당히 오래전의 일이지만, 그는 트로이 건국자가 누구인지 알고 있다고 공개적으로 딜어놓으면 행여 무슨 일이 인어나지나 않을까, 그 일로 콜랴가 자기한테 창피를 주지나 않을까, 걱정도 되고 왠지 여전히 곤혹스러워서 선뜻 알릴 결심이 서지 않았던 것이다. 그런데 이제 와서 갑자기 무엇 때문인지 그만 참지 못하고 말을 해 버린 것이다. 아니, 오래전부터 그러고 싶었던 것이다.

"그래, 누가 세웠지?" 콜랴가 위에서 아래로 내려다보듯 오만방자하게 그를 향해 몸을 돌렸는데, 이미 상대방의 얼굴만 보고도 저놈이 정말로 알고 있다는 걸 알아채곤 즉시 모든 결과에 대한 준비 태세를 갖추고 있었다. 전체적인 분위기로 말할 것 같으면, 이른바 불협화음이 생겨난 것이다.

"트로이를 세운 자들은 테우크로스, 다르다노스, 일로스, 트로스야." 소년은 달달 외우듯 단숨에 말해 버리곤 금방 얼굴을 새빨갛게 붉혔는데, 얼마나 새빨개졌으면 바라보기도 안쓰러울 정도였다. 하지만 소년들은 전부 뚫어져라 그를 바라보았다. 꼬박 일 분을 그렇게 바라보더니, 그다음엔 그 모든 시선이 갑자기 일시에 콜랴에게로 향했다. 그는 계속 경멸스럽다는 투로 이 대범한 소년을 차갑게 아래위로 훑어보았다.

"다시 말해서 그들이 어떤 식으로 트로이를 세웠다는 거지?" 마침내 그가 선심이라도 쓰듯 말을 꺼냈다. "그러니까 도시나 국가를 건설하는 것이 대체로 무엇을 의미하는 거냔 말이야? 그들이 뭘 어쨌다는 건데, 거기로 와서 벽돌을 차곡차곡 쌓았다, 이건가?"

웃음소리가 울려 퍼졌다. 죄를 지은 소년의 장밋빛 얼굴은 완전히 진홍빛이 됐다. 그는 아무 말도 못 하고 울음이라도 터뜨릴 기세였다. 콜랴는 그 상태로 그를 일 분 정도 내버려 두었다.

"민족의 건설과 같은 역사적 사건을 논하기 위해서는 무엇보다도 이것이 무엇을 의미하는지를 이해해야 돼." 그가 엄격한 훈계조로 조목조목 늘어놓았다. "나는, 그나저나, 여자들이 지껄여 대는 이런 옛날이야기 따위는 별로 중요하게 생각하지 않는 편이야, 아니 대체로 세계사라는 것 자체를 별로 존중하지 않는 편이지." 그는 이제 대체로 모든 사람들을 향하여 갑자기 성의 없이 덧붙였다.

"그러니까 세계사를 말이죠?" 갑자기 어쩐지 경악을 하면서 2등 대위가 물었다.

"예, 세계사 말입니다. 일련의 인류의 바보짓들을 연구하는 것이죠, 그뿐입니다. 내가 존중하는 건 오직 수학과 자연과학뿐입니다." 콜랴는 이렇게 거들먹거린 뒤 알료샤를 힐끔 바라보았다. 그가 여기서 두려워하는 건 오직 알료샤의 의견뿐이었으니까. 하지만 알료샤는 여전히 아무 말 없이 아까처럼 마냥 진지하기만 했다. 알료샤가 지금 무슨 말이라도 했다면, 대화는 여기서 그만 끝났으련만, 알료샤가 계속 입을 다물고 있으니 콜랴는 '저 사람의 침묵 속에 경멸이 담겨 있을 수도 있다.'라는 생각에 이젠 진짜로 신경질이 나 버렸다.

"또 하나, 지금 우리가 배우고 있는 이 고전어들도 그렇습니다. 그야말로 미친 짓거리일 뿐이죠……. 이번에도 내 의견에 동의하지 않는 것 같은데요, 카라마조프 씨?"

"예, 동의하지 못하겠군요." 알료샤가 신중하게 미소를 지었다.

"고전어라는 것은 말이죠, 이것에 대한 내 견해를 전부 알고 싶으시다면──이건 치안 수단이고, 오로지 이 때문에 정규 교과목에 포함된 겁니다." 갑자기 콜랴는 또다시 시나브로 숨을 헐떡이기 시작했다. "이걸 정규 교과목에 포함시킨 건, 이것이 지겹기 때문이며 또 능력을 둔하게 만들기 때문입니다. 기왕지사 지겨운 거, 어떻게 하면 더 많이 지겹게 할까? 기왕지사 터무니없는 거, 어떻게 하면 더욱더 터무니없게 만들 수 있을까? 그러다가 바로 고전어를 생각해 낸 거죠. 바로 이 것이 고전어들에 대한 나의 완전한 견해이며, 바라건대 나는 절대로 이 견해를 바꾸지 않을 것입니다." 콜랴가 매몰차게 말을 끝맺었다. 그의 양쪽 뺨에는 발그스레한 홍조가 나타났다.

"그건 맞는 말이에요." 열심히 듣고 있던 스무로프가 낭랑하고 확신에 찬 목소리로 갑자기 동의했다.

"하지만 얘는 라틴어도 제일 잘해요!" 무리 중 한 소년이 갑자기 소리쳤다.

"맞아, 아빠, 얘는 말은 이렇게 해도 우리 반에서 라틴어를 제일 잘하는 학생이야." 일류샤도 한마디 했다.

"그게 뭐가 어쨌다는 건데?" 콜랴는 칭찬을 들어 기분이 몹시 좋았지만 그래도 나름대로 방어를 할 필요성은 느꼈다. "내가 라틴어를 달달 외우는 건 그게 필요하기 때문이고, 어머니에게 학과 공부를 제대로 마치겠다고 약속했기 때문이야. 또 내 생각으로도 한번 손을 댄 건 끝장을 봐야 되는 거니까. 하지만 내심 이런 유의 고전 신봉과 이 같은 비열한 짓들을 전부 다 정말로 경멸하고 있어……. 안 그렇습니까, 카라마조프 씨?"

"그런데 왜 '비열한 짓'이라는 거죠?" 알료샤가 다시 미소를 지었다.

"아니, 왜라니요, 고전들은 전부 모든 언어로 번역이 되어 있으니까, 고로, 라틴어가 필요한 이유는 고전 연구가 아니라 오로지 치안 수단을 위해서, 능력을 둔하게 만들기 위해서입니다. 이러니 어떻게 비열한 짓이 아닐 수 있습니까?"

"그래, 누가 당신에게 그런 걸 가르쳤습니까?" 깜짝 놀란 알료샤가 마침내 이렇게 외쳤다.

"첫째, 나는 누가 가르쳐 주지 않아도 혼자서 이해할 수 있고, 둘째, 이게 제일 중요하니까 꼭 알아 두셨으면 하는데요, 내가 방금 고전들이 전부 번역되었다고 한 말은 콜바스니코프 선생님이 직접 3학년 학생 모두에게 큰 소리로 말했던……."

"의사가 왔어요!" 계속 말없이 있던 니노치카가 갑자기 소리쳤다.

정말로 집의 대문 앞엔 호흘라코바 부인 소유의 마차가 도착한 상태였다. 아침 내내 의사를 기다렸던 2등 대위는 그를 맞으러 쏜살같이 달려갔다. 엄마는 옷매무새를 바로잡고 거드름을 피웠다. 알료샤는 일류샤한테로 다가가 베개를 손봐 주기 시작했다. 니노치카는 자신의 안락의자에 앉은 채로 그가 침대를 손보는 모습을 불안하게 예의 주시했다. 소년들은 서둘러 작별 인사를 하기 시작했고, 이들 중 몇몇은 저녁에 들르겠다고 약속했다. 콜랴는 페레즈본을 불렀고, 녀석은 침대에서 빌떡 일어났다.

"나는 안 갈 거야, 안 갈 거라고!" 콜랴 크라소트킨이 황급하게 말했다. "현관에서 기다리고 있다가 의사가 떠나면 다시 올게, 페레즈본과 함께 말이야."

하지만 의사는 이미 방 안으로 들어선 상태였다. 곰털 외투를 입고 짙은 구레나룻을 길게 기르고 턱에 광이 날 정도로 깔끔하게 면도를 한, 근엄한 모습이었다. 문지방을 넘어선 뒤 그는 어리둥절한 듯 갑자기 걸음을 멈추었다. 분명히 잘못 왔다고 생각하는 듯했다. "이게 뭐요? 여기가 대체 어디요?" 외투도 벗지 않고 또 물개 차양이 달린, 역시나 물개 가죽으로 된 모자도 벗지 않은 채 그는 이렇게 중얼거렸다. 한 무더기의 사람들, 방 구석구석에 배어 있는 가난의 냄새, 한쪽 구석의 빨랫줄에 주렁주렁 걸려 있는 옷가지들을 보며 한 방 맞은 기분이었던 것이다. 2등 대위는 그 앞에서 꼽추처럼 몸을 잔뜩 굽혔다.

"여기가 맞습니다, 여기가요." 그는 굽실거리며 중얼거렸다. "여기, 우리 집이 맞습니다, 제대로 오셨습니다요……."

"스네―기―료프?" 의사가 큰 소리로 근엄하게 말했다. "스네기료프 씨가 당신이오?"

"예, 접니다요!"

"아!"

의사는 다시 한번 꺼림칙하다는 듯 방을 훑어본 뒤 모피 코트를 벗었다. 목에 걸려 있는 위엄 있는 훈장 때문에 다들 눈이 부셨다. 2등 대위는 의사가 벗어 던지는 모피 코트를 얼른 받아 들었고, 의사는 모자를 벗었다.

"환자는 어디 있소?" 그가 큰 소리로 재촉하듯 물었다.

6 조숙

"어떻게 생각하시죠, 의사가 무슨 말을 할까요?" 콜랴가 빠른 말투로 물었다. "그나저나 낯짝 한번 엄청나게 혐오스러워요, 안 그런가요? 의학이라는 건 참을 수가 없다니까요!"

"일류샤는 죽을 겁니다. 아무래도 그런 생각이 드는군요." 알료샤가 슬프게 말했다.

"악랄한 놈들! 의학이란 악랄한 놈이에요! 하지만 나는 당신을 알게 돼서 기뻐요, 카라마조프 씨. 오래전부터 당신이 어떤 사람인지 알고 싶었거든요. 그저 우리가 이렇게 슬픈 때에 만난 것이 유감이지만……."

콜랴는 뭔가 더욱더 열렬하고 더욱더 격정적인 말을 하고 싶었지만 왠지 움츠러든 듯했다. 이걸 알아챈 알료샤는 미소를 지으면서 그의 한 손을 꼭 쥐었다.

"나는 오래전부터 당신을 보기 드문 사람이라고 생각하여 존경해 왔습니다." 허둥지둥, 엎치락뒤치락하면서 콜랴가 다시 중얼거렸다. "당신이 신비주의자이고 수도원에 있었다는 말은 들었어요. 당신이 신비주의자라는 거 알고 있지만, 그래도…… 그렇다고 해서 내 마음이 달라진 건 아니니까요. 현실과 접촉하다 보면 당신은 치유될 겁니다……. 당신과 같은 천성을 타고난 사람이라면 꼭 그렇게 될 겁니다."

"뭘 두고 신비주의자라고 부르는 거죠? 또 뭘 치유한다는 말입니까?" 알료샤가 다소간 놀라워했다.

"뭐 저어기 신이나 그런 거요."

"아니 그럼, 당신은 신을 믿지 않습니까?"

"아니요, 오히려 나는 신에 관한 한 아무것도 반대하지 않습니다. 물론, 신은 그저 가정에 불과하지만…… 그래도…… 나는 신이 필요하다는 것은 인정하는데, 질서를 위해서…… 세계의 질서 같은 것을 위해서요……. 만약 신이 없다면, 그것을 고안해 내야 하겠죠." 콜랴는 얼굴을 붉히며 이렇게 덧붙였다. 갑자기 어떤 생각이 들었던 것인데, 즉 자기가 자신의 지식을 과시하고 자기가 얼마나 '어른'인지를 보여 주고 싶어 안달이라고 알료샤가 지금 생각할 것만 같았다. '하지만 나는 이 사람 앞에서 내 지식 따위를 과시하고 싶은 마음은 조금도 없단 말이야.'라고 콜랴는 격분하면서 생각했다. 그러자 갑자기 너무 짜증이 났다.

"고백하건대, 나는 이따위 논쟁은 딱 질색입니다." 그가 딱 잘라 말했다. "신을 믿지 않으면서도 인류를 사랑할 수는 있는 것 아닙니까, 어떻게 생각하세요? 볼테르는 신을 믿지 않았지만 인류를 사랑했잖아요?"('또, 또 시작이다!'라고 그는 속으로 생각했다.)

"볼테르는 신을 믿긴 믿었지만 조금 믿은 것 같고, 그 때문에 인류도 조금만 사랑한 것 같군요." 알료샤는 마치 자기와 같은 연배, 심지어 손윗사람과 대화를 나누는 양 조용하고 신중하고 또 몹시 자연스럽게 말했다. 콜랴가 충격을 받은 것은 다름 아니라, 알료샤가 볼테르에 관한 자신의 견해에 확신이 서질 않아 꼭 자기와 같은 어린아이에게 이 질문의 해답을 구하고 있는 듯했기 때문이다.

"그런데 볼테르는 읽었습니까?" 알료샤가 말을 끝맺었다.

"아니요, 읽은 건 아니고⋯⋯. 그래도 『캉디드』는 읽었어요, 러시아어 번역으로⋯⋯ 그런데 그 번역이 낡고 얄궂고 우스꽝스러워서⋯⋯."(또, 또 시작이다!)

"그래, 이해가 되던가요?"

"오 물론이죠, 전부 다⋯⋯ 다시 말해서⋯⋯ 왜 내가 이해를 못 했으리라고 생각하시죠? 거기에는 물론 지저분한 소리들이 많긴 해요⋯⋯. 나는 물론, 이것이 철학 소설이며 이념을 설파하기 위해서 쓰였다는 것 정도는 이해할 수 있습니다⋯⋯." 콜랴는 이미 완전히 갈팡질팡했다. "나는 사회주의자입니다, 카라마조프 씨, 구제 불능의 사회주의자죠." 갑자기 그가 뜬금없이 불쑥 내뱉었다.

"사회주의자라고요?" 알료샤가 웃었다. "언제 그럴 시간이 있었습니까? 겨우 열세 살인가 그렇지 않나요?"

콜랴는 완전히 주눅이 들었다.

"첫째, 열세 살이 아니라 열네 살입니다. 두 주만 있으면 열네 살이라고요." 그는 곧장 발끈해 버렸다. "그리고 둘째, 도무지 모르겠는데요, 여기서 내 나이가 무슨 상관이죠? 문제는 나의 신념이 어떤가에 있지, 내가 몇 살인가에 있지는 않아요, 안 그런가요?"

"당신이 나이가 좀 더 들면, 신념에 있어 나이가 어떤 의미를 지니는지를 직접 알게 될 것입니다. 내 생각에도, 당신이 자기 것이 아닌 말을 하는 것같이 여겨졌거든요." 알료샤는 겸손하고도 평온하게 대답했지만, 콜랴는 열렬하게 그의 말을 가로막았다.

"무슨 말씀을요, 당신은 복종과 신비주의를 원하고 있습니다. 그러니까 동의하실 테죠, 예를 들면 기독교라는 신앙은 그저 하위 계급을 노예로 만들어 지배하려는, 권세 있는 부자들에게 봉사해 왔습니다, 안 그런가요?"

"아, 나는 당신이 그걸 어디서 읽었는지 알겠군요, 틀림없이 누군가가 당신을 가르쳐 준 겁니다!" 알료샤가 소리쳤다.

"무슨 말씀을요, 도대체 왜 틀림없이 뭘 읽었다는 거죠? 정확히 아무도 가르쳐 준 적은 없어요. 나 혼자서도 충분히……. 정 그러신다면 말이죠, 나는 그리스도에 반대하지는 않습니다. 그야말로 극히 인도적인 인물이니까요. 만약 그가 우리 시대에 살았더라면 곧장 혁명가 대열에 합류했을 테고 아마 뛰어난 활약을 펼쳤을 겁니다……. 심지어 틀림없이 그랬을걸요."

"그래 어디서, 대체 어디서 그따위 소리를 주워들은 겁니까! 대체 어떤 바보와 어울린 거죠?" 알료샤가 소리쳤다.

"무슨 말씀을요, 원래 진실은 숨길 수 없는 법이죠. 물론, 나는 우연한 기회에 라키친 씨와 이야기를 나누는 일이 종종 있긴 하지만, 하지만……. 벨린스키[8] 노인도 이런 말을 했다더군요."

"벨린스키라고요? 글쎄, 기억이 안 나는군요. 그런 얘기는 아무 데도 안 썼는데."

---

8) 19세기 전반기 러시아 문학을 이끈 불세출의 비평가로, 도스토옙스키를 등단시킨 인물이기도 하다.

"쓰지 않았다면, 그렇게 말을 했나 보죠. 그러니까 나는 이 얘기를 어떤 사람한테 들었는데…… 하지만 그 사람은, 젠장……."

"벨린스키라면 읽어 봤습니까?"

"그게 말이죠…… 아니…… 제대로 읽진 못했지만…… 타치야나 부분은 읽었는데, 그녀가 왜 오네긴과 함께 가지 않았던가, 하는 부분[9]요."

"왜 오네긴과 함께 가지 않았습니까? 그래, 그걸…… 이해합니까?"

"정말 무슨 말씀이세요, 당신 눈엔 내가 무슨 스무로프 같은 놈으로 보이나 보군요." 콜랴가 짜증스럽게 이를 갈았다. "하지만 내가 뭐 그렇고 그런 혁명가라고는 생각하지 마세요. 라키친 씨와도 의견이 맞지 않을 때가 아주 자주 있으니까요. 타치야나에 관해서라면, 나는 여성 해방은 결코 찬성하지 않습니다. 나는 여성이 종속된 존재이기 때문에 복종하는 것이 마땅하다는 것을 인정합니다. 나폴레옹이 말한 대로 여자들은 뜨개질이나 하라(Les femmes tricottent)는 거죠." 콜랴가 무엇 때문인지 히죽 웃었다. "적어도 이 점에서는 나는 이 의사(擬似) 위인과 전적으로 같은 신념입니다. 나는 또한, 예를 들자면 조국을 떠나 아메리카로 도망가는 것은 저열한 짓, 아니 저열한 짓보다 더 못한 바보짓이라고 생각합니다. 우리 나라에서도 인류를 위하여 많은 이로운 일을 할 수 있는데 뭣 하러 아메리카까지 갑니까? 특히나 지금 같은 때 말이죠. 유익

---

9) 푸시킨에 대한 벨린스키의 아홉 번째 논문을 말한다.

한 활동들이 산더미처럼 쌓여 있는걸요. 나는 이렇게 대답했습니다."

"대답을 했다니? 누구한테요? 아니, 누가 당신에게 벌써 아메리카에 가자고 했나요?"

"솔직히 말해서, 나한테 그러자고 부추겼지만 내가 거절했습니다. 이건 물론 우리끼리 얘기지만, 카라마조프 씨, 듣고 계시죠, 누구한테도 한마디도 안 했습니다. 그러니까 오직 당신한테만 하는 얘기입니다. 나는 제3국[10]의 마수에 걸려들고 싶은 생각도, 체프노이 다리 옆[11]에서 교화 수업을 듣고 싶은 생각도 전혀 없으니까요.

　체프노이 다리 곁의
　저 건물을 기억하게 되리라!

기억하시죠? 정말 멋져요! 왜 웃는 건가요? 설마 내가 온통 거짓부렁을 늘어놓았다고 생각하는 건 아닐 테죠?"('그나저나, 우리 아버지의 서재에 《경종(警鐘)》[12]이 겨우 요것 한 부밖에 없다는 걸, 이것 말고는 더 이상 아무것도 읽지 않았다는 걸 이 사람이

---

10) 1826년 니콜라이 1세에 의해 창설된 정치적 수사 기관으로 1880년에 폐지되었다.
11) 제3국은 1838년부터 체프노이 다리 곁에 있었다.
12) 1857~1967년에 게르첸이 오가료프와 함께 외국에서 발간한, 불법적으로 러시아에 유포되었던 혁명적 성향의 신문으로 당시 러시아의 진보적 지식인들에게 큰 영향을 미쳤다.

알게 된다면 어떡하지?'라는 생각이 언뜻 들어 콜랴는 전율하기까지 했다.)

"오, 천만에요, 나는 웃고 있지도 않고, 당신이 거짓부렁을 늘어놓았다는 생각도 없습니다. 그런 생각을 손톱만큼도 하지 않는 건, 안타깝게도 이 모든 것이 그야말로 진실이기 때문이죠! 자, 그러면 푸시킨의 『오네긴』을 읽었고……. 바로 그래서 지금 타치야나 얘기를 한 거죠?"

"아니요, 읽지는 않았지만, 읽고 싶단 말인데요. 나는 편견이 없는 사람입니다, 카라마조프 씨. 나는 이쪽저쪽의 말을 모두 경청하고 싶어요. 그런데 왜 물어보신 거죠?"

"그냥 좀."

"그런데요, 카라마조프 씨, 당신은 나를 정말로 경멸하시죠?" 콜랴는 갑자기 딱 잘라 이렇게 말한 뒤, 마치 전투태세를 갖춘 듯 알료샤 앞에서 온몸을 쫙 폈다. "부탁이니까 빙빙 돌리지 말고 말씀해 주세요."

"당신을 경멸한다고요?" 알료샤가 놀라워하면서 그를 바라보았다. "아니, 무엇 때문에요? 나는 그저, 당신처럼 매혹적인 천성을 타고난 사람이 삶을 미처 시작하기도 전에 이미 그런 조잡한 헛소리 때문에 비뚤어지게 된 것이 슬플 따름입니다."

"내 천성에 대해선 신경 쓰지 마시죠." 콜랴는 이렇게 말을 가로막았지만 자기 만족감도 없지 않았다. "내가 의심이 좀 많고 예민한 건 맞습니다. 어리석을 정도로 예민하고 또 조잡할 정도로 예민하죠. 당신이 지금 피식 웃는 걸 보면, 나는 당신이 꼭……."

"아, 내가 웃은 건 완전히 다른 일 때문입니다. 어째서 웃었느냐 하면요, 이래요. 최근에 러시아에 살았던 어느 독일인이 지금 우리 나라의 젊은 학생들에 대해 쓴 비평문 하나를 읽었거든요. '러시아 학생에게 그가 지금까지 전혀 모르고 있던 천체도(天體圖)를 보여 주면, 내일 당장 그는 이 천체도의 틀린 데를 고쳐서 당신한테 돌려줄 것이다.'라고 썼더군요. 아무것도 모르는 주제에 무턱대고 건방을 떤다는 겁니다——독일인이 러시아 학생에 대해 말하고 싶었던 건 바로 이런 것이었을 테죠."

"아, 정말 맞는 얘기군요!" 콜랴가 갑자기 홍소를 터뜨렸다. "맞아도 이렇게 딱 맞을 수가 있다니! 브라보, 독일 놈! 하지만 이 독일 놈은 좋은 면은 보지 못했는데, 어떻게 생각하세요? 건방을 떤다니——뭐 그렇다고 칩시다, 아직 젊어서 그런 거니까 고칠 필요가 있다면야 알아서 고쳐지겠죠. 하지만 그 대신 거의 아주 어릴 때부터 저 독립적인 기상을 키워 왔고, 또 권위 앞에서라면 비굴하게 알랑거리는 저 소시지 놈들의 정신과는 전혀 다른, 대담한 사상과 신념을……. 하지만 어쨌거나 이 독일 놈이 말 한번 잘했군요! 브라보, 독일 놈! 어쨌거나 독일 놈들은 목을 콱 졸라 버려야 돼요. 그놈들이 저기 과학 분야는 강하다고 해도 어쨌거나 그놈들은 목을 콱 졸라 버려야……."

"무엇 때문에 목을 졸라야 된다는 거죠?" 알료샤가 미소를 지었다.

"뭐, 내가 허튼소리를 늘어놨는지도 모르죠, 이건 인정합니다. 나도 어떨 땐 그야말로 대책 없는 어린애가 돼서는 뭐 기쁜 일이 있으면 통 자제를 못 하고 허튼소리를 지껄이고 싶어 난리라니까요. 들어 보세요, 우리는 어쨌거나 여기서 하찮은 수다를 떨고 있지만, 저쪽에 저 의사는 웬일인지 꽤 오래 틀어박혀 있네요. 하긴 저기서 '엄마'와 다리를 못 쓰는 니노치카도 함께 진찰해 주는지도 모르죠. 그런데요, 이 니노치카가 참 마음에 들었어요. 내가 나갈 때 그녀는 갑자기 '왜 좀 더 일찍 오지 않으셨어요?'라고 속삭이더군요. 그것도 나무라는 듯한 목소리로! 내 생각에, 정말 몹시 착하고 불쌍한 여자 같아요."

"그래요, 그렇고말고요! 이 집을 드나들다 보면, 그녀가 얼마나 놀라운 존재인지 알게 될 겁니다. 바로 이런 존재들을 알게 되고 또 바로 이런 존재들과 사귀면서 많은 다른 것들의 가치를 알 수 있는 능력을 갖게 된다면, 당신에겐 더할 나위 없이 좋을 겁니다." 알료샤가 열을 올리면서 지적했다. "당신을 보다 더 훌륭하게 개선하는 데 이보다 좋은 길은 없을 테죠."

"오, 좀 더 일찍 오지 않았다니, 안타깝고 자책감마저 드는군요!" 콜랴가 쓰라린 감정을 느끼면서 외쳤다.

"그래요, 아주 유감입니다. 당신이 저 불쌍한 어린것을 얼마나 기쁘게 했는지 직접 봤잖습니까! 일류샤는 당신을 기다리면서 얼마나 애를 태웠는지 몰라요!"

"말하지 마세요! 그런 말을 자꾸 하다니, 너무 잔인하시네요. 하지만 자업자득이죠. 내가 오지 않은 건 자존심, 이기적인 자존심과 저열한 옹고집 때문이었고, 평생 골머리를 앓더라도 이걸 떨쳐 버릴 순 없을 겁니다. 이제는 이걸 알겠군요,

나는 많은 점에서 비열한 놈입니다, 카라마조프 씨!"

"아니요, 당신은 매력적인 천성을 지녔어요, 좀 비뚤어져서 그렇지만. 당신이 이 고결하고 감수성이 병적일 정도로 예민한 이 아이에게 어떻게 그토록 큰 영향력을 가질 수 있었는지 나도 정말 잘 알겠군요!" 알료샤가 열렬하게 말했다.

"당신이 나한테 그런 말씀을 해 주시다니!" 콜랴가 소리쳤다. "나는, 한번 생각해 보십시오, 나는 이미 몇 번씩이나, 바로 지금 여기서도 당신이 나를 경멸한다고 생각했습니다! 내가 당신의 견해를 얼마나 소중히 여기는지 알기만 한다면!"

"아니, 정말 어쩌면 그토록 의심이 많고 예민한가요? 그것도 그 나이에! 한데 실은 말이죠, 나는 저쪽 방에서 얘기에 열중하고 있는 당신을 바라보면서 당신이 분명히 의심이 많고 몹시 예민할 거라는 생각을 했습니다."

"그런 생각을요? 어쨌거나, 대단히 예리한 안목입니다, 정말로! 장담하건대, 그건 내가 거위 얘기를 했을 때였을 테죠. 바로 그 지점에서 나는 내가 똑똑한 척 뽐내려고 안달이 났다는 이유로 당신이 나를 심히 경멸하고 있다는 생각이 들었고, 심지어 이 때문에 갑자기 당신이 증오스러워지는 바람에 허튼소리로 가득 찬 일장 연설을 늘어놓기 시작했던 거예요. 그다음, 내가 '신이 없다면 신을 고안해 내야 된다.'라고 말했을 때도 나는 내가 유식을 뽐내지 못해 안달이 났구나, 하는 생각이 들었어요.(물론 이건 여기 나온 뒤에 든 생각이지만요.) 게다가 이 어구는 무슨 책에서 읽은 것이거든요. 하지만 맹세코, 나는 이렇게 과시를 못 해 안달이 났던 건 허영심 때문이 아니라, 왠지는 모르겠지만 여하튼 너무 기뻐서, 정말 너무 기뻐서였던 것 같아요……. 설령 사람이 아무리 기뻐도 아무나 붙잡고 목에 매달리는 건 심히 창피스러운 일이긴 하지만요. 나도 이런 건 알고 있습니다. 하지만 그 대신 이제는 당신이 나를 경멸하지 않는다는 걸, 모든 것이 나 혼자만의 상상이었다는 걸 확신하게 됐어요. 오, 카라마조프 씨, 나는 심히 불행합니다. 이따금씩 아무 영문도 없이 모든 사람들이, 온 세상이 나를 비웃고 있다는 상상이 되곤 해서 그럴 때마다 무작정 사물들의 질서 자체를 무너뜨릴 준비가 되어 있다니까요."

"그래서 주위 사람들을 괴롭히는 거죠." 알료샤가 미소를 지었다.

"맞아요, 그렇게 주위 사람들을 괴롭히죠, 특히 엄마요. 카라마조프 씨, 그런데요, 내가 지금 아주 우습게 보이나요?"

"그런 건 생각하지 말아요, 그런 건 아예 생각도 하지 말라고요!" 알료샤가 소리쳤다. "게다가 뭐가 우습다는 거죠? 사람이 우습거나 또 그렇게 보일 수 있는 일이 어디 좀 많습니까? 더욱이 요즘은 재능 있는 사람들이 거의 전부 다 자기가 우습게 보일까 봐 끔찍하게 두려워들 하는데, 바로 이 때문에 불행한 겁니다. 내가 놀라는 건 그저 당신이 이토록 일찍 그것을 느끼기 시작했기 때문입니다. 하긴, 이미 오래전부터 이 점을 인지했지만, 비단 당신뿐만이 아니죠. 요즘은 심지어 거의 애들조차도 이런 걸로 괴로워하기 시작했습니다. 이건 거의 광기입니다. 악마가 이 자존심이라는 탈을 쓰고 나타나서 전 세대 속으로 기어 들어간 꼴이죠, 정말 악마의 짓이라니까요." 알료샤는 이렇게 덧붙였지만, 그를 뚫어져라 응시하고 있던 콜랴의 생각으론 조금도 웃지 않았다. "당신도 다른 모든 사람들과, 다시 말해서 아주 많은 사람들과 비슷하지만, 그렇다고 해서 꼭 그들처럼 될 필요는 없다, 이겁니다."라며 알료샤가 말을 끝맺었다.

"다른 사람들이 전부 다 그렇다고 하더라도 말입니까?"

"예, 모든 사람들이 그렇다고 할지라도. 당신 하나만이라도 그렇게 되지 말아야죠. 당신은 정말로 다른 사람들과는 달라요. 당신은 지금 자신의 고약한 점을, 심지어 우스꽝스러운 점을 고백하는 것을 부끄러워하지 않았습니다. 요즘 누가 이런 걸 인정합니까? 아무도 그러지 않죠, 심지어 자신을 비판할 필요성마저도 느끼지 않게 됐죠. 다른 모든 사람들처럼 되지는 말아요. 비록 당신 혼자만 그렇지 않은 자로 남게 될지라도, 어쨌거나 그렇게 되지는 말아야죠."

"훌륭합니다! 역시 내가 당신을 제대로 본 거로군요. 사람을 위로하는 능력을 갖고 계시니까요. 오, 내가 얼마나 당신을 갈망했던지, 카라마조프 씨, 얼마나 오래전부터 당신과 만나고 싶었는지! 정말 당신도 내 생각을 하셨나요? 조금 전에 당신도 내 생각을 했다고 말씀하셨잖아요?"

"그래요, 나는 당신 얘기를 듣고서 당신 생각을 했더랬습니다……. 그리고 혹시 당신이 부분적으로나마 지금 자존심 때문에 이런 걸 물어보게 됐다더라도, 그래도 괜찮습니다."

"저어기요, 카라마조프 씨, 우리는 꼭 사랑 고백과 비슷한 말을 하는 것 같아요." 어쩐지 나른하고도 부끄러운 듯한 목소리로 콜랴가 말했다. "이런 건 우습지 않아요, 그렇죠, 우습지 않죠?"

"전혀 우습지도 않고, 게다가 우습다고 한들, 이렇게 좋으니 이 또한 괜찮습니다." 알료샤가 해맑은 미소를 지었다.

"그런데요, 카라마조프 씨, 당신도 지금 나와 이렇게 있는 것이 약간 부끄럽죠, 그렇지 않나요……. 그 눈을 보면 알 수 있어요." 어쩐지 의뭉스럽긴 하지만 그래도 거의 어떤 행복감을 느끼면서 콜랴가 웃었다.

"이게 왜 부끄럽죠?"

"그럼 왜 얼굴을 붉혔어요?"

"그거야 당신이 이렇게 나왔으니까, 붉힌 거죠!" 알료샤는 웃음을 터뜨렸고 정말로 얼굴을 확 붉혔다. "뭐 정말로 약간 부끄럽긴 하지만, 왠지는 모르겠어요, 도통 모르겠군요……." 거의 곤혹스러워하면서 그가 중얼거렸다.

"오, 내가 이 순간 당신을 얼마나 사랑하는지, 얼마나 높이 평가하는지, 그것도 다름 아니라 당신도 나와 함께 있는 것을 왠지 부끄러워한다는 그 이유로요! 당신도 나와 똑같다는 소리니까요!" 그야말로 희열을 느끼면서 콜랴가 소리쳤다. 그의 뺨이 타올랐고 눈은 반짝거렸다.

"들어 보세요, 콜랴, 그나저나, 당신은 앞으로 살아가면서 아주 불행한 사람이 될 겁니다." 알료샤가 갑자기 무엇 때문인지 이런 말을 했다.

"알고 있어요, 알고 있습니다. 한데, 어쩜 이 모든 걸 미리 다 알고 계시다니!" 콜랴가 그 즉시 말을 받았다.

"하지만 어쨌거나 전체적으론 삶을 축복하세요."

"바로 그겁니다! 만세! 당신은 예언자입니다! 오, 우린 서로 좋은 친구가 될 겁니다, 카라마조프 씨. 그런데요, 나를 제일 기쁘게 하는 것은 당신이 나를 완전히 동등한 존재로 대해 준다는 겁니다. 우리는 동등하지 않아요, 절대로 동등하지 않아요, 당신이 훨씬 더 높으니까요! 그래도 우리는 서로 좋은 친구가 될 거예요. 그런데요, 나는 최근 한 달 내내 스스로에게 '나와 이 사람은 단번에 마음이 맞아 영원토록 친구가 되거나 아니면 처음부터 서로 원수가 되어 관 속에 들어갈 때까지 갈라져 있게 될 것이다!'라고 말해 왔어요."

"그런 말을 하면서 물론 나를 좋아했겠군요!" 알료샤가 즐겁게 웃었다.

"그럼요, 너무나 좋아했고, 너무 좋아하는 바람에 당신에 대한 몽상에 잠기곤 했죠! 이런 걸 전부 어떻게 미리 알고 계신 거죠? 와, 저기 의사예요. 맙소사, 무슨 말을 하긴 할 텐데, 보세요, 저 사람 얼굴이 어떤지!"

7 일류샤

의사는 오두막에서 나올 때 다시금 이미 모피 코트로 몸을 휘감고 머리에는 모자를 쓴 상태였다. 그 얼굴은 거의 성이 나 있고 뭘 잘못 건드려 옷이라도 더럽힐까 봐 두려운지 여전히 꺼림칙하다는 표정이었다. 그는 현관을 힐끔 보다가 알료샤와 콜랴도 엄격한 시선으로 바라보았다. 알료샤는 문에서 마부에게 손짓을 했고, 의사를 데려온 마차가 입구로 다가왔다. 2등 대위는 의사의 뒤를 쫓아 맹렬하게 달려왔고, 그 앞에서 몸을 굽힌 뒤 거의 아첨을 하듯 굽실대면서 최후의 말을 들으려고 그를 붙잡아 세웠다. 이 불쌍한 자는 얼굴이 거의 사색이 되어 있었고 시선은 겁에 질려 까무러칠 듯했다.

"의사 선생님, 의사 선생님 나리…… 그럼 정말로……?" 그는 말을 꺼내긴 했으나 채 다 끝내질 못했고, 꼭 정말로 의사의 지금 말 한마디만으로 가련한 소년에게 떨어진 선고가 바뀔 수 있다는 듯 여전히 최후의 기원을 담아 의사를 바라보긴 했지만, 그러면서 마냥 절망에 차서 두 손을 탁탁 마주칠 뿐이었다.

"어쩌란 말이오! 내가 무슨 신도 아니고." 의사는 습관상 훈계조로 타이르듯 대답하긴 했지만 참으로 무성의했다.

"의사 선생님…… 의사 선생님 나리…… 정말로 얼마, 얼마 안 남았다는 겁니까요?"

"각―오를 단―단―히 하시오." 의사는 각 음절마다 강세를 찍으면서 똑똑하게 말한 뒤, 시선을 다른 데로 돌리고 문지방을 넘어 마차를 향해 걸음을 떼 놓을 자세를 취했다.

"의사 선생님 나리요, 제발 살려 주십쇼!" 2등 대위가 다시 한번 너무 놀라 까무러칠 것 같은 목소리로 그를 불러 세웠다. "의사 선생님 나리……! 그럼 정말 어찌해도, 어찌해도 이젠 가망이 없다는 겁니까요……?"

"이제 나로선 어―쩔―수 없소." 의사가 성마르게 말했다. "하지만, 음." 하면서 그가 갑자기 걸음을 멈추었다. "만약 당신이 예를 들어…… 당신의 환자를…… 지금이라도 조금도 지체하지 않고('지금이라도 조금도 지체하지 않고'라는 말을 하면서 의사가 엄격한 정도도 아니고 거의 분노하고 있었기 때문에 2등 대위는 심지어 몸을 부르르 떨기까지 했다.) 시―라―쿠―사로…… 보―낼―수 있다면, 그때는…… 새롭고 좋―은 기―후 조건 덕분에…… 어쩌면 좋은 경과를……."

"시카루사라고요!" 2등 대위는 무슨 말인지 모르겠다는 듯 소리쳤다.

"시라쿠사라고요, 이건 시칠리아섬에 있어요." 콜랴는 그게 뭔지 설명을 해 주려고 갑자기 큰 소리로 딱 잘라 말했다. 의사는 그를 바라보았다.

"시칠리아섬이라고요! 나리, 의사 선생님 나리." 2등 대위는 완전히 앞뒤를 잃었다. "하지만 선생님도 보셨잖습니까요!" 그는 두 팔을 벌리면서 자기 집 형편을 암시했다. "저 엄마는요, 또 가족은 어쩌고요?"

"아―아니, 가족은 시칠리아섬에 보낼 필요가 없소, 당신의 가족은 초봄에 캅카스로 가는 편이…… 그러니까 당신의 딸은 캅카스로 보내고, 부인의 경우에는…… 역시나 류머티즘을 앓고 있으니까 캅―카―스의 온천장에서 일정 기간 동안 요양을 한 뒤…… 그다음엔 파리에 있는 정신과 의사 레―펠―레―티―예의 병원으로 보―내―도록 하시고, 그땐 내가 그 의사 앞으로 소개장을 써 줄 수 있고, 그러면…… 어쩌면 좋은 경과를……."

"의사 선생님, 의사 선생님! 하지만 뻔히 아시잖습니까요!" 2등 대위가 절망에 차서 아무 장식도 없는 통나무로 된, 현관 벽을 가리키며 갑자기 다시금 두 팔을 번쩍 들어 올렸다.

"아, 그건 내 알 바 아니오." 의사가 피식 웃었다. "나는 그저 최후의 조치에 대한 당신의 질문에 과——학이 말해 줄 수 있 는 것을 말했을 뿐이고, 나머지는…… 유감스럽게도……."

"걱정 붙들어 매시죠, 의원 나리, 제 개는 당신을 물지 않을 테니까요." 콜랴는 의사가 다소 불안한 시선으로 문지방에 서 있는 페레즈본을 바라보고 있음을 인지하고서 큰 소리로 딱 잘라 말했다. 콜랴의 목소리에는 분노로 가득 찬 기운이 배어 나왔다. 의사 대신 '의원 나리'라는 단어를 쓴 것은 일부러 그 런 것이었고, 나중에 그가 알린 대로, '모욕을 주려고 그렇게 말한 것'이었다.

"이건 또 뭐——야?" 의사가 고개를 치켜들고 놀란 표정으 로 콜랴를 응시했다. "대체 뭘 하는 녀석이오?" 그는 알료샤에 게 해명을 해 달라는 듯 갑자기 그를 바라보았다.

"저로 말씀드릴 것 같으면 페레즈본의 주인입니다, 의원 나 리, 제가 어떤 녀석이냐에 대해선 염려 붙들어 매시죠." 콜랴 가 다시 또박또박 말했다.

"즈본이라고?" 의사가 페레즈본이 뭔지 알아듣지 못하고서 다시 말했다.

"녀석이 어디 있는지도 모르시는 모양이군요. 안녕히 가시 죠, 의원 나리, 시라쿠사에서 봅시다."

"이——건 누구야? 대체 누구, 누구냐고?" 의사는 갑자기 어찌나 화가 났는지 펄펄 끓었다.

"얘는 이곳의 학생입니다, 의사 선생님. 장난꾸러기인데, 신경 쓰지 마십시오." 알료샤가 인상을 쓰면서 빠른 말투로 말했다. "콜랴 군, 잠자코 있어요!" 그가 크라소트킨에게 소리쳤다. "신경 쓰지 않으셔도 됩니다, 의사 선생님." 이미 그도 다소간은 좀 더 성마른 어투로 반복했다.

"혼 — 쭐을 내야 돼, 혼 — 쭐을 내야 된다고, 아주 혼—쭐!" 의사는 무엇 때문인지 이젠 완전히 광분해서 두 발을 굴렀다.

"그런데 말이죠, 의원 나리, 사실 저의 이 페레즈본은 물 수도 있어요!" 콜랴가 새하얗게 질린 얼굴에 눈을 번득이며 파르르 떨리는 목소리로 말했다. "헤이, 페레즈본!"

"콜랴 군, 한마디만 더 하면 당신과 영원히 절교하겠습니다!" 알료샤가 위압적으로 소리쳤다.

"의원 나리, 온 세상을 통틀어 니콜라이 크라소트킨에게 명령을 할 수 있는 존재가 딱 한 명 있는데, 그게 바로 이분입니다." 콜랴가 알료샤를 가리켰다. "이분에게 복종하는 바이니, 그럼, 안녕히 가시죠!"

그는 냉큼 그 자리를 떠서 문을 열곤 재빨리 방으로 갔다. 페레즈본은 그의 뒤를 따라 내달렸다. 의사는 돌기둥처럼 멍하니 서서 오 초 정도 알료샤를 바라보더니, 그러고 나선 갑자기 침을 탁 뱉고 큰 소리로 "이게 대체 뭐야, 뭐가 뭔지 통 알 수가 없군!"이라고 되뇌며 재빨리 마차 쪽으로 걸어갔다. 2등 대위는 그를 마차에 앉히기 위해 돌진했다. 알료샤는 콜랴의 뒤를 따라 방으로 들어갔다. 콜랴는 이미 일류샤의 침대 곁에 서 있었다. 일류샤는 그의 손을 잡은 채 아빠를 불렀다. 잠시 후 2등 대위도 돌아왔다.

"아빠, 아빠, 이리로 와…… 우리는……" 일류샤는 굉장히 흥분된 상태에서 이렇게 중얼거렸지만 필경 말을 이어 갈 힘이 없었는지, 갑자기 예의 그 바싹 여윈 두 손을 있는 힘껏 앞으로 뻗더니 그들 둘을, 그러니까 콜랴와 아빠를 한꺼번에 콱 끌어안아 한 덩어리가 되게 하고선 자기 자신도 그들에게로 꼭 달라붙었다. 2등 대위는 갑자기 온몸을 벌벌 떨면서 말없이 흐느꼈고, 콜랴는 입술과 턱이 파르르 떨려 왔다.

"아빠, 아빠! 나는 아빠가 너무 가엾어, 아빠!" 일류샤가 쓰라린 마음으로 신음했다.

"일류셰치카…… 요 귀여운 것…… 의사 선생님 말씀이……. 건강해질 거란다…… 우린 행복해질 거야…… 의사 선생님이……."라고 2등 대위가 말을 꺼내 보았다.

"아이, 아빠! 새로 온 의사 선생님이 나에 대해 무슨 말을 했는지는 알고 있어……. 나도 봤잖아!" 일류샤가 이렇게 소리치더니, 아빠의 어깨에 얼굴을 파묻고 또다시 있는 힘껏 그들 둘을 끌어당기며 꽉 껴안았다.

"아빠, 울지 마…… 내가 죽으면 또 다른 좋은 아이를 데려오면 되잖아…… 걔들 중에서 아빠가 직접 좋은 아이를 골라서 일류샤라고 부르고 나 대신 사랑해 주면 되는걸……."

"아무 말 하지 마, 영감, 건강해질 테니까!" 꼭 화라도 난 듯 크라소트킨이 갑자기 소리쳤다.

"그래도, 아빠, 나를 절대로 잊으면 안 돼, 나를 말이야." 일류샤가 계속했다. "내 무덤으로 와서…… 그러니까 아빠, 나를 우리가 함께 산책하러 다니던 커다란 바윗돌 옆에 묻어 줘. 그리고 내가 있는 그곳에 크라소트킨과 함께 내가 있는 그곳을 찾아 줘, 저녁에…… 페레즈본도 같이……. 기다리고 있을 테니까……. 아빠, 아빠!"

그의 목소리가 탁 끊겼고, 세 사람은 모두 서로 부둥켜안은 채 서서 더 이상 아무 말도 하지 않았다. 안락의자에서 니노치카도 조용히 울고 있었고, 모든 사람들이 우는 것을 보자 엄마도 갑자기 엉엉 눈물을 쏟기 시작했다.

"일류셰치카! 일류셰치카!" 그녀가 소리쳤다.

크라소트킨은 갑자기 일류샤의 포옹에서 벗어났다.

"잘 있어, 영감, 점심때가 돼서 엄마가 나를 기다리고 계실 거야." 그가 빠른 말투로 말했다. "어쩜 좋아, 엄마한테 미리 언질을 주지 않았으니! 걱정이 이만저만이 아니실 텐데……. 하지만 점심을 먹고 곧 너한테로 올게. 하루 종일, 저녁 내내 같이 있으면서 너한테 많은 이야기를 해 줄게, 정말 많은 이야기를! 페레즈본도 같이 데려올게. 지금은 일단 데려간다. 이 녀석 내가 없으면 영 울어 대서 너한테 방해만 될 테니까. 또 보자!"

그러면서 그는 현관으로 달려 나왔다. 정말 울음 따위를 터뜨리고 싶은 마음은 없었지만, 현관에선 결국 울음을 터뜨리고 말았다. 이러고 있는 그를 알료샤가 본 것이다.

"콜랴 군, 꼭 약속을 지켜야 돼요, 꼭 와야 돼요. 안 그러면 일류샤는 죽도록 괴로워할 겁니다." 알료샤가 고집스럽게 말했다.

"꼭 올게요! 오, 왜 좀 더 일찍 오지 않았을까, 나 자신을 저주해요." 울면서, 이미 울고 있다는 것에 당혹스러워하지도 않고 콜랴가 중얼거렸다. 이 순간 갑자기 방에서 2등 대위가 뛰어나오더니 곧장 문을 닫았다. 그의 얼굴은 거의 미친 것 같았고 입술은 파르르 떨렸다. 그는 두 젊은이들 앞에 서서 두 팔을 위로 치켜들었다.

"좋은 아이 같은 건 싫습니다! 다른 아이 같은 건 싫다고요!" 그는 이를 부득부득 갈면서 기괴하게 속삭였다. "내가 만일 너를 잊는다면, 예루살렘이여, 내 혀가 입천장에 붙어 버리리라……."[13]

그는 말을 채 다 끝내지도 못하고 훌쩍거리는 듯하다가 나무 의자 앞으로 힘없이 무릎을 꿇고 쓰러졌다. 두 주먹으로 자신의 머리를 꽉 움켜쥐고 어쩐지 참 얄궂게 째지는 소리를 내며 흐느끼기 시작했지만, 그래도 이 흐느낌 소리가 오두막 안에서는 들리지 않도록 무진장 애를 썼다. 콜랴는 거리로 뛰어나왔다.

"안녕히 계세요, 카라마조프 씨! 당신도 오실 테죠?" 그가 알료샤에게 날카롭고도 성난 듯한 목소리로 외쳤다.

"저녁때는 꼭 오겠습니다."

"예루살렘 어쩌고 하는 건 뭔지……. 그게 뭐예요?"

"그건 성경에서 가져온 말입니다. '내가 만일 너를 잊는다면, 예루살렘이여', 다시 말해서 내가 가진 가장 소중한 것을

---

13) 시편 136: 5-6.

전부 잊는다면, 그래서 그것을 다른 뭔가로 바꾼다면, 그때는 천벌을 면치 못하리라……."

"알겠습니다, 그만하면 됐어요! 당신도 오세요! 헤이, 페레즈본!" 그는 완전히 사나운 목소리로 개한테 소리를 질렀고, 집을 향해 빠른 걸음걸이로 성큼성큼 걸어갔다.

11장

이반 표도로비치 형제

1 그루셴카의 집에서

알료샤는 그루셴카를 만나려고 상인 모로조바의 집이 있는 소보르나야 광장으로 향했다. 그녀는 아침 일찍부터 페냐를 보내 자기 집에 좀 와 달라고 간곡하게 부탁했다. 페냐에게 이것저것 캐물은 결과, 알료샤는 벌써 어제부터 아씨가 왠지 유난스러울 정도로 대단히 불안해하고 있다는 것을 알게 되었다. 미챠가 체포되고 나서 요 두 달 동안 알료샤는 미챠의 부탁을 받았거나 아니면 자발적으로 모로조바의 집을 방문하는 일이 잦았다. 미챠가 체포되고 사흘간 그루셴카는 심하게 앓아눕더니, 거의 다섯 주 동안 그렇게 앓고 있었다. 이 다섯 주 중 한 주는 의식 불명 상태이기도 했다. 비록 이제는 거의 두 주 전부터 바깥출입을 할 수 있게 되었지만, 얼굴이 심하게 변해 바싹 여위고 누렇게 떠 버렸다. 하지만 알료샤의 눈에는 그녀가 더 매력적인 얼굴을 갖게 된 것 같았고 그녀의 방에 들어설 때마다 그녀의 시선과 마주치는 것이 좋았다. 뭔가 확고하고 의미심장한 것이 그녀의 시선 속에 굳게 뿌리내린 듯했다. 다소간의 정신적인 대전환이 나타났고, 영원히 돌이킬 수도, 변화시킬 수도 없을 것 같은, 어떤 겸허하고도 선한 결의가 생겨났다. 이마의 양미간 사이에는 수직으로 파인 가느다란 잔주름 때문에 그녀의 사랑스러운 얼굴은 깊은 사색에 잠겨 자기 내면으로 침잠하는 듯 보였고, 언뜻 보아서는 거의 준엄하다는 인상마저 주었다. 예컨대 옛날과 같은 경박함은 흔적도 찾아볼 수 없었다. 그런데 알료샤로선 이상하게 여겨지는 점이 있었으니, 이 가련한 여인 그루센카는 미챠의 약혼녀가 된 바로 그 순간에 약혼자가 무서운 범죄 혐의로 체포되는 엄청난 불행을 겪었음에도 불구하고, 이어서, 자신도 병마에 시달리고 또 앞으로 거의 피해 갈 수 없는 판결이 그들을 위협하고 있음에도 불구하고, 어쨌거나 옛날과 같은 그 젊은 명랑함을 잃지 않았던 것이다. 예전에는 오만했던 그녀의 눈이 이제는 어떤 조용함으로 빛났는데, 그래도…… 그래도, 예전부터 있었던 근심거리 하나가 그녀의 마음속에서 잠잠해지기는커녕 오히려 더욱더 커진 채로 그녀를 찾아올 때면 그 눈에는 또다시 드물게나마 다소 불길한 불꽃이 타오르곤 했다. 이 근심의 대상은 여전히 똑같이 카체리나 이바노브나였다. 병상에 누워 있을 때도 그루센카는 그녀를 떠올리며 헛소리를 하곤 했다. 카체리나 이바노브나는 언제든지 여유가 있었지만 단 한 번도 수감 중인 미챠에게 면회를 가지 않았건만, 그럼에도 불구하고 그루셴카가 수인(囚人)이 된 미챠 때문에 그녀에게 끔찍한 질투를 느끼고 있음을 알료샤는 알고 있었다. 이 모든 것이 알료샤에게는 다소간 어려운 숙제가 되었다. 왜냐면 그루셴카는 오직 알료샤 하나만을 진심으로 믿고 의지하면서 끊임없이 조언을 구했지만 그로선 그녀에게 아무 말도 해 줄 수 없을 때가 있었기 때문이다.

그는 근심에 싸인 채 그녀의 집으로 들어섰다. 그녀는 벌써 집에 와 있었다. 미챠에게 갔다가 반 시간쯤 전에 돌아온 것인데, 알료샤를 맞이하기 위해 탁자 앞에서 벌떡 일어나는 그 재빠른 몸짓만 봐도 이미 그녀가 대단히 초조한 마음으로 그를 기다렸음을 알 수 있었다. 탁자 위에는 카드들이 놓여 있었고 바보 놀이[14] 판을 벌여 놓았다. 탁자 맞은편, 가죽 소파에는 잠자리가 마련되어 있었고, 거기에는 막시모프가 실내복을 입고 무명 모자를 쓴 채 반쯤 누워 있었는데 달콤한 미소를 짓긴 했지만 어디가 아픈지 허약해 보였다. 이 집 없는 노인은 두 달쯤 전 그 무렵에 그루셴카와 함께 모크로예에서 돌아오자마자 그 길로 그녀의 집에 눌러앉아 지금까지 그녀 곁을 떠나지 않고 있었다. 그때 그녀와 함께 눈비를 맞으며 진창길을 달려온 뒤, 그는 흠뻑 젖고 겁에 질린 채 소파에 앉아 말없이 조심스러운 애원이 담긴 미소를 지으면서 그녀를 응시했다. 그루셴카는 너무나 괴롭고 이미 열병의 조짐도 보였을뿐

---

14) 카드놀이의 일종.

더러 이것저것 잡일도 많았던 터라 집에 도착하고 처음 반 시간 정도는 그의 존재 자체를 거의 잊고 있다가——갑자기 왠지 그를 주의 깊게 바라보았다. 그는 불쌍하고 의기소침한 얼굴로 그녀의 눈을 보며 히히거렸다. 그녀는 페냐를 불러 그에게 먹을 걸 갖다주라고 명령했다. 그날 내내 그는 옴짝달싹도 않고 한자리에 앉아 있었다. 날이 어두워져 덧문을 잠갔을 때 페냐가 아씨에게 물었다.

"그럼, 아씨, 이분도 여기서 주무실 건가요?"

"그래, 소파에 이분의 잠자리를 마련해 드려." 그루셴카가 대답했다.

그를 붙잡고 좀 더 상세하게 캐물은 결과, 그루셴카는 그가 지금은 그야말로 오갈 데 없는 신세이고 '자신의 은인인 칼가노프 씨가 더 이상 자기를 받아 줄 수 없다고 대놓고 선언하면서 5루블을 선물했다.'는 것을 알게 됐다. "그럼, 어려워하지 말고 그냥 여기 있으세요." 그루셴카는 우수에 가득 차 이렇게 결정을 내린 뒤 그에게 동정 어린 미소를 보냈다. 그 미소를 보자 노인의 얼굴이 일그러지더니, 고마운 마음에 울음이 나올 지경이라 입술을 씰룩거렸다. 그리하여 떠돌이 식객은 그때 이후로 그녀의 집에 남게 됐다. 심지어 그녀가 아팠을 때도 그는 집에서 나가지 않았다. 페냐와 그녀의 어머니, 즉 그루셴카의 식모는 그를 쫓아내기는커녕 계속하여 그에게 식사를 대 주고 소파에 그의 잠자리를 봐 주었다. 그 이후 그루셴카는 심지어 그에게 정이 들어 버려서, 미챠한테 갔다가 돌아오면(그녀는 몸이 좀 좋아지자 건강이 완전히 회복되지도 않았건만 곧장 면회를 다니기 시작했다.) 우수를 달래려고, 자신의 괴로움을 마냥 떨쳐 내려고 '막시무쉬카'와 앉아 온갖 하찮은 일에 대해 떠들기 시작했다. 알고 보니 이 노인은 때때로 얘기를 꽤나 재미있게 풀어 놓는 재주가 있어서 결국에 가선 그녀에게 꼭 필요한 존재가 되었다. 그루셴카는, 매일 오는 것도 아니고 늘 잠깐만 앉았다 가는 알료샤를 제외하면 누구든 다 마다했다. 그녀의 노인, 즉 상인은 이 무렵 이미 몹시 위중한 상태로서 도시에서 떠도는 말마따나 '오늘내일'하고 있었고, 실제로도 미챠의 공판이 있고 일주일 후에 죽고 말았다. 죽기 삼 주 전, 끝이 가까워졌음을 예감한 그는 마침내 자기 아들들과 그 처자식들을 위층으로 부른 뒤 이제는 더 이상 자기 곁을 떠나지 말라고 명령했다. 그루셴카에 관한 한 이제부터는 숫제 그녀를 들이지 말라고 하인들에게 엄격하게 명령을 내렸고, 만약 그녀가 찾아온다면 "부디 오래오래 행복하게 사시고, 그분은 완전히 잊으시랍니다."라는 말을 전하게 했다. 그래도 그루셴카는 거의 매일 그의 용태를 알아보기 위해 사람을 보냈다.

"드디어 왔군!" 그녀는 이렇게 소리치며 카드를 내던지더니 알료샤와 반갑게 인사를 나누었다. "막시무쉬카는 당신이 오지 않을 수도 있다면서 겁을 줬어. 아, 당신이 얼마나 필요한지 몰라! 탁자 쪽으로 와서 앉아. 뭐 좀 마실래, 커피?"

"그러지 뭐." 알료샤가 탁자 앞에 앉으면서 말했다. "배가 고파 죽을 지경이야."

"거봐. 페냐, 페냐, 커피를 내와!" 그루셴카가 외쳤다. "우리 부엌에선 오래전부터 커피를 끓이고 있었어. 당신을 기다린 거지. 피로그도 내와, 뜨겁게 해 가지고. 아니, 잠깐만, 알료샤, 오늘 이 피로그 때문에 난리가 났지 뭐야. 감옥에 있는 그 사람한테 피로그를 가져갔는데, 세상에, 그이는 먹지도 않고 그걸 나한테 집어 던졌어. 피로그 하나는 아예 땅바닥에 내동댕이치더니 짓뭉개 버리더라고. 그래서 나는 '간수한테 맡겨 놓을 텐데 저녁까지도 먹지 않으면 그땐 당신이란 작자는 표독스러운 심술만 먹고 사는 인간이 되는 거야!'라고 말하고서 나와 버렸어. 믿을 수 있겠어, 그러니까 또 싸운 거야. 면회만 가면 우리는 꼭 싸운다니까.”

그루셴카는 흥분한 나머지 이 모든 말을 따발총처럼 쏟아 냈다. 막시모프는 즉시 주눅이 들어 배시시 웃다가 시선을 떨어뜨렸다.

“이번엔 또 대체 무슨 일로 싸운 건가?” 알료샤가 물었다.

“아예 생각도 못 했던 일로 그런 거야! 그러니까 말이야, ‘옛 사람’을 빌미로 질투를 하더라고. ‘대체 당신이 왜 그놈을 먹여 살리는 거야? 그러니까 당신이 그놈을 먹여 살리기 시작했단 말이지?’라면서. 계속 질투를 하면서 나를 못살게 굴어. 잠을 자면서도 밥을 먹으면서도 질투에 사로잡혀 있어. 심지어 지난주에는 쿠지마를 빌미로 질투를 한 적도 한번 있었어.”

“하지만 형은 원래 그 ‘옛 사람’에 대해 알고 있잖아?”

“알다뿐이겠어. 맨 처음부터 오늘 직전까지도 다 알고 있다가 오늘 갑자기 벌떡 일어나 욕을 퍼붓기 시작했어. 그이가 한 말을 입에 담기도 창피해. 바보라니까! 내가 나올 때 라키트카가 그이를 찾아왔더군. 라키트카가 자꾸 그이의 성을 돋우는 건 아닐까, 엉? 당신 생각은 어때?" 그녀는 혼란스러운 듯 덧붙였다.

"형은 당신을 사랑해, 정말로 그래, 그것도 몹시 사랑하고 있어. 방금은 마침 신경이 날카로웠던 것뿐이야."

"신경이 멀쩡할 리가 있겠어, 내일 공판이 있을 텐데. 그이를 찾아간 건 내일 일에 대해 할 말이 있어서였어, 알료샤, 내일 무슨 일이 있을지 생각만 해도 끔찍하거든! 지금 당신은 그이가 신경이 날카롭다고 말하지만, 신경 날카로운 걸로 치자면 나도 마찬가지란 말이야! 그런데 그 폴란드인 얘기는 왜 나오는 거야! 바보가 따로 없다니까! 여기 막시무쉬카에 대해서는 설마 질투를 하지 않겠지."

"우리 마누라도 나 때문에 아주 심하게 질투를 하곤 했지요." 막시모프가 한마디 거들었다.

"설마, 당신을 두고 질투를 하다니." 하며 그루셴카가 마지못해 웃음을 터뜨렸다. "당신과 누구 사이를 질투한단 말이에요?"

"허드렛일을 봐 주는 처녀들 때문이었지요."

"에이, 잠자코 있어, 막시무쉬카, 나는 지금 열 받아 죽을 지경이라서 웃고 자시고 할 틈도 없어요. 괜히 피로그에 눈독 들이지 말아요, 어차피 안 줄 테니까, 당신한텐 해로워요, 화주(火酒)도 안 돼요. 이 양반과 어떻게 사는지 좀 봐, 내 집이 꼭 양로원 같지 뭐야, 정말." 그녀가 웃어 댔다.

"나는 당신의 자선을 받을 가치도 없는, 백해무익한 놈이올시다." 막시모프가 눈물 어린 목소리로 말했다. "차라리 당신의 자선을 나보다 더 필요한 사람들한테 베풀어 주면 좋으련만."

"에이, 사람은 누구에게나 필요한 존재예요, 막시무쉬카. 게다가 뭘 보고서 누가 누구에게 필요한지 어떤지를 알 수 있단 말이야. 이 폴란드인만 없었더라면 좋았을걸, 알료샤, 정말로 그이도 오늘 병이 날 지경이었다니까. 사실 그 사람 집에도 갔다 왔어. 그래서 일부러라도 그 사람한테도 피로그를 보낼 거야. 나는 보내지도 않았는데 미챠는 내가 보낼 거라고 비난하니까, 그래서 이제는 일부러라도 보낼 거라고, 일부러! 아, 페냐가 편지를 갖고 오네! 뭐, 그럼 그렇지, 또 폴란드인들이 보낸 거야, 또 돈을 달라는 거지!"

판 무샬로비치는 정말로 예의 그 습관대로 굉장히 장황하고 수식어가 덕지덕지 붙은 편지를, 3루블을 빌려 달라는 내용의 편지를 보내왔다. 편지에는 앞으로 석 달 이내에 갚겠다는 내용의 차용 증서가 첨부되어 있었다. 차용 증서 밑에는 판 브루블레프스키의 서명도 있었다. 한결같이 이런 유의 차용 증서가 딸린 편지를 그루셴카는 자신의 '옛 사람'으로부터 이미 수도 없이 받아 왔다. 이런 일은 그루셴카의 건강이 회복될 무렵, 그러니까 이 주쯤 전부터 시작됐다. 그녀는 하지만 자기가 몸져누워 있는 동안에도 건강 상태를 알아보러 두 판이 찾아온 적이 있다는 걸 알고 있었다. 그루셴카가 처음으로 받은 편지는 커다란 포맷의 우편 용지에 장황하게 써 내려간 뒤 커다란 문장(紋章)을 찍어 봉인한 것으로서 귀신 씻나락 까먹는 소리를 하는지 너무도 애매모호하고 수식어가 덕지덕지 붙어 있었던 탓에 그루셴카는 무슨 말인지 통 알아들을 수 없어 절반만 읽고 내던져 버렸다. 그 무렵 그녀는 편지는 안중에도 없었던 것이다. 이 첫 편지에 이어 다음 날 두 번째 편지가 왔는데, 판 무샬로비치는 아주 빠른 시일 내에 2000루블을 빌려 달라고 부탁하고 있었다. 그루셴카는 이 편지에 대해서도 답장을 하지 않았다. 그다음엔, 숫제 하루에 한 통씩 충실한 편지 세례가 퍼부어졌으니, 한결같이 거들먹거리고 수식어가 덕지덕지 붙은 것이었지만 빌려 달라는 돈의 액수가 점점 적어져 100루블, 20루블, 10루블에 이르렀고, 마침내 그루셴카에게 갑자기 날아온 편지에서 두 판은 그저 1루블만이라도 좀 빌려 달라며 두 사람의 서명이 담긴 차용 증서를 첨부해 왔다. 그때 그루셴카는 갑자기 가엾은 마음이 들어서 황혼녘에 직접 판에게로 달려갔다. 가서 보니, 두 폴란드인은 거의 빈곤하다 할 만큼 찢어지게 가난한 몰골이었고 먹을 것도, 땔감도, 담배도 없는 데다가 여주인에게 빚까지 진 상태였다. 모크로예에서 미챠에게서 딴 200루블은 금세 어디론가 사라진 뒤였다. 하지만 두 판이 그루셴카를 맞이하면서 오만불손하게 거드름을 떨고 위엄을 부리고 딴엔 대단히 예의를 갖춘 채 허풍이 잔뜩 들어간 말을 늘어놓자, 그루셴카는 깜짝 놀랐다. 그루셴카는 그냥 웃기만 하고 자신의 '옛 사람'에게 10루블을 주었다. 그러곤 웃으면서 미챠에게 이 얘기를 했고 미챠는 전혀 질투를 하거나 하지 않았다. 하지만 그때 이후로 판들은 그루셴카한테 달라붙어선 매일 돈을 달라는 내용의 편지를 보내와 그녀는 폭발 직전이었고 그런 상태에서도 매일 조금씩 돈을 보내 주었다. 그러던 차, 오늘은 미챠가 무슨 변덕인지 갑자기 잔인하게 질투를 해 버린 것이다.

"내가 그만 바보같이, 미챠를 보러 가는 길에 아주 잠깐이 긴 하지만 그 사람한테도 들렀던 거야. 왜냐면 그 사람, 나의 옛 사람인 그 판도 병이 났거든." 그루셴카가 다시 부산을 떨며 서둘러 말을 꺼냈다. "나는 웃으면서 이 얘기를 미챠에게 했어. 그런데 말이야, 나의 폴란드인이 무슨 변덕인지 나를 위해 기타를 치며 예전처럼 노래를 불러 주었는데 그렇게 하면 내가 그만 감정에 겨워 자기한테 시집가겠노라고 말할 줄 알았나 봐. 미챠는 펄쩍 뛰면서 대뜸 욕을 퍼부어 댄 거지……. 이렇게 된 이상, 판들한테도 피로그를 보낼 거야! 페냐, 또 저쪽에서 이 계집애를 보내온 거야? 자, 저 애에게 3루블을 주고 피로그도 한 열 개쯤 종이에 말아서 줘, 갖다주라고 해. 그리고 알료샤, 당신은 내가 그들에게 피로그를 보냈다는 얘기를 미챠에게 꼭 해 줘."

"그런 건 절대로 얘기할 수 없지." 알료샤가 미소를 지으면서 말했다.

"에이, 당신은 그이가 괴로워하는 줄 알 테지만, 사실 그이는 일부러 질투를 하는 것이고, 정작 그 자신은 아무래도 상관없는 거야." 그루셴카가 씁쓸하게 말했다.

"일부러라니?" 알료샤가 물었다.

"멍청한 사람 같으니, 알료셴카, 정말이지 당신은 그렇게 똑똑하면서 이런 일엔 젬병인가 봐, 정말. 내가 화가 나는 건 그이가 나 같은 여자를 두고 질투심을 느끼기 때문이 아니야, 아예 질투를 하지 않는다면 나는 정말 화가 날걸. 나는 그런 여자야. 그이가 질투를 좀 한다고 화를 낼 여자도 아니고, 나 자신이 워낙 마음이 독해서 질투를 잘하니까 말이야. 다만 내가 화가 나는 건 그이가 나를 전혀 사랑하지도 않으면서 지금 일부러 질투를 했다는 거야, 정말. 나는 뭐 눈이 먼 줄 알아, 안 보이는 줄 아냐고? 그이는 이제 와서 갑자기 나한테 그 여자, 카치카 얘기를 하는 거야. 그녀는 이렇고 이런 여자다, 자기의 공판을 위해 모스크바에서 의사를 초빙해 주었다, 자기를 구하기 위해 학식으로 보나 뭐로 보나 제일가는 변호사를 초빙해 주었다, 이런 식이야. 그러니까 빤히 내 눈 앞에서 그 여자 칭찬을 늘어놓는 걸 보면 그녀를 사랑하는 거야, 정말 뻔뻔스럽기 짝이 없는 눈을 하고서! 그이야말로 나한테 몹쓸 짓을 한 죄인이면서, 그래 놓고선 오히려 나를 죄인으로 만들려고, 나 하나한테만 전부 덮어씌우기 위해 나한테 괜히 트집을 잡는 거야. '너는 나를 만나기 전에 그 폴란드 놈과 놀아났으니, 내가 카치카와 사귀는 것쯤은 허용되는 거 아니야.'라는 식이지. 정말로 딱 이런 식이라니까! 나 하나한테만 모든 죄를 덮어씌우려고 하는 거야. 그러면서 일부러 트집을 잡았어, 정말이야, 하지만 나는 그저……."

그루셴카는 그래서 자기가 뭘 어쩌겠다는 건지 채 다 말하지도 못하고 손수건으로 눈을 가리고서 엉엉 흐느껴 울었다.

"형은 카체리나 이바노브나를 사랑하지 않아." 알료샤가 확고하게 말했다.

"뭐 사랑하는지 안 하는지는 내가 직접 곧 알아낼 거야." 그루셴키는 눈에서 손수건을 거두며 위협적인 어조가 느껴지는 목소리로 이렇게 말했다. 그녀의 얼굴은 일그러져 있었다.

알료샤는 그녀의 온순하고도 조용하고 명랑한 얼굴이 갑자기 음울하고 사악하게 바뀌는 것을 보면서 괴로워했다.

"이런 바보 같은 얘기는 그만 됐어!" 그녀가 갑자기 딱 잘라 말했다. "내가 이 일로 당신을 부른 건 전혀 아니니까. 알료샤, 이봐, 내일, 내일은 어떻게 될까? 정말로 나를 괴롭히는 건 바로 이거야! 오직 나 하나만 이걸로 괴로워하고 있어! 다른 사람들을 보면 아무도 이 일을 생각하지 않고 아무도 이 일에는 조금도 관심이 없어. 그래도 당신은 이 일을 생각하고 있겠지? 정말이지 내일은 공판이 있을 거잖아! 어디 얘기 좀 해 봐, 저쪽에선 그이에게 어떤 판결을 내릴까? 정말이지 이건 그 종놈 짓이야, 그 종놈이 죽인 거라고, 종놈이! 맙소사! 정말로 그 종놈 대신 그이에게 유죄 판결을 내릴 텐데 누구 하나 그를 변호해 줄 사람이 없단 말이야? 정말이지 그 종놈은 숫제 그냥 내버려 뒀다면서, 응?"

"그도 엄격하게 심문을 받았어." 알료샤가 생각에 잠긴 듯 지적했다. "하지만 다들 그는 아니라는 결론을 내렸어. 지금 그는 몹시 아픈 상태야. 그때 이후로, 그 간질 발작 이후로 아픈 거지. 정말로 아파." 알료샤가 덧붙였다.

"맙소사, 당신이 직접 그 변호사를 찾아가 얼굴을 맞대고 사정 얘기를 좀 해 보면 좋을걸. 페테르부르크에서 3000을 주고 초빙했다던데."

"그건 나, 이반 형, 거기다 카체리나 이바노브나 이렇게 우리 셋이서 3000을 들여 한 일이고, 2000을 들여 모스크바에서 의사를 초빙한 건 그녀 혼자 한 일이야. 페츄코비치 변호사는 돈을 더 많이 달라고 했겠지만, 모든 신문과 잡지에서 이 사건 얘기를 떠드는 바람에 이게 가뜩이나 러시아 전역에 널리 알려진 상황이라서 페츄코비치는 돈보다는 명성을 위해 기꺼이 와 주기로 한 거지. 사건이 웬만큼 유명해졌어야 말이지. 나는 어제 그 변호사를 봤어."

"그래서 뭐라고 하던? 직접 얘기를 해 봤어?" 그루셴카가 서둘러 물었다.

"그분은 그냥 듣기만 할 뿐, 아무 말도 하지 않았어. 이미 자기 나름대로 모종의 견해를 갖고 있노라고 말하던걸. 하지만 내 말도 고려해 보겠다고 약속했어."

"고려해 본다니! 아, 그들은 사기꾼이야! 그들이 그이를 파멸시킬 거야! 그래, 의사는, 그 여자가 의사를 초빙한 이유는 뭐야?"

"정신 감정을 받게 하려고. 형이 미친놈이니까 이성을 잃고 정신이 나간 상태에서 살인을 했다는 식의 결론을 도출하고 싶은 거지." 알료샤가 조용히 미소를 지었다. "다만, 형은 이런 짓엔 동의하지 않아."

"아, 그래 그이가 정말로 죽였다면, 그럴 테지!" 그루셴카가 소리쳤다. "그때 그이는 정신이 나갔으니까, 그것도 완전히 나갔고, 그건 내 잘못이야, 이 비열한 내가 죽일 년이야! 다만, 그이는 죽이질 않았어, 죽이지 않았다니까! 다들, 온 도시가 그이를 향해 그이가 죽였다고 떠들고 있지만 말이야. 심지어 페냐와 그 여자두 그이가 죽였다는 식의 증언을 했어. 상점에서도, 그 관리도, 그전에 술집에서도 그런 말을 들었다는 거야! 다들, 다들 그이를 못 잡아먹어서 그렇게 떠들고 있어."

"그래, 증거가 끔찍할 정도로 불어났어." 알료샤가 음울하게 지적했다.

"그리고리, 그리고리 바실리예비치도 문이 열려 있었다고 고집을 부리고 있잖아, 자기가 봤다고 우겨 대는 거야. 아무리 해도 그 노인의 고집을 꺾을 수가 없어, 내가 직접 달려가서 얘기까지 해 봤는데도. 지금도 욕을 하고 있어!"

"그래, 어쩌면 그것이 형에게 가장 불리한 증거인 셈이지." 알료샤가 말했다.

"미챠가 정신이 나갔다는 얘기 말인데, 그이는 지금은 정말 그런 것 같아." 어쩐지 유달리 염려스럽고 은밀한 표정으로 갑자기 그루셴카가 말을 시작했다. "그러니까 말이야, 알료셴카, 나는 오래전에 당신에게 이 얘길 하고 싶었어. 매일 그이를 찾아가는데 그저 놀라울 따름이야. 어디 말 좀 해 봐, 어떻게 생각하는지. 지금 그이는 무슨 말을 잔뜩 늘어놓는데, 대체 무슨 얘기를 하는 걸까? 자꾸만 말을 꺼내긴 하는데 아무것도 알아들을 수가 없어. 그래서 나는 그이가 무슨 유식한 얘기를 하는 거라서, 뭐 그래 멍청한 내가 이해할 리 없지, 하고 생각은 해. 다만, 그이가 갑자기 나한테 아기 얘기를, 다시 말해 어떤 아이 얘기를 하기 시작했어. '도대체 왜 애기는 가난한 거지?' '애기를 위해 나는 지금 시베리아로 가는 거야. 내가 죽이지는 않았지만 나는 시베리아에 가야 한다!' 이게 무슨 소린지, 애기가 뭔지—아무것도 이해를 못 하겠어. 그이가 이런 말을 할 때면 난 그저 울기만 했어. 그이가 청산유수처럼 이런 말을 늘어놓으면서 울기에, 나도 울음을 터뜨린 거야. 그이는 갑자기 나에게 키스를 하고 한 손으로 성호를 그어 주었어. 이게 뭘까, 알료샤, 당신이 나한테 좀 얘기해 줘, '애기'가 대체 뭐야?"

"그건 웬일인지 라키친이 형을 찾기 시작한 탓일걸." 알료샤가 미소를 지었다. "하지만…… 그 얘긴 라키친한테서 나온 것 같진 않군. 어제는 내가 형한테 못 가 봤으니, 오늘은 가 볼 거야."

"맞아, 이건 라키트카와는 상관없어. 이건 아무래도 그이의 동생 이반 표도로비치가 그이의 마음을 심란하게 만들어서 그런 거야. 이반 표도로비치가 그이한테 다니면서 생긴 일이야, 정말로 그렇다니까……." 그루셴카는 이렇게 말해 놓고 갑자기 말을 툭 끊어 버렸다. 알료샤는 충격을 받은 듯 그녀를 응시했다.

"다닌다니? 아니, 작은형이 큰형을 보러 다닌다고? 미챠가 나한테 말하기론, 이반은 한 번도 오지 않았다던데."

"뭐…… 뭐, 그래, 내가 늘 이 모양이라니까! 또 헛말을 해 버렸지 뭐야!" 그루셴카는 갑자기 얼굴을 그야말로 새빨갛게 붉히며 곤혹스러운 양 소리쳤다. "잠깐만, 알료샤, 잠자코 있어, 어쩔 수 없지, 한번 헛말을 해 버렸으니까 아예 전부 사실대로 얘기할게. 이반이 그이를 찾아간 건 두 번인데, 한 번은 바로 그때, 그러니까 모스크바에서 돌아온 직후, 내가 아직은 몸져눕지 않았을 때였고, 두 번째로 다녀간 건 일주일 전이었어. 이반은 미챠에게 이 얘기는 알료샤한테 하지 말라고 명령했대, 절대로 말하지 말라고. 몰래 다녀간 거니까 숫제 아무한 테도 말하지 말라고 했대."

알료샤는 깊은 생각에 잠긴 채 앉아서 머릿속으로 뭔가를 정리하고 있었다. 이 소식에 적잖은 충격을 받은 기색이 역력했다.

"이반 형은 미챠의 일에 대해선 나와 이야기하지 않아." 그가 천천히 말했다. "아니, 요 두 달 내내 대체로 나와는 거의 말을 거의 하지 않았어. 내가 형을 찾아가면 늘 내가 온걸 못마땅해해서 나는 벌써 삼 주째 형에게 가지 않고 있어. 음……. 형이 일주일 전에 갔다면, 그렇다면…… 요 일주일간 미챠에게 정말로 어떤 변화가 있었다는 건데……."

"변화, 변화가 맞아!" 그루셴카가 재빨리 말을 받았다. "그들에겐 비밀이 있어, 비밀이 있었다고! 미챠가 직접 나한테 비밀이라고 말했고, 그러니까 말이야, 미챠는 그 비밀 때문에 마음이 편치 않은 거야. 정말이지 전엔 명랑했잖아. 물론 지금도 명랑하긴 하지만, 다만, 그러니까 말이야, 이렇게 머리를 흔들면서 방 안을 성큼성큼 걷기 시작할 때면, 바로 이렇게 오른손 손가락으로 여기 자신의 관자놀이 위의 머리카락을 잡아당기기 시작할 때면, 그럼 나는 알고 있어, 그이의 마음속이 뭔가 불안하다는 걸…… 내가 모를 리가 없잖아! 안 그러면 명랑한 사람인데, 아니, 오늘도 명랑했어!"

"아까는 신경이 날카로웠다고 말했잖아?"

"신경이 날카롭긴 했지만 그래도 명랑했어. 줄곧 신경이 날카롭지만 그건 잠깐이고 그러다가 곧 명랑해지고 그다음엔 또 갑자기 신경이 날카로워지는 거지. 게다가 말이야, 알료샤, 나는 줄곧 그이한테 놀라고 있어. 어마어마하게 무서운 일이 코앞에 닥쳤건만 그이는 심지어 어떨 때는 꼭 어린애처럼 너무나 하찮은 일을 갖고 껄껄 웃곤 해."

"그런데 형이 정말로 나한테 이반 얘기를 하지 말라고 했어? 얘기하지 말라, 이렇게 말했냐고?"

"그렇게 말했어, 얘기하지 말라고. 그이는, 그러니까 미챠는 당신을 세상에서 제일 무서워해. 왜냐하면 여기엔 무슨 비밀이 있으니까, 자기 입으로 비밀이라고 말했어……. 알료샤, 이봐, 가서 그들이 말하는 비밀이 도대체 무엇인지 알아낸 뒤 나한테 와서 말해 줘." 그루셴카가 갑자기 고함을 지르다시피 하며 애원했다. "내가, 이 불쌍한 여자가 내 저주받은 운명을 알 수 있도록 당신이 힘을 써 줘! 이 일 때문에 당신을 부른 거야."

"그럼, 이 일이 당신과 관련이 있는 거라고 생각하는 건가? 그런 경우라면, 형은 당신 앞에서 비밀이라는 말을 쓰지도 않았을걸."

"글쎄, 모르겠어. 어쩌면, 그이는 나한테 말을 하고 싶었지만 그럴 용기가 없었는지도 모르지. 그냥 미리 경고만 해 주는 거지. 비밀이 있다는 말은 하면서도 어떤 비밀인지는 말하지 않았으니까."

"그럼, 당신 생각은 어떤데?"

"내 생각이 어떠냐고? 나는 이제 끝장났구나, 바로 이렇게 생각해. 그들 셋이 함께 나서서 나를 끝장내려는구나, 하고 왜냐하면 여기엔 카치카가 끼어 있거든. 이 모든 것이 카치카의 짓, 다 그 여자 소행이야. '그 여자는 이렇고 저렇고 한 여자'라고 하는 걸 보니까 나는 그런 여자가 못 된다는 소리인 거지. 그이는 미리부터 이 말을 해서 나한테 미리 경고를 해 두는 거야. 그이는 나를 버릴 생각인 거야, 바로 이게 비밀의 전부야! 셋이서 함께 이런 걸 생각해 낸 거야—미치카, 카치카, 이반 표도로비치. 알료샤, 나는 오래전부터 당신에게 물어보고 싶은 게 있었어. 일주일 전에 갑자기 그이가 나한테 이반이 카치카를 자주 찾아가는 걸 보면 사랑에 빠진 것 같다는 말을 해 줬어. 그이가 말한 게 사실이야, 아니야? 양심을 걸고 말해 줘, 아니면 나를 찔러 죽이든지."

"내가 당신한테 거짓말을 할 리가 없잖아. 이반 표도로비치는 카체리나 이바노브나에게 반한 건 아니야, 나는 그렇게 생각해."

"그래, 나도 그때는 그렇게 생각했어! 그이가 나한테 거짓말을 하는구나, 정말 뻔뻔스러운 인간이야, 정말! 그런데도 지금 나를 두고 질투를 하다니, 이건 나중에 나한테 죄다 덮어씌우기 위해서야. 정말이지 그는 바보야, 단서를 묻어 버리는 재주라곤 통 없으니까, 너무도 솔직한 사람이라……. 난 정말 그이를, 그이를! 그이는 '너는 내가 죽인 거라고 믿고 있지.'라는 말을 나한테 해, 나한테 이런 말을 하다니, 이렇게 꼬투리를 잡아 나를 책망했어! 정말, 하느님 맙소사! 뭐 그래 보라지, 나한테 이래 놓고선 이 카치카 년 법정에서 좋은 꼴 못 볼걸! 나는 거기서 꼭 한마디 해 줄 게 있으니까…… 아니야, 전부 다 말해 버릴 거야!"

그러고서 그녀는 서럽게 울기 시작했다.

"내가 당신에게 확실히 이야기할 수 있는 것은, 그루셴카." 하고 자리에서 일어나면서 알료샤가 말했다. "우선, 형은 당신을 사랑하고 있으며, 오직 당신 한 사람만을 이 세상의 그 누구보다도 더 사랑하고 있다는 거야, 이 점에 관한 한 내 말을 믿어. 나는 알고 있어. 알고 있다니까. 둘째, 당신에게 할 말은, 형에게서 비밀을 캐내고 싶진 않지만 형이 오늘 자진해서 내게 말해 준다면 즉시, 당신에게 그 비밀을 얘기해 주기로 약속했다고 형에게 말하겠어. 그때는 오늘 당장 당신에게 와서 말해 줄게. 다만…… 내 생각으론…… 이 일에 카체리나 이바노브나는 아무런 관련도 없고, 이 비밀은 뭔가 다른 일일 거야. 분명히 그럴 거야. 카체리나 이바노브나라니, 어림도 없는 소리지, 여하튼 내 생각은 그래. 일단은 그만 가 볼게!"

알료샤는 그녀의 손을 잡았다. 그루셴카는 아직도 계속 울고 있었다. 그는 자기가 던진 위로의 말을 그녀가 좀처럼 믿지 않고 있음을 알았지만, 괴로움을 풀어 놓았다는 것, 속내를 확 털어놓았다는 것만으로도 그녀에겐 좋은 일이었다. 그녀를 이런 상태로 남겨 두기가 안쓰러웠지만, 그래도 마음이 급했다. 그의 앞에는 아직 많은 일이 버티고 있었으니까.

2 아픈 발

그중 첫 번째 일은 호흘라코바 부인의 집과 관련된 것이어서 그리로 걸음을 재촉했는데, 어서 빨리 그곳의 일을 끝내고 미챠에게 늦지 않도록 하기 위해서였다. 호흘라코바 부인은 이미 삼 주째 앓고 있었다. 무엇 때문인지 그녀의 한쪽 발이 부어올라서 침대에 앓아누워 있긴 않았지만 낮에도 자신의 규방 침대 의자에 반쯤 누워 있었는데, 이런 상황에서도 요염하면서도 기품 있는 실내복을 입고 있었다. 알료샤도 한번은 호흘라코바 부인이 병이 난 상태에서도 무슨 머리 장식이며 리본이며 가슴이 푹 파인 옷을 선보이는 등 거의 멋을 부리다시피 하는 걸 어쩌다 눈치채곤 속으로 순진한 미소를 흘린 적이 있는데, 그는 부인이 왜 이러는지 감을 잡았지만 공연한 생각이라며 내쫓았다. 그러니까 최근 두 달간 호흘라코바 부인을 방문하기 시작한 이러저러한 손님들 중에는 젊은 청년 페르호친도 끼어 있었던 것이다. 알료샤는 이 집에 온 지 벌써 나흘 남짓 지났기 때문에 집 안으로 들어서자마자, 리자한테 볼일이 있었기 때문에 곧장 그리로 서둘러 갔다. 리자는 어제 몸종을 보내 '아주 중대한 용건'이 있으니 즉시 자기한테 와 달라고 부탁했는데, 이는 어떤 이유로 알료샤의 흥미를 자극했던 것이다. 하지만 몸종이 리자에게 알리러 간 틈에 호흘라코바 부인도 벌써 누구한테 들었는지 그가 왔다는 것을 알고서 사람을 보내 '아주 잠깐이면 되니까' 즉시 자기한테 들러 달라고 부탁했다. 알료샤는 우선 어머니의 부탁을 들어주는 편이 낫겠다고 판단했는데, 안 그러면 자기가 리자 방에 가 있는 동안 부인이 수시로 리자 방으로 사람을 보낼 것이었기 때문이다. 호흘라코바 부인은 어쩐지 유난히도 화려한 차림을 하고 침대 의자에 누워 있었으며 보아하니 굉장히 신경질적인 흥분에 휩싸인 것 같았다. 부인은 환호성을 지르며 알료샤를 맞이했다.

"수백 년, 수백 년, 꼬박 수백 년 동안 당신을 못 봤쟈 뭐예요! 꼬박 일주일 만이에요, 세상에. 아, 하긴 겨우 나흘 전에, 지난 수요일에 왔었군요. 리즈를 보러 왔을 테죠. 나한테 안 들리도록 살짝 발꿈치를 들고서 곧장 그 애 방으로 갈 참이었다는 거, 나도 다 알아요. 사랑스러운, 사랑스러운 알렉세이 표도로비치, 그 애 때문에 걱정이 이만저만이 아니라는 걸 알기만 한다면! 하지만 이 얘기는 나중에 해요. 비록 이게 가장 중요한 문제지만, 이 얘긴 나중에 해요. 사랑스러운 알렉세이 표도로비치, 나는 나의 리자를 전적으로 당신에게 맡깁니다. 조시마 장로가 돌아가신 뒤──고인의 명복을 비옵나이다!(그녀는 성호를 그었다.)──그분 이후 당신을 나는 수도사로 보고 있어요, 비록 새 양복을 입은 당신의 모습도 아주 멋지지만요. 도대체 여기 어디서 그런 재봉사를 구했어요? 그나저나 아니야, 아니지, 중요한 건 이게 아니니까, 이 얘긴 나중에 해요. 내가 이따금씩 당신을 알료샤라고 불러도 용서해 줘요, 나는 할망구니까 뭔들 문제가 되겠어요."라며 그녀가 애교스럽게 미소를 지었다. "하지만 이 얘기도 나중에 해요. 중요한 것은 내가 중요한 것을 잊지 않는 거예요. 부디 당신이 나한테 상기시켜 주세요, 내가 말을 할라치면 당신은 '그래서 중요한 게 뭐죠?'라고 말해 주세요. 아, 지금 뭐가 제일 중요한 것인지를 내가 어떻게 안담! 리즈가 당신에게 했던 약속을──당신에게 시집을 가겠노라는 그 어린애다운 약속 말이에요, 알렉세이 표도로비치——취소한 이후로 당신은 물론 이 모든 것이 그저 오랫동안 휠체어에 앉아 있던 병든 소녀의 어린애답고 장난스러운 환상에 불과했음을 이해하셨겠죠. 천만다행으로 이제는 이미 걸을 수 있지만요. 카챠가 그 불운한 당신의 형님을 위해서 모스크바에서 초빙한 이 새 의사, 그러니까 내일 당신 형님을……. 아니, 내일 얘기는 왜 꺼냈담! 내일의 일은 생각만 해도 죽을 것 같아요! 무엇보다도 호기심이 끓어올라서요……. 한마디로 말해서, 이 의사가 어제 우리 집에 와서 리즈를 봤어요……. 나는 그분에게 왕진료로 50루블을 드렸어요. 하지만 중요한 건 이게 아니라, 이번에도 이게 아니라……. 보세요, 나는 지금 완전히 갈팡질팡하는군요. 마음이 급한가 봐요. 왜 이렇게 나는 마음이 급하죠? 나도 모르겠어요. 난 요즘 뭐가 뭔지 통 알 수가 없다니까요. 모든 게 밀가루 반죽처럼 뒤죽박죽이 됐어요. 나는 당신이 갑자기 나 때문에 지겨워져서 벌떡 일어나 떠나 버리지나 않을까 걱정이 됐는데, 이렇게 때마침 당신을 만나게 되다니. 아, 맙소사! 우린 왜 이렇게 그냥 앉아 있는 거죠, 우선 커피라도, 율리야, 글라피라, 커피 좀 내와!"

알료샤는 서둘러 감사의 말을 하고서 지금 막 커피를 마셨다고 알렸다.

"누구 집에서요?"

"아그라페나 알렉산드로브나 집에서요."

"그건…… 그건 그 여자를 말하는군요! 아, 그 여자가 모든 사람들을 파멸시켰어요. 하긴 나는 잘 모르겠지만, 그 여자가 늦게나마 성녀같이 됐다고들 하더군요. 차라리 진작 그랬으면 모를까, 이제 와서 그게 무슨 소용이 있어요? 잠자코 계세요, 잠자코 계시라고요, 알렉세이 표도로비치, 난 하고 싶은 말이 너무 많아서 아무 말도 못 할 것 같아요. 이 끔찍한 소송은……. 나는 꼭 가겠어요, 만반의 준비를 갖추고 있어요, 휠체어에 앉은 채로 데려가게 할 거예요, 게다가 내 옆에 사람들이 있으면 나도 앉아 있을 수 있어요, 당신도 알고 계시잖아요, 나도 증인 중 하나라는 걸. 난 무슨 말을 하게 될까요, 무슨 말을 말이죠! 나는 내가 무슨 말을 하게 될지 모르겠어요. 선서를 해야 되죠, 안 그런가요, 예?"

"그렇습니다만, 부인이 출두할 수 있을 것 같진 않군요."

"나는 앉아 있을 수 있어요. 아이, 왜 나를 정신없게 만드는 거예요! 이 소송, 이 야만적인 행동, 그다음엔 다들 시베리아로 떠날 거고 다른 이들은 결혼을 할 거고, 이 모든 것이 순식간에, 그야말로 순식간에 일어나고 모든 것이 변하고 결국엔 이러나저러나 다들 늙은이가 되어 관이나 바라보고 있겠죠. 뭐 그러면 어때요, 나는 지쳤어요. 이 카챠——이 매혹적인 인물(cette charmante personne)이 내 희망을 모조리 산산조각 내버렸지 뭐예요. 이제 이 아가씨는 당신의 한 형님을 쫓아 시베리아로 갈 거고 당신의 다른 형님은 이 아가씨를 따라가서 이웃 도시에 살 거고, 그러면서 다들 서로서로를 괴롭히게 될 거예요. 이것도 나를 미치게 만들지만, 무엇보다도 큰 문제는 이일이 세상에 파다하게 알려졌다는 거예요. 페테르부르크와 모스크바의 모든 신문에서 100만 번은 족히 기사를 썼다니까요. 아, 그래요 정말, 한번 생각해 보세요, 내 얘기도 있는데, 내가 당신 형님의 '사랑스러운 친구'라고 썼더군요. 추잡한 말은 입에 담고 싶지도 않으니까, 한번 생각해 보세요, 어디 생각 좀 해 보시라고요!"

"그럴 리가 없습니다! 어디서 어떻게 썼다는 거죠?"

"지금 보여 드리죠. 어제 받았고 어제 읽었어요. 자, 여기 페테르부르크 신문 《풍문》이에요. 이 《풍문》은 올해부터 발행되기 시작했는데, 나는 각종 풍문을 사족을 못 쓸 만큼 좋아해서 구독 신청을 했더니 이렇게 내가 걸려들었지 뭐예요. 자, 여기 소문이 어떤지 보세요. 바로 여기, 바로 이 부분요, 읽어 보세요."

그러면서 그녀는 베개 밑에 있던 신문을 알료샤에게 내밀었다.

그녀는 정신이 어리벙벙한 정도가 아니라 어쩐지 완전히 박살 난 상태여서, 정말로 머릿속이 온통 밀가루 반죽처럼 뒤죽박죽인 듯싶었다. 신문 기사 내용은 극히 특징적인 것이었기 때문에 그녀에게 아주 자극적인 영향을 미쳤을 것임에 틀림없지만, 다행스럽게도 그녀는 이 순간 한 가지에 집중할 수 없었기 때문에 일 분 뒤에는 신문 내용도 까먹고 완전히 다른 얘기로 훌쩍 넘어갈 수 있었다. 이 끔찍한 소송의 명성이 이미 러시아 전역에 걸쳐 방방곡곡으로 퍼졌다는 것은 알료샤도 오래전부터 알고 있었는데, 요 두 달간 자기 형과 카라마조프 집안 전체, 심지어 자기 자신에 대한 여타 신빙성 있는 기사와 더불어, 맙소사, 참으로 기가 막히는 보도와 통신문도 읽었던 것이다. 어느 신문에는 심지어 그가 형의 범죄 이후 너무도 무서웠던 나머지 수도사가 되어 수도원에 틀어박혔다는 기사도 났다. 다른 신문에서는 이를 부정하면서 오히려 그가 자신의 장로인 조시마와 함께 수도원의 금고를 부수고 '수도원에서 도망쳤다.'라고 썼다. 그런데 《풍문》의 지금 보도는 '스코토프리고니옙스크[15](슬프게도 우리 도시의 이름이 이런데, 나는 오랫동안 이 이름을 숨겨 왔다.)의 카라마조프 소송에 관하여'라는 제목을 달고 있었다. 그것은 짤막한 기사인 데다가 호흘라코바 부인을 직접 언급하지도 않았고 더욱이 대체로 모든 이름들이 숨겨져 있었다. 보도된 내용은 그저, 지금 이처럼 물의를 일으킨 가운데 재판을 받게 된 범죄자가 퇴역한 육군 대위이며 뻔뻔스러운 타입의 게으름뱅이에다 농노이며, 계속하여 애정 행각을 벌이고 특히 '외로움에 젖어 권태로워하는 부인들' 사이를 누비고 다녔다는 것이었다. 이 '권태로워하는 과부들' 중 어느 한 부인, 이미 성장한 딸도 있지만 그래도 여전히 젊은 척구는 부인이 그에게 홀딱 반한 나머지, 범죄 발생 겨우 두 시간 전에 자기와 함께 즉시 금광을 찾아 떠나자며 3000루블을 제안했다는 것이다. 하지만 악당은 마흔 살이나 먹은 매력 따위를 뽐내는 이 권태로워하는 부인을 데리고 힘겹게 시베리아로 가느니 차라리 아버지를 죽이고 문제의 그 3000을 손에 넣는 편이 낫겠다고, 또 벌을 피해 가는 쪽으로 일을 처리할 수 있

---

15) 가축 시장이라는 뜻.

을 거라고 생각했다는 것이다. 이 장난스러운 통신문은, 응당 그렇듯, 친부 살해 사건의 부도덕성과 과거 농노제에 대한 고상한 분노로 끝나고 있었다. 호기심을 갖고 읽은 뒤 알료샤는 신문을 말아서 호흘라코바 부인에게 다시 돌려주었다.

"어때요, 내 얘기가 맞죠?" 그녀가 다시 지껄여 대기 시작했다. "정말이지 이건 내 얘기라고요, 거의 한 시간 전에 당신 형님에게 금광이 어떠냐고 했는데, 갑자기 '마흔 살이나 먹은 매력 따위'라뇨! 내가 설마 이런 뜻으로 말했겠어요? 이건 일부러 이렇게 쓴 거예요! 영원한 판관이시여, 마흔 살이나 먹은 매력 따위 어쩌고저쩌고 쓴 이 양반을 나처럼 용서해 주시옵소서, 하지만 이건…… 이게 누구 짓인지 아세요? 이건 당신의 친구 라키친의 짓이에요."

"그럴 수 있겠죠." 알료샤가 말했다. "비록 난 아무 얘기도 듣지 못했지만."

"'그럴 수 있겠다.' 정도가 아니라, 정확히 그 사람 짓이라니까요! 내가 그를 쫓아냈거든요……. 설마 이 얘긴 전부 알고 계시겠죠?"

"내가 알고 있는 건 부인이 그에게 앞으로는 방문하지 말아 달라고 했다는 정도이고, 정확히 무엇 때문인지는 나도 잘……. 최소한 부인한테선 들은 바가 없어서요."

"그럼, 그 사람한테선 들었겠네요! 아니, 그래 그가 내 욕을 하던가요, 심하게 욕하던가요?"

"예, 욕을 했지만, 사실 그는 아무한테나 욕을 하니까요. 하지만 무엇 때문에 부인이 그를 내치셨는지는 그에게서도 듣지 못했습니다. 아니, 대체로 그와 만나는 일이 드물어요. 우리는 친구 사이도 아니거든요."

"그럼 내가 당신한테 이걸 전부 털어놓겠어요, 어쩔 수 없으니까요. 사실 여기엔 내 잘못도 하나 있으니까 뉘우치는 심정으로요. 다만 그게 사소하고도 사소한, 아주 사소한 것이라서, 어쩌면 전혀 없는 거라고 할 수도 있어요. 그러니까 말이죠, 이봐요."라며 호흘라코바 부인은 갑자기 왠지 장난스러운 표정을 하고 입술에 수수께끼 같긴 하지만 사랑스러운 미소를 머금었다. "그러니까 말이죠, 나는 좀 수상쩍은 마음이 들어요……. 나를 용서해 주세요, 알료샤, 나는 당신을 내 어머니 같은 심정으로…… 오 아니에요, 아니야, 정반대로 나는 당신을 지금 나의 아버지처럼 여기고 있어요…… 어머니라니 아무래도 이 순간엔 영 어울리지 않네요……. 뭐, 어쨌거나 당신을 조시마 장로 앞에서 고백하는 심정으로, 그러고 보니 이건 아주 그럴듯하군요, 이건 아주 잘 어울려요. 아까 내가 당신을 수도사라고 부르기도 했지만——여하튼 그래서 이 가련한 젊은이, 당신의 친구 라키친이(오 맙소사, 나는 그 사람한테 마냥 화만 내고 있을 수도 없어요! 화도 나고 열도 받았지만 그렇게 심하진 않아요.) 한마디로 말해서, 이 경솔한 젊은이가 갑자기, 그러니까 말이죠, 세상에나 무슨 변덕인지 나한테 반한 것 같아요. 나는 이걸 나중에, 그야말로 나중에 가서야 갑자기 눈치챘지만 처음부터, 다시 말해서 한 달쯤 전부터 그가 우리 집을 자주, 거의 매일 방문하기 시작했어요. 전에도 아는 사이이긴 했지만요. 그래도 난 아무것도 모르다가…… 갑자기 모든 게 환해지면서 눈치를 채곤 나도 놀란 거죠. 그런데 말이죠, 우리 집엔 벌써 두 달 전부터 이 겸손하고 사랑스럽고 훌륭한 젊은 청년, 여기서 근무하고 있는 표트르 일리치 페르호친이 드나들기 시작했거든요. 당신도 그를 몇 번이나 보셨잖아요. 정말로 훌륭하고 진지한 사람이 아닙니까. 그렇다고 매일 오는 건 아니고(하긴 뭐 매일이면 또 어때요.) 사흘에 한 번쯤 오는데, 언제나 그렇게 멋지게 차려입고 있죠. 나는 대체로 젊은이들을 좋아해요, 알료샤, 재능 있고 겸손하고, 바로 당신처럼 말이죠. 그런데 그는 정부 인사가 될 수 있을 만큼 뛰어난 지성을 갖추고 있고, 말도 또 얼마나 매력적으로 하는지, 나는 그를 잘 부탁한다고 꼭, 꼭 청원을 올릴 거예요. 이 사람은 미래의 외교관이거든요. 그는 바로 그 끔찍한 날, 한밤중에 나를 찾아와서 나를 거의 죽음에서 구원해 준 장본인이에요. 뭐, 그런데 당신의 친구 라키친은 언제나 참 그렇고 그런 장화를 신고 와서는 양탄자 위를 질질 누비고 다니고…… 한마디로 말해서, 그는 나에게 심지어 어떤 암시마저 던지기 시작했고, 한 번은 우리 집을 떠나면서 갑자기 내 손을 엄청나게 꽉 쥐었어요. 그가 내 손을 꽉 쥐자마자 갑자기 나는 한쪽 발이 아프기 시작했어요. 그는 예전에도 우리 집에서 표트르 일리치와 마주친 적이 있는데, 글쎄, 무엇 때문인지 자꾸만 그에게 집적거리고 또 집적거리더니 괜히 트집을 잡아 이상한 소리까지 하는 거예요. 나는 그저 그 두 사람이 어떻게 어울리게 될까, 바라만 보며 속으로 웃었답니다. 그런데, 갑자기 내가 혼자 앉아 있는데, 아니지, 그때는 이미 누워 있었지, 그러니까 갑자기 내가 혼자 누워 있는데, 미하일 이바노비치[16]가 글쎄, 기가 막혀서, 시를, 나의 아픈 발에 바치는 아주 짧은 시를 지어서 갖고 온 거예요. 다시 말해서 시에서 나의 아픈 발을 묘사한 거죠. 잠깐만요, 이게 어떠냐 하면요.

이 귀여운 발, 이 귀여운 발이
살포시 아프게 됐노라…….

뭐 대충 이런 내용인데——이거 보세요, 나는 도저히 시를 외울 수가 없다니까요——여기 내 방에 있으니까 뭐 나중에 당신에게 보여 드리죠. 다만 어찌나 매력적인지, 정말로 매력적이에요, 그러니까 그저 발 하나에 대한 것도 아니고, 매력적인 이념을 가진 교훈적인 시였는데, 그런데 그만 까먹었지 뭐예요. 한마디로 말해서 그걸 곧장 앨범에 끼워 뒀어요. 뭐 그래서 나는 물론 감사를 표했고, 그는 눈에 보일 정도로 우쭐해 하더군요. 그런데 내가 감사를 표하기가 무섭게 갑자기 표트르 일리치가 들어섰고, 미하일 이바노비치는 갑자기 한밤과 같은 어둠이라도 내린 양 인상을 팍 쓰는 거예요. 보아하니, 미하일 이바노비치는 지금 틀림없이 자기 시에 관해 뭔가 하고 싶은 말이 있었던 터라, 표트르 일리치가 온 게 방해가 됐던 거죠. 이런 예감이 드는 차에, 정말로 표트르 일리치가 들어온 거예요. 나는 누구 시인지는 말하지 않고 갑자기 표트

16) 라키친의 이름과 부칭.

르 일리치한테 시를 보여 주었어요. 하긴, 정말 확신하건대, 그
래도 그는 지금 이게 누구의 시인지를 곧 짐작했을 거예요. 비
록 지금까지도 그렇다고 고백하기는커녕 통 모르겠다고 말하
지만, 이건 그냥 일부러 그러는 거예요. 표트르 일리치는 곧
장 웃음을 터뜨리더니 비판을 가하기 시작했어요. 시가 무슨
걸레쪽 같다느니, 무슨 꼬맹이 신학생이 쓴 거라느니, 하면서
요. 그것도 어찌나 열을 올리는지, 어찌나! 그러자 당신의 친
구는 웃음을 터뜨리기는커녕 갑자기 완전히 광분해 버린 거
예요……. 맙소사, 나는 이제 곧 주먹다짐이라도 오가겠구나,
생각했어요. 왜냐면 라키친이 곧장 '이건 내가 쓴 거요. 시를
쓰는 것을 너절한 짓이라 간주하기 때문에 장난삼아 써 본 거
지만…… 다만, 내 시는 훌륭해요. 당신의 푸시킨이 여성의 발
을 노래했다는 이유로 그를 위해 기념비를 세우고 싶어들 하
는데,[17] 내 시는 사상적 경향성을 담고 있는 반면, 당신은 농
노제 지지자이지 않소? 당신은 그 어떤 인도주의도 없고 요즘
세상에 맞는 그 어떤 계몽된 감정도 느끼지 않는 데다가 이
시대의 발전과는 완전히 동떨어져 사는 양반이고, 그냥 관리
로서 뇌물이나 챙기고 있는 거요!'라고 말했거든요. 그래서 나
는 소리를 지르면서 그들을 붙잡고 애원하기 시작했어요. 하
지만 표트르 일리치는 아시다시피, 좀처럼 겁을 집어먹는 사
람이 아니라서 갑자기 아주 점잖은 태도를 취하더군요. 비아

---

17) 1862년부터 논의되었던 푸시킨 기념비 건립은 1880년 6월 6일에 이루
어졌으며, 6월 8일에 있었던 기념행사에서 도스토옙스키는 이른바 '푸시킨
론'을 낭독했다.

냥거리듯 상대방을 바라보면서 그의 말을 경청하고 사과를 하더라고요. '제가 몰랐군요. 알았더라면, 그런 말을 안 했을 거요, 암, 오히려 칭찬을 했을 테죠……. 시인들이란 다들 워낙 신경이 예민하니까요……'라고 말하면서요. 한마디로 말해서, 아주 점잖은 표정을 지으면서 이렇게 비아냥거렸던 거죠. 나중에 그 사람이 나한테 직접 이건 모두 비아냥거리는 거였노라고 설명했지만, 그때 난 진짜로 사과하는 줄 알았지 뭐예요. 다만, 지금 당신 앞에서 하고 있는 것과 마찬가지로 이렇게 누워 있다가 갑자기 한 가지 생각을 하게 된 거죠. 즉, 나의 집 안에서 나의 손님에게 점잖지 못하게 소리를 쳤다는 이유로 갑자기 미하일 이바노비치를 쫓아낸다면 그건 점잖지 못한 일일까? 하는. 그리고 정말이라니까요, 이렇게 누운 채 눈을 감고 그게 점잖은 일일까, 아닐까, 곰곰 생각해 봤지만 아무래도 결정을 내릴 수가 없어 괴로워 죽겠고 심장이 쾅쾅 뛰더라고요. 그래, 호통을 쳐 줄까, 그러지 말까? 한 목소리는 호통을 치라고 말하고, 다른 목소리는 안 돼, 호통을 치다니! 하고 말하더군요. 이 다른 목소리가 말을 꺼내기가 무섭게 나는 갑자기 호통을 치기 시작했고 그러다 갑자기 기절해 버렸어요. 뭐 그리고는 한바탕 소동이 났죠. 나는 갑자기 자리에서 일어나 미하일 이바노비치에게 말했어요. 당신에게 이런 말을 해야 돼서 나도 참 씁쓸하지만 앞으론 더 이상 당신을 내 집에 들이고 싶지 않다, 하고요. 이렇게 쫓아내 버린 거예요. 아, 알렉세이 표도로비치! 나도 내가 추악한 짓을 했다는 거 알고 있어요, 거짓말을 한 셈이니까요. 사실 난 절대로 그 사람한테 화가 난 건 아니었지만 갑자기, 그야말로 갑자기 이렇게 하는 것이 좋겠다고 생각됐고, 그리고 이 장면은……. 그러니까 말이죠, 이 장면은 어쨌거나 자연스러웠어요, 왜냐하면 난 심지어 엉엉 울기까지 했고 그러고도 며칠 동안 울다가, 그러다가 갑자기 밥을 먹고 나서 모든 걸 잊어버렸거든요. 이렇게 그가 발길을 끊은 지 벌써 두 주째인데, 정말로 아예 오지 않을 건가? 하는 생각을 해 봤어요. 어제 마침 이런 생각을 했는데, 갑자기 저녁 무렵 이《풍문》이 온 거죠. 읽어 본 뒤 탄식을 내질렀죠. 도대체 누가 썼겠어요, 이건 그가 쓴 거예요, 그때 집으로 돌아가자마자 자리에 앉아 쓴 것일 테죠. 그러곤 신문사로 보냈고 거기서 인쇄를 해 준 걸 거예요. 그 일이 있었던 것이 이주 전이니까요. 다만, 알료샤, 난 줄곧 떠들어 대면서 왜 정작 필요한 얘기는 전혀 하지 않는 거죠? 아이, 말을 하다 보니 저절로 이렇게 되어 버리네요!"

"저는 오늘 시간에 맞추어 죽어도 형을 찾아가 봐야 합니다." 알료샤가 중얼거렸다.

"바로 그거, 그거예요! 당신 말을 들으니 나도 다 생각이 나는군요! 들어 보세요, 일시적인 정신 착란이란 게 뭐예요?"

"정신 착란이라뇨?" 알료샤가 놀랐다.

"재판할 때 말하는 정신 착란이요. 그런 정신 착란이면 모든 일을 용서받을 수 있다는데요. 당신이 무슨 짓을 했든 지금 바로 용서해 주는 거죠."

"그게 무슨 말씀이십니까?"

"그러니까 무슨 말이냐 하면요, 이 카챠가……. 아, 이 아가씨는 정말로 사랑스러운 존재지만, 다만 그녀가 누구에게 반한 것인지를 도무지 알 수가 없다니까요. 얼마 전에 우리 집에 왔는데, 나는 아무것도 알아낼 수가 없었어요. 더욱이 그녀는 요즘 나하곤 아주 피상적인 얘기만 하니까, 한마디로 말해서, 줄곧 내 건강 얘기뿐, 더 이상은 아무것도 없고, 대체로 그런 태도를 취하니까, 나는 스스로에게, 뭐 아무렴 어때, 뭐 어찌 되겠지, 하고 말하고 말았죠……. 아 그래요, 그래서 이 정신 착란이란 말이죠, 이 의사가 왔어요. 의사가 온 건 아시죠? 하긴, 어떻게 모를 수가 있겠어요, 그 왜 미친 사람인지 아닌지를 알아보는 의사를 초빙한 건 당신이잖아요, 그러니까 당신이 아니라 카챠였지. 그러고 보니 전부 다 카챠가 했군요! 그러니까 이런 거예요. 미친 것과는 전혀 상관없는 멀쩡한 사람이 가만히 앉아 있다가 정말 느닷없이 정신 착란을 일으킨다는 거예요. 정신도 멀쩡하고 자기가 무슨 일을 하고 있는지도 알고, 그런데도 정신 착란 상태라는 거죠. 드미트리 표도로비치의 경우가 꼭 그래서, 분명히 정신 착란을 일으켰다는 거예요. 이건 그러니까 새로운 재판 제도가 개시되면서 이제 막 정신 착란에 대해 알게 된 거예요. 새로운 재판 제도 덕분인 거죠. 이 의사가 나를 찾아와서는 그날 밤 일, 그러니까 금광에 대해서 캐물었어요. 그때 그가 어땠느냐? 하는 거죠. 정신 착란이 아니면 뭐겠어요──와서는 돈, 돈, 3000, 3000을 달라고 아주 노래를 부르고 그다음엔 버럭 나가서 갑자기 사람을 죽였잖아요. 죽이고 싶진 않다, 그러고 싶진 않다고 해 놓고선 갑자기 죽였잖아요. 스스로에게 저항을 해 봤지만 죽였다는 것, 바로 이걸 고려해서 그를 용서해 줄 거예요."

"하지만 형은 죽이지 않았어요." 알료샤는 다소 쌀쌀맞게 상대방의 말을 끊었다. 불안과 초조함이 점점 더 거세게 그를 휘감았다.

"알고 있어요, 그러니까 그리고리 영감이 죽었다는 걸……."

"아니, 그리고리라고요?" 알료샤가 소리쳤다.

"그 영감, 그 영감요, 이건 그리고리가 한 짓이에요. 드미트리 표도로비치한테 한 방 맞고 가만히 누워 있다가 그다음 벌떡 일어나서 보니 문이 열려 있고, 곧장 가서 표도르 파블로비치를 죽인 거란 말이죠."

"아니, 왜, 왜요?"

"정신 착란에 걸린 거죠. 드미트리 표도로비치한테 머리를 한 방 얻어맞고 나서 정신을 차려 보니 정신 착란에 걸렸고 그길로 가서 죽인 거예요. 자기 입으론 안 죽였다고 하는 걸 보면, 기억이 안 나서 그럴걸요. 하지만 말이죠, 차라리 드미트리 표도로비치가 죽인 편이 훨씬 나을 거예요. 더욱이 사실이 그랬잖아요, 내가 그리고리라고 말하고 있긴 하지만 분명히 드미트리 표도로비치 소행일걸요, 이게 훨씬, 훨씬 더 나으니까요! 아, 그렇다고 아들이 아버지를 죽인 게 낫다는 소리는 아니에요, 이게 무슨 칭찬할 일인가요, 오히려 아이들은 부모들을 공경해야지요. 다만, 어쨌거나 이게 그의 소행인 편이 훨씬 더 나아요. 왜냐면 그렇더라도 제정신이 아닌 상태에서, 혹은 더 정확히 말해서 정신은 말짱하되 자기한테 어떻게 이런 일이 일어났는지도 모르는 상태에서 죽인 거니까 당신 입장에선 한탄할 일도 전혀 없을 테니까요. 어떻든, 그는 용서받을 거예요. 이건 너무도 인도적인 일로서 다들 새로운 재판 제도의 혜택이 어떤 건지를 보게 될 테죠. 나는 몰랐는데 이미 오래전부터 그렇게 됐다고들 하더군요. 어제 이걸 알게 되자마자 나는 어찌나 충격을 받았는지, 곧장 사람을 보내 당신을 불러오고 싶었다니까요. 그리고 나중에 그가 용서를 받으면, 그를 법정에서 곧장 우리 집으로 불러 식사를 하는 거죠. 나는 지인들을 불러 모을 테고, 우리는 새로운 재판 제도를 위해 축배를 들 거예요. 나는 그가 위험하다곤 생각지 않아요. 더욱이 내가 아주 많은 손님들을 부를 것이기 때문에 그가 무슨 일을 하든 언제라도 그를 이끌어 줄 수 있을 것이고, 나중엔 어디 다른 도시에서 세계적인 재판관이나 뭐 그런 것이 될 수도 있을 것인데, 왜냐면 불행을 몸소 견디어 낸 사람들은 그 어떤 사람들보다 재판을 잘하니까요. 무엇보다도, 지금 정신 착란에 빠지지 않은 사람이 누가 있나요, 당신도 나도 모두 정신 착란에 빠져 있고 이런 예는 얼마든지 있어요. 어떤 사람이 가만히 앉아서 로망스를 부르다가 갑자기 뭔가가 자기 마음에 들지 않는다고 권총을 쑥 뽑아 아무나 쏘아 죽였는데, 그러고 나서 그를 다들 용서해 줬다는군요. 나는 이 기사를 최근에 읽었는데, 모든 의사들이 인정해 주었대요. 요즘 의사들은 그걸 계속하여 인정, 정말로 인정해 주고 있어요. 그뿐인가요, 우리 리즈도 정신 착란에 빠져선 어제부터 나는 얘 때문에 울었어요 사흘째 울고 있다가, 오늘에야 비로소 얘가 그저 정신 착란에 빠졌을 뿐이라는 걸 깨달은 거죠. 오, 리즈 때문에 내가 얼마나 속을 끓이고 있는지! 나는 얘가 완전히 정신이 나갔다고 생각해요. 그런데 왜 얘가 당신을 부른 거죠? 얘가 당신을 부른 건가요, 아니면 당신이 직접 얘를 찾아온 건가요?"

"그녀가 부른 것이고, 지금 그녀를 보러 갈 겁니다." 알료샤가 단호하게 자리에서 일어섰다.

"아, 친애하는, 친애하는 알렉세이 표도로비치, 여기서 어쩌면 가장 중요한 것은" 하고 호흘라코바 부인이 갑자기 손뼉을 치면서 소리쳤다. "내가 당신에게 진정으로 리즈를 맡긴다는 것은 하느님이 보고 계시니까, 얘가 당신을 어미 몰래 불렀다는 건 아무것도 아니에요. 하지만 당신의 형 이반 표도로비치에겐, 나를 용서해 주세요, 나는 내 딸을 그렇게 쉽게 맡길 수가 없어요. 비록 여전히 그를 가장 기사다운 젊은이라고 생각하긴 하지만. 그런데 글쎄, 세상에 말이죠, 그가 느닷없이 리즈의 방에 다녀갔는데, 나는 그걸 전혀 몰랐지 뭐예요."

"아니, 어떻게요? 왜요? 언제요?" 알료샤는 끔찍할 정도로 놀라워했다. 그는 자리에 앉지도 않고 선 채로 듣고 있었다.

"지금 이야기해 드리죠. 어쩌면 이 일로 당신을 불렀는지도 모르겠고, 아니, 나는 내가 무슨 일로 당신을 불렀는지 통 모르겠어요. 어쨌거나 이래요. 모스크바에서 돌아온 이반 표도로비치가 우리 집을 찾은 건 겨우 두 번이었는데, 한 번은 그저 지인으로서 인사를 하러 온 것이었고, 두 번째는 최근의 일로 카챠가 우리 집에 와 있을 때 이 사실을 알고서 들른 거였어요. 나는 물론, 그에게 지금 이런저런 골치 아픈 일이 많다는 걸 알고 있었기 때문에 그가 자주 방문해 주리라 기대하지도 않았어요——당신도 아시다시피, 그 일과 당신 아버지의 끔찍한 죽음 말이에요.(vous comprenez, cette affaire et la mort terrible de votre papa.)——다만 갑자기 알고 보니, 그가 다시 우리 집을 찾아왔는데 다만 내 방이 아니라 리즈의 방에 있었다는 거예요. 이건 이미 엿새쯤 전의 일인데, 와서 오 분쯤 앉아 있다가 간 모양이에요. 꼬박 사흘이 지난 뒤에야 나는 글라피라한테 듣고서 이걸 알게 됐으니, 이 때문에 나는 갑자기 간이 덜컹했어요. 그 즉시 리즈를 불렀더니, 얘는 웃더라고요. 그분은 엄마가 잔다고 생각했기 때문에 나한테 들러 엄마의 안부를 물었다나요. 물론 정말로 그랬겠죠. 다만 리즈, 리즈, 오 맙소사, 얘 때문에 내가 얼마나 속을 끓이는지! 한번 생각을 해 보세요, 글쎄, 어느 날 밤에 갑자기 얘한테 발작이 난 거예요——나흘 전에, 당신이 마지막으로 왔다가 떠났을 때 곧바로——얘는 갑자기 발작이 나서 소리며 비명을 지르고 히스테리를 일으킨 거예요! 아니, 왜 나한테는 히스테리가 일어나는 법이 없는 거죠? 여하튼 그다음 날에도 발작이 났고, 또 그다음 날에도 그랬고, 어제도 그랬는데, 그래요, 바로 어제는 이 정신 착란이 있었던 거예요. 그러더니 얘가 갑자기 나한테 '나는 이반 표도로비치를 증오해요, 엄마는 다시는 그 사람을 우리 집에 들이지 말아요, 딱 잘라 거절해 버리세요!'라고 소리치는 거예요. 너무 뜻밖의 일이라 나는 어리둥절해져서 얘에게 대거리를 해 봤죠. 아니, 무슨 근거로 내가 그렇게 훌륭하고 더욱이 그만한 학식을 가진, 그럼에도 그만한 불행을 겪은 젊은이를 거부해야 되니, 어쨌거나 이 모든 사건들이, 이 모든 것이 행복이 아니라 불행인데, 안 그러니? 하고요. 그러자 얘는 내 말에 갑자기 깔깔 웃음을 터뜨렸는데, 그것도 세상에나, 어쩌나 모욕적인 웃음인지요. 뭐 그래도 나는 내가 얘를 웃겨 주었으니 이제 발작은 끝나겠지, 하는 생각에 기뻤고, 더더욱 내가 나서서 이반 표도로비치한테 내 동의 없이 이상한 방문을 감행한 것에 대한 해명을 요구하고 앞으론 그런 건 사양하겠다고 말할 참이었어요. 다만, 오늘 아침에 리자가 잠에서 깨자 갑자기 율리야한테 화를 내더니, 글쎄, 세상에나, 한 손으로 율리야의 뺨을 때린 거예요. 하지만 이런 괴물 같은 짓이 어디 있어요, 나는 우리 집 하녀들한테도 높임말을 쓰는데. 그러고 나선 한 시간 뒤에 갑자기 얘가 율리야의 다리를 껴안고 입을 맞추는 거예요. 나한테는 사람을 보내서 앞으로는 나한테 아예 오지도 않을 테고 그러고 싶지도 않다고 말을 전해 놓고선, 내가 직접 아픈 발을 이끌고 얘를 찾아가면 나한테로 달려들어 입을 맞추고 또 입을 맞추면서 울고 말이라곤 단 한마디도 하지 않고 저쪽으로 떼밀어 버리니, 이게 무슨 귀신이 곡할 노릇인지 알다가도 모를 일이라니까요. 이제, 친애하는 알렉세이 표도로비치, 나의 모든 희망을 당신한테 걸겠으며, 물론, 내 일생 자체의 운명이 당신 손에 달려 있는 거예요. 내 부탁은 그저, 리즈한테 가서 애에게서 모든 것을 알아봐 달라는 거예요. 이 일을 할 수 있는 건 오직 당신뿐이니까, 그런 연후엔 나한테, 이 어미한테 와서 얘기해 주세요. 당신도 이해하시잖아요, 자꾸 이러면 나는 죽을 거예요, 그만 죽고 말 거라고요, 아니면 집에서 도망칠 거예요. 나는 더 이상 어쩔 수가 없어요, 나도 웬만큼 참을성이 있지만 그나마도 바닥나면 그땐…… 그때는 끔찍한 일들이 생길 거예요. 아, 맙소사, 드디어 표트르 일리치가 왔군요!" 호흘라코바 부인은 방으로 들어서는 표트르 일리치 페르호친을 보고서 갑자기 환한 빛을 발하면서 외쳤다. "늦으셨네요, 늦으셨어요! 어쨌든 앉아서 말 좀 해 주세요, 운명을 결정해 주세요, 그래 이 변호사가 뭐라던가요? 어디 가시는 거죠, 알렉세이 표도로비치?"

"리즈에게 갑니다."

"아, 그렇죠! 잊지 마세요, 부디 잊지 마세요, 내가 뭘 부탁했는지 아시죠? 여기에 운명이, 운명이 달렸다니까요!"

"물론, 잊지 않겠습니다, 할 수만 있다면야……. 그나저나 늦어서 이만 실례하겠습니다." 알료샤가 어서 빨리 물러나면서 중얼거렸다.

"안 돼요, '할 수만 있다면야.'가 아니라 꼭, 꼭 들러 주세요, 안 그러면 난 죽을 거예요!" 호흘라코바 부인이 알료샤의 등 뒤에 대고 소리쳤지만, 그는 이미 방을 나와 버렸다.

3 꼬마 악마

그가 리자의 방으로 들어섰을 때 그녀는 아직 제대로 걷지 못했을 때 타고 다니던 자신의 옛 의자에 반쯤 누워 있는 상태였다. 그녀는 그가 들어와도 꿈쩍도 하지 않았지만 명민하고 날카로운 시선으로 그를 쏘아보았다. 그 시선은 다소 타오르는 듯했고 얼굴은 창백하면서 노랗게 떠 있었다. 알료샤는 그녀가 요 사흘간 몰라보게 변한 데다가 여위기까지 한 것에 깜짝 놀랐다. 그녀는 그에게 손을 내밀지도 않았다. 해서, 그가 먼저 그녀의 원피스 위에 미동도 없이 놓여 있는 가늘고 긴 그녀의 손가락을 살짝 건드리곤 이어 말없이 그녀의 맞은편에 앉았다.

"당신이 서둘러 감옥에 가 봐야 된다는 건 알고 있어요." 리자가 딱 잘라 말했다. "그런데도 엄마는 당신을 두 시간이나 붙잡아 두었어요, 지금 당신에게 나와 율리야에 대해 이야기하느라 말이죠."

"어떻게 아셨죠?" 알료샤가 물었다.

"엿들었어요. 왜 나를 그렇게 뚫어져라 쳐다보는 거죠? 엿듣고 싶어서 엿듣는 거니까, 이게 무슨 나쁜 일은 아니잖아요. 용서를 구하지도 않겠어요."

"무슨 심란한 일이 있나요?"

"아니요, 오히려 아주 기쁜걸요. 지금 막 다시, 서른 번째로 생각을 정리해 봤어요. 내가 당신의 청혼에 거부 의사를 밝혔고 따라서 당신의 아내가 되는 일은 없을 테니 이 얼마나 좋은가, 하고요. 당신은 남편감으론 적합지 않은 사람이에요. 내가 당신에게 시집을 간 연후에 누군가를 사랑하게 돼서 갑자기 그 사람한테 갖다주라면서 당신에게 쪽지라도 건네주면, 당신은 그걸 받아 들고 반드시 전해 줄 테고, 그것도 모자라 답장까지 갖고 올 테죠. 마흔 살이 돼도 당신은 여전히 이런 유의 내 쪽지 심부름이나 하고 다닐 사람이에요."

그녀가 갑자기 웃기 시작했다.

"당신에겐 왠지 심술궂으면서도 동시에 왠지 순진무구한 면이 있어요." 알료샤가 그녀에게 미소를 지었다.

"이렇게 순진무구한 것은 내가 당신을 부끄러워하지 않는다는 거예요. 부끄럽기는커녕 부끄럽고 싶은 마음도 없어요, 특히 당신이란 인간 앞에서는, 또 특히 당신에 대해서는. 알료샤, 나는 왜 당신을 존경하지 않는 거죠? 나는 당신을 아주 사랑하지만 존경하지는 않아요. 만약 존경했다면, 이런 말을 하는 것이 부끄러웠을 거예요, 안 그런가요?"

"그렇죠."

"그럼, 내가 당신을 부끄러워하지 않는다는 건 믿으세요?"

"아니요, 안 믿어요."

리자는 다시 신경질적으로 웃기 시작했다. 그러곤 곧, 빠른 속도로 말했다.

"나는 감옥에 있는 당신의 형님 드미트리 표도로비치에게 사탕을 보냈어요. 알료샤, 있잖아요, 당신은 정말 어찌나 훌륭한 사람인지! 당신이 나에게 당신을 사랑하지 않아도 된다는 허락을 그토록 빨리 내리셨으니, 나는 정말 당신을 몹시 사랑하게 될 거예요."

"오늘은 무슨 일로 나를 불렀죠, 리즈?"

"당신에게 나의 소망 한 가지를 알려 드렸으면 해서요. 나는 누구든 나를 죽도록 괴롭히길, 나와 결혼해 놓고서도 나를 괴롭히고 기만하고 그러다가 떠나 버리길, 아주 떠나 버리길

원해요. 나는 행복해지고 싶지 않아요!"

"무질서를 좋아하게 됐나요?"

"아, 나는 무질서를 원해요. 줄곧 집을 태워 버리고 싶다니까요. 나는 어떻게 하면 살짝 다가가서 몰래 태워 버릴까 상상해요, 반드시 몰래 해야 돼요. 사람들은 불을 끄지만, 집은 불타오르죠. 나는 알면서도 입을 꼭 다물고 있는 거예요. 아, 바보 같은 짓들이야! 지겨워 죽겠어!"

그녀는 혐오스럽다는 듯 손을 내저었다.

"사는 데 아쉬움이 없군요." 알료샤가 조용히 말했다.

"차라리 가난한 편이 낫다는 건가요?"

"예, 그게 낫겠죠."

"이건 돌아가신 당신의 수도사가 당신에게 주입한 것일 테죠. 그건 사실이 아니에요. 나는 부자이고 다른 사람들은 다 가난뱅이라 할지라도, 그래서 나 혼자 사탕을 먹고 슬리프키[18]를 마실지라도 아무한테도 주지 않을 거예요. 아, 말하지 마세요, 아무 말도 하지 마세요." 알료샤가 입도 뻥긋하지 않았는데도 그녀는 한 손을 내저었다. "당신은 전에도 나한테 그런 얘기는 늘 했고 나는 모든 것을 달달 외울 만큼 잘 알고 있어요. 지겨워 죽겠어요. 내가 가난하다면 누구든 죽일 거고—아니, 내가 부자라고 해도 그래도 죽일 수 있죠.—이렇게 멍하니 앉아 있으면 뭘 해요! 그런데 말이죠, 나는 수확을 하고 싶어요, 호밀을 거둬들이고 싶다고요. 내가 당신한테 시집가면 당신은

---

18) 커피나 홍차에 넣어 먹는 농축 우유 같은 것.

농부가, 진짜 농부가 되고, 또 우리는 망아지 한 마리를 키우는 거예요, 어때요? 칼가노프를 알고 계세요?"

"알고 있어요."

"그는 걸어 다니면서도 늘 몽상에 잠겨 있어요. 그의 말로는 뭣 하러 현실에 얽매여 살 것인가, 차라리 몽상에 잠겨 있는 편이 낫다는 거예요. 몽상 속에서라면 아주 즐거운 것도 꿈꿀 수 있지만, 실제 삶을 산다는 건 지겹다는 거죠. 하지만 그는 곧 결혼할 거예요, 나에게 사랑을 고백했거든. 팽이를 칠 줄 아세요?"

"예, 압니다."

"바로 그 사람이 팽이 같다니까요. 팽이처럼 돌돌 감아서 확 풀면서 채찍으로 치고 또 쳐 줘야 되거든요. 그에게 시집가면 평생 팽이를 치게 되는 셈이죠. 당신은 나와 앉아 있는 것이 부끄럽지 않으세요?"

"아뇨."

"당신은 내가 무슨 성스러운 얘기를 하지 않는 게 화가 나서 미칠 지경일 테죠. 나는 성스러운 여자가 되고 싶은 마음은 없어요. 가장 큰 죄를 저지르면 저 세계에서 어떻게 될까요? 당신이라면 분명히 이걸 정확히 알고 있을 텐데요."

"하느님이 단죄하실 겁니다." 알료샤가 그녀를 주의 깊게 들여다보았다.

"그거야말로 내가 원하는 거로군요. 나는 그곳에 가면 단죄받고 싶고, 그러면 나는 갑자기 그 사람들 전부를 대놓고 비웃어 줄 거예요. 집을 태워 버리고 싶어 죽겠어요, 알료샤, 우리 집 말이죠, 내 말을 여전히 못 믿겠죠?"

"아니 왜요? 열두 살 이하쯤 되는 아이들 중에는 뭐든 불을 질러 버리고 싶어 못 견딜 정도가 돼서 정말로 불을 질러 버리는 아이들도 있어요. 이건 일종의 병이죠."

"틀렸어요, 틀렸어. 설령 그런 아이들이 있다고 해도 지금 내 얘기는 그런 게 아니에요."

"당신은 악한 것을 선한 것으로 간주하고 있군요. 이건 순간적인 변덕인데, 어쩌면 당신이 예전에 앓았던 병의 여운 탓일 수도 있어요."

"어떻든 나를 경멸하는군요! 나는 그냥 선한 짓을 하기 싫어요, 나는 악한 짓을 하고 싶을 뿐이에요, 이건 무슨 병도 뭣도 아니라고요."

"뭣 하러 악한 짓을 한다는 거죠?"

"이 세상 어디에도 아무것도 남지 않도록 하기 위해서요. 아, 아무것도 남지 않는다면 얼마나 좋을까! 있잖아요, 알료샤, 나는 이따금씩 온갖 악한 짓과 온갖 더러운 짓을 다 저지르는 생각을 해요. 그것도 오랫동안 조용히 그러는데, 그러다가 갑자기 다들 알게 되는 거죠. 다들 나를 에워싸고 나한테 손가락질을 할 테고, 나는 그들을 바라볼 거예요. 이건 아주 유쾌할 테죠. 이게 왜 그렇게 유쾌할까요, 알료샤?"

"글쎄요. 뭐든 좋은 것을 눌러 버리고 싶거나, 당신의 말마따나 불태워 버리고 싶은 욕구겠죠. 그런 일도 종종 있어요."

"나는 말로만 하는 것이 아니라, 정말 그렇게 할 거예요."

"물론 그럴 거라고 믿어요."

"아, 어쩜, 믿는다고 말하다니, 나는 당신을 정말 사랑해요. 원래 당신은 거짓말이라곤 통 하지 않는 사람이잖아요. 어쩌면, 내가 당신을 약 올리려고 일부러 이런 말을 한다고 생각하죠?"

"아니요, 그렇게 생각하진 않아요…… 비록, 그런 욕구가 약간은 있을 수 있겠지만."

"약간은 있다니. 당신 앞에선 절대로 거짓말을 하진 않을 거예요." 그녀가 어쩐지 불꽃처럼 눈을 번득이면서 말했다.

알료샤는 무엇보다도 그녀의 진지한 태도에 충격을 받았다. 예전에는 가장 '진지한' 순간에도 즐거움과 장난기가 그녀를 떠나지 않았건만, 이제는 우스꽝스러움이나 장난기 같은 것은 그녀의 얼굴에서 눈 씻고 봐도 찾을 수 없었다.

"사람들이 범죄를 좋아하는 순간들이 있죠." 알료샤가 사려 깊게 말했다.

"그래요, 그래! 당신이 내 생각을 그대로 말해 줬군요. 그런 '순간들'이 있는 것이 아니라 다들 좋아하고 또 언제나 좋아하죠. 있잖아요, 이것에 대해선 다들 언젠가 거짓말을 하기로 약속이라도 한 듯 그때 이후로 쭉 거짓말을 하고 있어요. 다들 더러운 것을 증오한다고 말은 하면서도 속으로는 좋아해요."

"설마 여전히 더러운 책을 읽고 계신가요?"

"그래요. 엄마가 읽다가 베개 밑에 숨겨 두면, 내가 훔쳐요."

"그렇게 스스로를 망치다니, 부끄럽지도 않습니까?"

"나는 스스로를 망치고 싶어요. 여기 어떤 소년은 자기 위로 기차가 지니갈 때 레일 밑에 엎드려 있었어요. 행운아죠! 들어 보세요, 지금 당신 형님은 아버지를 죽였다는 혐의로 재판을 받을 상황인데, 다들 그가 아버지를 죽인 걸 좋아해요.”

“그가 아버지를 죽인 걸 좋아한다고요?”

“좋아하죠, 다들 좋아해요! 다들 이것이 끔찍하다고 말은 하지만, 속으로는 끔찍할 정도로 좋아하죠. 내가 그 누구보다도 제일 좋아해요.”

“모든 사람들이 그렇다는 당신의 말은 어느 정도는 사실입니다.” 알료샤가 조용히 말했다.

“아, 당신 생각 한번 멋지군요!” 리자가 희열에 차서 소리쳤다. “그것도 수도사가 말이죠! 믿지 않으실 수도 있지만, 당신이란 사람은 절대 거짓말을 하는 법이 없기 때문에, 알료샤, 나는 정말로 당신을 존경하는 거예요. 아 참, 당신한테 내가 꾼 웃기는 꿈 얘기를 하나 해 드리죠. 이따금씩 나는 꿈에서 악마들을 보곤 해요. 밤인 것 같고 나는 내 방 안에 양초를 켜고 있는데, 갑자기 탁자 밑이고 온갖 구석이고 할 것 없이 곳곳에 악마들이 득실거려요. 한쪽에서 그놈들이 문을 열면, 거기 문 뒤에도 그놈들의 무리가 있는데, 그놈들은 들어와서 나를 붙잡고 싶어 해요. 그리고 정말로 다가와서는 붙잡아 버려요. 하지만 내가 갑자기 성호를 긋자, 그놈들은 모두 두려움에 떨며 뒤로 물러나긴 하지만, 다만 완전히 떠나진 않고 문 곁이나 구석진 곳에 서서 기다리는 거죠. 그러다가 내가 갑자기 큰 소리로 하느님을 욕하고 싶어져서 정말 그렇게 욕하기 시작하면, 그놈들은 갑자기 다시 무리를 지어 나에게로 달려드는데, 얼마나 기뻐하는지 몰라요. 그러곤 그놈들이 다시 나를 다시 붙잡지만 내가 다시금 갑자기 성호를 긋자 그놈들은 모두 뒤로 물러나 버리죠. 너무 재미있어서 난 숨이 멎을 지경이었어요."

"나도 바로 그런 꿈을 꾸긴 해요." 알료샤가 갑자기 말했다.

"정말요?" 리자가 놀라워하면서 소리쳤다. "들어 보세요, 알료샤, 이건 너무나 중요한 문제니까 비웃지 말고요. 서로 다른 두 사람이 똑같은 꿈을 꾼다는 게 정말 가능할까요?"

"가능할 법하죠."

"알료샤, 이건 너무나 중요한 문제라니까요." 무엇 때문인지 이제는 굉장히 놀라면서 리자가 계속했다. "꿈 자체가 중요하다는 것이 아니라, 당신이 나와 똑같은 꿈을 꿀 수 있었다는 사실이 중요하다는 거예요. 당신은 나한테 절대로 거짓말을 하지 않는 사람이니까, 지금도 거짓말은 하지 말아 주세요. 이게 정말인가요? 농담은 아니죠?"

"정말이라니까요."

리자는 무엇 때문인지 너무나 충격을 받아서 아주 잠깐 동안 말이 없었다.

"알료샤, 나를 보러 와 주세요, 좀 더 자주요." 그녀가 갑자기 애원하는 목소리로 말했다.

"나는 평생 동안 늘 당신을 보러 올 겁니다." 알료샤가 확고하게 말했다.

"나는 당신 한 사람한테만 말하는 거예요." 리자가 다시 시작했다. "오직 나 자신, 그리고 당신한테만 말하는 거예요. 온 세상을 통틀어 당신 한 사람한테만. 그리고 나 자신한테 말하는 것보다 당신한테 말하는 것이 더 편해요. 게다가 난 당신을 전혀 부끄러워하지 않으니까요. 알료샤, 난 왜 당신을 전혀 부끄러워하지 않는 걸까요, 전혀? 알료샤, 유대인들이 부활절을 맞아 아이들을 훔쳐다가 칼로 베 죽인다는 게 정말인가요?"

"모르겠군요."

"나한테 책이 한 권 있는데, 거기서 어디서 있었던 무슨 재판에 대해 읽었어요. 어떤 유대인이 네 살배기 소년을 처음에는 양손의 손가락을 몽땅 잘라 내고 그다음에는 벽에다 박았는데, 그러니까 소년을 갖다 대 놓고 못을 박았다는 거죠. 그래 놓고선 나중에 법정에서 소년은 금방, 그러니까 네 시간 뒤에 죽었다고 말했대요. 정말 금방도 죽었죠! 그 사람 하는 말이, 소년이 신음하고 또 신음하는 모습을 그는 서서 감상했다는 거예요. 정말 좋은 일이야!"

"좋다고요?"

"좋죠. 나는 이따금씩 그렇게 못을 박은 사람이 나 자신이 아닌가 하는 생각을 해요. 아이는 매달린 채 신음을 하고, 나는 줄곧 그 맞은편에서 파인애플 절임을 먹을 거예요. 파인애플 절임을 좋아하거든요. 당신은요, 좋아하세요?"

알료샤는 아무 말도 없이 그녀를 바라보았다. 창백하고 노르스름한 그녀의 얼굴이 갑자기 일그러졌고 그 눈은 불타올랐다.

"있잖아요, 나는 이 유대인에 대해 읽고 나서 밤새도록 벌벌 떨며 흐느껴 울었어요. 어린아이가 소리치면서 신음하는 장면을(네 살이나 됐으니까 알 건 다 알잖아요.) 상상하면서도, 줄곧 이 과일 절임에 대한 생각이 나를 떠나지 않는 거예요. 아침에 나는 한 사람에게 편지를 보내서 나에게 꼭 와 달라고 했어요. 그는 왔고, 나는 그에게 갑자기 소년과 과일 절임에 대해 전부 이야기했어요. 전부 이야기하고서 '정말 좋은 일입니다.'라고 말했어요. 그는 갑자기 웃으면서 이건 정말로 좋은 일이라고 말하더군요. 그러고는 일어나서 가 버렸어요. 겨우 오 분 동안 앉아 있었어요. 그는 나를 경멸했겠죠, 그렇죠? 말해 줘요, 말해 보세요, 알료샤, 그가 나를 경멸했을까요, 아닐까요?" 그녀는 눈을 번득이면서 침대 의자에서 몸을 똑바로 폈다.

"그런데 말이죠." 하고 알료샤가 흥분에 차서 말했다. "당신이 먼저 그를, 그 사람을 불렀습니까?"

"예, 내가 불렀어요."

"그에게 편지를 보냈습니까?"

"예."

"오로지 그것, 아이에 대해서 묻기 위해서요?"

"아니요, 그것 때문은 절대 아니었어요, 절대. 하지만 그가 내 방에 들어오자마자, 곧장 그 얘기를 물었어요. 그는 대답을 했고 웃더니 일어나서 나가 버렸어요."

"그 사람은 당신에게 점잖게 행동한 겁니다." 알료샤가 조용히 말했다.

"나를 경멸했겠죠? 비웃었겠죠?"

"아니요, 왜냐면 그 사람 자신도 어쩌면 파인애플 절임 얘기를 믿을 테니까요. 그 사람도 지금 아주 많이 아픕니다, 리즈."

"그래요, 그는 정말로 그걸 믿고 있어요!" 리자가 눈을 번득였다.

"그는 아무도 경멸하지 않아요." 알료샤가 계속했다. "그는 그저 아무도 믿지 않을 뿐입니다. 믿지 않는다면, 물론 경멸하죠."

"따라서 나를 말이죠? 나를 경멸한단 말이죠?"

"당신도 경멸할 테죠."

"그거 좋군요." 리자가 어쩐지 이를 갈았다. "그가 방을 나가면서 웃었을 때 나는 경멸받는 것이 좋다는 느낌이 들었어요. 손가락이 잘린 아이도 좋고, 경멸받는 것도 좋고……."

그러면서 그녀는 어쩐지 표독스럽고 타오르는 듯한 표정으로 알료샤의 눈에 대고 웃어 댔다.

"있잖아요, 알료샤, 있잖아요, 그러니까 나는…… 알료샤, 나를 구해 줘요!" 그녀가 갑자기 침대 의자에서 벌떡 일어나서 그에게로 달려들어 두 팔로 그를 꽉 껴안았다. "나를 구해 줘요." 그녀는 거의 신음 소리를 냈다. "내가 지금 당신한테 한 말을 이 세상 다른 누구에게 할 수 있을 것 같아요? 나는 사실, 사실 그대로, 사실 그대로 말했을 뿐이에요! 나는 자살할 거예요, 내 눈엔 모든 것이 추잡하니까요! 모든 것이 추잡할 뿐인걸, 정말 살고 싶지도 않아요! 내 눈엔 모든 것이 추잡하다니까요, 모든 것이 추잡하다고요! 알료샤, 왜 당신은 나를 전혀, 전혀 사랑하지 않는 거죠!" 그녀가 미친 듯 소리쳤다.

"천만에, 사랑해요!" 알료샤가 열렬하게 대답했다.

"그러면 나를 위해 울어 줄 건가요, 그럴 건가요?"

"그럴 겁니다."

"내가 당신의 아내가 되고 싶어 하지 않았기 때문이 아니라, 그냥 나를 위해서 울어 줄 수 있냔 말이에요, 그냥?"

"그럴 겁니다."

"고마워요! 나는 그저 당신의 눈물만 있으면 돼요. 나머지 모든 사람들이 다들, 다들, 단 한 사람의 예외도 없이 나를 벌하고 발로 짓밟아도! 왜냐하면 나는 아무도 사랑하지 않으니까요. 들려요, 아—무—도! 오히려 증오해요! 이만 가 보세요, 알료샤, 형님에게 가 볼 시간이잖아요!"그녀가 갑자기 그에게 떨어져 나갔다.

"당신은 어쩌고요?" 알료샤가 거의 경악하면서 말했다.

"형님한테나 가 봐요. 감옥 문이 닫힐지도 모르니까, 어서 가 봐요, 자 여기 당신의 모자요! 미챠에게 입을 맞추어 줘요, 가 봐요, 어서 가 보라니까요!"

그러곤 그녀는 알료샤를 거의 강제로 문 쪽으로 떠밀었다. 괴로운 의혹에 차서 그가 그녀를 바라보는데, 갑자기 자신의 오른손에 편지가, 꼭꼭 접어 봉인한 작은 쪽지가 들려 있는 것이 느껴졌다. 순간 훑어보니, '이반 표도로비치 카라마조프에게'라고 수신인이 적혀 있었다. 그는 얼른 리자를 바라보았다. 그녀의 얼굴은 거의 위협적으로 변했다.

"전해 주세요, 꼭 전해 주세요!"미친 듯이 온몸을 부르르 떨면서 그녀가 명령했다. "오늘 중으로 당장! 안 그러면 나는 약을 먹고 죽어 버릴 거예요! 내가 당신을 부른 건 이 때문이었어요!"

그러고선 재빨리 문을 쾅 닫아 버렸다. 빗장이 찰칵, 걸리는 소리가 들렸다. 알료샤는 편지를 호주머니에 넣고서, 호홀라코바 부인에겐 들르지도 않고, 아니, 숫제 그녀를 잊어 먹고서 곧장 계단으로 갔다. 한편 리자는 알료샤가 멀어지자마자 빗장을 벗기고 문을 살짝 열어 자신의 손가락을 문틈에 끼운 뒤 문을 쾅 닫아 있는 힘껏 손가락을 찧었다. 십 초쯤 뒤에 손을 빼고서 그녀는 조용히, 천천히 자신의 소파로 가서 앉은 뒤 온몸을 곧게 펴고서 거무스름하게 멍이 든 자신의 손가락과 손톱 밑으로 배어 나온 피를 주의 깊게 바라보기 시작했다. 입술이 파르르 떨리는 가운데, 그녀는 빠르게, 빠르게 혼잣말을 내뱉었다.

"야비한 년, 야비한 년, 야비한 년, 야비한 년!"

4 찬송가와 비밀

알료샤가 감옥의 대문 앞에서 초인종을 눌렀을 때는 이미 아주 늦은 시각이었다.(11월엔 낮이 좀 짧은가 말이다.) 심지어 어스름마저 내리기 시작했다. 하지만 알료샤는 아무런 장애 없이 자기를 미챠의 감방으로 보내 주리라는 것을 알고 있었다. 이런 건 우리 마을, 그러니까 우리 도시나 어디 다른 곳이나 마찬가지였다. 물론 맨 처음, 예심이 모두 종결된 직후에는 친척들이나 몇몇 다른 인물들이 미챠를 면회하려면 모종의 불가피한 형식적 절차를 밟아야만 허락이 떨어졌지만, 나중에는 형식적 절차들이 약해졌다기보다는, 최소한 미챠를 보러 왔던 어떤 인물들에 관한 한 어쩐지 저절로 모종의 예외가 생겨 버렸다. 심지어 가끔은 면회실 안에 입회인도 없고 거의 네

개의 눈만 있는 상태에서 수인과의 면회가 진행되는 일마저 있을 정도였다. 하지만 이 정도까지 대접을 받는 인물은 극소수였다. 고작해야 그루셴카, 알료샤, 라키친이었으니까 말이다. 그런데 그루셴카에 관한 한, 경찰 서장 미하일 마카로비치가 그녀에게 아주 좋은 마음을 갖고 있었다. 이 노인은 자신이 모크로예에서 그녀에게 소리를 질렀던 일을 아직 마음에 담아 두고 있었던 것이다. 나중에 사건의 자초지종을 전부 알고 난 뒤 그는 그녀에 대한 자신의 생각을 완전히 바꾸었다. 이상한 일이 또 있었다. 비록 미챠가 범인이라는 굳은 믿음엔 변함이 없었지만, 그래도 그가 감금되어 있는 시간이 길어질수록 '원래 좋은 마음씨를 지닌 사람이었던 것 같은데, 술에 절어 난잡하게 살다 보니 스웨덴 사람처럼 신세를 망친 거야!'라는 생각에 그를 바라보는 시선이 더욱더 부드러워졌다. 그가 마음속에 품고 있던 예전의 공포는 어떤 동정으로 바뀌었다. 알료샤에 관한 한, 경찰 서장은 이미 오래전부터 그와 알고 지내는 사이였을뿐더러 그를 매우 좋아했다. 이후에 수인을 보러 들락날락하는 일이 아주 잦아진 라키친의 경우도 라키친 자신의 표현대로 '서장 댁 아씨들'의 가장 가까운 지인 중 하나로서 매일같이 뻔질나게 서장 댁을 드나들었다. 또한 그는 직무에 충실하면서도 마음씨가 좋은 노인인 감옥의 간수 집에서 가정 교사 노릇을 하고 있었다. 알료샤 역시도 간수와 오래전부터 알고 지내는 특별한 사이로서, 그는 알료샤와 '지혜' 전반에 대한 얘기를 나누는 것을 좋아했다. 이반 표도로비치라면 예를 들어 간수는 존경한 정도가 아니라 경외하다시피 했으니, 그 자신이 물론 '독학으로'이긴 하지만 대단한 철학자의 경지에 다다랐건만 그럼에도 이반 표도로비치의 견해를 무엇보다도 두려워했다. 하지만 알료샤에겐 어떤 억누를 수 없는 애정 같은 것을 지니고 있었다. 최근 한 해 동안 노인은 때마침 외경(外經)에 심취해서 젊은 벗에게 시시각각 자신의 인상들을 전하곤 했다. 예전에는 심지어 수도원으로 알료샤를 찾아가서 알료샤, 수도 사제들과 함께 몇 시간씩 논의를 하기도 했다. 한마디로 말해서, 알료샤가 좀 늦게 감옥을 찾는다고 할지라도 간수한테만 가면 일은 항상 잘 처리되었다. 게다가 감옥 안에 있는 감방 지기들은 하나에서 열까지 다 알료샤와 친한 사이였다. 보초병도 물론 상관이 묵인해 주기만 하면 별트집을 잡지 않았다. 미챠는 호출이 있으면 늘 자신의 감방에서 아래층 면회 장소로 내려왔다. 방으로 들어서면서 알료샤는 때마침 미챠를 만나고 나가는 중인 라키친과 마주쳤다. 그들 두 사람은 큰 소리로 얘기를 하고 있었다. 미챠는 그를 전송하며 무엇 때문인지 몹시 웃고 있었고, 라키친은 투덜거리는 듯했다. 라치킨은 특히 최근 들어 알료샤와 마주치는 걸 좋아하지 않았고 그와 말을 하는 일도 거의 없었으며 심지어 인사를 나눌 때도 뻣뻣하게 굴었다. 지금 막 안으로 들어서는 알료샤를 보자, 그는 유달리 양미간을 찌푸리면서, 모피 깃이 달린 커다랗고 따뜻한 코트의 단추를 채우느라 정신이 없는 양 시선을 다른 쪽으로 돌렸다. 그다음엔 즉시 우산을 찾기 시작했다.

"자기 물건을 두고 가면 안 되지." 그는 오직 무슨 말이든 하느라고 이렇게 웅얼거렸다.

"네놈은 남의 물건도 잊지 말아야지!" 미챠가 재치 있게 말장난을 했고, 즉시 자신의 재치 있는 말솜씨에 웃음을 터뜨렸다. 라키친은 대번에 화를 버럭 냈다.

"그런 충고는 당신네 카라마조프들한테나, 당신네 농노 떨거지들한테나 하시지, 이 라키친이 아니라!" 그가 갑자기 소리쳤고, 그렇게 분노에 차서 몸을 떨었다.

"아니, 왜 그러나? 난 그저 농담을 했을 뿐이야!" 미챠가 소리쳤다. "퓨, 제기랄! 저런 놈들은 다 저렇다니까." 얼른 방을 나가 버리는 라키친을 향해 고갯짓을 하면서 그가 알료샤에게 말했다. "줄곧 앉아서 웃고 즐거워하다가 이제 와서 갑자기 펄펄 끓지 뭐냐! 너한테는 숫제 고개도 까딱하지 않는 걸 보니, 너희들 싸우기라도 한 거냐? 그런데 너는 왜 이렇게 늦은 거냐? 나는 아침 내내 너를 기다린다고 목이 빠진 정도가 아니라 숫제 부러졌구나. 뭐 아무럼 어때! 이제라도 벌충하면 되지."

"쟤는 왜 형을 이렇게 자주 찾아오는 거야? 서로 친한 사이라도 된 거야?" 알료샤도 라키친이 자취를 감춰 버린 문을 향해 고갯짓을 하면서 물었다.

"미하일과 친해졌냐고? 아니, 그런 게 아니야. 그럴 리가 없잖냐, 저런 돼지 새끼 같은 놈! 저놈은 나를…… 비열한 놈이라고 생각하고 있어. 농담도 이해하지 못해 ──바로 이게 저놈들의 냉점이라니까. 절대로 농담을 이해하지 못하거든. 게다가 저놈들은 영혼이 건조해, 평평하고 건조하지. 꼭 내가 그때 감옥에 도착하여 이 감옥의 벽을 보았을 때처럼 말이야. 하지만 똑똑한 놈이야, 암, 똑똑하지. 뭐, 알렉세이, 이제 내 머리는 동강 날 판이다!"

그는 의자에 앉았고, 알료샤를 자기 옆에 나란히 앉혔다.

"그래, 내일이 공판 날이야. 어때, 형은 완전히 희망을 버린 거야, 응?" 알료샤가 조심스러운 마음으로 말했다.

"지금 무슨 얘기를 하는 거냐?" 미챠가 어쩐지 멍한 표정을 지으며 그를 바라보았다. "아, 그래, 공판 얘기구나! 에이, 빌어먹을! 너와 나는 지금까지 줄곧 쓸데없는 얘기만, 바로 이 공판 얘기만을 해 왔지만, 가장 중요한 얘기는 아직 너한테 하지 않았어. 그래, 내일이 공판 날이긴 하지만, 다만 내 머리가 동강 났다는 건 공판을 두고 한 얘기는 아니야. 머리가 동강 났다는 것이 아니라, 머릿속에 들어 있던 것이 동강 났다는 소리지. 아니 왜 나를 그렇게 비판이 담긴 시선으로 바라보는 거냐?"

"무슨 말이야, 미챠?"

"사상들, 사상들을 두고 하는 말이다! 에티카[19] 말이다. 에티카가 대체 뭐냐?"

"에티카라고?" 알료샤가 놀라워했다.

"그래, 이건 무슨 학문인가 그렇지?"

"그래, 그런 학문이 있어……. 다만…… 솔직히 말해서, 나

---

19) '에티카(윤리, 윤리학)'라는 용어 자체가 드미트리와 알료샤에게 생소한 것이다.

도 그게 어떤 학문인지 형한테 제대로 설명해 줄 수 없어."

"라키친은 알고 있어. 라키친은 많은 것을 알고 있지, 빌어먹을 놈! 수도사의 길을 가진 않을 거야. 페테르부르크로 갈 준비를 하고 있으니까. 거기 비평 분과, 하지만 점잖은 경향을 지닌 비평 분과로 갈 거라더군. 뭐 어때, 남한테 유익한 일을 할 수도 출세도 할 수 있겠지. 에잇, 저런 놈들은 그야말로 출세의 명수들이니까! 빌어먹을 에티카 같으니! 나는 끝장나 버렸어, 알렉세이, 나는 끝장난 놈이고 너는 하느님의 사람이야! 나는 너를 그 누구보다도 사랑해. 너를 생각하면 내 마음이 떨린다니까, 정말로. 저기, 그런데 카를 베르나르가 어떤 사람이었냐?"

"카를 베르나르라고?" 알료샤가 다시금 놀라워했다.

"아니야, 카를이 아니라, 잠깐만 말이 잘못 나왔군. 그래, 클로드 베르나르.[20] 이건 또 뭐 하는 작자냐? 화학인가, 그렇지?"

"분명히 무슨 학자일 거야." 알료샤가 대답했다. "다만, 솔직히 말해서 그에 대해서도 할 얘기가 많지는 않아. 학자라는 얘기만 들었지, 어떤 학자인지는 모르니까."

"빌어먹을 놈이군, 나도 몰라." 미챠가 욕을 퍼부었다. "분명히 무슨 비열한 놈일 거야, 아니, 전부 다 비열한 놈이야. 라키친은 용케 출세할 거야, 라키친이란 놈은 조그만 구멍만 있어도 출세를 할 위인이야, 베르나르도 마찬가지야. 에잇, 베르나르 같은 놈들! 이런 놈들이 좀 많아졌어야 말이지!"

---

20) 프랑스의 자연과학자, 생리학자, 철학적 입장에선 실증주의의 옹호자.

"형, 대체 왜 그래?" 알료샤가 집요하게 물었다.

"그 녀석은 나에 대해서, 나의 일에 대해서 기사를 써서 그 걸 갖고 문학 판에 나가려고 하는 건데, 이 일로 나를 찾아오 는 거라고 제 입으로 말하더군. 뭔가 특정한 사상적 경향성을 지닌 얘기를 원하고 있어. '그는 살인을 저지르지 않을 수 없 었다, 환경에 잠식당했기 때문이다.' 등등, 이런 식이라고 나에 게 설명하더군. 사회주의적 색채를 띠게 될 거라고 말했어. 뭐 빌어먹을 놈이라니까, 색채고 나발이고 나는 이러나저러나 아 무 상관 없어. 동생 이반을 좋아하지 않아, 증오하지, 너도 환 영하지 않는 눈치야. 뭐, 그런데도 내가 그 녀석을 쫓아내지 않은 건 똑똑한 놈이라서 그래. 하지만 너무 잘난 체를 한다 니까. 나는 그 녀석에게 지금 막 이렇게 말했어. '카라마조프 들은 비열한 놈이 아니라 철학자다, 왜냐면 진짜 러시아 사람 은 모두 철학자이기 때문이다, 네놈은 공부를 하긴 했지만 철 학자는 아니다, 네놈은 농노 새끼에 불과하거든.'이라고. 그랬 더니 아주 표독스럽게 웃더군. 나는 그 녀석에게 드 므이슬리 부스[21] 논 에스트 디스푸탄둠(non est disputandum)(사상의 차이 란 논쟁의 대상이 못 된다.)라고 말해 줬는데, 제법 기가 막힌 농 담이지 않니? 최소한 나도 고전주의에 입문은 했다는 거지." 미챠가 갑자기 홍소를 터뜨렸다.

"그런데 왜 형이 끝장났다는 거야? 방금 그렇게 말했잖아?"

---

21) 원문에서는 de ideabus(사상)를 러시아어 '사상(mysl)'과 섞어 러시아어 철자로 표기해 놓았다.

알료샤가 말을 가로막았다.

"왜 끝장났냐고? 음! 본질적으로…… 그러니까 전체적으로 보자면—하느님이 가엾어, 바로 이 때문이다!"

"하느님이 가엾다니?"

"한번 생각해 보렴. 이건 저어기 신경의 문제, 머리의 문제인데, 다시 말해 저어기 뇌 속에 이 신경들이 들어 있는 거야……(뭐 빌어먹을 것들이지!) 그렇고 그런 꼬리들도 있는데, 그러니까 신경들에 이 꼬리들이 달려 있어서, 뭐, 저어기 그것들이 떨리자마자…… 다시 말해서 말이야, 내가 뭘 눈으로 보면 바로 그 꼬리들이 떨린다는 거야……. 그것들이 떨리면 형상이 나타나는데, 즉시 나타나는 건 아니고 잠깐의 순간이, 그러니까 일 초쯤 지나면—빌어먹을 순간 같으니—형상이, 다시 말해서 물체나 사건이 나타나는 거고, 뭐 저어기 제기랄—바로 이런 식으로 해서 나는 뭘 관조하게 되는 거고 또 그다음엔 생각도 하게 되는 거야……. 그러니까 이건 꼬리 때문이지, 바보같이 지껄이듯, 나에게 영혼이 있기 때문도, 내가 저어기 무슨 형상이나 닮음[22]이기 때문도 절대 아니라는 거야. 이건, 동생아, 어제 미하일이 나한테 설명해 준 얘기인데, 나는 꼭 불에 덴 것 같은 기분이었어. 멋지지 않냐, 알료샤, 이런 학문은 말이야! 새로운 인간이 나올 것이고, 나는 이걸 이해하지만……. 그래도 하느님이 가엾어!"

"그거 좋네." 알료샤가 말했다.

---

22) 창세기 1: 26-27을 염두에 둔 것으로 보인다.

"하느님이 가엾다는 거 말이냐? 화학, 동생아, 화학이란 말이야! 어쩔 수 없지, 신부님, 살짝 비켜 주십시오, 화학 나리 납십니다! 라키친은 하느님을 좋아하지 않아, 정말로 좋아하지 않아! 이건 저런 놈들이 전부 갖고 있는 급소야! 하지만 숨기고들 있지. 거짓말을 하는 거야. 안 그런 척 연기를 하는 거고. '그래, 비평 분과에서도 그런 식으로 해 나갈 건가?'라고 내가 물었어. 녀석은 '뭐, 분명히 그렇게 하게 내버려 두진 않을걸.'이라고 말하면서 웃더군. '다만, 그렇게 되면 인간은 어떻게 되는 건가? 하느님도 없고 미래의 삶도 없다면? 그렇다면, 이젠 모든 것이 허용되고 모든 것을 할 수 있다는 건가?'라고 물었지. '아니, 그걸 몰랐단 말이야?'라고 말하더군. 그러곤 웃었어. '똑똑한 사람은 뭐든 할 수 있지, 똑똑한 사람은 하다 못해 가재라도 잡을 수 있지만, 당신은 살인을 저지르고 곧바로 걸려들어서 감옥에서 썩고 있잖아!'라고 말했어. 그 녀석, 정말로 나한테 이런 말을 했단 말이야. 순전히 돼지 같은 놈이라니까! 예전 같으면 이런 놈들을 썩 내쫓아 버렸겠지만 뭐 지금은 경청하고 있지. 실무적인 얘기를 많이 해 주거든. 글도 똑똑하게 잘 쓰지. 그 녀석이 일주일쯤 전부터 나한테 기사 하나를 읽어 주기 시작했는데, 나는 그때 거기서 일부러 세 줄을 발췌해 놨어, 잠깐만, 바로 이거야."

미챠는 조끼 호주머니에서 서둘러 종잇장을 꺼내서 읽었다.

"'이 문제를 해결하기 위해서는 무엇보다도 자신의 인격을 자신의 현실과 대치시켜야 한다.' 무슨 말인지 알겠어?"

"아니, 모르겠는걸." 알료샤가 말했다.

그는 호기심을 갖고 미챠를 들여다보면서 그의 말에 귀를 기울였다.

"나도 모르겠어. 애매하고 모호하지만 대신 똑똑한 데가 있어. 그 녀석은 '지금은 다들 이렇게 쓰고 있어, 환경 자체가 그러니까.'라고 말하더군…… 다들 환경을 두려워한다나. 그런데 그 비열한 놈이 시도 쓴다니, 호흘라코바의 발을 찬미하는 시를 썼다는군, 하—하—하!"

"그 얘긴 들었어." 알료샤가 말했다.

"들었다고? 시도 들었니?"

"아니."

"나한테 있으니까 읽어 주마. 내가 너한테 얘기를 안 했기 때문에 너는 모르고 있는 건데, 사실 여기엔 파란만장한 이야기가 숨어 있어. 악랄한 놈이라니까! 삼 주 전에 나를 약 올리려고 작정을 했던 거야. '당신은 그 3000 때문에 바보처럼 걸려들었지만, 나는 어느 과부와 결혼해서 15만을 낚아채서 페테르부르크에 석조 집을 마련할 거야.'라고 하더라고. 그러면서 나한테 자기가 호흘라코바를 구슬리고 있다는 말을 해 주었는데, 그 여자는 젊었을 때도 똑똑한 데라곤 없었지만 마흔이 돼서는 머리가 아예 돌이 됐다는군. '게다가 감수성은 아주 예민한 여자라서, 바로 이걸 이용해서 나는 그녀를 낚을 거야. 결혼해서 그녀를 페테르부르크로 데려간 뒤 거기서 신문을 찍어 내기 시작할 거야.'라고 했어. 이 말을 하면서 그 녀석, 입가로 너무나 추악하고 음탕한 침을 질질 흘리더군—그러니까 호흘라코바가 탐나서가 아니라 이 15만이 탐나서 말이야. 그러곤 나한테 호언장담을 하는데, 매일 뻔질나게 나를 찾아와서 호언장담을 했단 말이지. 이제 슬슬 넘어가는 중이라고 말이야. 기뻐서 어쩔 줄을 몰라 하더군. 그런데 바로 그때 그 녀석이 갑자기 쫓겨난 거야. 페르호친 표트르 일리치가 선수를 친 거지, 이 친구가 또 인물이거든! 다시 말해서 그 얼빠진 여자한테 괜히 키스를 해서 엉뚱하게 쫓겨난 셈이라니까! 그러니까 그 녀석이 나를 보러 오던 무렵에, 이 시도 지은 거야. '시 나부랭이나 쓰고 있다니, 난생처음으로 내 손을 더럽히는 거야, 하지만 유혹하기 위해서, 유익한 일을 위해서 하는 일이지. 그 얼빠진 여자한테서 자본을 가로챈 뒤에 그걸로 시민 공공의 이익을 위해 쓸 수 있을 테니까.' 이런 놈들은 무슨 추잡한 짓을 하건, 죄다 시민 공공의 이익 운운한다니까! '어쨌거나 당신의 푸시킨보다는 잘 썼지, 왜냐면 장난 같은 시 속에 시민적 비애를 용케 집어넣었으니까.'라고 하더군. 뭘 두고서 푸시킨 운운하는지는 나도 알아. 사실 정말로 재능이 있는 사람이 고작 여자들 발이나 묘사하고 있으면 어떻게 되겠어! 그 녀석, 시 나부랭이를 써 가지고 뻐기는 꼬락서니 하곤! 이런 놈들은 자존심이 좀 강해야 말이지! '내 그대의 아픈 발이 치유되길 기원하며'——이게 그 녀석이 생각해 낸 제목인데, 참 재기발랄한 놈이긴 하다니까!

　　살짝 부어오른 이 발,
　　이 발은 어쩜 이리 귀여울까!
　　의사들이 그녀의 집을 찾아와 치료를 하네,

붕대를 감아 주고 병신을 만드네.

내가 안쓰러워하는 건 이 발이 아니네—
발이라면 푸시킨이 찬미할 테니.
내가 안쓰러워하는 건 머리라네,
사상을 이해하지 못하는 그 머리.

살짝 이해할까 했건만
어럽쇼, 발이 방해꾼이 되었네!
부디 저 발이 치유되어
저 머리도 이해력을 지닐 수 있길.

돼지 녀석, 순전히 돼지 같은 놈인데, 이 추잡한 놈이 제법 재기발랄하게 썼지! 게다가 정말로 '시민적인' 비애를 집어넣기도 했고. 이래 놓고서 쫓겨났으니 얼마나 화가 났을까. 이를 부득부득 갈았겠지!"

"그 친구는 벌써 복수를 했어." 알료샤가 말했다. "호흘라코바에 대한 통신문을 썼거든."

그러고서 알료샤는 그에게 빨리 《풍문》에 실린 통신문 얘기를 해 주었다.

"이건 그놈, 그놈 짓이야!" 미챠가 인상을 쓰면서 확증해 주었다. "그놈 짓이 틀림없어! 이 통신문들…… 그래, 나도 알아……. 다시 말해서 저질스리운 소리를 얼마나 많이 썼는지, 예를 들어 그루샤에 대해서도 그렇고……! 그리고 그 여자, 카챠에 대해서도 말이야……. 음!"

그는 근심 가득한 표정으로 방을 거닐었다.

"형, 나도 오래 있을 순 없어." 알료샤가 잠깐 말이 없다가 이렇게 말했다. "내일은 형에게 끔찍하고도 위대한 날이 될 거야. 형에 대한 하느님의 심판이 내려질 텐데…… 그런데도 형은 왔다 갔다 하면서 그 일은커녕 도무지 알아먹을 수 없는 얘기를 하고 있으니 놀라울 뿐이야……."

"아니야, 놀랄 거 없다." 미챠가 열렬하게 말을 가로막았다. "아니, 그럼 내가 그 썩는 냄새 나는 수캐 얘기라도 해야 되겠냐, 엉? 그 살인자 얘기를? 우린 그 얘기라면 신물이 나도록 했잖니. 그 썩는 냄새 나는 놈, 스메르쟈쉬야의 아들 얘기는 더 이상 하기도 싫다! 하느님이 그놈을 죽일 거야, 이제 두고 보면 알 테니, 너는 잠자코 있어!"

그는 흥분에 차서 알료샤한테로 다가가 갑자기 입을 맞추었다. 그의 눈이 이글이글 타올랐다.

"라키친은 이걸 이해하지 못할 거다." 그가 어쩐지 온통 희열에 들뜬 듯 말을 시작했다. "하지만 너는, 너는 모두 다 이해할 거야. 이 때문에 너를 애타게 기다렸던 거란다. 이봐, 나는 오래전부터 여기 이 헐어 빠진 담벼락 안에서 너에게 많은 얘기를 하고 싶었지만, 가장 중요한 것에 대해선 입을 다물었단다. 시간이 어쨌거나 아직은 오지 않은 듯했거든. 너에게 속마음을 털어놓기 위해 지금까지 마지막 순간을 기다렸던 거란다. 동생아, 나는 요 최근 두 달간 나의 내부에서 새로운 인간을 느꼈어, 내 안에서 새로운 인간이 부활했어! 그 인간은 나의 내부에 갇혀 있었는데, 이렇게 끔찍한 벼락이 떨어지지 않았더라면 절대로 나타나지 않았을 거야! 탄광에서 이십 년 동안 망치로 원석을 캐내게 된들 어떠냐, 난 이런 건 전혀 두렵지 않아. 지금 내가 무서운 건 다른 거야. 바로, 저 부활한 사람이 나를 떠나지나 않을까, 하는 것이지! 거기 탄광, 땅 밑에 가 있더라도 바로 내 곁에 있는 나 같은 유형수나 살인자에게서 인간적인 마음을 발견하여 그와 어울릴 수 있을 거야, 왜냐면 거기서도 살고 사랑하고 고통받을 수 있을 테니까! 이 유형수의 얼어붙은 마음을 다시 소생시키고 부활시킬 수 있고, 몇 년이고 그를 돌봐 주어 결국에 가선 드높은 영혼과 고통스러운 의식을 갖게 하여 갑갑한 탄광에서 빛으로 끌어낼 수도 있고, 천사를 다시 소생시키고 영웅을 부활시킬 수도 있어! 그런 사람들은 수백, 아니, 얼마든지 많고, 우리는 모두 그들 앞에서 죄인인 거야! 도대체 왜 그때, 그런 순간에 나는 꿈에서 '애기'를 본 걸까? '애기는 왜 가난한 거지?' 그 순간 나한테는 이런 예언이 떨어졌던 거야! '애기'를 위해서 가겠어. 왜냐면 모두 다 모든 '애기'들 앞에서는 죄인이니까. 모든 '애기'라고 한 건 작은 아이들도 있고 큰 아이들도 있기 때문이야. 결국 다들 '애기'라는 거야. 누구 하나는 모든 사람들을 위해서 가긴 가야 되니까, 그 모든 사람들을 위해서 내가 가겠어. 내 비록 아버지를 죽이지는 않았지만 나는 가야만 해. 그래, 받아들인다! 여기서 내게 이 모든 생각이 떠올랐어……바로 이 헐어 빠진 남버럭 안에서. 그런 사람들은 저기 수백, 아니 셀 수 없이 많아, 땅속에서 손에 망치를 들고 사는 사람들 말이야. 오, 그래, 우리는 사슬에 묶인 채 자유를 박탈당했겠지만, 그때 우리는 우리의 위대한 고뇌 속에서 새로이 기쁨으로 부활할 거야. 그것이 없다면 인간은 살 수 없지만, 하느님은 존재할 수 있는데, 왜냐면 기쁨을 주는 건 하느님이니까, 그건 하느님의 특권이니까, 그것도 위대한 특권이지……. 주여, 인간은 기도 속에서 녹아 스러질지어다! 저기 땅 밑에서 하느님도 없이 내가 어떻게 살겠어? 라키친은 거짓말을 하는 거야. 하느님을 땅에서 쫓아내면, 우리는 땅 밑에서 하느님과 만날 거야! 유형수는 하느님 없이 살 수 없어, 유형수가 아닌 사람들보다 더 그렇단 말이야! 그때면 우리 같은 지하의 사람들은 땅 깊은 곳에서 하느님을 향해 비극적인 찬송가를 부를 거야, 하느님에게 기쁨이 있으니! 하느님과 하느님의 기쁨 만세! 하느님을 사랑하노라!"

미챠는 자신의 기괴한 일장 연설을 마치며 거의 숨을 헐떡였다. 창백해진 얼굴에 입술은 떨렸고 눈에서는 눈물이 뚝뚝 떨어졌다.

"아니야, 삶은 충만해, 삶은 땅 밑에도 얼마든지 있거든!" 그가 다시 말을 시작했다. "못 믿을지도 모르겠지만, 알렉세이, 난 지금 살고 싶어 미치겠고, 바로 이 헐어 빠진 담벼락 안에서 존재하고 싶고 의식하고 싶은 갈망이 내 안에서 너무도 강렬하게 되살아났어! 라키친은 이걸 이해하지 못해. 그 녀석은 그냥 집을 짓고 세 들어 살 사람들만 있으면 되는 거지만, 나는 너를 기다렸단 말이다. 도대체 고통이라는 것이 뭐냐? 비록 헤아릴 수 없을 만큼 많은 고통이 밀려오겠지만, 그런 것

따윈 두렵지 않아. 전에는 두려웠지만 지금은 두렵지 않아. 있잖니, 나는 어쩌면 법정에서도 일절 답변을 하지 않을지도 몰라……. 그리고 지금 내 안에서 이 힘이 얼마나 강하게 용솟음치는지, 그저 나 자신에게 시시각각 나는 존재한다! 하고 말하고 얘기할 수만 있다면 모든 것, 모든 고통을 때려눕힐 수 있을 것 같아. 수천 개의 고통 속에서도 나는 존재한다, 어떤 고문을 당해도 나는 존재한다! 망루 위에 앉아 있어도 나는 존재하고 태양을 볼 수 있고, 설령 그것이 보이지 않을지라도 나는 그것이 존재한다는 것을 알고 있어. 태양이 존재한다는 것을 아는 것만으로도 이미 삶은 충분한 거야. 알료샤, 나의 게루빔아, 이런저런 철학들 때문에 나는 아주 죽을 지경이구나, 빌어먹을 것들 같으니! 동생 이반이……."

"이반 형이 왜?" 알료샤가 말을 가로채려고 했지만, 미챠는 듣지 못했다.

"이보렴, 나는 예전엔 이런 유의 의심은 전혀 갖지 않았지만, 이 모든 것이 내 내부에 숨어 있었던 모양이야. 바로 미지의 관념들이 나의 내부에서 들끓고 있었기 때문에 나는 술을 퍼마시고 싸움질을 일삼으며 미쳐 날뛰었는지도 몰라. 내 내부의 그 관념들을 달래기 위해, 그것들을 잠재우고 억누르기 위해 싸움을 일삼았다는 거지. 동생 이반은 라키친과는 달라, 이반은 관념을 숨기고 있거든. 동생 이반은 스핑크스라서 침묵해, 늘 침묵을 고수하지. 그런데 하느님이 나를 괴롭히고 있어. 오직 이것 하나만이 괴로울 따름이야. 아니, 어떻게 하느님이 없다는 거냐? 만약 라키친이 옳다면, 아니 그래, 이건 인류가 만들어 낸 인공적인 관념에 불과하단 말이냐? 그럼, 하느님이 없다면 인간이 이 땅, 이 우주의 우두머리라는 소리인가? 멋지군! 다만, 하느님 없이 인간이 어떻게 선량할 수 있단 말이냐? 정말 문제야! 내 생각은 오직 이뿐이야. 그럴 경우엔 도대체 누구를 사랑하게 된단 말이냐, 그러니까 이 인간이 말이다? 누구에게 감사할 것이며 누구를 위해 찬송가를 불러야 하지? 라키친은 비웃고 있어. 라키친은 신이 없어도 인류를 사랑할 수 있다고 말하더군. 뭐 콧물이나 흘리는 쭈그렁바가지라면 그렇게 주장할 수 있겠지만, 나는 이해할 수 없어. 라키친은 세상 사는 게 쉬운 놈이야. 녀석은 오늘 나한테 '당신은 인간의 시민적 권리를 확대하려면 어떻게 해야 되나, 혹은 차라리 쇠고기 값이 뛰지 않도록 하려면 어떻게 해야 하나, 하는 문제에나 신경을 쓰는 게 좋을걸. 그게 철학보다는 훨씬 더 간단하고 직접적으로 인류에게 사랑을 베풀 수 있는 방법이니까.'라고 말했어. 그래서 나도 지지 않고 좀 바보 같지만 '네놈은 하느님이 없어도 네 손으로 직접 닥치는 대로 쇠고기 값을 올려서 1코페이카로 1루블을 벌 테지.'라고 해 줬지. 그랬더니 화를 내더군. 그래, 대체 선행이라는 것이 무엇일까?—네가 좀 대답해 주렴, 알렉세이. 나한테는 내 나름의 선행이 있고 중국인은 또 그들 나름의 선행이 있으니까—이건 선행이란 것이 상대적인 것이란 소리가 아니냐. 그렇지 않니? 그럼, 상대적인 것이 아닌 거냐? 참 까다로운 질문이로세! 내가 이 문제 때문에 이틀 밤 동안 잠을 설쳤다고 말해도 비웃지 마라. 나는 지금 사람들이 저기 살면서 어떻게 이것에 대해선 아무런 생각도 하지 않는지 놀랄 따름이야. 덧없는 속세여! 이반에게는 신이 없어. 그 녀석에겐 관념이 있지. 나와는 차원이 달라. 하지만 그 녀석은 침묵하고 있어. 나는 그 녀석이 프리메이슨이 아닐까 하는 생각이 들어. 그 녀석에게 물어봤더니 침묵하더군. 녀석의 샘물에서 물을 좀 얻어 마셔 볼까 했지만, 통 침묵만 고수하니 원. 딱 한 번 한마디를 해 준 적은 있어."

"뭐라고 하던데?" 알료샤가 서둘러 말을 받았다.

"내가 그 녀석한테 만약 그렇다면 모든 것이 허용된다는 말이냐? 하고 물었어. 녀석은 인상을 팍 쓰면서 '우리 아버지 표도르 파블로비치는 돼지 새끼만도 못한 인간이었지만, 사상 하나는 옳았어.'라고 하더군. 이런 바보 같은 소리를 하더란 말이다. 이게 그 녀석이 한 말의 전부야. 이 정도만 돼도 라키친보다야 낫지."

"그렇군." 알료샤가 쓰라린 표정으로 말을 받았다. "언제 작은형이 왔다 갔어?"

"그건 나중에 얘기하고, 지금은 다른 얘기를 하자꾸나. 나는 이반에 관해서는 지금까지 너에게 거의 아무것도 말하지 않았어. 끝까지 미루어 왔던 거지. 이제 나의 이 농담이 끝나고 선고가 내려지면, 그때 가서 너한테 뭔가를 얘기해 주마, 전부 다 이야기해 줄게. 여기엔 끔찍한 일이 하나 있는데…….
네가 이 일에 있어서 나의 재판관이 되어 주는 셈이다. 하지만 지금은 이 얘기는 꺼내지 말아 주렴, 지금은 쉿, 잠자코 있는 거다. 그래, 지금 넌 내일 있을 공판 얘기를 했다만, 네가 믿든 말든 나는 아무것도 모른단다."

"그 변호사와는 얘기를 해 봤어?"

"변호사라니! 나는 그 작자에게 죄다 이야기했어. 몰랑몰랑한 악질이라고나 할까, 수도(首都)에서 좀 놀았다, 이거지. 역시나, 베르나르 같은 놈이라니까! 다만, 콩으로 메주를 쑨다고 해도 내 말을 믿어 주질 않아. 세상에 원, 내가 죽었다고 믿고 있으니 ─나도 이런 것쯤은 훤히 알고 있어. '그렇다면 대체 왜 당신은 나를 변호하러 왔소?'라고 물어봤지. 이런 놈들한테는 침이나 탁 뱉어 주면 돼. 의사도 초빙해 왔는데, 나를 미친놈으로 만들고 싶어 해. 내가 이런 걸 용납할 리가 없지! 카체리나 이바노브나는 끝까지 '자기 의무'를 이행하고 싶어 해. 신경과민이 돼서 억지를 부리는 거라니까!" 미챠는 쓸쓸한 미소를 지었다. "고양이 같은 여자야! 잔인한 마음의 소유자이지! 내가 그때 모크로예에서 그녀를 두고 '위대한 분노'를 지닌 여성이라는 말을 했는데, 그녀는 이걸 알고 있어! 말이 그쪽까지 흘러간 거지. 그나저나, 그래, 증거들이 바닷가의 모래알처럼 불어났어! 그리고리는 여전히 고집을 부리고 있어. 그 영감, 정직하긴 하지만 바보야. 많은 사람들이 바보라서 정직한 경우가 참 많아. 이건 라키친의 사상이야. 그리고리는 나의 적이 돼 버렸어. 어떤 사람은 친구가 되느니 적이 되는 편이 유리할 수도 있지. 이건 카체리나 이바노브나를 두고 하는 말이야. 무서워, 오, 그녀가 법정에서 4500을 받고 머리가 땅에 닿도록 절을 한 얘기를 하게 될까 봐 무서워 죽을 지경이야! 그녀는 끝까지 앙갚음을 할 거야, 마지막 한 닢까지 갚을 거라고.[23] 난 그녀의 희생은 원하지 않아! 그래 봤자, 법정에서 창피를 당하는 건 나일 테니까! 어떻게든 그 수모를 감수할 거다. 그 여자를 찾아가서, 알료샤, 법정에서 그 얘긴 제발 하지 말아 달라고 해 주렴. 안 될까? 에잇 빌어먹을, 아무럼 어때, 그 수모를 감수할 수밖에! 하지만 그녀가 가엾지는 않아. 그녀 자신이 원해서 하는 일이니까. 다 자업자득이지. 나는 말이다, 알렉세이, 그냥 내 할 말을 할 거다.”그는 다시 씁쓸한 미소를 지었다. “다만…… 다만…… 그루샤, 그루샤를 어쩌면 좋니, 맙소사! 그 여자가 무엇 때문에 지금 이런 고통을 떠맡아야 된단 말이냐!” 그는 갑자기 눈물을 흘리면서 소리쳤다. “그루샤 때문에 나는 죽을 것만 같아, 생각만 해도 죽을 것만 같아, 정말 꼭 죽을 것 같다니까! 조금 전에 나한테 왔다 갔는데…….”

“나도 얘기 들었어. 그녀는 오늘 형 때문에 아주 슬퍼했어.”

“알고 있어. 빌어먹을, 나는 성격이 왜 이 모양이냐. 질투를 했어! 그녀를 보낼 땐 후회가 돼서 입을 맞추어 주었지. 그래도 용서를 빌진 않았어.”

“왜 *그랬어?*” 알료샤가 소리쳤다.

미챠는 갑자기 거의 즐겁다는 듯 웃어 댔다.

“하느님이 보우하사, 요 귀여운 꼬마 녀석아, 사랑하는 여자한테 자기 잘못을 용서해 달라고 빌어선 절대 안 된다! 특히, 특히나 사랑하는 여자한테는, 네가 무슨 잘못을 저질렀든 저지르지 않았든 간에! 왜냐면 여자란 말이다──이게, 동생아,

---

23) 마태오복음 5: 26.

도대체 어떤 존재인지 누가 알겠냐마는 그래도 나는 최소한 조금은 알고 있거든! 그래, 여자 앞에서 자기 잘못을 시인하고 '잘못했어, 용서해 줘, 미안해.'라고 한번 말해 보렴. 당장에 우박 떨어지듯 꾸지람을 쏟아 낼걸! 어떤 일이 있어도 곧장, 그냥 용서해 주는 법은 없고, 너를 걸레쪽처럼 깔아뭉개고 심지어 일어나지 않았던 일까지 들춰 내고 죄다 끄집어 낼 거고 뭐 하나 까먹기는커녕 자기 넋두리까지 덧붙일 거고, 그때 가서야 비로소 용서를 해 줄걸. 그나마도 가장 훌륭한, 훌륭한 여자가 이렇다니까! 마지막 부스러기까지 긁어내서 죄다 너의 머리에 뒤집어씌울 거야──여자들에겐 말이다, 너한테 말해 두는 거지만, 이 천사들에겐 하나에서 열까지 이런 흡혈귀 같은 성향이 숨어 있건만 우리는 그들 없이는 못 산다니! 그러니까 동생아, 노골적이고 단순하게 말해 주마. 제아무리 점잖은 양반이라도 누구나, 상대가 어떤 여자든 간에 그 여자의 궁둥이 밑에 깔려 살게 마련이야. 이게 나의 신념이야. 신념이 아니라 느낌이지. 남자는 관대해야 되고, 그런다고 해서 남자의 위신이 깎이지도 않아. 영웅이라도, 카이사르라도 위신이 깎이진 않는다고! 뭐, 어쨌거나 용서는 빌지 마, 어떤 일이 있어도 절대. 그리고 이 법칙을 기억해 두렴. 여자들 때문에 신세를 망친 너의 형 미챠가 너한테 주는 교훈이니까. 그래, 나는 그루샤에게 용서를 비느니 차라리 어떻게 다른 식으로 봉사하겠어. 그녀를 숭배한다, 알렉세이, 숭배한다고! 그녀만 이걸 못 보고, 오히려 자기한텐 내 사랑이 부족하다고 난리야. 그래서 나를 괴롭히는 거야, 사랑으로 괴롭히는 거지. 예전엔 어땠던가! 예전에 나를 괴롭힌 건 그저 그 치명적인 몸의 곡선뿐이 었지만, 이제는 그녀의 모든 영혼을 내 영혼 속으로 받아들였고 그녀를 통해서 나도 사람이 된 거야! 우리가 결혼할 수 있을까? 안 그러면 난 질투에 사로잡혀 죽고 말 거야. 매일 그런 유의 꿈을 꾸곤 해……. 그래, 그녀는 너한테 내 얘기를 어떻게 하던?"

알료샤는 아까 그루셴카가 한 말을 모두 반복해 주었다. 미챠는 귀를 쫑긋 세우고 들으면서 많은 것을 되묻기도 했는데, 대체로 만족해했다.

"그러니까 내가 질투를 한다고 해서 화를 낸 건 아니란 말이지." 그가 외쳤다. "빼도 박도 못하고 여자는 여자라니까! '난 말이죠, 나도 마음이 잔인하단 말이에요.'라고 하다니. 에잇, 이런 여자들, 이런 잔인한 여자들이 좋단 말이야. 비록 나를 두고 질투를 하면 참을 수 없지만, 정말로 참을 수 없지만! 그러면 싸움을 하게 될 테니 말이야. 하지만 그녀라면 영원히 사랑, 사랑할 거야. 우리 결혼할 수 있을까? 유형수들도 결혼할 수 있는 거냐? 정말 문제야. 하지만 그녀가 없으면 나는 못 살아……."

미챠는 얼굴을 찌푸린 채로 방을 왔다 갔다 했다. 방 안엔 거의 어둠이 깃들고 있었다. 그는 갑자기 걱정이 태산 같아졌다.

"그러니까 비밀, 비밀이라고 했단 말이지? 나를 비롯하여 셋이서 자기를 해치려는 음모를 꾸미고 있고 여기에 '카치카' 가 개입되어 있다고 말이지? 아니야, 이봐, 그루셴카, 그건 아니야. 너는 헛다리를 짚은 거야, 누가 바보 같은 여자 아니랄까 봐 헛다리를 짚은 거라고! 알료샤, 애야, 에이, 정말 어쩔 수가 없구나! 너한테 우리의 비밀을 털어놓으마!"

그는 사방을 둘러보더니, 자기 앞에 서 있는 알료샤에게로 재빨리 바싹 다가와 비밀스러운 표정으로 속삭이기 시작했는데, 실은 아무도 그들 말을 들을 수 없는 상황이었다. 늙은 감방지기는 구석 의자에서 졸고 있었고, 보초병은 한마디도 알아들을 수 없는 거리에 있었던 것이다.

"그래, 너한테 우리의 비밀을 전부 털어놓아야겠다!" 미챠가 서둘러 속삭이기 시작했다. "나중에 털어놓으려고 했지만, 너 없이 내가 뭐든 결단을 내릴 수나 있겠니? 너는 나에게 전부야. 내가 말로는 이반이 우리 위에 군림한 최고자라고 했지만, 너야말로 나의 게루빔이 아니냐. 오직 너의 결정만이 결정권을 가질 거야. 어쩌면 너야말로 최고자인지도 모르겠어, 이반이 아니라. 이 일은 양심의 문제, 그것도 드높은 양심의 문제거든—이 비밀이 너무도 중대한 것이라서 나 혼자서는 어떻게 해결할 수가 없어 줄곧 네가 결정을 내려 줄 때까지 미루어 뒀어. 어쨌거나 지금은 결단을 내리긴 일러, 선고를 기다려야 되니까. 선고가 내려지면, 그때 네가 운명을 결정해 주렴. 지금은 결정하지 마. 지금은 내가 너한테 이야기해 줄 테니, 너는 듣긴 들어도 결정을 내리지는 마. 잠깐만, 잠자코 있어 봐. 너에게 전부 다 털어놓지는 않을 거야. 너한테 세부적인 건 다 빼고 주된 생각만 얘기해 줄 텐데, 너는 잠자코 있어야 돼. 질문도 하지 말고 움직이지도 말고, 괜찮겠지? 그나저나, 맙소사, 내 어디다가 너의 눈을 감춘다지? 무서워, 네가 입을 다물고 있어도 너의 눈이 결정을 말할까 봐. 에잇, 무섭구나! 알료샤, 들어 봐. 동생 이반이 나한테 탈출을 권하고 있어. 자세한 건 말하지 않으마. 어떻든 모든 준비가 되었고 일은 무사히 성사될 수 있을 거야. 잠자코 있어, 아직 결정을 내리지는 마. 그루샤와 함께 아메리카로 가라는 거야. 어쨌거나 나는 그루샤 없이는 못 살아! 그래, 저쪽에서 그녀를 나와 함께 보내 주지 않으면 어쩌지? 유형수들도 정말 결혼하게 해 줄까? 동생 이반은 안 된다고 말했어. 하지만 그루샤 없이 내가 어떻게 저기 땅 밑에서 망치를 휘두를 수 있겠니? 차라리 그 망치로 내 머리를 부숴 버리고 말겠지! 다른 한편으론, 양심을 어떡하지? 고통을 피해서 도망친다는 거 아니냐! 계시가 있었건만 그 지시를 거부했고, 정화의 길이 열렸건만 왼쪽 길로 둘러가는 격이 아니냐. 이반은 아메리카에서도 '선량한 성향만 갖고 있으면' 땅 밑에서보다 유익한 일을 더 많이 할 수 있다고 말했어. 그래, 하지만 우리의 지하 찬송가는 어떻게 되는 거냐? 아메리카가 뭐냐, 아메리카도 또 덧없는 속세가 아니더냐! 더욱이 내 생각에 아메리카에는 말이지, 사기꾼들이 판칠 것 같아. 십자가로부터 도망을 친다니! 그래서 너한테 말하는 거다, 알렉세이, 아무도 이해하지 못하겠지만 너 하나만은 이걸 이해할 수 있을 테니까. 내가 지금 너에게 찬송가니 어쩌니 하고 말한 이 모든 것이 다른 사람들한텐 바보 같은 잠꼬대에 불과할 거야. 나더러 미친놈이거나 바보라고 말할 테지. 하지만 나는 미치지도 않았고 바보는 더더욱 아니야 찬송가에 대해선 이반도 이해를 해, 에잇, 이해하고말고. 다만 이것에 대해 대답은 하지 않고 침묵만 고수하고 있지. 그 녀석은 찬송가를 믿지 않아. 말하지 마, 말하지 말라니까. 네가 나를 어떤 시선으로 바라보는지는 나도 알 수 있으니까. 그래, 너는 이미 결정을 내렸구나! 결정을 내리지 말고 나를 불쌍히 여겨 주렴, 나는 그루샤 없이는 못 살아, 재판이 끝날 때까지 일단은 기다려 다오!"

미챠는 미친 사람처럼 말을 끝맺었다. 그는 알료샤의 어깨를 두 손으로 쥐고 예의 그 활활 타오르는 갈구의 눈빛으로 알료샤의 눈을 응시했다.

"정말 유형수도 결혼하게 해 줄까?" 애원하는 목소리로 그가 세 번째로 반복했다.

알료샤는 굉장히 놀라워하면서 듣고 있었는데, 심히 충격을 받은 상태였다.

"나에게 한 가지만 얘기해 줘." 그가 말했다. "이반이 아주 고집스럽게 나오는 거야, 누가 이걸 맨 처음으로 생각해 냈지?"

"이반, 이반이 생각해 냈고, 그 녀석이 이렇게 고집스럽게 나오는구나! 그 녀석은 계속 나를 찾아오지도 않다가 일주일 전에 갑자기 와서는 곧바로 이 이야기부터 꺼냈어. 끔찍할 정도로 고집을 부리고 있어. 이건 숫제 권유가 아니라 명령이야. 그 녀석에게도 지금 너한테 했듯 내 마음을 모두 털어놓고 찬송가 얘기도 했지만, 그 녀석은 내가 자기 말에 복종하리라는 것을 의심치 않더군. 그러곤 나한테 일을 어떻게 처리할지 얘기해 주었고 정보도 다 수집해 주었지만, 이건 나중에 얘기하자. 이반은 히스테리 발작이 날 정도로 그렇게 하고 싶어 해.

무엇보다도 중요한 건 돈인데, 탈출 비용으로 1만 루블, 아메리카에 가는 비용으로 2만 루블이 들겠지만 1만 루블로 멋지게 탈출을 성사시켜 보자고 했어."

"그러고서 나한테는 절대로 말하지 말라고 했다는 거지?" 알료샤가 다시 되물었다.

"절대, 아무에게도, 특히나 너에게는. 어떤 일이 있어도 너에게는 말하지 말라고! 분명히 네가 양심처럼 내 앞에 버티고 있을까 봐 두려운가 봐. 내가 너한테 이런 말을 했다는 거, 그 녀석한테 말하지 마라. 에잇, 말해선 안 돼!"

"형 말이 맞아." 알료샤가 결정을 내렸다. "재판에서 선고가 내려지기 전에는 결정할 수 없지. 재판이 있고 나서 형이 직접 결정해. 그때는 형 스스로 내부에서 새로운 사람을 발견할 것이고, 그 사람이 결정해 줄 거야."

"새로운 사람일지 베르나르일지는 몰라도, 아무튼 그자는 베르나르다운 방식으로 결정을 할 거야! 왜냐면 나 자신이 바로 경멸할 만한 베르나르 같거든!" 미챠가 씁쓸하게 이를 갈았다.

"하지만 정말로, 형, 형은 정말로 누명을 벗을 희망이 없다고 생각하는 거야?"

미챠가 경련이라도 인 듯 어깨를 한 번 움츠리더니 부정적이라는 듯 고개를 내저었다.

"알료샤, 얘야, 갈 시간이 됐다!" 갑자기 그가 서두르기 시작했다. "간수가 나딩에서 외치기 시작했으니 곧 이리로 올 거야. 우리가 늦었구나, 규칙을 위반한 거지. 어서 빨리 나를 안아 다오, 키스도 해 주고 성호도 그어 주렴, 얘야, 내일의 십자가를 위해 성호를……."

그들은 포옹하고 입을 맞추었다.

"이반은 말이다"라면서 갑자기 미챠가 말했다. "탈출하라고 권하면서도 정작 자신은 내가 죽였다고 믿고 있어!"

서글픈 냉소가 그의 입가를 맴돌았다.

"형이 작은형한테 물어봤어, 그렇게 믿는지 아닌지?" 알료샤가 물었다.

"아니, 안 물어봤다. 물어보고 싶었지만 그럴 수가 없었어, 차마 그럴 힘이 나지 않더라. 어쨌거나 마찬가지야. 그 녀석 눈을 보면 뻔히 알 수 있는걸. 그럼, 잘 가거라!"

다시 한번 서둘러서 그들은 입을 맞추었고, 이미 알료샤가 방을 나가려고 했을 때 미챠가 갑자기 또 그를 불렀다.

"내 앞에 서 보거라, 그래, 그렇게."

그러고서 그는 두 손으로 알료샤의 어깨를 꽉 움켜잡았다. 그의 얼굴이 갑자기 너무나 창백해졌기 때문에 거의 어두컴컴한 가운데서도 너무도 또렷이 눈에 띄었다. 입술은 일그러졌고 시선은 알료샤에게로 붙박였다.

"알료샤, 나에게 정말 사실대로 말해 다오, 주 하느님 앞에 선 것처럼. 너는 내가 죽였다고 믿고 있느냐, 아니냐? 너, 그러니까 너는 그렇게 믿는 거냐, 아닌 거냐? 정말 사실대로 말해 다오, 거짓말을 해선 안 돼!" 그는 알료샤에게 미친 듯 소리쳤다.

알료샤는 온몸이 휘청거리는 것 같았고, 뭔가 날카로운 것이 그의 가슴을 관통하는 듯한 소리가 들렸다.

“됐어, 형은 무슨 말을 그렇게……”라고 그가 넋 나간 사람처럼 웅얼거렸다.

“절대로 사실대로 말해 줘, 절대로 거짓말을 해선 안 돼!” 미챠가 반복했다.

“단 한순간도 형이 살인자라고 믿은 적은 없어.” 알료샤의 가슴속에서는 갑자기 떨리는 목소리로 이런 말이 튀어나왔고, 그는 자기 말의 증인으로 하느님을 부르는 듯 오른손을 위로 쳐들었다. 순간, 한없는 행복이 미챠의 얼굴을 환하게 밝혀 주었다.

“고맙다!” 그는 꼭 기절을 했다가 정신이 들어 첫 숨을 내쉬는 것처럼 말꼬리를 길게 빼며 말했다. “나는 지금 네 덕분에 부활한 거야……. 안 믿을지도 모르지만, 사실 지금까지 너한테 이걸 물어보는 것이 두려웠어, 다름 아닌 너, 너한테 말이다! 그럼, 가 봐, 가 보거라! 네가 나한테 내일을 위한 힘을 주었구나, 하느님이 너를 축복해 주시길! 그래, 가 보렴, 이반을 사랑해라!” 미챠에게선 마지막으로 이런 말이 불쑥 튀어나왔다.

알료샤는 완전히 눈물범벅이 되어 밖으로 나왔다. 미챠가 이토록 의심이 많아지다니, 심지어 그, 그러니까 알료샤마저도 완전히 믿지 못하다니 ── 알료샤는 전엔 추호의 의심도 없었건만, 이 모든 것이 자신의 불운한 형의 영혼 속에 도사리고 있던 출구 없는 괴로움과 절망의 심연을 갑자기 알료샤 앞에 열어 보인 셈이었다. 깊고도 무한한 연민이 갑자기 그를 휘어집고 순간, 그를 고통스럽게 만들었다. 칼에 찔린 것 같은 그 마음이 끔찍하게 아파 왔다. “이반을 사랑해라!” 갑자기 미챠가 지금 한 말이 떠올랐다. 그렇지 않아도 그는 이반에게로 가는 중이었다. 아침부터 죽어도 이반을 꼭 봐야만 했으니까. 이반도 미쨔 못지않게 그를 괴롭혔는데, 지금 형을 만난 이후에는 어느 때보다도 더욱 그랬다.

5 형이 아니야, 형이 아니라고!

이반에게 가려면 도중에 카체리나 이바노브나가 살고 있는 집 앞을 지나가야 했다. 창문에 불빛이 비쳤다. 그는 갑자기 가던 걸음을 멈추고 잠깐 들러 보기로 마음먹었다. 카체리나 이바노브나를 못 본 지 벌써 일주일도 넘은 상태였다. 하지만 지금 그의 머릿속에는 특히 그런 큰일을 앞둔 밤이니만큼 지금 이반이 그녀의 집에 있으리라는 생각이 들었던 것이다. 초인종을 누른 뒤 중국식 등불이 희미하게 밝혀진 계단으로 들어서면서 그는 누군가가 아래로 내려오는 것을 보았는데, 서로 가까워지면서 보니 형이었다. 그러니까 그는 벌써 카체리나 이바노브나 집을 나가는 길이었던 것이다.

"아, 그냥 너였구나." 이반 표도로비치가 건조하게 말했다. "그래, 잘 가거라. 그 여자한테 가는 길이냐?"

"응."

"안 가는 게 좋을걸, 그녀는 '흥분' 상태라서 너를 보면 마음이 더 심란해질 테니까."

"아니에요, 아니라고요!" 위층에서 순식간에 문이 열리면서 갑자기 이렇게 외치는 목소리가 들려왔다. "알렉세이 표도로비치, 그이를 만나고 오시는 길인가요?"

"예, 거기서 오는 길입니다."

"나에게 무슨 전하는 말은 없던가요? 들어오세요, 알료샤, 당신도, 이반 표도로비치, 당신도 꼭, 꼭 다시 들어와요, 듣──고──있어요?"

카챠의 목소리가 너무도 심한 명령조였기 때문에 이반 표도로비치는 한순간 머뭇하다가 어쨌거나 알료샤와 함께 다시 올라가기로 마음먹었다.

"엿들었군!" 그가 짜증스럽게 혼잣말로 중얼거렸지만, 알료샤는 그 말을 알아들었다.

"죄송하지만, 그냥 외투를 입은 채로 앉아 있겠습니다." 이반 표도로비치가 홀로 들어서면서 말했다. "아니, 앉지도 않겠습니다. 일 분 이상 머물지도 않을 테고요."

"앉으세요, 알렉세이 표도로비치." 이렇게 말을 하면서도 정작 카체리나 이바노브나 자신은 여전히 서 있었다. 그동안 그녀는 별로 변하지 않았지만, 그녀의 짙은 색 눈은 불길한 불꽃으로 번득였다. 알료샤는 훗날, 이 순간 그녀가 그에게 굉장히 예뻐 보였음을 기억했다.

"그이가 무슨 말을 전하라고 하던가요?"

"그저 한 가지뿐이었습니다." 알료샤가 그녀의 얼굴을 똑바로 바라보면서 말했다. "스스로를 아끼는 마음을 갖고서 법정에서 그 일에 대해선 아무 말도 하지 말라고……." 그는 다소간 어물거렸다. "그러니까 두 분 사이에 있었던…… 두 분이 처음 만났던 그때…… 그 도시에서……."

"아, 그 돈 때문에 이마가 땅에 닿도록 절을 한 일 말이군요!" 그녀가 쓸쓸하게 웃으면서 말을 받았다. "그래, 그이는 자기 자신을 걱정해서 그러는 건가요, 아니면 나를 생각해서인가요, 예? 내가 누구를 아껴야 된다고 하던가요? 그이를, 아니면 나 자신을요? 말해 주세요, 알렉세이 표도로비치."

알료샤는 그녀를 주의 깊게 들여다보면서 그녀의 말을 이해하려고 애썼다.

"당신과 형, 두 분 다겠죠." 그가 조용히 말했다.

"그럴 줄 알았어요." 그녀는 어쩐지 독살스럽게 이런 말을 내뱉더니 갑자기 새빨개졌다. "당신은 나를 아직 모르는군요, 알렉세이 표도로비치." 그녀가 위협적으로 말했다. "그래요, 나도 아직 나 자신을 잘 모르겠어요. 아마, 내일 증인 심문이 끝나면 당신은 나를 발로 짓밟고 싶어질지도 몰라요."

"정직한 증언을 하실 겁니다." 알료샤가 말했다. "그거면 충분하거든요."

"여자란 종종 정직하지 못할 때가 있어요." 그녀가 이를 갈았다. "나는 한 시간 전만 해도 저 불한당 같은…… 저 파충류 같은 사람을 건드리는 것조차 무서운 일이라고 생각했어요……. 하지만 아니에요, 그이는 나한테 여전히 한 인간인걸요! 정말 그이가 죽인 걸까요? 그이가 죽인 거냐고요?" 그녀가 재빨리 이반 표도로비치에게로 몸을 돌리면서 갑자기 히스테릭하게 소리쳤다. 알료샤는 자기가 도착하기 일 분 전까지도 그녀가 이반 표도로비치에게 이 똑같은 질문을 던졌음을,

한 번도 아니고 벌써 한 백 번은 던졌고 결국 이 때문에 싸우게 됐음을 대번에 알아차렸다.

"나는 스메르쟈코프한테 갔었어…… 바로 당신, 당신이 나한테 이 사람이 아버지를 죽인 사람이라고 주장했잖아. 나는 오직 당신 말을 믿었을 뿐이야!" 그녀가 여전히 이반 표도로비치를 향해 말을 이어 갔다. 상대방은 내키지 않는다는 듯 억지로 씩 웃었다. 알료샤는 그녀가 이렇게 너나들이를 하는 걸 듣고서 몸을 부르르 떨었다. 그는 그들이 이렇게 가까운 관계일 거라곤 생각도 못 했던 것이다.

"그래, 어쨌거나 이젠 됐어." 이반이 딱 잘라 말했다. "그만 가 볼게. 내일 다시 오지." 그러곤 즉시 몸을 돌려 방에서 나가 곧장 계단을 내려갔다. 카체리나 이바노브나는 갑자기 명령이라도 하는 듯한 몸짓으로 알료샤의 두 손을 잡았다.

"저 사람 뒤를 따라가요! 어서 쫓아가요! 단 일 분도 저 사람을 혼자 있게 해선 안 돼요." 그녀가 빠르게 속삭였다. "저 사람, 제정신이 아니에요. 저 사람이 정신이 나갔다는 거, 당신은 모르시죠? 저이는 열병, 신경성 열병을 앓고 있단 말이에요! 의사가 나한테 말했어요, 제발 가 보세요, 얼른 저이를 쫓아가요……"

알료샤는 벌떡 일어나 이반 표도로비치의 뒤를 쫓아 달려 갔다. 상대방은 아직 오십 보도 가지 못한 상태였다.

"넌 또 왜?" 그는 알료샤가 자기 뒤를 쫓아온 것을 보고서 갑자기 알료샤 쪽으로 몸을 돌렸다. "내가 미쳤으니까 너더러 내 뒤를 쫓아가라고 명령했겠지. 안 봐도 훤해." 그가 짜증스럽게 덧붙였다.

"물론 그녀가 오해를 한 거겠지만, 형이 아프다는 건 맞는 말이야." 알료샤가 말했다. "지금 저 집에서 형의 얼굴을 보니까, 형의 얼굴이 영 안 좋아, 아주 중병에라도 걸린 것 같아, 이반!"

이반은 멈추지도 않고 계속 걸었다. 알료샤는 그의 뒤를 쫓았다.

"혹시 알고 있나, 알렉세이 표도로비치, 사람들이 어떻게 미치는지?" 이반이 갑자기 완전히 조용한, 이제는 신경질 따윈 전혀 없는 목소리로 물었는데, 그 목소리에서는 느닷없게도 아주 순진무구한 호기심이 묻어 나왔다.

"아니, 잘 모르겠어. 하지만 광기의 종류도 많고 다양하지 않을까 싶어."

"자기 자신이 미쳐 가는 것을 스스로 관찰할 수 있을까?"

"내 생각엔 그런 경우에 자기 자신의 모습을 똑똑히 추적하는 건 불가능할 것 같아." 알료샤가 놀라면서 대답했다. 이반은 아주 잠깐 입을 다물었다.

"나와 무슨 얘기든 하고 싶다면, 화제를 좀 바꿔 주렴." 갑자기 그가 말했다.

"아 참, 까먹을지도 모르니까, 이거 형한테 보내는 편지래." 알료샤가 조심스럽게 말한 뒤, 호주머니에서 리자의 편지를 꺼내 그에게 내밀었다. 그들은 때마침 가로등 가까이 온 상태였다. 이반은 금방 필체를 알아보았다.

"아, 이건 그 꼬마 악마가 보낸 거로군!" 그는 표독스럽게 웃더니 봉투를 뜯어 보지도 않고 갑자기 갈기갈기 찢어서 허공으로 날려 버렸다. 종잇조각들이 날아 흩어졌다.

"열여섯 살도 안 됐을 것 같은 것이 벌써부터 추파를 던지다니!" 그는 경멸스럽다는 듯 이렇게 말하면서 거리를 따라 다시 성큼성큼 걸음을 내딛었다.

"추파를 던지다니?" 알료샤가 소리쳤다.

"음탕한 계집들이 어떻게 추파를 던지는지는 뻔하잖아."

"형 왜 이래, 이반, 정말 왜 이러는 거야?" 알료샤가 괴롭고도 열렬한 어조로 항변을 하기 시작했다. "걔는 아직 어린애야, 형은 어린애를 모욕하고 있는 거야! 걔는 아파, 걔도 몹시 아프단 말이야, 어쩌면 미치고 있는지도 몰라……. 나는 형한테 걔의 편지를 전해 주지 않을 수가 없었어……. 오히려, 내 쪽에서 형한테서 무슨 얘기라도 듣고 싶었기 때문에…… 걔를 구해 주려면 말이야."

"너한테 해 줄 말은 아무것도 없어. 만약 그 애가 어린애라고 쳐도, 나는 그 애의 유모가 아니야. 잠자코 있어, 알렉세이. 그런 말 자꾸 하지 마. 그런 건 생각조차도 하지 않고 있으니까."

둘 다 또 일 분 정도 말이 없었다.

"저 여자는 이제 밤새도록 성모 마리아에게 기도를 드릴 거야, 내일 법정에서 어떻게 해야 될지를 가르쳐 달라면서." 그가 갑자기 다시금 매정하고 표독스럽게 말을 시작했다.

"형은…… 형은 카체리나 이바노브나 얘기를 하는 거야?"

"그래. 자기는 미첸카를 구해 줘야 될까, 아니면 파멸시켜야 될까? 그러니까 자신의 영혼을 밝혀 달라고 기도를 하는 거야. 저 여자도 아직은 말이다, 모르고 있는 거야, 준비가 덜 됐거든. 역시나 나를 유모로 생각해서, 내가 자장가나 불러 주며 자기를 얼러 주길 바라고 있어!"

"카체리나 이바노브나는 형을 사랑해, 형." 알료샤가 슬픈 감정을 담아 말했다.

"그럴지도 모르지. 다만, 나는 저 여자한텐 관심 없어."

"그녀는 괴로워하고 있어. 그러면 왜 그녀에게…… 이따금씩…… 그녀가 희망을 가질 만한 말을 해 주는 거지?" 조심스럽게 책망하듯 알료샤가 말을 이어 갔다. "형이 그녀에게 희망을 주었다는 건 나도 알고 있어, 이런 말을 해서 미안하지만." 그가 덧붙였다.

"지금 나는 곧이곧대로 행동할 수 없는 처지야, 저 여자와 관계를 끊고 내 본심을 솔직히 털어놓을 수 있는 상황이 아니라고!" 이반이 짜증스럽게 말했다. "살인자에게 선고가 내려질 때까지 기다려야 해. 내가 지금 그 여자와 관계를 끊으면, 그녀는 나에 대한 복수심이 발동해서 내일 법정에서 저 개망나니 같은 놈을 완전히 파멸시킬 거야. 왜냐면 그녀는 그를 증오하고 있고 또 자기가 그렇다는 걸 알고 있거든. 이건 죄다 허위야, 허위에 또 허위라고! 지금처럼 내가 그녀와 관계를 끊지 않는 한, 그녀는 여전히 희망을 갖고 있기 때문에 이 불한당 같은 놈을 파멸시키려 들진 않을 거야. 내가 그놈을 재앙에서 꺼내 주려 한다는 걸 알고 있으니까. 그러니까 그 저주스러운 선고가 내려질 때를 기다릴 수밖에!"

'살인자'와 '불한당'라는 말이 알료샤의 마음속에서 고통스럽게 메아리쳤다.

"도대체 그녀가 어떤 식으로 큰형을 파멸시킬 수 있다는 거지?" 그가 이반의 말을 곰곰 씹으면서 물었다. "미챠를 곧장 파멸시킬 수 있는 어떤 걸 제시할 수라도 있단 말이야?"

"네가 아직 모르는 게 있어. 그 여자 손엔 서류가 하나 있는데, 그건 미챠가 제 손으로 쓴 것으로 자기가 표도르 파블로비치를 죽였다는 걸 수학적으로 증명하는 거야."

"그건 있을 수 없는 일이야!" 알료샤가 소리쳤다.

"있을 수 없다니? 내 눈으로 읽었는데."

"그런 서류란 있을 수 없어!" 알료샤가 열을 올리며 반복했다. "왜 있을 수 없냐면, 큰형은 살인자가 아니기 때문이야. 아버지를 죽인 건 큰형이 아니야, 큰형이 아니란 말이야!"

이반 표도로비치는 갑자기 걸음을 멈추었다.

"그렇다면 누가 살인자냐, 네 생각엔?" 그가 어쩐지 척 보기에도 차가운 어조로 물었는데, 이 질문에서는 어쩐지 오만한 음조마저 배어 있었다.

"누구인지는 형도 알고 있잖아." 알료샤가 조용히, 상대의 속마음을 파고들듯 말했다.

"대체 누구야? 그 정신이 나간 병신 같은 간질병자를 두고 떠드는 우화 같은 소리 말이니? 스메르쟈코프를 말하는 거냐고?"

알료샤는 갑자기 자신의 온몸이 떨리는 것을 느꼈다.

"누구인지는 형이 잘 알고 있잖아." 그의 입에서 힘없이 이런 말이 튀어나왔다. 그는 숨을 헐떡였다.

"그래 누구, 누구냐고?" 이반은 이제 거의 광포하게 소리쳤다. 갑자기 자제력이 싹 사라져 버린 것이다.

"내가 알고 있는 건 오직 하나뿐이야." 여전히 거의 속삭이듯 알료샤가 말했다. "아버지를 죽인 건 형이 아니야."

"'형이 아니야.'라니! 형이 아니란 게 무슨 소리야?" 이반이 아연실색하여 그 자리에서 얼어붙었다.

"아버지를 죽인 건 형이 아니란 말이야, 형이 아니라고!" 알료샤가 확고한 어조로 반복했다.

삼십 초간, 침묵이 이어졌다.

"내가 아니라는 건 나도 알고 있어, 대체 무슨 헛소리를 하는 거야?" 창백하게 일그러진 미소를 지으면서 이반이 말했다. 그의 두 눈은 알료샤에게 붙박인 듯했다. 두 사람은 다시 가로등 곁에 서 있었다.

"아니야, 이반, 형은 스스로에게 몇 번씩이나 살인자는 바로 형 자신이라고 말해 왔어."

"내가 언제 그런 말을 했다는 거냐? 나는 모스크바에 있었어……. 언제 내가 그런 말을 했겠어?" 완전히 넋이 나간 사람처럼 이반이 중얼거렸다.

"형은 스스로에게 이 말을 수차례에 걸쳐 해 왔어, 이 끔찍한 두 달 동안 혼자 있을 때마다." 알료샤는 아까와 마찬가지로 조용히, 또박또박 말을 이어 갔다. 하지만 그는 이미 제정신이 아닌 듯, 자기 의사와는 무관하게 어떤 불가항력적인 명령에 복종하듯 말하고 있었다. "형은 스스로를 책망하면서 살인자는 다름 아닌 형 자신이라고 스스로에게 고백해 왔어. 하지만 형이 죽인 게 아니야, 형은 잘못 생각하고 있어, 형은 살인자가 아니야, 내 말 듣고 있는 거야, 형이 아니란 말이야! 하느님이 형에게 이 말을 하라고 나를 보내신 거야."

두 사람은 입을 다물었다. 길게만 느껴진 꼬박 일 분 동안 이 침묵은 지속되었다. 두 사람은 줄곧 선 채로 서로의 눈을 응시하고 있었다. 두 사람은 창백했다. 갑자기 이반이 온몸을 부르르 떨더니 알료샤의 어깨를 꽉 붙들었다.

"너, 내 방에 왔던 거로구나!" 그가 이를 갈듯 속삭이며 말했다. "너는 밤에 내 방에 와 있었어, 그놈이 왔을 때…… 바른대로 말해…… 너는 그놈을 봤지, 본 거지?"

"누구를 두고 하는 말이야…… 미챠를 말하는 거야?" 알료샤가 의혹에 사로잡혀 물었다.

"형 얘기가 아니잖아, 에잇, 그 빌어먹을 불한당!" 이반이 미친 듯 울부짖었다. "너는 그놈이 나를 찾아온다는 걸 알고 있는 거지? 어떻게 알아낸 거야, 말해!"

"그놈이 누구야? 나는 형이 누구 얘기를 하는 건지 통 모르겠어." 알료샤가 이젠 숫제 겁에 질려 이렇게 웅얼거렸다.

"아니, 넌 알고 있어…… 그렇지 않고서야 네가 어떻게…… 그래, 네가 모를 리가 없지……."

하지만 갑자기 그는 자제력을 발휘하는 듯싶었다. 자리에 선 채로 뭔가 곰곰 생각하는 듯도 싶었다. 곧 이상야릇한 냉소가 그의 입술을 일그러뜨렸다.

"형." 하고 알료샤가 다시 떨리는 목소리로 말을 시작했다. "내가 형에게 이 말을 한 것은 형이 내 말을 믿을 테니까 그런 거야, 나는 그럴 줄 알고 있어. 나는 내 평생을 걸고 형에게 이 말을, 형이 아니야라는 말을 한 거야. 내 말 듣고 있어, 내 평생을 걸었다고. 그리고 이건 하느님이 내 영혼 속에 형에게 이 말을 해 주라고 정하신 거야, 비록 이 순간부터 형이 영원토록 나를 증오하게 될지라도……."

하지만 이반 표도로비치는, 보아하니, 이제는 완전히 자제력을 되찾은 것 같았다.

"알렉세이 표도로비치." 하고 그가 차가운 냉소를 머금으면서 말했다. "나는 예언자나 간질병자 따위는 딱 질색이올시다. 하느님의 사자(使者) 같은 건 특히나 더 그렇소, 이 점은 당신도 너무나 잘 알고 있을 테지. 이 순간부터 나는 당신과 헤어지도록 하겠소, 아마 영원한 이별이 될 거요. 자, 바로 이 교차로에서 이제 그만 헤어져 주시지. 아닌 게 아니라, 당신 집은 이 골목을 따라가야 할 테니까. 특히, 오늘 나를 찾아오는 건 삼가 주시길! 듣고 있소?"

그는 몸을 돌린 뒤, 단호하게 걸음을 떼 놓으면서 뒤도 돌아보지 않고 곧장 걸어갔다.

"형." 하고 알료샤가 그의 등에다 대고 소리쳤다. "오늘 형한테 무슨 일이 일어난다면, 제일 먼저 나를 생각해 줘……!"

하지만 이반은 대답이 없었다. 알료샤는 이반이 어둠 속으로 완전히 모습을 감출 때까지 교차로의 가로등 옆에 서 있었다. 그러고서 몸을 돌려 천천히 골목길을 따라 자기 집으로 향했다. 그와 이반 표도로비치는 서로 다른 집에 따로 살고 있었다. 둘 다 텅 비어 버린 표도르 파블로비치의 집에서 살기가 싫었던 것이다. 알료샤는 어느 소시민들 가족에게서 가구가 딸린 방을 빌렸다. 이반 표도로비치는 거기서 상당히 멀리 떨어진 곳에 살았는데, 형편이 넉넉한 어느 관리 미망인의 소유인 훌륭한 집에 딸린 곁채에서 상당히 아늑하고 넓은 거처를 빌려 쓰고 있었다. 하지만 곁채를 통틀어 그에게 시중을 드는 사람이라곤 귀가 완전히 먹고 고릿적 사람이나 다름없는 노파뿐이었지만 그나마도 류머티즘이 심해서 저녁 6시면 자리에 누워 아침 6시에나 일어나는 형편이었다. 이반 표도로비치는 요 두 달간 이상할 정도로까지 까탈을 부리는 일이 없었고 또 완전히 혼자 있는 것을 몹시 좋아했다. 자기가 쓰는 방도 직접 청소했으며 자기 거처에 있는 나머지 방들은 숫제 들어가 보는 일도 드물었다. 자기 집의 대문 앞에 다다라 이미 초인종의 손잡이를 쥔 뒤, 그는 걸음을 멈추었다. 분함을 참지 못해 온몸에 전율이 일어나 자신이 벌벌 떨고 있음을 느꼈던 것이다. 갑자기 그는 초인종을 내버려 두고 침을 탁 뱉고선 몸을 뒤로 돌리더니 또다시 황급히 완전히 다른 길로 접어들었으니, 도시의 정반대편 끝, 자기 집에서 2베르스타쯤 떨어진 곳에 위치한, 다 쓰러져 가는 보잘것없이 작은 통나무집으로 가는 것이었다. 거기에는 마리야 콘드라치예브나가 살았는데, 한때 표도르 파블로비치의 옆집에 살면서 표도르 파블로비치 집 부엌으로 수프를 얻으러 오곤 했으며 그 무렵 스메르쟈코프가 기타를 치면서 자신의 노래를 불러 주곤 했던 바로 그 여자였다. 그녀는 전에 살던 집은 팔아 버리고 지금은 어머니와 함께 거의 오두막이나 다름없는 그 집에서 살고 있었고, 거의 죽음의 문턱을 드나들 만큼 심하게 앓고 있는 스메르쟈코프는 표도르 파블로비치가 죽은 이후로 이들 집에 살고 있었다. 바로 이 스메르쟈코프를 보기 위해 이반 표도로비치는 지금 길을 나선 것이니, 불현듯 한 가지 상념이 떠올라 불가항력적인 힘으로 그를 이끌고 있었다.

6 스메르쟈코프와의 첫 번째 만남

그러니까 이반 표도로비치가 모스크바에서 돌아온 후 스메르쟈코프와 얘기를 나누러 가는 것은 이번이 벌써 세 번째였다. 참극 이후 그가 처음으로 스메르쟈코프를 만나 얘기를 나눈 것은 모스크바에서 돌아온 첫날이었고, 그다음엔 이 주일이 지난 뒤 한 번 더 그를 방문했다. 하지만 이 두 번째 만남 이후에는 스메르쟈코프와의 만남을 중단했고, 때문에 지금 그는 벌써 한 달 남짓 그를 보지 못한 데다가 그에 대해선 거의 아무것도 듣지 못했다. 그 당시 이반 표도로비치는 아버지가 죽은 지 닷새째 되는 날에 모스크바에서 돌아왔던 까닭에 발인(發靷)하는 것도 보지 못했다. 장례식은 마침 그가 도착하기 전날 밤에 치러졌던 것이다. 이반 표도로비치가 지체된 사연은 이렇다. 즉, 알료샤가 그의 모스크바 주소를 정확히 몰랐기 때문에 전보를 치기 위해 카체리나 이바노브나에게 의뢰했는데, 그녀 역시도 현재 주소를 몰랐기 때문에 이반 표도로비치가 모스크바에 도착하자마자 자기 언니와 이모의 집에 들를 것이라고 생각하여 그들에게 전보를 쳤던 것이다. 하지만 그는 도착하고 나서 나흘째 되는 날에야 비로소 그들의 집에 들렀고, 전보를 읽자마자 물론 곧장 쏜살같이 우리 도시로 날아왔다. 그가 우리 도시에 도착하여 처음으로 만나 얘기를 나눈 사람은 알료샤였는데, 그가 미챠에게 혐의를 두려 하지도 않을뿐더러 우리 도시의 모든 다른 견해들과는 정면으로 대치되는바, 곧장 스메르쟈코프를 살인자로 지목한 것에 깜짝 놀랐다. 이어, 경찰 서장, 검사를 만나서 혐의 내용 및 체포에 관한 세부 사항들을 알고 난 뒤에 더더욱 알료샤에게 놀랐으며, 그의 의견을 그저 극도로 달아오른 형제애와, 이반도 익히 알고 있듯 워낙에 미챠를 사랑했던 알료샤의 연민의 결과로 치부했다. 겸사겸사, 자기 형 드미트리 표도로비치를 향한 이반의 감정에 대해 처음이자 마지막으로 두어 마디 정도만 해 두자. 이반은 형을 결단코 좋아하지 않았으며, 이따금씩 그에게 큰 연민을 느낄 때는 있었지만 그것마저도 경멸이 지나쳐 혐오에까지 이른 감정과 뒤섞인 것이었다. 미챠라는 인간 자체, 미챠의 그 형체마저도 그는 딱 싫었다. 미챠를 향한 카체리나 이바노브나의 사랑은 격노의 감정을 갖고 바라보았다. 그나저나, 피고가 된 미챠를 처음으로 만난 것도 역시 모스크바에서 돌아온 그날이었는데, 이 만남은 그의 내부에 도사린, 미챠의 유죄에 대한 확신을 약화시키기는커녕 오히려 강화시켜 놓았다. 그때 가서 보니, 형은 불안하고 병적으로 흥분된 상태였다. 미챠는 말은 많았지만 넋이 나간 듯 아주 산만했고, 아주 매몰친 어조로 스메르쟈코프를 몰아세웠지만 두무지 뒤죽박죽이었다. 무엇보다도, 줄곧 고인이 자기한테서 '훔친' 그

3000루블 얘기를 해 댔다. "내 돈이야, 그건 내 돈이었어."라고 미챠는 되뇌었다. "내가 그걸 훔쳤더라도 나는 옳았을 거야." 자기한테 불리한 모든 증언들에 대해선 거의 이의를 제기하지도 않았으며 자기에게 유리한 사실들을 논할 때도 역시나 아주 요령부득에다가 터무니가 없었으니 ─ 대체로 이반은 고사하고 그 누구 앞에서든 자기 자신의 누명을 벗고 싶은 바람이 없는 것처럼 굴었고 오히려 성질을 부리고 자신의 혐의 내용을 오만하게 무시하고 욕설을 퍼부으면서 열을 올렸다. 문이 열려 있었다는 그리고리의 증언에 대해서는 그저 경멸스럽다는 듯 비웃을 뿐, 그건 '악마가 연 것'이라고 주장했다. 하지만 이 사실에 대해서도 조리 있는 해명이라곤 전혀 제시할 수 없었다. 심지어 이 첫 번째 만남에서 그는 제 입으로 "모든 것이 허용된다."라고 주장하는 놈들은 자기에게 혐의를 걸거나 자기를 심문할 자격이 없노라고 이반 표도로비치에게 매몰차게 말함으로써 그를 모욕하기까지 했다. 대체로 이번엔 이반 표도로비치에게 아주 비우호적이었던 것이다. 그때 그렇게 미챠를 만나고서 이반 표도로비치는 그길로 곧 스메르쟈코프를 보러 갔다.

모스크바에서 돌아오는 기차 안에서부터 그는 줄곧 스메르쟈코프를, 출발 전날 저녁 그와 마지막으로 나눈 대화를 생각했다. 그는 많은 것이 혼란스러웠고 또 많은 것이 의심스러웠다. 하지만 예심판사에게 진술을 할 때 이반 표도로비치는 그 대화에 대해서는 당분간 입을 다물었다. 모든 걸 스메르쟈코프와 만날 때까지 미루어 두었던 것이다. 그는 당시 시립 병원에 있었다. 의사 게르첸슈투베, 그리고 이반 표도로비치가 병원에서 만난 의사 바르빈스키는 이반 표도로비치가 집요하게 질문을 퍼붓자, 스메르쟈코프의 간질병은 의심의 여지가 없는 것이라고 확고하게 대답했으며 "참극이 있는 당일 간질 발작이 난 척 연기를 했던 건 아닐까요?"라는 질문에는 오히려 놀라기까지 했다. 그들은 이 발작은 예사롭지 않은 것으로서 며칠간 지속적으로 반복되었기 때문에 환자의 생명이 정말로 위태로운 상태였지만 필요한 조치를 취한 결과 이제는 이미 무사할 거라고 장담하게 됐다고 그에게 설명했는데, 하지만 그럼에도(의사 게르첸슈투베가 덧붙이길) 그의 정신 상태는 '평생 동안은 아니겠지만 상당히 오랫동안' 부분적으로 이상이 있을 수 있다는 것이었다. 그래도 이반 표도로비치가 참지 못하고 "그럼 지금 미쳤다는 소리입니까?"라고 캐묻자, "아직은 절대 그런 건 아니지만, 다소간 비정상적인 점들이 눈에 띄긴 하는군요."라고 그에게 대답해 주었다. 이반 표도로비치는 이 비정상적인 점들이란 것이 어떤 것인지 직접 알아내기로 마음먹었다. 병원에서는 즉시 그의 면회를 허가해 주었다. 스메르쟈코프는 별실에 있었고, 병원용 침대 위에 누워 있었다. 때마침 그의 곁에는 침대가 하나 더 있었고 거기에는 이 도시의 어느 쇠약한 소시민이 누워 있었는데, 수종(水腫)으로 온몸이 퉁퉁 부어올라 낼모레면 곧 죽을 것 같았으므로 대화에 방해가 될 수도 없었다. 스메르쟈코프는 이반 표도로비치를 보자 믿기지 않는다는 듯 이를 드러내며 히죽 웃었고, 첫 순간에는 심지어 겁을 집어먹은 듯도 싶었다. 적어도 이반 표도로비치의 머릿속으론 이런 생각이 스치고 지나갔다. 하지만 이것은 그저 순간에 불과했고, 남은 시간 동안은 스메르쟈코프가 오히려 너무도 평온했던 탓에 그는 거의 충격을 받기까지 했다. 이반 표도로비치는 첫눈에 그가 그야말로 완전히 중증이라는 걸 확신하게 됐고 여기엔 의심의 여지가 없었다. 그는 몹시 허약했고 혀도 간신히 놀리는 듯 느릿느릿 말을 했다. 몸은 바싹 여위고 얼굴은 또 샛노래져 있었다. 이십 분 정도의 면회 시간 내내 머리가 아프다느니, 팔다리가 쑤신다느니 우는 소리를 해 댔다. 거세종파처럼 홀쭉해진 그의 얼굴은 완전히 조그마해진 것 같았고, 관자놀이께의 머리카락은 엉망으로 헝클어져 있었고, 멋 부려 빗어 올린 앞머리는 온데간데없고 오직 가느다란 잔머리 한 옴큼만 위로 삐죽 솟아 있었다. 하지만 뭔가를 암시하는 듯 슬쩍 찡그리는 왼쪽 눈은 영락없이 예전의 스메르쟈코프 그대로였다. '영리한 사람과는 얘기를 나누는 것도 흥미롭다.'라는 말이 즉시 이반 표도로비치의 머릿속에 떠올랐다. 그는 스메르쟈코프의 발치 곁, 의자에 앉았다. 스메르쟈코프는 고통스러워하면서 침대에서 몸뚱어리를 조금 움직이긴 했지만, 먼저 말을 꺼내지도 않고 입을 다물고 있었고 더욱이 이젠 흥미도 별로 없는 듯한 시선이었다.

"어때, 나와 말을 할 수 있겠나?" 이반 표도로비치가 물었다. "절대로 피곤하게 하진 않으마."

"할 수 있다마다요." 스메르쟈코프가 약한 목소리로 우물거렸다. "오신 지 오래되셨습니까?" 그는 곤혹스러워진 방문객에게 용기를 북돋아 주듯 관대하게 덧붙였다.

"오늘에야 왔어……. 여기서 일어난 너희들의 성가신 일을 처리하려고."

스메르쟈코프는 한숨을 내쉬었다.

"왜 한숨을 쉬는 게냐, 너도 알고 있었으면서?" 이반 표도로비치는 다짜고짜 뇌까렸다.

스메르쟈코프는 의젓하게 잠깐 침묵을 고수했다.

"어떻게 모를 수가 있었겠습니까요? 진작부터 불 보듯 뻔했는걸요. 다만, 이렇게까지 될 줄이야 어떻게 알았겠습니까?"

"이렇게까지 되다니? 이놈, 얼렁뚱땅 넘어갈 생각은 하지 마! 네놈은 지하 창고에 내려가면 즉시 간질 발작이 일어날 것처럼 예언하지 않았더냐? 곧바로 지하 창고라고 했단 말이다."

"설마 도련님은 증인 심문에서 그 얘기를 벌써 하셨습니까?" 스메르쟈코프가 평온하게 호기심을 보였다.

이반 표도로비치는 갑자기 화가 버럭 났다.

"아니, 아직은 말하지 않았지만, 꼭 말할 테다. 네놈은, 이봐, 지금 나한테 많은 걸 해명해 줘야겠어, 이 자식, 명심해 둬, 나를 상대로 무슨 수작을 부리는 건 용납하지 않을 테니까!"

"제가 뭐 하러 수작을 부리겠습니까요, 저는 오로지 주 하느님과 다름없는 도련님만 믿고 있는걸요!" 스메르쟈코프는 잠깐 눈을 감았을 뿐, 예의 그 완전히 평온한 어조로 말했다.

"첫째" 하고 이반 표도로비치가 본격적으로 나섰다. "나는 간질 발작은 미리 예언할 수 없다는 걸 알고 있어. 알아보고 하는 소리니, 네놈은 얼렁뚱땅 넘어갈 생각 하지 마! 날짜와 시간은 예언할 수는 없단 말이다. 그런데도 너는 그때 어떻게 날짜에다 시간까지, 더욱이 지하 창고라는 장소까지 나한테 예언할 수 있었던 거지? 일부러 발작이 난 척 연기를 한 게 아닌 다음에야, 어떻게 정확히 이 지하 창고에서 발작이 일어나 바닥으로 떨어질 거라는 걸 알 수 있었냐고?"

"지하 창고라면 그렇잖아도 가야 됐습죠, 그것도 하루에 몇 번씩이나요." 스메르쟈코프가 서두르지 않고 말꼬리를 질질 끌며 말했다. "정확히 일 년 전에도 꼭 그런 식으로 다락방에서 떨어졌습죠. 간질 발작이 일어날 날짜와 시간을 미리 예언할 수 없는 건 맞지만, 그 예감이란 언제든지 지닐 수 있으니까요."

"하지만 너는 날짜와 시간을 예언했단 말이다!"

"저의 간질 발작에 대해서는 차라리, 도련님, 이곳 의사들한테 가서 알아보십시오. 저의 발작이 진짜였는지, 가짜였는지 말입죠. 저로선 도련님께 이 문제에 대해 더 이상 드릴 말씀이 전혀 없군요."

"그럼 지하 창고는? 지하 창고는 어떻게 예언한 거냐?"

"도련님께서는 이 지하 창고에 아주 환장을 하셨군요! 그때 이 지하 창고로 내려갔을 때 저는 두려움과 의혹에 사로잡혀 있었습니다. 도련님마저 없으니 온 세상을 통틀어 더 이상 의지할 사람이 아무도 없다는 생각에 더더욱 두려웠던 것이죠. 그때 바로 그 지하 창고를 내려가는데 '이제 곧 그놈이 올 것이다, 그놈이 시작되면 굴러떨어질까, 아닐까?'라는 생각이 들고, 바로 이런 의혹이 생기기가 무섭게 갑자기 목구멍에서 저 피해 갈 수 없는 경련이 일더니…… 뭐 그렇게 굴러떨어진 것입죠. 이와 같은 모든 일과 이전, 그러니까 바로 그 전날 저녁 대문 곁에서 도련님과 나누었던 대화를, 그리고 그때 제가 도련님께 지하 창고에 대한 저의 두려움을 전했다는 사실을—이 모든 것을 저는 게르첸슈투베 의사 선생님과 이어 예심판사 니콜라이 파르표노비치에게 상세하게 털어놓았고, 그들은 모든 걸 조서에 기록했습니다. 이 병원의 의사인 바르빈스키 씨도 모든 사람들 앞에서 유달리 강조하길, 바로 그렇게 생각했기 때문에, 즉 '이제 곧 쓰러질까, 아닐까.'라는 예민한 노파심 때문에 그렇게 됐다더군요. 정말로 노파심이 일어서 그리됐던 겁니다. 바로 이런 식으로, 즉 오로지 저의 두려움 때문에 그렇게 될 수밖에 없었다고 조서에 기록했습죠."

이 말을 하고서 스메르쟈코프는 완전히 녹초가 된 듯 깊은 숨을 몰아쉬었다.

"증인 진술을 할 때 그런 것까지 알렸더냐?" 이반 표도로비치가 다소간 어리둥절해져서 물었다. 그는 그때 자기들이 나눈 대화를 얘기해 버리겠다고 엄포를 놓아 그에게 겁을 줄 작정이었지만, 알고 보니 상대방이 벌써 제 입으로 모든 걸 얘기해 버렸으니 말이다.

"제가 뭘 두려워하겠습니까? 다 사실대로 기록해 두라지요, 뭐." 스메르쟈코프가 확고한 어조로 말했다.

"그럼 우리가 대문 곁에서 나눈 대화도 토씨 하나 안 빼고 말했더냐?"

"아니요, 토씨 하나 안 빼고 다 말한 건 아닙죠."

"그럼, 간질 발작이 난 척 연기할 수 있다며 그때 내 앞에서 떠벌린 건, 그것도 역시나 말했더냐?"

"아니요, 그것도 말 안 했습니다요."

"이놈, 이제 나한테 똑똑히 말해 봐, 네놈은 그때 무엇을 위해서 나를 체르마쉬냐로 보내려 했지?"

"모스크바로 떠나 버리실까 봐 두려웠습니다, 체르마쉬냐가 어쨌거나 더 가깝잖습니까요."

"거짓말도 잘하는구나, 네놈이 직접 나한테 떠나라고 권했어. 죄스러운 일을 피해 멀리 떠나시지요, 하지 않았더냐!"

"그건 제가 그때 집안에 재앙이 있으리라는 예감이 들어 도련님이 가여웠던 나머지, 그러니까 오로지 도련님을 향한 우애의 정과 마음에서 우러나오는 충성심에서 그런 겁니다요. 다만, 도련님보다는 제 몸에 대한 가여움이 더 컸습죠. 그래서 죄스러운 일을 피해 멀리 떠나라고 말씀드렸던 것입니다. 그러면 도련님께서 집안에 안 좋은 일이 생기겠구나, 하고 알아들으시고 집에 남으셔서 부모님을 보호하시도록 말입죠."

"좀 더 단도직입적으로 말하지 그랬더냐, 바보 같은 놈아!" 이반 표도로비치가 갑자기 발끈했다.

"그때 제가 어떻게 더 단도직입적으로 말할 수 있었겠습니까요? 저는 그저 그렇게 될까 봐 무서웠을 뿐이고, 게다가 도련님께서 화를 내실 수도 있었으니까요. 저는 물론 드미트리 표도로비치가 무슨 스캔들이라도 일으키지 않을까, 어쨌거나 이 돈을 자기 걸로 생각하고 있으니까 혹시 그걸 가져가 버리지나 않을까, 염려할 순 있었지만, 그렇다고 해서 그렇게 살인까지 저지를 줄 누가 알았겠습니까? 그냥 주인 나리의 이부자리 밑에 봉투째로 숨겨진, 그 3000루블만 살짝 훔쳐 갈 거라고 생각했는데, 그만 이렇게 죽여 버렸으니 말입죠. 이러니 도련님인들 어떻게 짐작이나 할 수 있겠습니까, 도련님?"

"제 입으로 짐작도 할 수 없는 일이었다고 말하면서, 내가 어떻게 눈치를 채고 집에 남아 있을 수 있었다는 거냐? 왜 앞뒤가 안 맞는 소리를 지껄이는 게냐?" 이반 표도로비치가 생각에 잠긴 채 말했다.

"제가 도련님더러 그 모스크바 대신에 체르마쉬냐로 가라고 권했으니까, 눈치를 챘을 법합지요."

"그렇다 한들 어떻게 눈치를 챌 수 있었다는 거냐고!"

스메르쟈코프는 몹시 지친 것처럼 보였으며 또다시 일 분 정도 입을 다물었다.

"바로 다음과 같은 이유로 눈치채실 수 있으셨겠죠. 즉 제가 도련님께 모스크바가 아니라 체르마쉬냐를 권한다면, 그건 다시 말해서 모스크바는 멀리 있으니까 도련님이 여기에 아주 가까이 있기를 바란다는 뜻인데, 드미트리 표도로비치는 도련님께서 가까운 곳에 있다는 걸 알면 차마 엄두를 내지 못했을 테니까요. 더욱이 무슨 일이 일어날 시에는 도련님께서 최대한 빨리 오셔서 저를 보호해 주실 수도 있었을 테고요. 왜냐면 제 입으로 도련님한테 그리고리 바실리예비치의 병 얘기를 일러 주었고 또 간질 발작이 일어날까 무섭다는 말씀도 드렸으니까요. 고인의 방으로 들어갈 수 있는 그 노크 신호들을, 그리고 드미트리 표도로비치가 저를 통해서 그 모든 걸 알고 있음을 도련님께 설명해 드린 뒤, 저는 도련님께서 이미 그때 그분이 틀림없이 무슨 일을 저지를 것을 눈치채시고서 체르마쉬냐에 가는 건 고사하고 숫제 그냥 집에 남아 계실 거라고 생각했지 뭡니까."

'이놈, 말 한번 조리 있게 잘하는군.' 하고 이반 표도로비치는 생각했다. '비록 좀 우물거리긴 하지만 말이야. 게르첸슈투베는 대체 뭘 두고서 정신 상태에 이상이 생겼다고 말한 걸까?'

"이놈, 나한테 슬슬 허튼 수를 쓰는 게냐, 망할 자식 같으니!" 그가 화를 내면서 소리쳤다.

"저는, 고백하건대, 그때 도련님께서 완전히 눈치를 채셨다고 생각했습니다요." 그야말로 순진무구한 표정으로 스메르쟈코프가 대거리를 했다.

"눈치를 챘다면, 집에 남았겠지!" 이반 표도로비치가 다시 발끈하며 소리쳤다.

"그랬겠지요, 하지만 저는 도련님께서 모든 것을 눈치채고서도 그저 가능한 한 빨리 죄스러운 일을 피해 떠나 버린 거라고 생각했습니다요. 너무 두려웠던 나머지 자기 몸을 보존하고자 그저 어디로든 도망을 치기 위해서 말입죠."

"네놈은 모든 사람들이 네놈 같은 겁쟁이라고 생각했던 모양이지?"

"죄송한 말씀이지만, 도련님도 저와 같을 거라고 생각했습니다."

"물론, 눈치를 챘어야 했지." 이반은 흥분했다. "아닌 게 아니라 네놈 선에서 무슨 추잡한 일이 일어나리라는 걸 눈치챘어…… 그래 봤자 거짓말이야, 넌 또 거짓말을 늘어놓고 있는 거야." 그가 갑자기 뭔가 기억나는 게 있어 이렇게 소리쳤다. "기억나냐, 네놈이 그때 마차 곁으로 다가와서 나한테 '영리한 사람과는 얘기를 나누는 것도 흥미롭다.'라고 말했던 것 말이다. 다시 말해서, 그렇게 칭찬을 한 걸 보면 내가 떠나는 게 기뻤다는 것이겠지?"

스메르쟈코프는 다시, 다시 한번 한숨을 내쉬었다. 그의 얼굴이 붉게 상기되는 듯했다.

"기뻐했다면"이라며 그는 다소간 숨을 헐떡이면서 말했다. "그건 오로지 모스크바가 아니라 체르마쉬냐로 가시겠다고 하셨기 때문입니다. 어쨌거나 그쪽이 더 가까우니까요. 다만 제가 도련님께 드린 바로 그 말씀은 칭찬이 아니라 책망이었습니다요. 그것을 못 알아들으셨군요."

"책망이라니?"

"그런 재앙이 닥치리라는 예감이 들었으면서도 친아버님을 버려 두고 떠나시다니, 또 우리를 보호할 생각도 하지 않으시다니 말입죠. 언제라도 저한테 그 3000을 훔쳤다는 누명을 씌워 끌고 갈 수도 있는 상황이었으니까요."

"이 망할 놈의 자식!" 이반이 또다시 욕을 퍼부었다. "잠깐만, 그런데 네놈은 신호, 그 노크 소리에 대해서도 예심판사와 검사에게 알렸더냐?"

"있는 그대로 죄다 알려 드렸습죠."

이반 표도로비치는 다시금 속으로 깜짝 놀랐다.

"내가 그때 뭔가 생각을 했다면" 하고 그가 다시 말을 시작했다. "그건 오직 네놈 선에서 무슨 추잡한 일이 일어날 거라는 거였어. 드미트리라면 사람을 죽일 순 있어도 도둑질 따윈 하지 않아——그때 나는 그렇게 믿고 있었지……. 하지만 네놈 이라면 어떤 추잡한 일도 능히 저지르고 남을 놈이라고 생각했어. 네놈이 직접 간질 발작을 연기할 수 있다고 나한테 말했잖아, 대체 뭘 위해 그런 소리를 한 거냐?"

"오로지 제가 순진무구해서입죠. 더욱이 저는 평생 동안 일 부러 간질 발작을 연기한 적이 한 번도 없었고, 그저 도련님 앞에서 자랑을 하느라 그렇게 말했을 따름입죠. 그냥 어리석 었을 따름입죠. 저는 그때 도련님을 몹시 좋아했기 때문에 도 련님을 아무런 허물 없이 대했던 것뿐입니다."

"형은 네놈이 죽였고 네놈이 훔쳤다면서 곧장 네놈을 범인 으로 몰아세우고 있어."

"아니, 그분에게 더 이상 뭐가 있습니까?" 스메르쟈코프는 이를 드러내며 쓸쓸하게 웃었다. "증거가 산더미처럼 쌓였는데 누가 그분 말을 믿겠습니까? 그리고리 바실리예비치가 문이 열린 걸 봤는데, 이제 와서 뭘 어쩌겠어요. 에라, 하늘의 뜻이 다, 이런 식이죠! 제 몸 하나 구하려고 벌벌 떨기만 할 뿐……."

그는 조용히 입을 다물더니, 갑자기 무슨 생각이 난 듯 이 렇게 덧붙였다.

"뭐 그러니까 또 같은 말을 하게 되는뎁쇼, 그분이 이건 제 가 한 짓이라며 저한테 죄를 덮어씌우려 한다는 건 저도 이미 들었습니다만, 하지만 이건 제가 간질 발작을 연기하는 데 도 사라는 소리와 거의 다를 바 없죠. 하지만 그 당시 제가 정말 로 도련님의 부친을 어떻게 할 속셈이 있었다면, 간질 발작을 연기할 줄 안다는 얘기를 도련님께 미리 했겠습니까? 제가 그 렇게 살인할 속셈이었다면, 아니, 제가 아무리 바보 천치라도, 앞으로 저 자신에게 불리한 그런 증거가 될 말을, 다름 아닌 친아들인 도련님께 했겠습니까, 당치도 않습니다요! 이게 말이 되나요, 어디? 이건, 이건 오히려 도무지 있을 수 없는 일입니다요. 지금 도련님과 저의 이 대화도 저 하느님을 제외하면 아무도 듣고 있지 않은데, 만약 도련님께서 검사와 니콜라이 파르표노비치에게 알리신다고 해도, 그 덕분에 궁극적으론 오히려 저를 변호해 주시는 결과가 될 겁니다요. 왜냐면 애당초 저렇게 순진무구하게 굴었던 놈이라면, 저게 무슨 악당이냐, 그런 놈이 어디 있어? 하는 식일 테니까요. 이 모든 걸 찬찬히 따져 보면 당연한 얘기입니다."

"이봐." 스메르쟈코프의 마지막 추론에 충격을 받은 이반 표도로비치는 대화를 중단하고 자리에서 일어났다. "나는 너를 조금도 의심하지 않고, 심지어 너한테 혐의를 두는 것 자체를 웃긴 일이라고 생각하는데…… 오히려 네가 나를 안심시켜 줘서 고마울 따름이다. 이만 가 보겠지만, 다시 들르도록 하지. 일단은 잘 있어, 빨리 건강해지고. 뭐 필요한 건 없나?"

"여러모로 감사드립니다요. 마르파 이그나치예브나가 저를 잊지 않고 뭐 필요한 게 있으면 옛날처럼 그 좋은 마음씨로 모든 걸 봐 주고 있습니다. 그 마음씨 좋은 사람들이 매일 병문안도 와 주시고요."

"그럼, 또 보자. 그나저나 네가 간질 발작이 난 시늉을 할 수 있다는 건 아무한테도 말하지 않을 테니…… 너도 그런 말은 하지 않는 편이 낫겠다." 이반은 갑자기 무엇 때문인지 이런 말을 했다.

"잘 알겠습니다요. 도련님께서 그걸 말씀하지 않으신다면, 저도 그때 대문 곁에서 우리가 주고받은 말은 절대 발설하지 않겠습니다……."

그러고서 곧장 이반 표도로비치는 갑자기 병실을 나왔는데, 복도를 열 걸음쯤 지나온 뒤에야 비로소 스메르자코프의 마지막 말 속에 어떤 모욕적인 의미가 깃들어 있었음을 갑자기 감지했다. 이제 와서 그는 다시 가 보고 싶은 마음이 들었지만 이건 잠시 스쳐 간 생각에 불과했을 뿐, "바보 같은 짓들이야!"라고 말한 뒤 서둘러 병원을 나갔다. 무엇보다도, 그는 범인이 스메르자코프가 아니라 자기 형 미챠라는 정황에 정말로 마음이 편해지는 것을 느꼈으니, 사실 그 반대가 되어야 할 것 같지만 말이다. 왜 그런 느낌이 들었을까——그는 그 당시 분석을 해 보고 싶지도 않았고 심지어 자신의 감정을 헤적이는 것에 혐오감마저 느꼈다. 어서 빨리 뭔가를 잊고 싶을 따름이었다. 그 이후 며칠 동안 그는 미챠를 골치 아프게 만드는 모든 증거들을 좀 더 가까이서, 좀 더 본격적으로 접하게 되면서 미챠가 유죄라는 것을 이미 완전히 확신하게 되었다. 아주 하찮은 사람들이 내놓은 증언 중에서도 페냐나 그녀의 어머니의 증언처럼 거의 전율을 불러일으키는 것도 있었다. 페르호친, 술집, 플로트니코프 상점, 모크로예의 증인들에 대해서는 새삼스레 더 할 말도 없었다. 무엇보다도, 세부적인 사항들이 골치가 아픈 것들이었다. 비밀 '노크 신호'에 대한 정보는 그리고리의 열린 문에 대한 증언과 거의 마찬가지로 예심판사와 검사에게 충격을 안겨 주었다. 그리고리의 아내 마르파 이그나치예브나는, 이반 표도로비치가 꼬치꼬치 캐묻자, 스메르쟈코프는 밤새도록 그들의 방에 칸막이 하나를 사이에 둔 채 '우리 침대에서 세 발짝도 떨어지지 않은 곳에' 누워 있었고 비록 그녀 자신이 깊은 잠에 빠져 있긴 했지만 그의 신음 소리에 여러 번이나 잠에서 깼다고 곧바로 선언했다. "줄곧 신음을 했다, 신음 소리가 끊이질 않았다."라는 것이었다. 게르첸슈투베와 이야기를 나누는 자리에서 이반 표도로비치가 스메르쟈코프는 절대로 정신이 나간 것이 아니라 그저 좀 쇠약해진 것 같다는 의심을 내비치자, 노인은 그저 야릇한 미소를 머금을 따름이었다. 그러곤 이반 표도로비치에게 "그럼, 그 사람이 지금 무엇에 유달리 정성을 쏟고 있는지 알고 있소?"라고 물었다. "프랑스어 단어를 외우고 있어요. 그 사람 베개 밑에 공책이 있는데 거기에는 프랑스어 단어들이 누군가에 의해 러시아어 철자로 쓰여 있지요, 헤—헤—헤!" 이반 표도로비치는 마침내 모든 의심을 버렸다. 형 드미트리라면 이젠 언제나 생각만 해도 더럽기만 했다. 하지만 그럼에도 한 가지 이상한 점이 있었다. 즉, 알료샤가 여전히 살인을 저지른 건 드미트리가 아니라 '기필코' 스메르쟈코프라는 주장을 죽어도 굽히지 않았던 것이다. 이반은 언제나 내심 알료샤의 견해를 존중해 왔지만, 지금은 이 때문에 그에 대해 심한 의혹을 품었다 알료샤가 이반과 있을 때 미챠 얘기를 하려고 하지도 않고 또 먼저 말을 꺼내는 일도 없을뿐더러 그저 이반이 묻는 말에만 대답을 하는 것도 이상했다. 이 점도 확연히 이반 표도로비치의 눈에 뜨이는 것이었다. 그건 그렇고, 이 무렵 그는 완전히 다른 한 가지 정황에 몰입해 있었다. 모스크바에서 온 이후 초창기, 그는 카체리나 이바노브나를 향한 불타는 듯한 광기 어린 열정에 온통 그리고 돌이킬 수 없이 빠져 버린 것이다. 하지만 여기 이 자리에서는 훗날 이반 표도로비치의 전 생애에 또렷이 남게 된 그의 이 새로운 열정에 대한 얘기를 시작할 형편이 못 된다. 이 모든 것이 이미 다른 이야기, 언제쯤 착수할지 나로서도 알 수 없는 또 다른 소설의 밑그림이 되어 줄 수는 있겠지만 말이다. 여하튼 아무리 그래도 지금 꼭 언급해야 될 대목이 있는데, 즉, 내가 이미 묘사했듯, 밤에 알료샤와 함께 카체리나 이바노브나 집을 나오면서 이반 표도로비치가 그에게 했던 "나는 그 여자한텐 관심 없어."라는 말, 이것은 그 순간에 순전히 거짓말을 한 것에 지나지 않았다. 그는 정말로 그녀를 죽일 수 있을 만큼 증오할 때도 더러 있었지만 그럼에도 그녀를 미칠 듯 사랑하고 있었다. 여기에는 많은 이유가 한데 뭉쳐 있었다. 미챠 사건 때문에 완전히 충격을 받은 그녀는 자기한테로 돌아온 이반 표도로비치가 마치 무슨 구세주라도 되는 양 그에게 매달렸다. 그녀는 자신의 감정에 있어서 분노와 모욕과 굴욕을 맛보아야 했다. 이런 상황에서 옛날에도 그녀를 그토록 사랑해 주었던——오, 그녀는 이것을 너무도 잘 알고 있었다——그리고 그 지성과 감성을 늘 자기 자신과는 비교할 수 없을 만큼 높은 것으로 존중해 온 그 사람이 다시 나타난 것이다. 하지만 이 엄정한 처녀는, 자기 연인의 카라마조프적인 격렬한 욕망과 그녀를 향한 한결같은 흠모에도 불구하고, 자신을 오롯이 희생하진 않았다. 동시에 미챠를 배반했다는 회한으로 끊임없이 괴로워했으며 이반과 과격한 말다툼을 벌일 때면(이런 일이 많았다.) 그에게 이 얘기를 노골적으로 해 버렸다. 바로 이것을 두고서 그는 알료샤와 이야기를 하면서 '허위 위에 허위'라고 했던 것이다. 여기에는 물론 정말로 많은 허위가 있었고, 또 이것이 이반 표도로비치를 제일 짜증스럽게 만드는 것이었지만…… 어쨌거나 이 모든 얘기는 나중에 하도록 하자. 한마디로 말해서 그는 일시적으로나마 스메르쟈코프를 거의 잊다시피 했다. 하지만 처음 그를 방문하고서 이 주일이 지난 뒤, 이전과 다름없이 예의 그 이상한 생각들이 또다시 그를 괴롭히기 시작했다. 그가 스스로에게 끊임없이 다음과 같은 질문을 던진 것만 봐도 그 괴로움은 충분히 짐작이 된다. 그때 표도르 파블로비치의 집에서 보낸 마지막 날 밤, 대체 무엇을 위해 출발을 코앞에 두고서 도둑처럼 몰래 계단으로 내려가 아버지가 아래층에서 뭘 하는지를 엿들었을까? 왜 나중에 이 일을 떠올리면 혐오감이 드는 것일까, 다음 날 아침 길을 떠나면서 왜 갑자기 그토록 가슴이 아려 왔던 것일까, 모스크바에 도착한 마당에 왜 스스로에게 "나는 비열한 놈이야!"라고 말했던 것일까? 그리고 바로 지금, 이 생각들이 너무도 고통스러워 한번은 하다못해 카체리나 이바노브나마저도 거의 잊을 수 있을 것만 같다는 생각이 들었으니, 이 정도로까지 그는 갑자기 이 생각들에 사로잡혀 있었던 것이다! 때마침 이런 생각을 하고 있던 차에, 길거리에서 알료샤와 마주친 적이 있었다. 그는 곧장 알료샤를 불러 세우고 갑자기 그에게 이런 질문을 던졌다.

"기억나, 저녁 식사 후 드미트리가 집 안으로 쳐들어와선 아버지를 흠씬 두들겨 팼을 때 그러고 나서 내가 뜰에서 너한테 '기대의 권리' 정도는 보유하고 있겠다고 말한 거 말이다. 어디 한번 말해 봐, 너는 그때 내가 아버지의 죽음을 바라고 있다고 생각했니, 아니니?"

"그렇다고 생각했어." 알료샤가 조용히 대답했다.

"하긴 정말 그랬어, 이건 짐작을 하고 자시고 할 것도 없는 일이었지. 하지만 그때 넌 내가 '한 마리의 독사가 다른 한 마리의 독사를 잡아먹는 것'을 바라고 있다는 생각은 들지 않았니, 다시 말해서 드미트리가 아버지를 죽여 주길, 그것도 어서 빨리 죽여 주길 바란다는…… 그리고 내가 나서서 기꺼이 거들어 줄 용의마저 있다는?"

알료샤는 살짝 창백해진 얼굴로 말없이 형의 눈을 바라보았다.

"어서 말해 봐!" 이반이 소리쳤다. "나는 네가 그때 어떻게 생각했는지를 죽어도 알고 싶단 말이다. 나에게 필요한 건 진실, 진실이라고!" 그는 대답을 듣기도 전에 미리 어떤 분노에 차서 알료샤를 바라보며 가쁜 숨을 몰아쉬었다.

"형 미안해, 그땐 그런 생각까지 했어." 알료샤가 이렇게 속삭인 뒤, '상황을 누그러뜨릴' 어떤 말도 하나 덧붙이지 않고 입을 다물어 버렸다.

"고맙다!" 이반은 딱 잘라 말하고서 알료샤를 내버려 둔 채 황급히 제 갈 길을 갔다. 그때부터 알료샤는 이반 형이 어쩐지 자기를 매몰차게 멀리하기 시작했을뿐더러 심지어 자기를 싫어하게 됐다는 점까지 눈치챘으며, 때문에 그 이후론 알료샤 자신도 이미 형에게 발길을 끊었다. 하지만 그 순간 이반 표도로비치는 이렇게 알료샤를 만난 직후, 집에도 들르지 않고 갑자기 또다시 스메르쟈코프를 찾아갔다.

7 두 번째 스메르쟈코프 방문

스메르쟈코프는 그 무렵 이미 퇴원한 상태였다. 이반 표도로비치는 그의 새로운 거처를 알고 있었다. 바로, 현관을 사이에 두고 두 채의 오두막으로 나뉜 다 쓰러져 가는 그 작은 통나무집이었다. 한 오두막에는 마리야 콘드라치예브나가 어머니와 함께 살고 있었고, 다른 오두막에는 스메르쟈코프가 혼자 따로 살고 있었다. 그가 어떤 조건으로 그들 집에 들어오게 됐는지는 아무도 몰랐다. 공짜로 사는 것인지, 아니면 돈을 내고 있는지 말이다. 뒤에 가서 사람들은 그가 마리야 콘드라치예브나의 약혼자 자격으로 이 집에 들어오게 됐으며 일단은 공짜로 살고 있으리라고 추정했다. 모녀는 공히 그를 존경하여 그를 자기들보다 한층 더 높은 사람으로 대했다. 노크를 한 뒤 현관으로 들어선 이반 표도로비치는 마리야 콘드라치예브나의 안내를 받아 곧장 스메르쟈코프가 거처하고 있는 왼쪽의 '하얀 오두막'으로 갔다. 이 오두막에는 벽돌로 된

난로가 있었는데 불을 심하게 때 놓은 상태였다. 사방 벽에는 푸른색 벽지가 발려 있긴 했지만 사실 죄다 뜯겨 있었고 벽지 밑의 갈라진 틈새에는 어마어마한 수의 커다란 바퀴벌레 떼가 들끓었기 때문에 부스럭거리는 소리가 끊이질 않았다. 가구도 변변치 않았다. 양쪽 벽을 따라 벤치 두 개, 탁자 주위로 의자 두 개가 전부였다. 탁자는 그냥 나무로 만든 것이었지만 그래도 딴엔 장미 무늬가 그려진 식탁보가 씌워져 있었다. 두 개의 작은 창문에는 제라늄 화분이 하나씩 놓여 있었다. 구석에는 성상이 든 성상갑(聖像匣)이 있었다. 탁자에는 심하게 우그러진 크지 않은 청동 사모바르, 두 개의 찻잔이 놓인 쟁반이 있었다. 하지만 스메르쟈코프는 이미 차를 마신 상태였으므로 사모바르는 꺼져 있었다……. 그 자신은 탁자 앞 의자에 앉아서, 공책을 들여다보면서 펜으로 뭔가를 긋고 있었다. 곁에는 잉크병이, 또 스테아린 양초가 꽂힌 나지막한 주철 촛대가 있었다. 이반 표도로비치는 스메르쟈코프의 얼굴을 보자마자 그의 병이 완전히 회복되었다는 결론을 내렸다. 그의 얼굴은 더 생기로워졌고 살도 통통 올랐으며 앞머리도 멋을 부려 빗어 올렸고 관자놀이께는 포마드가 발라져 있었다. 그는 또 알록달록한, 솜을 넣은 실내복을 입고 있었지만, 낡을 대로 낡아 몹시 해어진 옷이었다. 그의 콧잔등에는 안경이 얹혀 있었는데, 이반 표도로비치는 예전엔 그의 이런 모습을 본 적이 없었다. 이 시시콜콜한 정황이 갑자기 이반 표도로비치를 심지어 두 배나 열 받게 한 듯했다. '이놈 봐라, 주제에 안경까지 끼고 있네!' 스메르쟈코프는 천천히 고개를 들어 안경 너머로, 자기 방에 들어온 자를 주의 깊게 쳐다본 뒤에야 안경을 벗고 의자에서 일어났으나, 그 몸짓이 어쩐지 공손한 데라고는 전혀 없고 오로지 그저 최소한의 예의를 지키는 차원에서 마지못해 이런다는 듯 어쩐지 게으르기까지 했다. 이 모든 것이 순식간에 이반의 머릿속을 스치고 지나갔고 그는 이 모든 것을 즉시 포착하여 유념해 두었는데, 더 중요한 것은 그야말로 표독스럽고 못마땅한 듯한, 심지어 오만불손하기까지 한 스메르쟈코프의 눈초리였다. '뭣 하러 또 빌빌대며 온 거야, 얘기는 그때 다 끝내 놓고선 뭣 하러 또다시 온 거냐고?'라는 식이었다. 이반 표도로비치는 간신히 스스로를 억눌렀다.

"이 방은 참 덥군." 그는 여전히 선 채로 이렇게 말한 뒤 외투의 단추를 풀었다.

"그럼, 벗으시죠." 스메르쟈코프가 너그럽게 말했다.

이반 표도로비치는 외투를 벗어 그것을 벤치 위로 던지고 떨리는 손으로 의자를 잡아 재빨리 탁자 쪽으로 끌어다 앉았다. 스메르쟈코프는 그보다 먼저 자신의 벤치에 자리를 잡고 앉았다.

"첫째, 여긴 우리밖에 없겠지?" 엄격하고 맹렬하게 이반 표도로비치가 물었다. "저쪽에서 우리 말이 들리진 않을까?"

"아무도, 아무것도 안 들릴 겁니다요. 직접 보셨잖습니까, 사이에 현관이 있는걸요."

"이봐, 좀 들어 봐. 그때 내가 병원에 있던 너를 보러 갔다 나올 때 무슨 헛소리를 했지? 내가 네가 간질 발작을 연기하는 데 도사라는 말을 하지 않으면, 너도 너와 내가 대문 곁에서 주고받은 말은 예심판사에서 일절 발설하지 않겠다고 했지? 그 일절이라는 게 뭐야? 그때 너는 뭘 염두에 뒀던 것이지? 나에게 협박이라도 한 건가, 그런 건가? 내가 너와 무슨 한패가 되어 음모라도 꾸몄고 그래서 너를 두려워한다, 이런 소린가?"

이반 표도로비치는 이 말을 하면서 완전히 격분했는데, 말을 빙빙 돌리거나 괜히 수작을 부리는 것은 경멸스러우니 아예 탁 터놓고 놀자는 것을 일부러 분명하게 알리려는 듯했다. 스메르쟈코프는 두 눈을 표독스럽게 번득이며 왼쪽 눈을 찡긋하더니, 예의 그 습관대로 자제력을 발휘하여 침착하게, 하지만 곧장 대답을 해 주었다. '네놈이 그렇게 탈탈 털어놓고 싶다면, 나 역시 그렇게 대해 주지.'라는 투였다.

"그때 내가 그 말을 하면서 염두에 두었던 것, 또 그런 말을 했던 까닭은 바로 이런 겁니다. 즉, 도련님은 친아버님이 이렇게 살해될 수 있다는 것을 미리 알고서도 그때 될 대로 되라는 식으로 내버려 두었고, 이 때문에 사람들이 당신의 감정이나 그 밖의 무슨 다른 일에 대해 고약한 결론을 내리지나 않을까 싶었던 겁니다. 바로 이런 이유로 그때 당국에는 발설하지 않겠노라고 약속한 거죠."

스메르쟈코프는 이렇게 말하면서 서두르지도 않고 자제력도 제법 발휘했지만, 그의 목소리에서는 어떤 확고하고 끈덕지고 표독스럽고 뻔뻔스러울 정도로 도전적인 울림이 들려왔다. 그는 이반 표도로비치를 무례하게 빤히 쳐다보았고, 그래서 상대방은 처음엔 순간 눈이 아찔해질 정도였다.

"뭐라고? 뭐가 어째? 그래, 네놈 지금 제정신이냐, 아니냐?"

"정신은 정말로 말짱합죠."

"아니, 그럼 내가 그때 살인 사건이 일어날 걸 알고 있었단 말이냐?" 마침내 이반 표도로비치가 소리를 지르면서 주먹으로 탁자를 쾅 쳤다. "'그 밖의 무슨 다른 일'은 또 무슨 소리냐? 썩 말하지 못할까, 이 야비한 놈아!"

스메르쟈코프는 아무 말도 않고 여전히 예의 그 뻔뻔스러운 눈초리로 계속 이반 표도로비치를 쳐다보았다.

"말하라니까, 이 구린내 나는 악질 같은 놈아, '그 밖의 무슨 다른 일'이 뭐냐니까?" 상대방은 이렇게 고함을 질렀다.

"내가 지금 '그 밖의 무슨 다른 일'이라고 말하면서 염두에 둔 것은 도련님도 그때 부친의 죽음을 바랐을 것이라는 점입니다."

이반 표도로비치는 벌떡 일어나 주먹으로 있는 힘껏 그의 어깨를 내리쳤고, 덕택에 상대방은 벽 쪽으로 나가떨어졌다. 한순간에 그의 얼굴은 온통 눈물범벅이 됐다. 그는 "몸도 약한 사람을 때리다니, 도련님, 부끄럽지도 않으십니까!"라고 말한 뒤 갑자기, 콧물 범벅이 된 푸른 격자무늬 손수건으로 눈을 가리곤 조용히 훌쩍훌쩍 울기 시작했다. 그렇게 일 분 정도가 지났다.

"됐어! 그만해!" 이반 표도로비치가 마침내 다시 의자에 앉으면서 이렇게 말했다. "내 인내력을 바닥내지 말란 말이다."

스메르쟈코프는 눈에서 걸레쪽 같은 손수건을 떼 냈다. 그의 주름투성이 얼굴 곳곳에 이제 막 감수해야 했던 모욕이 알알이 배어 있었다.

"그러니까, 이 야비한 놈아, 네놈은 그때 내가 드미트리와 한패가 돼서 아버지를 죽이고 싶어 하는 줄 알았단 말이냐?"

"도련님이 그때 무슨 생각을 하는지는 몰랐습죠." 스메르쟈코프가 볼멘소리로 말했다. "그때 도련님이 대문 안으로 들어왔을 때 도련님을 멈춰 세운 것도 바로 그 부분에 대한 도련님의 마음을 떠보기 위해서였습죠."

"떠보다니? 뭘?"

"다름 아니라 바로 이런 정황이죠. 즉, 도련님은 자기 부친이 어서 빨리 살해되었으면 하는가, 아닌가? 하는 거요."

이반 표도로비치의 속을 제일 심하게 뒤집어 놓은 것은 이 집요하고도 뻔뻔스러운 어조였는데, 스메르쟈코프는 계속 그 어조를 바꾸려 들지 않았다.

"이놈, 네놈이 아버지를 죽였구나!" 그가 갑자기 소리쳤다.

스메르쟈코프는 경멸스럽다는 듯 히죽 웃었다.

"내가 안 죽였다는 건 도련님이 더 잘 알고 있으면서. 게다가 영리한 사람이라면 이런 일은 다시는 입에 담지 않을 줄 알았는데요."

"하지만 왜, 왜 너는 그때 나한테 그런 의심을 품었던 거지?"

"도련님도 아시다시피, 여간 무서웠어야 말입죠. 사실, 그 당시 나는 어찌나 무서웠던지 벌벌 떨면서 아무나 다 의심했거든요. 해서 도련님의 마음도 한번 떠봐야겠다고 결심했고, 도련님마저도 도련님의 형님과 똑같은 걸 바라고 있다면, 그때는 일이 어찌 되건 다 끝장이고 나만 혼자 파리 새끼처럼 돼지겠구나, 생각했지요."

"들어 봐, 너는 이 주 전만 해도 이런 식으로 말하지 않았어."

"병원에서 도련님과 얘기를 할 때도 똑같은 것을 염두에 두었었지만, 다만 쓸데없는 말을 더 늘어놓지 않아도 도련님이 다 알아들을 테고 워낙 영리한 양반이니까 노골적인 대화는 원치 않는다고 생각했습죠."

"아니, 이놈이 정말! 하지만 대답해, 대답을 하란 말이다, 절대 물러서지 않겠다. 정확히 무엇 때문에, 정확히 내가 무슨 짓을 했기에 그때 네놈이 네놈의 그 야비한 영혼 속에 내 눈엔 그토록 저질스러워 보이는 의심을 품을 수 있었던 거냐?"

"죽인다는 것은 말이죠——도련님은 제 손으론 절대 그럴 수가 없었을 테고 게다가 그러고 싶지도 않았을 테지만, 하지만 다른 누군가가 죽여 주길 바라는 것이라면, 예, 도련님은 이걸 원한 거죠."

"참 차분하게 잘도 떠드는구나, 어찌나 차분한지! 그래 내가 무엇 때문에 그런 걸 원한다는 거냐, 어떤 연유로 내가 그런 걸 원했다는 거냐고?"

"어떤 연유라뇨? 유산이 있잖습니까요?" 스메르쟈코프는 독살스럽게, 왠지 복수심마저 느껴지는 어조로 말을 받았다. "그 당시 도련님의 부친이 돌아가시면 세 형제에게 에누리 없이 4만씩, 어쩌면 그보다 더 많은 액수가 돌아갈 수 있었겠지요. 하지만 표도르 파블로비치가 바로 그 부인, 즉 아그라페나 알렉산드로브나와 결혼을 할 경우엔 워낙 똑똑한 여자이다 보니 결혼식을 올리자마자 즉시 모든 재산을 자기 명의로 바꾸었을 테고, 따라서 도련님 세 형제는 모두 부친이 돌아가셔도 단돈 2루블도 얻지 못했을 테죠. 그런데 그때는 결혼식이 그야말로 코앞으로 다가오지 않았습니까? 일촉즉발의 상황이었죠. 그 아씨가 주인 나리 앞에서 새끼손가락만 까딱해도 주인 나리는 곧장 혀를 내민 채 그 아씨를 쫓아 교회로 달려갔을걸요.”

이반 표도로비치는 고통스러워하면서 스스로를 억눌렀다.

“그래, 좋다.” 그가 마침내 입을 열었다. “너도 보다시피, 나는 벌떡 일어나지도 않았고, 너를 때리지도 않았고, 너를 죽이지도 않았어. 그러니 계속 말해 보시지. 그래서 네 생각으론 내가 드미트리 형이 그런 짓을 저지르도록 미리 정해 놓고 형한테 그런 걸 기대했단 말이냐?”

“어떻게 그분한테 그런 걸 기대하지 않을 수 있었겠습니까요. 일단 죽이기만 하면 그땐 그분은 귀족으로서의 권리, 지위, 재산 등 모든 걸 박탈당하고 유형에 처해질 텐데요. 그렇게 되면 부친이 돌아가신 후 그분의 몫으로 남겨질 유산은 도련님과 동생 알렉세이 표도로비치에게로 돌아오니까 둘이서 절반씩 나눌 테고, 그 말인즉 도련님들 각각은 이미 4만이 아니라 6만을 손에 넣게 되는 것이죠. 이런 상황이니까 도련님은 틀림없이 드미트리 표도로비치한테 기대를 걸었던 거죠!”

“그래, 네놈이 무슨 소리를 지껄이든, 일단 참아 주지! 들어봐라, 개망나니 같은 놈아. 내가 그때 누군가에게 기대를 걸었다면, 그건 물론 드미트리가 아니라 네놈이었고, 또 맹세코, 네놈이라면 얼마든지 추잡한 짓도 저지를 거라는 예감이 들었어…… 그때…… 내가 받은 인상이 똑똑히 기억난단 말이다!”

“그때 나도 잠시나마 도련님이 나한테도 역시 기대를 걸고 있다는 생각을 했습니다.” 스메르쟈코프가 이를 드러내고 비아냥거리듯 웃었다. “그러니까 그때 그렇게 함으로써 더더욱 내 앞에서 자신의 속셈을 드러내 보인 셈이죠. 왜냐면 내가 무슨 짓을 저지를 거라는 예감이 들었으면서도 동시에 떠났다면, 그 말인즉, 네가 아버지를 죽여도 좋으니 나는 방해하지 않겠다, 하고 말한 것과 다름없는 거죠.”

“이런 야비한 놈! 네놈은 그렇게 알아먹었구나!”

“전부 다 바로 이 체르마쉬냐 덕분입죠. 아니, 여부가 있나요, 어디! 모스크바에 갈 참이라고 체르마쉬냐에 좀 가 달라는 부친의 간청을 거절하다니요! 그래 놓고선 오직 나의 어리석은 말 한마디에 갑자기 가겠다고 하다니요! 무엇을 위해서 그때 그 체르마쉬냐에 가겠다고 선뜻 나섰던 걸까요? 오직 내 말 한마디에 별 이유도 없이 모스크바가 아니라 체르마쉬냐로 떠났다면, 다시 말해서 나에게서 뭔가를 기대했다는 소리죠.”

“아니야, 맹세코 그렇지 않아!” 이반은 이를 갈면서 울부짖었다.

“뭐가 그렇지 않다는 겁니까요? 사실, 정반대가 되었어야 옳지요. 즉, 아들 된 도리로 보건대 도련님은 그때 그런 말을 지껄인 나를 당장에 경찰서로 끌고 가서 찢어발겨 놓든가…… 최소한 바로 그 자리에서 내 낯짝이라도 후려갈겼어야 옳지만, 정작 도련님은 천만의 말씀, 정반대로 화를 내기는커녕 그 즉시 나의 극히 어리석은 말을 곧이곧대로 받아들여 얼씨구나 곧상 길을 떠났으니, 이건 참으로 터무니없는 일이었습죠.

왜냐면 도련님은 부친의 목숨을 지키기 위해 그냥 집에 남아 있어야 옳았거든요…… 자, 이런 상황이니 내가 어떻게 그런 결론을 내리지 않을 수 있었겠습니까?"

이반은 후들후들 떨리는 두 주먹으로 무릎을 꽉 붙잡고 양 미간을 찌푸린 채 앉아 있었다.

"그래, 네놈의 낯짝을 후려갈기지 못한 것이 유감이야." 그가 씁쓸하다는 듯 씩 웃었다. "그때 네놈을 경찰서로 끌고 갈 순 없었어. 누가 내 말을 믿었겠으며 내가 이렇다 할 무슨 말을 할 수 있었겠냐마는, 그래도 낯짝을 후려갈기는 거라면…… 에잇, 그 생각을 미처 못한 건 정말 유감이야. 따귀는 금지되어 있긴 하지만, 네놈의 상통을 보기 좋게 갈겨 버릴걸."

스메르쟈코프는 거의 열락마저 느끼면서 그를 바라보고 있었다.

"인생의 보통의 경우에는 말이죠."라고 그는 언젠가 표도르 파블로비치의 식탁 앞에 앉아 그리고리 바실리예비치와 신앙 문제로 논쟁을 벌이며 그를 약 올렸던 바로 그 건방지고 뻐기는 어조로 말했다. "인생의 보통의 경우에는 현재 따귀는 실제로도 법적으로 금지되어 있으며 다들 때리는 것을 멈추었지만, 뭐, 인생의 특수한 경우에는 우리 나라뿐만 아니라 온 세상에서, 심지어 가장 완벽한 프랑스 공화국에서조차도 아담과 이브 시절처럼 계속하여 사람을 때리고 있으며 절대로 그것을 멈추지 않을 텐데, 그런데도 도련님은 그때 그 특수한 경우에도 그런 용기를 내지 못했죠."

"아니, 너 프랑스어 단어를 공부하는 거냐?" 이반이 탁자 위에 놓인 공책을 가리키며 턱을 까딱했다.

"나라고 해서 그런 걸 좀 공부하면 안 된다는 법이 있습니까요, 나도 유럽의 저 행복한 곳들에 가게 될지도 모른다는 생각에 교양도 좀 쌓고 하면 안 되냔 말입니다요."

"들어 봐, 이 개망나니 같은 놈아." 이반은 눈을 번득이며 온몸을 부르르 떨었다. "나는 네놈의 고발 따윈 무섭지 않아, 나에 대해 무슨 증언을 하든 상관없어. 내가 지금 네놈을 죽도록 때리지 않은 건, 그건 오로지 네놈이 이 사건의 범인이 아닐까 의심스럽기 때문이야, 네놈을 법정으로 끌고 갈 테니까. 네놈의 정체를 낱낱이 밝혀 놓겠다!"

"내 생각으론 차라리 입 다물고 계시는 편이 낫겠습니다. 왜냐면 완전히 무고한 나를 도련님이 고발한다고 해도 누가 도련님 말을 믿어 주겠습니까? 다만, 도련님이 정 그런 식으로 나오면, 나도 모든 것을 얘기할 수밖에 없습죠, 나도 어떻게든 제 몸 하나는 보호해야 하지 않겠습니까?"

"이놈, 내가 지금 네놈을 무서워한다고 생각하느냐?"

"내가 지금 도련님한테 한 이 말을 법정에서는 전혀 믿어 주지 않겠지만, 그 대신 일반 사람들은 믿어 줄 테고, 그러면 도련님은 이만저만 창피한 게 아닐 테죠."

"이건 이번에도 '영리한 사람과는 얘기를 나누는 것도 흥미롭다.'인가, 엉?" 이반이 이를 갈았다.

"정확히 핵심을 찌르셨군요. 그럼, 좀 영리해지십죠."

이반 표도로비치는 너무 분해서 온몸을 부르르 떨며 자리에서 일어나 외투를 입더니, 스메르쟈코프에겐 더 이상 대답도 하지 않고 심지어 그를 쳐다보지도 않고 황급히 오두막을 나왔다. 신선한 저녁 공기를 쐬니 상쾌해졌다. 하늘에는 달이 휘영청 밝았다. 상념들과 감각들의 끔찍한 악몽이 그의 영혼 속에서 들끓었다. '지금 바로 가서 스메르쟈코프를 고발해 버릴까? 하지만 뭘 고발한단 말인가. 어쨌거나 녀석은 무죄다. 오히려, 그 녀석이 나를 고발할 거다. 아닌 게 아니라, 그때 나는 무엇을 위해서 체르마쉬냐로 갔을까? 무엇을 위해서, 무엇을?' 이반 표도로비치는 자문해 보았다. '그래, 물론, 나는 뭔가를 기대했던 거야, 그놈 말이 옳다······.' 그러자 다시금 아버지의 집에서 보낸 마지막 날 밤 계단에서 아버지의 방에서 나는 소리를 엿들었던 것이 백 번째로 떠올랐는데, 이제는 이렇게 떠오른다는 것 자체가 너무나 고통스러워서 심지어 뭔가에 찔리기라도 한 듯 그 자리에서 걸음을 멈추기까지 했다. '그래, 나는 그때 뭔가를 기다렸어, 이건 사실이다. 나는 바로 살인이 일어나길 바랐던 거다, 그걸 바랐던 거다! 아니, 내가 정말로 살인이 일어나길 바랐던 걸까, 그랬던 걸까······? 스메르쟈코프를 죽여야 해······! 내가 지금 스메르쟈코프를 죽일 용기가 없다면, 나는 아예 살 가치도 없는 놈이다······!' 이반 표도로비치는 그때 집에 들르지도 않고 곧장 카체리나 이바노브나를 찾아갔는데, 그렇게 불쑥 나타나서 그녀를 놀라게 했다. 꼭 미친 사람 같았던 것이다. 그는 그녀에게 스메르쟈코프와 나눈 대화를 전부, 토씨 하나 빼지 않고 전했다. 그는 그녀가 아무리 설득을 해도 진정할 수가 없어서 줄곧 방을 이리저리 왔다 갔다 하며 탁탁 끊기는, 이상한 말투로 말을 늘어놓았다. 마침내 탁자 앞에 앉아 팔꿈치를 굽혀 두 손으로 머리를 괴고 이상한 아포리즘을 내뱉었다.

"만약 살인을 저지른 것이 드미트리가 아니라 스메르쟈코프라면, 물론 나도 그때 그놈과 공범이야, 내가 그놈을 교사(教唆)했으니까. 사실, 내가 그놈을 교사했는지 어떤지는 아직도 모르겠어. 하지만 드미트리가 아니라 그놈이 죽인 것이 맞는면, 물론 나도 살인자야."

이 말을 듣고서 카체리나 이바노브나는 말없이 자리에서 일어나 자기 책상으로 가더니 그 위에 있던 조그만 함을 열고 무슨 종이를 꺼내 와 이반 앞에 내놓았다. 이 종이가 바로, 이반 표도로비치가 나중에 알료샤에게 드미트리 형이 아버지를 죽였다는 수학적 증거라고 했던 그 서류였다. 이것은 미챠가 술에 취한 상태에서 카체리나 이바노브나에게 쓴 편지로서, 카체리나 이바노브나 집에서 그루셴카가 그녀를 모욕한 장면이 연출된 이후, 미챠가 수도원으로 돌아가고 있던 알료샤와 들판에서 만난 바로 그날 저녁에 쓴 것이었다. 그때 알료샤와 헤어지고서 미챠는 곧장 그루셴카 집으로 돌진했다. 그녀를 만났는지 어땠는지는 잘 모르겠지만, 여하튼 그날 밤 술집 '수도'에 나타나서는 당연히 술을 잔뜩 퍼마셨던 것이다. 이렇게 술에 취한 상태에서 그는 펜과 종이를 달라고 한 뒤 스스로에게 대단히 불리하게 작용할 서류를 작성해 버린 것이다. 그것은 아무런 두서도 없고 장황하게 말만 많은, 미친 듯 흥분에 가득 찬, 그야말로 '술에 취한' 편지였다. 술에 취한 사람이 집으로 돌아와서 예사롭지 않을 만큼 열을 올리며 마누라나 누구

식솔들에게, 지금 자기가 어떻게 모욕을 당했고 자기를 모욕한 놈은 정말로 비열한 놈이지만 자기는 반대로 정말로 훌륭한 사람이고 자기는 이 비열한 놈에게 멋지게 분풀이를 해 주고야 말 것이다 등의 말을 늘어놓는 것—즉, 한결같이 장황하기 그지없고 아무런 두서도 없이 흥분에 차서 주먹으로 탁자를 쾅쾅 때려 가면서, 또 술에 취해 눈물을 뚝뚝 흘리면서 내뱉는 넋두리 같은 것이었다. 술집에서 그에게 내 준 편지용 종이는 품질이 떨어지고 지저분한 보통 편지지 쪼가리로서 뒷면에는 무슨 계산서가 적혀 있었다. 술에 취해 주저리주저리 말을 늘어놓자니 분명히 공간이 부족했던 탓에, 미챠는 모든 여백을 빽빽이 다 채웠을 뿐만 아니라 마지막 몇 줄은 이미 쓰인 글들 위에 십자형으로 겹쳐 써넣기까지 했다. 편지의 내용은 다음과 같았다.

숙명적인 카챠! 내일 돈을 손에 넣어 당신의 그 3000을 돌려주겠어, 그리고 안녕—위대한 분노의 여인이여, 하지만 안녕, 나의 사랑이여! 끝을 내자! 내일 모든 사람들에게 돈을 구해 보겠지만 그래도 구하지 못할 때는, 당신에게 약속한 대로 아버지에게 가서 아버지의 머리를 부수고 아버지 베개 밑에서 가져올 거야, 이반이 떠나 주기만 한다면. 징역살이를 하는 한이 있더라도 그 3000은 돌려주겠어. 당신도 용서해 주길. 당신 앞에서 나는 야비한 놈, 땅에 머리가 닿도록 절하노라. 나를 용서해 주길. 아니, 차라리 용서를 해 주지 않는 편이 낫겠군. 나에게도 당신에게도 그쪽이 더 편하니까! 당신의 사랑보다는 징역살이가 낫지, 다른 여인을 사랑하거든. 그런데 당신은 오늘 그 여자가 어떤 여자인지 너무도 잘 알게 됐으니, 어떻게 그녀를 용서할 수 있겠어? 내 돈을 훔쳐 간 도둑놈을 죽이고야 말겠어! 더 이상 아무도 알고 싶지 않기에, 당신들 모두를 떠나 동쪽으로 가겠어. 그 여자도 더 이상 알고 싶지 않아. 나를 괴롭히는 건 당신 하나만이 아니니까, 그 여자도 또한 그러하니까. 안녕히!

P.S. 저주의 말을 쓰고는 있지만, 당신을 숭배하노라! 내 가슴속의 목소리가 들리노라. 현(絃) 한 가닥이 남아서 울리는군. 차라리 심장을 절반으로 쪼개는 것이 나으련만! 내 목숨을 끊어 버릴 테지만, 어쨌거나 일단은 저 수캐 새끼부터 죽여 버릴 테다. 그놈한테서 3000을 가져와 당신에게 던지겠어. 이 몸이 비록 당신 앞에서 야비한 놈이긴 하지만 그래도 도둑놈은 아니야! 3000을 기다리고 있으라. 저 수캐 새끼의 이부자리 밑에는 장밋빛 리본이 있어. 나는 내 돈을 훔친 도둑놈을 죽일 뿐, 도둑놈은 아니야. 카챠, 나를 경멸스러운 눈으로 바라보지 말아 주길. 드미트리는 도둑놈은 아니지만, 살인자야! 당당히 서서 당신의 오만함을 더 이상 감당하지 않기 위해 아버지를 죽이고 스스로를 파멸시켰노라. 그리고 당신을 사랑하지 않기 위해서.

PP.S. 당신의 발에 입을 맞추노라, 안녕히!

PP.SS. 카챠, 사람들이 나한테 돈을 주도록 하느님에게 기도해 주길. 그러면 나도 피를 묻히지 않겠지만, 만약 아무도 안 준다면 나는 피를 묻힐 거야! 나를 죽여 줘!

노예이자 적

D. 카라마조프

'서류'를 다 읽고 자리에서 일어났을 때 이반은 확신에 차 있었다. 그러니까 스메르쟈코프가 아니라 형이 죽인 것이다. 스메르쟈코프가 아니라면, 다시 말해서 그, 이반도 아니다. 이 편지가 그의 눈에는 갑자기 수학적인 의미를 지니게 되었다. 그로서는 미챠의 유죄를 의심할 여지가 조금도 있을 수 없었다. 검사겸사, 미챠가 스메르쟈코프와 공모하여 죽였을지도 모른다는 의심은 이반에게 절대로 들지 않았고 더욱이 이건 사실 관계 차원에서도 맞질 않았다. 이반은 전적으로 마음을 놓게 되었다. 다음 날 아침이 되자, 그는 스메르쟈코프와 그의 냉소를 회상하며 그저 경멸감만을 느꼈을 뿐이다. 며칠이 지났을 때는 스메르쟈코프의 의심 때문에 자기가 그토록 고통스러울 만큼 모욕감을 느낄 수 있었다는 사실에 놀라기까지 했다. 이반은 그를 경멸하여 아예 잊어버리기로 마음먹었다. 그렇게 한 달이 지나갔다. 누구에게 스메르쟈코프에 대해 캐묻는 일은 더 이상 없었지만, 두어 번 정도 지나가는 말로 그가 몹시 아프고 제정신이 아니라는 말을 듣기는 했다. "결국엔 미쳐 버릴 모양입니다." 스메르쟈코프를 두고 젊은 의사 바르빈스키가 이렇게 말했고 이반은 이것을 기억해 두었다. 그런데 그 달의 마지막 주에는 이반 자신도 몸 상태가 몹시 나빠지기 시작했다. 카체리나 이바노브나가 모스크바에서 초빙한 의사가 공판을 바로 앞에 두고 우리 도시로 왔을 때부터 이미 이반은 진찰을 받으러 다니고 있었다. 또 바로 그 무렵 카체리나 이바노브나에 대한 그의 태도는 극도로 날카로워져 버렸다. 그들은 서로 사랑에 빠진 무슨 두 명의 원수 같았다. 카체리나 이바노브나의 마음이 비록 한순간이었지만 맹렬한 기세로 미챠에게로 돌아서 버리자, 이반은 이미 흥분하다 못해 완전히 미칠 지경이 되었다. 이상하게도 우리가 묘사한 마지막 장면, 즉 알료샤가 미챠에게 갔다가 카체리나 이바노브나의 집에 들렀던 그때까지 이반은 요 한 달 내내 단 한 번도 그녀가 미챠의 유죄를 의심하는 것을 들은 적이 없었는데, 이런 상황에서도 그녀의 마음이 미챠에게로 '돌아서 버리자' 이반은 완전히 증오심에 사로잡혔던 것이다. 또 한 가지 주목할 만한 점은, 이반은 자신이 나날이 미챠를 더욱더 증오하고 있다는 것을 느끼면서 이와 동시에 그 증오의 원인이 카챠의 마음이 미챠에게로 '돌아서 버렸기' 때문이 아니라 미챠가 아버지를 죽였기 때문이라고 생각하고 있었다는 사실이다! 그 자신도 이 점을 느끼고 있었으며 또 이 점을 의식하고 있었다. 그럼에도 불구하고 그는 공판이 열리기 열흘쯤 전에 미챠를 찾아가 탈출 계획을 제시했던 것이니——분명히 오랫동안 곰곰 생각한 끝에 나온 계획이었으리라. 여기에는 그로 하여금 이런 발걸음을 내딛도록 부추긴 주된 원인 외에 스메르쟈코프가 던진 한마디 말로 인해 받은, 아직도 아물지 못한 마음의 상처도 적지 않은 몫을 했는데, 형의 유죄가 확정되면 그때는 알료샤와 그에게 돌아올 아버지의 유산이 4만에서 6만으로 늘어날 테니까 자기, 즉 이반에겐 큰 이득이 될 것이라는 그 한마디 말이다. 그래서 그는 자기 나름대로 생각이 있어 미챠를 탈출시키는 데 3만을 희생하기로 마음먹었던 것이다. 그때 미챠를 만나고 돌아오는 길에 그는 걷잡을 수 없는 슬픔과 혼란에 사로잡혔다.

자기가 미챠의 탈출을 원하는 것은 이 일에 3만을 희생함으로써 상처를 아물게 하기 위해서가 아니라 뭔가 다른 이유 때문이라는 느낌이 갑자기 들기 시작했기 때문이다. '영혼 깊은 곳에서는 나도 똑같은 살인자이기 때문이 아닐까?' 그는 이렇게 자문해 봤던 것이다. 아련하지만 가슴을 찌르는 듯한 뭔가가 그의 영혼을 후벼 파는 것만 같았다. 무엇보다도 요 한 달 내내 그의 오만한 자존심이 끔찍할 정도로 고통을 받았다는 것이 문제인데, 이건 나중에 얘기하도록 하자……. 알료샤와 대화를 나누고 나서 자기 집의 초인종에 손을 댔으나 갑자기 스메르쟈코프를 찾아가기로 결심하고 나자, 이반 표도로비치의 가슴속에서는 느닷없이 한 가지 특별한 분노가 끓어올라 그를 완전히 사로잡아 버렸다. 갑자기 카체리나 이바노브나가 바로 방금 전에 알료샤가 있는 데서 자기에게 소리친 말이 떠올랐던 것이다. "그건 당신이었어, 그 사람이(다시 말해 미챠가) 살인자라고 나한테 주장한 사람은 오직 당신 하나였단 말이야!" 이 말이 떠오르자, 이반은 심지어 장승처럼 얼어붙어 버렸다. 그는 결단코 그녀에게 미챠가 살인자라고 주장한 적이 없었을뿐더러, 오히려 그때 스메르쟈코프를 만나고 돌아와선 그녀 앞에서 자기 자신에게 혐의를 두었다. 오히려 그건 그녀, 그러니까 그녀가 그에게 그때 '서류'를 내놓으면서 형의 유죄를 증명하지 않았던가! 그런데 이제 와서 그녀는 '내가 직접 스메르쟈코프에게 갔다 왔어!'라고 외치지 않는가. 언제 갔단 말인가? 이반은 이것에 대해서는 아무것도 몰랐다. 다시 말해서, 그녀는 미챠의 유죄를 별로 믿지 않았던 것이다! 그리고 스메르쟈코프 녀석은 도대체 그녀에게 무슨 말을 했을까? 무슨 말을, 정확히 무슨 말을 그녀에게 했단 말인가? 그의 심장은 무서운 분노로 불타올랐다. 그는 자신이 왜 반 시간 전에는 그녀에게 이런 말을 하지 않았는지, 왜 곧바로 소리를 지르지 않았는지 이해가 안 됐다. 그는 초인종을 내버려 두고 스메르쟈코프 집 쪽으로 내달았다. '이번엔 내 그놈을 죽여 버릴지도 모른다.' 길을 가면서 그는 이런 생각을 했다.

8 스메르쟈코프와의 세 번째이자 마지막 만남

길을 절반도 가지 않아, 이날 아침 일찍부터 그랬듯 매섭고도 메마른 바람이 일더니 어느새 잘고 메마른 싸락눈이 마구 휘날리기 시작했다. 그것은 땅에 떨어졌으나 미처 땅에 머무를 틈도 없이 바람에 휘말려 흩날렸고 곧이어 숫제 눈보라가 몰아쳤다. 우리 도시에서 스메르쟈코프가 사는 지역에는 가로등도 거의 찾아볼 수 없었다. 이반 표도로비치는 눈보라가 치는 줄도 모르고 본능적으로 길을 헤아리면서 암흑 속을 성큼성큼 걸었다. 머리가 아팠고 관자놀이가 고통스러울 정도로 지끈거렸다. 손목에 경련이 이는 것도 느껴졌다. 마리야 콘드라치예브나 집이 얼마 남지 않았을 때 이반 표도로비치는 갑자기 혼자 걷고 있는, 키가 작은 술 취한 농부와 마주쳤는데, 그는 누더기 외투를 걸치고 갈지자로 비틀비틀 걸으며 투덜거리고 욕설을 퍼붓다가 갑자기 욕설을 멈추고 술에 취한 목쉰

소리로 노래를 부르기 시작했다.

아, 반카는 피체르[24]로 떠났다네,
나는 그런 놈 따윈 기다리지 않겠네!

하지만 그는 계속 이 두 번째 소절에서 노래를 중단하고 다시 누군가를 욕하기 시작했고, 그러다가 다시금 갑자기 똑같은 노랫가락을 뽑아 내기 시작했다. 이반 표도로비치는 이미 오래전부터 그에 대한 끔찍한 증오를 느꼈으며, 숫제 그에 대한 생각도 하지 않고 있다가 갑자기 그의 존재를 의식하곤 했다. 그 즉시 주먹을 들어 아래로 내려치면서 농부를 갈겨 주고 싶은 충동이 참을 수 없을 정도로 강하게 밀려왔다. 때마침 그 순간, 그들은 같은 위치에 나란히 서게 되었고, 농부는 심하게 비틀거리다가 갑자기 이반에게 거세게 몸을 부딪치고 말았다. 이반은 난폭하게 그를 밀쳐 냈다. 농부는 나가떨어져서 통나무처럼 언 땅바닥으로 털썩 쓰러졌는데 오직 단 한 번 오——오! 하고 병적인 신음 소리를 냈을 뿐, 이내 잠잠해졌다. 이반은 그를 향해 성큼 걸음을 떼 놓았다. 상대방은 의식을 잃은 채 꿈쩍도 않고 벌렁 나자빠져 있었다. '얼어 죽겠군!' 이반은 이렇게 생각하고서 다시금 스메르쟈코프 집을 향해 성큼성큼 걸음을 옮겼다.

문을 열어 주기 위해 손에 양초를 들고 달려 나온 마리야

---

24) 페테르부르크의 약칭.

콘드라치예브나는 현관에서부터 파벨 표도로비치(즉 스메르쟈코프)가 몹시 아픈데 몸져누워 있는 정도가 아니라 거의 제정신이 아니며 차도 마시기 싫으니 치우라고 했다고 그에게 속삭였다.

"아니 그래, 그가 난동이라도 부린다는 건가?" 이반 표도로비치가 거칠게 물었다.

"무슨 말씀입니까, 오히려 너무 조용합니다요. 다만, 도련님, 그분을 붙잡고 너무 오래 얘기를 나누지는 말아 주세요……." 마리야 콘드라치예브나가 부탁했다.

이반 표도로비치는 문을 열고 오두막 안으로 성큼 걸음을 옮겼다.

지난번과 마찬가지로 불을 잔뜩 때 놨지만, 방에 다소간의 변화가 눈에 띄었다. 벽 옆에 있던 벤치 중 하나는 치웠는지 그 자리에 마호가니로 된 커다랗고 낡은 가죽 소파가 놓여 있었다. 거기에는 상당히 깨끗한 흰색 베개를 비롯하여 잠자리가 마련되어 있었다. 침대 위에는 스메르쟈코프가 여전히 예의 그 실내복을 입고 앉아 있었다. 탁자를 소파 앞으로 옮겼기 때문에 방은 몹시 비좁아진 상태였다. 탁자 위에는 노란색 표지의 무슨 두꺼운 책이 놓여 있었지만 스메르쟈코프는 그것을 읽기는커녕 아무 일도 하지 않고 그냥 앉아 있는 듯했다. 그는 말없이 긴 시선으로 이반 표도로비치를 맞이했으며, 보아하니 상대방의 방문이 조금도 놀랍지 않은 듯한 눈치였다. 그는 안색이 몰라볼 정도로 달라졌는데, 몰라볼 정도로 여위고 또 얼굴빛이 샛노래져 있었던 것이다. 눈은 움푹 들어

갔고 아래쪽 눈꺼풀은 시퍼렇게 변해 있었다.

"그래, 정말로 아픈 거냐?" 이반 표도로비치가 걸음을 멈추었다. "오래 있지는 않을 테니 외투도 벗지 않겠다. 여기 어디 앉을 데가 있나?"

그는 탁자의 맞은편 모서리로 돌아가 탁자 쪽으로 의자를 끌어와서 앉았다.

"아니 왜 쳐다만 보고 있는 거냐, 말도 없이? 그냥 한 가지 질문할 게 있어서 왔으니, 맹세코 대답을 듣지 않고는 네 방을 나가지 않겠다. 너에게 아씨가, 카체리나 이바노브나가 왔더냐?"

스메르쟈코프는 조금 전과 마찬가지로 말없이, 조용히 긴 시선으로 이반을 쳐다보다가 갑자기 한 손을 내저으면서 그에게서 얼굴을 돌렸다.

"아니, 왜 이러지?" 이반이 소리쳤다.

"아무 일도 아닙니다요."

"뭐가 아무 일도 아니라는 거냐?"

"뭐 오시긴 했지만, 뭐 도련님과는 아무 상관이 없는 일이죠. 이제 그만 좀 하십죠."

"아니, 그만하지 않겠어! 말해, 언제 왔다 갔지?"

"기억도 안 나요, 잊어버렸습니다." 그러고서 스메르쟈코프는 경멸스럽다는 듯 씩 웃더니 갑자기 또다시 이반 쪽으로 얼굴을 돌리고 그를 응시했는데, 한 달 전에 만났을 때 그를 바라보던 것과 똑같은, 어쩐지 미칠 것만 같은 증오로 불타오르는 시선이었다.

"도련님도 어디가 편찮으신 모양이군요. 어렵쇼, 얼굴이 홀

쪽해진 것이 꼴이 영 말이 아니군요." 그가 이반에게 말했다.

"내 건강 따위는 집어치우고 묻는 말에나 대답해."

"웬일인지 도련님 눈도 샛노래지셨네요, 흰자위가 완전히 노란색이 됐으니, 원. 괴로워서 못살 것 같으신가 봐요?"

그는 경멸스럽다는 듯 씩 웃더니 갑자기 숫제 웃음을 터뜨렸다.

"잘 들어, 나는 대답을 듣지 않으면 네 방에서 나가지 않겠다고 분명히 말했다!" 이반이 끔찍할 정도로 신경질을 내며 외쳤다.

"왜 나한테 치근대는 겁니까요? 왜 나를 못살게 구냐고요?" 스메르쟈코프가 고통스러워하면서 말했다.

"에이, 빌어먹을! 나한테 네놈이 무슨 상관이야. 대답만 해, 그러면 즉각 떠나 줄 테니."

"나는 도련님한테 대답할 말이 아무것도 없습니다!" 스메르쟈코프가 갑자기 시선을 내리깔았다.

"분명히 말하는데, 내 네놈이 꼭 대답을 하도록 만들겠어!"

"대체 뭐가 그리 불안하십니까?" 스메르쟈코프가 갑자기 그를 응시했는데, 이젠 경멸도 아니고 거의 어떤 혐오감이 깃든 시선이었다. "내일 공판이 시작될 거라서 그런 건가요? 도련님한테는 아무 일도 없을 테니까, 제발 좀 믿으시죠! 집에 가서 잠이나 편히 주무세요, 아무것도 염려하지 마시고요."

"네놈이 이해가 안 돼…… 내가 내일 뭘 두려워한다는 거냐?" 이반이 놀라워하면서 말했는데, 갑자기 정말로 어떤 경악이 싸늘한 냉기처럼 그의 영혼을 스치고 지나갔다. 스메르쟈코프는 자로 재듯 눈으로 그를 훑어보았다.

"이—해—가 안 된다고요?" 그가 책망하듯 말을 질질 끌었다. "영리한 사람은 이런 희극을 연출하는 것이 그렇게도 좋은가 보군요!"

이반은 말없이 그를 바라보았다. 전에 없이 어떤 오만방자한 어조, 예전에 그의 하인이었던 자가 지금 그를 대하는 이 예기치 못한 어조만으로도 벌써 예사롭지 않았다. 지난번만 해도 어쨌거나 이런 어조는 찾아볼 수 없었으니 말이다.

"분명히 말씀드리지만, 도련님은 두려워할 게 없다니까요. 도련님한테 해가 되는 말은 절대 하지 않을 테고 또 증거도 없잖아요. 어럽쇼, 손은 또 왜 떠실까. 아니, 도련님, 손가락을 왜 그리 떨고 계시죠? 집으로 돌아가세요, 도련님이 죽인 건 아니니까요."

이반은 몸을 부르르 떨었으니, 알료샤가 떠올랐던 것이다.

"나도 알고 있어, 내가 아니라는 건……" 그가 중얼거렸다.

"아—신—다고요?" 스메르쟈코프가 다시 말을 받았다.

이반은 벌떡 일어나 그의 어깨를 움켜잡았다.

"죄다 말해, 이 독사 같은 놈아! 죄다 말하란 말이다!"

스메르쟈코프는 조금도 놀라지 않았다. 그는 광기 어린 증오의 시선으로 그를 뚫어져라 바라볼 뿐이었다.

"뭐 정 그렇다면, 도련님이 죽이신 겁니다." 그는 분에 겨워 이반에게 속삭였다.

이반은 뭔가 생각이 나는 게 있는지 의자에 털썩 주저앉았다. 그는 표독스럽게 씩 웃었다.

“이건 전부 그때 일을 두고 하는 말인가? 지난번에 말했던 그 일?”

“예, 지난번에도 내 앞에 서 계실 때 모든 것을 이해하셨고, 지금도 이해하고 계시죠.”

“네가 미친놈이라는 것만은 이해가 되는구나.”

“사람 좀 그만 괴롭히세요! 서로 눈을 맞대고 앉아서 이게 뭐 하는 짓입니까, 괜히 서로를 속이고 희극이나 연출하자는 건가요? 아니면 모든 걸 나한테만 뒤집어씌우려는 건가요, 그것도 내 눈앞에서 버젓이? 도련님이 죽였어요, 도련님이 주범이란 말입니다. 나는 그저 도련님의 앞잡이에, 충실한 하인 리차르드에 불과했다고요. 도련님의 말을 따라 이 일을 수행했을 뿐이죠.”

“수행했다고? 아니 그럼, 네가 죽였다는 거냐?” 이반은 순간 온몸이 싸늘해졌다.

뭔가가 그의 뇌수 속에서 전율하는 듯했고, 자잘하고도 싸늘한 오한이 일어 온몸이 벌벌 떨렸다. 그 순간엔 스메르쟈코프 자신도 놀라워하면서 상대를 바라보았다. 필경, 이반이 진정으로 경악하는 모습에 그도 마침내는 충격을 받았던 것이리라.

“아니, 정말로 아무것도 몰랐단 말인가요?” 그는 이반의 눈을 바라보며 삐뚜름하게 웃으면서 믿기지 않는다는 듯 중얼거렸다.

이반은 여전히 그를 바라보고 있을 뿐, 꼭 혀가 마비라도 된 듯 말문이 막혀 버렸다.

아, 반카는 피체르로 떠났다네,

나는 그런 놈 따윈 기다리지 않겠네!

그의 머릿속에서 갑자기 이 노랫가락이 울려 퍼졌다.

"있잖니, 나는 네가 꿈은 아닐까 두렵구나, 내 앞에 앉아 있는 네가 헛것은 아닐까?" 그가 중얼거렸다.

"여기에는 우리 두 사람을, 그리고 제삼의 어떤 존재를 제외하면 헛것이라곤 전혀 없습죠. 지금 여기엔 틀림없이 그가 있어요, 그 제삼의 존재가 우리 둘 사이에 있는 거죠."

"그가 누구냐? 누가 있다는 거냐? 제삼의 존재란 누구냐?" 이반 표도로비치는 깜짝 놀라, 주위를 둘러보며 누가 없나 서둘러 구석구석을 살피며 이렇게 말했다.

"이 제삼의 존재는 신입죠, 이건 바로 하느님의 섭리입죠. 그분은 바로 여기 우리 곁에 있지만, 다만 도련님은 그분을 찾지 않으니 발견하지도 못할 겁니다."

"네가 죽였다는 건 거짓말이야!" 이반이 광포하게 울부짖었다. "네놈은 미쳤거나 아니면 지난번처럼 나를 골려 주려는 거야!"

스메르쟈코프는 아까와 마찬가지로 전혀 겁을 집어먹지도 않고 여전히 상대의 속을 살펴보려는 듯 그를 예의 주시했다. 그는 아무리 해도 이 모든 것이 믿기지 않았으며 여전히 이반이 '모든 걸 알고 있으면서도' 그저 '자기 눈앞에서 버젓이 자기한테만 모든 걸 뒤집어씌우기 위해' 연기를 하고 있는 것처럼 여겨졌다.

"잠깐만 기다려 보세요." 마침내 그가 힘없는 목소리로 말하더니, 갑자기 탁자 밑에서 왼쪽 다리를 들어 올리고 바지를 위로 걷어 올리기 시작했다. 그쪽 발에는 목이 긴 흰 양말을, 그 위에 슬리퍼를 신고 있었다. 조금도 서두르는 기색 없이 스메르쟈코프는 양말을 묶은 끈을 풀고 양말 안으로 깊숙이 손가락을 집어넣었다. 이반 표도로비치는 이런 그를 바라보고 있다가 갑자기 경련이 일 만큼 경악하여 온몸을 벌벌 떨었다.

 "미친놈!" 그는 이렇게 울부짖으며 황급히 자리에서 벌떡 일어났는데, 그렇게 비틀거리며 몸을 뒤로 빼다가 그만 등이 벽에 쾅 부딪쳐선 꼭 납작하게 벽에 찰싹 달라붙은 것 같았다. 그는 미칠 것 같은 공포에 사로잡혀 스메르쟈코프를 바라보았다. 상대방은 그의 경악에는 조금도 아랑곳하지 않고 아직도 여전히 양말 속을 헤적이며 손가락으로 뭔가를 붙잡아서 꺼내려고 애썼다. 그러다가 마침내, 붙잡아서 꺼내기 시작했다. 이반 표도로비치가 보니 그건 무슨 종이들, 혹은 종이 뭉치인 것 같았다. 스메르쟈코프는 그것을 꺼내서 탁자 위에 올려놓았다.

 "이겁니다요!" 그가 조용히 말했다.

 "뭐라고?" 이반이 벌벌 떨면서 대답했다.

 "한번 보시지요." 스메르쟈코프가 여전히 조용하게 말했다.

 이반은 탁자로 걸어가서 그 종이 뭉치를 손에 들고 펼쳐 보는가 싶더니, 어떤 혐오스럽고 무서운 독사라도 건드린 양 갑자기 손가락을 움찔했다.

 "도련님 손가락이 여전히 떨리는군요, 경련이라도 난 듯." 스메르쟈코프는 이런 말을 한 뒤 서두르는 기색도 없이 직접 종이를 펼쳤다. 포장지 안에는 100루블짜리 무지갯빛 수표 세 묶음이 들어 있었다.

"여기 고스란히 다 있습니다, 전부 3000이죠, 세 볼 필요도 없어요. 가져가시죠." 그가 돈을 향해 턱을 까딱하면서 이반에게 권했다. 이반은 의자에 주저앉았다. 그는 백지장처럼 새하얗게 질려 버렸다.

"너 때문에 정말 놀라서 까무러치겠구나…… 이 양말이며……." 그는 왠지 이상야릇한 웃음을 씩 흘리며 말했다.

"정말로, 정말로 지금까지 몰랐단 말입니까?" 스메르쟈코프가 다시 한번 물었다.

"아니, 몰랐어. 나는 줄곧 드미트리라고 생각했어. 형! 형! 아!" 그가 갑자기 두 손으로 자기 머리를 움켜쥐었다. "이봐, 너 혼자 죽인 거냐? 형은 빼놓고 너 혼자, 아니면 형이랑 함께 한 짓이냐?"

"오로지 도련님과 함께 했을 따름입니다요. 도련님과 함께 죽였을 뿐, 드미트리 표도로비치는 아무 죄가 없습니다요."

"좋아, 좋아……. 내 얘기는 나중에 하고. 아니, 왜 이리 자꾸만 떨리는 걸까……. 말도 제대로 할 수 없을 지경이구나."

"그때는 참으로 용감하시더니, '모든 것이 허용된다.'라고 하시더니, 이제 와선 완전히 겁을 집어먹으셨군요!" 스메르쟈코프가 놀라워하면서 중얼거렸다. "레몬수라도 드릴까요, 지금 내오라고 하겠습니다요. 기분이 아주 상쾌해질 텐데요. 다만, 그보다 이것부터 먼저 덮어야겠군요."

그러면서 그는 다시금 묶음들을 향해 턱을 까딱했다. 그러고는 몸을 움직여 자리에서 일어나더니 문에다 대고 마리야 콘드라치예브나에게 레몬수를 만들어 오라고 외칠 참이었지만, 그녀가 돈을 보지 못하게 우선은 뭐든 가릴 것부터 찾다가 처음엔 손수건을 꺼냈는데 그것은 이번에도 완전히 콧물 범벅이 되어 있었기 때문에 탁자 위에 덩그러니 놓여 있는, 이반이 방 안으로 들어올 때부터 눈여겨봤던 두꺼운 노란색 책을 집어서 돈을 눌렀다. 책의 제목은 '우리의 거룩하신 신부님 이삭 시린의 말씀'이었다. 이반 표도로비치는 기계적으로 그 제목을 읽었다.

"레몬수는 됐어." 그가 말했다. "내 문제는 나중 일이고 어서 앉아서 말 좀 해 봐. 그 일을 어떻게 해치웠던 거냐? 모두 다 말해 봐⋯⋯."

"외투라도 벗으시지요, 안 그러면 온몸이 땀에 절 테니까요."

이반 표도로비치는 이제야 비로소 알아챈 양 의자에서 떠나지도 않고 외투를 벗어 벤치로 던졌다.

"말해 봐, 제발 말을 좀 해 봐!"

그는 잠잠해진 듯했다. 그러곤 스메르쟈코프가 이제 전부 다 이야기해 줄 거라는 확신에 차서 기다렸다.

"그 일을 어떻게 해치웠냐는 말이죠?" 스메르쟈코프가 한숨을 내쉬었다. "아주 자연스러운 방법으로 해치웠지요, 그때 도련님이 하신 바로 그 말씀을 따라서⋯⋯."

"내 얘기는 나중에 하란 말이다." 이반이 다시 말을 끊었지만, 더 이상 아까처럼 소리를 지르지도 않았으며 완전히 자제력을 획득한 양 확신에 찬 어조로 말을 내뱉었다. "그냥 네가 어떻게 그 일을 해치웠는지나 자세히 이야기해 봐. 전부 순서대로 찬찬히. 하나도 빼먹지 말고. 자세하게, 무엇보다도 자세하게. 부탁이다."

"도련님이 떠나셨고, 그러고서 나는 지하 창고에서 넘어졌습죠……."

"발작이 났던 게냐, 아니면 연기를 했던 게냐?"

"당연히 연기를 했습죠. 모든 것이 다 연기였어요. 얌전하게 계단을 내려가서, 맨 아래층까지 내려가서 얌전하게 누웠고 눕자마자 곧 울부짖었죠. 그렇게 사람들이 와서 끌어낼 때까지 몸부림을 쳤죠."

"잠깐만! 그러면 나중에도 줄곧, 그러니까 병원에서도 줄곧 연기를 했단 말이냐?"

"절대로 아닙죠. 다음 날 아침, 병원에 가기 전부터 진짜로 발작이 시작됐는데, 그렇게 심한 발작은 몇 년 만에 처음 겪어 봤어요. 이틀 동안 완전히 의식을 잃었으니까요."

"좋아, 좋다고. 계속해 봐."

"내 짐작대로 나를 칸막이 뒤의 침대에 눕혔는데, 원래 마르파 이그나치예브나는 내가 아플 때면 언제나 한 번도 빼먹지 않고 나를 자신들의 거처, 바로 그 칸막이 뒤에 눕혀 놓고 밤을 보내게 했으니까요. 이분은 내가 태어났을 적부터 언제나 나한테 상냥하게 대해 줬지요. 밤에는 신음을 했습니다, 다만 조용하게. 줄곧 드미트리 표도로비치가 오기만을 기다렸던 거죠."

“기다렸다니, 너한테 오길?”

“그 양반이 뭐 하러 나를 찾아오나요. 그분의 집으로 오길 기다렸던 거죠. 나는 바로 이날 밤 그분이 오리라는 걸 이미 믿어 의심치 않았어요. 왜냐면 그분은 내가 없어서 어떤 정보도 얻을 수 없으면 무슨 재주를 부려서라도 틀림없이 직접 담장을 넘어 집 안으로 기어 들어올 테니까요, 그러고도 남을 양반이죠.”

“만약 오지 않았다면?”

“그랬다면 아무 일도 안 일어났을 테죠. 그분이 없었다면 나도 결단을 내리지 못했을 테니까요.”

“좋아, 다 좋아…… 좀 더 알아듣기 쉽게 말해 봐, 서두르지 말고, 무엇보다도 하나도 빼먹지 말고!”

“나는 그분이 표도르 파블로비치를 죽이길 기다렸습니다요…… 충분히 가능성이 있는 일이었습죠. 그렇게 되도록 내가 이미 그분에게 모든 준비를 단단히 시켜 준 셈이니까요……. 그 며칠간…… 무엇보다도 그분은 그 신호들을 알게 되었거든요. 요 며칠간 그분은 의심과 분노에 쌓여 예민해져 있었기 때문에 틀림없이 그 신호들을 써서 집 안으로까지 잠입하리라는 건 뻔한 일이었습니다. 정말 안 봐도 뻔합죠. 그래서 나는 그분을 기다렸던 겁니다요.”

“잠깐만.” 하고 이반이 말을 끊었다. “하지만 형이 죽였다면, 돈도 가져갔을 텐데, 너도 그 정도는 생각했을 게 아니냐? 그렇게 되면 형이 다녀간 후엔 너한테는 뭐가 남는다는 거냐? 이해가 안 되는군.”

"돈이라면 그분은 절대로 찾지 못했을 겁니다요. 돈이 이부자리 밑에 있다는 건 그저 내가 그분에게 일러 준 것에 지나지 않아요. 단, 그나마도 거짓말이었습죠. 전에는 조그만 함 속에 들어 있었지요, 예, 그랬습죠. 하지만 표도르 파블로비치는 세상 사람을 통틀어 오로지 나만을 신뢰했기 때문에, 나중에 내가 그분한테 구석의 성상 뒤라면 아무도 알아채지 못할 거라면서, 특히 서둘러 왔다면 더 그럴 거라면서 그 돈뭉치를 그리로 옮기라고 일러 주었습니다. 그래서 그것, 그러니까 그 돈뭉치는 거기 그분의 방 한쪽 구석 성상 뒤에 있었던 겁니다요. 이부자리 밑에 돈을 보관하는 것은 숫제 웃긴 일이었을 테죠, 하다못해 함 속에 넣어서 열쇠를 채워 둔다면 모를까. 그런데 이제 이곳의 모든 사람들이 이부자리 밑에 있다고 믿게 됐습니다. 어리석은 생각입지요. 자, 그러니까 드미트리 표도로비치가 정작 살인을 저질렀다고 하더라도 아무것도 찾지 못한 채 살인자들이 늘 그러하듯이 어디 좀 바스락거리는 소리만 들려도 겁을 집어먹고 서둘러 도망을 쳤거나, 아니면 곧 붙잡혔을 겁니다요. 그렇게 되면 나는 다음 날 어느 때나, 아니면 심지어 바로 그날 밤에 성상 뒤로 슬그머니 가서 그 돈을 꺼내 올 수 있었을 테고, 그러면 모든 것은 드미트리 표도로비치가 뒤집어썼을 테죠. 그러니까 나는 언제든 희망을 가질 수 있었던 거죠."

"그럼, 형이 죽이지는 않고 그냥 죽도록 패기만 했다면?"

"만약 죽이지 않았다면, 나는 물론, 돈을 훔칠 엄두는 내지도 못했을 테고, 일은 유야무야됐을 테죠. 하지만 실성을 할 정도로 팼을 경우엔 나는 그 찰나에 얼른 돈을 훔쳐야겠다는 계산도 했는데, 그때는 표도르 파블로비치한테 그분을 죽도록 패고 돈을 훔쳐 간 사람은 다름 아니라 드미트리 표도로비치라고 보고했을 겁니다."

"잠깐만…… 좀 헷갈리는군. 그러니까 어쨌거나 죽인 건 드미트리이고 너는 돈만 훔쳤다는 게냐?"

"아니요, 그분이 죽인 게 아닙니다요. 하긴 나는 지금도 도련님한테 살인자는 그분이라고 말할 수도 있지만…… 이제 더 이상 도련님 앞에서 거짓말을 하고 싶지 않군요, 왜냐면…… 왜냐면 도련님은 정말로, 내 눈에도 훤히 보이지만, 지금까지 아무것도 모르셨고 또 도련님 자신의 명백한 죄를 내 눈앞에서 버젓이 나한테 덮어씌우기 위해 내 앞에서 연기를 하셨던 것도 아니지만, 설사 그렇다고 할지라도 어쨌거나 도련님은 살인이 일어나리라는 걸 알고 계셨고 나한테 살인을 하라고 위임해 놓곤 정작 자신은 모든 걸 다 알면서도 떠나셨기 때문에 이 사건 전체에 있어 유죄입니다. 도련님은 그렇기 때문에 나는 오늘 저녁 도련님의 눈앞에서 여기 이 사건 전체의 주범은 어디까지나 오직 도련님 한 분이라는 것을, 내가 죽이긴 했지만 나는 주범은 아니라는 것을 도련님한테 증명하고 싶은 겁니다. 바로 도련님이 그야말로 법적인 살인범이다, 이 말입니다!"

"왜, 왜 내가 살인자야? 오 맙소사!" 이반은 대화가 끝날 무렵까지 자기 얘기는 전부 미루어 두기로 한 걸 잊고 기어코 인내력의 한계를 느꼈다. "이건 전부 다 그 체르마쉬냐 얘기를 하는 거냐? 잠깐만, 말해 봐, 만약 네가 나의 체르마쉬냐 행을 동의의 뜻으로 받아들였다면 너에겐 왜 나의 동의가 필요했던 거냐? 지금 이건 어떻게 설명할 테냐?"

"도련님이 확실히 동의를 해 주셨다면, 도련님이 돌아오신 후에라도 없어진 그 3000 때문에 무슨 소란을 일으키실 일은 없으리라는 걸 알고 있었던 탓이죠. 행여, 당국에서 무슨 건수를 잡아 드미트리 표도로비치 대신 나한테 혐의를 두거나 아니면 나를 드미트리 표도로비치와 공범으로 본다고 하더라도 말입니다. 그럴 경우엔 오히려, 다른 사람들로부터 나를 변호해 주셨을 테죠……. 또 나중에 유산을 받으면, 어쨌거나 도련님은 내 덕분에 그 유산을 얻게 된 것이니까 그 후 평생 동안 나한테 보상을 해 주셨을 테고요. 만약 주인 나리가 아그라페나 알렉산드로브나와 결혼을 하셨더라면, 도련님은 땡전 한 푼 못 건졌을 게 아닙니까."

"아! 그럼 네놈은 나중에 평생 동안 나를 괴롭힐 작정이었구나!" 이반이 이를 갈았다. "아니 그래, 내가 그때 떠나지 않고 네놈을 고발했다면?"

"그때 뭘 고발하실 수 있었겠습니까? 내가 도련님한테 체르마쉬냐에 가라고 부추겼다고요? 그건 정말 바보짓입죠. 더욱이 우리가 그런 말을 주고받고 난 이후에 도련님은 떠나실 수도, 그냥 남아 계실 수도 있었어요. 만약 그냥 남아 계셨다면 그땐 아무 일도 일어나지 않았을 테고, 나는 도련님이 그걸 원하지 않는다는 걸 알아채고서 아무것도 아예 시작도 하지 않았을 겁니다. 만약 떠나셨다면, 나를 법정에다 고발하지 않겠다는 뜻이고 또한 내가 그 3000을 갖는 것쯤은 슬쩍 눈감아

주신다는 뜻이죠. 더욱이 도련님은 나중에 가서도 나를 추궁할 수도 전혀 없었을 텐데, 왜냐면 그 경우엔 내가 법정에다 모든 것을 얘기해 버렸을 것이고, 다시 말해 내가 훔쳤거나 죽였다고 얘기하는 것이 아니라——이런 말은 하지 않았을 테죠.——도련님이 나한테 훔치고 죽이라고 사주했지만 다만 나는 동의하지 않았노라고 얘기했을 테니까요. 그러니까 나한테 도련님의 동의가 필요했던 건 도련님이 나를 옴짝달싹 못 하게 만들 일이 절대 없도록 하기 위해서였던 건데, 도련님한테는 아무런 증거도 없는 반면 나는 언제라도 도련님이 부친의 죽음을 얼마나 갈망했는가를 폭로하기만 하면 도련님을 옴짝달싹 못 하게 만들 수 있었거든요——내가 도련님을 위해 이렇게 한마디만 내뱉으면 항간의 사람들은 전부 다 그 말을 믿었을 것이고 그러면 도련님은 평생 동안 수치심에 허덕였을 겁니다."

"그러니까 내가 그걸 갈망했단 말이지, 그랬단 말이지?" 이반이 다시 이를 갈았다.

"틀림없이 그랬으며 그때 동의함으로써 나한테 그 일을 해치우도록 말없이 허락하신 것이죠." 스메르쟈코프가 확신에 찬 시선으로 이반을 바라보았다. 그는 완전히 진이 다 빠져서 지친 듯 조용하게 말했지만, 내부에 숨겨진 뭔가가 그를 자꾸만 부추겼고 필경 어떤 의도가 있는 것 같았다. 이반에겐 그런 예감이 들었다.

"더 계속해 봐." 그가 스메르쟈코프에게 말했다. "그날 밤 이야기를 계속해 보란 말이다."

"계속 뭘요! 내가 그렇게 누워 있는데 주인 나리가 비명을 지르는 소리가 들리더라고요. 하지만 그전에 그리고리 바실리예비치가 갑자기 몸을 일으키더니 밖으로 나갔는데, 갑자기 울부짖는 소리가 들렸고 그러곤 완전히 조용해졌고 암흑만 가득했지요. 나는 그렇게 누워서 계속 기다리는데, 심장이 어찌나 쿵쾅거리는지 참을 수가 없더군요. 마침내 자리에서 일어나서 가 봤죠——왼쪽을 보니 정원으로 통하는 주인 나리 방 창문이 열려 있었고 나는 그분이 아직 살아 있는지 어떤지, 멀쩡히 앉아 있는지 어떤지를 살펴보려고 왼쪽으로 걸음을 옮겼습니다. 주인 나리가 뒹굴뒹굴하면서 탄식을 하는 소리가 들리는 것이, 살아 있더군요. 에잇, 젠장이라고 생각했습죠! 창문 쪽으로 다가가서 나리에게 '접니다.'라고 외쳤습니다. 그러자 주인 나리는 나한테 '그놈이 왔어, 왔다가 달아나 버렸어!'라고 하더군요. 다시 말해 드미트리 표도로비치가 왔다는 거죠. '그리고리를 죽였어!' '어디서요?'라고 내가 그분에게 속삭이듯 물었죠. '저기, 구석에서.'라고 가리키면서 그분도 속삭이듯 말하더군요. 나는 '잠깐만 기다려 보세요.'라고 말했죠. 그러고선 좀 살펴보려고 정원 구석으로 가 봤더니, 그리고리 바실리예비치가 온통 피투성이가 된 채로 의식을 잃고 담벼락 옆에 쓰러져 있더군요. 그렇다면 드미트리 표도로비치가 왔다는 게 정말이구나 하는 생각이 즉시 내 머릿속을 퍼뜩 스쳐 지나갔고, 그리고리 바실리예비치가 아직 살아 있다고 해도 의식을 잃은 상태여서 아무것도 보지 못할 테니까 이 모든 걸 순식간에 해치워 버리자고 바로 그 자리에서 결심했지요. 다만 유일한 위험 부담은 마르파 이그나치예브나가 갑자기 깨어날지도 모른다는 거였죠. 그 순간 이런 느낌이 들었지만, 그저 그 갈망이 나를 온통 압도해 버렸기 때문에 심지어 숨이 탁 막히더군요. 나는 다시 창문 밑으로 가서 '그분이 여기 와 계십니다, 아그리페나 알렉산드로브나가 오셨다고요, 안으로 들어가시겠다는군요.'라고 말했습니다. 그러자 주인 나리는 꼭 갓난애처럼 온몸을 부르르 떨더군요. '여기라니 어디? 어디에 있단 말이냐?' 그렇게 탄식을 하면서도 아직도 정작 믿지는 못하는 눈치였어요. '저기 서 계시니, 문을 열어 주십시오!'라고 말했지요. 창문으로 나를 보고선 반신반의하면서 문 여는 것을 두려워하더군요. 이건 나를 두려워하는 것이구나 하는 생각이 들더군요. 그리고 참 웃긴 일인데, 그때 나는 갑자기 그루셴카가 왔다, 바로 나리의 눈앞에 와 있다는 신호를 담아 창틀을 두드릴 생각이 떠올랐습니다. 내 말은 믿지 않았으면서도 내가 신호를 보내자마자 곧바로 문을 열러 달려오더군요. 문이 열렸습니다. 나는 안으로 들어가려고 했지만, 주인 나리는 내 앞에 떡 버티고 서서 나를 가로막으며 완전히 안으로 들이지는 않더군요. '그 애는 어디에 있느냐, 어디에 있어?' 나를 쳐다보면서 벌벌 떨고 계셨습니다. 그러자, 나를 이렇게 두려워하니, 상황이 영 나쁘군! 하는 생각이 들더군요. 대뜸, 주인 나리가 나를 방 안으로 들이지 않으면 어쩌나, 소리를 지르면 어쩌나, 마르파 이그나치예브나가 달려오면 어쩌나, 아니면 여하튼 무슨 일이라도 일어나면 어쩌나 싶어 너무 무서웠던 나머지 다리의 힘이 쭉 빠지더라고요. 그때 내 모습이 잘 기억은 안 나지만, 분명히 창백해진 채로 그분 앞에 서 있지 않았을까 싶군요. 그분에게 속삭였어요. '저기요, 저기 그분이 창문 밑에 와 있습니다, 아니, 나리는 못 보셨습니까?'라고요. '네가 가서 그 애를 데려와, 네가 그 애를 데려오면 되잖아!' '하지만 무서워하고 계신걸요, 고함 소리에 놀라 관목 숲으로 몸을 숨기셨어요, 나리께서 몸소 방에서 나오셔서 불러 보세요.'라고 말했지요. 그러자 그분은 얼른 창가로 달려가 창턱에 촛대를 세우셨어요. '그루셴카, 그루셴카, 너 여기 있는 게냐?'라고 외치시더군요. 이렇게 소리를 치면서도 창밖으로 몸을 내미는 건 싫어하시더군요. 너무 무서워서 나한테서 떨어지기가 싫은 것이지요, 그러니까 내가 너무 무서워졌기 때문에, 바로 그 때문에 나한테서 떨어질 엄두를 못 냈던 것이지요. '그분은 바로 저기 계십니다(그러면서 나는 창가로 다가가 직접 온몸을 쑥 내밀었습니다.), 저기 관목 숲에 계세요, 주인 나리를 보고 웃고 계시는데 안 보이시나요?'라고 말했지요. 그제야 갑자기 내 말을 믿고는 몸을 부르르 떠시더군요. 고통스러울 정도로 그분한테 빠져 있었던 거죠. 심지어 온몸을 창문 밖으로 쑥 내밀었다니까요. 바로 그때 나는 바로 그 주철 서진(書鎭)을 거머쥐었는데, 도련님도 기억나시겠지만, 그분의 책상 위에 있던, 3푼트는 족히 될 물건이었죠. 그분의 뒤에서 그놈을 휘둘러 모서리 쪽으로 곧장 정수리를 향해 내리쳤습니다. 심지어 비명도 지르지 못하시더군요. 다만, 갑자기 아래로 푹 꼬꾸라졌을 뿐인데, 그래도 나는 두 번, 세 번 연거푸 내리쳤어요. 세 번째로 내리쳤을 땐 완전히 부숴 버렸다는 느낌이 들더군요. 그분은 갑자기 얼굴을 위로 향하고 벌렁 나자빠졌는데,

온통 피범벅이었습니다. 나는 내 몸에 피가 묻지는 않았나, 혹시 몇 방울 튀지는 않았나 꼼꼼히 살펴본 뒤 서진을 닦아서 제자리에 놓고 성상 뒤로 가서 돈 봉투에서 돈을 꺼낸 뒤 봉투 자체는 마룻바닥으로 내던졌고, 장밋빛 리본도 그 옆에다 내던졌지요. 그러곤 온몸을 벌벌 떨면서 정원으로 내려갔습니다. 곧장 구멍이 뚫려 있는 사과나무로 향했죠——도련님도 어떤 구멍인지 아실 텐데, 나는 이걸 오래전부터 눈여겨봐 두었고 거기에 헝겊 쪼가리와 종이를 넣어 두곤 오래전부터 준비를 해 뒀더랬지요. 돈을 전부 종이에 싸고 그다음엔 헝겊으로 싸서 깊숙이 박아 두었습니다. 그렇게 그것, 그러니까 바로 그 돈은 이 주 남짓 그곳에 방치되었던 셈이죠. 나중에 퇴원한 후에 꺼냈으니까요. 내 방 침대로 돌아와 자리에 눕고 나니 공포가 밀려오면서 이런 생각이 들더군요. 즉, '만약 그리고리 바실리예비치가 완전히 죽은 거라면 사태가 아주 고약해지겠지만, 죽지 않고 정신을 차린다면 사태는 아주 좋아질 것이다, 왜냐면 그때는 그 노인이 드미트리 표도로비치가 왔다 갔다는 것, 다시 말해, 그분이 죽이고 돈을 가져갔다는 것의 증인이 될 테니까.' 해서, 나는 의심과 초조함으로 괴로워하면서 마르파 이그나치예브나를 어서 빨리 깨우기 위해 신음 소리를 내기 시작했습니다. 마침내 그녀는 일어났고, 나한테로 달려들었다가 갑자기 그리고리 바실리예비치가 없다는 걸 알아차리곤 밖으로 달려 나갔고, 이어 정원에서 그녀가 지르는 비명 소리가 들리더군요. 뭐, 이렇게 밤새도록 그 모든 소동이 벌어졌고, 나는 이미 모든 점에서 안심하게 된 거죠."

화자는 말을 멈추었다. 이반은 줄곧 꿈쩍도 하지 않고 그에게서 눈을 떼지도 않고 죽음과 같은 침묵을 지키며 그의 말을 듣고 있었다. 스메르쟈코프는 이야기를 하면서 그저 간간이 그를 힐끔힐끔 바라보긴 했지만, 대체로 시선을 돌려 딴 쪽을 보고 있었다. 이야기를 끝냈을 땐 그 자신이 몹시 흥분한 듯, 힘겹게 숨을 몰아쉬었다. 그의 얼굴에는 땀이 배어 나왔다. 하지만 그가 회한을 느끼는 것인지 어떤지는 통 짐작할 수 없었다.

"잠깐만." 하고 이반은 무슨 생각이 난 듯 말을 받았다. "그럼 문은? 만약 아버지가 오직 너한테만 문을 열어 주었다면, 어떻게 그리고리가 너보다 먼저 문이 열려 있는 것을 볼 수 있었단 말이지? 그리고리는 너보다 먼저 그것을 보지 않았더냐?"

여기서 주목할 점은 이반이 아까와는 정말 다르게 아주 평온한 목소리로, 심지어 악의라곤 전혀 없는 어조로 이렇게 물어보았다는 것인데, 이 때문에 누군가가 지금 그들 방의 문을 열고 문지방에서 그들을 본다면, 틀림없이 그들이 재미있기는 하지만 평범한 얘기를 오순도순 나누며 앉아 있는 것이라는 결론을 내렸을 것이다.

"그 문, 즉 그리고리 바실리예비치가 그것이 열려 있는 것을 보았다는 얘기는 말이죠, 그건 그저 그 노인의 생각에 지나지 않습니다." 스메르쟈코프가 입을 일그러뜨리며 피식 웃었다. "그러니까 내가 말하지 않습니까요, 이 노인은 사람이 아니라 어쨌거나 고집불통 노새라니까요. 보지도 않았으면서 봤다고 생각하게 된 것인데——이쯤 되면 이 노인을 어떻게 하는 건 정말로 불가능합죠. 이 노인이 이런 걸 다 생각해 주다니, 도련님과 나한테는 호박이 덩굴째 굴러온 셈인데, 왜냐면 그 덕분에 드미트리 표도로비치는 결국 빼도 박도 못하고 걸려들 테니까요."

"들어 봐." 하고 이반 표도로비치는 다시금 머리가 혼란스러 워지는 듯, 그래도 뭔가를 힘들여 생각해 내려는 듯 말했다. "들어 보라고……. 너한테 물어보고 싶은 것이 아직 많지만, 잊 어버렸어……. 계속 잊어 먹고 뒤죽박죽이고……. 그래! 나한 테 이 한마디라도 해 주렴. 왜 너는 돈 봉투를 뜯은 다음, 그 자리에, 마룻바닥에 남겨 둔 거지? 그냥 봉투째로 가져가지 않고……. 네가 이야기를 할 때 이 봉투에 대해선 그런 식으로 해야 했다는 식으로 말하는 것처럼 여겨졌거든…… 그런데 왜 그래야 했던 건지 — 이해가 안 되는구나……."

"내가 그렇게 한 데는 그럴 만한 이유가 있었습죠. 사정을 익히 잘 알고 있는 사람, 가령 나처럼 전에도 돈을 제 눈으로 직접 봤고 어쩌면 그 돈을 직접 그 봉투에 집어넣고 그걸 봉 하여 겉봉에 이름을 쓰는 것까지 제 눈으로 봤던 사람이라면, 대략 그런 사람이 살인을 저질렀다면 무슨 이유로 살인을 하 고 난 뒤에 그 봉투를 뜯어 보겠습니까, 더욱이 그렇게 황급 한 상황에서 말이죠, 구태여 그러지 않아도 그 봉투 안에 돈 이 들어 있다는 것을 아주 잘 알고 있는데? 나 같은 강도였다 면, 오히려 그 봉투를 아예 뜯어 보지도 않고 그냥 호주머니 에 쑤셔 넣고 이서 빨리 줄행랑을 쳤을 겁니다요. 하지만 드미 트리 표도로비치였다면 완전히 다른 문제죠. 그분은 오직 봉투에 대한 소문만 들었지, 그것을 직접 보지는 못했으니까, 뭐 대략 그것을 이부자리 밑에서 꺼냈다고 한다면, 어서 빨리 그 자리에서 그것을 뜯어 봤을 테고, 그 안에 정말로 그 돈이 들어 있는지 아닌지를 알아봤을 테죠. 그러곤 이미 그 봉투가 자기에게 불리한 증거로 남을 것이라는 판단을 할 겨를도 없이 바로 그 자리에다 버렸을 겁니다. 왜냐면 그분은 타고나길 귀족인 데다가 전엔 뭘 빤히 훔쳐 본 적도 없는, 경험이라곤 없는 도둑이고, 또 지금 돈을 훔칠 결심을 했다고 할지라도 그건 훔치는 것이 아니라 오로지 자기 자신의 것을 되찾으러 온 것일 따름이니까요. 안 그래도 온 동네방네를 떠돌며 이 얘기를 진작부터 떠들어 댔고 심지어 모든 사람들 앞에서 진작부터 표도르 파블로비치를 찾아가서 자신의 재산을 찾아오겠노라고 큰 소리로 허풍을 떨기도 했잖습니까. 나는 심문을 받을 때 이런 생각을 분명하게 말하지는 않고 오히려 나 자신도 잘 모르겠다는 듯이 슬쩍 흘려 주었고, 그런 식으로 꼭 내가 그들에게 암시를 준 것이 아니라 그들 자신이 직접 생각해 낸 것처럼 했는데——아니나 다를까, 검사 나리는 내가 던진 바로 그 암시에 군침을 삼키더군요."

"그럼, 정말, 정말로 너는 이 모든 걸 그때 그 자리에서 생각해 냈단 말이냐?" 이반 표도로비치가 너무 놀라 앞뒤를 잃고 소리쳤다. 그러곤 또다시 경악을 금치 못하며 스메르쟈코프를 바라보았다.

"무슨 당치도 않은 말씀을, 그렇게 황망한 상황에서 이 모든 걸 어떻게 생각해 낼 수 있었겠습니까? 모든 것을 미리 꼼꼼하게 생각해 뒀던 거죠."

"그래…… 그럼, 악마가 나서서 너를 도와준 게로구나!" 이반 표도로비치가 다시 소리쳤다. "아니야, 너는 멍청하지 않아, 너는 내가 생각했던 것보다 훨씬 더 영리한 놈이야……."

그러면서 그는 자리에서 일어났는데 분명히 방을 이리저리 거닐고 싶었던 모양이다. 가슴을 에는 강렬한 우수에 사로잡혔으니 말이다. 하지만 탁자가 앞길을 가로막고 탁자와 벽 사이에는 간신히 비집고 빠져나갈 공간밖에 없었기 때문에 그는 그냥 제자리에서 몸을 돌렸다가 다시 자리에 앉았다. 좀 거닐 수도 없었다는 것 때문에 아마 갑자기 신경질이 났는지, 그는 거의 아까처럼 미친 듯 흥분하여 갑자기 고함을 지르기 시작했다.

"들어 봐, 이 불행한 놈, 이 썩을 놈아! 네놈이 아직 모르는 모양인데, 내가 지금까지 네놈을 죽이지 않은 건 오로지 내일 법정에서 증언을 시키기 위해 아껴 두고 있기 때문이다. 하느님이 보고 계신단 말이다." 이반은 한 손을 위로 쳐들었다. "어쩌면 나도 유죄라고 할 수 있겠지, 정말로 그런 바람을, 그러니까…… 아버지가 죽었으면 하는 바람을 갖고 있었을 테니까, 하지만 맹세코 나는 네놈이 생각하는 만큼 그렇게 큰 죄를 짓진 않았어, 어쩌면 내가 네놈을 교사한 것이 전혀 아닐지도 몰라. 아니야, 아니야, 교사 같은 건 하지 않았어! 하지만 이러나저러나 매한가지야, 나는 바로 내일 법정에서 나 자신을 고발하겠어, 결정했다! 나는 모든 것을 말하겠어, 모든 것을. 하지만 네놈도 나와 함께 출두할 거다! 네놈이 법정에서 나에 대해 무슨 나쁜 말을 하든, 네놈이 어떤 증언을 하든——받아들이겠어, 네놈 따윈 무섭지 않으니까. 오히려 내가 나서서 모든 것을 확증해 줄 테다! 하지만 네놈도 법정에서 자백을 해야만 해! 꼭, 꼭 그래야 하고, 우리는 함께 가는 거다! 반드시 그렇게 되어야 해!"

이반은 웅장하고 정력적으로 이렇게 말했는데, 그의 번득이는 시선만 봐도 정말 꼭 그렇게 될 것처럼 보였다.

"도련님은 몸이 편찮으십니다요. 훤히 보이는군요, 몹시 편찮으시다는 것이. 눈은 완전히 샛노랗고." 스메르쟈코프는 이렇게 말했지만, 비아냥거리는 건 고사하고 오히려 측은해하는 듯한 어조였다.

"함께 가는 거다!" 이반이 반복했다. "네놈이 안 간다고 해도——어차피 나 혼자라도 자백을 할 테다."

"그런 일은 절대 없을 겁니다요. 도련님은 안 가실 테니까요." 마침내 그가 단호한 어조로 딱 잘라 말했다.

"네놈이 나를 잘 이해하지 못하는구나!" 이반이 힐난조로 소리쳤다.

"만약 모든 것을 자백하신다면, 도련님은 너무 수치스러우실 겁니다요. 아니, 그래 본들 그건 전혀 무익한 일이 될 겁니다. 왜냐면 난 그런 걸 도련님한테 말한 적이 절대 없다고 딱 대놓고 말할 테니까요, 도련님은 무슨 병이 나서(정말 그런 것 같기도 하지만) 혹은 자기 형님이 너무 안쓰러워서 스스로를 희생하겠다는 마음에, 어쨌거나 나를 평생 동안 사람이 아니라 무슨 파리 새끼쯤으로 생각해 온 터라, 아예 나한테 뒤집

어찌울 생각을 하신 거라고요. 그러면 뭐 과연 누가 도련님 말을 믿어 줄까요. 그래, 도련님한테 어디 하나라도 증거가 있습니까?”

“들어 봐, 지금 네놈이 나한테 저 돈을 보여 준 건 물론 나를 확신시키기 위해서였겠지.”

스메르쟈코프는 돈뭉치를 덮었던 『이삭 시린』을 들어서 한쪽으로 치웠다.

“이 돈은 도련님이 챙기시지요, 가져가시라고요.” 스메르쟈코프가 한숨을 푹 내쉬었다.

“물론 가져가고말고! 하지만 네놈은 이것 때문에 살인을 해 놓고선 도대체 왜 나한테 주는 거냐?” 이반이 대단히 놀라면서 그를 바라보았다.

“그런 거 나한텐 전혀 필요없습니다요.” 스메르쟈코프가 한 손을 내저으며 떨리는 목소리로 말했다. “전에는 이 돈으로 모스크바나 아니 그보다는 외국으로 가서 인생을 다시 시작하고 싶은 생각이 있었어요, 더욱이 ‘모든 것이 허용된다.’라고 했으니까 그런 꿈을 꾸었단 말입죠. 이건 그야말로 도련님이 나한테 가르쳐 준 것입죠. 그때 도련님은 나한테 이런 얘기를 많이 해 주셨잖아요. 무한한 존재인 신이 없다면, 선행 같은 것도 전혀 없고, 아니 그 경우엔 그런 건 아예 필요도 없다고. 이건 그야말로 도련님한테서 나온 것입죠. 적어도 내 생각은 그랬습니다.”

“네놈의 머리로 거기까지 도달한 것이더냐?” 이반이 삐뚜름하게 피식 웃었다.

"도련님의 지도 덕분이었습죠."

"지금 이렇게 돈을 내놓는 걸 보니, 하느님을 믿게 됐다는 소리냐?"

"아니요, 믿지 않습니다요." 스메르쟈코프가 속삭였다.

"그럼 왜 내놓는 거지?"

"됐어요…… 말할 가치도 없어요!" 스메르쟈코프는 다시 한 손을 내저었다. "그때만 해도 도련님은 줄곧 모든 것이 허용된다고 자기 입으로 말씀하시더니, 이제 와선 왜 그렇게 불안에 떨고 계신 거죠, 정작 도련님 자신이 말입죠? 심지어 스스로를 고발하러 가실 생각이라니……. 다만, 그런 일은 절대 없을 겁니다! 그러려고 가시지도 않을 테고요!" 스메르쟈코프는 다시금 확신에 차서 강경한 어조로 단정 지었다.

"두고 봐라!" 이반이 말했다.

"그런 일은 있을 수 없습니다. 도련님은 아주 영리하십죠. 돈을 또 좋아하시죠, 이 점은 나도 잘 알고 있습죠. 오만하시기 때문에 남한테 존경받고 싶어 하시고 여성의 매력도 또한 굉장히 좋아하시지만, 무엇보다도 아무한테도 머리를 숙이지 않고 고요한 만족 속에서 사는 것을—바로 이걸 그 무엇보다도 좋아하십니다요. 도련님은 법정에서 그런 수치를 감수하면서까지 인생을 영원히 망쳐 버리고 싶지 않으실 겁니다. 도련님은 표도르 파블로비치와 똑같아요, 모든 자식들 중에서 아버지를 제일, 제일 많이 닮으셨지요, 그분과 동일한 영혼을 지니셨으니까요."

"네놈은 멍청하지 않아." 이반이 한 대 얻어맞은 듯 말했다.

피가 얼굴로 솟구쳤다. "전엔 네놈이 멍청하다고 생각했어. 이제 보니 네놈은 정말 진지하구나!" 갑자기 스메르쟈코프를 새롭게 보게 된 듯 그가 지적했다.

"내가 멍청하다고 생각하셨던 건 도련님이 오만하셨기 때문입니다. 돈을 가져가시지요."

이반은 지폐 세 묶음을 전부 쥔 뒤 뭐로 싸지도 않고 그냥 호주머니에 집어넣었다.

"내일 이걸 법정에서 보여 주겠다." 그가 말했다.

"그래 본들 아무도 도련님 말을 믿지 않을 겁니다. 오히려 도련님한텐 지금 도련님 돈도 상당히 많이 있으니까 어디 함에서 꺼내 가져왔다고들 생각할걸요."

이반은 자리에서 일어났다.

"다시 한번 말하지만, 네놈을 죽이지 않은 건 오로지 내일 네놈이 나한테 필요하기 때문이야, 이 점을 명심해 둬, 잊지 말라고!"

"아니 왜요, 차라리 지금 죽이십죠. 죽여 보시라고요." 스메르쟈코프가 이반을 이상야릇한 눈으로 바라보면서 갑자기 이상야릇한 어조로 말했다. "감히 그럴 엄두도 못 내시면서." 이렇게 덧붙인 뒤 그는 쓸쓸하게 피식 웃었다. "감히 아무 일도 못하실걸요, 전에는 그렇게 용감하시던 양반이!"

"내일 보자!" 이반은 이렇게 소리친 뒤 나가려고 몸을 움직였다.

"잠깐만요…… 그걸 한 번만 더 보여 주십시오."

이반은 지폐를 꺼내서 그에게 보여 주었다. 스메르쟈코프는 그것을 십 초가량 바라보았다.

"자, 이제 가 보시지요." 그가 한 손을 내저은 뒤 말했다. "이반 표도로비치!" 그가 갑자기 뒤에서 다시 소리쳤다.

"아니 왜?" 이반은 이미 걸음을 뗀 상태에서 몸을 돌렸다.

"안녕히 가십시오!"

"내일 보자!" 이반은 다시 소리친 뒤 오두막에서 나왔다.

눈보라는 여전히 계속되고 있었다. 그는 처음 얼마간은 활기차게 성큼성큼 걸었지만, 갑자기 비틀거리는 듯싶었다. '이건 뭔가 육체적인 것이다.' 이렇게 생각하면서 그는 피식 웃었다. 기쁨과도 같은 어떤 것이 지금 그의 영혼 속으로 내려왔다. 그는 내부에서 어떤 무한한 확고함이 생긴 것을 느꼈다. 최근에 줄곧 그토록 끔찍하게 그를 괴롭혀 온 동요는 이제 끝이다! 결단은 내려졌으니 '더 이상 바뀌지 않을 것이다'. 그는 행복감에 젖어 생각했다. 이 순간 그는 갑자기 뭔가에 걸려서 하마터면 넘어질 뻔했다. 걸음을 멈추고 보니, 자기 발밑에 아까 자기가 밀어 넘어뜨린 농부가 여전히 바로 그 자리에 의식도 없이 꿈쩍도 않고 쓰러져 있는 것이 아닌가. 눈보라는 이제 거의 그의 온 얼굴로 몰아치고 있었다. 이반은 갑자기 그를 붙잡아 등에 업다시피 하여 끌고 가기 시작했다. 오른쪽 작은 집에서 불빛이 새 나오는 것을 보고선 그리로 다가가 빗장을 두드렸고, 응답을 보내온 집주인인 소시민에게 이 농사꾼을 파출소까지 데려가는 걸 도와 달라고 부탁하면서 그 대가로 3루블을 주겠다고 그 자리에서 약속했다. 소시민은 채비를 하고 나왔다. 그러고서 이반 표도로비치는 자기 목적을 달성하여 파출소에서 농사꾼의 일을 처리하고 이와 더불어 그 즉시 의사의 검진을 받도록 해 주었을 뿐만 아니라 여기서도 관대한 손길을 내밀며 '여러 비용'을 지불했는데, 이 얘기는 자세히 묘사하지 않겠다. 다만 한 가지 얘기해 둘 것은 이 일을 하느라 거의 꼬박 한 시간을 소비했다는 점이다. 하지만 이반 표도로비치는 몹시 만족했다. 그의 생각들이 점점 나래를 펴고 활발히 움직였다. '만약 내일을 위한 나의 결단이 그토록 확고하지 않았더라면' 하고 그는 갑자기 쾌감을 느끼면서 생각했다. '가던 걸음을 멈추고 꼬박 한 시간 동안이나 농군의 일을 처리하지도 않았을 것이다, 그냥 그의 곁을 지나가면서 얼어 죽든 말든,이라며 침이나 탁 뱉었겠지……. 그건 그렇고 나는 나 자신을 감독할 힘이 충분히 있는데 말이야.' 하고서 그 순간 그는 여전히 대단한 쾌감을 느끼면서 생각했다. '그런데도 저들은 내가 미쳐 가고 있다는 결론을 내렸으니, 원!' 자기 집 앞에 다다랐을 때 느닷없이 '지금 해야 되지 않을까, 지금 당장 검사를 찾아가서 모든 걸 알려야 되지 않을까?'라는 질문이 튀어나와 갑자기 걸음을 멈추었다. 하지만 다시 집 쪽으로 방향을 틀면서 그는 나름대로 질문에 대한 답을 내렸다. '내일 모두 한꺼번에 처리하자!'라고. 속으로 이렇게 중얼거리는데, 이상하게도 기쁨과 만족감이 한순간에 거의 모조리 싹 사라져 버렸다. 한편, 자신의 방으로 들어서자 뭔가 얼음 덩어리 같은 것이 갑자기 그의 심장에 와 닿았는데, 그것은 일종의 추억과 같은 것, 아니, 더 정확히 말해서 전에도 있었고 지금 이 순간에도 바로 이 방 안에 존재하고 있는 뭔가 고통스럽고 혐오스러운 그 무엇이 상기되는 것 같은 느낌이었다. 그는 피로한 듯 소파에 털썩 주저앉았다. 노파가 사모바르를 내왔고 그는 찻잔에 뜨거운 물을 붓긴 했지만 거기엔 손도 대지 않았다. 노파에겐 내일까진 일이 없으니 그만 가 보라고 했다. 소파에 가만히 앉아 있자니 현기증이 일었다. 몸이 아프고 영 힘이 없는 것이 느껴졌다. 잠이 밀려오기 시작했지만, 불안스러워하며 자리에서 일어나 잠을 쫓기 위해 방 안을 이리저리 거닐었다. 순간순간 그는 자신이 미망에 들떠 헛소리를 하는 게 아닌가, 여겨졌다. 하지만 그를 오롯이 점령하고 있는 것은 더 이상 병이 아니었다. 그는 다시 자리에 앉아 꼭 뭔가를 찾아내려는 듯 간간이 주위를 둘러보기 시작했다. 그것도 몇 번이나. 마침내, 그의 시선은 한 점을 뚫어져라 응시했다. 이반은 씩 웃었지만, 그 얼굴은 분노에 차서 붉게 물들었다. 그는 두 손으로 머리를 단단히 받친 채 오랫동안 자기 자리에 앉아 있었고, 그러면서도 여전히 아까의 그 점을, 맞은편 벽 앞에 놓인 소파를 곁눈질로 흘겨보고 있었다. 그곳의 뭔가, 그 어떤 대상이 그의 짜증을 돋우고 그를 불안하게 만들고 또 괴롭히는 것 같았다.

9 악마. 이반 표도로비치의 악몽

나는 의사가 아니지만, 그래도 이반 표도로비치의 병의 특성에 대해 독자에게 무슨 설명이라도 꼭 해야 될 순간이 왔음을 절감하고 있다. 미리 한마디 해 두자면 이렇다. 그는 지금, 이날 저녁 그야말로 섬망증(譫妄症)[25] 발병 직전이었으니, 그것은 오래전부터 흐트러져 있었지만 집요하게 병에 저항해 온 그의 조직을 이젠 마침내 완전히 점령해 버린 것이다. 의학에 대해선 아는 게 전혀 없는 내가 감히 한마디 하자면, 그는 끔찍할 정도로 긴장된 의지력을 발휘하여 정말로 잠깐 동안은 병을 쫓아내는 데 성공했으며 물론 병을 완전히 극복하려는 꿈이 있었던 것으로 보인다. 그는 자신이 건강하지 않다는 것을 알았지만, 하필이면 자신의 인생에서 이토록 숙명적인 순간에, 몸소 그곳에 나아가 담대하고 단호하게 자기가 할 말을 똑똑히 하고 또 '자기 자신 앞에서 스스로의 정당성을 밝혀야 하는' 이 순간에 병자가 되는 게 혐오스러울 만큼 싫었다. 그래도 그는 어느 날 의사를 찾아간 적이 있긴 한데, 내가 위에서 언급했듯 카체리나 이바노브나가 자기만의 환상에 사로잡혀 모스크바에서 초청해서 온 새 의사 말이다. 의사는 그의 얘기를 듣고 진찰을 해 본 뒤 뇌가 손상된 것 같다는 결론을 내렸으며, 이반이 혐오감마저 느끼며 마지못해 그에게 얼마간의 증상을 고백했지만 조금도 놀라지 않았다. "당신과 같은 상태에서는 그런 환각도 충분히 일어날 수 있습니다."라는 것이 의사의 결론이었다. "검사를 해 봐야 되긴 하겠지만…….어쨌든 대체로 잠시도 미루지 말고 꼭 본격적인 치료를 받아야 합니다, 안 그러면 상황이 나빠질 테니까요." 하지만 이반

---

25) 알코올성 진전 섬망증(delirium tremens).

표도로비치는 의사에게 다녀온 뒤 그 현명한 충고를 실천에 옮기기는커녕 병상에 누워 치료를 받는 걸 싹 무시해 버렸다. '멀쩡하게 걸어 다니고 아직은 힘도 있는걸, 나뒹굴어 버린다면 다른 문제지만 그때는 아무나 원하는 사람한테 치료를 맡기면 되지 뭐.' 그는 이렇게 단정 짓고 한 손을 내저었다. 그리하여 그는 지금 자신이 미망에 들떠 있음을 의식하면서도 그냥 앉아서, 내가 이미 얘기했듯 맞은편 벽 앞, 소파 위의 어떤 물체를 집요하게 들여다보았다. 거기에는 어떻게 들어왔는지는 도무지 알 수 없지만 여하튼 어떤 자가 느닷없이 앉아 있었으니, 이반 표도로비치가 스메르쟈코프한테 갔다가 돌아와 방 안으로 들어섰을 때만 해도 방 안에 없던 자였다. 이자는 어떤 신사, 더 정확히 말하면, 특수한 종류의 러시아 신사로서 이미 젊지 않은 나이, 프랑스인들이 흔히 말하듯 '쉰 살쯤 (qui frisait la cinquantaine)' 된 듯했고 아직까지 숱이 많고 짙은 색인 상당히 긴 머리카락에는 드문드문 새치가 보이고 턱수염은 쐐기처럼 깎은 상태였다. 그는 최고의 재봉사가 재단한 것이 분명한 어떤 갈색 재킷을 입고 있었지만, 이미 다 해어졌을 뿐더러 대략 삼 년 전에 재단한 것으로서 완전히 유행이 지난 스타일이라서 형편이 넉넉한 상류 사회 인사라면 이미 이 년 전부터 아무도 저런 것은 입지 않았다. 와이셔츠, 스카프처럼 생긴 긴 넥타이 등 모든 것이 한결같이 멋 부리기 좋아하는 신사들한테서 볼 수 있는 것이었지만, 좀 더 가까이에서 들여다보면, 와이셔츠는 더러웠고 넓은 스카프는 몹시 닳아 있었다. 손님의 체크무늬 바지도 훌륭했지만 이것 역시도 색깔이 너무 밝고 어쩐지 폭도 너무 좁아서 지금은 이미 한물간 것이었고, 손님이 쓰고 온 부드러운 하얀 털모자 역시도 마찬가지로 영 계절에 맞지 않는 것이었다. 한마디로 말해서, 호주머니 사정이 극히 부실하지만 체면치레를 하느라 자기 딴엔 열심히 차려입은 모습이었던 것이다. 이 신사는 농노제 시절만 해도 끗발을 날리던 과거의 백수 겸 지주 부류에 속했던 것 같다. 그러니까 필경 상류 사회의 점잖은 사람들의 생활상을 보았고 언젠가는 그들과 연줄도 있었으며 아마 지금까지도 더러 그 연줄이 남아 있을 수도 있지만, 젊은 날의 즐거운 삶은 지나가 버리고 최근에 농노 제도가 폐지된 이후 조금씩 가난해져서 품위를 갖춘, 마음씨 좋은 옛 지인들 집을 떠도는 식객 같은 존재로 전락해 버린 것 같았는데, 그들은 그나마 붙임성 있고 모나지 않은 성격, 또 어쨌거나 점잖은 사람이라는 점을 고려하여 그를 맞아 주고 또 누가 와 있건 간에 자기 집 식탁에 자리를 마련해 주지만, 그래 봤자 물론 참 옹색한 자리에 불과했다. 이런 식객들은 얘기보따리를 풀어놓는 능력도 있고 카드놀이에 한몫 낄 줄도 아는 모나지 않은 성격의 신사들이지만 어디에 얽매이거나 뭘 위임받는 것은 싫어하지 않기 때문에 —— 보통 홀아비거나 과부, 즉 홀몸이고 아이가 있을 수도 있지만 그들의 아이들은 항상 어디 먼 곳의 무슨 아주머니 댁에서 키우고 있고 신사는 자신의 이러한 가족 관계를 다소 수치스러워하는지 점잖은 모임에서는 거의 절대로 가족 얘기를 꺼내지 않는다. 드물게나마 아이들한테서 그들의 영명 축일과 크리스마스 무렵에 축하 편지를 받기도 하고 때때로 답장도 보내지만 시나브로, 그러다가 완전히 그들의 존재로부터 멀어지게 된다. 불청객의 얼굴은 착하다기보다는 역시나 모난데가 없고 상황에 따라 얼마든지 친절한 표정을 지을 수 있을 것 같은 관상이었다. 시계는 안 갖고 있었지만, 검은 리본이 달린 별갑(鱉甲) 오페라글라스를 갖고 있었다. 오른손 가운뎃손가락에는 싸구려 오팔이 박힌 커다란 금반지가 번쩍거렸다. 이반 표도로비치는 표독스러운 표정으로 침묵을 고수하며 입을 열려고 하지 않았다. 손님은 기다리고 있었는데, 이렇게 마냥 앉아 있는 모습은 정말로 흡사, 주인과 함께 차를 마셔 주려고 자기에게 마련된 위층 방에서 아래층으로 막 내려온 식객이 주인이 인상을 팍 쓰고 뭔가를 골똘히 생각하느라 정신이 없는 것을 보고서 얌전하게 입을 다물고 있는 것과 같았다. 그래도 주인이 입을 열기만 하면 얼마든지 친절한 대화를 나누어 줄 준비가 되어 있다는 투였다. 갑자기 그의 얼굴에 다소 느닷없는 염려의 빛이 드리웠다.

"좀 들어 보게나." 그가 이반 표도로비치에게 말을 건넸다. "미안하네만, 내 그저 상기시키고 싶은 게 있어서 말이야. 자네가 스메르쟈코프를 찾아간 건 카체리나 이바노브나에 대해 알아보고 싶어서였는데, 정작 그녀에 대해서는 아무것도 알아내지 못한 채 그냥 와 버렸어, 아마 깜빡 잊었던 모양이지……."

"아, 그렇군!" 이반은 갑자기 이런 말을 내뱉었고, 그 얼굴엔 금세 어두운 근심의 빛이 드리워졌다. "그래, 깜빡 잊었어……. 하지만 이젠 이러나저러나 매한가지야, 내일이면 모든 게 끝날 테니까." 그가 혼잣말처럼 웅얼거렸다. "그런데 넌 말이야." 하고 이반이 짜증을 내며 손님에게 말을 걸었다. "이건 지금 나 혼자 기억해 낸 것이 틀림없어, 안 그래도 바로 그 문제 때문에 괴로워 숨이 막힐 지경이었으니까! 그런데 네가 웬 참견이야, 나 혼자 그걸 기억해 낸 게 아니라 네가 나한테 슬쩍 귀띔해 준 것처럼 믿게 할 참인가?"

"그럼, 그렇게 믿지 말게나." 신사는 상냥하게 웃었다. "믿음을 억지로 강요할 수야 있나? 더욱이 어떤 증거도 믿음에는 도움이 되지 않거든, 특히 물적 증거는 말이야. 토마스가 믿은 건 부활한 그리스도를 보았기 때문이 아니라 그 이전부터 믿기를 바랐기 때문이야. 자, 예를 들자면, 강신술사들은…… 나는 그들이 아주 좋은데 말일세…… 글쎄, 그들은 자기들이 믿음을 위해 유익한 존재라고 생각하는데, 그 이유인즉 악마들이 저세상에서 자기들에게 뿔을 보여 주기 때문이라는 거야. '이쯤 되면 이미 저세상이 존재한다는, 말하자면 물적 증거가 되는 것이다.'라는 식이지. 저 세계와 물적 증거들이라니, 얼씨구나 신났지! 끝으로, 악마의 존재가 증명되었다고 해도, 신의 존재가 증명되었는지 어떤지는 알 수 없는 노릇 아닌가? 나는 관념론자들의 모임에 가입하고 싶어, 거기서 '나는 실재론자이지만 유물론자는 아니란 말이오, 헤헤!'라며 반론을 제기할 거야."

"좀 들어 봐." 이반 표도로비치는 갑자기 탁자에서 일어났다. "나는 지금 꼭 미망에 들뜬 것 같아…… 그래, 물론, 미망에 들떠 있지……. 어디 한번 마음껏 지껄여 봐, 나는 상관없으니까! 그래 봤자 나를 지난번처럼 미친 듯 흥분시키긴 못할 거다. 나는 다만 뭔가가 부끄러워……. 방을 좀 걷고 싶군……. 지난번처럼 이따금씩은 네가 보이지도 않고 심지어 네 목소리조차 들리지 않지만, 그래도 언제나 네가 뭘 뇌까리고 있는지는 짐작이 가. 왜냐면 이건 나, 나 자신이 말하는 거니까, 네가 아니라! 다만 알 수 없는 건 말이야, 내가 지난번에 꿈속에서 널 보았던 걸까, 아니면 생시에 본 걸까? 그래, 수건을 찬물에 적셔 머리에 갖다 대 보자, 그러면 아마 네가 증발해 버릴 거야."

이반 표도로비치는 한쪽 구석으로 가서 수건을 집어 자기 말대로 한 뒤 물수건을 머리에 얹은 채 방을 앞뒤로 거닐기 시작했다.

"우리가 곧장 너나들이를 하게 된 것이 마음에 드네." 손님이 말을 시작했다.

"바보 같은 자식." 이반은 웃었다. "아니 그럼, 내가 너한테 당신이라면서 존댓말을 쓸 줄 알았단 말인가. 나는 지금 기분은 좋은데, 다만 관자놀이가 아프군…… 정수리도……. 그러니까 제발 지난번처럼 골치 아픈 철학적 얘기를 늘어놓지는 말아 줘. 썩 꺼져 버릴 수 없다면, 뭐든 즐거운 얘기를 지껄여 달란 말이야. 항간에 떠도는 유언비어 얘기나 좀 해 주든지, 너는 식객이니까 그래, 그런 얘기나 좀 해 봐. 어쩌다 이런 악몽이 들러붙어 버린 걸까! 하지만 난 네가 무섭지 않아. 나는 너를 극복할 거야. 정신 병원에 끌려가진 않을 거라고!"

"식객이라, 거참 매력적이군.(C'est charmant.) 사실 뭐 지금 내 꼴이 그렇기도 하지. 이 지상에서 내가 식객이 아니라면 또 누구겠나? 그나저나, 나는 자네 말을 들으면서 다소 놀라워하고 있다네. 아무래도 자넨 이미 나를 시나브로 뭔가 정말로 존재하는 것으로 받아들이는 것 같군, 지난번엔 그냥 자네 자신의 환상에 불과하다고 그렇게 우기더니만⋯⋯."

"단 한순간도 자네를 실재하는 현실로 받아들인 적이 없어." 이반이 왠지 격노하여 소리까지 질렀다. "너는 거짓이야, 너는 나의 병이야, 너는 그냥 환영(幻影)에 지나지 않아. 나는 다만 너를 어떻게 하면 없앨 수 있는지를 모르겠고, 보아하니, 얼마 동안은 고통을 받아야 할 것 같아. 너는 나의 환각에 불과해. 너는 나 자신의 구현일 뿐, 그래 봐야 고작 나의 한 측면⋯⋯ 그나마 나의 사상과 감정 중에서 가장 역겹고 어리석은 부분의 구현일 뿐이라고. 이 점에서 너는 나한테 심지어 흥미로운 존재가 될 수도 있지, 다만 내가 너와 상대할 시간만 있다면⋯⋯."

"이봐, 미안하지만 나는 자네의 실체를 까발려야겠네. 아까 가로등 곁에서 자네는 알료샤한테 덤벼들며 '너는 **그놈**한테서 알아냈구나! 어떻게 너는 **그놈**이 나한테 온다는 걸 알아냈지?'라고 외치지 않았나. 이건 아무래도 나를 떠올려서 나온 얘기잖아. 그렇다면 아주 짧은 한순간이지만 믿긴 믿었다는 소리야, 내가 정말로 존재한다는 것을 믿었던 거라고." 신사는 부드럽게 웃었다.

"그래, 그게 인간 본성의 맹점이긴 하지만⋯⋯ 그래도 나는 너를 믿을 수 없어. 지난번엔 내가 잠을 잔 것인지 멀쩡히 걸어 다닌 것인지를 모르겠어. 나는 어쩌면 그때 너를 그냥 꿈속에서 본 건지도 몰라, 생시에서 봤을 리가 절대 없어⋯⋯."

"그럼 아까는 왜 그 아이, 즉 알료샤한테는 그렇게 엄격하게 굴었던 겐가? 그렇게 귀여운 아이한테 말이야. 나는 조시마 장로 일로 그 애한테 죄지은 게 있거든."

"알료샤 얘기는 하지 마! 감히 네가 어떻게, 한낱 종놈 주제에!" 이반은 또다시 웃기 시작했다.

"욕설을 퍼부으면서도 정작 자네는 웃고 있으니—좋은 징조야. 어쨌거나 자네가 오늘은 지난번보다는 훨씬 더 상냥하게 나오는데, 무엇 때문인지 나는 알지. 그 위대한 결단 때문……."

"결단 얘기는 하지도 마!" 이반이 광포하게 소리쳤다.

"알았어, 알았네, 이건 고귀한 일이야, 이건 매력적인 일이지.(c'est noble, c'est charmant.) 자네는 내일 형을 변호하기 위해 스스로를 희생하러 가는 거니까…… 이거야말로 기사다운 행동이 아니겠나.(c'est chevaleresque.)"

"입 다물어, 내 네놈을 발로 걷어차 버릴 테다!"

"그렇게 되면 나의 목적이 달성되는 것이니 얼마간은 기쁘겠군. 환영을 보고 발길질을 하진 않으니까, 발길질을 한다는 것은 내가 실재한다는 걸 믿는다는 소리 아닌가. 자, 농담은 그만하세나. 나한테는 이러나저러나 매한가지니까 원한다면 욕설을 퍼부어도 좋지만, 최소한 나와 있을 때는 조금이라도 예의를 갖추는 게 좋지 않겠나. 바보니 종놈이니, 도대체 무슨 말을 그리 험하게 하나!"

"너를 욕하는 건 나 자신을 욕하는 거야!" 이반은 또다시 웃었다. "너는 나야, 다만 얼굴이 다를 뿐, 나 자신이라고. 너는 내가 생각만 하고 있던 것을 말로 표현해 줄 따름이야……. 그래서 나한테 어떤 새로운 말도 해 주지 못하는 거라고!"

"만약 내 생각이 자네와 일치한다면 나로선 그저 영광일 따름일세." 신사가 우아하면서도 위엄을 갖추면서 말했다.

"다만, 너는 내 생각들 중 한결같이 추악한 것만, 무엇보다도 멍청한 것들만 취하고 있어. 너는 멍청한 속물이야. 멍청해도 너무 멍청해. 아니, 나는 너를 참아 내지 못할 거야! 난 어쩌면 좋을까, 어쩌면!" 이반은 이를 갈았다.

"나의 벗이여, 난 어쨌거나 신사가 되고 싶고 또 신사 대접을 받았으면 한다네." 손님은 그야말로 식객답게 벌써 미리부터 양보를 해 준다는 호의적인 야망을 발작적으로 과시하면서 말을 시작했다. "나는 가난하지만…… 그렇다고 해서 내가 아주 떳떳하다고 말하지도 않겠네만, 그래도…… 통상 사회에서는 나를 타락한 천사로 받아들여 주는 것이 무슨 공리처럼 되어 있다네. 하긴, 내가 언제 어떻게 천사가 될 수 있었는지 도무지 상상이 안 된다네. 만약 언젠가 정말 그랬다면, 너무 오래전 일이라서 그걸 까먹는 것도 죄는 아니지. 지금은 그저 점잖은 사람이라는 평판만을 소중히 여기고, 유쾌한 사람이 되려고 노력하면서 그럭저럭 살고 있네. 나는 사람들을 진정으로 사랑해—오, 그런데도 많은 점에서 중상모략에 시달려 왔지! 내가 이따금씩 여기 자네들 세상으로 옮겨 와 보면, 내 삶은 실제로 존재하는 어떤 것처럼 흘러가고, 나는 이게 무엇보다도 마음에 들어. 나도 자네와 꼭 마찬가지로 환상적인 것 때문에 고통스러운 처지라서, 자네들의 그 지상의 리얼리즘을 좋아하지. 여기 자네들 세계에는 모든 것의 윤곽이 뚜렷하고 공식이 있고 또 기하학이 있지만, 우리 세계에서는 죄다 무슨 부정방정식뿐이라네! 나는 이곳을 거닐며 몽상에 잠긴다네. 내가 또 몽상을 좋아하지 않나. 게다가 지상에 있으면서 미신을 믿게 됐지 뭔가——비웃지 말게, 제발. 나는 내가 미신을 믿게 된 것이 마음에 든단 말일세. 나는 여기서 자네들의 관습을 전부 받아들이고 있어. 이를 테면, 공중목욕탕에 가는 걸 좋아하게 됐는데, 자넨 상상하기도 힘들겠지만, 상인들, 사제들과 함께 한증탕에 들어가 푹 찌는 걸 좋아한다네. 내 꿈이 바로 이런 것인데——7푸드나 나가는 무슨 뚱뚱한 장사꾼 아줌마로 변해서, 그것도 영영 되돌려 놓을 수 없게 싹 변해서 그 아줌마가 믿는 모든 것을 믿게 되는 것 말일세. 나의 이상은 말일세——교회 안으로 들어가 순결한 마음으로 촛불을 밝히는 것이야, 정말로 그렇다니까. 그러면 내 고통도 끝이 날 테지. 그리고 자네들 세계에서 치료받는 것도 좋아하게 됐어. 봄에 천연두가 돌았을 땐 양육원에 가서 예방 접종을 했는데——내가 그날 기분이 얼마나 좋았는지 자네는 모를 걸세. 슬라브 형제들을 위해 10루블을 희사했다니까……! 그런데 자네는 듣지도 않는구먼. 이보게, 자네는 오늘 왠지 기분이 영 꿀꿀한 모양이야." 신사는 잠시 입을 다물었다. "나는 자네가 어제 그 의사한테 다녀왔다는 걸 알고 있네…… 그래, 자네 건강은 어떤가? 의사가 뭐라고 하던가?"

"바보 같은 자식!" 이반이 딱 잘라 말했다.

"그 대신 자네는 참 영리하지. 또 욕설을 퍼부을 텐가? 나도 뭐 딱히 관심이 있어서 물은 건 아니고 그냥 그런 거야. 그럼 대답하지 말게나. 요즘은 류머티즘이 또다시 기승을 부려서 말일세······. "

"바보 같은 자식." 이반이 또다시 되뇌었다.

"자네는 줄곧 자기 얘기만 하는데 말이야, 나는 작년에 류머티즘이 얼마나 지독했는지 지금도 기억이 생생하다네."

"악마도 류머티즘에 걸리나?"

"아니 왜 없겠나, 내가 이따금씩 사람으로 현현(顯現)하는 이상. 이런 모양으로 현현하는 이상, 받아들여야지. 나는 사탄이니까 인간적인 것은 무엇이나 내게도 낯설지 않지.(나는 sum 사탄 et nihil humanum a me alienum puto.)"

"뭐, 뭐라고? 사탄이니까 인간적인 것은 무엇이나(sum 사탄 et nihil humanum)라고······. 이런 말을 하다니 악마치고는 제법 똑똑한걸!"

"드디어 자네를 만족시켰다니, 기쁜데."

"하지만 그건 나한테서 취한 말이 아니야." 이반이 갑자기 충격을 받은 양 멈칫했다. "내 머릿속에선 그런 생각이 떠오른 적이 결코 없어, 거참 이상한 일이야······."

"이건 제법 참신하지, 안 그런가?(C'est du nouveau, n'est ce pas?) 내 이번에는 떳떳하게 구는 차원에서 자네에게 설명을 해 주겠네. 한번 들어 보게나. 꿈을 꿀 때, 특히 뭐 저기 소화 불량이나 뭐든 다른 이유로 인해 악몽을 꿀 때 인간은 맹세코, 레프 톨스토이[26]도 지어 내지 못할 만큼 예술적인 꿈을,

---

26) 러시아의 소설가. 『전쟁과 평화』, 『안나 카레니나』, 『부활』 등의 명작을 남겼다.

그토록 복잡하면서도 사실적인 현실을, 그런 사건 내지는 심지어 그런 유의 음모로 촘촘하게 연결된 사건들의 세계 하나를 보곤 하는데, 그것도 자네들 세계의 드높은 현상에서부터 와이셔츠의 가슴팍에 달린 마지막 단추 하나에 이르기까지 예상도 못 할 만큼 세세하게 말이지. 하지만 이런 꿈을 꾸는 사람들이 이따금씩 절대 무슨 대단한 작가들이 아니고, 오히려 극히 평범한 사람들, 관리들, 칼럼니스트들, 사제들이라니…… 이건 숫제 지난한 문젯거리라고 할 만하다네. 한 장관이 나한테 직접 고백한 바에 따르면, 그의 최상의 발상들은 잠을 잘 때 떠오른다는 거야. 자, 지금 상황이 바로 그런 거라네. 나는 비록 자네의 환각이지만 악몽을 꿀 때처럼 나는 지금까지 자네의 머릿속에 떠오른 적이 없는 독창적인 것들을 말하고 있으니까, 고로 나는 자네의 악몽에 불과할 뿐, 이걸 두고 벌써 자네의 생각을 반복한다고 할 순 없는 것이지."

"거짓말이야. 너의 목표는 네가 독자적인 존재이지 나의 악몽이 아니라는 것을 확신시키려는 데 있고, 그래서 너는 지금 네 입으로 네가 꿈이라고 자꾸 주장하는 거야."

"나의 벗이여, 내 오늘은 특수한 방법을 택했는데 나중에 설명해 줌세. 가만있자, 내가 어디까지 얘기했더라? 그래, 바로 그때 내가 감기에 걸렸는데, 다만 자네들 세계에서가 아니라 아직 저기에 있을 때……."

"저기가 어디야? 말해 봐, 너는 나의 세계에서 오래 머물 텐가, 떠나 줄 수는 없겠어?" 거의 절망에 차서 이반이 소리쳤다. 그는 걸어 다니는 것도 그만두고 소파에 앉아 다시금 탁자에 팔을 괴고 두 손으로 머리를 꽉 움켜잡았다. 물수건은 걷어내서 신경질을 내며 집어 던졌다. 분명히 별 도움이 되지 않았던 것이리라.

"자네는 신경이 완전히 엉망이 됐어." 신사가 허물없고 무사태평하면서도 참 우호적인 표정을 지으며 지적했다. "자네는 심지어 내가 감기에 걸릴 수 있었다는 것도 화가 나는 모양이지만, 아주 자연스러운 방식으로 그렇게 됐던 걸세. 나는 그때, 장관들을 점찍어 두고 있던 페테르부르크의 어느 지체 높은 귀부인이 주최한 외교관들 저녁 모임에 가는 길이라 정신이 없었지. 뭐, 연미복에 하얀 넥타이, 장갑까지 챙겼지만 아무도 모르는 머나먼 곳에 있다가 자네들의 땅에 닿으려면 공간을 날아가야만 했는데…… 물론 이건 그야말로 찰나에 불과하지만, 태양 광선으로도 꼬박 팔 분은 걸리는 거리를, 그래, 한번 생각해 보게, 연미복에다가 가슴팍이 확 트인 조끼를 입었으니, 원. 원래 정령들은 추위에 떠는 법이 없지만 사람으로 현현했을 때는……. 한마디로 말해서, 아무 생각 없이 길을 떠났던 건데, 이런 공간, 이런 에테르와 이런 물속, 이런 천공 위는 얼마나 추운지 몰라……. 다시 말해서 얼마나 추운지—숫제 춥다는 말로도 부족할 지경이야. 자네도 짐작할 걸세, 영하 150도였다니까! 촌구석의 계집아이들이 곧잘 치는 장난이 제법 유명하지 않나. 영하 30도의 혹한에 풋내기 총각한테 도끼를 핥으라고 하는 거야. 도끼에 닿는 순간 혀는 얼어붙고 그 바보 천치가 그걸 떼 내려면 혀 껍질이 벗겨져 피가 철철 나는 거지. 하지만 그래 봤자 겨우 영하 30도가 아닌가.

그런데 150도쯤 되면, 내 생각으론 말일세, 도끼에 손가락 하나만 갖다 대도 금방 없어지고 말걸, 물론…… 다만 때마침 거기에 도끼가 있기만 하다면……"

"그런 곳에 과연 도끼가 있을 수 있을까?" 이반 표도로비치가 갑자기 멍하면서도 혐오감에 사로잡힌 듯 상대의 말을 가로챘다. 그는 자신의 미망을 믿지 않기 위해, 완전히 광기에 빠져들지 않기 위해 안간힘을 쓰며 저항하고 있었다.

"도끼라고?" 손님은 놀라면서 되물었다.

"뭐 그렇지, 그런 공간이라면 도끼는 어떻게 될까?" 이반 표도로비치가 갑자기 왠지 광포하고 집요하게 고집을 부리면서 소리쳤다.

"그런 공간에 도끼가 있으면 어떻게 될 거냐고? 발상 한번 기막히군!(Quelle idée!) 그게 어디든 좀 더 멀리 간다면, 내 생각으론, 이유도 모른 채 위성처럼 지구 주위를 날아다니겠지. 천문학자들은 도끼의 출몰을 계산할 테고, 가트추크[27]는 달력에 기입해 넣겠지, 그게 다야."

"너는 멍청해, 어찌나 멍청한지 아주 바보 천치야!" 이반은 박박 우겨 댔다. "거짓말을 하려면 좀 똑똑하게 하란 말이야, 안 그러면 난 네 말을 듣지 않겠어. 너는 리얼리즘을 무기로 나를 무찌르고 나한테 네가 존재한다는 것을 확신시키고 싶겠지만, 나는 네가 존재한다는 것을 믿고 싶지 않아! 믿지 않

---

27) 1870, 80년대에 모스크바에서 『가트추크의 신문』과 『종교 달력』을 발간한 인물.

겠어!"

"아니, 나는 거짓말을 하는 게 아닐세, 모든 것이 진실이야. 유감스럽게, 진실은 거의 언제나 싱겁게 마련이거든. 보아하니, 자네는 나한테 그야말로 뭔가 위대한 걸, 어쩌면 뭔가 아름다운 걸 기대하는 모양이군. 거참 대단히 유감이야, 왜냐면 나는 내가 할 수 있는 것밖에 줄 수가 없으니까……"

"그 따위 철학적 얘기는 집어치워, 이 당나귀 같은 놈!"

"철학은 무슨 철학, 가뜩이나 지금 오른편이 전부 마비되어 끙끙 신음을 하는 판국에. 의사라는 의사는 죄다 찾아가 봤네. 진단을 내리는 데는 도사라서 자네 병이 어떤 것인지 손가락으로 세듯 낱낱이 얘기해 주지만 치료할 줄은 모르더라고. 마침 거기에 열광에 사로잡힌 애송이 의대생 하나가 있었다네. 죽을 때 죽더라도 무슨 병으로 죽었는지는 완전히 알게 될 겁니다, 하더군! 이런 경우에 또 환자를 전문의들한테 보내는 것이 그네들의 수법 아닌가. 우리는 그냥 진단만 하니까, 이제는 아무개 전문의한테 가 보시오, 그분은 치료를 해 줄 거요, 하고. 해서, 내 자네한테 하는 말이지만, 모든 병을 치료해 주던 옛날 의사들은 깡그리, 깡그리 사라져 버리고 이젠 오직 전문의들만 신문에다 줄곧 광고를 내고 있다니까. 자네의 코에 병이 생기면 파리로 가라고 할 걸세. 거기 유럽의 한 전문의가 코 치료를 담당한다, 하면서 말이야. 파리에 도착하면, 그가 코를 진찰하긴 할 거야. 하지만 나는 오직 당신의 오른쪽 콧구멍만을 치료할 수 있다, 원래 왼쪽 콧구멍은 내 전공이 아니라서 치료하지 않는다, 내 치료를 받은 뒤엔 빈으로

가 보라, 거기엔 왼쪽 코를 치료할 특별한 전문의가 있다, 할 걸. 그럼 이떻게 할 텐가? 민간요법에 의존하기로 했지, 힌 독일인 의사가 목욕탕에 앉아서 소금 탄 꿀을 몸에 문지르라고 충고했거든. 그래서 나는 오로지 목욕이나 한 번 더 할 참으로 거길 찾아가서 온몸에 꿀을 칠해 봤지만 효과는 전혀 없더군. 절망한 끝에 밀라노에 있는 마테이 백작에게 편지를 썼지. 그랬더니 책과 물약을 보내 줬는데, 허, 거참. 그러고는 생각을 해 보게. 호프의 맥아(麥芽) 진액이 효험이 있었지 뭔가! 우연한 기회에 사서 한 병 반을 마셨는데, 춤이라도 출 수 있을 만큼 싹 나았지 뭔가. 고마운 마음이 끓어올라 신문에다 꼭 그에 대한 '감사문'를 실어야겠노라고 결심했는데, 이게 웬일인가, 여기서 이미 완전히 다른 문제가 생겨 버렸단 말이지. 그 어떤 신문사에서도 내 글을 받아 주지 않는 거야! '지나치게 반동적인 얘기가 될 것이므로 아무도 믿지 않을 겁니다, 악마가 존재할 리가 없잖습니까.(le diable n'existe point.) 차라리 익명으로 실으시지요.'라는 충고만 할 뿐이었지. 아니, 익명이라면 그게 무슨 '감사문'인가. 나는 신문사 편집인들과 농지거리를 좀 했지. '요즘 같은 시대에 신을 믿는 건 정말 반동적인 일이지만, 나는 악마가 아니오, 나를 믿는 건 괜찮소.'라고 말해 줬거든. 그랬더니 그쪽에선 '충분히 이해는 갑니다, 도대체 누가 악마를 믿지 않겠습니까, 하지만 이쨌거나 그건 우리의 편집 방향에 해를 끼칠 수 있거든요. 설마 농담으로 이러는 건 아니실 테죠?'라고 하더군. 하지만 농담으로 이런다면 이건 너무 싱겁지 않나, 하는 생각이 들었다네. 그래서 그쪽에선 결국

실어 주지 않았어. 믿을지 모르겠지만, 이 일은 내 가슴에 아주 못을 박아 버렸다네. 나의 가장 훌륭한 감정들, 가령 고마워하는 마음마저도 오로지 나의 사회적인 지위 때문에 공식적으론 금지되었다는 소리니까.”

“또다시 철학 행진을 시작했군!” 이반이 증오스럽다는 듯 이를 갈았다.

“하느님이 나를 보우하사, 제발 안 그랬으면 좋겠지만 이따금씩은 도대체 불평을 하지 않을 수가 있어야지, 원. 나는 중상모략을 당한 인간이야. 자네도 지금 걸핏하면 나더러 멍청하다고 하지 않나. 그러니까 자네가 아직은 젊다는 거야. 이보게, 친구, 세상사는 이성으로만 해결되는 게 아닐세! 나는 천성적으로 선량하고 명랑한 마음을 타고났고 ‘나도 이런저런 보드빌을 써 본 몸이야.’[28] 자넨 나를 그야말로 머리털이 희끗희끗한 흘레스타코프쯤으로 생각하는 것 같지만, 내 운명은 그보다는 훨씬 더 진지하다네. 내가 결코 헤아릴 재간이 없는 저기 어떤 태곳적 소명에 의해서 나는 ‘부정’을 할 운명을 타고났지만, 사실 나는 진정으로 착한 사람이라서 부정에는 전혀 소질이 없다네. 안 돼, 어서 부정해, 부정이 없으면 비평도 없고 ‘비평 분과’가 없다면 무슨 잡지라고 할 수 있겠나? 비평이 없으면 그저 ‘호산나’밖에 없을 테지. 하지만 삶을 위해선 ‘호산나’ 하나만으론 부족해, 이 ‘호산나’는 회의의 도가니를 거쳐 나오지 않으면 안 돼, 뭐 등등 이런 종류의 것들이지. 하

---

28) 고골의 희극 「검찰관」(1836) 3막 6장, 주인공 흘레스타코프의 대사.

지만 이 모든 건 내가 참견할 일이 아니지, 내가 창조한 게 아니니까 내가 책임질 일도 아니거든. 뭐 그쪽에서들 속죄양을 한 마리 골라서 비평 분과에서 글을 쓰도록 강요했고 그러다 보니 인생이 이 꼬락서니가 된 거라네. 우리는 이 희극을 이해해. 예컨대 나는 솔직히 탁 까 놓고 나 스스로의 파괴를 요구하는 바일세. 하지만, 안 돼, 살아야 돼, 너 없이는 아무것도 없을 테니, 하고 말하더군. 세상에 모든 것이 합리적이라면 아무 일도 일어나지 않을 거다. 네가 없으면 어떤 사건도 일어나지 않을 테지만, 하지만 사건이란 반드시 일어나야만 한다. 자 그래서, 나는 마지못해 마음을 굳게 먹고 사건이 일어나도록 봉사를 하는 거고, 또 명령에 따라 불합리한 짓을 저지르는 거란 말일세. 사람들은 심지어 의심의 여지 없이 명료한 이성을 지녔음에도 이 희극 자체를 뭔가 진지한 것으로 받아들이지. 바로 여기에 그들의 비극이 있는 거야. 뭐 물론 고통스럽기도 하겠지만…… 그 대신 여전히 살고들 있어, 그것도 환상적인 삶이 아니라 실제적인 삶을 살고 있다고. 왜냐면 고통이란 것이 곧 삶이기도 하니까. 고통이 없다면 인생에 무슨 낙이 있겠나—모든 것이 끝없는 기도의 연속으로 바뀔 텐데. 그건 거룩하긴 하지만 지루하기 짝이 없지. 그럼, 나는 어떤가? 나는 고통받고 있긴 하지만 어쨌거나 살고 있는 건 아니지 않나. 나로 말할 것 같으면 부정방정식의 엑스(x)라네. 나는 모든 시작과 끝을 잃어버린, 심지어 결국엔 자기 이름마저도 망각해 버린 삶의 어떤 환영이지. 자네 비웃고 있구먼…… 아니, 비웃는 게 아니라, 또다시 화를 내고 있어. 자네는 영원히 화만 내면서 이성 하나만 붙들고 있으면 되겠지만, 자네한테 또다시 반복하건대, 나는 저 천상의 삶을, 모든 지위와 모든 명예를 송두리째 내놓는 한이 있더라도 7푸드나 나가는 장사꾼 아줌마의 영혼으로 현현하여 하느님 앞에 촛불을 밝힐 수 있길 바랄 따름이라네."

"그럼, 너는 신을 믿지 않는 건가?" 이반이 증오스럽다는 듯씩 웃었다.

"다시 말해서, 자네에게 이걸 어떻게 말해야 할까, 자네가 이렇게 진지하게 나온다면야……."

"신은 있는 건가, 없는 건가?" 이반이 다시금 광포하고도 집요하게 소리쳤다.

"아, 자넨 정말 그렇게 진지한 건가? 어이, 이보게, 난 모르겠어, 거참 위대한 말이 나왔네그려."

"모른다면서 신을 본다고? 아니야, 너는 독자적인 존재가 아니야, 너란 놈은 나야, 너는 나일 뿐, 더 이상 아무것도 아니야! 너는 걸레쪽이야, 너는 나의 환상이야!"

"다시 말해서 자네가 원한다면, 나는 자네와 동일한 철학을 갖고 있다고 할 수도 있네, 그래, 이 편이 공평할 거야. 나는 생각한다, 고로 나는 존재한다.(Je pense, donc je suis),[29] 이건 나도 잘 아는 내용이지만, 그 밖에 나를 에워싸고 있는 모든 것들, 이 모든 세상들, 신, 심지어 나 자신인 사탄에 이르기까지──이 모든 것이 나에겐 증명되지 않았어, 그러니까 이것

---

29) 프랑스의 철학자 데카르트의 기본 명제 중 하나.

이 독자적으로 존재하는 것인지, 아니면 그저 나의 유출(流出)에 지나지 않는 것이어서 태곳적부터 하나의 인격체로 존재해 온 나의 자아의 발전에 불과한 것인지……. 한마디로 말해서, 나는 어서 빨리 중단해야겠군, 자네가 지금 당장 달려들어 한 대 칠 것 같으니까."

"차라리 무슨 재미나는 일화라도 들려주면 좋으련만!" 이반이 병적으로 말했다.

"우리 화제에 꼭 맞는 일화가 있긴 있는데, 다시 말해 일화가 아니라 전설이지. 자네는 지금 '보면서도 믿지 않는다.'라고 하면서 나의 불신을 꾸짖고 있지. 하지만 이보게 친구, 사실 나만 그런 것도 아니잖나, 저기 우리 쪽에선 지금 다들 정신이 아찔해졌다네, 모든 게 다 자네들의 과학 때문이야. 원자와 오감, 4대 원소가 있었을 때만 해도 어떻게 그럭저럭 잘 굴러가고 있었지. 원자라는 것은 고대 세계에도 있었던 거니까. 하지만 자네들이 거기서 '화학적 분자'니 '원형질'이니 뭐 이런 악마로선 도통 알 길이 없는 것들을 발견해 냈다는 것을 우리 세계에서 알게 되자마자, 우리는 그만 꼬리를 내릴 수밖에 없었지. 그야말로 모든 것이 뒤죽박죽이 되기 시작했어. 중요한 것은 미신과 유언비어들이 만연하게 됐다는 거야. 유언비어라면 우리 세계에도 자네들만큼이나 많고, 아니, 심지어 조금 더 많을지도 몰라. 끝으로, 밀고라는 것도 있어서 우리 세계에도 특정한 '정보'를 수집하는 분과[30]가 하나 있다네. 자, 그래

---

30) 제3국을 암시함.

서 이 기괴한 전설은 우리의 중세, 그러니까 자네들의 중세가 아니라 우리들의 중세 시대 얘기인데——우리 세계에선 7푸드나 나가는 장사꾼 아줌마들을 제외하면, 이번에도 자네들의 아줌마가 아니라 우리들의 아줌마를 제외하면 아무도 믿지 않는 얘기지. 자네들 세계에 있는 건 우리들 세계에도 다 있는데, 이건 진짜 발설하면 안 되지만 우리의 우정을 생각해서 자네한테 우리네 비밀 한 가지를 털어놓는 걸세. 이 전설은 천국에 대한 거야. 여기 자네들의 땅에 사상가 겸 철학자가 한 명 있었는데, '법이고 양심이고 신앙'이고 모든 것을 다 거부했고 무엇보다도——'내세'를 '거부'했다더군. 그러다가 죽었는데 이제 곧 암흑과 죽음으로 가겠구나, 하고 생각했는데, 이게 웬일인가——그의 앞에 내세가 떡하니 나타난 거야. 그는 너무 놀랍고 또 분개해서 '이건 내 신념에 위배되는 일이다.'라고 말했지. 어쨌건 이 때문에 그는 형을 받게 됐는데……. 다시 말해서 있잖나, 미안한 얘기지만 나도 들은 얘기를 전하는 것뿐이고 이건 그냥 전설에 불과한 얘기라서 말일세……. 어쨌거나 그가 받은 형이란 암흑 속에서 1000조(兆) 킬로미터를(우리 세계에서도 요즘은 미터법을 쓴다네.) 걸어가라는 것이었는데, 이 1000조 킬로미터를 다 걸으면 그때는 그를 향해 천국의 문이 열리고 모든 걸 용서받을 거라는 거였지……."

"너희들의 저세상에는 1000조 킬로미터 말고 또 어떤 고문법이 있지?" 이반이 어쩐지 이상하게 활기를 띠면서 말을 가로막았다.

"어떤 고문법이 있냐고? 아이고, 그런 건 묻지도 말게. 옛날에는 별의별 고문법이 다 있었지만, 요즘은 도덕적인 것들이 점점 더 많이 생겨나선 '양심의 가책'과 같은 헛소리들뿐이라네. 이것도 자네들 때문에, '자네들의 풍습의 완화' 때문에 생겨난 것들이라네. 뭐 그래 봤자 누가 득을 봤나, 득을 본 건 오로지 양심 없는 자들뿐이지. 원래 양심이란 게 없는데 양심의 가책을 느낄 턱이 없잖나 말일세. 그 대신 아직 양심과 명예를 간직하고 있는 점잖은 사람들만 고생을 했지……. 거 보게, 준비가 되지 않은 토양에 개혁을 실시했으니, 그나마도 남의 제도를 보고 베꼈으니—그야말로 백해무익일 따름이었지! 차라리 고대의 화형이 더 나았을 거야. 자, 그래서 1000조 킬로미터 형을 받은 이자는 잠깐 그 자리에 서서 바라보다가 길을 가로막고 드러누워선 '가지 않겠어, 원칙 때문에 가지 않겠다!'라며 버텼지. 러시아의 계몽된 무신론자의 영혼과 고래 배 속에서 사흘 낮 사흘 밤을 성내며 버텼던 예언자 요나[31]의 영혼을 한데 뒤섞으면—바로 그게 이렇게 길바닥에 드러누운 사상가의 성격이 될 걸세."

"거기 길바닥에서 뭘 깔고 드러누웠나?"

"뭐, 저기, 뭐든 깔 게 있었겠지. 자네, 비웃는 건 아닐 테지?"

"장하다!" 이반은 여전히 그렇게 이상한 활기를 띠고 소리쳤다. 이제 그는 어쩐지 예상치 못한 호기심마저 보이며 상대의 말을 들었다. "그럼, 지금도 그렇게 누워 있나?"

"그게 말이지, 그렇지 않다네. 그렇게 거의 천 년을 드러누

---

31) 요나서 2: 1.

위 있다가 일어나서 걸어가기 시작했지."

"저런 당나귀 같은 놈!" 이반은 이렇게 소리친 뒤 신경질적인 웃음을 터뜨렸지만 여전히 뭔가를 골똘히 생각하는 듯한 눈치였다. "영원히 누워 있거나 1000조 베르스타를 걷는 거나 똑같은 거 아닌가? 어차피 10억 년에 걸친 대장정이 될 텐데?"

"심지어 훨씬 더 오래 걸릴걸. 다만 연필과 종이가 없군, 있었으면 계산을 해 봤을 텐데. 어쨌거나 그는 이미 오래전에 다다랐고, 바로 거기서 일화가 시작되는 거라네."

"다다랐다니! 대체 어디서 10억 년을 구했을까?"

"거참, 자네는 여전히 지금의 우리 지구만 생각하나! 지금의 지구는 어쩌면 그 자체가 10억 번은 족히 반복되었을 거야. 뭐 살 만큼 다 살고 얼어서 갈라지고 산산이 흩어져 애초의 구성 원소들로 분해되었다가 다시 천공과 같은 물이 생기고 그다음엔 다시 혜성이 생기고 다시 태양이 생기고 태양에서 다시 지구가 나오고——정말이지 이런 발전은 이미 무한하게 많이, 그것도 토씨 하나 안 틀리고 모든 것이 똑같은 모습으로 그대로 반복되고 있는 거라네. 어쩌나 권태로운지 불쾌할 정도라니까……."

"그래, 그래, 다다랐을 때는 무슨 일이 일어났나?"

"그를 향해 천국의 문이 열리자마자, 그리고 그가 안으로 들어서자마자 이 초도 채 지나지 않아——이건 시계, 그의 시계에 따른 건데(하긴 그의 시계는 내 생각으론 길을 오는 동안 분명히 오래전에 그의 호주머니 속에서 애초의 구성 원소들로 분해됐을 것 같지만)——어쨌거나 이 초도 채 지나지 않아 소리쳤다네. 이 이 초를 위해서라면 1000조 킬로미터는 고사하고 1000조 킬로미터에 또다시 1000조 킬로미터를 곱하고 또 거기다가 1000조 킬로미터를 곱한 거리라도 걸을 수 있겠노라! 하고. 한마디로 '호산나'를 불렀는데, 그 정도가 얼마나 지나쳤으면 그곳의 다소 점잖은 사상을 가진 어떤 사람들은 초창기에는 심지어 그에게 손을 내미는 것도 꺼릴 정도였다네. 너무나 맹렬하게 보수주의자로 변해 버렸다는 거지. 한데 이거야말로 러시아적 천성이 아닌가. 다시 한번 말하네만, 이건 어디까지나 전설일세. 그 물건을 사는 데 지불한 만큼의 돈만 받고 팔았다, 이 말이네. 그러니까 우리 세계에선 이런 유의 주제에 대해선 아직도 이런 개념들이 통용되고 있거든."

"나는 네놈의 정체를 간파했어!" 이반은 이젠 완전히 기억났다는 듯 어쩐지 거의 어린애처럼 기뻐하면서 소리쳤다. "1000조 년에 대한 그 일화──그건 바로 내가 직접 지어낸 거야! 나는 그때 열일곱 살이었고 김나지움에 다니고 있었는데…… 그때 내가 그 일화를 지어내서 한 친구에게 이야기해 줬고, 그 아이의 성은 코로프킨이었고, 그건 모스크바에서 있었던 일이야……. 이 일화는 너무도 독특한 것이어서, 어디 다른 데서 가져왔을 리도 없어. 거의 다 잊어 먹었는데…… 지금 무의식적으로 떠올랐어──네가 얘기를 해서가 아니라 저절로 내 머릿속에 떠올랐단 말이야! 놀라워, 처형장으로 끌려갈 때조차도 수천 가지 것들이 이따금씩 무의식적으로 떠오르곤 하니까…… 꿈에서 떠오르는 일도 있었고. 그러니까 너야말로 그 꿈이라는 거다! 너는 꿈이니까 실제로 존재하지는 않는 거야!"

"자네가 나를 거부하느라 이렇게 열을 올리는 걸 보니까"라면서 신사가 웃었다. "자네가 어쨌거나 나를 믿고 있다는 확신이 서는군."

"절대 아니야! 100분의 1도 믿지 않아!"

"그래도 1000분의 1 정도는 믿겠지. 원래 동종요법(同種療法)적인 한 방울이야말로 가장 치명적인 것이 아니겠나. 슬슬 고백하게나, 믿는다고 말이야, 하다못해 1만 분의 1이라도⋯⋯."

"단 한순간도 믿지 않아!" 이반이 격분하여 소리쳤다. "나는, 그래도, 너를 믿고 싶은지도 몰라!" 그러곤 갑자기 이런 이상한 말을 덧붙였다.

"어라! 어쨌든 이제야 고백을 하는군! 하지만 나는 워낙 착한 사람이니까 이번에도 자네를 도와주겠네. 들어 보게나. 자네가 나의 정체를 간파한 게 아니라 내가 자네의 정체를 간파한 거라네! 나는 일부러 자네한테 자네가 이미 잊어버린 일화를 이야기해 주었던 건데, 그건 자네가 나에 대한 믿음을 완전히 버리도록 하기 위해서였지."

"거짓말이야! 네가 출현한 목적은 네가 존재한다는 것을 나에게 확신시키는 것이야."

"그거야 당연하지. 하지만 동요, 하지만 불안, 하지만 믿음과 불신 간의 투쟁──이런 것은 자네처럼 양심이 있는 사람에겐 이따금씩 너무도 큰 고통인지라 차라리 목을 매는 것이 낫지. 나는 그러니까 말일세, 자네가 나의 존재를 아주 조금이나마 믿고 있다는 것을 알기 때문에 이 일화를 얘기해 줌으로써 자네에게 철저하게 불신을 불어넣은 거라네. 나는 자네가 믿음과 불신 사이를 번갈아 왔다 갔다 하도록 이끄는 거라네, 여기에는 나만의 목적이 있거든. 새로운 방법이라고나 할까. 그러니까 자네는 나에 대한 믿음을 완전히 버리자마자 그 즉시 내 눈앞에서 내가 꿈이 아니라 실제로 존재하는 것이라는 점을 나한테 확신시키려 들 거야, 내 자네를 잘 알고 있지. 그렇게 되면 나는 내 목적을 달성하는 셈일세. 나의 목적은 고결한 거야. 내가 자네에게 믿음의 깨알만 한 씨앗 하나라도 뿌리면 거기서 참나무가 자라날 테고——또 그 참나무가 얼마나 대단한지, 자네는 그 위에 앉아 '황야의 은자들과 죄에 물들지 않은 여인들'[32]의 대열에 합류하고 싶어질 걸세. 사실 자네는 남몰래 몹시, 몹시 그리고 싶어 하지 않나. 자네는 메뚜기를 잡아먹고 구도 생활을 하기 위해 황야로 떠날 걸세!"

"그러니까 네놈은, 이 개망나니 같은 놈아, 내 영혼을 구원하기 위해 노력하는 거냐?"

"어쨌든 언젠가는 착한 일을 해야 되지 않나. 자네 또 버럭 성질을 내는구먼, 내가 슬쩍 보기만 해도 버럭 성질을 내니, 원!"

"어릿광대 같은 놈! 네놈은 언젠가 바로 그런 자들, 즉 메뚜기를 잡아먹고 십칠 년씩이나 텅 빈 황야에서 기도하느라 온몸이 이끼로 뒤덮였던 그런 자들을 유혹해 본 적이 없었나?"

"이보게, 나는 그런 짓만 해 왔다네. 온 세상, 아니 온 세상들을 다 잊고 그런 사람 하나한테 달라붙는 거야. 원래 금강석이란 아주 귀한 것이잖나. 정말이지 그런 영혼 하나는 때때

---

32) 푸시킨의 시 「은자들과 죄에 물들지 않은 여인들」(1836)의 일절.

로 하나의 성좌(星座) 전체와 맞먹는 가치가 있다네——우리에겐 우리 나름의 계산법이 있거든. 승리란 귀한 거라네! 그런데 그들 중 어떤 이들은, 자네가 절대 믿지 않을 수도 있지만, 발달 수준이 자네보다 못하지도 않다네. 믿음과 불신의 심연이란 동일한 순간에 한꺼번에 관조할 수 있는 것이어서, 연극 배우 고르부노프[33]의 말처럼 때때로 한 발짝만 내디디면 사람이 '곤두박질'을 치겠구나 하는 생각이 들 정도야.”

“아니, 그래, 코는 간신히 붙들고서 떠나왔나?”[34]

“이보게, 친구.” 하고 손님이 격언조로 한마디 했다. “어쨌거나 때때로는 코가 아예 없는 것보다는 그나마 코를 붙들고 떠나오는 편이 더 나을 때가 있지 않나, 병을 앓게 된(분명히 전문의의 치료를 받았겠지) 어느 후작이 고해성사 때 자신의 고해신부인 예수회 신부에게 최근에 말했듯 말일세. 나도 그 자리에 있었는데——아주 기가 막히더군. 후작이 '나에게 내 코를 돌려주십시오!'라고 말했어. 자신의 가슴을 치면서 말이지. '내 아들이여'라며 신부가 말을 빙빙 돌리더군. '만사는 하느님의 헤아릴 수 없는 운명들에 따라 채워지는 법이고, 눈에 보이는 재앙은 이따금씩 비록 눈에 보이지는 않지만 굉장히 큰 이득을 가져다줄 수 있는 법이오. 만약 준엄한 운명이 그대에게서 코를 빼앗았다고 할지라도, 이제 한평생 아무도 그대에게 그래도 코나 붙든 채 남게 됐다는 말은 못 할 테니, 이거

---

33) 배우, 작가, 만담가로 도스토옙스키와 친분이 있었다.
34) '낭패를 보다.', '어처구니없는 꼴을 당하다.'라는 뜻의 숙어지만, 이하 이 표현으로 언어유희를 벌이고 있다.

야말로 그대에겐 이득인 것이오.' '성스러운 신부님, 그건 위안이 못 됩니다!' 절망에 찬 사람은 그렇게 소리쳤지. '오히려, 코만 제자리에 붙어 있다면, 저는 한평생 매일 코나 붙든 채 남게 돼도 황홀에 들떠 있을 겁니다!' 그러자 신부가 한숨을 푹 내쉬며 말했다네. '나의 아들이여, 모든 복을 한꺼번에 요구해서는 안 되는 법이니, 그것 자체가 이런 경우에도 그대를 잊지 않은 하느님의 섭리에 대한 불평인 것이오. 그대가 방금 외쳤듯 한평생 기꺼이 코를 매달고 있어도 좋다고 외친다면, 그대의 소원은 이미 간접적으로나마 이루어진 것이오. 왜냐면 코를 잃어버림으로써 어쨌거나 그 덕분에 한평생 코나 붙든 채 남게 된 꼴이 됐으니까……'

"쳇, 병신 같은 소리 작작 해!" 이반이 소리쳤다.

"이보게 친구." 나는 그저 자네를 웃겨 주고 싶었을 따름이네. 하지만 맹세코 이건 정말로 예수회 교도들이나 써먹는 궤변이고, 맹세코 그때 일어났던 일을 나는 지금 토씨 하나 안 빼고 자네한테 그대로 전해 준 거야. 최근에 있었던 이 사건 때문에 나도 골치깨나 앓았다네. 이 불운한 청년이 집으로 돌아와 바로 그날 밤 권총으로 자살을 했거든. 나는 최후의 순간까지도 그 청년 곁에 붙어 있었지……. 이 예수회 고해실로 말할 것 같으면, 인생의 울적한 순간마다 나에게 진정으로 가장 사랑스러운 오락 거리가 되어 준다네. 자네한테 사건 하나를 더, 그것도 아주 최근에 일어난 걸 얘기해 줌세. 스무 살쯤된 금발 머리의 노르만 처녀가 늙은 신부를 찾아왔지. 그 아름다움이며 몸매며 착한 마음씨며—군침이 돌 정도였어. 처녀는 고해틀 너머로 몸을 숙이고 신부에게 자신의 죄를 속삭였지. 그러자 신부가 소리쳤어. '나의 딸이여, 그대는 정녕 또 타락해 버렸단 말이오⋯⋯? 오 성모 마리아여(O Sancta Maria), 이 무슨 소리란 말이오, 이번엔 그 남자가 아니라니. 하지만 이런 일이 얼마나 더 오랫동안 계속될 것인가, 그대는 정녕 이러고도 부끄럽지도 않단 말이오!' '아, 나의 신부님(Ah mon père)' 하고 죄지은 여인은 회개의 눈물을 펑펑 쏟아 내면서 이렇게 대답하는 거야. '그 일이 그이에겐 너무나 큰 만족을 선사하고 나한테도 전혀 힘든 일이 아닌걸요!(Ça lui fait tant de plaisir et à moi si peu de peine!)' 세상에, 이런 대답이 나왔으니, 기가 막히지 않나! 그 순간, 나도 뒷걸음질을 치며 물러났다네. 이건 자연 그 자체의 외침일세, 이건 자네가 원한다면, 순결 그 자체보다도 더 좋은 것이 아닌가! 나는 당장 그녀의 죄를 사해 준 뒤 몸을 돌려서 그 자리를 떴는데, 곧장 다시 돌아오지 않을 수 없었다네. 신부가 고해틀에다 대고 내일 저녁 그녀와 밀회 약속을 하는 소리가 들리지 뭔가. 노인은 그야말로 부싯돌 같았는데, 글쎄 한순간에 타락해 버린 거지! 본성이, 본성의 진리가 승리를 거둔 것이 아니고 무엇이겠는가! 그래, 자네는 또다시 콧방귀를 뀔 텐가, 또다시 화를 낼 건가? 통 모르겠어, 어떡하면 자네의 비위를 맞출 수 있을까⋯⋯."

"나를 좀 내버려 둬, 네놈은 찰거머리 같은 악몽처럼 내 뇌 속에서 꿈틀거리고 있구나." 이반이 자신의 환시(幻視) 앞에서 맥이 빠져 병적으로 신음했다. "나는 네놈과 있는 것이 지루해, 참을 수 없는 일이야, 너무 고통스러워! 네놈을 쫓아낼 수만 있다면, 어떤 희생이라도 치르련만!"

"다시 한번 말하지만, 자신의 요구를 좀 제한하고 또 나한 테서 '한결같이 위대하고 아름다운 것'을 요구하지 않는다면, 나와 자네가 서로 얼마나 다정스럽게 지낼 수 있는지를 보게 될 걸세." 신사는 훈계조로 감정을 담아 말했다. "자넨 나를 보고서 골이 잔뜩 나 있겠지, 내가 불타 버린 날개를 단 채 무슨 붉은 빛에 휩싸여 '천둥 번개를 치고 번쩍이면서' 자네 앞 에 나타난 것이 아니라 이렇게 초라한 몰골로 임했다고 말이 지. 그리하여 첫째, 자네의 미학적 감각이 모욕을 받았을 테고, 둘째, 자존심이 또 상했을 걸세. 아니, 어떻게 나같이 위대한 사람한테 이렇게 속물적인 악마가 찾아들 수 있단 말인가? 하고. 그러게 말일세, 자네에겐 아무래도 벨린스키가 그 토록 조롱한 그 낭만적인 기질이 있는 거야. 하지만 어쩌겠나, 젊은이. 나도 아까 자네에게 올 채비를 할 때만 해도 그냥 장난삼아, 진짜로 캅카스에서 근무하다가 퇴역한 5등 문관처럼 연미복에 사자별과 태양별[35]을 달고 자네 앞에 임해 볼 생각이었지만, 최소한 북극성[36]이나 시리우스별도 아니고 감히 사자별과 태양별을 연미복에 붙였다간 자네한테 죽도록 얻어맞을 것 같아서 더럭 겁이 나지 뭔가. 안 그래도 자네는 줄곧 나

---

35) 사자 및 태양 훈장. 캅카스에서 공훈을 세운 자들에게 수여한 페르시아 훈장.
36) 북극성은 스웨덴 훈장이지만, 동시에 제카브리스트(12월당원)들이 발간한 문학적 정간물 및 게르첸과 오가료프가 해외에서 펴낸《북극성》을 암시하기도 한다.

더러 멍청하다고 하지 않나. 하지만 천만의 말씀, 나는 지적인 면에서 자네와 겨룰 생각은 추호도 전혀 없네. 파우스트 앞에 나타난 메피스토펠레스는 자신이 악을 원하지만 정작 선만을 행하는 자라는 것을 증명했지.[37] 이거야 뭐 자기 마음대로지만, 나는 완전히 반대야. 나는 어쩌면 자연 전체를 통틀어, 진리를 사랑하고 진정으로 선을 바라는 유일한 사람일지도 몰라. 나는 십자가에서 죽은 말씀이 오른쪽에 못 박혀 죽은 강도의 영혼을 자신의 가슴에 품은 채 하늘로 올라갈 때 그 자리에 있었고, 또 '호산나'를 부르며 환호하는 게루빔들의 기쁨에 찬 외침 소리를, 하늘과 온 우주를 뒤흔들어 놓은 세라핌[38]들의 우렁찬 환희의 울부짖음을 들었다네. 그리하여 모든 성스러운 것에 맹세하건대, 나는 그 합창단에 합류하여 그들 모두와 함께 '호산나!'를 외치고 싶었다네. 아니, 가슴속에선 벌써 그 소리가 터져 나오고 튀어나왔을 정도였어…… 내가 또, 자네도 알다시피, 워낙에 감상적이고 또 예술적일 정도로 감수성이 예민하지 않나. 하지만 상식이란 놈이—오, 이 놈이야말로 내 천성의 가장 불행한 자질이 아니겠나—이 순간에도 나를 의무의 경계선 안에다 가두어 버리는 바람에, 그만 절호의 순간을 놓치고 말았다네! 왜냐면 그 순간 이런 생각이 들었던 거야. 즉, 나마저도 '호산나'를 외치면 도대체 어떻게 될까? 그 즉시 세상의 모든 것이 싹 사라져 버릴 테고 아무

---

37) 괴테의 『파우스트』에서 메피스토펠레스의 유명한 말 "나는 항상 악을 원하면서도 항상 선을 창조해 내는 힘의 일부분이다."를 염두에 둔 것이다.
38) 구품천사 가운데 상급 중의 가장 높은 천사.

런 사건도 일어나지 않을 게 아닌가. 바로 그래서 나는 오로지 나의 직업적 의무와 사회적 지위 때문에 내 내부에서 끓어오른 훌륭한 순간을 억누르고 추잡한 일들을 처리하지 않으면 안 되게 됐던 걸세. 선의 명예는 누군가가 죄다 가져가 버렸기 때문에 나한테는 오직 추잡한 일만 남게 되었지. 그래도 나는 그렇게 공짜로 놀고먹으면서 명예를 누리는 삶이 부럽지는 않네, 명예에는 별로 욕심이 없거든. 그런데 세계의 모든 생명체 중 왜 오직 나만이, 단지 나 하나만이 모든 점잖은 사람들로부터 저주를 받고 심지어 발길질까지 당하는 운명에 처해졌을까? 사실 사람으로 현현하면 때때로 이런 불미스러운 부산물마저도 감수해야 되거든. 나도 여기에 비밀이 있다는 것쯤은 알고 있지만, 저쪽에선 절대 나한테 그 비밀을 털어놓으려고 하지 않아. 왜냐면 내가 무엇이 문제인지를 깨닫고서 '호산나'를 부르면 그 즉시 필수 불가결한 마이너스가 사라지고 온 세상에 건전한 상식이 판칠 테고, 그런 상황이라면 아무도 신문 잡지 따윈 구독하지 않을 테고 따라서 물론, 그런 걸 비롯한 모든 것이 끝장날 테니까 말이야. 사실 나도 알고 있다네, 내가 결국엔 화해를 하고서 나의 1000조 킬로미터를 끝까지 걸어간 뒤 비밀을 알아낼 것임을. 하지만 그렇게 되기 전까지는 성내고 버티면서 마음을 다잡은 채 내게 주어진 소명을 이행할 것이네. 바로, 한 명이 구원받도록 하기 위해 수천 명을 파멸시키는 것이지. 예를 들어, 그 옛날 옛적 나를 그토록 골탕 먹인 단 한 명의 의인 욥을 얻기 위해 얼마나 많은 영혼을 파멸시키고 또 얼마나 많은 명예로운 평판들을 치욕스럽게 만들었던가! 그래, 비밀이 밝혀지기 전까지 나에게는 두 개의 진리가 존재하는 셈이야. 하나는 저 세계의 것, 저쪽의 것으로서 아직은 내게 전혀 알려지지 않은 진리이고, 다른 것은 나 자신의 진리이지. 그리고 어떤 것이 더 순수한지는 아직은 알 수 없는 거야……. 자네, 잠들었나?"

"여부가 있나." 이반은 표독스럽게 신음했다. "내 천성 속에 들어 있는 온갖 어리석은 것, 내 머릿속에서 이미 오래전에 단물 쓴 물 다 빼먹고 씹을 대로 다 씹은 뒤 썩은 고깃덩어리처럼 내동댕이쳐진 이 모든 것들을 네놈은 무슨 새 소식이라도 되는 양 내 앞에 갖다 바치는군."

"이번에도 자네 입맛을 맞추는 데 실패했군! 그래도 난 문학적 표현까지 써 가며 자네를 유혹할 생각이었는데. 아닌 게 아니라 나의 이 하늘의 '호산나' 얘기, 사실 썩 괜찮지 않았나? 그다음, 지금 이 à la 하이네(하이네 풍의) 신랄한 어조, 이것도 어떤가, 썩 괜찮지?"

"아니, 나는 절대로 네놈 같은 종놈이었던 적이 없었어! 그런데 어떻게 나의 영혼에서 네놈 같은 종놈이 태어났을까?"

"이보게 친구, 나는 매력이 철철 넘치고 귀여워 죽을 것 같은 러시아 도련님 하나를 안다네. 젊은 사상가에다가 문학을 비롯한 각종 세련된 것들을 대단히 애호하고 또 '대심문관'이라는 제목의 서사시를 쓴, 장래가 촉망되는 작가라네……. 내가 염두에 둔 건 오직 이 청년이야!"

"'대심문관' 얘기는 하지도 마, 그건 금지야." 이반은 너무도 수치스러워 얼굴을 새빨갛게 붉히면서 소리쳤다.

"뭐, 그럼 '지질학적 변동'은 어떤가? 기억나나? 마침 이것도 작은 서사시이지!"

"입 닥치지 못해, 안 그러면 네놈을 죽여 버릴 테다!"

"나를 죽이겠다고? 천만에, 미안하지만 말을 해야겠네. 이렇게 해서 나도 좀 기쁨을 누려 보자고 온 것이니까 말일세. 오, 나는 삶에 대한 갈망으로 전율하는 내 벗들의 열렬하고 젊은 꿈들을 사랑한다네! 지난봄에 자네는 여기에 올 채비를 하면서 '그곳엔 새로운 사람들이 있다.'라는 단정을 내렸지. '그들은 모든 것을 파괴하고 식인(食人)이라는 원점에서 다시 시작할 생각을 하고 있다. 바보들 같으니, 나와 상의라도 좀 해보지 않고선! 내가 생각하기론 아무것도 파괴할 필요가 없고, 오직 인류의 내부에 있는 신에 대한 관념만을 파괴하면 되고, 바로 여기서부터 일에 착수해야 된다! 이것부터, 이것부터 시작해야 한다——오, 아무것도 이해하지 못하는 눈먼 자들 같으니! 일단 인류가 하나같이 다 신을 거부한다면(나는 이 시대가 지질학적 시대와 나란히 평행선을 형성하면서 완성될 것이라고 믿는 바이다.) 구태여 식인 행위가 아니더라도 이전의 모든 세계관이, 무엇보다도 이전의 모든 도덕률이 저절로 붕괴될 것이며 완전히 새로운 것이 도래할 것이다. 사람들은 삶이 줄 수 있는 모든 것을 삶으로부터 취하기 위해 한데 뭉치겠지만, 이는 기필코 오로지 이 세계에서의 행복과 기쁨을 누리기 위해서일 따름이다. 인간은 신성과 거인적인 오만함 덕택에 기고만장해질 것이며 그렇게 인신(人神)이 나타날 것이다. 이젠 자신의 의지와 과학의 힘으로 시시각각 무한히 자연을 정복함으로써 인간은 예전에 자신이 갈망했던 천상의 열락을 모두 대체해 줄 만큼 드높은 열락을 시시각각 맛보게 될 것이다. 누구나 자신이 부활의 가능성이 없는, 그야말로 필멸의 존재임을 알게 될 것이되, 신처럼 오만하고 평온하게 죽음을 받아들일 것이다. 그는 너무도 오만하기 때문에 인생이 순간에 지나지 않는다고 불평할 이유도 전혀 없음을 깨닫게 될 것이고, 이제는 어떤 보상도 바라지 않고 자신의 형제를 사랑하게 될 것이다. 그 사랑은 그저 삶의 순간만을 만족시킬 따름이지만, 그것이 순간에 지나지 않음을 의식하는 것만으로도 이미 삶의 불꽃은 강렬하게 타오를 것이니, 그것은 이전에 무덤 저편의 무한한 사랑을 갈망하며 타올랐던 그 불꽃만큼이나 강렬할 것이다.' ……뭐 등등, 이런 유의 얘기지. 정말 귀여워 죽겠다니까!"

이반은 양손으로 귀를 꽉 틀어막고 방바닥을 내려다보며 앉아 있었지만 온몸을 부들부들 떨기 시작했다. 그래도 목소리는 계속했다.

"나의 젊은 사상가의 생각은 이랬다네. 이제 문제는 이런 시대가 언제든 도래할 수 있을까, 없을까? 하는 것이다. 만약 도래한다면 모든 것이 해결되고 인류는 최종적으로 새로운 세계를 건설할 것이다. 하지만 인류의 뼛속까지 배어 있는 어리석음을 보건대 1000년이 더 지나도 이러한 세계가 건설되지 못할 수 있기 때문에 지금이라도 진리를 의식하고 있는 사람 중 누구든 자기 마음 내키는 대로 새로운 원칙에 따라 세계를 건설해도 된다. 이런 의미에서 그 사람에게는 '모든 것이 허용'되는 것이다. 더욱이, 이 시대가 절대로 도래하지 않는다고 할지라도 어쨌거나 신과 불멸은 없기 때문에 새로운 사람은 인신이 될 수 있으며, 설사 그런 사람이 전 세계를 통틀어 단 한 명에 지나지 않을지라도, 어쨌거나 그는 새로운 지위를 부여받은 이상 필요하다면 예전의 노예와 같은 인간이 가졌던 온갖 도덕적 장벽을 가뿐한 마음으로 뛰어넘을 수 있다. 신은 법률의 구애를 받지 않으니까! 신이 나타날 곳—그곳이 곧 신의 자리인 것이다! 내가 나타날 곳, 그곳이 지금 곧 제일가는 자리가 될 것이며……. '모든 것이 허용된다.', 이것으로 끝이다! 정말 하나같이 귀여운 얘기라니까. 다만, 사기를 치고 싶었다면 진리의 승인 따위를 받을 필요가 어디 있나? 하긴, 요즘 러시아의 젊은 녀석이 다 이렇지 뭐. 진리라는 걸 얼마나 사랑하게 됐으면, 승인을 받지 못하면 감히 사기를 칠 엄두도 못 내니까 말이야……."

손님은 필경 자신의 뛰어난 웅변에 도취된 나머지 점점 더 목소리를 높여 가며 비아냥거리는 듯 주인을 바라보면서 말했다. 하지만 그가 할 말을 채 다 끝내기도 전에 이반은 갑자기 탁자에서 찻잔을 집어 웅변가에게 획 던져 버렸다.

"아, 하지만 이거야말로 바보짓이 아닌가, 결국!(Ah, mais c'est bête enfin!)" 상대방이 소파에서 벌떡 일어나 손가락으로 차 방울을 툭툭 털어 내면서 소리쳤다. "루터의 잉크병[39]이 떠올랐나 보군! 자기는 나를 꿈으로 간주한다고 하면서 꿈을 향해

---

39) 악마의 존재와 그 위력을 믿었고 그렇기에 그것을 경계해 왔던 루터는 실제로 종종 악마를 봤다고 주장하기도 했는데, 자기를 유혹하는 악마에게 잉크병을 던졌다는 전설과 비슷한 일화가 전해지고 있다.

찻잔을 집어던지다니! 이거야말로 여자들이나 써먹는 수법 아닌가! 하지만 내 이럴 거라고 생각했어, 자네는 그냥 귀를 틀어막고 있는 시늉을 했을 뿐, 실은 다 듣고 있었던 게야……."

갑자기 마당에서 집요하게 창틀을 쾅쾅 두드리는 소리가 울려 퍼졌다. 이반 표도로비치는 소파에서 벌떡 일어났다.

"저 소리 안 들리나, 차라리 문을 좀 열어 주게나." 손님이 소리쳤다. "저건 자네 동생 알료샤가 아주 뜻밖의 흥미진진한 소식을 갖고 온 걸세, 내 장담하지!"

"입 닥치지 못해, 이 거짓말쟁이야, 저게 알료샤라는 걸 나는 네놈보다 먼저 알았어. 녀석이 올 것 같은 예감이 들었단 말이야. 물론 녀석이 그냥 왔을 리는 없으니까, 물론 '소식'을 갖고 왔겠지……!" 이반은 미친 듯 흥분하여 이렇게 소리쳤다.

"문을 좀 열어 주게, 얼른 열어 주란 말일세. 밖엔 눈보라가 몰아치고 있고, 그 애는 자네의 동생이 아닌가. 이보게, 날씨가 어떤지 빤하지 않나? 이런 날씨엔 개도 바깥에 내놓지 않는 법인데.(Monsieur, sait-il le temps qu'il fait? C'est à ne pas mettre un chien dehors.)"

노크 소리는 계속되었다. 이반은 창문으로 달려가고 싶었지만, 갑자기 뭔가가 그의 팔다리를 묶어 버린 것 같았다. 그는 자신의 가쇄(枷鎖)를 끊으려고 안간힘을 쓰며 버둥거렸지만 소용이 없었다. 창문을 두드리는 소리는 점점 더 강해지고 또 커졌다. 마침내 갑자기 가쇄가 끊겼고, 이반 표도로비치는 소파에서 벌떡 일어났다. 그는 몹시 생경한 듯 주위를 둘러보았다. 양초 두 자루가 거의 다 타 버렸고, 지금 막 손님에게 집어 던졌던 찻잔은 탁자 위, 자기 앞에 놓여 있고 맞은편 소파에는 아무도 없었다. 창틀을 두드리는 소리는 집요하게 계속되었지만 방금 그의 꿈속에서 귓전에 맴돌았던 것처럼 그렇게 크지는 않았고, 오히려 아주 절제된 것이었다.

"이건 꿈이 아니다! 천만에, 맹세코, 이건 꿈이 아니었어, 이건 모두 지금 실제로 있었던 일이야!" 이반 표도로비치는 이렇게 소리치면서 창문으로 달려가 통풍창을 열었다.

"알료샤, 너한테 오지 말라고 명령했잖아!" 그는 동생에게 광포하게 소리쳤다. "한두 마디로 잘라 말해. 왜 왔어? 한두 마디라고 했다, 듣고 있니?"

"한 시간 전에 스메르쟈코프가 목을 맸어." 알료샤가 마당에서 대답했다.

"현관 쪽으로 와, 지금 당장 문을 열어 주마." 이반은 이렇게 말한 뒤 알료샤에게 문을 열어 주러 갔다.

10 '이건 그놈이 말했어.'

알료샤가 안으로 들어와 이반 표도로비치에게 전한 소식은 한 시간 남짓 전에 마리야 콘드라치예브나가 자기 집으로 달려와 스메르쟈코프의 자살을 알렸다는 거였다. "제가 사모바르를 치우려고 그분 방에 들어갔는데 그분은 벽에 박힌 못에 매달려 있었어요." "신고는 했느냐?"라는 알료샤의 질문에 그녀는 아무에게도 신고하지 않고 '곧장 도련님한테 제일 먼저 달려왔고 오는 내내 열심히 뛰었다.'라는 것이었다. 알료샤는 그녀가 꼭 미친 사람 같았고 사시나무 떨듯 온몸을 벌벌 떨었다고 전했다. 알료샤가 그녀와 함께 그들의 오두막으로 달려가서 보니 스메르쟈코프는 여전히 매달려 있었다. 탁자 위에는 "아무에게도 죄를 돌리지 않기 위해 나 자신의 의지와 의향에 따라 내 생명을 끊는 바이다."라고 쓴 쪽지가 놓여 있었다. 알료샤는 이 쪽지를 탁자 위에 그대로 내버려 두고 곧장 경찰 서장을 찾아가 모든 것을 신고했다는 거였다. 알료샤는 이반의 얼굴을 주의 깊게 들여다보면서 "거기서 곧장 형에게로 왔어."라며 말을 끝맺었다. 얘기하는 내내 그는 형에게서 눈을 떼지 않았는데, 형의 얼굴 표정을 보고 왠지 몹시 충격을 받은 모양이었다.

"형." 하고 그가 갑자기 소리쳤다. "형은 정말로 아픈 게 분명해! 나를 쳐다보고 있으면서도 내가 무슨 말을 하는지 모르겠다는 표정이야."

"아니, 너 참 잘 왔다." 이반은 생각에 잠긴 듯, 알료샤의 외침 소리는 전혀 들리지 않는다는 듯 말했다. "사실 그놈이 목을 맸다는 건 알고 있었어."

"누구한테서?"

"누구인지는 몰라. 하지만 알고 있었어. 아니, 내가 알고 있었던가? 그래, 그놈이 나한테 말했어. 그놈이 방금 전에 나한테 말해 주었지……."

이반은 방 한가운데에 서서 여전히 그렇게 생각에 잠긴 듯 방바닥을 내려다보면서 말했다.

"그놈이라니, 대체 누구야?" 알료샤는 저도 모르게 주위를 둘러보고 물었다.

"그놈은 슬그머니 내뺐어."

이반은 고개를 들고 조용히 미소를 지었다.

"그놈은 너한테 겁을 먹은 거야, 비둘기[40] 같은 너한테. 너는 '순결한 게루빔'이야. 드미트리는 너를 게루빔이라고 부르지. 게루빔이라…… 세라핌들의 우렁찬 환호성이라! 한데 세라핌이 대체 뭐니? 어쩌면 하나의 성좌가 아닐까 싶어. 그런데 이 성좌 자체가 기껏해야 무슨 화학적 분자에 불과한 것인지도 몰라……. 사자 성좌와 태양 성좌도 있는데, 넌 모르니?"

"형, 앉아!" 알료샤가 경악을 금치 못하며 말했다. "소파에 앉으란 말이야, 형, 제발. 형은 미망에 들떠 헛소리를 하는 거야, 베개를 베고 누워, 그래, 그렇게. 머리 위에 물수건을 얹어 줄까? 좋아질지도 모르잖아?"

"수건을 좀 줘 봐, 여기 의자 위에 있어, 내가 조금 전에 이리로 던졌거든."

"여기엔 없는걸. 염려하지 마, 어디 있는지는 내가 알고 있으니까. 봐, 저기 있잖아." 알료샤는 방의 다른 편 구석, 이반의 화장대 곁에서 곱게 개 놓은, 아직 쓰지 않은 깨끗한 수건을 찾아내고선 이렇게 말했다. 이반은 이상한 눈으로 수건을 바라보았다. 순식간에 그의 기억이 되살아난 듯했다.

"잠깐만." 그가 소파에서 일어났다. "나는 조금 전, 한 시간

---

40) 기독교의 상징체계에서 비둘기는 성령을 뜻한다.

전에 바로 이 수건을 저기서 가져와 물로 적셨어. 그러곤 그걸 머리 위에 얹어 놓고 있다가 여기로 던졌는데…… 어떻게 이게 이렇게 바싹 말라 있지? 다른 수건은 없었는데."

"형이 이 수건을 머리에 얹었다고?" 알료샤가 물었다.

"그래, 그러고는 방 안을 걸어 다녔어, 한 시간 전에……. 양초는 왜 이렇게 다 타 버렸어? 몇 시나 됐어?"

"곧 12시야."

"아니야, 아니야, 아니라고!" 이반이 갑자기 소리쳤다. "그건 꿈이 아니었어! 그놈이 왔었어, 그놈은 여기 앉아 있었어, 저기 저 소파에. 네가 창문을 두드렸을 때 나는 그놈에게 찻잔을 던졌어…… 여기 바로 이 찻잔을……. 잠깐만, 전에도 잠을 잤지만 이 잠은 잠이 아니야. 전에도 이랬어. 나는, 알료샤, 요즘 꿈을 자주 꾸는데…… 하지만 그건 꿈이 아니라 생시야. 나는 걸어 다니고 말하고 또 보고 있어…… 그러면서도 자고 있는 거야. 어쨌거나 그놈이 왔었어, 여기 앉아 있었단 말이야, 바로 이 소파에……. 그놈은 진짜로 멍청해, 알료샤, 얼마나 멍청한지 몰라." 이반은 갑자기 웃음을 터뜨리고 방 안을 성큼성큼 걷기 시작했다.

"누가 멍청하다는 거야? 누굴 두고 하는 얘기야, 형?" 알료샤가 또다시 수심에 잠겨 물었다.

"악마야! 그놈이 내 방을 들락날락했어. 두 번을 왔었지, 아니 거의 세 번이라고 해야겠군. 그놈은 나를 약 올렸어, 그놈이 불타 버린 날개를 단, 천둥 번개와 광채를 동반한 사탄이 아니라 그저 하찮은 악마라는 것 때문에 내가 화를 낸다면서.

하지만 그놈은 사탄이 아니야, 이건 그놈의 거짓말이야. 그놈은 참칭자(僭稱者)거든. 그놈은 그저 악마, 시시껄렁하고 하찮은 악마에 지나지 않아. 그놈은 목욕탕에 다닌대. 그놈의 옷을 벗기면 아마 길고 매끈한 꼬리가 나올 테고, 그 꼬리는 덴마크 개처럼 길이가 1아르신이나 되고 짙은 갈색일 거야……. 알료샤, 눈 속을 걸어왔으니 몸이 꽁꽁 얼었겠구나, 차를 좀 마시련? 뭐라고? 식었다고? 사모바르를 내오라고 할까? 이런 날씨엔 개도 바깥에 내놓지 않는 법인데(C'est à ne pas mettre un chien dehors)……."

알료샤는 얼른 세면대로 달려가 수건을 적셨고 이반에게 다시 좀 앉으라고 한 뒤 물수건을 그의 머리에 얹어 주었다. 그러고는 자기도 그의 곁에 앉았다.

"아까 네가 리자에 대해 무슨 말을 했더라?" 이반이 다시 말문을 열었다.(그는 몹시 수다스러워졌다.) "나는 리자가 마음에 들어. 내가 너한테 그 애에 대해 뭔가 추잡한 말을 했지. 그건 거짓말이었어, 사실 그 애가 마음에 들거든……. 나는 내일 카챠 때문에 걱정이 돼, 이게 제일 걱정이야. 앞날이 걱정이란 말이다. 그 여잔 내일 나를 내팽개치고 두 발로 짓밟을 거야. 내가 자기 때문에 질투에 사로잡힌 나머지 미챠를 파멸시키고 있다고 생각하거든! 그래, 그 여자는 그렇게 생각하고 있어! 하지만 절대 그런 게 아니야! 내일은 십자가의 날이지, 교수대의 날은 아니거든. 아니, 난 목을 매진 않을 거야. 알고 있니, 나는 자살 따윈 절대로 할 수 없는 놈이야, 알료샤! 비열하기 때문에 그럴까, 응? 하지만 난 겁쟁이는 아니야. 살고 싶은 욕망 때문이야! 그런데 스메르쟈코프가 목을 맸다는 걸 내가 어떻게 알고 있었을까? 그래, 이건 그놈이 나에게 말해 준 거야……."

"그럼, 형은 누군가가 여기에 앉아 있었다고 굳게 믿는 거야?" 알료샤가 물었다.

"저어기 구석 소파에 앉아 있었어. 너라면 그놈을 쫓아 냈을 거야. 하긴, 네가 쫓아 낸 거나 다름없지. 네가 나타나자마자 그놈이 사라졌으니까. 나는 네 얼굴이 좋아, 알료샤. 내가 네 얼굴을 좋아한다는 걸 알고 있었니? 그런데 그놈이란 바로 나야, 알료샤, 나 자신이라고. 나의 저열한 모든 것, 나의 비열하고 경멸스러운 모든 것이란 말이야! 그래, 나는 '낭만주의자'야, 그놈은 이걸 간파했어…… 비록 날 비방하려고 내뱉은 말이었지만. 그놈은 진짜 멍청한 놈이지만 바로 그걸로 승승장구하는 거야. 그놈은 간사해, 동물적으로 간사한 놈이라서 어떻게 하면 나를 열 받게 할지 알고 있었어. 그놈은 줄곧 내가 자기의 존재를 믿고 있다면서 약을 올렸고, 그렇게 함으로써 나에게 자기 얘기에 귀를 기울이도록 강요했어. 그놈은 나를 어린애 취급 하면서 멋지게 속여 넘겼어. 하긴, 그놈 그래도 나에 대해 바른 소리를 많이 해 줬지. 절대 나 스스로 나한테 그런 얘기를 하지는 못했을 거야. 알고 있니, 알료샤, 알고 있냐고."라면서 이반은 무슨 비밀이라도 털어놓으려는 듯 너무나 진지하게 덧붙였다. "나는 그놈이 내가 아니라 정말로 그놈이길 얼마나 바랐는지 몰라!"

"그놈이 정말 형을 못살게 군 모양이구나." 알료샤가 안쓰러운 마음으로 형을 바라보며 말했다.

"정말로 약을 올렸다니까! 그리고 있잖니, 기똥찬 놈이야, 정말로 기똥차. '양심이라! 양심이란 대체 뭔가? 그것은 나 자신이 만든 것이라네. 그런데 왜 내가 괴로워하나? 습관 탓이지. 7000년 동안 지속되어 온 인류의 전 세계적인 습관 탓이지. 그 습관을 버리면 우리는 신이 되는 거야.' 이건 그놈이 한 말이야, 그놈은 이렇게 말했어!"

"형이, 형이 아니라?" 알료샤는 해맑은 눈으로 형을 바라보면서 참지 못하고 소리쳤다. "형, 그럼, 그놈을 던져 버려, 그놈을 내동댕이쳐 버리고 그냥 잊어버리는 거야! 그놈더러 형이 지금 저주하는 모든 것을 가져가라고 해, 그러곤 다신 얼씬도 못하게 해!"

"그래, 하지만 그놈은 아주 못된 놈이야. 그놈은 나를 비웃었어. 그놈은 시건방졌어, 알료샤." 이반은 어찌나 분한지 몸을 부르르 떨면서 말했다. "하지만 그놈은 나를 비방했단 말이야, 그것도 한두 가지로 비방한 게 아니야. 내 눈 앞에서 나에 대한 거짓말을 했어. '오, 자네는 선행의 위업을 달성하러 가는 모양이군, 아버지를 죽인 건 자네다, 자네의 사주를 받고 그 종놈이 아버지를 죽였다고 만천하에 알리려는 거지……'

"형." 알료샤가 상대의 말을 끊었다. "제발 좀 진정해. 형이 죽인 게 아니라니까. 그건 사실이 아니야!"

"그놈은 그렇게 말하고 있다니까, 그놈, 그놈은 이걸 알고 있는 거야. '자네는 선행의 위업을 달성하러 가는 모양이지만, 그러면서도 선행 따윈 믿고 있지도 않아—바로 이 때문에 자네는 악에 받쳐서 괴로워하는 거고 또 바로 이 때문에 자네는 그토록 복수심에 불타는 거야.' 그놈은 나한테 이런 말을 지껄였고, 자기가 무슨 말을 하고 있는지 그놈은 잘 알고 있어……."

"그건 형의 말이야, 그놈의 말이 아니라!" 알료샤가 괴로워하며 소리쳤다. "병이 나서, 미망에 들떠 그런 헛소리를 하면서 스스로를 괴롭히는 거야!"

"아니야, 그놈은 자기가 무슨 말을 하는지 잘 알아. 자네는 자존심 때문에 가는 거다, 자네는 분연히 떨치고 나아가 '살인을 한 건 나다, 당신들은 무엇 때문에 공포에 떨며 몸을 움츠리고 있는 거냐, 당신들은 거짓말을 하고 있다! 당신들의 견해 따위는 경멸한다, 너희들의 공포 따위도 경멸한다.'라고 말하겠지. 이건 그놈이 나를 두고 하는 말이야. 갑자기 이런 말을 하는 거야. '그런데 말일세, 자네는 그들한테서 칭찬을 받고 싶은 거야. 범죄자에 살인자이긴 하지만 얼마나 관대한 감정을 지니고 있는 사람인가, 형을 구하려는 마음에 자백을 하지 않았는가!'라고 말이야. 하지만 이건 새빨간 거짓말이야, 알료샤!" 이반은 눈을 번득이면서 갑자기 소리쳤다. "나는 그까짓 시시껄렁한 쌍놈들한테 칭찬을 받고 싶은 마음은 조금도 없어! 이건 그놈이 거짓말을 한 거야, 알료샤, 거짓말을 했단 말이야, 너한테 맹세할 수 있어! 나는 이것 때문에 그놈한테 찻잔까지 집어 던지는 바람에 찻잔이 그놈의 상판대기에 부딪쳐 박살이 났어."

"형, 진정해, 그만하란 말이야!" 알료샤가 간청했다.

"아니야, 그놈한테는 사람을 못살게 구는 재능이 있어, 잔인한 놈이야." 이반은 동생의 말은 듣지도 않고 계속했어. "나는 그놈이 나를 찾아오는 목적이 뭔지 언제나 예감했어. '그래, 설사 자네가 자존심 때문에 갔다고 쳐도 그래 봤자 어쨌거나 자네 나름의 희망은 있었던 건데, 즉 스메르쟈코프는 그 죄가 발각되어 유형에 처해질 테고 미챠의 누명을 벗을 테고 너는 그저 **도덕적으로만**(듣고 있니, 그놈은 이 말을 하면서 비웃었어!) 단죄를 받을 뿐이고 다른 모든 사람들의 칭찬을 받을 테지. 그런데 스메르쟈코프가 목을 매고 죽어 버렸으니—그래, 자네가 혼자 저기 법정에서 떠들어 본들 이제 누가 자네 말을 믿겠나? 하지만 그럼에도 자네는 갈 테지, 암, 여부가 있나, 어쨌거나 기어코 갈 테지, 일단 가기로 마음을 정했으니까. 대체 이렇게 된 마당에 무엇을 위해서 가는 건가?' 이건 무서운 말이야, 알료샤, 나는 이런 질문들을 참을 수가 없어. 누가 감히 나한테 이런 질문들을 던질 수 있느냔 말이야!"

"형." 하고 알료샤는 형의 말을 가로막았는데, 자기도 공포심에 짓눌려 숨이 넘어갈 것 같지만 어떻게든 이반이 정신을 차리게 하려는 희망을 아직 버리지 않은 듯했다. "그놈이 어떻게 내가 오기도 전에 형한테 스메르쟈코프가 죽었다는 얘기를 해 줄 수 있겠어, 아직 아무도 모르는 일이고 더욱이 그걸 알 만한 시간적 여유도 없었는데?"

"그놈이 말했다니까." 이반이 추호의 의심도 용납하지 않겠다는 듯 확고하게 말했다. "네가 정 그렇게 나오니 말인데, 그놈은 오직 그 말만 했어. '그리고 자네가 선행을 믿는다면 그야 좋은 일이지. 남들이 내 말을 믿어 주지 않아도 원칙을 위해서라도 가겠다, 하는 거 아닌가. 그래 봤자 자네는 표도르 파블로비치처럼 돼지 새끼야, 게다가 자네에게 선행이란 게 뭔가? 자네의 희생이 아무런 소용이 없다면 거기엔 대체 뭘 하러 가겠다는 건가? 그러니까 자네 자신도 뭘 하러 가는지 모른다는 거야! 오, 뭘 하러 가는지를 자네가 알 수만 있다면, 어떤 희생도 치르련만! 게다가 마음을 정했다고? 자네는 아직 마음을 정하지 못했네. 자네는 밤새도록 앉아서 망설일 테지. 갈까 말까? 하고. 하지만 자네는 어쨌거나 가게 될 거야, 가게 될 거라는 걸 자네는 알고 있어, 자네가 어떻게 마음을 정하든 간에 결정권은 이미 자네한테 있는 게 아니라는 걸 자네는 알고 있으니까. 암, 가고야 말테지, 감히 가지 않고는 못 배길 테니까. 왜 못 배기느냐——이건 자네가 직접 알아맞혀 보게나. 바로 이게 자네한테 주어진 수수께끼일세!' 그러곤 일어나서 가 버렸어. 네가 오자 그놈은 가 버린 거야. 그놈은 나더러 겁쟁이라고 했어, 알료샤! 그 수수께끼의 답은(Le mot de l'énigme) 내가 겁쟁이라는 거야! '그런 독수리들은 땅 위로 높이 비상할 수 없는 법이지!' 그놈은 이렇게 덧붙였어, 이런 소리를 덧붙이더란 말이야! 스메르자코프도 꼭 이런 말을 했더랬지. 그놈을 죽여야 해. 카챠는 나를 경멸하고 있어, 나는 벌써 한 달째 이걸 훤히 알고 있어. 게다가 리자도 나를 경멸하려 들 테지! '사람들의 칭찬을 받으려고 가는 거야.'라니——이건 짐승만도 못한 거짓말이야! 너도 나를 경멸하고 있지, 알료샤. 이제는 나는 너를 다시 증오할 테시만. 저 개망나니 같은 놈도 증오한다, 저 개망나니를 증오한다! 저런 개망나니는 구해 주고 싶은 마음도 없어, 그렇게 유형지에서 썩어 버리라지! 그놈이 찬송가를 부르기 시작했어! 오, 나는 내일 갈 거야, 사람들 앞에 나타나 그놈들의 면전에서 모두에게 침을 뱉어 줄 테다!"

그는 미친 듯 흥분하여 벌떡 일어나더니 수건을 걷어 던지고서 또다시 방 안을 성큼성큼 걷기 시작했다. 알료샤는 그가 조금 전에 한 말을 기억했다. '꼭 깨어 있는 채로 자고 있는 것 같아⋯⋯. 걸어 다니고 말하고 보고 하는데, 그런데도 자고 있어.'라는 말을. 지금의 상황이 꼭 그런 것이었다. 알료샤는 형 곁을 떠나지 않았다. 얼른 달려가 의사를 데려와야겠다는 생각이 그의 머릿속에서 스쳐 지나갔지만, 형을 혼자 남겨 두는 것이 두려웠다. 형을 맡아 줄 만한 사람이 전혀 없었던 것이다. 마침내 이반은 시나브로, 그러다가 완전히 의식을 잃어 갔다. 그는 여전히 잠시도 입을 다물지 않고 연신 말을 하고 있었지만 이제는 전혀 앞뒤가 맞지 않았다. 심지어 말조차 제대로 내뱉지 못하다가 갑자기 제자리에서 심하게 비틀거렸다. 하지만 알료샤가 때마침 그를 부축할 수 있었다. 이반은 자기를 침대까지 데려가도록 내버려 두었고, 알료샤는 어떻게 용케 그의 옷을 벗기고 자리에 눕혔다. 그러고도 두 시간 정도 더 형을 지켜보며 앉아 있었다. 환자는 움직이지도 않고 조용히, 고르게 숨을 쉬며 곤하게 잠들었다. 알료샤는 베개를 가져와 옷도 벗지 않고 그냥 소파에 누웠다. 잠이 들어 가면서 미챠와 이반을 위해 기도했다. 이반의 병이 어떤 것인지 차츰 이해되었다. '오만한 결단에서 우러나온 고뇌이며 또 심오한 양심이다!' 형은 하느님을 믿지 않았지만 하느님과 하느님의 진리가 여전히 굴복하려 들지 않았던 형의 마음을 점령한 것이다. 이미 베개를 베고 누워 있는 알료샤의 머릿속에서 이런 생각이 스쳐 갔다. '그래, 스메르쟈코프가 죽어 버린 이상, 더 이상 아무도 이반의 증언을 믿지 않을 것이다. 하지만 형은 그래도 가서 증언할 것이다!' 알료샤는 조용히 미소를 지었다. '하느님이 승리하실 거야!'라는 생각이 들었다. '형은 진리의 빛 속에서 부활하든지, 아니면…… 자기 자신도 믿지 않는 것을 섬겼다는 이유로 자신과 모든 사람들에게 분풀이를 하며 증오 속에서 파멸하겠지.' 알료샤는 쓰라린 마음으로 이렇게 덧붙인 뒤 다시금 이반을 위해서 기도했다.

12장

오심

1 숙명적인 날

내가 앞서 기술한 사건들이 있고 난 다음 날 아침 10시, 우리 지방 법원의 법정이 열렸고 드미트리 카라마조프에 대한 공판이 시작되었다.

여기서 미리 꼭 말해 둘 것이 있다. 나는 법정에서 일어난 일을 모조리 다 상세하게 전하는 건 물론이고 순서대로 차근차근 전하는 것도 내 힘에 부치는 일이라고 생각한다. 모든 것을 기억해 내서 모든 것을 제대로 설명하려면 아예 책 한 권, 그것도 아주 두꺼운 책 한 권으로도 부족하지 않을까 싶다. 따라서 그저 나에게 개인적으로 충격을 주었고 내가 특별히 기억하고 있는 것만을 전달한다고 너무 서운해하지는 말기 바란다. 어쩌면 나는 부차적인 것을 가장 주된 것으로 취급했을 수도 있고 또 심지어 가장 첨예하고 필수적인 특징들을 완전히 빼먹었는지도 모르겠다……. 하지만 이런 사과는 차라리 하지 않는 편이 나을 것으로 사료된다. 나는 내 능력껏 할 것이며 독자들도 내가 그저 내 능력껏만 했다는 것을 이해해 줄 것이다.

그리하여, 첫째, 법정 안으로 들어가기 전에 이날 나를 특별히 놀라게 한 점에 대해 언급해야겠다. 하긴 이 점은 나 하나뿐만 아니라, 나중에 밝혀진바, 모두를 다 놀라게 한 것이었다. 다름 아니라, 누구나 다 알고 있었듯, 이 사건은 너무도 많은 사람의 관심을 끌었으며 다들 공판의 시작을 기다리며 초조함에 몸이 달아 있었고 우리 사교계에서는 벌써 꼬박 두 달째 많은 얘기들이 오가고 각종 추측과 탄식과 공상이 난무했다. 또한 이 사건이 러시아 전체를 떠들썩하게 만들었다는 것도 다들 알았지만, 그럼에도 그것이 우리 도시뿐만 아니라 전국 방방곡곡의 사람들을 하나에서 열까지 모두 이 정도로까지 대단한 열광과 흥분의 도가니로 몰아넣으리라곤 이날 법정에 들어서기 전까지는 상상도 못 했던 것이다. 이날을 위해 우리 도시로 몰려든 방청객들은 우리의 현청 소재지뿐만 아니라 러시아의 몇몇 다른 도시에서, 끝으로 모스크바와 페테르부르크에서 온 사람들이었다. 법조인들, 심지어 몇몇 저명인사들도 왔으며 귀부인들도 있었다. 방청권은 전부 진작에 매진돼 버렸다. 남성들 중 특별히 지체 높은 방문객들 및 저명한 방문객들을 위해서는 재판진의 테이블 바로 뒤에 그야말로 특별석이 이미 마련되었다. 거기에는 여러 귀빈들이 자리한 안락의자들이 일렬로 쭉 배열되어 있었으니, 이전엔 우리 도시에서 허용된 적이 없는 일이었다. 부인들도 유난히 많이 왔기 때문에 우리 도시 사람들과 외지 사람들을 합치면 내 생각으론 전체 방청객의 절반은 족히 넘을 듯했다. 각지에서 몰려든 법조인들만 해도 그 수가 너무 많아서 이들을 다 어떻게 수용할지 모를 지경이었는데, 이는 방청권을 이미 오래전에 배포한 데다가 표를 얻기 위해 강청하고 애원하는 사람이 많았던 탓이다. 나는 법정의 끝, 연단 뒤에 임시로 다급하게 특별 칸막이를 세워 놓고 몰려든 모든 법조인들은 그리로 입장시키는 것을 직접 보았는데, 자리를 마련하기 위해 이 칸막이에서 의자들을 모조리 치워 버렸기 때문에 서 있을 수밖에 없는 상황이었지만 그나마도 다행이라고 생각했으며, 이렇게 빽빽하게 들어찬 군중은 '송사'가 진행되는 내내 서로 어깨를 맞댄 채 꼭 들러붙어 한 덩어리처럼 서 있게 되었다. 부인들, 특히 외지에서 온 부인들 중 몇몇은 잔뜩 멋을 낸 차림으로 법정 안의 방청석에 나타났지만 대개의 부인들은 치장하는 것조차 잊어버린 듯했다. 그들의 얼굴에는 히스테릭하고 탐욕스러운, 거의 병적이다 싶을 만큼 강렬한 호기심이 역력히 드러나 있었다. 법정 안으로 모여든 이 집단 전체의 가장 두드러지는 특징 중 하나로서 반드시 지적해야 될 것은, 훗날 많은 관찰에 의해 입증됐듯, 부인들 거의 모두가, 최소한 그들 중 대다수가 미챠 편이었고 또 미챠가 무죄라고 생각했다는 점이다. 이는 무엇보다도 그가 여성의 마음을 사로잡는 데 일가견이 있다는 관념이 형성된 탓인 것 같다. 연적 관계에 있는 두 여성이 출두하리라는 건 모두 다 알고 있는 터였다. 그들 중 하나, 즉 카체리나 이바노브나는 특히나 모든 이들의 관심을 자극했다. 그녀를 두고 굉장히 얼토당토않은 얘기들이 난무했으며, 미챠가 이런 범행을 저질렀음에도 불구하고 그녀가 여전히 그에게 정열을 바치고 있다는 사실을 두고도 깜짝 놀랄 만한 일화들이 얘기되고 있었다. 특히나 그녀의 오만한 태도(그녀는 우리 도시에서 거의 아무도 방문한 적이 없었다.), '귀족들과의 연줄'이 구설수에 올랐다. 그녀가 범죄자를 따라 유형지까지 가서 지하 탄광 어디서라도 그와 결혼하게 해 달라고 당국에 청원할 의향이라는 얘기도 떠돌았다. 사람들은 또 그 못지않은 흥분을 갖고서 카체리나 이바노브나의 연적인 그루셴카가 법정에 나타나길 학수고대하고 있었다. 두 연적, 즉 오만한 귀족 아가씨와 '헤테라'가 법정 앞에서 만나는 장면이 어떨까, 다들 거의 고통스러울 정도로 강렬한 호기심을 품고 기다렸던 것이다. 그루셴카는, 그래도, 카체리나 이바노브나보다는 우리네 부인들에게 더 잘 알려져 있었다. '표도르 파블로비치와 그의 불운한 아들을 파멸시킨 여자'를 우리네 부인들은 전에도 보았지만, 이토록 '평범하기 짝이 없고 심지어 전혀 예쁘지도 않은 러시아의 평민 계집'에게 아비와 아들이 함께 그 정도로까지 반할 수 있다니, 하나에서 열까지 다들 놀라워했다. 한마디로 말해서, 이러쿵저러쿵 말이 참 많았던 것이다. 나도 확실히 알고 있지만, 사실 우리 도시에서는 미챠 일 때문에 심지어 진지한 집안싸움이 일어난 경우도 여럿 있었다. 많은 부인들이 이 끔찍한 사건을 바라보는 시각의 차이 때문에 자기 남편들과 대판 싸움을 벌였고, 이런 일이 있었으니 당연히 이 부인들의 남편들은 법정에 나타날 때부터 이미 다들 피고에게 곱지 않은 감정을 지녔을 뿐만 아니라 숫제 그를 적대시하고 반감을 품었다. 그리하여 대체로 확언할 수 있는 것은 남성파는 여성파와는 정반대로 피고에게 오롯이 반감을 갖고 있는 분위기였다는 점이다. 인상을 팍 쓴 엄격한 얼굴들도 보였고 또 어떤 이들은 완전히 악의에 찬 표정을 하고 있었는데 대다수가 그랬다. 사실, 미챠는 우리 도시에 머무는 동안 어쩌다가 이들 중 많은 사람들에게 개인적인 모욕을 가해 버렸다. 물론 방문객들 중 어떤 사람들은 심지어 거의 즐거워하기까지 하면서 미챠의 운명 자체에는 거의 무관심했지만 그럼에도 지금 검토될 사건에 대해서는 그렇지 않았다. 다들 사건의 추이에 촉각을 곤두세웠고 대다수의 남성들이 범죄자에게 형벌이 내려지길 몹시 바라고 있었는데, 사건의 도덕적 측면이 아니라 이른바 현대적이고 법률적인 측면만을 중시했던 법조인들만 예외였다. 저명한 페츄코비치의 도착이 모든 사람들을 흥분의 도가니로 몰아넣은 사건이 되었던 것이다. 그의 재능에 대한 명성이 전국 방방곡곡에 퍼져 있었고, 그가 지방 도시에 나타나 떠들썩한 형사 사건의 변호를 맡은 것도 이미 이번이 처음은 아니었다. 또한 그가 변호를 맡은 이런 유의 사건들은 언제나 러시아 전역에서 유명세를 타고 오랫동안 기억에 남게 되었다. 우리 재판소의 검사와 재판장에 대해서도 몇몇 일화가 떠돌았다. 항간에서는 우리 검사가 페츄코비치와 만나는 것이 두려워 벌벌 떨고 있다, 이들은 페테르부르크 시절 법조계에 발을 들여놓을 때부터 서로 해묵은 적수였다. 자존심이 강한 우리의 이폴리트 키릴로비치는 페테르부르크 시절부터 자신의 재능이 제대로 평가받지 못했기 때문에 늘 자기가 누군가에 의해 모욕을 당했다고 생각해 오던 터라 카라마조프 집안의 사건을 계기로 단숨에 부활하고자, 그러니까 그걸 계기로 자신의 시들어 버린 명성을 부활시키고자 꿈꾸었지만 오로지 이 페츄코비치 때문에 겁을 집어먹은 것이다 등의 이야기들이 떠돌았다. 하지만 그가 페츄코비치 앞에서 벌벌 떨었다는 판단은 완전히 옳은 것은 아니었다. 우리 검사는 위험 앞에서 의기소침해지는 성격의 소유자가 아니라 오히려, 위험이 증가하면 할수록 자존심이 더 강해지고 더 기세등등해지는 그런 부류의 사람이었다. 대체로, 우리 검사가 너무 다혈질이고 병적으로 감수성이 예민했다는 점을 지적해야겠다. 그는 어떤 일에 자신의 온 영혼을 쏟아붓고 자신의 모든 운명과 검사로서의 모든 자질이 그것의 해결 여부에 달려 있는 양 일에 임했던 것이다. 법조계에서는 이것을 다소 비웃었는데, 바로 이런 성격 때문에 우리의 검사는 비록 전국 방방곡곡은 아니었지만 우리 재판소 내에서의 그의 하찮은 입지를 고려하여 추정해 볼 수 있는 것보다는 훨씬 더 유명세를 타기도 했다. 특별히 비웃음을 산 것은 심리주의에 대한 그의 열정이었다. 내 생각으론 다들 잘못 알고 있던 점이 있다. 즉, 우리 검사는 사람 됨됨이로 보니, 그 성격으로 보나 많은 사람들이 생각하는 것보다는 훨씬 더 진지한 편이었던 것 같았다. 하지만 이 병적인 사람은 법조계에 첫발을 내딛었을 그 시절부터, 그리고 이후 평생 동안 자신의 지위를 구축할 수 없었던 것이다.

우리 법정의 재판장에 관한 한, 그가 교양 있고 인도적이며 실제적인 직무와 가장 현대적인 사상들에 대한 지식이 풍부한 사람이었다는 것 말고는 달리 할 말이 없겠다. 그는 자존심이 상당히 강했지만 자신의 출세에는 별로 신경을 쓰지 않는 편이었다. 그의 인생의 주목적은 선구자적인 사람이 되는 것이었다. 덧붙여, 인맥도 탄탄했고 재산도 있는 사람이었다. 훗날 밝혀진 얘기지만, 그는 카라마조프 집안의 사건을 상당한 열의를 지니고 바라보았지만, 그저 일반적인 의미에서만 그러했다. 그가 흥미를 가진 것은 이 현상 자체, 그것의 분류, 그것을 우리의 사회적 토대의 산물 및 러시아적 요소의 한 특성으로 바라보는 시각 등이었다. 피고를 비롯한 관련자들의 개인적 운명이나 사건의 사적인 성격 및 그 비극성에 대해서라면 그는 상당히 무관심하고 추상적인 태도를 취했는데, 하긴 그게 마땅한 것이었는지도 모르겠다.

재판진이 나타나기 오래전부터 이미 법정은 초만원이었다. 우리 도시의 법정은 도시에서 가장 훌륭한 것으로서 넓고 높고 소리도 잘 울렸다. 다소간 높은 곳에 자리 잡은 재판관석의 오른편에는 배심원들을 위한 탁자와 두 열의 의자가 마련되어 있었다. 왼쪽에는 피고석과 변호인석이 있었다. 법정의 중간, 재판관석 가까이에는 '물증'이 놓인 책상이 있었다. 거기에는 표도르 파블로비치의 피범벅이 된 흰색 비단 실내복, 살인에 사용된 것으로 추정되는 치명적인 놋쇠 공이, 소매에 피가 묻은 미챠의 루바시카, 그 당시 그가 피에 흠뻑 젖은 손수건을 집어넣었던 탓에 뒤쪽 호주머니 부분에 핏방울이 묻어 있는 프록코트, 피범벅이 된 채로 바싹 말랐다가 이제는 완전히 노래진 그 손수건, 미챠가 페르호친 집에서 자살을 하기 위해 장전해 둔 것을 트리폰 보리소비치가 모크로예에서 몰래 접수한 권총, 그루셴카에게 줄 3000루블이 들어 있던, 수신인의 이름이 쓰인 봉투, 그 봉투를 묶었던 가느다란 장밋빛 리본 등 그 밖에도 많은 물건들이 있었지만 언급하지 않겠다. 일반 방청객석은 다소간 멀리 떨어진 곳, 법정 깊숙한 곳에서부터 시작되었지만, 그 난간 앞에는 이미 증언을 했으되 법정에 머물러야 될 증인들을 위한 의자가 몇 개 놓여 있었다. 10시에 재판장, 한 명의 재판 임원, 한 명의 명예 치안판사로 구성된 재판진이 나타났다. 물론, 검사도 곧 나타났다. 재판장은 평균보다 작은 키에 탄탄하고 다부진 체격, 치질을 앓고 있는 듯한 얼굴, 짧게 깎은 짙은 색 머리카락에 새치가 섞여 있는 쉰 살쯤 된 사람으로서 붉은 리본을 달고 있었지만 어떤 훈장이었는지는 기억나지 않는다. 검사는 내게, 아니 나뿐만 아니라 모든 사람들에게 왠지 몹시 창백하다 못해 거의 새파란 얼굴을 하고 있는 것 같이 보였는데, 불과 사흘 전에 봤을 때만 해도 정말 멀쩡한 모습이던 사람이 무엇 때문인지 하룻밤 사이에 느닷없이 수척해진 것 같았다. 재판장은 집행관에게 배심원들이 모두 참석했는가? 하는 질문부터 던졌다. 하지만 나는 이런 식으론 더 이상 계속할 수 없을 것 같다. 왜냐면 일단 많은 얘기가 제대로 들리지도 않았고 이떤 것은 의미를 제대로 파악하지 못했고 또 어떤 것은 기억 속에 남아 있지도 않기 때문이며, 무엇보다도, 내가 앞서 이미 말했듯, 여기서 얘기되고 일어난 일들을 모두 기억하고자 한다면 그야말로 시간도, 지면도 부족할 것이기 때문이다. 내가 아는 것은 다만, 배심원들의 숫자가 이편저편, 즉 변호사 측과 검사 측을 막론하고 그다지 많지 않았다는 점이다. 총 열두 명의 배심원들은 똑똑히 기억나는데, 네 명은 우리 도시의 관리, 두 명은 상인, 여섯 명은 우리 도시의 농부와 소시민이었다. 지금도 기억나지만, 우리 도시의 사람들, 특히 부인네들 사이에서는 재판이 시작되기 오래전부터 다소간의 놀라움을 내보이면서 다음과 같은 질문이 오가곤 했다. "민감하고 복잡한 심리적 사건의 치명적인 해결을 무슨 관리 나부랭이들, 끝으로 농군들 손에 맡기다니, 농군은 말할 것도 없고 무슨 관리 나부랭이가 여기서 뭘 제대로 이해할 수 있겠어요?" 정말로, 배심원단에 포함된 이 네 명의 관리들은 모두 관등도 보잘것없는 시시껄렁하고 머리가 희끗희끗한 사람들로서—그들 중 오직 한 사람만 그래도 좀 젊었다—우리 사회에서도 별로 알려지지도 않고 쥐꼬리만 한 월급으로 근근이 입에 풀칠을 하고, 분명히 그 어디에도 선보일 수 없는 늙은 마누라와 아마 맨발로 싸돌아다닐 한 무리의 아이들을 거느린, 날이면 날마다 어디서 카드 나부랭이나 하면서 여가를 보내고 응당 책이라곤 단 한 권도 읽지 않은 그런 사람들이었다. 두 명의 상인은 그래도 좀 착실해 보였지만 어쩐지 이상할 정도로 말이 없고 또 딱딱하게 굳어 있었다. 그들 중 한 명은 턱수염을 밀었고 독일식으로 차려입었다. 다른 한 명은 턱수염을 희끗희끗하게 기르고 무슨 메달이 달린 붉은 리본을 목에 달고 있었다. 소시민들과 농부들에 대해선 숫제 말할 것도 없다. 우리 스코토프리고니옙스크의 소시민들은 거의 농부나 다름없어서 심지어 밭일도 한다. 그들 중 두 명도 역시 독일식 옷을 입었는데 아마 바로 이 때문에 나머지 네 명보다 더 지저분하고 칠칠맞지 못하게 보였는지도 모르겠다. 그러니까 내가 그들을 뜯어보자마자 들었던 생각이 정말로 누구에게나 들었을 법했다. 예를 들어 '이런 치들이 이런 사건에서 뭘 제대로 이해할 수 있겠는가?'와 같은 생각 말이다. 그럼에도 불구하고, 그들의 얼굴은 엄격하게 잔뜩 찌푸려진 것이 어쩐지 이상할 정도로 위압적인, 거의 협박을 하는 듯한 느낌마저 주었다.

마침내 재판장은 퇴역 9등 문관 표도르 파블로비치 카라마조프 살해 사건의 심리에 들어간다고 선언했는데, 그때 그가 정확히 어떤 표현을 썼는지는 기억이 안 난다. 집행관에게 피고를 데려오라는 명령이 떨어졌고, 곧 미챠가 나타났다. 법정 안이 찬물을 끼얹은 듯 조용해져서 파리 소리도 들을 수 있을 정도였다. 다른 사람들은 어떠했는지 모르지만, 미챠의 모습에 나는 심히 불쾌한 느낌을 받았다. 무엇보다도, 그는 막 새로 맞춘 프록코트를 입고 엄청나게 멋을 부리며 나타난 것이었다. 나는 나중에 가서, 그가 이날 일부러 예전부터 애용했으며 자기 치수를 갖고 있던 모스크바의 재봉사에게 프록코트를 주문했다는 것을 알게 되었다. 그는 또 염소 가죽으로 된 검은 새 장갑을 끼고 멋스러운 와이서츠를 입었다. 그는 아무런 주저 없이 앞을 똑바로 바라보며 예의 그 보폭이 넓은 걸음걸이로 성큼성큼 걸어와 아주 태연스러운 표정으로 자기 자리에 앉았다. 그러자 곧장 저명한 페츄코비치 변호사가 나타났는데, 법정 안으로 어쩐지 억눌린 듯한 웅성거림이 퍼져 가는 것 같았다. 그는 후리후리하고 깡마른 사람으로서 다리는 가늘고도 길었고 손가락도 굉장히 길고 가늘고 또 창백했으며, 얼굴은 면도를 했고 상당히 짧게 깎은 머리카락은 소박하게 빗어 넘겼고 냉소도, 미소도 아닌 웃음을 지으며 간간이 입술을 일그러뜨렸다. 겉보기에 나이는 마흔 살쯤 된 듯했다. 그의 얼굴은 눈만 아니었다면 호감을 주었을 텐데, 그 눈은 별로 크지도 않고 표정이 풍부하지도 않았지만 두 눈 사이가 지나치게 좁아서 오직 길고 가느다란 코의 가느다란 콧대 하나만이 간신히 그 자리에 비집고 들어앉아 있는 것만 같았다. 한마디로 말해서, 이 생김새는 확실히 충격적일 정도로 새를 연상시키는 뭔가가 있었다. 그는 연미복을 입고 하얀 넥타이를 매고 있었다. 재판장이 미챠에게 던진 첫 질문, 즉 이름, 지위 등에 관한 질문이 기억난다. 미챠는 또렷하긴 하지만 왠지 어처구니가 없을 만큼 큰 소리로 대답을 해 버렸고, 이 때문에 재판장은 심지어 머리까지 한 번 거세게 내젓고는 거의 놀란 듯한 표정으로 그를 바라보았다. 그다음엔 재판의 심리에 호출된 인물들, 즉 증인들과 감정인들의 명단이 낭독되었다. 명단은 길었지만, 증인들 중 네 명은 불참한 상태였다. 가령, 미우소프는 예심 때는 증언을 했지만 현재 이미 파리에 가 있었고 호흘라코바 부인과 지주 막시모프는 병 때문에, 또 스메르쟈코프는 느닷없이 죽어 버렸기 때문에 출석하지 못했으며,

이에 덧붙여 경찰의 증언도 제시되었다. 스메르쟈코프에 대한 소식이 알려지자 법정은 심하게 동요하고 또 수군거리기 시작했다. 물론, 방청객 중 대다수가 이 느닷없는 자살 에피소드에 대해선 아직까지 전혀 몰랐던 것이다. 하지만 특별히 큰 충격을 안겨 준 것——그것은 미챠의 느닷없는 돌발 행동이었다. 스메르쟈코프에 대한 발표를 하자마자 그는 자기 자리에서 갑자기 온 법정을 향해 고함을 질렀다.

"원래 개 같은 놈은 개같이 뒈지는 거다!"

그의 변호인이 그에게 달려들었고 재판장이 그에게 이와 같은 행동이 한 번 더 반복될 시에는 엄중한 조치를 취하겠다며 그를 위협했던 것이 기억난다. 미챠는 단속적으로 고개를 끄덕이긴 했지만 뉘우치는 기색이라곤 조금도 보이지 않고 그냥 변호사에게 반쯤 기어 들어가는 목소리로 다음과 같은 말을 몇 번씩이나 반복했다.

"안 그러겠습니다, 안 그러겠어요! 저도 모르게 그만 헛말이 튀어나왔군요! 더 이상 안 그러겠습니다!"

이 짧은 에피소드는, 물론, 배심원과 방청객의 견해에 좋지 않은 영향을 미쳤다. 스스로 자신의 성질을 드러내 버림으로써 자기를 소개한 셈이 되었으니 말이다. 이런 인상이 만연한 가운데, 재판장의 서기에 의해 기소장이 낭독되었다.

그것은 상당히 짧으면서도 일목요연했다. 왜 이자가 연행되었고 왜 재판에 회부되었는가에 관한 아주 주된 이유만이 기술되어 있었던 것이다. 그럼에도 불구하고, 그것은 나에게 강렬한 인상을 남겼다. 서기는 소리 높여 또박또박 명료하게 낭독했다. 그리하여 이 비극 전체가 숙명적이고 무자비한 빛을 받으면서 돋을새김처럼 돌출되고 집약된 모양새로 모든 사람들 앞에 새로이 나타난 것이다. 낭독이 끝나자마자 재판장이 미챠에게 위압적이고도 큰 소리로 다음과 같은 질문을 던졌던 것이 기억난다.

"피고, 피고는 스스로 유죄를 인정하십니까?"

미챠는 갑자기 자리에서 일어났다.

"술을 마시고 방탕하게 산 것에 대해서는 유죄를 인정합니다." 그는 이번에도 어쩐지 어처구니없을 만큼 거의 미친 듯한 목소리로 소리쳤다. "게으름을 부리고 난동을 일삼은 것에 대해서도요. 운명이 채찍질을 가한 바로 그 순간엔 영원토록 성실한 사람이 되고 싶었습니다! 하지만 저의 적이자 아버지인 노인의 죽음에 대해선——무죄입니다! 또, 하지만 강도질에 대해서는——아니, 아니요, 이것도 역시 무죄이며, 죄를 지으려야 지을 수도 없는 노릇입니다. 드미트리 카라마조프는 야비한 놈이긴 하지만 도둑놈은 아니니까요!"

이 말을 외친 뒤 그는 자리에 앉았는데, 온몸을 부들부들 떠는 것이 보였다. 재판장은 다시금 그렇게 부차적이고 미친 듯한 감탄을 늘어놓지 말고 그저 묻는 말에만 대답을 하라면서 짧지만 교시적인 훈시를 주었다. 이어서, 재판 심리로 들어가라는 명령이 떨어졌다. 모든 증인들이 선서를 하러 나왔다. 그때 나는 그들을 한자리에서 다 볼 수 있었다. 그런데 피고의 동생들은 선서 없이 증언하는 것이 허용되었다. 성직자와 재판장의 훈시가 있고 나자, 증인들은 물러났고 가능한 한 서로

따로따로 앉게끔 자리를 배정받았다. 이어, 그들은 한 명씩 불려 나오기 시작했다.

2 위험한 증인들

검사 측 증인들과 변호사 측 증인들이 재판장에 의해 어떻게든 따로 구분되었는지 어떤지, 또 정확히 어떤 순서에 따라 그들이 불려 나오기로 했는지는 나도 모르겠다. 필경 이런 구분과 순서가 있긴 있었다. 하지만 내가 알고 있는 것은 그저 먼저 불려 나온 쪽은 검사 측 증인들이었다는 점이다. 반복하건대, 나는 이 모든 심문들을 차례대로 다 기술할 의향은 없다. 더욱이 내가 그렇게 기술해 봤자 그건 얼마간은 사족이 될 것인데, 왜냐하면 검사와 변호사가 법적 공방에 돌입했을 때 그동안 청취된 모든 증언의 흐름과 의미가 전부 그들의 연설 속에서 하나의 점으로 수렴되어 그 각각의 특성에 따라 환한 조명을 받았기 때문이다. 두 편의 이 뛰어난 연설을 나는 최소한 몇 군데만이라도 빈틈없이 기록해 두었고 때가 되면 전달하도록 하겠고 또 마찬가지로 양측의 법적 공방이 시작되기 전에 느닷없이 발생한, 본 소송에 전혀 예상치 못했던 굉장한 에피소드도, 본 사건의 결말에 위협적이고 치명적인 영향을 미친 그 에피소드도 전달하도록 하겠다. 여기서 지적해 둘 것은 오직, 공판이 시작된 맨 처음부터 이 '사건'이 지닌 다소간의 특이한 특성이 모든 사람들이 알아챌 수 있을 정도로 분명하게 부각되었다는 점이다. 즉, 원고 측의 힘이 변호사 측이 동원할 수 있는 수단과 비교할 때 이례적일 만큼 우세했던 것이다. 다들 첫 순간에, 즉 온갖 사실들이 이 무서운 법정에서 집약적으로 모이기 시작하고 이 공포, 이 피의 전모가 점차 수면 위로 떠오르기 시작했을 때 이 점을 깨달았다. 맨 첫발짝을 내디딜 때부터 이것은 왈가왈부할 여지조차 없는 일이다, 여기엔 의심의 여지도 없다, 본질적으로 어떤 변론도 필요 없다, 변론은 그저 형식적 절차일 뿐이다, 범인은 유죄이다, 그것도 명명백백하게 유죄요 완전히 유죄이다, 하는 점은 누구나 알 만한 것이었다. 내 생각으론, 심지어 흥미의 대상인 이 피고가 무죄 판결을 받길 갈망하며 그토록 조바심을 냈던 부인네들조차도 하나에서 열까지 모두 한편으론 그가 전적으로 유죄임을 확신했던 것 같다. 그뿐만 아니라, 만약 그의 유죄가 그토록 확실시되지 않았더라면 그들은 심지어 낙심하기까지 했을 터인데, 왜냐면 그 경우엔 범인에게 무죄 판결이 내려지면서 대단원의 막을 내릴 때 극적인 효과가 별로 없을 테니 말이다. 그런데도 그가 무죄 판결을 받으리라는 것 — 이 점에 대해서는 이상한 노릇이긴 하지만, 모든 부인네들이 가장 최후의 순간까지도 확고하게 믿었다. '유죄이긴 하지만 인도주의, 요즘 나타난 새로운 이념과 새로운 감정에 입각하여 무죄 판결을 내릴 것이다.' 등등. 바로 이것을 위해서 그들은 그처럼 조바심을 내며 이리로 몰려온 것이었다. 남성들은 검사와 훌륭한 페츄코비치의 법적 공방에 제일 큰 관심을 보였다. 다들 놀라워하면서 스스로에게 다음과 같은 질문을 던져 보곤 했다. 즉, 페츄코비치가 제아무리 재능을 지녔다고 해도 엎질러진 물이나 다름없는, 이렇게 대책 없는 사건으로 뭘 어떻게 할 수 있겠는가? 그랬기에 이들은 긴장 어린 주의를 기울이면서 그의 위업적인 활약을 찬찬히 지켜보았던 것이다. 하지만 페츄코비치는 그야말로 끝까지, 자신의 변론을 시작하기 직전까지도 모든 이들에게 수수께끼로 남아 있었다. 노련한 사람들은 그에게 모종의 체계가 있고 이미 뭔가가 형성되었기 때문에 앞으로 어떤 목표를 지니고 있음을 예감했지만──그것이 어떤 것인지는 거의 짐작할 수 없었다. 그의 확신과 자신감은, 그래도, 곧바로 눈에 들어왔다. 그 밖에도, 모든 사람들이 당장에 만족감을 피력하면서 우리 도시에 온 지 참 얼마 되지 않는데, 그러니까 고작해야 사흘 정도밖에 안 됐는데도 사건을 놀라울 정도로 잘 파악할 줄 알았고 "그것의 민감한 부분까지도 연구했다."라고 지적했다. 예컨대 나중에는 적시에 검사 측의 모든 증인들의 '뒤통수를 쳐서' 그들을 최대한 어리둥절하게 만들 줄 알았으며 무엇보다도 그들의 도덕적인 평판에 먹칠을 함으로써 자연스럽게 그들의 증언들에도 먹칠을 할 줄 알았다고 얘기하면서 쾌감을 느끼기도 했다. 하지만, 그가 자꾸 이런 식으로 나오는 것은 유희를 위해서, 말하자면 모종의 법률적 광채를 부각하기 위해서다, 변호사들이 흔히 쓰는 수법들을 하나도 빼먹지 않기 위해서다, 하는 견해도 있었다. 그러니까 다들 확신하길, 그가 이렇게 자꾸 '먹칠'을 한다고 해서 결정적으로 무슨 큰 이득을 얻을 리도 없고 이 점을 변호사 자신이 누구보다도 더 잘 알 테니까 자기만의 꿍꿍이속이 있다고, 그러니까 방어 무기를 일단은 숨겨 두었다가 때가 되면 갑자기 꺼내 들 속셈이라는 것이었다. 하지만 일단은 자신의 역량을 의식하면서 놀이 삼아 장난을 치는 데 지나지 않는다는 것이었다. 그러니까 예를 들자면, 표도르 파블로비치의 시종이자 '정원으로 통하는 문이 열려 있었다.'라는 아주 어마어마한 증언을 한 그리고리 바실리예비치가 심문을 받을 때 변호사는 자신이 질문을 해야 하는 차례가 되자 그를 꽉 물고 늘어졌다. 여기서 한 가지 지적해 둘 것이 있는데, 다름 아니라 그리고리 바실리예비치는 법정의 웅장한 분위기에도, 자기의 말에 귀를 쫑긋 세우고 있는 거대한 방청객의 존재에도 조금도 당황하는 기색 없이 거의 위풍당당하다는 느낌이 들 정도로 평온한 모습을 하고 법정에 섰다는 것이다. 증언을 함에 있어서 그는 좀 더 공손했다는 것만 빼면 자기 아내 마르파 이그나치예브나와 단둘이서 얘기를 나눌 때와 같은 자신감을 보였다. 그를 어리둥절하게 만드는 것은 불가능했다. 검사는 우선 그에게 오랫동안 카라마조프 집안의 세세한 가정사를 캐물었다. 한 가정의 풍경이 환한 조명을 받으며 수면 위로 떠올랐다. 이 증인이 솔직하고 공평하다는 것은 그의 말을 들어 보면 훤히 알 수 있었다. 자신의 전(前) 주인 나리의 기억에 대해 무척 깊은 존경심이 있었음에도 그는 예를 들어, 어쨌거나 주인 나리가 미챠에게 불공평했다고 선언했고 미챠의 유년 시절을 얘기할 때는 '아이들을 키우는 데 별로 관심이 없었다. 저 도련님이 핏덩어리나 다름없는 아이였을 때 내가 없었더라면 저분은 득실거리는 이[蝨]한테 갉아 먹혔을 것이다.'라고 덧붙였다. '또 아버지 된 도리로 아들의 명의로 되어 있는 어머니의 재산을 갖고 아들을 농락한 것도 자랑할 건 못 된다.'라는 것이었다. 표도르 파블로비치가 재산 계산 건을 갖고 아들을 농락했다고 주장할 근거가 그에게 있는가 하는 검사의 질문에 대해서 그리고리 바실리예비치는 어떤 합당한 근거도 제시하지 못했고 그래서 모든 사람들을 놀라게 했지만, 그럼에도 아들의 재산에 대한 계산법은 '틀린 것'이기 때문에 아들에게 정확히 '몇 천 루블은 마저 더 지불해야 했다.'라고 우겼다. 그나저나 여기서 한 가지 지적하자면, 검사는 나중에도 이 질문—표도르 파블로비치가 미챠에게 유산을 전부 다 지불하지는 않은 것이 정말인가?—에 유난히 집착하면서 알료샤와 이반 표도로비치는 물론이고 최대한 모든 증인들에게 이걸 물어보았지만, 그 어떤 증인에게서도 어떤 정확한 정보를 얻지는 못했다. 다들 그런 사실이 있었다고는 했지만 아무도, 조금이라도 분명한 증거를 제시하지는 못했던 것이다. 그리고리가 식사 장면, 즉 드미트리 표도로비치가 잠입해 들어와서는 아버지를 쥐어패고 다시 와서 꼭 죽이겠다고 협박하는 장면을 묘사해 준 이후에는—법정 안에 음산한 분위기가 감돌았는데 더욱이 늙은 하인이 군더더기 말은 하지 않고 예의 그 자신의 독특한 언어로 차분하게 얘기했기 때문에 더 무서운 웅변이 되어 버렸던 것이다. 미챠가 그때 자기 얼굴을 때리고 자기를 넘어뜨림으로써 자기에게 모욕을 가한 일은 오래전에 용서했기 때문에 화가 나시도 않는다고 지적했다. 고(故) 스메르쟈코프에 대해서는 성호를 그으며 자기 견해를 말하길, 젊은 녀석이 제법 재능이 있었지만 어리석었던 데다가 병마에 시달렸고 무엇보다도 신을 믿지 않는 녀석이었다, 녀석에게 이런 불신을 가르친 건 표도르 파블로비치와 그의 큰아들이었다는 것이다. 하지만 스메르쟈코프의 정직에 관한 한 거의 열을 올리며 그를 옹호했으며, 저 옛날 스메르쟈코프가 나리가 떨어뜨린 돈을 주웠는데 몰래 숨기기는커녕 오히려 주인 나리에게 갖다 바쳤고 주인 나리는 이를 가상히 여겨 '금화를 선물로 주었고' 그 후로도 모든 일에 있어서 그를 신임하게 되었노라고 전했다. 정원 문이 열려 있었다는 점에 관해선 조금도 물러서지 않고 고집을 부렸다. 그나저나, 그가 너무나 많은 질문을 받았기 때문에 나로선 모든 것을 다 기억할 수도 없다. 마침내 변호사가 심문할 차례가 되자, 그는 제일 먼저 표도르 파블로비치가 '모 부인'을 위해 3000루블을 챙겨둔 '것처럼 보이는' 그 봉투에 대해 묻기 시작했다. "그것을 당신이 직접 보셨습니까—그토록 오랜 세월 동안 주인 나리를 가까이서 모셨던 사람으로서 말입니다?" 그리고리는 그걸 보지도 못했거니와 심지어 '지금 모든 사람들이 말을 꺼내기 전까지는' 그런 돈에 대해 누구한테 들은 적도 없었다고 대답했다. 돈 봉투에 대한 이 질문을 폐츄코비치는 최대한 다른 모든 증인들에게도 던졌으며 검사가 재산 분할에 대한 질문을 던질 때와 같은 집요함을 보였지만, 역시나 모든 이들로부터 똑같은 대답을, 즉 대다수가 돈 봉투에 대해 듣긴 했지만 누구 하나 그걸 보지는 못했다는 대답을 들었다. 변호사가 이 질문에 집착하고 있다는 것은 다들 처음부터 알아챌 수 있었다.

"괜찮으시다면, 이제 다음 질문을 던져도 되겠습니까?" 하고 페츄코비치가 갑자기, 전혀 느닷없이 물었다. "예심에서도 나왔던 얘기지만, 그날 저녁 당신이 취침 전에 병을 치료할 생각으로 그 아픈 허리께에 발랐던 그 발삼, 더 정확히 말해, 그 물약은 무엇으로 구성되어 있었습니까?"

그리고리는 멍한 눈으로 질문자를 바라보더니, 잠깐 입을 다물고 있다가 웅얼거렸다.

"샐비어가 들어갔소."

"샐비어뿐입니까? 뭐 다른 것은 기억이 안 나십니까?"

"질경이도 들어갔소."

"후추도 아마 들어갔겠죠?" 페츄코비치가 호기심을 보였다.

"후추도 넣었지요."

"등등 가지가지였겠지요. 그리고 그 모든 것을 보드카에 담갔습니까?"

"알코올에 담갔소."

법정에서는 조금씩 킥킥대는 웃음소리가 퍼져 갔다.

"거 보십시오, 심지어 알코올에 담갔다니. 그걸 등에 문지른 뒤 당신의 부인만 알고 있는 무슨 경건한 기도를 올리며 병에 남은 내용물을 마셨겠지요, 안 그렇습니까?"

"그렇소, 마셨소."

"대략 얼마나 많이 마셨습니까? 대략이라도 말이죠? 보드카 잔으로 한 잔, 아니면 두 잔?"

"물컵으로 한 잔은 족히 되겠군요."

"심지어 물컵으로 한 잔이라니. 혹시, 한 컵 반 정도를 마신 건 아닙니까?"

그리고리는 입을 다물었다. 뭔가를 깨달은 듯한 눈치였다.

"순 알코올을 한 컵 반 정도를 마시면——기분이 썩 나쁘지 않을 것 같은데, 어떻습니까? 정원 문이 열린 건 고사하고 '천국의 문이 열린 것'도 볼 수 있지 않을까요?"

그리고리는 여전히 침묵을 고수했다. 다시금 법정 안으로 킥킥대는 웃음소리가 퍼져 갔다. 재판장은 몸을 달싹거렸다.

"혹시 말입니다." 하고 페츄코비치는 점점 더 끈덕지게 달라붙었다. "정원 문이 열린 걸 보았다는 그 순간에 주무시고 계신 건 아니었습니까, 어떻게 정확히 모르시겠습니까?"

"두 발로 멀쩡하게 서 있었는데요."

"그것이 주무시고 계시지 않았다는 증거가 되진 못하지요.(법정 안에선 킥킥대는 웃음소리가 점점 더 커졌다.) 예를 들어, 그 순간에 누군가가 당신에게 뭘, 그러니까 예를 들어 올해가 몇 년이냐고 물어봤다면 대답할 수 있었겠습니까?"

"그건 모르겠소."

"그럼, 올해가 몇 년, 그러니까 그리스도 탄생 이후 몇 년입니까, 모르시겠습니까?"

그리고리는 자신을 괴롭히는 자를 뚫어져라 바라보면서 한 방 맞은 표정을 지으며 서 있었다. 이상한 노릇이지만, 그는 지금이 몇 년인지 정말로 모르는 눈치였다.

"그럼, 당신의 손에 손가락이 몇 개인지는 설마 알고 계실 테죠?"

"이 몸은 비천한 노예올시다." 그리고리가 갑자기 큰 소리로 또박또박 말했다. "만약 높으신 어른께서 저를 조롱해야 직성이 풀리신다면, 저로선 감내할 수밖에 없소."

페츄코비치는 약간 주춤하는 태도를 보였는데, 마침 재판장도 개입하여 보다 더 적합한 질문들을 던져야 한다는 점을 훈계조로 변호사에게 상기시켰다. 페츄코비치는 그 말을 경청한 뒤 위엄 있게 몸을 숙여 인사하고 본인의 심문은 끝났다고 선언했다. 물론, 방청객과 배심원 모두, 치료 중이라는 특정한 상황에서 '천국의 문을 볼' 수 있는 가능성마저 지녔고 또 그리스도 탄생 이후 지금이 몇 년인지도 모르는 사람의 증언에 대해 조그만 의심의 벌레가 생겨나지 않을 수 없는 상황이었다. 그러니까 변호사는 어쨌거나 소기의 목적을 달성한 셈이었다. 하지만 그리고리가 퇴장하기 전에 또 하나의 에피소드가 발생했다. 재판장이 피고를 향해 제시된 증거에 대해 뭐 지적할 것이 더 있는가? 하고 물었다.

"문에 관한 것을 빼면 모든 것이 다 사실대로입니다." 미챠가 큰 소리로 외쳤다. "제 몸에 득실대는 이를 잡아 준 것에 대해서 감사드리며, 저의 구타를 용서해 준 것에 대해서도 감사드립니다. 노인은 한평생 정직했으며 아버지한테는 700마리의 삽살개처럼 충직했습니다."

"피고, 말을 좀 골라서 쓰시오." 재판장이 엄격하게 말했다.

"나는 삽살개가 아니오." 그리고리도 투덜댔다.

"뭐 그렇다면 제가 삽살개로군요, 제가 말이죠!" 미챠가 소리쳤다. "기분이 상했다면 이 말은 저한테로 돌리고, 저 노인에게는 용서를 비는 바입니다. 어쨌거나 저 노인에겐 짐승처럼 잔인하게 굴었으니까요! 이솝에게도 역시 잔인하게 굴었죠."

"이솝이라니요?" 재판장이 다시 엄격하게 말을 받았다.

"그러니까 저 피에로 말입니다……. 우리 아버지, 표도르 파블로비치요."

재판장은 또다시 위압적이고 극히 엄격하게, 단어 선정에 있어서 좀 더 신중하라고 미챠에게 주의를 주었다.

"이런 식으로 나오면, 당신에 대한 재판관들의 견해에 불리한 영향을 끼칠 뿐입니다."

변호사는 증인 라키친을 심문할 때도 정확히 이런 식으로 극히 기민한 솜씨를 발휘했다. 여기서 지적해 둘 것은 검사가 라키친을 아주 유력한 증인 중 하나로 간주하여 분명히 몹시 아꼈다는 점이다. 알고 보니 그는 모든 것을, 놀라울 정도로 많은 것을 알고 있었는데 모든 사람의 집을 드나들며 모든 것을 보았고 모든 사람들과 이야기를 했으며 표도르 파블로비치는 물론이고 카라마조프 집안의 모든 내력을 아주 소상히 알고 있었다. 사실, 3000루블이 들어 있는 봉투라면 라키친 역시도 고작해야 미챠에게서 들은 것이 전부였다. 그 대신, 그는 선술집 '수도'에서 미챠의 그 잘난 행동들, 즉 미챠의 명예를 훼손할 만한 모든 언행을 상세하게 묘사했으며 2등 대위 스네기료프의 '수세미' 얘기도 전했다. 예의 그 특수한 항목, 즉 표도르 파블로비치가 재산 계산에 있어서 미챠에게 얼마간을 더 지불해야 했는가에 대해서는──아무리 라키친이라고 해도 아무 말도 해 줄 수 없었으며 그저 경멸스럽다는 어조로 개괄적인 언질을 줌으로써 끝맺었다. '과연 누가 카라마조프 집안사람들을 두고 제대로 잘잘못을 가려낼 수 있겠는가, 아무도 자기가 누군지 이해할 수도, 정의할 수도 없는 것이 이 어처구니없는 카라마조프가의 특성[41]인데, 도대체 누가 누구한테 빚이 있다는 건가?'라는 거였다. 공판의 대상이 되고 있는 범죄의 비극에 관해서 그는 그것이 농노제의 낡아 빠진 풍습, 그리고 적절한 제도의 부재로 인해 고통받고 심한 혼란에 휩싸인 러시아가 낳은 산물이라고 기술했다. 한마디로 말해서, 그에게는 발언권이 주어진 셈이었다. 이 소송에서 라키친 씨는 처음으로 자신의 존재를 알렸으며 사람들 사이에서 두각을 나타내게 되었다. 검사는 증인이 잡지에 이 범죄 사건을 다룬 기사를 실을 준비를 하고 있음을 알고 있었고 나중에는 자신의 연설에서(우리도 나중에 보게 될 것이다.) 이 기사의 몇몇 생각을 인용하기까지 했는데, 다시 말해서 이미 기사를 접했던 것이다. 증인이 묘사한 그림은 결과적으로 음산하고 치명적이었기에, 피고의 '유죄'를 더 공고히 만들어 버렸다. 전체적으로 라키친의 진술은 그 사상이 독창적이고 또 그 전개 방식이 이례적일 정도로 고매했기 때문에 방청객을 매료시켰다. 특히, 농노제와 혼돈 속에서 고통받는 러시아 얘기가 나왔을 때는 심지어 두세 번에 걸쳐 느닷없이 박수갈채가 터져 나오기도 했다. 하지만 라키친은 어쨌거나 아직은 젊은 나이였던지라 그만 작은 실언을 해 버렸고, 변호사는 그 즉시 그것을 기가 막히게 잘 이용했다. 그러니까 라키친은 그루셴카

---

41) 원어는 'karamazovshchina'로서 '카라마조프적인 것'을 뜻한다.

에 대한 특정 질문에 대답을 하는 와중에, 자신의 성공을 이미 잘 의식하고 있었던 건 물론이고 자기가 보여 준 저 높은 고매함에 너무 도취된 나머지 그만 아그라페나 알렉산드로브나에 대해 '상인 삼소노프의 애첩'이라는 다소간 경멸적인 표현을 쓰고 말았다. 이 한마디 말을 수습하기 위해서 그는 나중에 비싼 대가를 치르게 생겼는데, 왜냐면 바로 이 말을 빌미로 페츄코비치가 그의 덜미를 잡았기 때문이다. 라키친은 상대방이 그 짧은 기간 동안에 이 사건과 관련된 이런 내밀한 속사정까지 알아낼 수 있었으리라곤 숫제 생각도 못 했던 것이다.

"여쭙고 싶은 것이 있습니다만." 하고 변호사는 질문을 던질 차례가 되자, 아주 친절하고 심지어 공손하기까지 한 미소를 지으며 말을 시작했다. "당신은 물론, 러시아 정교 감독관구에서 출판한 소책자 『영면하신 장로님 조시마 신부님의 생애전』을, 심오한 종교적 사상으로 충만하고 고(故) 장로님께 바치는 훌륭하고 경건한 헌사가 담긴 책을 쓰신 바로 그 라키친 씨겠지요, 저는 얼마 전에 몹시 만족스럽게 읽었습니다만?"

"그건 출판할 목적으로 쓴 것이 아니었는데…… 그러니까 나중에 인쇄가 된 겁니다." 라키친은 갑자기 뒤통수를 얻어맞은 양 어리둥절해하고 거의 수치심까지 느끼면서 중얼거렸다.

"오, 이건 멋진 일입니다! 당신과 같은 사상가는 온갖 사회적인 현상에 극히 폭넓은 관심을 가질 수 있으며 또한 그래야만 합니다. 고(故) 장로님의 후원으로 당신의 아주 유용한 책자가 널리 퍼졌으니 얼마간의 이득이 됐을 텐데요……. 하지만 지금 제가 당신에게 무엇보다도 여쭙고 싶은 것은 말입니다, 당신은 방금 스베틀로바 양과 극히 가깝게 알고 지내는 사이였다고 천명하신 거죠?"(주의 사항.(Nota bene.) 그루셴카의 성은 알고 보니 '스베틀로바'였다. 이것을 나는 이날 심리가 진행되는 동안에 비로소 처음으로 알게 되었다.)

"제가 알고 있는 모든 사람들에 대해 책임을 질 수는 없는 노릇입니다……. 저는 나이도 젊고…… 그리고 도대체 누가 자기와 마주치는 모든 사람들에 대해 책임을 질 수 있겠습니까." 라키친은 그야말로 발끈했다.

"그렇지요, 암 그렇고말고요!" 페츄코비치는 자기도 당혹스러웠는지 맹렬한 기세로 서둘러 사과를 하면서 소리쳤다. "그 젊고 아름다운 여성분은 이곳 젊은 청년들의 꽃다발을 기꺼이 받아들이는 편이었으니까, 당신이라고 해서 다른 사람들처럼 그분과 안면을 트는 데 관심을 가지지 말라는 법은 없으니까요, 하지만…… 제가 알고 싶은 건 다음과 같은 점입니다. 즉, 우리가 알고 있기론, 두 달쯤 전에 스베틀로바가 카라마조프 집안의 삼남, 즉 알렉세이 표도로비치와 정말로 안면을 트고 싶은 마음에 그를, 그것도 그 당시의 수도사 복장을 한 그를 자기 집에 데려온다는 조건으로, 즉 당신이 그를 그녀의 집에 데려오기만 하면 당신에게 25루블을 주겠다고 약속했다지요. 이건, 주지하다시피, 바로 본 사건의 주된 골자를 이루는 비극적 참극이 발생한 그날 저녁에 있었던 일입니다. 당신은 알렉세이 카라마조프를 스베틀로바 양의 집으로 데려갔으며 그때 스베틀로바 양으로부터 사례금 조로 그 25루블을 받았다는데, 자 바로 이 얘기를 당신에게서 직접 들을 수 있을까요?"

"그건 장난이었습니다……. 당신이 이 일에 왜 관심을 갖는지 모르겠군요. 그저 장난삼아 받았던 것이고…… 나중에 다시 돌려주려고……."

"그렇다면, 받긴 받았다는 거로군요. 하지만 지금까지도 돌려주지 않으셨고…… 아니면 돌려주셨습니까?"

"이런 하찮은 일을 갖고……." 라키친은 어물거렸다. "저는 이런 질문에는 대답할 수 없습니다……. 그리고 물론 돌려줄 겁니다."

검사가 개입했지만, 변호사는 이걸로 라키친 씨에 대한 자신의 질문은 끝났다고 천명했다. 라키친은 체면이 다소 깎인 채 증인석에서 퇴장했다. 그의 연설이 고상하고 고매했다는 인상은 이런 식으로 망가졌고, 페츄코비치는 눈으로 그를 전송하면서 방청객을 향해 "자, 여러분의 고귀한 고소인들이 어떤 작자들인지를 한번 보시오!"라고 말하는 듯했다. 이번에도 미챠 쪽에서는 기어코 에피소드 하나를 만들었던 것도 기억난다. 라키친이 그루셴카 얘기를 할 때 보인 어조에 성이 난 그는 자기 자리에서 "베르나르!"라고 외쳤다. 재판장이 라키친의 심문이 모두 끝난 직후 피고를 향해 뭐든 자기 쪽에서 지적하고 싶은 것이 없느냐고 하자, 미챠는 쩌렁쩌렁 울리는 목소리로 다음과 같이 소리쳤다.

"저놈은 이미 피고가 된 저한테서도 돈을 꿔 갔습니다! 이 썩을 놈의 베르나르에 출세밖에 모르는 놈, 하느님도 믿지 않고 또 고(故) 장로님까지 속였어요!"

미챠는 또다시 표현이 너무 난폭하다는 이유로 단단히 주의를 받긴 했지만, 라키친 씨도 체면이 영 뭉개져 버렸다. 2등 대위 스네기료프의 증언에도 별로 운이 따라 주지 않았는데, 그건 이미 완전히 다른 이유에서였다. 그는 더러운 옷을 걸치고 더러운 장화를 신고 완전히 누더기의 몰골로, 그리고 한결같이 경고를 받고 미리 '검사'마저 받았건만 느닷없이 곤드레만드레 술에 취해 나타났던 것이다. 미챠에게 받은 모욕에 관해 묻자, 그는 갑자기 대답하기를 거절했다.

"하느님이 그분과 함께하길. 일류셰치카가 명령했습니다. 그곳에 가면 하느님이 저에게 보답을 해 주실 것입니다요."

"누가 당신에게 말하지 말라고 명령했던가요? 누구 얘기를 하는 겁니까?"

"일류셰치카, 제 아들 녀석입죠. '아빠, 아빠, 그자가 아빠를 얼마나 심하게 깔아뭉갰는지!' 바윗돌 근처에서 그렇게 말했습죠. 지금은 죽어 가고 있습니다요……."

2등 대위는 갑자기 엉엉 흐느껴 울면서 재판장의 발밑으로 털썩 쓰러졌다. 방청석에서 웃음이 퍼지는 가운데 그는 서둘러 끌려 나갔다. 이로써 검사가 노렸던 효과는 아예 물거품이 되고 말았다.

변호사는 계속 모든 수단을 총동원했고 사건의 내막을 그야말로 속속들이 알고 있음을 보여 줌으로써 점점 더 놀라움을 배가시켰다. 예를 들자면, 트리폰 보리소비치의 증언은 극히 강한 인상을 남겼으며 물론 미챠에게 굉장히 불미스러운 일이 되었다. 그는 참극이 있기 한 달 전에 미챠가 모크로예에 처음 왔을 때 쓴 돈이 최소한 3000은 되었고 '그보다 적은 액수였다고 해도 아주 조금 적었을 것'이라고 흡사 거의 손가락으로 꼽아 보듯 셈을 해 주었다. 그러니까 "집시한테 뿌린 돈만 해도 얼마인지 모릅니다요! 이가 득실거리는 우리네 농군들에게까지도 50코페이카짜리 은화 한 닢을 길거리에 던져 주는 정도가 아니라 적어도 25루블짜리 지폐 정도는 되는 돈을 그냥 거뜬히 선사했습니다요. 절대 그보다 적진 않았습죠. 그때 저분한테서 그냥 훔쳐 간 돈만 해도 얼마나 될지 모를 일이죠! 이런 건 식은 죽 먹기인 데다가 또 저분이 직접 나서서 돈을 거저 뿌려 댔으니 어디서 그놈을, 그러니까 도둑놈을 잡겠어요! 우리네 민중은 원래 날강도라서 영혼이고 뭐고 없어요. 처녀 애들, 우리 시골 마을의 처녀 애들 손으론 또 얼마나 흘러 들어갔을지! 오죽하면 옛날엔 그렇게 가난했던 우리들이 그때 이후로 부자가 됐다니까요."라는 것이었다. 한마디로 말해서 그는 미챠의 지출 내역을 죄다 기억해 내서 꼭 주판알을 튕기듯 셈을 해 보였다. 이런 식으로 해서 미챠가 쓴 돈이 겨우 1500루블이고 나머지는 부적 주머니에 꿰매 넣어 두었다는 가정은 성립될 수 없는 것이었다. "저분의 손에 3000루블이 무슨 1코페이카짜리 동전인 양 들려 있는 것을 제 눈으로 보았습니다, 제 눈으로 똑똑히 관찰했다니까요, 우리 같은 사람이 돈 계산을 제대로 못 할 리가 있겠습니까요!" 트리폰 보리소비치는 '높으신 분들'의 비위를 맞추려고 아주 용을 쓰면서 이렇게 소리쳤다. 하지만 변호사는 자기가 심문할 차례가 되자 증인의 증언을 거의 논박해 보려고도 하지 않고 갑자기, 미챠가 체포 한 달 전 모크로예에서 처음으로 술판을 벌인 날 술에 취한 나머지 그만 현관 바닥에 100루블을 떨어뜨렸는데 마부 치모페이와 또 다른 농군 아킴이 그 돈을 주워 트리폰 보리소비치에게 내밀었을 때 그가 그들에게 그 대가로 각각 1루블씩을 준 얘기를 끄집어 냈다. "그래서 당신은 그때 이 100루블을 카라마조프 씨에게 돌려줬습니까, 어땠습니까?" 트리폰 보리소비치는 말을 빙빙 돌리며 최대한 발뺌을 했지만, 그 농군들마저 심문을 받고 나자 그런 식으로 100루블짜리 지폐를 발견한 건 사실이라고 자백했다. 다만, 그때 바로 그 돈을 전부 드미트리 표도로비치에게 순순히 돌려주었지만, 그 것도 '정말 정직한 마음으로' 건네주었지만 '그때 저분이 워낙 취해 있었기 때문에 이 일을 기억할 수 있을지는 의문'이라고 덧붙였다. 하지만 그는 두 농군들이 증인 자격으로 불려 나오기 전까지는 어쨌거나 100루블을 발견한 사실을 부인했기 때문에 술 취한 미챠에게 돈을 돌려주었다는 그의 증언은 당연히 커다란 의심을 불러일으켰다. 이렇듯, 검사가 내세운 가장 위험한 증인 중 하나였던 사람이 이번에도 미심쩍다는 인상을 남긴 채, 그리고 그 체면이 심히 손상된 채로 물러나게 되었다. 폴란드 신사들도 똑같은 신세를 지게 됐다. 법정에 나타날 때만 해도 그들은 오만하고 의연한 태도를 보였다. 그들은, 첫째 두 사람 다 '국왕을 모셨다.'라고, 그리고 '판 미챠'가 그들의 명예를 매수하는 대가로 큰 돈을 제안했으며 그의 손에 거액의 돈이 들려 있는 것을 자기들 눈으로 직접 보았다고 소리 높여 증언했다. 판 무샬로비치는 자기 말에다가 폴란드어를 지독히도 많이 섞어 넣었는데, 이것이 재판장과 검사의 눈앞에서 자신을 마냥 돋보이게 만든다고 생각한 나머지 마침내는 그야말로 기세등등해져서 이젠 완전히 폴란드어로 말하기 시작했다. 하지만 페츄코비치는 이들마저도 자신의 투망으로 낚아 버렸다. 트리폰 보리소비치가 다시 불려 나왔고, 그는 말을 빙빙 돌려 가며 최대한 발뺌을 하다가 결국엔 판 브루블레프스키가 트리폰 보리소비치의 카드 패를 자기 것으로 슬쩍 바꿔 쳤고 판 무샬로비치도 카드를 돌리면서 속임수를 썼다는 것을 자백해야 했다. 이것은 마침 증언할 차례가 되었던 칼가노프도 확인해 주었으니, 이로써 두 폴란드 신사는 방청석에서 웃음이 퍼지는 가운데 톡톡히 창피를 당하고 물러났다.

이어, 참으로 위험한 증인들 모두가 하나같이 거의 똑같은 신세를 지게 되었다. 페츄코비치는 그들 각각의 도덕적인 위신에 먹칠을 하고 콧대를 단단히 꺾어 놓은 채 풀어 주었다. 법률 애호가들과 전문 법조인들은 기꺼운 마음으로 감상할 뿐, 그리고 이번에도 이 모든 것이 거대하고도 최종적인 뭔가를 이끌어 내는 데 기여할 수 있을지 의아스러워할 뿐이었는데 반복하건대, 죄증(罪證)이 점점 더 비극적으로 증대하여 격퇴할 수 없는 지경에까지 이르렀음을 다들 느끼고 있었던 것이다. 하지만 차분한 태도를 유지하고 있는 '위대한 마법사'의 확신에 찬 모습을 보면서 다들 기대감을 버리지 못했다. '이런 사람'이 괜히 페테르부르크에서 여기까지 왔을 리 없고 아무래도 빈손으로 돌아갈 사람은 아니다, 하는 것이었다.

3 의학적 감정과 한 푼트의 호두

의학적 감정도 피고에게 별로 도움을 주진 못했다. 페츄코비치 자신도, 나중에 밝혀진 바론, 그것에 별로 큰 기대를 걸지 않는 듯했다. 애초에 이 감정을 하게 된 것은 오로지 일부러 모스크바에서 고명한 의사를 부른 카체리나 이바노브나가 고집을 부렸기 때문이었다. 변호사 측은 이것으로 인해 손해를 볼 턱은 전혀 없었고, 오히려 최상의 경우에는 뭔가 이득을 볼 수도 있었다. 하지만 정작 의사들 사이의 견해가 다소 일치하지 않아서 부분적으론 심지어 희극적이기까지 한 어떤 결과를 낳고 말았다. 감정인으로 나선 사람은 모스크바에서 온 그 고명한 의사, 그다음으론 우리 도시의 의사 게르첸슈투베, 끝으로 젊은 의사 바르빈스키였다. 마지막 두 의사는 검사에 의해 소환된 보통 증인으로서도 출정했다. 감정인 자격으로 처음 질문을 받은 사람은 의사 게르첸슈투베였다. 그는 일흔 살의 노인으로서 백발이 성성한 대머리였고 중키에 체격은 건장했다. 의사로서는 성실했고 사람으로선 아름답고 경건했으며, 정확히는 모르겠지만, 무슨 헤른후터 형제단인가 '모라비아 형제단'[42]에 속했다. 우리 도시에 산 지는 이미 몹시 오

---

42) 헤른후터 형제단은 18세기에 삭소니의 헤른후트 지역에서 일어난 종교

래되었고 행동거지에는 굉장한 위엄이 묻어났다. 그는 선량하고 사람을 좋아하는 마음이 커서 가난한 환자와 농부를 공짜로 치료해 주었고 몸소 그들의 누추한 움막이나 오두막에 왕진을 다니며 약값을 놓고 오기도 했지만, 덧붙여 노새처럼 고집불통이기도 했다. 일단 한 가지 생각이 그의 머릿속에 자리 잡으면 그것을 번복하기란 숫제 불가능했다. 그나저나 말이 나온 김에 지적하자면, 이미 도시의 거의 모든 사람들이 알고 있듯, 모스크바에서 온 그 고명한 의사는 우리 도시에 온지 대략 이삼 일 정도가 되자 의사 게르첸슈투베의 재능에 대해 굉장히 모욕적인 품평을 몇 번이나 서슴지 않았다. 문제는 모스크바 의사가 왕진료로 최소한 25루블은 족히 넘는 돈을 받았지만 그럼에도 우리 도시의 몇몇 사람은 이렇게 그가 온 것을 달가워하면서 돈을 아끼지 않고 앞을 다투어 그의 조언을 받으려 했다는 점이다. 그가 오기 전에는 이 모든 환자들이 물론 의사 게르첸슈투베의 치료를 받았는데, 이런 상황에서 그 고명한 의사는 어딜 가든 굉장히 매몰차게 그의 치료법을 비판했다. 심지어 끝에 가서는 환자 앞에 나타나선 곧장 "그래, 당신 몸을 이렇게 망쳐 놓은 게 대체 누구요, 게르첸슈투베요? 헤헤!"라고 묻곤 했다. 의사 게르첸슈투베도 물론 이 모든 것을 다 알게 되었다. 이런 상황에서 이 세 명의 의사가 모두 심문을 받기 위해 차례대로 출두했던 것이다. 의사 게르

사회 운동으로 18, 19세기에 러시아에도 퍼졌는데, 그 근원을 따지면 '모라비아 형제단'(15세기 중반에 생겨난 체코의 종교 분파)으로 거슬러 올라간다.

첸슈투베는 단도직입적으로 '피고의 지적 능력이 비정상적이라는 것은 자명한 사실로 확인되고 있다.'라고 천명했다. 그다음, 나는 여기서 생략했지만, 자기 의견을 제시한 뒤 무엇보다도 중요한 건 피고의 예전의 많은 행동들을 봐도 그렇지만 지금, 심지어 바로 이 순간에도 지적 능력이 비정상적이라는 사실이 확인된다는 점이라고 덧붙였다. 그렇다면 지금 이 순간 정확히 뭘 봐서 그런 사실이 확인된다는 것인지 설명해 달라는 부탁을 받자, 늙은 의사는 예의 그 순진무구한 태도로 아주 단도직입적으로 지적하길, 법정 안으로 들어올 때 피고는 "정황에 맞지 않게 이례적이고 기괴한 모습을 보였으며 군인처럼 앞으로 성큼성큼 걸어가면서 곧바로 자기 앞, 정면을 응시했는데, 사실 그는 아름다운 여성을 대단히 좋아하는 사람이라서 분명히 지금도 부인들이 자기에 대해 무슨 말을 할까에 대해 아주 많이 생각하고 있었을 것이므로, 방청석 가운데서도 부인들이 앉아 있는 왼쪽을 바라보는 것이 더 마땅했을 것이다."라는 것이었다. 이것이 노인이 자기만의 독특한 언어를 사용하여 내린 결론이었던 것이다. 그런데 여기서 덧붙여두어야 할 것이 있다. 즉, 그는 러시아어로 기꺼이 많은 말을 했는데 그가 하는 말들은 매번 하나같이 왠지 독일식이 되고 말았건만, 정작 당사자는 이 때문에 곤혹스러워하는 일이 전혀 없었다. 이는 그가 평생 동안 자신의 러시아어가 모범적이며 '심지어 러시아인들보다 더 훌륭하다.'라고 생각하는 약점을 갖고 있었던 데다가 심지어 매번 러시아의 속담은 전 세계의 모든 속담 중에서 가장 훌륭하고 표현력이 뛰어나다고 주장하면서 러시아 속담을 인용하는 것을 매우 좋아했기 때문이다. 한 가지 더 지적해 둘 것은 대화를 하는 중에 건망증이 심해서인지 뭐 다른 이유 때문인지 여하튼 아주 평범한 낱말도 종종 잊어버리곤 한다는 점인데, 아주 잘 알고 있던 낱말인데도 무슨 노릇인지 갑자기 그의 머릿속에서 튕겨 나가 버리는 모양이었다. 그런데 독일어로 말할 때도 사정은 똑같아서, 그때마다 그는 늘 잃어버린 낱말을 붙잡으려고 애쓰는 양 자기 얼굴 앞에서 한 손을 내젓곤 했으며, 실종된 낱말을 찾아내기 전엔 누가 뭐라고 해도 한번 시작한 이야기를 계속하지 않을 것 같은 기세였다. 피고가 법정 안으로 들어오면서 마땅히 부인들을 바라봤어야 했다는 그의 지적에 방청객들 사이에서는 장난스러운 수군거림이 일었다. 우리 도시의 부인들은 모두 우리의 이 노인을 매우 사랑했으며 그가 한평생 경건하고 순결한 노총각으로서 여성을 드높고 이상적인 존재로 바라본다는 것 또한 알고 있었다. 그렇기 때문에 그의 뜻밖의 지적을 다들 끔찍할 정도로 이상하게 생각했다.

심문을 받을 차례가 되자 모스크바 의사는 피고의 지적 상태가 비정상적, '심지어 극히' 비정상적이라고 생각한다고 단호하게 딱 잘라 주장했다. 그는 '정신 착란'과 '조증(躁症)'에 대해 이런저런 말들을 참 똑똑하게 많이도 했으며, 수집된 모든 자료를 보건대 피고는 체포되기 며칠 전부터 틀림없이 병적인 정신 착란 상태였으므로 만약 범행을 저질렀다면 설사 그것을 의식했다 할지라도 거의 불가항력적인 힘 때문이었을 거라는, 즉 피고를 점령해 버린 병적인 정신적 충동과 투쟁할 힘이 전혀 없었기 때문이었을 것이라는 결론을 도출했다. 하지만 의사는 정신 착란 외에 조증도 확인되었다고 했는데, 그의 말에 따르면 이것은 곧 명백한 광기로 이어지는 지름길이라는 것이었다.(NB.[43] 나는 지금 내 말로 풀어서 전달하고 있지만, 의사가 설명에 사용한 말은 무척 학술적이고 전문적인 용어였다.) '그의 모든 행위는 상식과 논리에 어긋나는 것이다.'라고 하면서 그는 말을 이어 갔다. "제가 보지 못한 것, 즉 범죄 자체와 이 모든 참극에 대해서는 더 이상 얘기하지 않겠지만, 그저께 저와 얘기를 나눌 때만 해도 그의 시선은 불가해할 만큼 한 곳에 고정되어 있었습니다. 그러다간 전혀 가당치 않은 상황에서 느닷없이 웃음을 터뜨리곤 하더군요. 줄곧 통 이해되지 않는 신경질에 사로잡혀, 전혀 가당치 않은 '베르나르, 에티카' 등과 같은 이상한 말들을 되뇌기도 했습니다." 하지만 의사가 특히나 분명하게 환자의 조증을 확인한 것은 피고가 자신의 다른 실패와 모욕에 대해서는 모두 기억도 쉽게 잘하고 말도 잘하는 데 반해 스스로 기만당했다고 생각하는 그 3000루블에 대해서는 숫제 말도 제대로 하지 못한다는 점에서였다. 끝으로, 여러 조사 내용을 참조하건대, 그는 이 3000에 관한 얘기가 나올 때면 꼭 이전과 마찬가지로 왠지 거의 광적인 흥분 상태에 빠지곤 하지만 정작 사람들은 그가 사리사욕이 없고 청렴하다고 증언한다는 것이다. "학식 있는 제 동료 의사

---

43) 라틴어 Nota Bene(주의 사항)의 약자. 이 약기가 러시아어로 표기되어 있을 때는 바로 우리말로 옮겼다.

는 피고가 법정으로 들어서면서 곧장 자신의 앞을 똑바로 볼 것이 아니라 마땅히 부인들 쪽을 보아야 했다는 견해를 피력했지만" 하고 모스크바 의사는 자신의 연설을 끝마치면서 반어적인 어조로 종합했다. "저는 이와 같은 결론이 장난스러울 뿐만 아니라 더욱이 극도로 잘못된 것이라는 점을 말씀드릴 따름입니다. 피고가 자신의 운명이 결정되는 법정에 들어서면서 그토록 집요하게 정면을 바라볼 수는 없었을 것이며 따라서 이것이 정말로 그 순간 그의 비정상적인 정신 상태를 보여 주는 징후로 간주될 수 있다는 점에는 저도 전적으로 동의하는 바이지만, 동시에 저는 그가 부인들이 있는 왼쪽이 아니라 정반대인 오른쪽, 즉 지금 그가 도움을 바랄 수 있는 유일한 희망이자 그의 운명을 오롯이 손에 쥐고 있는 변호사 쪽으로 시선을 돌려 그쪽을 바라보아야 했다고 주장하는 바입니다." 자신의 견해를 의사는 단호하고 완강하게 피력했다. 하지만 두 명의 학식 있는 감정인들의 의견이 서로 일치하지 않는 가운데, 최종적으로 심문을 받은 의사 바르빈스키가 뜻밖의 결론을 도출함으로써 특별히 희극적인 효과가 발생했다. 그의 견해에 따르면, 피고는 이전에도, 지금도 극히 정상적인 상태이며 설령 그가 체포 전엔 정말로 분명히 신경질적이고 극도로 흥분된 상태였다고 할지라도 그것은 질투, 분노, 끊임없는 만취 상태 등등 아주 명명백백한 많은 이유로 인해서 나타났을 수 있다는 것이었다. 하지만 이 신경질적인 상태에 지금 얘기된 무슨 특별한 '정신 착란'이 포함됐을 리는 전혀 없다. 법정 안으로 들어서면서 피고가 마땅히 왼쪽이나 오른쪽을 보아야 했다는 것에 관한 한, '그의 소박한 견해로는' 피고는 정확히, 그가 실제로 했던 것처럼 정면을 똑바로 본 것이 마땅했으며 이는 지금 그의 운명을 오롯이 거머쥐고 있는 재판장과 재판 임원진이 그의 정면에 앉아 있었기 때문이라는 거였다. "정면을 똑바로 바라봄으로써, 바로 이로써 그는 이 순간 자신의 정신 상태가 극히 정상적이라는 점을 입증한 것입니다." 젊은 의사는 다소 열을 올리면서 자신의 '소박한' 진술을 마무리 지었다.

"브라보, 의사 양반!" 미챠가 자리에서 소리쳤다. "바로 그렇습니다!"

미챠는 물론 제지당했지만, 젊은 의사의 견해는 재판진에게도, 방청객에게도 가장 결정적인 영향력을 행사했으며, 나중에 밝혀진바, 다들 그의 견해에 동의했던 것이다. 그런데 의사 게르첸슈투베는 이번에는 증인으로서 심문을 받는 가운데 갑자기, 예상을 완전히 뒤엎는 뜻밖의 방식으로 미챠에게 이득을 주게 되었다. 이 도시의 터줏대감으로서 오래전부터 카라마조프 집안을 잘 알고 있는 그는 '검사 측'으로서는 극히 흥미로운 증언을 몇 가지 했고, 또 갑자기 뭔가 생각이 난 듯 다음과 같은 말을 더 첨가했다.

"그나저나 저 가엾은 젊은 청년은 어디 비길 데도 없을 만큼 훌륭한 운명을 누릴 수도 있었습니다. 어릴 때도, 또 그 이후에도 마음 씀씀이가 참 고왔거든요, 이건 제가 똑똑히 알고 있습니다. 하지만 왜 러시아 속담에도 있잖습니까. '누가 하나의 지혜를 갖고 있다면 참 좋지만, 지혜로운 사람이 하나 더 찾아와 준다면 더욱더 좋을 것인데, 왜냐면 그때는 지혜가 하나만 달랑 있는 것이 아니라 두 개가 될 테니까…….'"

"지혜가 하나면 그냥 좋고 두 개면 더 좋다는 거로군요." 검사는 조바심을 내며 이렇게 말을 받았는데, 그는 노인이 듣는 사람이 어떤 생각을 갖든, 또 남이야 기다리든 말든 전혀 아랑곳하지 않고 오히려 예의 그 둔하고 감자 같은, 늘 자기 만족감으로 가득 찬 독일식 경구를 극히 높이 평가하여 말꼬리를 질질 끌면서 느릿느릿 말하는 습관이 있음을 이미 오래전부터 알고 있었던 것이다. 노인은 경구를 남발하는 걸 정말로 좋아했다.

"오, 그—그래요, 제 말이 그 말입니다." 그가 고집스럽게 맞장구를 쳤다. "지혜가 하나면 그냥 좋고 두 개면 더 좋다는 것이지요. 하지만 저 사람에겐 지혜를 가진 또 다른 사람이 찾아오지 않았고, 해서 자기 자신의 지혜마저도 써 버리기 시작했어요……. 한데 뭐였더라, 저 사람이 어디다 자기 지혜를 써 버렸더라? 그런 낱말이 있는데—저 사람이 어디다 자기 지혜를 써 버렸는지, 그 낱말을 그만 까먹었네요." 그는 자기 눈앞으로 한 손을 빙빙 돌리면서 말을 계속했다. "아 그래요, 슈파치렌[44]입니다."

"놀았다는 뜻인가요?"

"그래요, 놀다가 그랬습니다, 제 말이 그 말이었어요. 저 사람의 지혜는 놀러 나갔다가 그만 너무 외진 곳으로 들어가 버

---

44) 독일어 spazieren의 러시아식 표기.

리는 바람에 거기서 스스로를 잃어버린 겁니다. 하지만 그래도 저 사람은 은혜를 알고 감수성이 예민한 젊은이였습니다. 오, 저 사람이 핏덩어리처럼 어렸을 때가 기억나는군요. 아버지 집의 뒤뜰에 내팽개쳐진 채 신발도 신지 않고 단추 하나만 달랑 달린 바지를 입고서 땅바닥을 뛰어다녔지요."

정직한 노인의 목소리에서는 갑자기 어떤 감상적인, 가슴을 에는 듯한 울림이 배어 나왔다. 페츄코비치는 뭔가를 예감한 듯 전율하면서 순식간에 노인의 말에 빨려 들어갔다.

"오 그래요, 저도 그때는 아직 젊었습니다……. 제가 그때…… 그래, 그렇지, 마흔다섯 살이었고 막 이곳에 왔던 때였지요. 그때 저는 그 아이가 가엾어져서 스스로에게 물었지요. 저 애한테 뭘 1푼트쯤 사 주면 안 될까, 하고……. 그런데, 그게 뭐였더라? 그걸 뭐라고 하는지 또 잊어버렸군……. 아이들이 아주 좋아하는 것이었는데, 그게 뭐였더라—그래, 그게 뭐였지……." 의사는 다시금 손을 내저었다. "이건 나무에서 열리는 거고, 한데 모아서 모두에게 선물하는 건데……."

"사과입니까?"

"오, 아—아—닙니다! 푼트, 푼트라니까요, 사과는 열 개 단위로 세잖습니까, 1푼트, 2푼트가 아니라…… 이건 개수가 많고 한결같이 조그맣고 입안에 넣어 와—자—작 깨는 건데……!"

"호두 말입니까?"

"그래요, 호두요, 제 말이 그 말이었어요." 의사는 자기가 언제 낱말을 기억하지 못해 절절맸냐는 듯, 아주 차분하게 확인해 주었다. "그래서 저는 그 아이에게 호두 1푼트를 사다 주었는데, 아이는 누구한테도 그렇게 1푼트의 호두를 선물받은 적이 없었던 것이지요. 제가 손가락을 치켜들고 그 애에게 '얘야! 성부의 이름으로(Gott der Vater)'라고 말하자 아이는 웃으면서 '성부의 이름으로(Gott der Vater)'라고 말하더군요. 제가 '성자의 이름으로(Gott der Sohn)'라고 말하자, 아이는 또 웃으면서 '성자의 이름으로(Gott der Sohn)'라고 옹알대더군요. 그래서 저는 '성신의 이름으로(Gott der heilige Geist)'라고 말했지요. 그랬더니 아이는 또 웃으면서 힘이 닿는 한 열심히 '성신의 이름으로(Gott der heilige Geist)'라고 말하더군요. 그러고서 저는 아이 곁을 떠났습니다. 그로부터 사흘째 되는 날 제가 그 아이 곁을 지나가는데, 아이가 먼저 저에게 '아저씨, 성부의 이름으로, 성자의 이름으로'라고 소리치더군요. 다만 '성신의 이름으로'는 그만 잊어버린 것 같아서 제가 다시 상기시켜 주었지요. 또다시 아이가 무척 가여워지더군요. 하지만 아이를 먼 곳으로 데려가 버려서 더 이상 볼 수가 없었습니다. 그러고서 이십삼 년이 흘렀고, 어느 날 아침 제가 벌써 백발이 된 채로 서재에 앉아 있는데 갑자기 혈기 왕성한 젊은 청년이 들어오지 뭡니까. 저는 저게 누구인지도 도저히 알아볼 수가 없었지만, 그는 손가락 하나를 치켜올리더니 웃으면서 이렇게 말하더군요. '성부의 이름으로, 성자의 이름으로, 성신의 이름으로! 저는 방금 도착했고 그길로 곧장 호두 1푼트를 사 주신 것에 대해 감사를 드리려고 이렇게 왔습니다. 그때 누구 하나 저한테 호두 1푼트를 사 주는 일이 결코 없었는데 선생님 한 분만

이 나에게 호두 1푼트를 사 주셨기 때문입니다.' 그때 저의 행복했던 젊은 시절이, 뜰에서 신발도 신지 않고 뛰어놀던 가엾은 소년이 떠오르자 제 가슴은 미어질 듯 아파 왔고, 해서 이런 말을 했더랬지요. '자네는 은혜를 아는 젊은이구먼, 어렸을 때 내가 자네한테 사 준 그 호두 1푼트를 평생 동안 기억하고 있었으니 말일세.' 그리고서 저는 그를 안아 주고 축복해 주었지요. 그러고선 울기 시작했습니다. 그는 웃었지만, 또 울기도 했지요……. 원래 러시아 사람은 울어야 될 때 웃는 일이 아주 잦으니까요. 하지만 그는 정말로 울었습니다, 제 눈으로 보았지요. 그런데 지금은, 아……!"

"지금도 울고 있어요, 독일인 선생님, 지금도 울고 있습니다, 하느님의 사람!" 미챠가 갑자기 자기 자리에서 소리쳤다.

사실이 어쨌든 간에 이 일화는 방청석에 제법 우호적인 인상을 남겨 주었다. 하지만 미챠에게 유리하게 작용할 효과를 제일 많이 낳은 것은 내가 지금 얘기할 카체리나 이바노브나의 증언이었다. 아니, 대체로, 변호사 측(à décharge), 즉 변호사가 소환한 증인들이 나오기 시작하자, 운명은 갑자기 숫제 진지한 정도로까지 미챠에게 미소를 보내는 듯했으며 무엇보다도 주목할 만한 점은 변호사 측에서도 그럴 줄은 몰랐다는 것이었다. 하지만 카체리나 이바노브나에 앞서 알료샤가 먼저 심문을 받았는데, 그는 갑자기 기소 내용 중 가장 중요한 한 가지 항목과 상치되는, 그것의 확실한 반증처럼 보이는 한 가지 사실을 기억해 냈다.

4 행운이 미챠에게 미소를 보내다

이 일은 당사자인 알료샤에게도 참 우연히 일어난 것이었다. 그는 선서 없이 호출됐으며, 내 기억으론, 검사 측이건 변호사 측이건 다 그에게는 첫 심문을 시작할 때부터 굉장히 부드럽고 우호적으로 대했다. 예전부터 평판이 좋았다는 것이 보였다. 알료샤는 겸손하고 절제된 어조로 증언에 임했지만 그 증언 속에 불운한 형에 대한 열렬한 애정이 배어 나왔다. 어떤 질문에 대답을 하면서는, 자기 형에 대해 흉포하기도 하고 쉽게 열정에 휩싸이는 사람인지는 모르겠지만 역시나 고결하고 자긍심이 강하고 요구가 있을 시에는 기꺼이 자신을 희생할 준비가 되어 있는 관대한 성격의 소유자라고 묘사했다. 그렇지만 최근에 형이 그루셴카에 대한 열정 때문에, 아버지와의 연적 관계 때문에 참을 수 없는 상태가 되었다는 것은 인정했다. 그래도 형이 돈을 훔칠 목적으로 아버지를 죽였으리라는 가정은 격분하면서 거부했고, 그러면서도 미챠의 머릿속을 이 3000이 점령해 버림으로써 거의 어떤 조증과 같은 상태에 이르렀으며 그 돈은 아버지가 속임수를 써서 갈취해 간 자신의 유산의 일부라고 생각했기 때문에 원래 사리사욕이라곤 없는 사람인데도 이 3000루블 얘기만 나오면 언제나 미친 듯 광적으로 날뛰었다는 점은 인정했다. 검사가 두 '여성'이라고 표현한 사람, 즉 그루셴카와 카챠의 연적 관계에 대해서는 말을 아꼈고 심지어 한두 가지 질문에 대해서는 아예 대답을 하지 않으려 했다.

"당신의 형님이 당신에게 아버지를 죽일 작정이라는 얘기를 최소한 하긴 했습니까?" 검사가 물었다. "필요하다고 생각되실 경우에는 대답을 하지 않으셔도 됩니다." 그가 덧붙였다.

"직설적으로 말한 적은 없습니다." 알료샤가 대답했다.

"그럼 어떻게요? 간접적으로 말했단 말입니까?"

"형님은 저에게 아버지에 대한 자신의 개인적인 증오에 대해 말한 적이 한 번 있는데…… 극단적인 순간에…… 혐오스러워지는 순간에…… 어쩌면 아버지를 죽이게 될지도 모른다면서 염려했습니다."

"그러면 그 얘기를 듣고서 그렇게 믿으셨습니까?"

"믿었다고 말하는 건 좀 그렇군요. 어쨌거나 저는 언제나 어떤 드높은 감정이 숙명적인 순간에 형님을 구원하리라고 언제나 확신했으며 실제로도 구원해 주었습니다. 왜냐면 아버지를 죽인 건 형님이 아니기 때문입니다." 알료샤는 온 법정을 향해 우렁찬 목소리로 단호하게 끝맺었다. 검사는 나팔 신호를 들은 군마처럼 몸을 부르르 떨었다.

"분명히 말씀드리지만, 당신의 확신이 그야말로 진실하다는 것은 전적으로 믿고 있으며 그것이 불운한 형님에 대한 당신의 사랑에서 비롯되었다고 생각지 않기에 그렇게 동일시하는 것도 아닙니다. 당신의 집안에서 일어난 비극적인 사건의 전말에 대한 당신의 독창적인 시각은 예심 과정에서 이미 우리에게 알려졌습니다. 하지만 솔직히 말씀드려서, 그것은 워낙에 특이한 것이라서 저희 검사 측이 얻은 다른 모든 증언과 상치됩니다. 그렇기 때문에 이제는 다음과 같은 질문을 꼭 드릴 수밖에 없군요. 정확히 어떤 사실에 근거하여 그런 생각을 갖게 되셨으며 당신의 형님은 무죄이고 오히려 당신이 이미 예심 때 곧바로 지목한 바 있는 다른 인물이 유죄라는 최종적인 확신을 갖게 되셨습니까?"

"예심 때는 그저 질문에 대답을 했을 뿐입니다." 알료샤가 조용하고 차분하게 말했다. "제가 직접 스메르쟈코프를 범인으로 고발하진 않았습니다."

"어쨌거나 그를 지목하긴 하셨잖습니까?"

"드미트리 형님의 말을 듣고 지목했던 겁니다. 심문이 시작되기 전부터 저는 형님이 체포될 때의 상황과 그때 형님이 직접 스메르쟈코프를 지목했다는 얘기를 들었습니다. 저는 형님이 무죄라는 것을 전적으로 믿고 있습니다. 만약 형님이 죽인 것이 아니라면, 그렇다면……."

"그렇다면 스메르쟈코프라는 말씀이십니까? 왜 다른 누구도 아닌 스메르쟈코프입니까? 또 당신은 어떻게 형님의 무죄를 그토록 철두철미하게 확신하시게 됐습니까?"

"저는 형님의 말을 믿지 않을 수 없었습니다. 저는 형님이 저에게 거짓말을 하지 않으리라는 걸 알고 있으니까요. 형님의 얼굴을 보면 거짓말을 하는 게 아니라는 걸 알 수 있었습니다."

"그냥 얼굴만 보고요? 그게 당신의 증거의 전부입니까?"

"더 이상의 증거가 없습니다."

"스메르쟈코프의 유죄에 관해서도 당신의 형님의 말과 그 얼굴 표정 외에는 역시나 어떤 다른 증거도 전혀 없으신 겁니까?"

"예, 다른 증거는 없습니다."

여기서 검사는 질문을 중단했다. 알료샤의 답변들은 방청석에 아주 실망스러운 인상을 남겨 주었다. 스메르쟈코프에 대해서라면 공판 전부터 이미 누가 뭘 들었다, 누가 뭘 지적했다 등 온갖 말들이 우리 도시에 퍼져 있었고 알료샤에 대해서는 그가 형에게 유리한, 하인의 유죄를 증명할 어떤 굉장한 증거들을 잔뜩 모아 놓았다는 말이 떠돌았는데 정작 이제 와서 보니 — 피고의 친동생으로서 너무도 당연한 어떤 정신적인 확신 외에는 아무런 증거도 없다니 말이다.

어쨌거나 페츄코비치의 심문이 시작되었다. 정확히 언제 피고가 그, 즉 알료샤에게 아버지를 향한 증오와 아버지를 죽일지도 모르겠다는 데 대한 말을 했는가, 예를 들어 참극이 있기 직전의 마지막 만남에서 이런 말을 들었는가 하는 질문에 대답을 하면서 알료샤는 갑자기 지금 막 뭔가가 기억에 가물거리며 생각이 난 듯 몸을 부르르 떠는 것 같았다.

"까맣게 잊을 뻔했던 한 가지 정황이 지금 막 떠오르는데, 그땐 그것이 저에게 너무나 불명확했지만 지금은……."

그러면서 알료샤는 그 자신도 지금 막 느닷없이 생각이 났는지, 저녁에 수도원으로 가던 길에 나무 곁에서 미챠와 마지막으로 만났을 때의 기억을 열심히 더듬어 갔다. 그때 미챠는 자신의 가슴팍을, '가슴의 위쪽 부분'을 치면서 알료샤에게 몇 번씩이나 자신의 명예를 회복할 수단이 있다, 그 수단은 여기, 바로 여기 그의 가슴에 있다……라고 했다는 것이다

"저는 그때 형님이 가슴팍을 두드리며 자기 마음 애기를 하

는 것이라고 생각했습니다." 알료샤는 이렇게 말을 이어 갔다. "형님이 직면한, 하지만 차마 저한테도 고백하지 못한 어떤 한 가지 끔찍한 치욕으로부터 벗어날 수 있는 힘을 자신의 마음 속에서 찾을 수 있으리라는 뜻으로 말이죠. 고백하건대, 저는 그때 형님이 다름 아니라 아버지 얘기를 하고 있거니, 치욕 때문에, 아버지를 찾아가 아버지에게 어떻게든 폭력을 행사할 거라는 생각이 들자 너무 치욕스러운 나머지 몸을 떠는 것이려니 생각했는데, 실은 바로 그때 형님은 자기 가슴팍의 뭔가를 가리키고 있었습니다. 이제야 기억이 나는데, 그래서 저는 바로 그때 어떤 생각을, 즉 심장은 가슴팍 중에서도 거기가 아니라 좀 더 아래쪽에 있는데 형님은 웬일인지 훨씬 더 위쪽, 바로 여기, 그러니까 목 바로 아래쪽을 치고 있다, 줄곧 그곳을 가리키고 있다, 하는 생각을 언뜻 했습니다. 그때 저는 이게 어리석은 생각이라고 여겼지만, 어쩌면 바로 그때 그 1500이 들어 있던 부적 주머니를 가리킨 것일 수도 있었겠군요……!"

"바로 그거란다!" 미챠가 갑자기 자리에서 소리쳤다. "바로 그랬던 거야, 알료샤, 나는 그때 주먹으로 그것을 쳤던 거야!"

페츄코비치는 황급히 미챠에게로 달려가 좀 진정하라고 간청한 다음, 바로 그 즉시 알료샤에게 달라붙었다. 알료샤는 자신의 회상에 흠뻑 빠져서 다음과 같은 가정을 열렬하게 피력했다. 즉, 형님이 말한 그 치욕은 분명히, 카체리나 이바노브나에게 빌린 돈의 절반인 1500루블을 그녀에게 돌려줄 수도 있지만 이렇게 몸에 지니고 있을뿐더러, 그러면서 어쨌거나 이 절반의 돈을 그녀한테 갖다주지 않고 다른 용도로, 즉 그루셴카가 좋다고만 하면 둘이 함께 멀리 떠나 버릴 비용으로 쓸 결심을 한 것이다, 하는 것이었다…….

"그거였어요, 바로 그랬던 겁니다." 알료샤가 갑자기 흥분을 누르지 못하고 소리쳤다. "형님은 그때 저한테 절반, 치욕의 절반(형님은 몇 번씩이나 절반이라고 말했어요.)을 지금 당장이라도 스스로에게서 걷어 낼 수 있었지만 불행하게도 성격이 나약해서 그렇게 하지 못할 거라고 한탄했습니다…… 그렇게 할 수 없을 것임을, 그럴 힘이 없음을 미리부터 알고 있다고 말입니다!"

"그럼 당신은 형님이 가슴팍의 바로 그 지점을 쳤다는 것을 확실히, 똑똑히 기억하시는 겁니까?" 페츄코비치는 탐욕스러울 만큼 강한 관심을 보이며 캐물었다.

"똑똑히, 확실히 기억합니다. 왜냐면 그때 저는 정말로 심장은 좀 더 아래에 있는데 형은 왜 저렇게 높은 곳을 칠까 하는 생각을 언뜻 했고 그때는 제 생각이 어리석게 여겨졌거든요……. 이 사실, 그러니까 어리석게 여겨졌다는 것이 생생히 기억납니다……. 그런 생각이 언뜻 스쳐 갔지요. 그런데 이게 이제야, 지금에 와서야 생각이 났군요. 아니, 어떻게 바로 지금까지도 이걸 까맣게 잊고 있었을까요! 형님은 다름 아니라 그 부적 주머니를, 그러니까 자기에게 모종의 수단이 있음에도 이 1500을 갖다주지 않을 것이라는 사실을 가리켰던 겁니다! 제가 전해 들어서 알고 있는 바로, 모크로예에서 체포될 때도 형님은 정확히 다음과 같이 소리쳤답니다. 즉, 자신의 인생을 통틀어 가장 치욕적이 입은 절반(분명히 절반이라고 했답니다!)을 돌려줄 수 있는 수단을 갖고 있었음에도 어쨌거나 돌려줄 결심을 하지 못했으며 돈을 내놓으니 차라리 그녀의 눈앞에서 도둑으로 남을 작정을 한 것이라고 말이죠! 형님은 얼마나 괴로웠을까요, 그렇게 빚을 졌으니 정말 얼마나 괴로웠겠습니까!" 알료샤는 이렇게 외치면서 말을 끝맺었다.

물론, 검사도 개입했다. 그는 알료샤에게 그때의 정황이 어떠했는지 다시 한번 묘사해 달라고 부탁했으며 몇 번이나 다음과 같은 질문을 고집스레 던졌다. 즉, 피고가 자신의 가슴팍을 치면서 정확히 뭔가를 가리킨 것 같으냐? 어쩌면 그냥 주먹으로 가슴팍을 친 것일 수도 있지 않은가?

"숫제 주먹으로 친 것도 아니었습니다!" 알료샤가 소리쳤다. "정확히 손가락으로 가리켰어요, 여기 아주 높은 곳을 가리켰다니까요……. 아니, 그런데 저는 어떻게 바로 이 순간까지도 이걸 까맣게 잊고 있을 수가 있었죠!"

재판장은 본 증언에 대해 할 말이 있는지, 미챠에게 물었다. 미챠는 모든 것이 정확히 그러했으며 정확히 자신의 가슴팍, 바로 목보다 조금 아래에 달려 있었던 자신의 1500을 가리켰음을 확증해 주었다. 그리고 그것은 물론 치욕이었다고 소리쳤다.

"거부하지 못한 치욕, 제 인생을 통틀어 가장 치욕스러운 행위였습니다! 돌려줄 수 있었건만 돌려주지 않았으니까요. 차라리 그녀의 눈앞에서 도둑으로 남기로 작정하면서 돌려주지 않았으며, 이보다 더 중요한 치욕은 앞으로도 돌려주지 않을 것임을 알았다는 데 있었습니다! 알료샤 말이 맞습니다! 고맙구나, 알료샤!"

이로써 알료샤의 심문은 끝났다. 특기할 만한 중대한 점은 바로 다음과 같은 정황이었는데, 즉, 비록 단 한 가지 증거, 그나마도 말하자면 아주 시시껄렁한 증거, 거의 증거도 아니고 증거에 대한 암시라고 할지라도 그런 사실이 있긴 있었다는 것이며, 이로써 그 부적 주머니가 정말로 존재했고 거기에 1500이 들어 있었으며 피고가 모크로예의 예심에서 이 1500은 '내 돈이었다.'라고 천명한 것이 거짓말이 아니었음을 어쨌거나 아주 조금이라도 증명해 준 것이다. 알료샤는 기뻤다. 얼굴이 빨갛게 상기된 채, 그는 지정된 자리로 돌아갔다. 그러고서도 오랫동안 혼잣말로 "어떻게 이것을 잊어 먹었을까! 어떻게 이것을 잊어 먹을 수 있었단 말인가! 그리고 어떻게 이제 와서 이토록 갑자기 떠오른 것일까!"라고 되뇌었다.

카체리나 이바노브나의 심문이 시작됐다. 그녀가 나타나자마자, 법정 안에는 뭔가 예사롭지 않은 기운이 감돌았다. 부인들은 오페라글라스와 쌍안경을 잡았고 남자들은 들썩이기 시작했는데 더러 좀 더 잘 보기 위해서 자리에서 일어나는 사람도 있었다. 나중에 가서는 다들 그녀가 들어오자마자 미챠의 얼굴이 '백지장처럼' 창백해졌다고 주장했다. 그녀는 완전히 검은색 옷으로 차려입고 겸손하다 못해 거의 겁을 먹은 듯한 태도로 지정된 자리로 다가갔다. 그녀의 얼굴만 봐서는 그녀가 흥분했다는 것을 알아챌 수 없었지만, 그녀의 어둡고 음침한 시선 속에서는 결의가 번득였다. 여기서 지적해야 할 것은, 나중에 극히 많은 사람들이 주장한 대로, 그녀가 그 순간 놀라울 정도로 예뻤다는 점이다. 그녀는 온 법정을 향해 조용하지만 또렷한 목소리로 말하기 시작했다. 표현 방식은 굉장히 차분하거나 적어도 차분해 보이려고 애썼다. 재판장은 '마음의 어떤 결'을 건드리지나 않을까 걱정이 되는 양 이 크나큰 불행을 존중하여 신중하고 굉장히 공손하게 질문을 시작했다. 하지만 정작 카체리나 이바노브나는 자기가 받은 질문들 중 하나에 대해 맨 첫마디부터 자기는 피고와 정혼한 사이라고 천명했으며 "저분이 먼저 저를 버리지 않았을 때까지는……."이라고 조용히 덧붙였다. 그녀가 친척들에게 송금해 달라고 미챠에게 맡긴 3000에 대한 질문을 받자, 그녀는 단호하게 다음과 같이 말했다. 즉 "저는 곧장 우체국으로 가라는 뜻으로 저분에게 돈을 준 것은 아니었습니다. 저는 그때 저분이…… 그 순간…… 돈이 몹시 궁하다는 것을 예감했습니다. 저는 저분에게 원한다면 한 달 안에만 송금하면 된다면서 이 3000을 주었습니다. 나중에 저분이 이 빚 때문에 스스로를 그렇게 괴롭힌 것은 공연한 일이었어요……."라고.

나는 모든 질문과 그녀의 답변을 모두 일일이 전달하진 않고 그저 그 증언의 본질적인 의미만을 전달하겠다.

"저는 저분이 아버님으로부터 돈을 받기만 하면 언제라도 송금할 수 있으리라고 굳게 믿었습니다." 그녀는 질문에 대답하면서 말을 이어 갔다. "저는 저분이 사리사욕이 없고 정직한…… 그러니까 돈 문제에 있어서는…… 더할 나위 없이 정직한 분임을 언제나 굳게 믿었습니다……. 저분은 아버지로부터 3000루블을 받을 것이라고 굳게 믿었으며 저에게도 이 얘기를 몇 번이나 했습니다. 저는 저분이 아버님과 사이가 원만

하지 못했다는 것도 알고 있었으며 언제나, 지금까지도 저분이 아버님에게 부당한 대우를 받았다고 확신했습니다. 제 기억으로는 저분이 아버님에게 무슨 위협적인 언행을 보인 것 같지는 않습니다. 적어도 제 앞에서는 그런 유의 말을 한 적도, 무슨 위협적인 언행을 보인 적도 없습니다. 만약 저분이 그때 저를 찾아왔더라면, 저는 당장 저에게 빚진 저 불운한 3000 때문에 그토록 불안해할 필요는 없다며 저분을 진정시켰을 테지만, 저분은 더 이상 저를 찾지 않았고…… 저도…… 제 입장도…… 저분을 제 집으로 부를 수 없는 그런 입장이었던지라…… 더욱이 저는 그분에게 이 빚을 두고 까다롭게 굴 수 있는 어떤 권리도 없었습니다." 그녀는 갑자기 이렇게 덧붙였는데, 그녀의 목소리에서는 어떤 단호한 것이 울려 퍼졌다. "한때 바로 제가 저분으로부터 경제적인 도움을, 그것도 3000보다 더 큰 도움을 받았으며 그 당시로서는 제가 언제 저분에게 그 빚을 갚을 수 있을지 미리 예측할 수도 없었건만 그래도 저는 그 도움을 받아들였습니다……."

그녀의 목소리에서는 어떤 도전적인 어조마저 느껴지는 듯했다. 바로 그때 페츄코비치가 심문을 할 차례가 됐다.

"그 일은 이곳이 아니라 당신들이 처음 만났을 무렵에 있었던 거죠?" 페츄코비치는 금세 뭔가 상서로운 예감이 들어서 조심스럽게 접근하며 말을 받았다.(여기서 괄호를 쳐서 한마디 지적하자면, 그는 일정 부분 다름 아닌 카체리나 이바노브나에 의해 페테르부르크에서 초빙되었음에도 불구하고 ― 그럼에도 미챠가 예전에 저 도시에 있을 때의 에피소드, 즉 그녀에게 5000루블을 준 일이나 '이마가 땅에 닿도록 절을 한 일'에 대해선 아무것도 모르고 있었다. 그녀는 그에게 이 일은 얘기하지 않고 숨겼던 것이다! 이것은 실로 놀라운 일이었다. 그러니까 확실히, 정작 그녀도 마지막 순간까지 자기가 법정에서 이 에피소드를 얘기할지 안 할지를 모르는 상태에서 어떤 영감 같은 것을 기다리고 있었노라고 가정해 볼 수 있겠다.)

아니, 나는 이 순간들을 절대 잊을 수가 없다! 그녀는 이야기를 시작했고, '이마가 땅에 닿도록 절을 한 일'이며 그 원인이며 자기 아버지 얘기며 자기가 미챠 집을 찾아간 일 등 미챠가 알료샤에게 알려 준 이 에피소드의 전말을, 그야말로 모든 것을 얘기했지만 미챠가 카체리나 이바노브나의 언니를 통해 '자기한테서 돈을 받으려면 카체리나 이바노브나를 보내 달라.'라고 제안했다는 얘기는 한마디도, 심지어 암시조차도 내비치지 않았다. 이것을 그녀는 관대한 마음으로 덮어 두었으며 그 당시 자기가 나서서 제 발로 젊은 장교의 집으로 달려갔노라고, 자기 자신의 격정에 사로잡혀 뭔가에 희망을 걸었노라고…… 그렇게 그에게 돈을 빌려 달라고 부탁하기 위해 달려갔노라고 수치스러워하는 기색도 없이 공개적으로 털어 놓았다. 이것은 뭔가 전율을 불러일으키는 것이었다. 나는 그녀의 말을 듣고 있자니 몸이 오싹해지면서 막 떨려 왔고 법정은 그녀의 말을 한마디라도 놓치지 않으려고 숨을 죽였다. 이것은 전례를 찾아보기 힘든 어떤 것이었고 그녀처럼 오만하고 남을 눈 아래로 볼 만큼 도도한 처녀가 이처럼 더할 나위 없이 노골적인 증언을 하리라곤, 이와 같은 희생을 감수하고 이와 같은 파멸을 자초하리라곤 생각도 못 했던 것이다. 더군다나 무엇을 위해, 누구를 위해서인가? 자기를 배반하고 모욕한 자를 구하기 위해서, 그에게 유리한 좋은 인상을 불러일으킴으로써 그를 구원하는 데 어떻게든 조금이라도 기여하기 위해서가 아닌가! 또 사실 그렇지 않았겠는가. 자기가 갖고 있는 마지막 돈 5000루블을, 자기한테 남아 있던 모든 것을 순순히 내놓고 순결한 처녀 앞에 공손히 몸을 숙인 장교의 형상은 극히 호의적이고 매력적인 것으로 비쳤지만, 그럼에도……나의 심장은 아프게 조여 왔던 것이다! 나중에 가서는 꼭 험한 소리들이 나올 것이라는 예감이 들었던 것이다!(나중엔 정말로 그렇게 됐다, 그렇게!) 나중에는 온 도시 사람들이 심술궂게 비웃으면서 그 얘기가 완전히 다 사실은 아닐 거다, 특히 장교가 '그저 공손히 몸을 숙이며' 과년한 처녀를 그냥 놓아주었다는 대목은 영 엉터리일지도 모른다고 수군댔다. 여기에는 뭔가가 '생략'된 부분이 있을 거라는 암시도 오갔다. '만약 생략된 부분이 없고 모든 것이 사실 그대로라고 할지라도'라면서 우리 도시의 가장 점잖은 부인네들조차도 말하곤 했다. "그렇다면 더더욱 알 수 없는 노릇이군요. 과년한 처녀가 아무리 아버지를 구한다는 명분이 있다고는 할지라도 그렇게 처신하는 것이 과연 고결한 일입니까?" 게다가 카체리나 이바노브나처럼 뛰어난 지성과 병적일 정도로 예민한 통찰력을 가진 여성이 정녕, 사람들이 이런 소리를 하게 될 줄을 미리 예감하지 못했겠는가? 틀림없이 예감했지만, 그럼에도 모든 것을 말하기로 결심했던 것이다! 물론 이 얘기의 진위를 둘러싼 모든 지저분한 의심들은 나중에 가서야 시작된 것이고, 첫 순간에는 다들 한결같이 감동을 받았다. 재판 임원들의 경우, 그들은 카체리나 이바노브나의 말을 경건한 태도로, 말하자면 수치심까지 어려 있는 침묵을 유지하며 경청했다. 검사는 이 주제와 관련해서는 별달리 어떤 질문도 던지지 않았다. 페츄코비치는 그녀를 향해 깊이 몸을 숙였다. 오, 그는 승리를 예감하며 거의 기고만장했다! 얻은 것이 많았던 셈이다. 고결한 격정에 사로잡혀서는 호주머니를 탈탈 털어 5000을 내놓은 사람, 바로 이랬던 사람이 나중에 가선 한밤중에 3000을 훔치기 위해 아버지를 죽였다는 것 ── 이것은 일정 부분 뭔가 조리에 맞지 않는 것이 아닌가. 이제 페츄코비치는 적어도 강도 혐의만은 배제할 수 있게 됐다. '사건'은 갑자기 어떤 새로운 빛을 띠게 되었다. 뭔가 미챠에게 유리한 우호적인 분위기가 감돌았던 것이다. 한편 미챠는…… 그를 두고서 사람들은 카체리나 이바노브나가 증언하는 동안 그가 한두 번 정도 자리에서 벌떡 일어났다가 다시 의자에 주저앉아 두 손으로 얼굴을 가렸다고 이야기했다. 하지만 그녀가 증언을 끝마치자, 그는 갑자기 흐느끼는 목소리로 그녀를 향해 두 손을 뻗으며 소리쳤다.

"카챠, 왜 나를 파멸시킨 거야!"

그러면서 온 법정을 향해 큰 소리로 흐느끼다시피 했다. 하지만 금세 자제력을 발휘하더니 또다시 소리쳤다.

"이제 난 선고를 받았노라!"

그러고 나서는 이를 악물고 팔짱을 꽉 낀 채 자기 자리에 못 박힌 듯 있었다. 카체리나 이바노브나는 법정에 그냥 남아서 지정된 좌석에 앉았다. 그녀는 창백했고 그렇게 눈을 내리간 채 앉아 있었다. 그녀의 곁에 있었던 사람들은 그녀가 열병이라도 걸린 듯 오랫동안 온몸을 떨었다고 이야기했다. 이어, 심문을 받기 위해 그루셴카가 나타났다.

나는, 느닷없이 파열하여 정말로 미챠를 파멸시켰다고 할 수 있는 그 파국에 가까이 다가서고 있다. 이 에피소드만 없었더라도 최소한 범죄자에게 관용이라도 베풀어 주었으리라고 나는 확신했으며 이후에 모든 사람들, 법률가들도 그렇게 말하곤 했다. 하지만 이 얘기는 이제 곧 하도록 하겠다. 그전에 그루셴카에 대해 딱 두 마디만 해 두자.

그녀도 역시 완전히 검은색으로 차려입고 어깨에도 아름다운 검은 숄을 두른 채 법정에 나타났다. 예의 그 들리지 않는 걸음걸이로 춤을 추듯, 풍만한 여성들이 흔히 그러지만 몸을 조금씩 흔들면서 그녀는 단 한 번도 오른쪽이나 왼쪽은 돌아보지 않고 재판장만을 바라보면서 증언대로 다가갔다. 내 생각에 그녀는 그 순간 매우 예뻤으며, 나중에 부인네들이 주장한 대로, 전혀 창백하지도 않았다. 그녀의 얼굴이 왠지 몹시 긴장되어 있고 독기가 서려 있었다는 주장도 있었다. 하지만 내 생각으론 그저, 스캔들을 갈망하는 우리 방청객들의 호기심과 경멸에 찬 시선들을 온몸으로 받아 내느라 힘겨웠던 나머지 신경이 날카로워져 있을 뿐이었다. 그녀는 원래 경멸을 참지 못하는 오만한 성격의 소유자로서 누군가가 자기를 경멸한다는 의심이 조금이라도 들라치면──그 즉시 분노에 사로잡혀 반격을 가하려는 욕망으로 발끈 달아오르는 그런 사람들 중 하나였다. 이와 더불어 물론 소심한 구석도 많았고 또 이 소심함으로 인해 내적으로 수치심을 느끼기도 했기 때문에 그녀의 말이 들쭉날쭉한 것은 당연한 일이었다. 분노에 사로잡히는가 하면, 경멸감에 차서 너무나 거칠어지기도 하고, 또 갑자기 마음에서 우러나오는 참된 자기비판, 자기 비난의 음조가 울려 나오기도 했다. 이따금씩은 꼭 어떤 심연 속으로 뛰어들듯 '어떻게 되든 무슨 상관인가, 어쨌거나 나는 내 할 말을 할 거다……'라는 식으로 말하고 있었다. 표도르 파블로비치와 알고 지내게 된 것에 관해서 그녀는 "다 쓸데없는 소리입니다, 그 노인이 저한테 치근거렸다고 해서 제가 무슨 죄라도 지은 건 아니잖습니까?"라고 딱 잘라 말했다. 하지만 잠시 뒤에는 곧 "모든 게 다 제 잘못이에요, 저는 양쪽을 다—그러니까 노인도, 저 사람도—다 놀려 먹었고 그러다가 그들 두 사람을 다 이 지경으로 만들었습니다. 모든 일이 저 때문이에요."라고 덧붙였다. 어쩌다가 삼소노프 얘기까지 나오게 되자 그 즉시 어떤 뻔뻔스럽고 도전적인 어조로 "누구든 무슨 상관이에요."라며 대거리를 했다. "그분은 제 은인이었어요, 부모님이 저를 오두막에서 내쫓았을 때 그분은 맨발이었던 저를 거둬 주었으니까요." 재판장은 극히 정중하긴 했지만 여하튼 쓸데없는 일을 자질구레하게 늘어놓지 말고 묻는 질문에만 대답을 하라며 그녀에게 주의를 주었다. 그루센카는 얼굴을 붉혔고 눈을 번득였다.

돈뭉치에 관한 한, 그녀는 그것을 본 적은 없고 다만 표도르 파블로비치에게 3000이 든 무슨 돈뭉치가 있다는 얘기를 '악당'으로부터 들었다는 것이었다.

"하지만 이건 다 바보짓이에요, 저는 비웃었어요, 어떤 일이 있어도 그리로 가진 않았을 테니까요……."

"누구를 두고서 지금 '악당'이라고 하신 겁니까?" 검사가 물었다.

"그 하인, 자기 주인 나리를 죽이고 어제 목을 맨 스메르쟈코프 말이죠."

물론, 순식간에 그녀에겐 그렇게 단호하게 그를 지목할 만한 어떤 근거가 있는가, 하는 질문이 떨어졌지만, 알고 보니 그녀에게도 역시 어떤 근거도 없었다.

"드미트리 표도로비치가 직접 저에게 그렇게 말했습니다, 여러분도 저분의 말을 믿으세요. 저 훼방꾼이 저분을 파멸시켰어요, 정말이라니까요, 모든 게 다 저 여자 때문이에요, 정말로요." 그루셴카는 증오에 겨워 온몸을 떨면서 이렇게 덧붙였는데, 그녀의 목소리에는 독기가 서려 있었다.

다시금 누구를 암시하는 것이냐는 질문이 떨어졌다.

"저기 저 아가씨, 바로 저 카체리나 이바노브나 말이죠. 그때 저를 자기 집으로 불러서 초콜릿을 대접했는데, 그러면서 저를 구워삶으려고 했어요. 진정 염치고 뭐고 거의 없는 여자예요, 정말로요……."

그러자 재판장은 이젠 엄격하게 그녀를 제지하면서 지나친 표현은 삼가라고 부탁했다. 하지만 질투심에 사로잡힌 여자의 마음은 이미 불타올랐고, 그녀는 심연 속으로라도 뛰어들 태세였던 것이다…….

"모크로예 미올에서 피고가 체포되었을 당시"라면서 검사가 기억을 더듬으며 물었다. "당신이 다른 방에서 뛰어나오며 '모든 게 내 잘못이에요, 감옥이라도 함께 가겠어요!'라고 소리치는 것을 모든 사람들이 보았고 또 들었습니다. 그러니까 그 순간 당신은 이미, 그가 아버지를 죽인 범인이라고 확신하셨던 거죠?"

"그 당시 제 감정이 어땠는지는 기억나지 않는군요." 그루셴카가 대답했다. "다들 그때 저분이 아버지를 죽였다고 소리쳤고, 저는 이건 내 잘못이다, 나 때문에 그이가 살인을 저질렀다고 느꼈습니다. 하지만 저분이 자신은 무죄라고 말하자, 저는 그 즉시 저분의 말을 믿게 됐고 지금도 그렇게 믿고 있고 또 언제나 그렇게 믿을 겁니다. 절대로 거짓말을 할 사람이 아니거든요."

페츄코비치가 질문할 차례가 되었다. 그런데 내 기억에 그는 라키친에 대해, 그러니까 '알렉세이 표도로비치 카라마조프를 당신 집에 데려왔기 때문에' 25루블을 준 일에 대해 물었다.

"그 사람이 돈을 받은 것이 뭐 놀라운 일입니까." 그루셴카는 경멸과 악의에 찬 웃음을 보였다. "그 사람은 늘 돈을 뜯어가려고 저를 찾아왔고 한 달에 대략 30루블씩은 가져가곤 했으며 대부분은 다 놀고먹는 데 썼을 겁니다. 어차피 제가 그렇게 오냐오냐해 주지 않아도 먹고살 만한 돈 정도는 있었으니까요."

"무슨 연유로 라키친 씨에게 그토록 관대하셨던 겁니까?" 재판장이 심하게 몸을 들썩거리며 주의를 주었음에도, 페츄코비치는 이렇게 그루셴카의 말을 받았다.

"아니, 그 사람은 저의 이종사촌 동생이잖습니까. 저의 어머니와 그 사람의 어머니는 친자매예요. 다만 그 사람은 여기 아무에게도 이 말을 하지 말아 달라고 줄곧 저에게 애원했죠, 저를 매우 수치스럽게 여기거든요."

이 새로운 사실은 모든 사람들에게 전혀 예기치 못한 것이었으니, 지금까지 온 도시를 통틀어, 심지어 수도원에서도 아무도, 심지어 미챠도 이 사실을 몰랐던 것이다. 사람들 얘기론, 그때 라키친은 너무 창피한 나머지 자기 자리에 앉은 채로 얼굴이 붉으락푸르락했다는 것이었다. 그루셴카는 법정에 들어오기 전부터 그가 미챠에게 불리한 증언을 했다는 것을 어떻게 알게 되었고 그 때문에 약이 올랐던 것이다. 라키친 씨가 아까 한 연설, 그러니까 그 모든 고매함, 농노제와 러시아의 시민적 무질서에 대한 그 모든 공격──이 모든 것에 대한 방청석의 여론이 이번에 완전히 말소되고 파괴되어 버렸다. 페츄코비치는 만족스러웠다. 이번에도 하늘이 그를 도운 것이 아니겠는가. 대체로 그루셴카가 심문을 받은 시간은 그다지 길지도 않았거니와, 더욱이 물론 그녀가 무슨 특별히 새로운 얘기를 알려 준 것도 아니었다. 그녀가 증언을 끝마치고 카체리나 이바노브나로부터 상당히 멀리 떨어진 법정의 자리에 앉았을 때, 경멸이 담긴 수백 개의 시선들이 그녀에게로 집중되었다. 그녀가 질문을 받는 동안 내내, 미챠는 눈을 바닥에 떨어뜨린 채 화석이 된 양 침묵을 고수했다.

이반 표도로비치가 증인으로 나타났다.

5 갑작스러운 파국

여기서 한 가지 지적하자면, 원래 이반은 알료샤보다 먼저 출두 요청을 받았다. 하지만 그때 집행관은 재판장에게 증인이 갑자기 건강 상태가 악화되었는지 무슨 발작이 일어났는지 여하간 지금은 출두할 수 없지만 몸이 회복되는 즉시 증언 준비를 갖출 것이라고 보고했다. 그런데 어째서인지 아무도 이 말을 듣지 못하고 있다가 이미 나중에 가서야 알게 되었다. 그의 출현은 첫 순간에는 거의 눈에 띄지 않았다. 주요 증인들, 특히 연적 관계에 있는 두 여성들이 이미 심문을 끝낸 뒤였으므로, 일단 호기심은 충족되었던 셈이었다. 방청석에서는 심지어 피로감마저 느껴졌다. 아직 증인이 몇 명 더 남아 있었지만, 이미 모든 것이 웬만큼 알려진 만큼 분명히 이들도 별달리 특별한 얘기를 해 줄 것 같지는 않았다. 하지만 시간은 가고 있었다. 이반 표도로비치는 인상을 꽉 쓴 채 뭔가 골똘히 생각에 잠긴 양 아무도 쳐다보지 않고 심지어 고개마저 떨어뜨리곤 어쩐지 놀라울 정도로 천천히 걸어 나왔다. 옷차림은 나무랄 데 없었지만 그의 얼굴은, 적어도 나에게는, 병적인 인상을 불러일으켰다. 그 얼굴은 흡사 흙을 끼얹은 듯한, 뭔가 죽어 가는 사람의 얼굴을 닮은 듯했던 것이다. 눈도 흐리멍덩했다. 그런 눈을 들어 그는 천천히 법정을 훑어보았다. 알료샤가 갑자기 자신의 자리에서 벌떡 일어나다시피 하면서 아! 하고 신음을 내질렀다. 나는 이것을 기억하고 있다. 하지만 이것을 포착한 사람은 거의 없었다.

재판장은 그에게 선서 없이 증언해도 된다, 증언을 해도 되고 침묵해도 된다, 하지만 증언을 할 시엔 물론 모두 양심에 근거한 것이어야 된다는 것 등을 얘기해 주었다. 이반 표도로비치는 이런 말을 들으며 흐리멍덩한 시선으로 재판장을 바라보았다. 하지만 갑자기 그의 얼굴에 천천히 미소가 번지기 시작했고, 놀란 눈으로 그를 바라보던 재판장이 말을 끝마치자마자 갑자기 웃음을 터뜨렸다.

"또 뭐가 있습니까?" 그가 큰 소리로 물었다.

법정 안이 온통 잠잠해졌으니, 뭔가가 감지된 듯했다. 재판장은 슬슬 불안해졌다.

"당신은…… 아직 건강이 썩 좋지 않으신 듯한데요?" 그는 눈으로 집행관을 찾으면서 이렇게 말을 했다.

"염려하지 마십시오, 재판장님, 저는 충분히 건강할뿐더러 흥미진진한 얘기도 좀 해 드릴 수 있습니다." 갑자기 이반 표도로비치가 완전히 차분하고 공손한 어조로 대답했다.

"뭐 특별히 알릴 것이 있습니까?" 재판장은 여전히 못 믿겠다는 듯 계속했다.

이반 표도로비치는 시선을 내리깔고 몇 초간 뜸을 들이더니, 다시 고개를 들고 더듬거리듯 다음과 같이 대답했다.

"아니요…… 없습니다. 어떤 특별한 것도 없습니다."

그에게 질문이 던져지기 시작했다. 그는 왠지 전혀 내키지 않는 일을 억지로 한다는 듯 간략하게 대답했고 왠지 점점 더 혐오감마저 내비치기 시작했는데, 그래도 어쨌거나 대답에는 조리가 있었다. 대부분의 질문에 대해서 모른다고 딱 잡아떼

기도 했다. 아버지와 드미트리 표도로비치 사이의 금전 문제에 대해서는 아무것도 모른다고 했다. '게다가 그 일엔 관심도 없었다.'라고 내뱉기도 했다. 아버지를 죽이겠다는 협박에 대해서는 피고로부터 들은 적이 있다고 했다. 돈뭉치에 대해선 스메르쟈코프에게서 들었다고 했다⋯⋯.

"다 똑같은 얘기뿐입니다." 그는 갑자기 피로에 지친 표정으로 말을 끊었다. "저로서는 이 법정에서 특별히 더 할 말도 없습니다."

"제가 보기에 건강이 좋지 않으신 것 같군요. 당신의 심정도 이해하고요⋯⋯." 재판장이 말을 꺼냈다.

그는 필요한 경우에는 질문을 하라는 듯 양쪽을, 즉 검사와 변호사 쪽을 바라보았는데, 그러자 갑자기 이반 표도로비치가 녹초가 된 듯한 목소리로 부탁했다.

"저를 이만 보내 주십시오, 재판장님, 몸이 몹시 안 좋군요."

이렇게 말한 뒤 그는 허락도 기다리지 않고 갑자기 몸을 획 돌려 법정에서 나가려고 했다. 하지만 서너 발짝쯤 걸어가다가 걸음을 멈추고서 갑자기 무슨 생각이 났는지 조용히 피식 웃더니 다시금 제자리로 돌아왔다.

"저는, 재판장님, 저 시골 처녀와 같습니다⋯⋯. 알고 계시죠, '내키면 발딱 일어나고, 안 내키면 발딱 일어나지 않을 거예요.'라던가요. 그러면 사람들이 사라판[45]이나 치마 따위를 들고 처녀 뒤를 쫓아가는데, 처녀를 일어나게 한 다음 돌돌

---

45) 러시아 평민 여성들이 입는 소매 없는 긴 옷.

묶어서 결혼시키려 데려가려는 거죠. 그럴 때 그녀는 '내키면 폴짝 뛰어들고, 안 내키면 폴짝 뛰어들지 않을 거예요.'라고 말하죠……. 이건 말하자면 우리의 민족성인 건데……."

"무슨 말씀을 하시고 싶어서 이러십니까?" 재판장이 엄격하게 물었다.

"자 여기" 하면서 갑자기 이반 표도로비치가 돈뭉치를 꺼냈다. "자 여기 돈이 있습니다……. 문제의 그 봉투 속에 들어 있던 돈입니다." 그는 물증이 놓인 책상을 향해 고갯짓을 했다. "이것 때문에 아버지가 살해당했습니다. 어디다 놓을까요? 집행관님, 좀 전해 주시죠."

집행관은 돈 봉투를 통째로 받아서 재판장에게 전해 주었다.

"어떻게 이 돈을 당신이 갖고 있을 수 있게 되었습니까…… 만약 이것이 정말 문제의 그 돈이라면요?" 재판장은 놀라면서 물었다.

"스메르쟈코프, 그 살인자한테서 어제 받은 겁니다. 그놈이 목을 매기 직전 그놈 집엘 갔습니다. 아버지를 죽인 건 그놈입니다, 형님이 아니라요. 그놈이 죽였고, 저는 그놈에게 죽이라고 교사했던 거죠……. 아버지의 죽음을 바라지 않은 사람이 누가 있겠습니까……?"

"지금 제정신이십니까, 예?" 재판장의 입에서는 저도 모르게 이런 말이 튀어나왔다.

"물론 여부가 있겠습니까, 그야말로 제정신이죠……. 그것도 비열할 정도로 제정신입니다, 당신과 마찬가지로, 아니, 여기 이 모든…… 낯──낯짝들과 마찬가지로!" 그가 갑자기 청중을 향해 몸을 돌렸다. "다들 아비를 죽여 놓고선 놀란 척 연기를 하고 있어." 그는 분노에 찬 경멸을 내보이며 부득부득 이를 갈았다. "서로가 서로를 앞에 두고 모르는 척하고 있는 꼴락서니라니. 거짓말쟁이들! 다들 아버지의 죽음을 바라고 있어. 한 마리의 독사가 또 다른 독사를 잡아먹는 거야……. 친부 살해 사건이 없었더라면 다들 화를 내며 성질이 난 상태로 각자 집으로 갔겠지……. 볼거리를 달라! '빵과 볼거리를 달라!' 하긴 나도 만만찮은 놈이지! 당신들한테 혹시 물 좀 없소, 물이나 잔뜩 마시도록 해 주시죠, 제발!" 그러고서 그는 갑자기 자신의 머리를 움켜쥐었다.

집행관은 그 즉시 그에게로 다가갔다. 알료샤가 갑자기 벌떡 일어나서 "형님은 아픕니다, 형님의 말을 믿지 마세요, 형님은 섬망증에 걸렸어요!"라고 소리쳤다. 카체리나 이바노브나는 저돌적으로 자기 의자에서 일어나 너무 무서운 나머지 옴짝달싹도 하지 못하고 이반 표도로비치를 바라볼 뿐이었다. 미챠는 자리에서 일어나 어쩐지 이 모든 게 기괴하다는 듯 삐뚜름한 미소를 지으며 탐욕스러운 시선으로 동생을 바라보면서 그의 말을 듣고 있었다.

"진정하십시오, 저는 미친놈이 아니라 그냥 살인자일 뿐이니까요!" 다시금 이반이 말을 시작했다. "살인자에게 멋진 웅변을 요구할 순 없잖습니까……." 그는 무엇을 위해서인지 갑자기 이렇게 덧붙이곤 삐뚜름하게 웃기 시작했다.

검사는 눈에 확 뜨일 만큼 당혹스러운 기색을 드러내며 재판장 쪽으로 몸을 굽혔다. 재판 임원들도 서로 부산스럽게 속닥댔다. 페츄코비치는 엿듣기 위해서 귀를 쫑긋 세웠다. 법정 안은 기대감에 부풀어 숨을 죽였다. 재판장은 갑자기 정신을 차린 듯했다.

"증인, 당신의 말은 이해도 안 될뿐더러 이런 곳에서 할 수 있는 말이 아닙니다. 제발 진정해 주십시오, 그리고 말씀을 계속하시지요…… 정말로 뭔가 말씀하실 게 있다면 말입니다. 과연 무엇으로 그런 증언을 뒷받침할 수 있습니까…… 만약 그게 한낱 미망에 들뜬 헛소리가 아니라면요?"

"바로 그게 문제라는 겁니다, 증인이 없거든요. 그 개 같은 스메르쟈코프 놈이 저세상에서 자신의 증언을…… 봉투에 담아 보내 주진 않을 테니까요. 여러분한테는 어쨌거나 봉투가 참 많이도 필요하겠지만, 사실 이거 하나면 충분합니다. 저에게 증인은 없습니다…… 딱 한 놈을 빼면 말이죠." 그는 생각에 잠긴 듯 피식 웃었다.

"당신의 증인은 누구입니까?"

"꼬리가 달려 있는 놈인데, 재판장님, 이러면 영 형식에 맞지 않지 않습니까! 원래 악마란 더 이상 존재하지 않는데 말이죠!(Le diable n'existe point!) 신경 쓰지 마십시오, 걸레쪽처럼 하찮은 악마니까요." 그는 갑자기 웃음을 멈추고 친근한 척 굴면서 덧붙였다. "녀석은 아마 여기 어디에, 바로 저기 물증이 놓인 저 책상 밑에 있을 겁니다. 저기가 아니라면 녀석이 대체 어디에 앉아 있겠습니까? 보십시오, 제 말을 들어 보십시오. 저는 그놈한테 잠자코 있진 않겠다고 말했습니다. 그런데도 그놈은 지질학적 변동에 대한 얘기를 끄집어 내면서……. 하나

같이 멍청한 소리죠! 자, 저 불한당을 풀어 주시죠…… 저 불한당이 찬송가를 부르기 시작한 건 마음이 그만큼 홀가분해졌기 때문이죠! 술 취한 협잡꾼이 '반카는 피체르로 떠났네.'라고 목청껏 떠들어 대든 말든, 나는 이 초의 기쁨을 위해서라면 1000조 킬로미터의 또 1000조 킬로미터라도 기꺼이 내주련만. 당신은 저를 모르고 있습니다! 오, 여러분이 하는 이모든 짓이 죄다 얼마나 멍청한지! 자, 형님 대신 저를 잡아가시죠! 내가 온 건 무슨 목적이 있어서였는데……. 왜, 대체 왜하나부터 열까지 죄다 이렇게 멍청하기만 한 거야……!"

그러고서 그는 다시 천천히, 생각에 잠긴 듯 법정을 둘러보기 시작했다. 하지만 좌중은 이미 술렁이고 있었다. 알료샤는 자리에서 일어나 형을 향해 달려가려 했지만 집행관이 벌써 이반 표도로비치의 팔을 붙잡아 버렸다.

"이건 또 뭐야?" 그는 집행관의 얼굴을 뚫어져라 바라보며 이렇게 소리치곤 갑자기 상대방의 어깨를 꽉 움켜쥐고 몹시 성이 난 듯 마룻바닥으로 내동댕이쳤다. 하지만 벌써 경비원이 달려와 그를 붙잡았고, 그러자 그는 고래고래 소리를 지르며 광포하게 울부짖기 시작했다. 그렇게 끌려 나가는 와중에도 줄곧 뭔가 조리가 닿지 않는 말을 외치면서 울부짖었다.

일대 소란이 일어났다. 나는 그 모든 것을 제대로 기억할 수도 없다. 나 자신도 흥분했었기 때문에 사태의 추이를 제대로 쫓아갈 수 없었던 것이다. 내가 알고 있는 것은 나중에 이미 다 진정이 되고 다들 문제의 핵심이 무엇인지를 깨달았을 때 여하튼 집행관이 어쨌거나 질책을 당했다는 것뿐이다. 사실,

집행관은 증인이 이 일이 있기 한 시간쯤 전에 가벼운 구토증이 있어 의사의 진찰을 받긴 했지만 건강 상태가 줄곧 양호했고 법정 안으로 들어오기 전까지도 줄곧 말도 조리 있게 잘했기 때문에 이럴 줄은 정말 몰랐다며 상부에 조목조목 해명을 했다. 게다가 꼭 증언을 해야겠다고 고집을 부린 건 오히려 증인 쪽이었노라고 말이다. 그나저나 사람들이 다소나마 진정이 되어 냉정을 되찾기도 전에, 앞선 소동에 이어 곧장 또 다른 소동이 일어나 버렸다. 카체리나 이바노브나가 히스테리 발작을 일으킨 것이다. 그녀는 큰 소리로 째지는 듯한 비명을 내지르며 흐느껴 울었지만 법정을 떠날 생각은 하지 않고 제발 자기를 끌어내지 말라고 애원하면서 몸부림을 치더니, 갑자기 재판장에게 다음과 같이 소리쳤다.

"저는 한 가지 더 증언할 게 있습니다, 그것도 당장…… 지금 당장……! 여기 서류가, 편지가 있습니다…… 가져가서 어서 빨리 읽어 주세요, 어서 빨리……! 이것은 저 불한당 같은 인간이 쓴 편지예요, 바로 저 인간, 저 인간이!" 그러면서 그녀는 미챠를 가리켰다. "아버지를 죽인 건 저 인간이에요, 여러분은 지금 보시게 될 겁니다, 저 인간은 저한테 자기 아버지를 죽일 거라고 쓰고 있습니다! 하지만 저 동생분은 환자, 환자예요, 저분은 섬망증을 앓고 있단 말이에요! 저는 벌써 사흘째 저분이 섬망증을 앓고 있는 걸 보고 있어요!"

이렇게 그녀는 앞뒤를 잃고 소리를 질러 댔다. 집행관은 그녀가 재판장을 향해 뻗은 종이를 받았고, 그녀는 자기 자리에 털썩 주저앉아 얼굴을 가린 채 경련이라도 인 듯 소리 없이 흐느끼기 시작했는데 자기를 법정 밖으로 내보낼까 두려웠는지 몸을 부들부들 떨면서도 조그만 신음 소리조차 억누르고 있었다. 그녀가 제시한 서류는 이반 표도로비치가 '수학적인' 중요성을 가진 서류라고 부른, 미챠가 음식점 '수도'에서 쓴 바로 그 편지였다. 정말 안타까운 일이다! 이 서류가 수학적 증거나 다름없다는 것을 재판진도 인정하고 말았으니, 이 편지만 없었다면 아마 미챠도 파멸하지 않았을 것, 적어도 그렇게 끔찍하게 파멸하지는 않았을 것이다. 반복하건대, 세부 사항을 일일이 추적하기는 어려웠다. 내겐 지금도 이 모든 일이 그때 같은 일대 소란처럼 떠오른다. 응당 재판장은 그 즉시 새로운 서류를 재판진, 검사, 변호사, 배심원 들에게 알렸을 것이다. 내가 기억나는 것은 오로지 그녀에 대한 증인 심문이 시작되었다는 점뿐이다. 재판장이 진정이 되었냐고 부드럽게 묻자 카체리나 이바노브나는 맹렬하게 소리쳤다.

"예, 준비됐습니다, 준비됐어요! 충분히 답변할 수 있는 상태입니다." 그녀는 이렇게 덧붙였는데, 무엇 때문인지 자기 말을 경청해 주지 않을까 봐 점점 더 많이 걱정하는 기색이 역력했다. 그녀에게 보다 더 자세히 설명해 달라는 요구가 떨어졌다. 이 편지는 어떤 것인가, 어떤 상황에서 이것을 받았는가? 등.

"제가 이것을 받은 건 바로 범행 전날 밤이었지만, 저 인간이 이걸 쓴 건 하루 전, 즉 범행을 저지르기 이틀 전 음식점에서였습니다——보세요, 이렇게 무슨 계산서 위에 썼잖습니까!" 그녀는 숨을 헐떡이며 소리쳤다. "저 인간은 그때 저를 증오하고 있었습니다. 자기가 비열한 짓을 하고도 저 쌍년의 꽁무니를 쫓아갔으니까…… 또 저한테 이 3000을 빚지고 있었으니까요……. 오, 저 인간은 더러운 짓은 정작 자기가 저질러 놓고선 이 3000 때문에 모욕감을 느꼈던 거예요! 이 3000은 어떻게 된 거냐 하면요——여러분은 제발 제 말을 잘 경청해 주세요, 제발요. 아버지를 죽이기 삼 주 전, 어느 날 아침에 저 인간이 저를 찾아왔습니다. 저는 저 인간에게 돈이 필요하다는 것도, 또 무엇을 위해 그런지도 알고 있었습니다——바로, 바로 저 쌍년을 꾀어 내어 함께 멀리 떠나기 위해서였죠. 저는 그때 저 인간이 변심한 나머지 저를 버리려 한다는 걸 알고 있었고, 그래서 제가 먼저 나서서 그때 저 인간에게 이 돈을 내밀었고 모스크바에 있는 저의 언니에게 부쳐 달라는 식의 제안을 했죠. 돈을 내줄 때 저 인간의 얼굴을 빤히 쳐다보면서 원한다면 '한 달 뒤에' 부쳐도 괜찮다고 말했습니다. 자, 그러니까 저는 저 인간의 눈에 대고 곧바로 '당신한테 돈이 필요한 건 당신의 저 쌍년이 좋아서 나를 배반하기 위해서지, 그래 그 필요한 돈 내가 당신한테 준다, 내가 직접 당신한테 주는 거라고, 가져가, 이 돈을 받을 만큼 염치도 없는 인간이라면 얼마든지 받으란 말이야……!'라고 말한 거나 다름없었고 정말로 저 인간이 이걸 못 알아들었을 리가 없잖습니까. 저는 저 인간의 정체를 폭로하고 싶었던 건데, 어찌 됐겠어요? 저 인간은 그 돈을 받았고, 받아서는 가져갔고, 저 쌍년과 함께 저기서 하룻밤 만에 다 써 버렸어요……. 하지만 저 인간은 다 이해하고 있었어요, 그러니까 내가 모든 것을 알고 있다는 걸 이해했다고요. 정말이에요, 저 인간은 그때 제가 자기에게 돈을 준 것은, 너란 인간이 나한테서 돈을 받을 만큼 염치가 없는 인간인가, 어떤가? 시험하기 위해서였을 뿐이라는 걸 이해했던 거라고요. 저는 저 인간의 눈을 들여다보았고 저 인간도 제 눈을 들여다보면서 모든 것을 이해했어요, 모든 것을 이해했으면서도 받았어요, 그렇게 제 돈을 받아서 가져간 겁니다!"

"맞아, 카챠!" 미챠가 갑자기 울부짖었다. "당신의 눈을 바라보면서 당신이 나를 염치없는 놈으로 만들려고 한다는 걸 이해했지만 어쨌거나 당신의 돈을 받았지! 여러분, 이 비열한 놈을 경멸하십시오, 다들 경멸해 주십시오, 이 몸은 그래도 싼 놈입니다!"

"피고." 하고 재판장이 소리쳤다. "한마디만 더 하면 퇴장 명령을 내리겠소."

"그 돈 때문에 저 인간은 괴로워했습니다." 카챠는 경련이라도 난 듯 서둘러 대며 계속했다. "그 돈을 저에게 돌려주고 싶어 했지만, 그러고 싶어 했지만, 이건 사실입니다, 하지만 저 쌍년을 위하자니 돈이 필요했던 겁니다. 그래서 자기 아버지를 죽였지만 그러고서도 저한테 돈은 돌려주지 않고 오히려 저년을 데리고 그 시골로 갔다가 거기서 체포된 겁니다. 저 인간은 거기서 또다시, 아버지를 죽이고 빼앗은 돈을 죄다 써 버렸어요. 아버지를 죽이기 하루 전날, 저에게 이 편지를 쓴 겁니다, 술에 취한 상태에서 썼던 거죠. 저는 그때 바로 알았어요, 저 인간이 설령 살인을 저지른다고 해도 제가 이 편지를 아무한테도 보여 주지 않을 것을 분명히 알고 있었기에, 그걸 알고 있었기에 악에 받쳐 썼다는 것을. 안 그랬더라면 이런 걸 쓰지도 않았을 테죠. 저 인간은 제가 자기에게 복수하고 싶은 마음도, 또 자기를 파멸시키고 싶은 마음도 없다는 걸 알았던 겁니다! 어쨌거나 읽어 보십시오, 주의 깊게 읽어 보시라고요, 부디 좀 더 주의를 기울여서. 그러면 여러분은 저 인간이 이 편지에 모든 걸, 모든 걸 미리 적어 두었다는 걸 아시게 될 테니까요. 즉, 어떻게 아버지를 죽일 것인가, 아버지의 집 어디에 돈이 놓여 있는가 등. 보십시오, 제발 한 자도 놓치지 말고요. 거기에 '이반이 떠나기만 하면 죽일 테다.'라는 어구가 있습니다. 즉, 저 인간은 어떻게 죽일지를 미리 꼼꼼하게 생각해 뒀던 겁니다." 카체리나 이바노브나는 악의 가득한 기쁨을 감추지 않으며 표독스럽게 재판진에게 일러바쳤다. 오, 그녀가 이 치명적인 편지를 섬세한 부분까지 속속들이 읽었으며 그 한 줄 한 줄을 연구했음이 보였다. "술에 취하지 않았더라면 저한테 편지를 쓰진 않았을 테지만, 어쨌거나 보십시오, 거기 모든 것이 미리 적혀 있는데, 나중에 아버지를 죽인 것과 정말 똑같아요, 이건 그야말로 그 프로그램입니다!"

이렇듯, 그녀는 앞뒤를 잃고 소리를 질렀으며 물론 자기에게 어떤 결과가 생겨도 상관없다는 투였는데, 사실 한 달 전부터, 어쩌면 그때부터 악의에 차 몸을 벌벌 떨면서 '이걸 재판진에게 읽히는 게 어떨까?'라는 꿈을 꾸어 왔던 만큼 그 결과쯤은 미리 예견했는지도 모른다. 이제는 꼭 산 위에서 뛰어내린 거나 마찬가지였다. 바로 그 자리에서 편지가 서기에 의해 큰 소리로 낭독되자 가히 전율할 만한 인상을 불러일으켰던 것이 기억난다. 미차에게 "이 편지를 인정하십니까?"라는 질문이 던져졌다.

"예, 제가 쓴 편지가 맞습니다!" 미챠가 소리쳤다. "술에 취하지 않았다면 안 썼을 겁니다……! 이런저런 일이 많았기 때문에 우리는 서로를 증오해 왔지, 카챠, 하지만 맹세코, 맹세코, 나는 당신을 증오하면서도 사랑했지만, 당신은 내게 그러지 않았던 거야!"

그는 절망에 차서 양손을 뭉개며 자리에 털썩 주저앉았다. 검사와 변호사는 번갈아 가며 질문을 던지기 시작했는데, 주된 요지는 '왜 당신은 아까까지만 해도 이 서류를 숨겼으며 또 조금 전에는 완전히 다른 기분과 어조로 증언을 했던 것인가.'였다.

"그래요, 그렇습니다, 아까 저는 거짓말을 했습니다, 명예와 양심에 반하는 거짓말이었죠. 하지만 아까는 저 사람을 구하고 싶었습니다. 왜냐면 저 사람이 저를 그토록 증오하고 또 증오했으니까요." 카챠는 미친 여자처럼 소리쳤다. "오, 저 사람은 저를 끔찍할 정도로 경멸했습니다, 언제나 경멸했습니다. 그러니까, 그러니까 그때 제가 그 돈 때문에 저 사람의 발밑에 몸을 숙였던 그 순간부터 저를 경멸해 온 거예요. 저는 그걸 눈치챘어요……. 그때 곧바로 그걸 느꼈지만 오랫동안 저 자신의 느낌을 믿지 못했습니다. 저는 저 사람의 눈 속에서 몇 번이나 '어쨌거나 당신은 그때 제 발로 나를 찾아왔던 거야.'라는 말을 읽었습니다. 오, 저 사람은 이해하지 못했어요, 제가 그때 왜 달려갔는지 전혀 이해하지 못했어요, 오직 더러운 생각만 할 줄 아는 인간이니까! 저 사람은 자기 잣대로 판단해선 다들 자기와 똑같다고 생각했어요." 카챠는 너무 분해서 부득부득 이를 갈았는데 이제는 완전히 미친 듯 흥분해 있었다. "저 사람이 저와 결혼하고 싶어 했던 것은 오직 제가 유산을 받았기 때문, 그 때문이에요! 저는 언제나 그 때문이 아닐까 하고 의심해 왔어요! 오, 저 사람은 짐승만도 못해요! 제가 제 발로 저 사람을 찾아갔다는 것을 수치스럽게 여겨 한평생 저 사람 앞에서 절절매게 될 거라고, 그걸 빌미로 영원히 저를 경멸해도 괜찮고 또 그렇기 때문에 주도권을 쥘 수 있으리라고 평생 확신했던 겁니다——저 사람이 저와 결혼하려고 했던 건 바로 이런 이유에서였어요! 그래요, 이 모든 것이 정말 그렇다니까요! 저는 저의 사랑으로, 무한한 사랑으로 저 사람을 정복하고자 했고 심지어 저 사람의 배반마저도 참으려고 했지만 저 사람은 아무것도, 아무것도 알아주질 않았어요. 아니, 저 인간이 뭐든 제대로 알아먹을 수 있는 작자인가요, 어디! 정말 불한당 같은 인간인걸요! 이 편지를 저는 다음 날 저녁에야 받았습니다, 선술집에서 제 앞으로 배달되었지요. 아침만 해도, 그날 아침만 해도 저는 모든 걸, 심지어 배반까지도 용서하고 싶었단 말입니다!"

물론, 재판장과 검사는 그녀를 진정시키려고 했다. 나는 그들이 모두, 아니, 그 누구보다도 그들 자신이 그녀의 광기 어린 흥분을 이용하여 이런 고백을 듣는 것이 부끄러웠으리라고 확신한다. 내 기억으론, 그들이 그녀에게 '우리는 당신이 얼마나 힘든지 이해한다, 믿어 달라, 우리도 감정이 있는 사람이다.' 등의 얘기를 했던 것을 들었지만, 어쨌거나 그럼에도 히스테리와 광기에 휩싸인 여자에게서 제법 괜찮은 증언을 끌어냈던 셈이다. 끝으로 그녀는 이반 표도로비치가 요 두 달 내내 '저 불한당 같은 살인자'인 자신의 형을 구하겠다는 일념에 사로잡힌 나머지 거의 미치게 된 경위를 굉장히 명료하게 묘사했는데, 비록 일순간이긴 하지만 저렇게 긴장된 상태에도 이런 명료함이 나타나는 순간이 있지 않은가.

"그분은 스스로를 괴롭혔습니다." 그녀가 소리쳤다. "그분은 자기도 아버지를 좋아하지 않았고 어쩌면 자신이 아버지의 죽음을 바랐는지도 모른다고 저에게 고백하면서 줄곧 자기 형님의 죄를 덜어 주고 싶어 했습니다. 오, 이 얼마나 깊고도 깊은 양심입니까! 그분은 양심의 가책을 받으며 스스로를 죽도록 괴롭혔습니다! 저에게 모든 것을 털어놨어요, 모든 것을. 그분은 매일 저를 찾아와 자신의 유일한 벗인 저와 얘기를 나눴습니다. 영광스럽게도, 저는 그분의 유일한 벗입니다!" 그녀가 갑자기 눈을 번득이면서 꼭 도전장이라도 던지듯 외쳤다. "그분은 두 번에 걸쳐 스메르쟈코프를 찾아갔습니다. 어느 날 그분은 저한테 와서 이렇게 말했어요. 즉, 살인을 한 것이 형이 아니라 스메르쟈코프라면(이렇게 스메르쟈코프가 살인을 저질렀다는 소문이 무슨 우화처럼 쫙 퍼져 있었으니까요.) 어쩌면 나도 유죄일지 모른다, 왜냐면 스메르쟈코프는 내가 아버지를 좋아하지 않는 걸 알고 있었기 때문에 어쩌면 내가 아버지의 죽음을 바라고 있다고 생각했을 수도 있다, 하고요. 그때 저는 이 편지를 꺼내서 그분에게 보여 주었고, 그분은 살인을 저지른 것이 형님이라고 완전히 확신하게 됐는데, 이것 때문에 그분은 이미 심한 충격을 받았던 것이죠. 그분은 자신의 친형님이 아버지를 죽인 살인자라라는 것을 견딜 수 없었던 겁니다! 일주일 전부터 저는 그분이 이로 인해 몸이 편치 않다는 것을 알고 있었습니다. 최근 그분은 저의 집에 와 있으면서도 미망에 들떠 헛소리를 하곤 했어요. 저는 그분의 정신이 온전치 않다는 걸 알았어요. 길을 걸으면서도 그렇게 헛소리를 했던 모양이에요, 길거리에서 사람들이 그런 모습을 봤다고들 하니까요. 모스크바에서 온 의사는 저의 부탁대로 그저께 그분을 진찰해 보고는 저에게 그분이 섬망증 증세를 보인다고 말했습니다. 이 모든 것이 저 인간, 저 불한당 같은 인간 때문입니다! 그러다가 어제 스메르쟈코프가 죽었다는 것을 알게 됐어요. 이 때문에 그분은 너무나 충격을 받은 나머지 미쳐 버린 겁니다…… 모든 게 다 저 불한당 같은 인간 때문이에요, 저 불한당 같은 인간을 구하려는 생각 때문이에요!"

오, 물론 이런 말이나 이런 고백은 어쨌거나 일생에서 꼭 한 번—그것도 예컨대 단두대에 오를 때처럼 죽음 직전의 순간에만 가능한 것이다. 하지만 카챠는 원래 그럴 만한 성격이었던 데다가 바로 그런 순간에 처해 있었던 것이다. 이것이야말로 그때 아버지를 구하기 위해 젊은 난봉꾼 앞에 몸을 던졌던 바로 그 저돌적인 카챠의 모습이었다. 또한 그런 여자였기 때문에, 아까 저 방청객 앞에서 오로지 미챠를 기다리고 있는 운명을 조금이나마 완화하기 위해 '미챠의 고귀한 행위'에 대해 이야기함으로써 오만하고 순결한 몸으로 자기 자신을, 자신의 처녀로시의 수지심을 희생할 수 있었던 것이다. 또한 바로 지금 정확히 그런 식으로 그녀는 역시나 스스로를 희생했다. 하지만 이미 이건 다른 사람을 위해서였으니, 어쩌면 오로지 이제야, 이 순간에 와서야 비로소 처음으로 자기 자신에게 이 다른 사람이 얼마나 소중한지를 절실히 느끼고 깨달았을 것이다! 그녀는 그가 살인자는 형이 아니라 바로 그 자신이라는 증언을 함으로써 스스로를 파멸시켰노라는 생각이 들자, 그가 걱정이 되어 경악에 사로잡힌 채 스스로를 희생했으니, 그, 그의 명예와 그의 평판을 회복시키기 위해 스스로를 희생했던 것이다! 하지만 언뜻 무서운 생각이 들었다. 즉, 미챠와 자신의 옛 관계를 묘사함에 있어서 혹시 미챠를 모함할 만한 거짓말을 한 건 아닐까──바로 이런 의문이 들었던 것이다. 하지만 아니다, 아니었다, 그녀는 자기가 이마가 땅에 닿을 정도로 절을 한 일 때문에 미챠가 자기를 경멸해 왔다고 소리쳤지만, 이건 일부러 미챠를 모함한 것이 절대 아니었다! 오히려 그녀 자신이 이렇노라고 믿고 있었고 그녀는 어쩌면 그렇게 절을 했을 때부터, 그전까지만 해도 자기를 숭배해 온 순진한 미챠가 자기를 비웃고 경멸하고 있노라고 마음속 깊이 확신했던 것이다. 그래서 그저 자존심 때문에, 자존심에 상처를 입었기 때문에 그때 그녀가 먼저 미챠에게 히스테릭하고 분열된 사랑을 바쳤던 것이며, 고로 이 사랑은 사랑이 아니라 복수와도 같은 것이었다. 오, 어쩌면 이 분열된 사랑도 진짜 사랑으로 자라날 수 있었으리라. 카챠는 오로지 이것만을 바랐지만, 미챠는 배신을 함으로써 그녀를 영혼 깊숙이 모욕해 버렸고 그녀의 영혼은 그것을 절대 용서할 수 없었다. 복수의 순간은 느닷없이 날아왔고, 모욕받은 여성의 가슴속에 그토록 오랫동안 고통스럽게 쌓여 온 모든 것이 한꺼번에, 이번에도 느닷없이 수면 위로 터져 나와 버렸다. 그녀는 미챠를 배반했지만, 자기 자신도 배반했던 것이다! 물론, 속마음을 다 털어놓고 나자 곧 긴장이 탁 풀리면서 수치심이 그녀를 압박해 왔다. 또다시 히스테리가 시작되었고 그녀는 울고불고 소리를 지르며 쓰러졌다. 결국 그녀를 법정 밖으로 데리고 나갔다. 그녀를 데리고 나가는 그 순간, 그루셴카가 울부짖으면서 자기 자리에서 벌떡 일어나 미챠한테로 달려들었는데, 미처 그녀를 제어할 틈도 없었다.

"미챠!" 그녀가 울부짖었다. "당신의 저 뱀 같은 년이 당신을 파멸시켜 버렸어! 여러분, 저년이 바로 이렇게 본색을 드러내고 말았군요!" 그녀는 너무 분해서 몸을 부르르 떨면서 재판진에 소리쳤다. 재판장의 손짓에 따라 그녀를 붙잡아 법정에서 끌어내기 시작했다. 그녀는 쉽사리 굴복하지 않고 몸부림을 치며 다시 미챠한테로 가려고 발버둥쳤다. 미챠도 울부짖으며 역시나 그녀한테로 가려고 발버둥쳤다. 결국, 두 사람은 제압당하고 말았다.

그렇다, 가정하건대, 우리의 구경꾼 부인네들은 만족했으리라. 볼거리가 풍부했으니 말이다. 그다음으로 기억나는 것은 모스크바에서 온 의사가 나온 것이었다. 재판장은 이 일이 있기 전에 이반 표도로비치를 도와주라는 지시를 내리기 위해 집행관을 보내 의사를 불러왔던 모양이다. 의사는 재판진에 환자가 극히 위험한 섬망증 발작을 일으켰기 때문에 즉각 병원으로 이송해야 할 것이라고 보고했다. 검사와 변호사의 질문에 대해서는 환자가 몸소 그저께 자기를 찾아왔고 그때 곧 섬망증을 앓을 것이라고 미리 경고했지만 환자가 치료를 원치 않았다고 확증했다. 그러고서 의사는 "환자는 확실히 정신 상태가 건강하지 못했습니다, 저에게 생시에도 환영을 본다느니 길거리에서 이미 죽은 여러 인물들을 보기도 한다느니 매일 저녁 사탄의 방문을 받는다느니 하는 고백을 직접 했습니다."라며 말을 끝맺었다. 증언을 마친 뒤 고명한 의사는 물러났다. 카체리나 이바노브나가 제시한 편지는 물증에 포함되었다. 재판부는 논의를 거친 뒤 재판의 심리를 계속하되, 예상 밖의 두 증언(카체리나 이바노브나와 이반 표도로비치의 증언)을 모두 조서에 기입하기로 결정했다.

하지만 이어지는 재판의 심리 내용은 더 이상 묘사하지 않겠다. 더욱이 나머지 증인들의 증언은 비록 자기만의 독특한 특성을 갖고 있긴 했지만 그저 앞선 증언들의 반복이나 확증에 불과했다. 하지만 거듭 말하건대, 모든 것이 검사의 논고에서 하나의 점으로 수렴될 것이므로 나는 이제 그 얘기로 넘어가도록 하겠다. 다들 흥분해 있었고 다들 최후의 파국 덕택에 전기 충격이라도 받은 양 열렬하게 조바심을 내며 그저 양측의 논고 및 변론, 그리고 선고가 내려지길, 즉 어서 빨리 대단원의 막이 내려지길 기다렸다. 페츄코비치는 카체리나 이바노브나의 증언에 충격을 받은 기색이 역력했다. 대신 검사는 승리감에 차서 기고만장했다. 재판 심리가 끝나자 거의 한 시간 정도 휴정이 선언되었다. 드디어 재판장은 법적 공방을 시작

하게 했다. 이렇게 우리의 검사 이폴리트 키릴로비치가 논고를
시작했을 때는 정확히 저녁 8시였던 것 같다.

6 검사의 논고. 성격 묘사

이폴리트 키릴로비치는 논고를 시작했는데, 이마와 관자놀
이로 병적일 만큼 식은땀을 줄줄 흘리고 온몸에 오한과 신열
을 번갈아 느끼면서 온몸을 신경질적으로 파르르 떨었다. 이
건 훗날 그가 직접 한 얘기였다. 그는 이 논고를 자신의 걸작
(chef d'oeuvere), 전 생애의 걸작으로, 즉 자신의 백조의 노래로
간주했다. 사실 그는 구 개월 뒤에 악성 폐결핵으로 죽었고, 따
라서 만약 그가 자신의 종말을 미리 예감했다면 정말로 스스
로를 최후의 노래를 부르는 백조에 비유할 만한 권리를 갖고
있었던 셈이다. 이 논고에 자신의 온 열성과 지혜를 최대한 쏟
아부음으로써 뜻밖에도 자신의 내부에 시민적 감정은 물론이
고 저 '저주받은' 질문들이, 최소한 우리의 가엾은 이폴리트 키
릴로비치가 수용할 수 있는 한 최대한 많이 그 내부에 잠재해
있었음을 증명했다. 무엇보다도, 그의 말이 승리를 거둔 것은
그것이 진실했기 때문이었다. 즉, 그는 진실로 피고의 유죄를
믿었다. 막연히 타인의 주문이나 직무상의 의무감 때문에 '복
수'를 호소하며 피고의 유죄를 주장한 것이 아니라 정말로 '사
회를 구하려는' 소망에 전율하고 있었던 것이다. 결과적으로, 심
지어 이폴리트 기릴로비치에게 적대적이던 우리네 부인네들조

차도 어쨌든 굉장히 큰 감명을 받았음을 인정할 정도였다. 말을 시작할 때는 목소리가 쩍쩍 갈라지고 발작적으로 터져 나오는 듯했지만, 나중에 아주 빨리 목소리에 힘이 들어가서 온 법정이 울릴 정도로 쩌렁쩌렁했으며 논고가 끝날 때까지 그러했다. 하지만 논고를 마치자마자 하마터면 졸도할 지경이 됐다.

"배심원 여러분." 하고 검사는 논고를 시작했다. "본 사건은 러시아 전역을 뒤흔들어 놓았습니다. 하지만 놀랄 일이 뭐가 있으며 공포를 느낄 일이 또 뭐가 있습니까? 우리, 특히 우리가 말이죠? 정말이지 우리는 이와 같은 모든 것에 너무나 익숙해진 사람들이 아닙니까! 이토록 음울한 사건들이 우리에게 거의 더 이상 공포스러운 것이 되지 못한다는 데 바로 우리의 공포가 있는 겁니다! 우리가 정작 공포를 느껴야 되는 대상은 우리의 습관이지, 이런저런 개인의 개별적인 악행이 아닙니다. 도대체 이와 같은 사건들, 우리에게 보이지 않는 미래를 예언해 주는 이와 같은 시대의 깃발들에 대해 우리가 무심하고 또 거의 미온적인 태도를 보이는 원인은 어디에 있는 겁니까? 우리의 냉소주의에 있는 겁니까, 아니면 이렇게 젊은 나이에 이렇게 일찍 노쇠해 버린 사회의 지성과 상상력의 고갈에 있는 겁니까? 근본까지 뒤흔들려 버린 이 도덕 원칙에 있는 겁니까, 아니면, 끝으로, 우리에겐 심지어 이런 도덕 원칙이 아예 없을 수도 있다는 데 있는 겁니까? 저로선 이런 문제를 해결할 수 없지만, 그럼에도 이것은 고통스러운 것이며 시민이라면 누구나 이것으로 인해 고통받아야 되는 정도가 아니라 반드시 그럴 의무가 있습니다. 우리의 언론 매체는 이제

막 시작되어 아직은 소심한 면이 있지만 그래도 이미 사회에 어느 정도 기여를 했습니다. 언론이 자신들의 지면을 통해 작금의 황제 치하에서 우리에게 선사된 새로운 공개 법정[46]을 방문하는 사람들뿐만 아니라 이미 모든 사람에게 방종한 의지와 도덕적 타락으로 인한 저 공포들을 끊임없이 전달하고 있는 만큼, 그것이 없었다면 저 공포들을 얼마간이라도 온전하게 알지는 못했겠지요. 그래서 우리가 거의 매일 읽고 있는 것은 대체 어떤 내용들입니까? 오, 심지어 본 사건마저도 빛바래게 만들 만한, 이미 거의 평범한 뭔가로 보이게 만들 만한 사건들이 매 시각 일어나고 있지 않습니까. 하지만 무엇보다도 중대한 것은 우리의 러시아, 즉 우리의 전 국민적 형사 사건들의 대다수가 어떤 보편적인 것이, 우리에게 익숙해진 어떤 보편적인 재앙이 존재하고 있음을 증명해 준다는 사실인데, 보편적인 악처럼 된 이 재앙과 투쟁한다는 것은 이미 힘든 일입니다. 자, 한때 상류 사회 출신의 젊고 휘황찬란한 장교가 한 명 있었는데, 자신의 인생과 출세를 막 시작할 때 어떤 양심의 가책도 없이 야음을 틈타 야비한 방식으로 일정 부분 과거의 은인이기도 했던 어느 하급 관리와 그의 하녀를 찔러 죽입니다. 자신의 차용 증서, 그리고 관리의 남은 돈을 훔치기 위해서였죠. '앞으로 상류 사회에서 만족을 얻고 출세를 하려면 이렇게 하는 게 도움이 될 거다.'라면서요. 두 사람을 찔러

---

46) 1864년 재판 제도 개혁에 의해 러시아에는 배심원제가 도입되었고 재판 과정이 공개됐다.

죽인 다음엔 두 시신의 머리맡에 베개를 고여 주고 떠납니다. 또, 한때 용맹스러움 덕분에 십자훈장을 받은 한 젊은 영웅이 살인강도처럼 자신의 은인인 장군의 모친을 한길에서 살해한 적이 있는데, 자신의 동료들을 꼬드기면서 '그녀는 자기를 친아들처럼 사랑하니까 자기의 충고라면 모두 따를 것이고 조금도 경계심을 갖지 않을 것'이라고 설득했답니다. 이 사람이 설령 불한당이라고 할지라도, 우리 시대에 이런 불한당이 이 사람밖에 없다고는 감히 말하지 못하겠습니다. 다른 사람도 죽이지 않는다뿐이지, 그와 똑같은 생각을 하고 똑같은 느낌을 가지고 있으며, 결국 마음속으론 그와 똑같이 파렴치한 겁니다. 적막 속에서 자신의 양심과 홀로 남겨진 채 '그래 명예란 게 뭐냔 말이다, 피라는 것도 편견이 아닐까?'라고 자문을 하는지도 모릅니다. 어쩌면 혹자들은 저의 견해에 반기를 들고 제가 워낙 병적이고 히스테릭한 사람이라서 괴물 같은 중상모략을 일삼고 헛소리를 떠들며 과장하는 것이라고 말할지도 모르겠습니다. 하지만 그래도 좋습니다──그리고 정말 그렇다면, 제가 제일 먼저 기뻐할 겁니다! 오, 제 말을 믿지 마십시오, 저를 정신병자로 생각하더라도 어쨌거나 제 말은 기억해 주십시오. 정말이지 제 말이 10분의 1, 아니 20분의 1이라도 사실이라면, 그거야말로 정말로 끔찍한 거 아닙니까! 한번 보십시오, 여러분, 보시라고요, 우리 나라의 젊은이들이 얼마나 많이 자살을 하는지를. 오, '거기엔 무엇이 있을까?'[47]라는 햄릿

---

47) 『햄릿』 3막 1장.

적인 질문은 전혀, 아니, 이런 질문의 조그만 징후조차도 전혀 찾아볼 수 없습니다. 꼭 우리의 정신과 무덤 뒤에서 우리를 기다리는 모든 것에 대한 이러한 논의는 오래전에 그들의 천성 속에서 말살되어 매장되고 그 위에 모래까지 흩뿌려진 듯 말입니다. 끝으로, 우리의 방탕을, 우리의 호색한들을 보십시오. 본 소송의 불행한 희생자인 표도르 파블로비치는 그런 부류에 속하는 어떤 자들에 비하면 한낱 순결한 갓난아이에 불과합니다. 더군다나 우리는 모두 그를 잘 알았지 않습니까, '그는 우리들 사이에 살았으니까……' 그렇습니다, 아마 언젠가는 우리와 유럽의 제일가는 지성들이 러시아 범죄의 심리학을 연구할 것입니다, 그럴 만한 가치가 있는 주제니까요. 하지만 이 연구는 언제든 훗날 좀 더 여유가 생길 때, 우리의 현 순간의 비극적인 혼돈이 보다 더 먼 차원으로 물러날 때 비로소 이루어질 것이며, 따라서 그때는 이미 예컨대 저와 같은 사람들보다 더욱더 현명하고 냉철하게 그것을 고찰할 수 있을 겁니다. 하지만 지금 우리는 그저 경악하거나, 아니면 겉으론 경악하는 척하면서 실은 오히려 우리의 냉소적이고 게으른 무위를 자극하는 강렬하고 기괴한 감각들을 즐기며 그것에 탐닉하거나, 끝으로 어린애들처럼 손을 내저으며 무서운 환영들을 쫓아내고 그 무서운 망령이 사라질 때까지 베개 속에 머리를 파묻고 있다가 나중에 즐거운 놀이를 하며 그것을 곧장 망각하려고 하는 것입니다. 하지만 우리도 언젠가는 우리의 삶을 명징하고 사려 깊게 시작해야 하며, 또 우리는 우리 사회는 물론이고 우리 자신을 향해서도 눈길을 주어야 하며, 또한 우리는 우리의 사회적 사건에 대해 뭐든 그 나름의 이해는 갖고 있어야 하고 최소한 그러기 시작해야 합니다. 앞선 시대의 위대한 작가는 자신의 최고 걸작의 결말에서 러시아 전체를 미지의 목적을 향해 질주하는 용맹스러운 러시아 트로이카의 모습으로 묘사하면서 '아, 트로이카여, 새와 같은 트로이카여, 과연 누가 너를 발명해 냈단 말인가!'[48]라고 외칩니다. 그리고 자랑스러운 황홀감에 빠져, 쏜살같이 질주하는 트로이카 앞에서는 모든 민족들이 공손하게 뒤로 물러선다고 덧붙입니다. 설사 그렇다고 할지라도, 여러분, 공손하든 말든 여하튼 이렇게 물러선다고 할지라도 말입니다, 저의 죄스러운 견해론, 천재적인 예술가가 이렇게 끝을 맺은 것은 어린애답고 순진한 낙천주의의 발작 때문이거나 아니면 그저 그 당시의 검열을 두려워했기 때문인 것 같습니다. 그의 트로이카를 그의 주인공들, 즉 사바케비치들, 노즈드료프들, 치치코프들[49]이 끌고 간다면, 그런 말로는 누굴 마부로 앉혀도 도저히 목적지에 다다르지 못할 테니까요! 게다가 이건 그래도 구식 말이라서 요즘 말들과는 천지 차이입니다, 요즘 것들은 더 말쑥하거든요……."

여기서 이폴리트 키릴로비치의 연설은 박수갈채로 중단되었다. 러시아 트로이카 묘사에 담긴 자유주의가 마음에 들었던 것이다. 그래 봐야 박수는 사실 겨우 두세 군데에서 터져 나왔기 때문에 재판장은 방청객을 향해 '법정에서 퇴장하라.'

---

48) 고골의 『죽은 혼』의 마지막 부분.
49) 『죽은 혼』의 주인공들.

라고 위협할 필요성까지는 못 느끼고 그냥 박수 부대 쪽을 엄격하게 쳐다봤을 따름이다. 그럼에도 이폴리트 키릴로비치는 기운을 얻었다. 지금까지 그는 박수갈채를 받아 본 적이 한 번도 없었기 때문이다! 그 오랜 세월 동안 아무도 자기 말을 들어 주지 않았건만 이제야 갑자기 전 러시아를 향해 열변을 토할 가능성이 열린 것이다!

"사실" 하고 그가 말을 이어 갔다. "갑자기 러시아 전역에 걸쳐 이토록 슬픈 명성을 얻게 된 이 카라마조프 집안이란 어떤 것입니까? 어쩌면 제 말이 지나친 과장일 수도 있지만, 제 생각으로 이 가족의 그림 속엔 우리의 현대 인텔리 사회의 다소간 공통된 근본적인 요소들이 깃들어 있는 것 같습니다. 오, 물론 모든 요소들이 다 깃들어 있는 건 아니겠지만, 그저 현미경과 같은 모습, '작은 물방울에 비친 태양과 같은' 모습으로라도 어쨌거나 뭔가가 반영되어 있고 어쨌거나 뭔가가 나타나 있습니다. 고삐 풀린 듯 방탕했던 저 불행한 노인을, 그토록 슬프게 자신의 일생을 마감해 버린 저 '가장'을 보십시오. 가난한 식객으로 인생의 행로를 시작하여 뜻밖의 느닷없는 결혼을 통해 아내의 지참금으로 크지 않은 자본을 손에 넣은 세습 귀족이었던 그는 처음에는 하찮은 사기꾼에 아첨 잘하는 어릿광대로서 어쨌거나 상당히 수준 높은 지적 능력의 맹아를 갖추었고 무엇보다도 고리대금업자였습니다. 해를 거듭하면서, 즉 자본이 축적됨에 따라 그는 기세등등해집니다. 그렇게 남 앞에서 비굴하게 알랑거리는 태도는 사라지고 그저 비아냥거리기 좋아하고 사악한 냉소주의자, 호색한만 남게 됩니다. 정신적 측면은 죄다 말살된 반면, 삶의 욕망은 굉장해진 것이지요. 그는 호색적인 쾌락 말고는 삶에서 어떤 것도 보지 못하고 자신의 아이들에게도 그렇게 가르치는 결과를 낳았습니다. 아버지로서의 무슨 정신적인 의무 같은 것은 전혀 없었습니다. 오히려 그따위 것들을 비웃고 자신의 갓난아이들을 뒤뜰에서 키우다가 사람들이 아이들을 데려가 버리자 기뻐하죠. 심지어 그들을 숫제 잊어버리고 맙니다. 이 노인의 모든 정신적인 원칙은——내가 죽은 뒤에 홍수가 나든 말든(après moi le déluge)입니다. 그러니까 시민이란 개념에 정반대되는 모든 것, 사회로부터 가장 완전히, 심지어 적대적으로 격리된 모든 것인 셈입니다. '온 세상이 다 불타더라도 나 하나만 좋으면 그만이지.'라는 식이죠. 그리고 정말 그는 좋았던 겁니다. 전적으로 만족한 나머지 이런 식으로 이십 년, 삼십 년은 더 살고 싶어 미칠 지경이었지요. 그는 친아들을 속여서 그의 돈, 즉 그의 어머니의 재산을 가로채고 자기 친아들의 애인을 빼앗습니다. 아니요, 저는 피고의 변호를 페테르부르크에서 오신, 드높은 재능의 소유자인 변호사에게 양보하지 않으렵니다. 저 자신도 진실을 말하겠습니다, 저 자신도 그가 자기 아들의 마음속에 얼마나 큰 분노를 축적시켰는지를 잘 알고 있으니까요. 하지만 됐습니다, 이 불운한 노인에 대해선 이만하면 됐습니다. 그는 그 보복을 받았으니까요. 하지만 이자가 아버지, 그것도 우리 시대에 흔히 볼 수 있는 아버지들 중 하나라는 점을 기억하도록 합시다. 이자가 우리 시대에 흔히 볼 수 있는 수많은 아버지들 중 하나라고 말한다고 해서, 제가 사회를 모욕하는 것입니까? 슬프게도, 우리 시대의 아버지들 중 그토록 많은 이들이 이자처럼 그렇게 냉소적으로 나오지 않는 것은 보다 더 훌륭한 교육을 받으며 보다 더 훌륭한 교양을 쌓았기 때문이긴 하지만, 본질적으론 이자와 거의 똑같은 철학을 지니고 있습니다. 어떻든 제가 염세주의자라고 칩시다, 예, 그럽시다. 어차피 여러분이 저를 용서해 주신다는 조건 하에 시작한 말이니까요. 미리 합의를 보도록 합시다. 여러분이 제 말을 믿지 않으셔도, 절대로 믿지 않으셔도 좋으니 저는 제 할 말을 하겠습니다. 여러분이 믿지 않으셔도 좋습니다. 하지만 어쨌거나 저에게 속내를 다 털어놓도록 해 주시고, 어쨌거나 제 말 중 어떤 것만이라도 꼭 잊지 말아 주십시오. 자, 그럼, 이 노인, 이 가장의 자식들 얘기를 하도록 하겠습니다. 그중 한 명은 우리 앞, 피고석에 앉아 있지만, 그에 대한 얘기는 모두 뒤로 미루겠습니다. 다른 이들에 대해서는 그저 살짝 언급하는 정도로 그치겠습니다. 이 다른 이들 중 차남은 휘황찬란한 교양과 상당히 뛰어난 지성을 갖추었지만 이미 그 어떤 것도 믿지 않으며 그의 부친과 꼭 마찬가지로 인생에서 많은 것을, 이미 너무도 많은 것을 거부해 버리고 말소시킨 현대의 젊은이들 중 하나입니다. 우리는 모두 그의 말을 들었는데, 그는 우리 도시의 사회에서 우호적으로 받아들여졌습니다. 그는 자신의 견해를 숨기지 않았으며 심지어 정반대로, 완전히 정반대로, 저로 하여금 지금 그에 대해 다소 노골적으로 말할 수 있는 용기를 준 셈입니다. 물론 한 개인으로서가 아니라 그저 카라마조프 집안의 구성원으로서의 그에 대해 말하는 것이죠. 어제 이곳, 도시의 한 변두리에서 한 병약한 백치가 자살로 생을 마감했으니, 그는 본 사건에 깊이 연루되어 있으며 표도르 파블로비치의 옛 하인이자 어쩌면 그의 사생아일 수도 있는 스메르쟈코프입니다. 그는 예심에서 히스테릭한 눈물을 흘리면서 이 젊은 카라마조프, 즉 이반 표도로비치가 예의 그 무절제한 정신 세계를 보여 줌으로써 얼마나 자신을 경악하게 했는지를 저에게 이야기해 주었습니다. '그분에 따르면 세상에 존재하는 모든 것이 허용되며 앞으로 그 어떤 것도 금지되지 말아야 합니다——바로 이렇게 저에게 가르쳐 주었습니다.'라더군요. 백치는 자신이 배운 이 명제에 얽매인 나머지 결정적으로 정신이 나간 것 같은데, 물론 간질병과 그들 집안을 덮친 이 무서운 참극도 그의 정신적 혼란에 영향을 미쳤겠지만 말이죠. 하지만 이 백치는 관찰자로서는 상당히 똑똑하다는 인정을 받을 만한 극히 흥미진진한 지적을 한마디 해 주었고, 제가 이 얘기를 꺼낸 것도 이 때문이라고 할 수 있습니다. '만약' 하고 그가 제게 말했습니다. '표도르 파블로비치의 아들 중 아버지의 성격을 가장 많이 닮은 자가 있다면, 그것은 그분, 즉 이반 표도로비치입니다.' 더 이상 계속하는 것은 세련되지 못하다는 생각에 이 지적을 인용함으로써 성격 묘사를 중단하겠습니다. 오, 저는 더 이상의 결론을 내리고 싶지도 않으며, 이 젊은 운명 앞에 도사리고 있는 것은 오직 파멸뿐이라며 까마귀처럼 울고 싶지도 않습니다. 우리는 오늘도 여기, 이 법정에서 진실의 직접적인 힘이 그의 젊은 가슴속에 아직도 살아 있음을, 가족적인 애정의 감각이 아직도 그의 내부에서 불신과 정신적 냉소주의로 인해 사라지지 않았음을 보았는데, 이런 불신과 냉소주의는 참되고 고통스러운 사상의 결과라기보다는 오히려 유전적으로 획득된 것이 아니겠습니까. 이어 또 다른 아들이 있습니다. 오, 이자는 음울한 퇴폐적인 세계관을 가진 자신의 형과는 정반대로 경건하고 겸허한 청년으로서 이른바 '민중적 근원들', 혹은 우리의 사유하는 인텔리겐치아의 어떤 이론적 진영에서 이런 기묘한 단어를 통해 표현하고자 하는 것에 합류하려고 하는 자입니다. 그는, 주지하다시피, 수도원에 합류한 바 있었습니다. 거의 그 스스로 수도사가 되려고 머리를 깎은 것이나 다름없었지요. 제 생각으론, 그의 내부에서 반쯤 무의식적으로 아주 일찌감치 조심스러운 절망이 나타났던 것 같습니다. 사실, 지금 우리의 가련한 사회에서는 사회의 냉소주의와 방탕을 염려하여 악 자체를 유럽적 계몽의 영향 탓으로 돌리는 오류를 범하면서 그들이 말하는 대로 '어머니 토양'으로 달려들고 싶어 하는, 말하자면 귀신 때문에 겁에 질린 어린아이들처럼 어머니 대지의 품속으로 달려들어 그렇게 안겨서는 허약해진 어머니의 바싹 말라 버린 젖가슴에서 그저 편히 잠들면 좋겠다고, 자기들을 놀래는 무서운 것들만 보지 않을 수 있다면 심지어 평생 동안 그렇게 잠들 수 있으면 좋겠다고 갈망하는 자들이 무척이나 많습니다. 저로 말할 것 같으면, 선량하고 재능 있는 청년이 하는 일이 모두 잘되길 바라 마지않으며 그의 젊은 이상주의와 민중적 근원들을 향한 갈망이 훗날에 정신적 측면에선 음울한 신비주의로, 시민적 측면에선 아둔한 국수주의로 바뀌지 않길 바라는 바이니—이 두 요소는 모두 그의 형을 고통으로 몰아넣은, 잘못 이해되고 공짜로 획득된 유럽적 계몽으로 인해 초래된 때 이른 퇴폐보다도 더 고약하게 민족을 위협하는 것들이니까요."

국수주의와 신비주의 얘기가 나오자, 또다시 두세 번의 박수갈채가 터져 나왔다. 물론 이폴리트 키릴로비치는 완전히 도취되었다. 그리하여, 이 모든 것이 상당히 불명료했음은 물론이고 본 사건과는 거의 동떨어진 얘기였지만 그럼에도 이 악에 받친 폐병 환자는 평생 한 번만이라도 자신의 의견을 죄다 토로하고 싶어 미칠 지경이었던 것이다. 우리 도시에서 나중에 떠돈 얘기로는, 이반 표도로비치의 성격을 묘사함에 있어서 이폴리트 키릴로비치가 영 세련되지 못한 감정에 휘둘린 것은 이반과 공개적으로 논쟁을 벌이다가 한두 번 정도 이반 때문에 체면이 깎인 적이 있었는데 그 일을 여태 기억해 두었다가 지금 복수를 하고 싶었기 때문이라는 거였다. 하지만 이런 결론이 옳은지 어떤지는 나도 잘 모르겠다. 어쨌거나 이 모든 것은 그저 도입부에 불과한 것이었고, 이어 논고는 더 직접적으로 본 사건에 접근해 갔다.

"어쨌거나 여기, 우리 시대 가장의 또 다른 아들이 있습니다." 이폴리트 키릴로비치가 계속 말을 이어 갔다. "그는 우리 앞, 피고석에 앉아 있습니다. 우리 앞에 또한 그의 위업들, 그의 인생, 그의 행적이 놓여 있습니다. 때가 왔기에 모든 것이 펼쳐지고 모든 것이 만천하에 드러난 것입니다. 자신의 동생들이 각각 '유럽주의'와 '민중적 근원들'을 대변한다면, 이 모든 것과 정반대로 그는 스스로 그야말로 러시아 자체를 대변하는 듯하지만──오, 물론 러시아 전체, 전체를 대변하는 것은 아닙니다, 만약 그렇다면 정말 큰일이지요! 하지만 여기엔 그녀, 즉 우리의 사랑스러운 러시아가 있으니, 우리 어머니 러시아의 냄새가 나고 또 그녀의 소리가 들립니다. 오, 우리는 직접적이고, 우리는 선과 악의 놀라울 정도의 복합체이며, 우리는 계몽과 실러[50]를 사랑하고 동시에 우리는 선술집을 돌며 미친 듯 날뛰고 우리의 술친구들인 주정뱅이들의 턱수염을 쥐어뜯습니다. 오, 우리도 훌륭하고 아름다운 사람일 때가 있지만, 그건 오로지 우리의 기분이 훌륭하고 아름다울 때에 한해서입니다. 반대로, 우리는 심지어 감동에 젖을 때도──그것도 아주 고결한 이상들로 인해 그야말로 흠뻑 감동에 젖을 때도 있지만, 하지만 여기엔 그 이상들이 하늘에서 우리의 식탁 위로 툭 떨어지듯 그렇게 저절로 손에 들어온다는 조건이, 무엇보다도 공짜로, 대가를 전혀 지불하지 않아도 되고 그냥 공짜로 떨어진다는 조건이 붙어야만 합니다. 우리는 대가를 지불하는 일이라면 딱 질색으로 싫어하지만, 그 대신 받는 것은 아주 좋아하지요, 어떤 일에서나 다 그렇습니다. 오, 우리에게 인생에서 실제로 가능한 모든 복을 주시고 그렇게 주시되(꼭 실제로 가능한 것이어야 합니다, 그보다 헐값이라면 절대 타협하지 않겠습니다.) 무엇보다도 그 어떤 일에 있어서도 우리의 성정을 방해하지 않으신다면, 그때는 우리도 우리가 훌륭하고

─────────────

50) 도스토옙스키에게서 실러는 자주 '고상하고 아름다운 것'의 대명사로 사용된다.

아름다운 사람이 될 수 있다는 것을 증명해 보이겠습니다. 우리는 절대로 탐욕스럽지 않지만, 그럼에도 우리에게 돈을 주십시오, 많이, 더 많이, 가능한 한 더 많은 돈을. 그러면 당신은 우리가 저 경멸스러운 돈을 얼마나 경멸하는지를, 얼마나 관대한 태도로 하룻밤의 무절제한 방탕에 그 돈을 뿌려 대는지를 보시게 될 겁니다. 하지만 우리에게 돈을 주지 않는다면, 우리는 돈이 죽도록 필요할 때 어떻게 그것을 손에 넣을 수 있는지를 보여 줄 겁니다. 어떻든 이 얘기는 나중에 하고 순서대로 살펴봅시다. 일단, 우리 앞에는 불쌍한 소년이 있습니다. 이 소년은 아까 존경해 마지않은 우리의 명예로운 시민의 표현대로 '장화도 신지 않고 뒤뜰'에 버려져 있었는데, 아차, 안타깝게도 이 시민은 외국인이었군요! 다시 한번 말씀드리지만——저는 그 누구에게도 피고의 변호를 양보하지 않겠습니다! 저는 원고인 동시에 변호인이기도 한 것입니다. 그렇습니다, 우리도 사람이고 또 인간인지라, 유년 시절과 고향 집 보금자리의 첫인상들이 사람의 성격에 어떤 영향을 미칠 수 있는지 충분히 헤아릴 줄 압니다. 하지만 이 소년이 이미 청소년이, 이미 청년이, 장교가 되었습니다. 그는 난폭한 행동을 하고 결투 신청을 해서 우리 은혜로운 러시아의 머나먼 어느 변경 도시로 유형을 가기도 합니다. 그곳에서 복무를 하지만 그곳에서도 방탕을 일삼는데——물론 배가 커지면 항해의 규모도 더 커지게 마련이지요. 우리에겐 비용이, 무엇보다도 비용이 필요해집니다. 자, 그리하여 오랫동안 논쟁을 벌인 끝에 그는 아버지와 6000루블에 합의를 봤고, 그 돈이 그에게 송금

됩니다. 여기서 여러분이 유념해 두셔야 될 것은 그가 서류를 작성해 주었다는 점, 즉 나머지 돈을 사실상 거절하는 바이고 이 6000으로 아버지와의 유산 다툼을 끝낸다는 내용이 담긴 그의 편지가 존재한다는 점입니다. 이때 그는 고귀한 성품과 교양을 갖춘 젊은 아가씨와 만나게 됩니다. 오, 저는 세부적인 이야기를 감히 반복하지 않겠습니다. 여러분도 방금 들으셨다시피, 이것은 명예와 자기희생에 관련된 문제이니만큼 저는 침묵하겠습니다. 방탕을 일삼고 경솔하긴 하지만 그럼에도 참된 고귀함과 드높은 이념 앞에서 고개를 숙인 젊은이의 형상은 우리 앞에 굉장히 우호적인 모습으로 비쳤습니다. 하지만 그 일 이후 갑자기 바로 이 법정에서, 전혀 뜻밖에도, 메달의 뒷면이 드러나고 말았습니다. 이번에도 감히 이러저런 추측을 늘어놓진 않을 것이며 왜 이런 일이 생겼는지에 대한 분석도 자제하겠습니다. 하지만 이런 일이 생기게 된 여러 원인은 있었습니다. 바로 이 아가씨는 오랫동안 숨어 있던 분노의 눈물에 흠뻑 젖어 우리에게 알리길, 그가, 정말로 그가 먼저 그녀의 부주의하고 무절제할 수도 있지만 어쨌거나 고결하고 또 어쨌거나 관대했던 격정 때문에 그녀를 경멸했다고 합니다. 그자, 즉 이 처녀의 약혼자는 그 누구보다도 먼저 냉소적인 미소를 머금었으며, 그녀는 오직 그의 이 미소만은 참을 수 없었던 것입니다. 그가 이미 자기를 배반했음을(더욱이 그가 앞으로 무슨 짓을 하든, 심지어 그녀를 배반할지라도 여하튼 모든 것을 그녀는 참아 줘야 한다는 확신을 갖고서 배반했음을) 알고서, 이것을 알면서도 그녀는 일부러 그에게 3000루블을 건네고, 또 이렇게 하면서 상대방의 배반을 돕기 위해 이 돈을 건네는 것임을 상대방이 분명히, 너무도 분명히 이해하도록 만듭니다. 이렇게 그녀는 자신의 상대방을 심판하고 시험하는 듯한 시선을 보내며 '자, 이래도 받을 거냐, 말 거냐, 이 정도로까지 냉소적인 인간이 될 텐가.'라는 식으로 무언의 질문을 던진 셈이지요. 그는 그녀를 바라보고 그녀의 생각을 완전히 이해하면서도(그 자신이 여기 여러분 앞에서 모든 것을 이해했노라고 인정하지 않았습니까.) 무조건 이 3000을 착복하여 자신의 새 애인과 함께 이틀 만에 탕진해 버립니다. 자, 이러니 어떤 것을 믿어야겠습니까? 첫 번째 전설──즉 최후의 생활비마저 내놓고 미덕 앞에 몸을 숙인 드높고 고결한 격정을 믿어야겠습니까, 아니면 이토록 혐오스러운, 이 메달의 뒷면을 믿어야겠습니까? 보통 인생에서는 서로 반대되는 두 사실이 충돌하면 그한가운데서 진실을 찾게 됩니다. 하지만 현재의 경우엔 그야말로 그렇게 되진 않는군요. 첫 번째 경우 그는 진정으로 고결했던 반면 두 번째 경우엔 그 못지않게 진정으로 저열했다고 하는 편이 가장 타당할 겁니다. 왜 그렇습니까? 그건 바로우리가 드넓은 천성을, 카라마조프적인 천성을 타고났기 때문입니다. 바로 이것이 저의 결론인바──우리는 가능할 수 있는 모든 대립쌍들을 뒤섞을 수 있고 또 한꺼번에 두 개의 심연을, 우리들 위의 심연, 즉 드높은 이상들의 심연과 우리 아래의 심연, 즉 가장 저열하고 악취 나는 타락의 심연을 관조할 수 있는 것입니다. 카라마조프 집안 전체를 가까이서 깊이 있게 살펴 온 젊은 관찰자 라키친 씨가 아까 말한 총기 있는 생각을 상기해 봅시다. '이렇게 고삐 풀린 듯 방종한 천성을 지닌 그들에겐 드높은 고결함의 감각과 마찬가지로 저열한 타락의 감각이 꼭 필요하다.'라는 라키친 씨의 말씀──이것은 참 옳습니다. 정말로 그들에겐 이 부자연스러운 혼합이 지속적으로, 끊임없이 필요합니다. 두 개의 심연, 여러분, 두 개의 심연을 한순간에 동시에 관조할 것──이것이 없다면 우리는 불행하고 불만족스러우며 우리의 생존 자체가 불완전한 것이 됩니다. 우리는 우리의 어머니 러시아 전체처럼 드넓고 드넓으며, 우리는 모든 것을 내부에 담아 낼 수 있고 또 모든 것과 함께 살아갈 겁니다! 그나저나, 배심원 여러분, 우리는 방금 이 3000루블 얘기를 꺼냈는데, 다소간 앞질러 가도록 하겠습니다. 그냥 한번 상상해 보십시오, 이런 사람이, 이런 성격의 소유자가 그 당시 정말 그렇게, 그런 수치와 그런 치욕과 그런 극단적인 굴욕을 감수하면서까지 그 돈을 받은 뒤에 말입니다──그냥 한번 상상해 보십시오, 바로 그날 그 돈의 절반을 따로 떼 내어 부적 주머니 안에 꿰매 넣은 채 온갖 유혹과 엄청난 궁핍에 시달리면서도 꼬박 한 달씩이나 그것을 자기 목에 달고 다닐 만큼 확고한 의지를 지닐 수 있었겠습니까! 선술집을 돌며 술판을 벌일 때도, 자기 애인을 자신의 연적인 아버지의 유혹을 피해 멀리 데려가기 위해 꼭 필요한 돈을 아무에게서나 빌리려고 도시 바깥으로 떠나야 됐을 때도──그는 이 부적 주머니에는 감히 손도 대지 않습니다. 자기 애인을 그가 그토록 질투했던 노인의 유혹 앞에 그냥 방치해 두지 않기 위해서라도 그는 자신의 부적 주머니를 뜯어야 했을 것이며, 한시도 자기 애인의 곁을 떠나지 않고 충실한 문지기로서 그 집에 머물러야 했을 것입니다. 마침내 그녀가 그에게 '나는 당신 거야.'라고 말할, 그리하여 그녀와 함께 지금의 치명적인 정황으로부터 어디든 더 멀리 떠나갈 수 있는 그 순간을 기다리면서 말이죠. 하지만 천만의 말씀, 그는 자신의 부적 주머니에는 숫제 손도 대지 않았는데, 대체 무슨 이유에서 그런 겁니까? 제일 큰 이유는, 우리가 자기 입으로 말했듯, 그녀가 '나는 당신 거야, 나를 당신이 원하는 곳 어디로든 데려가 줘.'라고 말할 때 과연 무슨 돈으로 데려갈까, 하는 것이었습니다. 하지만 이 첫 번째 이유는 피고 자신의 말에 따르면 두 번째 이유 앞에서 무색해지고 맙니다. 내가 이 돈을 몸에 지니고 있는 한 '나는 비열한 놈이긴 하지만 도둑놈은 아니다.'라는 식이죠. 왜냐면 언제든 내가 모욕한 약혼자에게로 가서 속임수를 써서 그녀한테서 가로챈 돈의 이 절반을 그녀 앞에 내놓을 수 있고 언제든 그녀에게 '거봐, 나는 당신 돈의 절반을 탕진했고 이로써 내가 나약하고 부도덕한 놈이라는 걸 증명한 꼴이 되었으니, 당신이 원한다면 비열한 놈이라고 해도 좋아(저는 지금 피고의 말을 그대로 사용하고 있습니다.), 하지만 비열한 놈이라고 할지라도 도둑놈은 아니야, 왜냐면 도둑놈이라면 당신한테 남은 돈의 이 절반마저도 갖다주지 않고 첫 번째 절반처럼 착복해 버렸을 테니까.'라고 말할 수 있으니까, 하는 식입니다. 사실 관계를 설명해 내는 솜씨가 정말 일품입니다! 이렇게 미친 듯 난폭하지만 나약한 사람, 그런 치욕 속에서도 3000루블의 유혹을 뿌리치지 못했던 사람—바로 이런 사람이 갑자기 내부에서 그토록 금욕적인 결의를 느낀 나머지 1000루블이 넘는 돈엔 감히 손도 대지 않고 자기 목에 매달고 다녔다니요! 이것이 우리가 분석하고 있는 성격에 조금이라도 부합합니까? 아니올시다. 그래서 저는 이럴 경우, 즉 그가 정말로 부적 주머니에 자신의 돈을 꿰매 넣을 결심을 했다 할지라도 진짜 드미트리 카라마조프라면 어떻게 행동했을지 여러분한테 얘기해 보도록 하겠습니다. 첫 번째 유혹을 받았을 때——즉 새로운 애인과 함께 이미 이 돈의 첫 번째 절반을 탕진했으되, 이 애인을 어떻게든 또다시 즐겁게 해 주기 위해서——그는 자신의 부적 주머니를 헐어서 우선 급한 대로 거기서 뭐 100루블만이라도 떼 놓을 수 있었을 겁니다. 왜냐면 반드시 절반의 돈, 즉 1500루블을 갖다줄 필요도 없고 그냥 1400루블만으로도 충분하니까요. 어쨌거나 결과는 매한가지가 아닙니까. '비열한 놈이긴 하지만 도둑놈은 아니다, 왜냐면 어쨌거나 1400루블은 다시 갖다주지 않았는가, 도둑놈이라면 죄다 먹어 치우고 땡전 한 푼 갖다주지 않을 것이다.'라는 식이 되니까요. 그다음엔 얼마간 시간이 흐른 뒤에 또다시 부적을 헐어서 또다시, 그러니까 이젠 두 번째로 100루블을 꺼내고 그다음엔 세 번째, 그다음엔 네 번째, 이런 식으로 한 달이 채 가기도 전에 결국엔 마지막 100루블만 남기고 다 꺼냈을 겁니다. 이 100루블이라도 다시 갖다주면 어쨌거나 결과는 똑같을 게 아닌가, 하는 식이죠. 즉, '비열한 놈이긴 하지만 도둑놈은 아니다. 2900루블을 탕진했지만, 어쨌거나 100루블은 돌려주지 않았는가, 도둑놈이라면 이것마저도 돌려주지 않았을 것이다.'라는 겁니다. 그리하여 끝으로, 이제 마지막 직전의 100루블마저 탕진한 뒤엔 그야말로 마지막 100루블을 보면서 스스로에게 '이 100루블을 갖다준다는 건 도대체가 무가치한 일이다——에잇, 이것마저도 써 버리자!'라고 말했을 겁니다. 우리가 알고 있는 진짜 드미트리 카라마조프라면 바로 이렇게 행동했을 겁니다! 부적 주머니에 관한 전설——이것은 도무지 상상도 할 수 없을 만큼 실제 현실과 모순되는 것입니다. 무슨 가정인들 못 하겠습니까마는, 이건 아닙니다. 어쨌거나 이 얘기는 나중에 다시 하도록 합시다."

이렇게 이폴리트 키릴로비치는 예심을 통해 알려진 재산 논쟁, 부자간의 가족 문제를 모두 순서대로 정리하고 다시, 또 다시 한 번 더 유산 분배 문제에 관한 한 그 셈에 있어서 누가 누구를 속였거나 누가 누구에게 속임을 당했는지를 가늠할 수 있는 가능성은 전혀 없다는 결론을 도출한 뒤, 미챠의 머릿속에 확고부동한 이념처럼 자리 잡은 이 3000루블과 관련된 의학 감정에 대해 언급했다.

7 사건의 개요

"의학자들은 정신 감정을 통해 피고가 제정신이 아니며 조증 환자임을 우리에게 증명하려고 애썼습니다. 저는 그가 정말로 제정신이라고, 하지만 바로 이것이 실은 제일 나쁜 것이라고 주장하는 바입니다. 제정신이 아니었다면, 차라리 훨씬 더 똑똑하게 굴었을 테니까요. 그가 조증 환자라는 것에 관한 한, 그야말로 오직 한 가지 점——즉 정신 감정 결과에서 지적되었듯, 피고가 문제의 이 3000을 아버지로부터 미처 다 지불받지 못한 것으로 간주했다는 그 점에 대해서만은 저도 동의하는 바입니다. 그럼에도 불구하고, 이 돈 얘기만 나오면 피고가 항상 광적으로 흥분했다는 것을 설명하기 위해서는 그에게 광기의 가능성이 있었다는 사실보다 훨씬 더 타당한 관점을 찾을 수 있을지도 모르겠습니다. 제 입장에서 말하자면, 저는 피고가 완전히 정상적인 지적 능력을 보유하고 있고 또 보유했으나 그저 짜증과 적의에 사로잡혀 있었을 뿐이라는 젊은 의사의 견해에 전적으로 동의합니다. 자, 문제는 바로 여기에 있습니다. 즉, 피고가 지속적으로 미칠 듯한 적의에 사로잡혀 있었던 것은 3000이라는 금액 자체 때문이 아니라, 그의 분노를 자극했던 특수한 원인이 있었기 때문입니다. 그 원인은 바로——질투인 것입니다!"

여기서 이폴리트 키릴로비치는 그루셴카를 향한 피고의 숙명적인 정열의 풍경을 모두 장황하게 펼쳐 보였다. 그는 피고 자신의 표현을 사용하여 피고가 '이 젊은 여성을 때려 주려고' 그녀를 찾아갔던 순간부터 시작하여 그 일을 다음과 같이 설명했다. "하지만 때려 주는 대신 그녀의 발밑에 눌러앉았으니——이것이 이 사랑의 시발점이었던 것입니다. 한데, 이와 동시에 노인, 즉 피고의 아버지도 이 여성에게 눈독을 들였으니——놀랍고도 숙명적인 일치가 아닐 수 없습니다. 왜냐면 부자 양쪽이 모두 이전부터 이 아가씨를 알고 있었고 또 만나기도 했지만 하필이면 동시에 두 심장에 갑자기 불이 확 붙어 버렸으니까요. 그러니까 이 두 심장에 가장 걷잡을 수 없는, 그야말로 카라마조프적인 정열의 불이 붙어 버린 겁니다. 이와 관련하여 우리에겐 이 여성이 직접 제시한 고백도 있습니다. 그녀는 '나는 양쪽을 다 골려 주었어요.'라고 말하지 않습니까. 그렇습니다, 그녀는 갑자기 양쪽을 다 골려 주고 싶어졌던 것입니다. 이전에는 그럴 마음이 없었지만, 갑자기 그녀의 머릿속에 이 생각이 들었고——결국 부자 둘 모두 그녀 앞에 무릎을 꿇게 된 것입니다. 돈을 하느님처럼 떠받들었던 노인은 당장에, 그저 그녀가 자신의 집을 찾아 주기만 하면 3000루블을 줄 거라며 미리 준비해 둘 정도였으니, 그녀가 그의 정식 배우자가 되겠노라고 동의만 했다면 자기 이름과 자기의 재산을 전부 그녀의 발밑에 갖다 바쳐도 행복해했을 겁니다. 이 점에 대해서 우리는 확고한 증거를 갖고 있습니다. 피고에 관한 한, 그의 비극은 지금 우리가 눈앞에서 보고 있듯 명명백백한 것입니다. 하지만 그것은 젊은 여성의 '놀이'에 지나지 않았던 것입니다. 불행한 젊은이를 유혹해 놓고서도 그녀는 그에게 심지어 희망조차 주지 않았습니다. 희망, 진짜 희망이 그에게 주어진 건 그저 가장 마지막 순간, 그가 자신을 괴롭힌 여인 앞에서 무릎을 꿇은 채 서서 연적이기도 했던 자기 아버지의 피로 붉게 물든 손을 그녀를 향해 내민 그 순간에 가서였습니다. 바로 이런 상황에서 그는 체포되었던 것입니다. '나를, 나를 저 사람과 함께 감옥으로 보내 주세요, 내가 저 사람을 이 지경으로까지 몰고 갔어요, 내가 제일 큰 죄인이에요!' 그가 체포되는 순간 이 여성은 이미 진정으로 참회하면서 몸소 이렇게 외치더군요. 제가 이미 언급한 바 있는——본 사건의 묘사를 맡았던 저 유능한 젊은 청년 라키친은 이 여장부의 성격에 대해 집약적이고 특징적인 몇몇 어구를 사용하여 다음과 같은 정의를 내리고 있습니다. '때 이른 환멸, 때 이른 기만과 타락, 자신을 버린 유혹자-약혼자의 배반과 가난, 그리고 명예를 소중히 여겼던 집안의 저주, 끝으로, 어쨌거나 그녀가 지금도 자기 은인으로 생각하는 어느 부유한 노인의 후원 등. 그리하여 내부에 좋은 것을 많이 간직하고 있었을 수도 있는 이 젊은 가슴속에 너무나 일찍부터 분노가 숨어 있게 되었던 겁니다. 재산을 모으는 이해타산적인 성격은 이렇게 생겨났습니다. 사회에 대한 냉소와 복수심도 이렇게 생겼고요.' 이러한 성격 묘사를 듣고 나면 그녀가 부자 양쪽을 모두 오로지 놀이 삼아, 표독스러운 놀이 삼아 골려 주었을 것이라는 점은 십분 이해됩니다. 자, 그리하여 이 한 달 동안 피고는 희망 없는 사랑과 도덕적 타락으로 괴로워하고 또 자기 약혼자를 배반하고 자기의 명예를 믿고 맡겨진 남의 돈을 착복하지만——이게 아니라도 피고는 끊임없는 질투로 인해 거의 광적인 흥분에, 광란 상태에 다다릅니다. 한데 대체 누구를 향한 질투입니까, 바로 자기 아버지를 향한 질투가 아닙니까! 또한 무엇보다도, 저 실성한 노인이 피고의 정열의 대상을 바로 그 문제의 3000루블로 꾀고 유혹합니다. 그 노인의 아들은 그 돈을 원래 자기 것으로, 자기 어머니의 유산이라고 간주하여 가뜩이나 아버지를 힐난하고 있는데 말입니다. 그렇습니다, 저는 동의합니다, 이것을 참아 내기란 정말 힘들었을 겁니다! 이런 상황에선 조증도 충분히 나타날 수 있었을 겁니다. 문제는 돈이 아니라, 바로 이 돈 때문에 그토록 추잡하고 냉소적으로 그의 행복이 산산조각 났다는 데 있는 겁니다!"

그다음, 이폴리트 키릴로비치는 점차 어떤 식으로 피고의 내부에서 아버지를 죽일 생각이 싹트게 되었는가에 대한 얘기로 옮겨 간 뒤 실제 사실을 거론하면서 그 경위를 추적해 갔다.

"처음엔 선술집을 돌면서 떠들어 대기만 하는데——요 한달 내내 그렇게 떠들어 댑니다. 오, 우리는 사람들 속에서 더불어 사는 것을 좋아하고 가장 치명적이고 위험한 생각을 포함하여 모든 것을 즉시 이 사람들에게 털어놓고 또 사람들과 공유하는 걸 좋아합니다. 또, 무엇 때문인지는 모르겠지만 그 자리에서 당장 이 사람들이 즉각적으로 우리에게 완전한 호의를 보여 주고 우리의 모든 근심과 불안에 동참해서 우리에게 맞장구를 쳐 주고 우리의 성정에 걸림돌이 되지 않길 요구합니다. 안 그러면, 우리는 성질을 내며 온 술집을 부숴 버릴 것처럼 난동을 부릴 겁니다.(여기서 2등 대위 스네기료프의 일화가 언급되었다.) 요 한 달간 피고를 보고 그의 얘기를 들은 사람들은 마침내, 이것이 이미 그냥 고함이나 아버지에 대한 협박 하나로 끝날 일이 아니라 저렇게 미친 듯 협박을 하다가 어쩌면 실행에 옮겨질 수도 있다고 느꼈습니다.(여기서 검사는 수도원에서의 가족 회합, 알료샤와 나눈 대화들, 피고가 식사 후 아버지의 집으로 잠입해서 연출한 추악한 폭행 장면을 묘사했다.) 피고가 이 장면을 연출하기 전에 이미 미리부터 결국엔 아버지를 죽이겠노라며 용의 주도하고 세심한 계획을 세웠다고 완강하게 주장할 생각은 없습니다." 이렇게 이폴리트 키릴로비치는 논고를 이어 갔다. "그럼에도 불구하고 이 생각은 벌써 몇 번씩이나 피고의 머릿속에 떠올랐고 그는 세심하게 그 생각을 관조해 왔으니──이 점에 관한 한 우리는 여러 사실들과 증인들, 그리고 피고 자신의 자백을 확보하고 있습니다. 고백하건대, 배심원 여러분." 하고서 이폴리트 키릴로비치가 덧붙였다. "심지어 오늘까지도 저는 피고가 슬슬 머릿속에 떠오른 범죄를 완전히 의식적으로 미리 계획했다고 인정하길 망설였습니다. 그의 영혼이 이미 수차례에 걸쳐 숙명적 순간을 미리 관조하긴 했지만 그저 관조하기만 했을 뿐, 그저 잠재적인 모습으로 상상해 보기만 했을 뿐, 언제, 어떤 상황에서 실행할지는 아직 정하지 않았으리라는 것이 저의 굳은 확신이었습니다. 하지만 제가 주저한 건 오늘까지, 즉 오늘 베르호프체바 양이 이 치명적인 서류를 법정에 제시하기 전까지였습니다. 여러분, 여러분은 직접 '이건 살인 계획서, 살인 프로그램입니다!'라는 그녀의 외침을 들으셨습니다. 그녀는 불행한 피고의 불행한 '술에 취한' 편지를 이렇게 정의했습니다. 정말로 이 편지는 사전에 미리 계획한 프로그램으로서의 의미를 지니고 있습니다. 이것은 범행 사십팔 시간 전에 쓰였으며, 이를 통해서 우리는 이제 피고가 자신의 무서운 생각을 실행에 옮기기 사십팔 시간 전에 내일 돈을 손에 넣지 못할 경우, '오직 이반이 떠나 주기만 한다면' 아버지를 죽이고 또 아버지의 베개 밑에 놓여 있는 '붉은 리본으로 묶은 봉투' 안에 든 돈을 가져가겠노라고 맹세했음을 확실히 알게 됐습니다. '오직 이반이 떠나 주기만 한다면'이라고 하지 않습니까. 그러니까 이미 모든 것을 숙고 했고 모든 정황을 점검했다는 것이고 어떻게 됐습니까—모 든 것이 나중에 여기 쓰인 대로 실행되었던 겁니다! 미리 의 도하여 곰곰 숙고했다는 것은 의심의 여지가 없고, 범행은 돈 을 약탈하기 위한 목적에서 저질러졌음에 틀림없습니다. 이것 은 직설적으로 공언되었고 또 그렇게 쓰였고 서명된 것입니다. 피고도 자신의 서명을 부인하지 않잖습니까. 어쨌거나 취중에 쓴 것이 아니냐, 하고 말할 사람도 있을 겁니다. 하지만 그렇다 고 해서 뭔가가 축소되기는커녕 오히려 그 때문에 더 중요한 겁니다. 즉, 맨정신에 생각했던 것을 취중에 써 버린 것이 되 니까요. 맨정신에 생각하지 않았다면 술에 취한 상태에서 쓰 는 일도 없었을 겁니다. 그렇다면 도대체 왜 그는 선술집을 돌 면서 자신의 의도를 외쳤는가? 하고 말할지도 모르겠습니다. 그런 일을 미리 결심한 사람이라면 그냥 속에 담아 두고 조용 히 입을 다문다는 거죠. 정말로 그렇습니다만, 그가 그렇게 외 치고 다닌 건 아직까지 구체적인 계획과 의도는 서 있지 않고 그저 소망만 있었을 때, 그저 갈망이 무르익어 갈 때였습니다. 아니나 다를까, 그다음에 그는 이 얘기를 그다지 떠벌리지 않 게 됩니다. 이 편지가 쓰인 날 저녁, 그는 선술집 '수도'에서 술 은 잔뜩 마셨건만 평소와는 달리 말도 별로 없었고 당구도 치 지 않았고 한쪽 구석에 앉아서 아무와도 얘기를 하지 않고 있 다가 그저 이곳의 어느 점원을 자리에서 쫓아냈을 뿐이었는데, 하지만 이것은 이미 거의 무의식적으로, 선술집에 들어오면 으레 그래 왔듯 습관적으로 싸움을 한 것에 지나지 않습니다. 사실, 최종적으로 결심을 하고 나니 피고의 머릿속엔 자기가 도시를 돌면서 미리 너무도 많은 것을 떠들어 댔고 이 때문에 자신의 생각을 실행에 옮길 경우 즉시 발각되어 범인으로 몰리지나 않을까 하는 걱정이 분명히 떠올랐을 겁니다. 하지만 이제 와서 어쩌겠습니까, 이미 공공연하게 떠들고 다녔으니 돌이킬 수도 없는 법이죠. 해서, 결국엔 예전에 자기를 돌봐 주었던 운이 지금도 그렇게 자기를 돌봐 주길 바라게 됩니다. 이렇듯, 우리는 자신의 행운의 별에 희망을 걸었던 것입니다, 여러분! 여기에 덧붙여, 그가 숙명적인 순간을 피하기 위해 많은 일을 했다는 것, 피비린내 나는 결말을 보지 않기 위해 참으로 많은 노력을 기울였다는 것은 저도 인정하지 않을 수 없습니다. '내일 모든 사람들에게 3000을 부탁해 보겠다.'라고 그는 자신의 독특한 언어로 쓰고 있습니다. '하지만 아무도 주지 않는다면, 그땐 피를 보는 수밖에 없다.' 다시금 반복하건대, 취중에 이렇게 썼고 정신이 말짱한 상태에서 저렇게 쓰인 대로 실행에 옮긴 것입니다!"

여기서 이폴리트 키릴로비치는 미챠가 범행을 피하고자, 돈을 손에 넣고자 기울인 온갖 노력을 상세하게 묘사하기 시작했다. 삼소노프 집에서 한판 모험을 감행한 일이며 랴가브이를 찾아 떠났던 일이며──모든 것을 서류를 들어 가며 묘사했던 것이다. "이 여행을 위해 시계마저 팔아 버린(그러면서두 자기 몸에 1500루블을 지니고 있었다니, 이게 어디 가당키나 합니까!) 그는 배도 고프고 지칠 대로 지치고 잔뜩 놀림을 받은 채로, 또 시내에 남겨 두고 온 사랑의 대상이 혹시 자기가 없는 틈을 타서 표도르 파블로비치한테 가지나 않을까 하는 의심과 질투로 괴로워하면서 마침내 시내로 돌아옵니다. 그런데 천만다행입니다! 그녀는 표도르 파블로비치의 집엔 가지 않았던 것입니다. 해서, 그가 직접 그녀를 그녀의 후원자인 삼소노프의 집까지 바래다주었습니다.(이상하게도, 우리는 삼소노프에겐 질투심을 느끼지 않는데, 이것은 이 사건에서 극히 두드러지는 심리적 특징입니다!) 그다음, 그는 '뒤뜰'에서 감시 초소로 돌진하여 거기서—바로 거기서 스메르쟈코프가 간질 발작을 일으켰고 다른 하인은 아프다는 것을 알게 되는데—자, 전장은 깨끗이 치워졌고 '신호'는 자기 손에 들어 있으니—이 얼마나 대단한 유혹입니까! 그럼에도 불구하고 그는 어쨌거나 저항을 해 봅니다. 그는 잠시 이곳에 머물면서 우리 모두의 존경을 받고 있는 호흘라코바 부인 댁으로 향합니다. 이미 오래전부터 그의 운명을 동정해 온 이 부인은 그에게 가장 현명한 충고를 해 줍니다. 이렇게 방탕한 행각을 벌이고 이렇게 추잡한 사랑을 일삼고 이렇게 한심하게 술집을 돌면서 무익하게 젊은 힘을 낭비하는 것을 제발 그만두고 시베리아의 금광을 찾아 떠나라는 것이었지요. '그곳에 가면 당신의 미친 듯 날뛰는 힘과 모험을 갈망하는 당신의 낭만적 성격을 얼마든지 분출할 수 있을 겁니다.'라면서요." 이폴리트 키릴로비치는 이 대화의 결말을, 또 이어서 피고가 갑자기 그루셴카가 삼소노프 집엔 아예 있지도 않았다는 소식을 들은 순간을 묘사한 뒤,

그리고 그녀가 자기를 그야말로 기만하고선 지금 그, 즉 표도르 파블로비치의 집에 있다는 생각이 들자 질투와 초조함에 사로잡혀 괴로워하는 이 불행한 사람의 순간적인 광기를 묘사한 뒤, 이 사건의 숙명적인 의미에 주의를 기울이면서 다음과 같은 결론을 내렸다. "만일 하녀가 제때 그에게 그의 애인이 '틀림없는 옛 사람'과 함께 모크로예에 가 있다는 말만 해 주었더라도, 아무 일도 일어나지 않았을 것입니다. 하지만 하녀는 너무 무서웠던 나머지 아연실색하여 하염없이 맹세만 되풀이할 뿐이었습니다. 피고가 그녀를 그 자리에서 죽여 버리지 않은 건 자기를 배신한 여자를 쫓아 쏜살같이 돌진했기 때문이었습니다. 하지만 여기서 유념해 둬야 할 점이 있습니다. 즉, 그토록 제정신이 아닌 상태였건만 그 와중에도 그는 놋쇠 공이를 집어 들었습니다. 왜 하필 놋쇠 공이였을까요, 왜 다른 어떤 흉기가 아니었을까요? 하지만 우리가 이미 한 달 내내 이런 풍경을 관조해 왔고 또 그것에 대비해 왔다면, 흉기가 될 만한 뭔가가 눈앞에 어른거리자마자 우리는 그것을 흉기로 생각하고 집어 들지 않았겠습니까. 이런 종류의 물건은 뭐든 흉기가 될 수 있다는 것을——이런 생각을 우리는 이미 한 달 내내 해 왔던 겁니다. 바로 그랬기 때문에 그토록 순간적으로, 이론의 여지도 없이 그것을 흉기로 인정했던 겁니다! 그러니까 어쨌거나 그가 이 숙명적인 흉기를 집어 든 것은 무의식적으로 부지불식간에 한 일이 아니었던 것입니다. 자, 그렇게 그는 아버지의 정원에 나타나는데——전장은 깨끗이 치워졌고 증인이 될 만한 사람도 하나 없고 밤은 깊어 어둠만이 자욱하고 질투는 깊어져만 갑니다. 그 여자가 여기에 있다, 자신의 연적과 함께 말이다, 그놈의 품 안에 안겨서 이 순간 자기를 비웃고 있을지도 모른다는 의혹이 생겨나자──그는 숨이 막혀 옵니다. 아니, 의혹이 뭡니까, 이 마당에 와선 의혹이고 자시고 없습니다──자기가 멋지게 속아 넘어갔다는 건 손바닥 들여다보듯 뻔한 사실이니까요. 그 여자가 저기, 불빛이 새어 나오는 바로 저 방에 있다, 그녀가 저기 아버지의 방 병풍 뒤에 있다, 하는 거죠. 자, 그래서 이 불행한 사람은 창문 곁으로 살금살금 다가가 점잖게 방 안을 들여다본 뒤 다소곳이 단념하고서 무슨 위험하고 부도덕한 일이 일어나지 않도록 어서 빨리 재앙을 피해 현명하게 떠납니다. 그러니까 피고는 이런 식의 얘기를 우리더러 믿어 달라는 겁니다. 우리가 피고의 성격이 어떤지 훤히 알고 있고 여러 사실들을 통해 그의 정신 상태가 어떠했는지를 충분히 이해하고 있는 판에, 무엇보다도 피고가 그때 당장이라도 문을 열고 집 안으로 들어갈 수 있는 신호들을 알고 있었던 판에!" 여기서 '신호' 얘기가 나오자 이폴리트 키릴로비치는 잠깐 자신의 논고를 중단하고 스메르쟈코프 얘기를 늘어놓아야 할 필요성을 느꼈는데, 이로써 스메르쟈코프에게 살인 혐의를 두려는, 이 삽화(揷話)를 낱낱이 파헤쳐서 이런 생각 자체를 완전히 근절시키고자 했던 것이다. 그의 설명이 몹시 정연했기 때문에, 그가 이런 가설 따위는 경멸한다는 걸 너무 역력히 표현했음에도 불구하고 다들 어쨌거나 그가 여기에 아주 중대한 의미를 부여하고 있다는 점을 이해했다.

8 스메르쟈코프에 대한 논고

"첫째, 어떻게 그런 혐의를 둘 가능성이 생긴 겁니까?" 이폴리트 키릴로비치는 이런 질문으로 운을 뗐다. "다름 아닌 피고 자신이 체포될 순간부터 스메르쟈코프가 죽였다고 맨 처음 외쳤지만 이렇게 외친 그 첫 순간부터 재판이 진행 중인 이 순간까지도 자신의 고소 내용을 확증해 줄 사실을 단 하나도 제시하지 못했을뿐더러—사실은 고사하고 아무 사실이라도 잡아 사람이 알아들을 만한 얼마간의 의미를 담은 암시를 하는 것조차 못 했습니다. 이어서 이 고소 내용을 오로지 세 사람만 확증해 주고 있습니다. 피고의 두 동생과 스베틀로바 양이지요. 하지만 피고의 큰동생은 오늘에야 비로소 그런 혐의 내용을 알렸으며 그나마도 틀림없이 정신 이상과 열병의 발작으로 인해 병을 앓고 있는 중에 일어난 일입니다. 이전만 해도 요 두 달 내내, 우리가 확실히 알고 있듯, 자신의 형의 유죄에 대한 확신을 전적으로 공유했으며 심지어 이 생각에 무슨 반박을 가하려고도 하지 않았습니다. 하지만 이 점에 대해선 좀 더 뒤에 특별히 다루도록 합시다. 그다음, 피고의 작은동생은 조금 전에 직접 우리에게 알린 바와 같이 스메르쟈코프가 유죄라는 자신의 생각을 증명할 만한 어떤 사실도, 아예 손톱만큼도 갖고 있지 않으며 그저 당사자인 피고의 말과 '그의 얼굴 표정'만 보고서 그렇게 단정 짓는다고 합니다. 그렇습니다, 이 대단한 증언은 조금 전에 그의 동생의 입에서 두 번에 걸쳐 나왔습니다. 스베틀로바 양의 증언은 아마 더욱더 대단한 것일 겁니다. '피고가 우리한테 하는 말을 그대로 믿으세요, 거짓말 같은 걸 할 사람이 못 되거든요.' 바로 이것이 스메르쟈코프를 범인으로 지목하는 이 세 사람, 피고의 운명에 지나치게 많이 관여되어 있는 사람들의 물증의 전부입니다. 이런데도 스메르쟈코프가 범인이라는 얘기가 사람들 입에 오르내리고 호응을 얻었으며 지금도 그렇게 호응을 얻고 있으니, 과연 이것이 믿을 수 있는 일입니까, 상상이나 할 수 있는 일입니까?"

여기서 이폴리트 키릴로비치는 '병적인 정신 이상과 광기의 발작으로 자기 목숨을 끊은' 고(故) 스메르쟈코프의 성격을 가볍게 스케치할 필요가 있다고 생각했다. 그는 스메르쟈코프를 정신이 박약한 사람으로, 다소간 희미한 교양의 맹아를 갖고 있긴 했지만 자기 머리로는 감당하기 버거운 철학 사상 때문에 넋이 나갔고 책무와 의무에 대한 이런저런 현대적 가르침에 경악해 버린 사람으로 —— 이런 것을 자신의 주인 나리이자 어쩌면 아버지일 수도 있는 표도르 파블로비치의 방탕한 삶을 통해 실제적으로 배웠고 이론적으론 주인 나리의 차남인 이반 표도로비치와 여러 이상한 철학적 대화를 나눔으로써 폭넓게 전수받은 사람으로 소개했는데 —— 이반 쪽에서 기꺼이 이런 오락을 즐긴 것은 분명히 권태로웠기 때문이거나 아니면 냉소를 퍼붓고 싶은 욕구를 더 잘 분출할 데를 별달리 찾지 못했기 때문이었을 것이라고 했다. "그는 주인 나리의 집에 머물렀던 마지막 날들의 자신의 정신 상태를 저에게 직접 이야기해 주었습니다." 하고 이폴리트 키릴로비치가 설명했다.

"그런데 그것에 대해서는 다른 사람들, 즉 피고 자신, 그의 동생, 심지어 하인 그리고리에 이르기까지 분명히 그를 아주 가까이에서 알고 있었을 모든 사람들이 비슷한 증언을 해 주고 있습니다. 뿐만 아니라, 간질병으로 인해 맥이 빠진 나머지 스메르쟈코프는 '암탉처럼 겁쟁이'가 되어 있었습니다. '그는 내 발밑에 쓰러져 내 발에 입을 맞추었습니다.'라고 피고 자신이 직접 우리에게 알려 주었는데, 이런 것을 알려 주면 스스로에게 다소간의 불이익이 돌아갈 것이라는 점을 아직 의식하지 못했을 때였죠. '이놈은 간질병에 걸린 암탉입니다.'라고 피고는 스메르쟈코프에 대해 자기만의 독특한 표현을 사용했습니다. 자, 그래서 이런 그를 피고는 (피고가 직접 증언하듯) 자신의 하수인으로 선택한 뒤 잔뜩 겁을 주어 마침내 자신의 앞잡이 겸 스파이 노릇을 하도록 만듭니다. 그렇게 그는 집 안을 드나들며 엿볼 수 있는 처지로서 자기 주인 나리를 배반하고 피고에게 돈뭉치의 존재를, 또 주인 나리의 방 안에 들어갈 수 있는 신호를 알려 줍니다. 하긴, 어떻게 알려 주지 않을 수 있었겠습니까! 그는 예심 때 '도련님이 저를 죽일 겁니다요, 죽일 거라는 걸 곧장 알 수 있었습니다요.'라고 말했습니다. 그때는 이미 자기에게 겁을 주고 괴롭힌 피고가 체포된 상태였기 때문에 더 이상 자기를 처벌하러 올 수도 없는 상황이었건만, 심지어 우리 앞에서도 벌벌 떨고 전율하더군요. '도련님이 매 순간 저를 의심했기 때문에 전 무서워서 벌벌 떨었고, 그저 그분의 화를 삭이기 위해 온갖 비밀을 서둘러 알려 드렸는데, 이렇게 해서 세가 그분에게 결백하다는 것을 알고서 저를 해치지 않고 그냥 풀어 주시도록 말입죠.' 이건 스메르쟈코프 자신의 말로서, 저는 그것을 기록해 두고 또 기억에 담아 두었습니다. '저는 그분이 저한테 호통이라도 칠라치면 곧장 그분 앞에 무릎을 꿇고 쓰러집니다.' 타고나길 아주 정직한 젊은이로서 주인 나리가 잃어버린 돈을 돌려준 일을 계기로 주인 나리로부터 그 정직함을 인정받고 신임을 얻게 되었던 만큼, 이 불운한 스메르쟈코프는 자기가 은인으로서 사랑한 주인 나리를 배반했다는 회한으로 괴로워했던 걸로 봐야 됩니다. 간질병으로 심한 고통을 받는 사람들은, 박식한 정신과 전문의들의 증언에 따르면, 언제나 끊임없이, 물론 병적으로 스스로를 비난하는 경향이 있다고 합니다. 그들은 자신이 어떤 일에 대해 누구에게 '죄'를 지었다는 것 때문에 괴로워하고 종종 어떤 근거도 없이 양심의 가책을 느껴 괴로워하며 심지어 자기가 이런저런 죄를, 범죄를 저질렀노라고 상상하고 과장하기도 합니다. 또한 이런 부류의 인간은 너무 무섭고 너무 경악한 나머지 정말로 죄를 짓게 되고 범행을 저지르기도 합니다. 그 밖에도, 그는 자기 눈앞에서 무르익어 가는 정황들을 보면서 이러다간 뭔가 좋지 않은 일이 일어날 수도 있다는 예감을 강하게 느꼈습니다. 표도르 파블로비치의 차남 이반 표도로비치가 예의 그 참극을 앞두고 모스크바로 떠나려 했을 때, 스메르쟈코프는 그에게 남아 달라고 애원했지만 그럼에도 그 겁 많은 습성 때문에 감히 그에게 자신의 모든 걱정을 분명하고 정언적인 말로 발설하지는 못했습니다. 그는 그냥 암시를 하는 것에 만족했는데, 그 암시들이 제대로 이해되지 못했던 겁니다. 여기서 한

가지 지적해 둬야 할 점은 그가 이반 표도로비치가 자신을 지켜 줄 거라고, 그만 집에 있으면 재앙을 막아 줄 보증이 될 거라고 생각했다는 것입니다. 드미트리 카라마조프의 '취중' 편지의 표현을 상기해 보십시오. '이반이 떠나기만 하면, 노인을 죽여 버릴 테다.'라고 하지 않습니까. 그러니까 이반 표도로비치의 존재 자체가 모든 식구들에게 집안의 고요와 질서의 보증처럼 여겨졌던 겁니다. 자 그런데 그가 떠나 버리고, 스메르쟈코프는 젊은 주인 나리가 떠난 지 거의 한 시간 후에 즉시 간질 발작을 일으킵니다. 하지만 이것은 충분히 이해할 만한 일입니다. 여기서 언급해야 할 것은 공포와 일종의 절망으로 인해 맥이 빠진 스메르쟈코프는 최근 들어 간질 발작이 나타날 수 있는 가능성을 내심 특별히 강하게 감지하고 있었다는 점인데, 이전에도 정신적인 긴장과 흥분을 겪을 때면 늘 발작이 일어나곤 했거든요. 이러한 발작의 날짜와 시간을 미리 점칠 수는 물론 없지만, 발작의 조짐만은 어느 간질병 환자나 미리 감지할 수 있습니다. 의학 쪽 말로는 그렇습니다. 자, 그리하여 이반 표도로비치가 집 마당을 떠나는 순간, 스메르쟈코프는 자신이 이른바 고아나 다름없이 의지할 데 없는 신세가 됐다는 느낌에 젖은 채로 집안일을 보러 지하 창고로 갑니다. 그러곤 계단을 내려가면서 '혹시 발작이 일어나는 건 아닐까, 만약 지금 일어나면 어쩌지?'라는 생각을 하게 되죠. 자, 바로 이런 기분, 이런 의혹, 이런 질문들 때문에 그의 목구멍엔 늘 그렇듯 조만간 간질 발작을 동반한 경련이 일어나고, 그는 의식을 잃은 채로 지하 창고의 바닥으로 냅다 굴러떨어집니다.

자, 이토록 자연스럽고도 우연한 사건에 대해 무슨 의심이나
무슨 계시를 보려고 수작을 떨고 또 행여나 그가 일부러 아픈
척한 것은 아닐까, 꼬투리라도 잡아 보려고 안달하다니요! 설
사 일부러 그랬다고 한들, 당장 도대체 무엇을 위해서? 하는
의문이 생깁니다. 어떤 계산으로, 어떤 목적으로 그랬을까요?
저는 의학에 대해선 더 이상 왈가왈부하지 않겠습니다. 과학
이란 게 원래 거짓말을 하고 또 오류를 범하는 것이라서 의사
들이 진짜와 꾀병을 구별할 줄 몰랐다고 칩시다. 설령, 설령 그
렇더라도 그는 무엇을 위해 그런 연기를 해야 했을까요? 저에
게 이 질문에 대한 답을 주십시오. 살인을 계획해 놓고선 간
질 발작을 일으켜서 미리, 그리고 어서 빨리 집안의 주의를 자
기한테 쏠리게 하기 위해서였을까요? 아시다시피, 배심원 여
러분, 범행이 있었던 날 밤 표도르 파블로비치의 집에는 다섯
명의 사람이 있었거나 또 다녀갔습니다. 첫째는 표도르 파블
로비치 자신인데, 하지만 그가 자신을 직접 죽이진 않았습니
다, 이건 분명하죠. 둘째, 그의 하인 그리고리가 있지만, 이 사
람은 그 자신이 거의 죽을 뻔했습니다. 셋째, 그리고리의 아내
인 하녀 마르파 이그나치예브나가 있지만, 그녀를 주인 나리
의 살인범으로 생각하는 건 정말 부끄럽기 짝이 없는 일입니
다. 따라서 염두에 둘 수 있는 것은 피고와 스메르쟈코프 두
사람뿐입니다. 하지만 피고가 자기는 살인을 하지 않았다고
주장하고 있고 따라서 살인자는 어쩔 수 없이 스메르쟈코프
가 되어야 하는데, 다른 그 누구도 찾을 수가 없고 어떤 다른
살인자도 골라 낼 수 없으니 말입니다. 그리하여 바로 이 때문

에 어제 자살한 이 불운한 백치에게 이토록 '간특하고도' 어마어마한 혐의가 돌아가게 된 것입니다! 오로지 다른 누군가를 지목할 수 없다는 그 한 가지 이유에서 말입니다! 하다못해 무슨 그림자라도 있었더라면, 하다못해 누구든 다른 인물, 여섯 번째 인물에게라도 혐의를 둘 수 있었다면, 심지어 피고 자신도 차마 부끄러워서라도 스메르쟈코프를 지목하지는 못했을 것이며 이 여섯 번째 인물을 지목했을 거라고 저는 확신합니다. 스메르쟈코프에게 이 살인 혐의를 거는 것은 그야말로 부조리한 일이니까요.

여러분, 심리 분석은 제쳐 둡시다. 의학도 제쳐 두고 심지어 논리 자체도 제쳐 두고 그저 사실들에만, 오직 사실들 하나에만 집중해서 그 사실들이 우리에게 무엇을 말해 주는지 살펴봅시다. 스메르쟈코프가 죽였다면 대체 어떻게 죽였을까요? 혼자서 그랬을까요, 아니면 피고와 공모를 했을까요? 우선 첫 번째 경우, 즉 스메르쟈코프 혼자 죽였을 경우부터 살펴봅시다. 물론, 살인을 했다면 뭔가 목적이 있어서, 뭔가 이득을 노리고 그랬을 겁니다. 하지만, 스메르쟈코프는 피고와 같은 살인의 동기들, 즉 증오, 질투 등과 같은 것은 손톱만큼도 갖고 있지 않았으므로 틀림없이 그저 돈 때문에, 주인이 봉투 안에 돈을 넣는 것을 자기 눈으로 보고서 바로 그 돈을 갈취하기 위해서 죽였을 수밖에 없습니다. 자 이렇게 살인을 계획한 그는 다른 인물——더욱이 이 일에 극도로 연루된 인물인 피고에게 곧장 돈과 신호에 대한 모든 정황을 알려 줍니다. 즉, 돈 봉투가 어디에 있는가, 그 봉투 위에는 뭐라고 적혀 있는가, 그것을 무엇으로 묶어 놨는가, 무엇보다도 주인 나리의 방으로 들어갈 수 있는 이 '신호'를 알려 줍니다. 아니, 그럼 그야말로 자기 정체를 폭로하기 위해 이런 짓을 한다는 겁니까? 아니면 경쟁자를, 가뜩이나 그 방 안으로 들어가 돈 봉투를 손에 넣고 싶어 하는 경쟁자를 찾기 위해서? 예, 사실, 어쨌거나 그는 너무 무서워서 알려 준 것이 아닌가, 하고 말할 사람도 있겠지요. 하지만 어떻게 그럴 수가 있겠습니까? 그토록 대범하고 짐승 같은 일을 눈 하나 깜짝하지 않고 계획한 데 이어 그것을 실행에 옮길 만한 사람이 세상을 통틀어 자기 하나밖에 모르는 정보를—더욱이 자기가 입을 다문다면 온 세상을 통틀어 아무도 알아채지 못할 그런 정보를 알려 줄 리 만무합니다. 천만에요, 사람이 아무리 겁을 집어먹었어도 그런 일을 계획한 이상, 이미 그 어떤 일이 있어도 아무에게도 최소한 돈 봉투와 신호 얘기만은 하지 않았을 겁니다. 왜냐면 그건 미리부터 자기 정체를 오롯이 폭로하는 것이 되니까요. 설령 정보를 불라는 강요를 받았을지라도 일부러 뭐든 다른 걸 생각해서 적당히 둘러댈 뿐, 이것에 대해선 입을 다물었을 겁니다! 오히려, 반복하건대, 설령 그가 하다못해 돈에 대해서라도 입을 다물고 있다가 나중에 죽이고서 이 돈을 갈취했다 할지라도, 온 세상을 통틀어 아무도 그에게 돈을 노리고 살인을 저질렀다는 혐의를 절대 걸 수 없었을 겁니다. 왜냐면 그를 빼면 이 돈을 본 사람도, 또 그런 것이 집 안에 존재한다는 것을 알았던 사람도 누구 하나 없으니까요. 설령 그에게 혐의를 걸었다고 할지라도, 사람들은 반드시 그가 다른 무슨 동기 때문에 죽였을 거라고 생각했을 겁니다. 하지만 아무도 그에게서 그럴 만한 동기를 미리 알아채지 못했을 뿐만 아니라 오히려 그가 주인 나리의 사랑과 신임을 한 몸에 받고 있음을 다들 알고 있었기 때문에 물론 그는 제일 마지막에 가서야 의심했을 것입니다. 제일 먼저 의심의 대상이 되었을 법한 사람은 그럴 만한 동기를 가진 자, 그런 동기가 있다고 자기 입으로 소리친 자, 그걸 숨기지 않고 모든 사람 앞에서 드러낸 자였을 터이니, 한마디로 말해서 피살자의 아들인 드미트리 표도로비치를 의심했을 겁니다. 만일 스메르쟈코프가 살인을 저지르고 돈을 훔친 뒤 그 집 아들에게 혐의를 씌웠다면——물론 이것이 살인자 스메르쟈코프에게 이득이 되는 일이 아니었겠습니까? 아니, 그런데 살인을 계획한 스메르쟈코프가 이 집 아들인 드미트리에게 미리 돈과 봉투와 신호를 알려 준다니——무슨 이런 논리가, 무슨 이런 명약관화한 일이 다 있습니까!

스메르쟈코프는 자신이 계획한 살인의 날이 오자 간질 발작이 난 척 연기를 하면서 실족하여 쓰러지는데, 이는 대체 무엇을 위해서입니까? 물론, 첫째로, 자기 몸을 치료할 계획이었던 하인 그리고리가 집 지킬 사람이 그야말로 아무도 없음을 알고서 치료는 뒷전으로 미뤄 두고 당번병 노릇을 하도록 하기 위해서입니다. 둘째, 물론 주인 나리가 자기를 지켜 줄 사람이 아무도 없음을 알고서 아주 드러내 놓고 아들이 올까 봐 엄청난 두려움에 떨며 경계심과 주의력을 더욱더 강화하기 위해서입니다. 끝으로, 이게 가장 중요한 부분인데 물론, 그 사람, 즉 발작으로 만신창이가 된 스메르쟈코프가 즉시, 그가 늘 다른 사람들과 떨어져 홀로 밤을 보냈으며 출입문도 따로 쓰고 있던 부엌에서 곁채의 다른 방, 즉 그리고리의 방으로 옮겨지고 그들 부부의 침대에서 세 발짝밖에 떨어지지 않은 칸막이 뒤에 눕혀지도록 하기 위해서입니다. 발작이 일어나기만 하면 주인 나리와 정이 많은 마르파 이그나치예브나의 지시에 따라 태곳적부터 늘 그래 왔으니까요. 그곳의 칸막이 뒤에 누워서 그는 최대한 좀 더 그럴듯하게 병자처럼 보이기 위해 물론 신음 소리를 내기 시작하여 이런 식으로 밤새도록 그들을 깨우기 시작하는데(그리고리와 그의 아내의 증언에 따를 때 실제로도 이랬습니다.)──그러니까 갑자기 벌떡 일어난 뒤 주인 나리를 보다 더 손쉽게 죽이기 위해서 이 모든 짓을, 이 모든 짓을 했단 말입니까!

하지만 그가 그렇게 발작이 난 척 연기를 한 것은 바로 환자였던 그에게 혐의를 두지 않도록 하기 위해서였고 피고에게 돈과 신호에 대해 알려 준 것도 바로 상대방이 꾐에 넘어가서 제 발로 와서 죽이도록 하기 위해서였다고 말할 사람이 있을지도 모르겠습니다. 그러면 말이죠, 피고가 살인을 저지르고 돈을 갖고 달아나는 와중에 소란을 피우고 야단법석을 떨어서 증인들을 깨울 때, 그러니까 그때 스메르쟈코프도 일어나서 나갔을 것이다, 하는 식인데──아니, 대체 무엇을 하러 간단 말입니까? 아니, 그럼 주인 나리를 다시 한번 죽이고 이미 가져가 버린 돈을 다시 한번 가져가기 위해서입니까? 여러분, 지금 웃고 계십니까? 저도 이런 가정을 한다는 자체가 부끄럽지만, 좀 보십시오, 정작 피고는 바로 이런 주장을 하고 있잖습니까. 자기가 다녀간 뒤, 그러니까 그리고리를 쓰러뜨리고 일대 소란을 일으켜 놓은 채 이미 집을 나왔을 때 그 녀석이 일어나 나간 다음 살인을 저지르고 돈을 훔쳤다, 하는 식으로 말입니다. 저는 스메르쟈코프가 어떻게 이 모든 것을, 즉 신경이 잔뜩 곤두서 있고 광기에 휩싸인 그 집 아들이 진짜로 찾아와서는 그냥 점잖게 창문만 엿보았을 뿐, 신호를 알고 있는 상태에서도 모든 이득을 자기, 즉 스메르쟈코프한테 고스란히 남겨 둔 채 물러나리라는 것을 손가락 세듯 미리 알고 또 계산할 수 있었는지에 대해서는 숫제 말도 하지 않겠습니다! 여러분, 여기서 저는 진지하게 한 가지 질문을 던지는 바입니다. 스메르쟈코프가 범행을 저지른 순간이 대체 언제입니까? 바로 그 순간이 언제인지를 가르쳐 주십시오, 이게 없으면 그에게 혐의를 걸 수도 없으니까요.

'어쩌면 그 발작은 진짜였는지도 모른다. 그러다가 갑자기 정신을 차린 환자가 비명 소리를 듣고 밖으로 나갔다.'—자, 이 경우는 어떻습니까? 한번 살펴본 뒤, 슬슬 가서 주인 나리나 죽여 볼까, 하고 혼잣말을 했겠습니까? 하지만 지금까지 인사불성이 되어 누워 있던 그가 저기서 무슨 일이 있었는지, 대체 무슨 일이 일어났는지를 어떻게 알 수 있었겠습니까? 어쨌거나, 여러분, 공상에도 한계가 있는 법입니다.

예민한 사람들이라면 '그건 그렇지만, 뭐 그 경우엔 두 사람이 서로 짰다면, 그러니까 둘이서 같이 죽이고 돈을 나누어 가졌다면 그때는 어떻게 되는 거요?'라고 말할지두 므르겠군요.

예, 정말로 심히 의심이 가는 대목이며, 첫째, 대번에 그것을 확증해 줄 만한 어마어마한 증거들이 쏟아져 나옵니다. 한 놈은 살인을 비롯한 온갖 수고를 떠맡고, 다른 한 놈은 공모자랍시고 간질 발작이 난 척 연기나 하면서 모로 누워 있다——그것도 미리부터 주인 나리와 그리고리를 비롯한 모든 사람들의 의심을 사고 괜히 불안한 분위기를 조성하기 위해서다, 하는 거죠. 정말 호기심이 이는데, 대체 무슨 동기에서 두 공모자가 이런 미치광이 같은 계획을 생각해 낼 수 있을까요? 하지만 아마 스메르쟈코프의 입장에선 절대 적극적인 공모가 아니었고, 말하자면 소극적이고 수동적이었을 겁니다. 아마 스메르쟈코프는 소스라치게 놀란 나머지 그냥 살인에 반대하지 않겠다는 정도만 동의했을 테고 그러곤 소리도 지르지 않고 저항도 하지 않고 주인 나리가 죽도록 내버려 두었다는 혐의를 받을 거라는 예감이 들자——미리부터 드미트리 카라마조프에게 그 시간 동안 자기는 간질 발작이 난 것처럼 해서 누워 있게 해 달라고, '그럼 도련님이 저기 가서 원 없이 실컷 죽이더라도 저는 모른 척하겠습니다.'라는 식으로 허락을 구했는지도 모릅니다. 하지만 그 경우에도 역시나 이 간질 발작 덕분에 온 집안이 발칵 뒤집힐 것이 뻔한데, 드미트리 카라마조프가 이걸 미리 알면서도 이런 설득에 그러자고 동의했을 리 만무합니다. 하지만 제가 한 발짝 물러서도록 하죠, 그가 동의를 했다고 칩시다. 그렇다고 해도 드미트리 카라마조프가 살인범, 그것도 직접적인 살인범에 주동자이고 스메르쟈코프는 그냥 소극적인 가담자, 아니, 숫제 가담자도 아니고 그저 너무 무서운 나머지 어쩔 수 없이 묵인해 준 것에 지나지 않는다는 결론이 나오며 재판관 측에서도 이 정도는 이미 틀림없이 판별하셨을 법한데, 자, 정작 우리가 보는 상황은 어떻습니까? 피고는 체포되자마자 대번에 모든 걸 스메르쟈코프 한 사람한테 덮어씌우고 오직 그 한 사람만이 유죄라고 주장하고 있습니다. 자기와 공모를 한 것도 아니고 그냥 스메르쟈코프 혼자 했다는 거죠. 그놈 혼자 이런 일을 저질렀다, 그놈이 죽이고 돈을 빼앗았다, 죄다 그놈이 한 짓이다! 하고요. 아니, 세상에 공범자란 사람들이 당장에 서로를 고발하는 법이 대체 어디 있습니까──이런 일은 결코 있을 수도 없습니다. 그리고 이로써 카라마조프에게 얼마나 큰 모험이 도사리고 있는지를 유념해 두십시오. 그가 살인의 주범이고 스메르쟈코프는 주범도 아니고 그냥 묵인을 한 상태에서 칸막이 뒤에 누워 있기만 했는데, 이제 와서 그는 가만히 누워 있던 사람에게 죄를 덮어씌웁니다. 이렇게 되면, 그자, 즉 가만히 누워 있던 자는 화를 내면서 오로지 자기 목숨을 부지하기 위해서라도 한시바삐 이실직고할 수도 있는 노릇이 아닙니까. 둘 다 가담하긴 했지만, 단, 나는 죽이진 않았다, 나는 너무 무서운 나머지 그냥 허용하고 묵인했을 뿐이다, 하는 식으로요. 정말로 그, 그러니까 스메르쟈코프는 법정에서 즉시 자신의 죄의 정도를 판별해 줄 것을 알 수 있었고, 고로 자기가 벌을 받는다고 해도 모든 것을 그에게 덮어씌우려고 한 저 살인의 주범과는 비교할 수 없을 만큼 하찮은 벌일 것이라는 점을 헤아릴 수 있었을 겁니다. 하지만 이런 경우엔 응당 어쩔 수 없이 자백을 했을 겁니다. 그런에도, 우리는 이런 건 보지도 못했습니다. 오히려,

스메르쟈코프는 피고가 확고하게 그에게 혐의를 돌리며 줄곧 그를 단독 살인범으로 지목했음에도 불구하고 공모에 대해선 입도 뻥긋하지 않았습니다. 그뿐이 아닙니다. 스메르쟈코프는 예심에서 돈 봉투와 신호를 피고에게 알려 준 것이 자기 자신이었으며 자기가 아니었더라면 피고는 아무것도 몰랐을 것이라고 털어놓기까지 했습니다. 만약 그가 정말로 공범이었고 죄를 지었다면 예심에서 이것을, 즉 자기가 직접 이 모든 정보를 피고에게 알려 줬다는 사실을 그토록 쉽게 알려 주었겠습니까? 오히려, 딱 잡아떼고 틀림없이 사실들을 왜곡, 축소했을 겁니다. 하지만 그는 왜곡도, 축소도 하지 않았습니다. 이렇게 할 수 있는 사람은 오직, 공범으로 몰릴 걱정이 없는, 무고한 사람뿐입니다. 자, 그런데 그는 자신의 간질병과 이 모든 참극으로 인해 병적인 우울증의 발작에 시달린 나머지, 어제 목을 맸습니다. 목을 맨 뒤 독특한 문구로 쓰인 유서를 남겼습니다. '아무에게도 죄를 돌리지 않기 위해서 나 자신의 의지와 의향에 따라 목숨을 끊는다.'라는. 자, 이 유서에서 살인범은 카라마조프가 아니라 나다, 하는 말을 덧붙였을 법도 합니다. 하지만 이런 말을 그는 덧붙이지 않았습니다. 어떤 일에선 양심의 가책을 느끼면서도 또 다른 일에선 그렇지 않았단 말입니까?

그리고 어찌 되었습니까, 조금 전에 여기 이 법정에 3000루블의 돈이 제시됩니다. '문제의 그 봉투 속에 들어 있던 바로 그 돈으로서 지금 여러 증거물과 함께 저 탁자 위에 놓여 있는데, 어제 스메르쟈코프한테 받았다.'라는 거죠. 하지만 배심원 여러분, 여러분도 조금 전의 그 슬픈 광경을 기억하실 겁니다. 저는 세세한 사항들을 재차 반복하진 않고 두세 가지 정도의 견해만 말씀드리되, 가장 하찮은 것들에 치중하도록 하겠는데——왜냐면 하찮은 것들은 아무나 쉽게 머릿속에 떠올릴 수 없고 또 곧잘 잊혀 버리니까요. 첫째, 반복하거니와, 스메르쟈코프가 어제 양심의 가책 때문에 돈을 내놓고 직접 목을 맸다는 점입니다.(양심의 가책이 없었다면 그는 돈을 내놓지 않았을 겁니다.) 그리고 이반 카라마조프가 직접 공언했듯, 스메르쟈코프가 이반 카라마조프에게 처음으로 범행을 자백한 건 물론 어제 저녁의 일인데, 안 그랬다면 그가 왜 지금까지 입을 다물고 있었겠습니까? 어쨌거나, 이렇게 자백까지 해 놓고선 도대체 왜, 또다시 말씀드리지만, 바로 내일이면 무고한 피고에게 무서운 재판이 있다는 것을 알면서도 그 유서를 통해 우리에게 이 모든 진실을 알리지 않았을까요? 돈 하나만으론 증거가 되지 않습니다. 예컨대 저뿐만 아니라 이 법정 안에 있는 두 인물이 극히 우연하게 한 가지 사실을 알게 됐는데, 다름 아니라 이반 표도로비치 카라마조프가 현청 소재지로 사람을 보내 금리가 5퍼센트인 5000루블짜리 유가 증권 두 장을 만 루블의 현금으로 바꾸었다는 겁니다. 그러니까 제 말은 그저, 돈이라면 어떤 시점엔 누구나 갖고 있을 수 있으며 3000을 가져왔다고 해서 이 돈이 바로 그 돈, 바로 그 상자 혹은 봉투에서 나왔다는 증거가 될 수 없다는 겁니다. 끝으로, 이반 카라마조프는 어제 진짜 살인범에게서 그토록 중요한 정보를 들었음에도 태연했습니다. 하지만 그는 왜 즉시 이걸 신고하지 않았을까요? 왜 모든 걸 아침까지 미뤄 뒀을까요? 저로선 그 이유를 추측해 볼 권리는 있다고 생각됩니다. 그는 벌써 일주일째 건강에 이상이 생겼고 의사와 가까운 사람들에게 환영이 보이고 죽은 사람들을 만난다고 자기 입으로 고백했습니다. 오늘 기어코 그를 덮치고 만 섬망증이 발발하기 직전, 그는 느닷없이 스메르쟈코프의 죽음을 알게 되자 갑자기 혼자서 다음과 같은 생각을 해 봅니다. 즉, '이 녀석은 어차피 죽은 몸이니까, 이놈에게 혐의를 돌리고 형을 구하자. 나한테는 돈도 있다. 돈다발을 들고 가서 스메르쟈코프가 죽기 직전에 나한테 주었다고 말하자.'라는 거죠. 여러분은 이것이 부정직한 일이라고, 아무리 죽은 사람일지라도, 또 설령 형을 구하기 위해서였다고 할지라도 이건 부정직한 일이라고 말씀하시겠지요? 정말 그렇긴 하지만, 그가 무의식적으로 거짓말을 했다면, 느닷없이 하인의 사망 소식을 듣고서 판단력에 최종적으로 손상을 입은 나머지 그 자신도 정말로 그랬다는 식으로 상상하게 됐다면 어쩌시겠습니까? 여러분도 조금 전의 광경을 보셨을 테고, 그 사람의 상태가 어떤지 보셨을 테지요. 그는 두 발로 서서 말을 하긴 했지만, 그의 정신은 어디에 있었습니까? 조금 전 열병 환자의 증언에 이어 서류가 나왔으니, 그것은 피고가 범행을 저지르기 이틀 전에 베르호프체바에게 쓴, 자신의 앞으로의 범행에 대한 상세한 프로그램이 담긴 편지였습니다. 자, 그럼 왜 우리는 프로그램과 그것의 작성자들을 찾는 걸까요? 그건 범행이 이 프로그램과 똑같이 실행됐기 때문, 다름 아닌 그것의 작성자의 손에 의해 실행됐기 때문입니다. 그렇습니다, 배심원 여러분, '쓰인 대로 실행되었습니다'! 그리고 오히려 아버지의 방에 지금 우리의 애인이 있다는 굳은 확신에 차 있었던 만큼 절대로, 절대로 아버지의 창문 앞에서 겁을 집어먹고서 점잖게 도망치지 않았습니다. 천만에요, 이건 터무니없고 얼토당토않은 얘기입니다. 그는 안으로 들어갔고——일을 끝냈습니다. 필경 자신이 증오하는 연적을 보자마자 신경이 곤두선 상태에서 홧김에 그를 죽였을 것이고 그것도 아마 놋쇠 공이로 무장된 손을 한 번 휘둘러서 단번에 죽였을 것이며, 그러고 나서는 집 안을 샅샅이 뒤져 그녀가 거기 없다는 것을 확인했지만, 그럼에도 베개 밑에 손을 쑤셔 넣어 돈 봉투를 꺼내는 것을 잊지 않았습니다. 그렇게 찢어진 겉봉투는 지금 여기 물증 탁자 위에 있습니다. 제가 이런 말을 하는 것은 여러분께서 제 생각으론 아주 특징적인 한 가지 정황에 주의를 기울이도록 하기 위해서입니다. 만약 범인이 능수능란한 살인범이었다면, 그야말로 돈만 노린 살인범이었다면——아니, 그래 겉봉투를 우리가 본 대로 마룻바닥의 시체 옆에 그냥 던져 뒀겠습니까? 또 가령 범인이 돈을 노리고 살인한 스메르쟈코프였다면, 자신의 희생양인 시체를 앞에 두고 구태여 봉투를 뜯어 보는 수고를 할 필요도 없이 그냥 통째로 들고 가 버렸을 겁니다. 그가 보는 데서 돈을 봉투에 집어 넣고 봉인을 했으므로 그는 봉투 안에 돈이 있다는 것을 확실히 알고 있었고, 고로 봉투째 싹 갖고 가 버렸다면 강도질이 있었는지 어땠는지도 어떻게 알겠습니까? 배심원 여러분, 한 가지 묻겠는데, 과연 스메르쟈코프가 이렇게 행동했을까요, 봉투를 마룻바닥에 던져 뒀을까요? 아니요, 틀림없이 이렇게 행동했을 법한 사람은 미친 듯 흥분하여 이미 앞뒤를 판단하기 어려워진 살인자, 도둑이 아니기 때문에 지금까지 어떤 것도 훔쳐 본 적이 없고 게다가 그 순간 이부자리 밑에서 돈을 꺼낼 때도 도둑으로서 훔친 것이 아니라 마치 도둑맞은 자기 물건을 그 도둑한테서 도로 찾아가듯 훔친 살인자였을 것인데—드미트리 카라마조프야말로 이 3000에 대해 이런 생각을 하고 있었고 급기야 조증에까지 이르게 됐잖습니까. 해서, 그는 이전엔 한 번도 본 일이 없는 봉투를 손에 넣자, 그 안에 돈이 들어 있는지를 확인하기 위해 겉봉투를 찢은 다음, 돈을 호주머니에 넣고 심지어 찢어진 봉투를 마룻바닥에 던져 두면 자신의 유죄를 증명해 줄 대단히 불리한 증거가 된다는 것조차 까맣게 잊고 생각 없이 그냥 도망쳐 버린 겁니다. 이런 생각도, 이런 고려도 전혀 할 수 없었던 건 역시나 스메르쟈코프가 아니라 카라마조프였기 때문인데, 사실 그에게 그럴 여유나 있었겠습니까! 그는 도망치는 와중에 자기를 따라잡은 하인의 고함 소리를 듣게 되는데, 하인은 그를 붙잡아 저지하다가 놋쇠 공이를 맞고 쓰러집니다. 피고는 동정심에서 그를 향해 밑으로 뛰어내립니다. 글쎄요, 피고가 갑자기 우리에게 주장하는 바론, 그가 그때 하인을 향해 아래로 뛰어내린 것은 안쓰러운 마음에 동정심에서 어떻게 하인을 도울 방법이 없을까 살펴보기 위해서였답니다. 하지만, 어디 이런 순간에 이와 같은 동정심이 들 법합니까? 천만에요, 그가 뛰어내린 것은 자신의 악랄한 짓을 목격한 유일한 증인이 살아 있는가를 확인하기 위해서였습니다. 그 밖의 다른 감정, 다른 동기는 모두 다

부자연스러운 게 아니겠습니까! 여기서 유념해 둘 것은 그가 그리고리를 붙잡고 그의 머리를 손수건으로 닦아 주며 애를 쓰다가 그리고리가 죽었다는 확신이 서자 앞뒤를 잃은 사람처럼 온몸이 피투성이가 된 채로 다시 그곳, 자기 애인의 집으로 달려갔다는 점입니다. 아니, 어떻게 온몸이 피투성이라는 것도, 해서 그 즉시 탄로 날 수 있다는 것도 생각지 못했을까요? 어쨌거나 피고는 온몸이 피투성이인 것에는 숫제 주의도 기울이지 않았다고 우리에게 주장합니다. 이 점은 인정할 수 있고 또 충분히 가능한 일이기도 합니다. 이런 순간에 범죄자들에겐 늘 이런 일이 일어나곤 하니까요. 하나에 대해선 지옥과 같은 계산 능력이 작동하지만 다른 것에 대해선 생각이 짧은 거죠. 그 순간 그는 오로지 그녀가 어디에 있는가에 대해서만 생각했던 겁니다. 어서 빨리 그녀가 어디에 있는지를 알아야만 했기 때문에 그녀의 집으로 달려가 자신으로선 예상도 못 했던 어마어마한 소식을 듣게 된 겁니다. 그녀가 자신의 '옛 사람', '틀림없는 그 사람'과 함께 모크로예로 떠난 것입니다!"

9 전속력의 심리 분석.
질주하는 트로이카. 검사 논고의 피날레

이폴리트 키릴로비치는 지금껏 명백히, 자기 자신의 초조한 열광을 자제하려고 일부러 엄격하게 설정된 틀을 추구하는 신경질적인 연사들이라면 누구나 들먹이길 아주 좋아하는 엄격히 역사적인 진술 방법을 택했지만, 논고가 여기까지 다다르자 '옛 사람', '틀림없는 그 사람'에 대해 특별히 장황한 말을 늘어놓았으며 이 주제와 관련하여 자기 나름대로 다소간 흥미진진한 생각을 피력했다. "모든 사람들을 미칠 듯이 질투해 온 카라마조프는 '옛 사람', '틀림없는 그 사람' 앞에서 갑자기 단번에 기가 꺾여 움츠러들고 맙니다. 더더욱 이상한 것은 그가 그 자신으론 예상도 못 했던 연적이 얼굴을 드러냄으로써 이렇게 새로운 위험이 나타날 것에 대해서 이전엔 거의 어떤 주의도 기울이지 않았다는 점입니다. 하지만 그는 줄곧 이것을 까마득히 먼 일이라고 생각해 왔는데, 원래 카라마조프는 늘 현재의 순간만을 사니까요. 심지어 그는 그 존재를 무슨 허구로 간주했을 겁니다. 하지만 그녀가 이 새로운 연적을 감추고 또 아까 자기를 속였던 이유는 새로이 날아온 이 연적이 이 여자에게 환상이나 허구이기는커녕 오히려 그녀의 삶에서 그야말로 모든 희망이었기 때문이었으리라는 것을 순식간에 가슴이 저리도록 절실히 깨닫고서, 정말 순식간에 이걸 깨닫고서 그는 마음을 접었습니다. 어쩌겠습니까, 배심원 여러분, 저는 피고가 느닷없이 분출시킨 이 영혼의 한 특성에 대해서 한마디 하지 않으면 안 되겠습니다. 도저히 그럴 사람으론 보이지 않지만, 여하튼 피고에겐 갑자기 진리를 향한 잠재울 길 없는 욕구, 여성을 존경하고 그 마음의 권리를 인정하고 싶은 욕구가 나타났습니다. 더욱이, 그것도 때가 어느 때입니까, 그녀로 인해 자신의 손을 자기 아버지의 피로 붉게 물들인 순간이 아닙니까! 사실, 그렇게 흘려진 피는 이미 그 순간에 복수의 칼날을 갈기 시작했습니다. 사실, 이미 자신의 영혼과 지상에서의 자신의 운명을 오롯이 파멸시켰으니 그는 어쩔 수 없이 그 순간 다음과 같은 것을 느꼈고 또 자문해야 했으니까요. '나 자신의 영혼보다 더 사랑하는 이 존재에게 있어 나는 지금 대체 어떤 의미를 지니며 또 어떤 의미를 지닐 수 있는가, 이 '옛 사람', '틀림없는 그 사람'과 비교할 때, 한때 자기가 파멸시킨 그 여자한테로 다시 돌아와 잘못을 뉘우치면서 떳떳하게 청혼을 하고 새로운 사랑과 앞으로 새롭게 부활한 행복한 삶을 맹세하는 이자와 비교할 때 말이다. 나도 이렇게 불행한 지경에 빠졌는데, 내가 지금 그녀에게 줄 수 있는 것, 제안할 수 있는 것이 무엇이란 말인가?' 카라마조프는 이 모든 것을 깨달았으며, 또한 범죄로 인하여 자신의 모든 앞길이 막혀 버렸고 자신은 형을 선고받은 범죄자일 뿐, 삶을 살 수 있는 사람이 아니라는 것을 깨달았던 것입니다! 이러한 생각이 그를 짓누르고 무력하게 만들었습니다. 자, 그래서 그는 순간적으로 미치광이 같은 한 가지 계획에 천착하게 되는데, 카라마조프의 성격으로 볼 때 이거야말로 자신의 무서운 정황으로부터 탈출할 수 있는 유일하고 숙명적인 출구로 생각됐을 것이 분명합니다. 이 출구란 바로——자살입니다. 그는 관리 페르호친에게 저당 잡힌 권총을 찾으러 달려가는데, 동시에 길을 가는 중에 호주머니에서 자기 손을 아버지의 피로 물들게 만든 돈을 전부 끄집어냅니다. 오, 그에겐 지금 돈은 그 무엇보다도 절실히 필요합니다. 카라마조프가 죽어 가고 있다, 카라마조프가 권총 자살을 하려 한다, 이것은 사람들의 기억 속에 남을 것이다! 우리가 괜히 시인인 게 아닙니다, 우리가 괜히 우리의 삶을 양쪽 끝에 불을 붙인 양초처럼 불태웠던 것도 아닙니다. '그녀, 그녀한테로 가자──그곳에서, 오, 그곳에서 온 세상이 들썩일 만한, 이제껏 유래가 없었던 연회를 열어, 오래도록 기억되고 얘깃거리가 되도록 하자. 야만적인 고함 소리와 집시들의 광적인 노래와 춤이 펼쳐지는 가운데 축배의 잔을 들고 내가 숭배하는 여인의 새로운 행복을 축하하고, 그러고 나선──곧바로 그녀의 발치 아래서, 그녀가 보는 앞에서 내 두개골을 박살 내고 나의 삶을 벌하리라! 그녀도 언젠가는 미챠 카라마조프를 기억하리라, 이 미챠가 그녀를 얼마나 사랑했는지 알게 되고 미챠를 안쓰러워하리라!' 여기엔 그림처럼 아름다운 많은 것들, 낭만적인 광기 어린 흥분, 카라마조프 특유의 야성적인 무절제와 감상──자, 그리고 뭔가 다른 것이 더 있으니, 배심원 여러분, 그 뭔가는 영혼 속에서 아우성치고 머릿속을 끊임없이 두들기고 그의 영혼을 독약처럼 죽도록 괴롭히는 것입니다. 이 뭔가──그것은 바로 양심입니다. 배심원 여러분, 그것은 양심의 심판이며 그것은 무서운 양심의 가책입니다! 하지만 권총이 모든 것을 해결해 줄 테니 권총이야말로 유일한 출구이며 다른 해결법이란 있지도 않습니다. 그럼에도 그곳에는──저는 그 순간 카라마조프가 '저곳엔 무엇이 있을까?'[51]라는 생각을 했는지 어땠는지, 그리고 카라마조프가 햄릿처럼 그곳엔 무엇이 있을지에 대한 생각을 할 수 있는 인물

_____

51) 앞서 인용된 『햄릿』의 일절.

인지 어떤지는 모르겠습니다. 아니요, 배심원 여러분, 저들에 겐 햄릿들이 있지만 우리에겐 아직은, 일단은 카라마조프들이 있을 뿐입니다!"

여기서 이폴리트 키릴로비치는 미챠가 길 떠날 채비를 하는 광경, 즉 페르호친 집과 가게에서 있었던 일, 마부들과의 흥정 등을 아주 상세하게 묘사했다. 그는 한결같이 증인들에 의해 확증된 무수한 말들과 증언들, 몸짓들을 인용했는데—그 광경이 청중들의 확신에 무서울 정도로 영향을 미쳤다. 무엇보다도, 사실들의 총합이 영향을 미쳤다. 미친 듯 흥분하여 날뛰고 이미 자기 자신도 지키지 못하게 된 이 사람이 유죄라는 것은 격퇴할 수 없는 사실로 보였다. "그는 이미 스스로를 지키고 자시고 할 것도 전혀 없었습니다." 이폴리트 키릴로비치가 말했다. "두세 번 정도는 거의 자백을 한 거나 다름없었는데, 끝까지 말을 안 했다뿐이지 거의 암시를 하기도 했습니다.(여기서 증인들의 증언이 줄줄이 인용되었다.) 심지어 길을 가는 도중에 마부에게도 '지금 자네가 살인자를 태우고 있다는 것을 알고는 있나!'라고 소리쳤습니다. 하지만 끝까지 말을 할 수는 없었지요. 우선은 모크로예 마을로 들어가서 그곳에서 이 서사시를 끝마쳐야 했으니까요. 하지만 이 불행한 사람을 기다리고 있는 것은 무엇입니까? 그러니까 정작 모크로예에 도착한 뒤 그는 '틀림없는 그 사람'이라는 연적이 어쩌면 그다지 틀림없는 존재도 아닐뿐더러 둘 다 새로운 행복에 대한 그의 축하와 축배의 잔을 받는 것은 아예 안중에 없다는 것을 거의 첫눈에 알아보고 결국엔 완전히 깨닫게 되었던 것입니다. 하지만 이 사실들은 배심원 여러분도 예심을 통해서 이미 알고 계실 테지요. 카라마조프는 이론의 여지가 없을 정도로 확실히 연적을 무찔렀고 그러자——오, 그러자 그의 영혼은 이미 완전히 새로운 국면을 맞이했으니, 이 영혼이 한때 경험했고 언젠가 또 경험하게 될 모든 국면들 중 가장 무서운 것이었습니다! 확실히 단언하건대, 배심원 여러분." 하고 이폴리트 키릴로비치가 외쳤다. "더럽혀진 본성과 죄를 저지른 심장 자체가 지상의 어떤 심판보다도 더 완벽하게 그 자신에게 복수를 하는 겁니다! 더욱이, 심판과 지상의 형벌은 오히려 자연의 형벌을 경감해 주므로 이런 순간엔 범죄자의 영혼을 절망으로부터 구원하기 위해 그것이 꼭 필요한 법입니다. 그녀가 자기를 사랑하여 자기를 위해 '옛 사람'이자 '틀림없는 그 사람'을 버리고 자신을, 즉 '미챠'를 새로운 삶으로 초대하여 행복을 약속한다는 것을 알았을 때 카라마조프가 느꼈을 그 공포와 정신적 고통들을 저로선 상상도 할 수 없습니다. 게다가 지금 때가 어느 때입니까? 그에게 있어 이미 모든 것이 끝났을 때, 이미 그 어떤 것도 가능하지 않은 때가 아니었습니까! 말이 나온 김에, 그 당시 피고가 처한 상황의 진정한 본질을 해명하기 위해 겸사겸사 우리로선 극히 중요한 한 가지 사실을 지적하겠습니다. 즉, 이 여성은, 이 사랑은 그가 이렇게 체포되는 마지막 순간까지도, 그 시점까지도 그에게 있어 접근할 수 없는 존재, 열렬하게 갈망하되 도저히 손에 넣을 수 없는 존재였습니다. 하지만 그때 그는 왜, 대체 왜 자살을 하지 않았을까요, 왜 기왕지사 내린 결단을 포기했을까요, 왜 자기 권총을 어디다 두었는지도 잊어버렸을까요? 바로 사랑을 향한 이 열정적인 갈망과 그 희망이 그때 곧바로 그를 저지했기 때문입니다. 정신이 몽롱해질 만큼 연회에 도취된 채 그는 자신의 애인 곁에 꼭 붙어 있었고 그에겐 그 어느 때보다 더 매력적이고 매혹적이었던 그녀도 또한 그와 함께 연회를 즐겼으니─그는 잠시도 그녀 곁을 떠나지 않고 넋 놓고 그녀를 바라보며 그녀 앞에서 스러져 가고 있었습니다. 한순간이나마 이 열정적인 갈망이 체포의 공포뿐만 아니라 양심의 가책마저도 눌러 버릴 수 있었던 것입니다! 한순간, 오, 오직 한순간이나마! 저는 그 당시 범인의 심적 상태가 틀림없이 다음과 같은 세 요소에 노예처럼 종속되어 완전히 짓눌려 있었으리라 생각됩니다. 그러니까 첫째, 취중이었고 정신도 몽롱하고 소란스럽고 춤을 추며 발을 구르는 소리며 째질 듯한 노랫소리가 들리고, 그리고 그녀, 그녀는 술기운이 올라 발그스레해져서 노래를 부르고 춤을 추면서 그렇게 술에 취한 상태로 그를 향해 웃는다, 이 말입니다! 둘째, 숙명적인 대단원은 아직 먼 일이다, 최소한 코앞에 닥치진 않았다─기껏해야 다음 날은 되어야 이리로 찾아와 나를 잡아가겠지, 기껏해야 다음 날, 그것도 겨우 아침 녘은 되어야 될 것이다, 하는 식의 고무적이고 요원한 꿈이 있었을 겁니다. 고로, 최소한 몇 시간은 있는 거다, 이것만 해도 많은 게 아닌가, 끔찍할 정도로 많은 거다! 사실 이 몇 시간 동안 많은 것을 생각할 수 있는 법입니다. 저는 그가 처형장으로, 교수대로 끌려가는 죄수와 비슷한 어떤 경험을 했으리라고 생각합니다. 즉, 아직 길고도 긴 거리를 지나가야 한다, 한 걸음씩 내디디면서 수천 명의 군중들 곁을 지나간 다음, 방향을 틀어 다른 거리로 나간 뒤에도 이 거리의 끝까지 가야지만 저 무서운 광장이 나오는 것이다! 하는 식인 거죠. 그러니까 제 생각으로 행진이 시작될 때 사형수는 자신의 치욕스러운 마차에 앉아 있으면서도, 아직도 자기 앞엔 무한한 삶이 있노라고 느꼈을 것 같습니다. 하지만, 보시다시피, 그럼에도 집들은 서서히 지나가고 마차는 계속 움직이는데—오, 하지만 이게 대숩니까, 두 번째 거리 쪽으로 돌려면 아직 이렇게 많이 남은걸요. 그래서 그는 아직도 부지런히 좌우를 살피고, 또 매정하면서도 호기심 어린 시선으로 자신을 응시하는 이 수천 명의 사람들을 바라보는데, 그의 머릿속에서는 여전히 그가 저 사람들과 똑같은 사람이라는 생각이 듭니다. 하지만 자, 어느새 또 다른 거리로 들어섰으니—오! 이게 무슨 대숩니까, 이건 아무것도 아닙니다, 아직도 또 다른 거리 하나가 온전하게 남아 있는걸요. 그러고서 수없이 많은 집들이 지나쳐 가도 그는 여전히 '아직도 집은 얼마든지 많이 남아 있다.'라고 생각할 겁니다. 그야말로 끝까지, 광장에 다다르기 직전까지 이런 식인 거죠. 그 당시 카라마조프도 이러했으리라는 것이 제 생각입니다. '저쪽에선 아직도 미처 손을 쓰지 못했을 거다.'라고 그는 생각했겠지요. '아직도 빠져나갈 구멍은 있을 거다, 오, 어떻게 나를 변호하고 어떻게 반격을 가할지 계획을 짜고 곰곰이 생각을 할 시간은 아직도 있을 거다, 하지만 지금, 지금—지금 이 여자는 정말 얼마나 매혹적인가!' 그의 마음은 혼란과 두려움으로 가득하지만 그럼에도 그는 용케 자기 돈의 절반을 떼 내어 어딘가에 감추는데——그러지 않고서는 지금 막 아버지의 베개 밑에서 가져온 3000 중 절반이 고스란히 어디로 사라질 수 있었는지를 저 스스로도 해명할 수가 없으니까요. 그가 모크로예에 온 건 이미 처음도 아니고, 그때도 거기서 꼬박 사십팔 시간 동안 술판을 벌였습니다. 그러니까 이 낡아 빠지고 커다란 목조 건물을 헛간 하나, 복도 하나에 이르기까지 속속들이 알고 있었던 거죠. 그래서 제 생각으론, 바로 그때, 정확히 그 집에서 체포되기 직전에 돈의 일부분이 무슨 구멍 같은 곳이나 무슨 틈새나 마루 쪽 밑이나 어디 구석이나 지붕 밑에 감추어졌을 것 같은데——대체 무엇을 위해서 그랬을까요? 하긴 무엇을 위해서라뇨? 지금 당장 파국이 찾아올 판이건만, 물론 그것을 어떻게 맞이해야 할지 아직 곰곰이 생각도 다 못 했고, 아니, 숫제 그럴 겨를도 없었던 데다가 우리의 머릿속이 사정없이 지끈거리고 더욱이 마음속은 온통 그녀 생각뿐인데, 하지만 돈을 어쩐다죠? 돈은 어떤 경우에나 꼭 필요한 겁니다! 사람은 돈이 있으면——어딜 가나 사람대접을 받는 법입니다. 혹시 여러분은 이런 순간에 이러한 계산이 진행되는 것이 부자연스럽게 여겨집니까? 하지만 그는 이 일이 있기 한 달 전에 역시나 그에게 가장 불안하고 숙명적인 어느 순간에 3000 중 절반을 떼 내어 자신의 부적 속에 꿰매 넣었노라고 자기 입으로 주장하고 있지 않습니까. 물론 지금 곧 이것이 거짓말이라는 걸 증명할 테지만, 설령 그렇다고 할지라도 이런 생각 자체는 카라마조프가 쭉 숙고해 온 것이기 때문에 그에게 낯익은 것이었겠죠.

그뿐만 아니라, 나중에 그가 예심판사에게 1500을 부적 주머니(결코 존재하지도 않았지만) 속에 떼 놓았다고 주장했지만 아마 이 부적 주머니라는 것은 바로 그 자리에서 느닷없이 떠오른 영감에 북받쳐 순간적으로 지어낸 수작이었을 텐데, 그럴 수밖에 없었던 이유는 그 두 시간 전에 만일의 사태를 대비해 돈을 몸에 지니고 있으면 안 되겠다는 마음에 절반을 떼 내어 아침까지라도 거기 모크로예의 어딘가에 감추어 놨기 때문입니다. 두 개의 심연을 상기해 주십시오, 배심원 여러분, 카라마조프는 두 개의 심연을, 두 개를 동시에 관조할 수 있다는 것을! 우리는 그 집에 대해 가택 수색을 벌였지만 발견한 것이 없습니다. 그 돈은 지금도 아직 거기에 있을지도 모르고, 어쩌면 다음 날 사라져서 지금쯤 피고의 손에 들어갔는지도 모릅니다. 어쨌거나 체포됐을 때 그는 그녀 곁에 있었습니다. 침대에 누워 있는 그녀 앞에서 무릎을 꿇은 채 그녀를 향해 손을 뻗고 있었는데, 그 순간 모든 것을 완전히 잊었기 때문에 체포자들이 가까이 다가오는 소리도 듣지 못했습니다. 아직 어떤 대답을 할지도 머릿속에서 미처 준비가 안 돼 있었던 거죠. 그도, 그의 머리도 불시에 체포된 것이었습니다.

그리하여 지금 그는 자신의 운명을 결정지을 재판관들 앞에 서 있습니다. 배심원 여러분, 우리의 의무를 이행함에 있어서 우리 자신도 사람 앞에서 거의 무서움을 느끼고 또 사람 때문에 무서워지는 순간들이 있습니다! 이것은 모든 것이 끝장났다는 것을 피고 자신이 이미 알고 있음에도 여전히 상대방과 투쟁하고 또 투쟁하기 위해 몸부림치면서 보이는 동물적 공포를 목도하는 순간입니다. 내부에서 자기 보존 본능이 죄다 한꺼번에 고개를 쳐드는 이런 순간에 피고는 자신을 구하기 위해 의아스러우면서도 고통에 찬, 꿰뚫을 듯한 시선으로 상대방을 바라보면서 상대를, 상대의 얼굴 표정과 상대의 생각을 포착해 연구하고, 상대가 어느 쪽 옆구리부터 때릴까 기다리고, 전율하는 머릿속에선 순간적으로 수천 개의 계획들을 창조하지만 그럼에도 말하는 것이 두렵고 헛말을 할까 봐 두려워합니다! 인간의 영혼이 이런 굴욕에 처해지는 순간들, 영혼이 이토록 수난을 겪는 모습, 자기를 구하기 위한 저 동물적인 갈망——이것이 어찌나 끔찍한지, 이따금씩은 예심판사마저도 범죄자에게 전율 어린 동정을 느낄 정도입니다! 그 당시 우리가 목격한 것이 바로 이런 것들이었던 겁니다. 처음에 그는 망연자실하고 공포에 눌린 나머지 자기에게 심히 불리한 말도 몇 마디씩 툭툭 내뱉었습니다. '피! 나는 이런 대접을 받아도 싸다!' 하지만 그는 재빨리 자제력을 발휘했습니다. 무슨 말을 해야 할까, 어떤 대답을 해야 할까 등——뭐 하나 제대로 준비된 것이 없었지만 단 하나, 무턱대고 '아버지의 죽음에 대해서는 죄가 없습니다!'라며 발뺌할 준비는 되어 있었던 것입니다. 아직은 담장이 멀쩡하니까 저기, 담장 너머에 뭔가를, 무슨 바리케이드라도 만들 수 있을지 모른다, 하는 식이었죠. 그는 서둘러 앞서 내뱉은 불리한 말들을 수습하려고 우리가 질문을 던지기도 전에 자기는 오직 그리고리의 죽음에 대해서만 유죄인 것으로 생각된다고 설명합니다. '이 피에 대해서는 유죄지만, 아버지는 대체 누가 죽였습니까, 여러분, 누가 죽였단 말입니까? 내가 아니라면 대체 누가 아버지를 죽였을까요?' 이 말이 들리십니까, 우리에게, 바로 이 질문을 하기 위해 그를 찾아온 우리에게 이걸 물어보다니요! 여러분, 이렇게 '내가 아니라면'이라는 말로 미리 선수를 치는 것이, 이 동물적인 교활함이, 이 카라마조프적인 순진함과 초조함이 들리십니까? 내가 죽인 게 아니다, 내가 죽였다는 건 생각도 할 수 없는 일이다, 하는 식이죠. '죽이고 싶었습니다, 여러분, 정말 죽이고 싶었지만' 하고 그는 어서 빨리 자백합니다.(그것도 지독하게, 오, 정말 지독하게 서두르면서요!) '하지만 어쨌거나 나는 무죄입니다, 내가 죽인 게 아니니까요!' 이렇게 그는 한 발짝 물러서서 죽이고 싶었다는 사실은 인정합니다. 내가 얼마나 솔직한지는 너희들도 훤히 알 테니까 그럼 내가 죽인 게 아니라는 걸 어서 빨리 믿어 달라, 하는 식이죠. 오, 이런 경우 범죄자는 이따금씩 터무니없을 정도로 경솔해지고 남을 쉽게 믿어 버리는 경향이 있습니다. 바로 이걸 이용해서 예심을 담당한 측에선 꼭 우연인 양 갑자기 아주 순진한 질문을 그에게 던졌습니다. '혹시 스메르쟈코프가 죽인 건 아닐까요?' 그러자 우리가 기대했던 일이 일어났습니다. 아니나 다를까, 우리가 불시에 선수를 쳐서 그의 허를 찔렀기 때문에 그는 엄청나게 화를 내더군요. 그로선 미처 준비도 하지 못했고 스메르쟈코프를 들먹이는 데 제일 적절한 순간을 잡아내지도, 포착하지도 못한 상태였으니까요. 예의 그 천성대로 그는 즉시 극단으로 치달았으며 자기가 나서서 스메르쟈코프가 죽였을 리 없다, 살인을 할 수 있는 위인이 아니다, 하고 있는 힘껏 주장하기 시작했습니다. 하지만 그의 말을 믿지 마십시오, 이것은 교활한 수작일 따름입니다. 그는 결코, 아직은 결코 스메르쟈코프를 포기하지 않습니다. 오히려, 달리 내세울 사람이 없기 때문에 또 스메르쟈코프를 내세울 테지만, 지금은 일단 일이 틀어졌기 때문에 다른 순간에 가선 꼭 이렇게 나올 겁니다. 그러니까 내일이 되면, 아니 심지어 며칠이 지나서 적절한 순간을 포착하면 우리에게 스메르쟈코프를 내세우면서 자기가 먼저 '거보십시오, 제가 여러분보다도 먼저 스메르쟈코프는 아니라고 했다는 거, 여러분도 기억하실 테죠, 하지만 이제 와선 그놈이 죽였다는 걸 확신하게 됐습니다, 그놈이 틀림없어요!'라고 외칠 작정이었던 거죠. 그래도 일단은 우리 앞에서 음울하고 신경질적인 부인으로 일관했지만 너무 초조하고 격분했던 나머지, 자기는 아버지의 창문을 들여다본 뒤 그냥 점잖게 물러났다는 아주 서툴고 터무니없는 실언을 하고 맙니다. 무엇보다도, 지금 상황이 어찌 돌아가고 있는지, 그러니까 그리고리가 정신을 차린 뒤 얼마나 중요한 증언들을 했는지를 아직 모르고 있었던 겁니다. 우리는 그의 몸을 샅샅이 수색하기 시작합니다. 이 때문에 그는 격분했지만 동시에 기운을 내기도 합니다. 3000이 전부 다 나온 게 아니고 오직 1500만 나왔으니까요. 그리고 물론, 지금껏 격분한 침묵과 부인으로 일관하다가 이 순간에 와서 평생 처음으로 부적 주머니 생각이 그의 머릿속에 떠오른 겁니다. 틀림없이 그는 자기가 생각해 봐도 이런 날조가 참 어이없다는 느낌이 들어서 어떻게 하면 이걸 좀 더 그럴듯하게 만들 수 있을까, 어떻게 하면 좀 더 개연성 있는 소설 한 편을 꾸며 낼 수 있을까 괴로워하는데, 너무 괴로워 미칠 지경이 됩니다. 이런 경우, 심리를 맡은 우리의 가장 중요하고도 으뜸가는 과제는 바로—범인에게 미처 준비를 할 여유도 주지 않고 불시에 습격을 가해 속에 담아 둔 생각들을 순진무구하리만큼 죄다 훤히 드러내고 또 터무니없고 모순된 얘기를 하도록 하는 것입니다. 범인으로 하여금 말을 하도록 강요할 수 있는 방법은 우연인 척하면서 느닷없이 무슨 새로운 사실이나 무슨 새로운 정황을 알려 주는 것인데, 그것은 그 자체로 대단한 의미를 지니지만 범인이 지금까지 절대로 생각지도 못했던 것이어야 합니다. 그런 사실을 우리는 진작부터 준비해 놓고 있었으니, 오, 정말 오래전부터 준비를 해 뒀지요. 그것은, 정신을 차린 하인 그리고리가 문은 열려 있었고 피고는 그리로 도망을 쳤을 것이라고 한 바로 그 증언이었습니다. 이 문에 관한 한 그는 까맣게 잊고 있었고, 또 그리고리가 그것을 봤을 거라고는 꿈에도 생각 못 했던 거죠. 역시나, 어마어마한 효과가 나왔습니다. 그는 자리에서 벌떡 일어나 갑자기 '그렇다면 스메르쟈코프가 죽인 겁니다, 스메르쟈코프가!'라고 우리에게 소리쳤습니다. 자, 이런 식으로 속에 감춰 둔 주된 생각을 가장 엉성한 형태로 발설하고 말았으니, 오직 그가 그리고리를 쓰러뜨리고 도망친 이후에야 스메르쟈코프가 살인을 할 수 있었다는 얘기가 되니까요. 우리가 그에게 그리고리는 침실에서 나온 뒤 쓰러지기 전에 문이 열린 것을 보았으며 침실의 칸막이 뒤에서 스메르쟈코프가 신음하는 소리를 들었노라고 알려 주자—카라마조프는 진짜로 찌그러져 버렸습니다. 저의 동료이자 우리가 존경해 마지않는, 재치 있는 니콜라이 파르표노비치가 나중에 저에게 전하길, 그 순간 그는 피고가 너무 불쌍해서 눈물이 날 정도였다고 했습니다. 자, 그리하여 이 순간, 그는 사태를 수습하기 위해서 우리에게 서둘러 저 악명 높은 부적 주머니 얘기를 들려줍니다. 어쩔 수 없지, 이 소설이라도 한번 들어 주시죠! 하는 듯 말입니다. 배심원 여러분, 앞서도 이미 여러분에게 표명했듯, 한 달간 돈을 부적 주머니 속에 꿰매 넣어 보관했다는 얘기는 어림 반 푼어치도 없는 수작이거니와 이러한 경우에 머릿속에서 뒤져 낼 수 있는 가장 엉터리 같은 날조라는 것이 제 생각입니다. 설령 가장 엉터리 같은 얘기를 한번 내놔 보라고 내기를 한다고 해도—이보다 더 부실한 건 생각해 낼 수 없을 정도입니다. 이렇게 기고만장하게 나오는 소설가를 옭아매어 옴짝달싹 못 하게 할 수 있는 가장 좋은 방법이 바로 시시콜콜한 세부 사항들인데, 언제나 현실을 가득 채우는 것은 아주 시시콜콜한 세부 사항들이지만 이처럼 어쩔 수 없이 작가 노릇을 하게 된 불운한 이들은 이런 것들을 무의미하고 불필요하고 자질구레한 걸로 치부해서 늘 무시하고 심지어 머릿속에는 떠올리는 일도 결코 없지요. 오, 그 순간 그들은 이런 일에 신경 쓸 겨를이 없기 때문에 오로지 장엄한 전체를 창조해 내기 위해 머리를 굴리는데—바로 이런 때 그들에게 이와 같이 자질구레한 걸 툭 던져 보는 겁니다! 이런 식으로 그들은 획 걸려든다니까요! 우리는 피고에게 다음과 같은 질문을 던져 봅니다. '자, 그럼 그 부적 주머니의 재료는 어디서 구했습니까, 누가 그것을 꿰매 주었습니까?' '직접 꿰맸습니다.' '옷감은 어디서 구했습니까?' 피고는 벌써부터 화를 내고 우리가 이런 자질구레한 걸로 자기를 거의 모욕하고 있다고 생각하는데, 정말이지 진정, 진정으로 그렇게 생각하는 겁니다!

하지만 이들은 전부 그렇습니다. '전 그걸 제 와이셔츠에서 뜯어 냈습니다.' '멋지군요. 그렇다면, 내일 당장 천 조각이 뜯어진 그 와이셔츠를 찾아보도록 하죠.' 한번 생각을 해 보시죠, 배심원 여러분, 그래서 우리가 정말로 이 와이셔츠를 찾아 냈다면(이 와이셔츠가 정말로 존재했다면 그의 트렁크나 옷장에서 기필코 발견되었겠죠.)──그건 이미 하나의 사실이, 즉 그의 진술이 옳다는 걸 확실히 보여 줄 만한 사실이 되었을 겁니다! 하지만 그는 이런 생각을 가다듬을 수가 없습니다. '제대로 기억이 나질 않는데, 어쩌면 와이셔츠가 아니라 여주인의 나이트캡으로 만든 것 같군요.' '나이트캡이라면, 어떤 걸 말하죠?' '여주인의 방에서 구했습니다, 거기서 뒹굴고 있던, 옥양목으로 된 낡아 빠진 걸레쪽이었죠.' '그럼 그건 확실하게 기억하십니까?' '아니요, 확실히는 기억나지 않는군요⋯⋯.' 그러고는 막 사정없이 역정을 냅니다. 하지만 이런 걸 기억하지 못한다니, 말이 됩니까? 처형대로 이송될 때처럼 인간으로서 맛보는 가장 끔찍한 순간엔 다름 아니라 이런 자질구레한 것들이 기억에 아로새겨지는 법입니다. 모든 것을 다 잊어도 길을 가는 도중 언뜻언뜻 보인 무슨 초록색 지붕이나 십자가 위의 갈까마귀와 같은 것들──이런 건 기억에 아로새겨지는 거죠.

부적 주머니를 꿰매면서 집안 사람들이 볼까 봐 몸을 숨기고 서 누군가가 자기 방으로 들어와 자기를 덮치지나 않을까 무서워서 손에 바늘을 든 채 얼마나 굴욕적인 고통을 감수했는 지를 응당 기억했을 것입니다. 문 두드리는 소리만 들려도 얼른 벌떡 일어나 칸막이 뒤로 달려가 숨었을걸요……(그의 방에는 칸막이가 있습니다.) 하지만 배심원 여러분, 무엇을 위해 제가 여러분에게 이 모든 걸, 이와 같이 자질구레한 세부 사항들을 일일이 알려 주고 있을까요!" 이폴리트 키릴로비치가 갑자기 외쳤다. "그건 바로 피고가 지금 이 순간까지도 이 엉터리 수작을 집요하게 고집하고 있기 때문입니다! 요 두 달간, 그에게 숙명적이었던 그날 밤 이후 그는 아무것도 해명하지 못했으며, 이전에 내놓은 저 환상적인 진술을 설명해 줄 만한 실제적 정황을 하나도 덧붙이지 못했습니다. 이 모든 것이 자질구레한 것이다, 당신들의 명예를 걸고 믿어 달라, 이런 식이죠! 오, 믿을 수 있다면 우리도 기쁠 것이며, 하다못해 명예를 걸고라도 믿고 싶어 죽을 지경입니다! 아니, 우리는 뭐 인간의 피에 굶주린 승냥이 떼입니까? 피고에게 유리한 사실을 우리에게 하나라도 내놓으신다면, 우리는 기뻐하겠습니다만——손으로 촉지할 수 있을 만큼 확실한 실제 사실이어야만 되지, 피고의 친동생처럼 얼굴 표정을 보고 내린 결론이나 가슴을 친 것이, 그나마도 어두운 곳에 그렇게 했는데, 그것이 기필코 부적 주머니를 가리킨 것이었다는 식의 지시론 안 됩니다. 새로운 사실이 나오면 우리는 기뻐할 것이며, 우리가 먼저 우리의 기소를 취하할 것이고, 그것도 얼른 서둘러서 그렇게 할 겁니다. 하지만 지금은 정의가 울부짖고 있는 까닭에 우리는 우리의 주장을 고집할 수밖에 없으며 그 어떤 것도 취하할 수 없습니다." 이폴리트 키릴로비치는 여기서 피날레로 넘어갔다. 꼭 열병에 걸리기라도 한 듯, 그는 '돈을 훔치려는 저열한 목적'을 가진 아들에 의해 살해된 아버지의 피, 그가 흘린 피를 한탄하며 울부짖었다. 여러 사실들의 비극적이고도 비참한 총합도 확고하게 제시했다. "여러분이 유능하기로 소문난 피고의 변호사로부터 어떤 말을 듣더라도"라면서 이폴리트 키릴로비치는 자제력을 잃고 이렇게 말했다. "여기서 어떤 화려하고 감동적인 말들이, 여러분의 여린 감정을 자극하는 어떤 말들이 울려 퍼지더라도, 어쨌거나 이 순간 여러분은 우리의 신성한 법의 전당에 있다는 것을 상기하십시오. 여러분이 우리의 진리의 수호자임을, 우리 성스러운 러시아, 그것의 토대들, 그것의 가족, 그것의 모든 성스러운 것의 수호자임을 상기하십시오! 그렇습니다, 여러분은 이 순간 러시아를 대표하여 이 자리에 있는 것이며, 따라서 우리의 선고는 이 법정뿐만 아니라 전 러시아를 향해 울려 퍼질 것이며 러시아 전체가 자신의 변호사이자 판관인 여러분의 말을 경청할 것이고 여러분이 내릴 선고에 기운을 얻거나 아니면 실망하게 될 겁니다. 러시아와 러시아의 기대를 괴롭히지 말아 주십시오, 우리의 숙명적인 트로이카는 어쩌면 파멸을 향해 질주하고 있는지도 모르니까요. 그리고 이미 오래전부터 러시아 전역에서는 두 팔을 내뻗어 저 무자비한 광란의 질주를 저지하자고 호소하고 있습니다. 만약 아직도 어떤 민족들이 쏜살같이 질주하는 트로이카 앞에서 길을 비켜 준다면, 그건 절대로 시인[52]이 원했던 바와 같은 존경 때문이 아니라 그냥 무서워서 그런다는 것 ─ 이 점을 꼭 유념하십시오. 무서워서, 아니, 어쩌면 혐오스러워서라도 일단 길을 비켜 준다면 좋은 일입니다. 하지만 자기 보호와 계몽과 문명화를 위해 갑자기 더 이상 길을 비켜 주지도 않고 오히려 그들이 질주하는 환영(幻影) 앞에 버티고 선 단단한 장벽이 되어 고삐 풀린 듯한 우리의 광란의 질주를 막을지도 모릅니다! 이런 불안의 목소리들을 우리는 이미 유럽으로부터 들었습니다. 이미 그 소리들이 울려 퍼지기 시작했습니다. 그것들을 유혹하지 말 것이며, 친부 살해를 정당화하는 선고를 내림으로써 가뜩이나 커지고 있는 그 증오를 더 증폭시키지 마십시오……!"

한마디로 말해서, 이폴리트 키릴로비치는 몹시 도취되어 있긴 했지만 그래도 논고를 비장하게 끝맺었으며 ─ 그가 불러일으킨 인상이란 굉장한 것이었다. 한편 그 자신은 논고를 끝내자 서둘러 퇴정했는데, 반복하건대, 다른 방으로 들어섰을 때 거의 졸도 일보 직전이었다. 법정에서 박수갈채를 보내진 않았지만, 그럼에도 진중한 사람들은 흡족해했다. 오직 부인네들만이 그다지 탐탁스러워하지 않았지만 어쨌거나 그들도 멋진 웅변만은 마음에 들었으며 더욱이 그들은 결과를 조금도 두려워하지 않았던 터라 모든 희망을 페츄코비치에게 걸었다. '드디어 그분이 입을 열기만 하면, 물론 모든 사람들을 무

---

52) 고골을 일컫는다.

찌를 것이다!'라는 식으로. 다들 미챠를 바라보았다. 검사의 논고가 진행되는 내내 그는 말없이 앉아서 두 손을 꽉 쥔 채 이를 악물고 고개를 떨어뜨리고 있었다. 그러다가 드물게나마 고개를 들고 귀를 기울이기도 했다. 그루셴카 얘기가 나왔을 땐 특히 그랬다. 검사가 그녀에 대한 라키친의 견해를 전달할 때는 얼굴에 경멸과 악의에 찬 미소를 띠며 상당히 잘 들릴 만큼 큰 목소리로 "베르나르들!"이라고 말하기도 했다. 이폴리트 키릴로비치가 모크로예에서 그를 심문하고 괴롭힌 일을 전할 때 미챠는 고개를 들고 무서울 정도의 호기심을 보이며 귀를 기울였다. 논고가 진행되는 동안 어떤 대목에서는 자리에서 벌떡 일어나 뭐라고 소리라도 지를 기세였지만 간신히 자제력을 발휘하여 그냥 경멸스럽다는 듯 어깨만 으쓱할 뿐이었다. 논고의 저 피날레 부분, 정확히 검사가 모크로예에서 피고를 심문할 때 보여 준 활약상에 관한 한, 이폴리트 키릴로비치도 '자기 능력을 과시하고 싶어서 안달이 났던 거야.'라는 식으로 나중에 우리 사교계의 구설수와 조롱의 대상이 되었다. 휴정이 선언되었지만, 아주 짧은 시간 십오 분, 길어야 이십 분 정도였다. 방청석에서는 이야기를 나누고 감탄을 연발하는 소리가 울려 퍼졌다. 그중 어떤 것들은 내 기억 속에도 남아 있다.

"참으로 진지한 논고였습니다!" 어느 무리에서 한 신사가 자못 인상을 쓰며 한마디 했다.

"심리 분석을 너무 남발한 감은 있어요." 다른 목소리가 울려 퍼졌다.

"하지만 그래도 모든 게 사실이 아닙니까, 격퇴할 수 없는 진리였죠!"

"그래요, 보통내기가 아닙니다."

"결론을 내려 준 셈이죠."

"우리, 우리에게도 결론을 내려 준 셈이 아닙니까." 세 번째 목소리가 합류했다. "논고의 초두에서 우리도 다들 표도르 파블로비치와 똑같다고 한 거 기억나시죠?"

"논고가 끝날 때도 그랬어요. 다만, 그의 이 말은 날조에 불과합니다."

"게다가 정확하지 못한 부분들도 있었습니다."

"자기 자신한테 좀 도취된 감도 있었어요."

"공정, 공정하지 못한 감도 있었죠."

"뭐 그래도 어쨌거나 요령이 있었어요. 이 양반, 오랫동안 쭉 기다리다가 이제야 제 할 말을 한 겁니다, 헤헤!"

"변호사는 무슨 말을 할까요?"

다른 무리에서는 이랬다.

"방금 페테르부르크 놈을 건드린 건 괜한 짓이었어요. '여린 감정을 건드리는 자들'이라는 말 기억나시죠?"

"그래요, 그 말은 좀 요령이 부족했어요."

"서두르다가 그런 것 같습니다.

"하긴 신경질적인 사람이니까요."

"사실 우리야 이렇게 웃고 있지만, 피고의 심정은 어떨까요?"

"그러게 말입니다. 미첸카는 어떤 심정일까요?"

"그나저나 이제 변호사는 무슨 말을 할까요?"

세 번째 무리에서는 이랬다.

"오페라글라스를 들고 있는 저 부인, 저 끝에 앉아 있는 뚱뚱한 부인은 누구죠?"

"저건 어느 장군 부인인데, 이혼한 여자예요, 내가 아는 사람이죠."

"어쩐지, 그래서 오페라글라스를 들고 있었군요."

"뭐 쓰레기 같은 여자죠."

"아니요, 톡 쏘는 맛이 있는 여자인걸요."

"저 여자 옆으로 두 자리 건너에 앉아 있는 금발 여자, 저 여자가 더 나은데요."

"그건 그렇고, 저들이 그때 모크로예에서 미챠를 덮친 솜씨는 정말 대단했어요, 그렇잖습니까?"

"솜씨야 정말로 대단했죠. 저렇게 또 얘기를 했잖아요. 여기 집집을 일일이 돌면서 그 얘길 그렇게 잔뜩 해 놓고선 말이죠."

"이번에도 입이 근질거려 참질 못한 거로군요. 하여간 자존심 하곤."

"모욕감에 전 사람이라니까요, 헤헤!"

"걸핏하면 모욕을 느끼는 성격이기도 하죠. 게다가 수사도 너무 화려했고 문장도 너무 길었어요."

"게다가 사뭇 위협조더군요, 유념해 둬요, 줄곧 위협조로 나왔잖아요. 트로이카 얘기 기억나시죠? '저들에겐 햄릿들이 있지만 우리에겐 아직은, 일단은 카라마조프들이 있을 뿐입니다!' 이 말은 참 대단했어요."

"이건 자유주의 쪽에 아첨을 한 겁니다. 그게 무서운 거죠!"

"변호사도 무서운 건 마찬가지일걸요."

"그래요, 페츄코비치 씨가 무슨 말을 할까요?"

"글쎄, 무슨 말을 해도 우리 지방의 꼴통 촌놈들한텐 별수 없을걸요."

"과연 그럴까요?"

네 번째 무리에서는 이랬다.

"그나저나 트로이카 얘기는 훌륭했잖소, 그 다른 민족들 얘기하는 부분 말이오."

"맞는 말이오, 다른 민족들도 가만히 기다리지만은 않을 거라고 말한 대목이지요."

"그게 무슨 말이었소?"

"지난주에 영국 의회에서 한 의원이 일어나서 니힐리스트 문제로 내각 측에 이런 질문을 던졌소. 이젠 우리 러시아처럼 야만적인 민족을 교육시키려면 자기들이 슬슬 손을 쓸 때가 되지 않았느냐, 하는 질문을 말이오. 이폴리트는 이 의원 얘기를 한 거요, 내가 알고 있는 바론 그렇소. 지난주에도 이 얘기를 했거든요."

"그 도요새 같은 영국 놈들한텐 힘들걸요."

"도요새라니요? 왜 힘들다는 거요?"

"우리는 크론슈타트[53]를 폐쇄하고 그들한테 밀 한 톨도 주지 않을 거요. 그럼, 그들이 어디서 그걸 구할 거요?"

"아메리카가 있잖소? 지금도 아메리카에서 구해요."

---

53) 핀란드만의 섬에 위치한, 당시 러시아의 주요 항구.

"말도 안 되는 소리 잘도 하시네."

하지만 종이 울리기 시작했고 다들 자기 자리로 돌진했다. 페츄코비치가 연단으로 올라왔다.

10 변호사의 변론. 양날의 칼

저명한 연사의 첫마디가 울려 퍼지자 사위가 잠잠해졌다. 법정의 시선은 온통 그에게로 쏠렸다. 그는 굉장히 직설적이고 간단명료하게, 확신에 차 있긴 하되 거만을 떠는 구석이라곤 조금도 없는 어조로 변론을 시작했다. 화려한 웅변이나 비장한 어조, 감정에 호소하는 말을 늘어놓으려는 시도는 전혀 보이지 않았다. 오히려 서로 공감대가 형성된 내밀한 무리의 사람들 사이에서 말을 꺼낸 사람 같았다. 그의 목소리는 우렁차고 멋있고 호감이 가는 것이어서, 심지어 이 목소리에서 이미 뭔가 진실되고 소탈한 것이 울려 나오는 듯했다. 하지만 다들 그 즉시, 연사가 갑자기 고양되어 진정으로 비장한 쪽으로 나갈 수 있음을—'보이지 않는 힘을 발휘하여 사람들의 마음을 울릴 수 있음'을 이해하게 됐다. 어쩌면 이폴리트 키릴로비치와 비교할 때 그의 말에 틀린 구석이 있을 순 있지만, 장황한 문장이 없어서 심지어 더 명료하기까지 했다. 그런데 부인네들의 마음에 들지 않는 것이 하나 있었다. 그건 그가 왠지 변론을 시작할 때 유달리, 그 후로도 줄곧 등을 구부리고 있었다는 점인데, 딱히 절을 하는 것도 아니건만 청중 쪽으로 돌진하듯, 날아가듯 예의 그 긴 등의 족히 절반은 구부리고 있었기 때문에, 이 길고 가는 등의 한가운데에 흡사 돌쩌귀라도 달려 있어 등을 거의 직각으로 굽힐 수 있을 것만 같았다. 변론을 시작할 때는 마땅한 체계도 없이 왠지 산만하게 이런저런 사실들을 무작위로 끌어오는 식으로 말을 이어 갔지만, 끝에 가서는 하나의 전체가 나왔다. 그의 변론은 대략 두 부분으로 나뉠 성싶었다. 전반부——그것은 기소 내용에 대한 비판이자 논박으로서 이따금씩 악의에 차 있고 신랄하기도 했다. 하지만 변론의 후반부에 이르러서는 왠지 갑자기 어조를, 심지어 자신의 논법마저도 바꾸고 단번에 비장한 쪽으로 고양됐는데, 법정 전체가 그것을 기다려 온 양 다들 환희에 차 전율하기 시작했다. 그는 곧바로 본론으로 들어갔다. 그러곤 첫마디부터, 자신의 주요 활동 무대는 페테르부르크이지만 피고를 변호하기 위해 러시아의 지방 도시를 방문한 것은 이번이 처음이 아니며 그런 경우 자신은 그 피고들의 무죄를 확신하거나 아니면 미리부터 무죄일 거라는 예감이 들었다고 말했다. "이번 경우도 저로선 마찬가지였습니다."라며 그가 설명했다. "맨 처음에 나온 어떤 신문 보도들을 접하자마자 이미 제 머릿속에서 뭔가 떠올랐는데, 그것은 피고에게 유리하게 작용할, 저로선 굉장히 충격적인 어떤 것이었습니다. 한마디로 말해서 저는 무엇보다도 어떤 법률적인 사실에, 그러니까 실제 재판 과정에서 반복되긴 하지만 제 생각으로 본 사건처럼 완전하고 도드라지게 부각된 경우는 드문 어떤 사실에 관심을 갖게 되었던 겁니다. 저로선 이 사실을 제 변론이 끝날 피날레

부분에 가서 피력하는 것이 마땅하겠지만, 그래도 서두에서부터 제 생각을 표명하도록 하겠는데, 왜냐면 극적 효과를 구태여 숨겨 두거나 극적 인상들을 아껴 두지 않고 곧장 본론으로 들어가는 것이 제 약점이기 때문입니다. 이러는 것이 제 입장에서 보자면 이해타산에 맞지 않을 수도 있지만, 대신 진실한 것이긴 합니다. 해서, 저의 생각, 저의 공식이란 바로 다음과 같은데—즉, 피고에게 불리한 사실들이 사람을 짓누를 만큼 산더미처럼 누적되어 있지만 동시에 그것들을 각기 그 자체로 살펴본다면 어느 것 하나 비판의 여지가 없는 사실이 없다는 것입니다! 소문과 신문을 계속적으로 더 추적하면서 제 생각에 점점 더 큰 확신을 품고 있던 차에, 갑자기 피고의 가족들로부터 그의 변호를 맡아 달라는 초대를 받게 됐습니다. 저는 당장 서둘러서 이곳으로 왔으며, 여기 도착한 뒤에는 이미 완전한 확신을 얻었습니다. 그리하여 저는 산더미처럼 무섭게 누적된 이 사실들을 분쇄하고 또 기소 내용을 이루는 사실들이 각각 떼 놓고 보면 증거 불충분에 환상적이기까지 하다는 점을 보여 주기 위해 이 사건의 변호를 맡게 됐습니다."

이렇게 변론을 시작한 변호사는 갑자기 언성을 높였다.

"배심원 여러분, 저는 여기서는 풋내기 같은 사람입니다. 따라서 제가 여기 와서 받은 인상에는 어떤 선입견도 개입되어 있지 않습니다. 저야 방종하고 난폭한 성격의 소유자인 피고에게서 사전에 모욕을 받은 일도 없었지만, 이 도시의 수많은 인사들이 모욕을 받았고 이 때문에 많은 이들이 미리부터 그에게 좋지 않은 편견을 갖고 있습니다. 물론, 이곳 사교계의 도덕 감정이 이렇게까지 자극을 받은 건 당연하다는 점, 저도 십분 인정합니다. 피고는 정말 고삐 풀린 듯 난폭하니까요. 그런데도 이곳 사교계에서는 그를 받아들였으며 탁월한 재능을 자랑하는 검사님 댁에서도 그는 총애를 받아 왔죠.(주의 사항. 이 말이 나오자 방청객들 사이에서는 두세 번 정도 비웃음이 터져 나왔는데, 빨리 수그러들긴 했지만 다들 그 비웃음을 들었다. 우리 도시 사람들은 전부 다 아는 일이지만, 검사는 어쩔 수 없이 미챠를 자기 집에 들이곤 했고 그 이유는 오로지 검사의 부인이——몹시 선량하고 점잖지만 쉽게 환상에 빠져들고 변덕스러운 데다가 어떨 땐 주로 하찮은 일로 남편에게 대드는 걸 좋아하는 부인이었다——왠지 미챠를 흥미진진한 사람으로 생각했기 때문이었다. 그러나 미챠가 그들 집을 방문하는 일은 상당히 드물었다.) 그럼에도 불구하고 저는 감히 다음과 같은 가정을 해 봅니다." 변호사가 계속했다. "즉, 저의 논적처럼 독자적인 식견과 공정한 성격을 지닌 사람도 저의 불행한 의뢰인에 대해 다소간 잘못된 편견을 가졌을 수는 있을 겁니다. 오, 이것은 너무도 자연스러운 일입니다. 저 불행한 사람은 사람들에게 고약한 편견을 심어 줄 만한 짓을 톡톡히 했으니까요. 또 모욕을 받은 도덕적 감정, 더욱이 미학적 감정은 이따금씩 가차 없어지는 법이죠. 물론, 우리는 모두 탁월한 재능을 자랑하는 검사의 논고를 통해 피고의 성격과 행동에 대한 엄격한 분석을 듣고 사건에 대한 엄격한 비판적 태도를 엿볼 수 있었습니다. 무엇보다도, 우리에게 사건의 본질을 설명하기 위해 심리적인 심연들을 파헤쳐 주었는데, 이는 피고의 인격에 대해 조금이라도 의도적이고 악의 섞인 편견을 지녔다면 도저히 불가능했을 만큼 날카로운 통찰이었습니다. 하지만 이와 같은 경우에는 사건에 대한 의도적이고 악의 섞인 태도보다도 더 나쁘고 심지어 더 파괴적인 것들이 있습니다. 그건 다름 아니라, 우리에게 말하자면 다소간의 예술적 유희, 예술적 창작이 생겨날 경우, 특히 우리의 능력에 천부적으로 풍부한 심리적 재능이 부여된 상태에서 말하자면 소설 창작과 같은 욕구가 생겨날 경우입니다. 페테르부르크에 있을 때부터, 이곳으로 올 채비를 할 때부터 저는 앞서 언질을 받았지만——사실 딱히 언질이 아니더라도 이곳의 논적이 심오하고 몹시 예리한 심리학자이며 아직은 젊은 우리의 법조계에서 이 자질 덕분에 이미 오래전부터 다소 특수한 명성을 누려 왔음을 알고 있었습니다. 하지만 심리학이란, 여러분, 심오한 것이긴 하지만 어쨌거나 양날의 칼과 비슷한 것입니다.(좌중에선 웃음이 일었다.) 오, 여러분, 물론 저의 이 시시한 비유를 용서해 주십시오. 좀 멋지게 말하는 데는 영 재주가 없어서요. 하지만 검사의 논고에서 처음 등장한 것으로 한 가지 예를 들겠습니다. 피고가 밤에 정원에서 담장을 넘어 도망치다가 자신의 한쪽 다리에 들러붙은 하인을 놋쇠 공이로 때려눕힙니다. 그다음엔 즉시 다시금 정원으로 뛰어내려 꼬박 오 분 동안 이렇게 쓰러진 자를 붙들고 씨름하는데, 그것은 이자가 자기 손에 죽었는지 아닌지를 확인하기 위해서입니다. 자, 여기서 검사는 피고가 그리고리 노인한테로 뛰어내린 것이 동정심의 발로였다는 피고의 진술이 옳다는 것을 절대 믿으려고 하지 않습니다. '아니, 그런 순간에 그런 여린 감정이 생겨날 수 있는가, 그건 부자연스러운 일이다, 그가 뛰어내린 건 바로 자기가 저지른 악행의 유일한 증인이 살아 있는지, 죽었는지를 확인하기 위해서였다, 따라서 무슨 다른 동기나 충동, 감정으로 인해 정원으로 뛰어내렸을 리 만무한 만큼 바로 이로써 그가 이 악행을 저질렀음을 증명한 셈이다.'라는 식이죠. 바로 이게 심리 분석이죠. 하지만 바로 이 심리 분석을 취하여 사건에 적용하긴 하되 다만 다른 각도에서 그렇게 한다고 해도, 그 못지않게 그럴듯한 결과가 나올 겁니다. 살인자가 아래로 뛰어내린 것이 증인이 살아 있는지 아닌지를 확인하고자 하는 경계심에서였는데, 그런데도 지금 막 자기가 살해한 아버지의 방에 검사 자신의 증언에 의할 때 피고 자신에게 그토록 불리한 중대한 증거인 찢어진 돈 봉투를, 그 안에 3000루블이 들어 있었다고 쓰인 봉투를 그대로 내버려 뒀습니다. '만약 그가 이 봉투를 가져갔다면, 이 세상의 누구도 그 봉투가 있었고 존재했으며 그 안에 돈이 들어 있었음을, 따라서 그 돈이 피고에 의해 강탈당했음을 몰랐을 것이다.' 이것은 검사 자신의 말씀이올시다. 자 이렇듯, 보시다시피, 어떤 한 가지 일엔 경계심이 부족했던 사람이 앞뒤를 잃고 경악한 나머지 마룻바닥에 증거물을 내버려 둔 채 도망쳤는데, 고작 이 분쯤 뒤에 다른 사람을 때려죽이자 이제는 즉시 경계심이라는 가장 무정하고 이해타산적인 감정이 얼씨구나, 하고 나타납니다. 하지만 그렇다고 칩시다, 정말로 그랬다고 치죠. 바로 이것이 심리학의 미묘한 지점일 테니, 즉 이런 상황에선 방금까지만 해도 캅카스의 독수리처럼 피에 굶주려 명민함을 발휘하다가 한순간만 지나면 시시껄렁한 두더지처럼 눈먼 겁쟁이가 되어 버린다는 거죠. 하지만 만약 내가 살인을 저지르고 나서 그저 나를 음해할 증인이 살아 있는지 아닌지를 살펴보기 위해 뛰어내릴 정도로 피에 굶주려 있고 잔혹할 정도의 이해타산에 사로잡혀 있었다면, 무엇 하러 나의 이 새로운 희생양을 붙든 채 꼬박 오 분씩이나 씨름하고 더욱이 새로운 증인을 양산할 짓을 했을까요? 나중에 이 손수건이 나에게 불리한 증거가 될 수도 있건만, 무엇 하러 쓰러진 자의 머리의 피를 닦느라 손수건을 적셨을까요? 천만에요, 만약 우리가 그렇게까지 이해타산에 사로잡혀 몰인정했더라면, 오히려 아래로 뛰어내린 뒤 바로 그 놋쇠 공이로 쓰러진 하인의 머리를 그냥 한 번만 더 내리쳐 완전히 죽여 놓음으로써 증인을 박멸하고 마음속에서 온갖 불안을 훌훌 떨쳐 버리는 편이 차라리 낫지 않았을까요? 그리고 끝으로, 나는 나에게 불리한 증인이 살았는지 죽었는지를 확인하려고 뛰어내린 뒤 또 다른 증거인 이 놋쇠 공이를 바로 거기, 길바닥에 던져 두는데, 그것은 두 여성의 집에서 가져온 것인지라 나중에 그 두 여성이 언제든 이건 자기들 것이다, 이건 자기들 집에서 가져간 것이다, 하고 증언할 게 뻔한 노릇입니다. 더욱이 그 놋쇠 공이는 길바닥에서 잊어버린 것도 아니고, 즉 정신이 없고 어리벙벙한 상태에서 그만 떨어뜨린 것도 아닙니다. 오히려 우리는 그 흉기를 말 그대로 내던진 것입니다. 왜냐면 그것이 발견된 지점은 그리고리가 쓰러져 있던 장소에서 오십 보쯤 떨어진 곳이었으니까요. 도대체 무엇을 위해서 이런 짓을 했을까? 하는 의문이 생깁니다.

그러니까 바로 사람을, 늙은 하인을 죽였다는 생각에 마음이 쓰라렸기 때문에 신경질이 나서 저주를 퍼부으며 살인 흉기인 공이를 내던진 것입니다. 그렇지 않고서야 그렇게 힘껏 휘둘러 내던졌을 이유가 없지 않습니까? 만약 사람을 죽여 놓고서 고통과 동정을 느낄 수 있었다면, 그건 물론 아버지를 죽이지 않았다는 소리입니다. 아버지를 죽였다면 동정심 때문에 저렇게 쓰러진 다른 사람한테로 뛰어내리지는 않았을 것입니다. 그 경우에는 이미 다른 감정이 작용했을 것이고, 그땐 동정심이 아니라 자기 몸을 지키는 것이 문제였을 테지요, 물론 그랬을 겁니다. 반복하건대, 그를 붙잡고 오 분씩이나 씨름하기는 커녕 오히려 그의 두개골을 확실히 박살 냈을 겁니다. 동정심과 선량한 감정을 위한 자리가 있었다 함은 그에 앞서 양심이 깨끗했기 때문입니다. 자, 고로 이젠 완전히 다른 심리 분석이 나옵니다. 배심원 여러분, 제가 지금 일부러 심리 분석에 의지한 것은 그런 식으로 하면 아무 결론이나 되는대로 도출해 낼 수 있다는 것을 여실히 보여 주기 위해서입니다. 그러니까 문제는 그 심리 분석이 누구의 수중에 들어가 있느냐, 하는 것이죠. 심리 분석을 하다 보면 아주 진지한 사람들조차도 소설을 쓸 위험에 놓이며, 이건 참으로 어쩔 수 없는 일입니다. 저는 지금 도가 지나친 심리 분석에 대해, 배심원 여러분, 그것의 다소간의 오용에 대해 말하고 있는 겁니다."

여기서 또다시 방청석에선 찬성의 웃음소리가 나왔으니, 한결같이 검사를 겨냥한 것이었다. 나는 변호사의 변론을 전부 다 자세히 인용하지는 않고 그중 몇몇 부분, 아주 중요한 몇몇 대목만을 옮겨 놓도록 하겠다.

11 돈은 없었다. 강도질도 없었다

변호사의 변론 중 심지어 모든 사람들에게 충격을 안겨 준 대목이 있었으니, 바로 그 숙명적인 3000루블의 존재를, 따라서 그것의 강탈 가능성을 완전히 부정한 것이었다.

"배심원 여러분." 하고 변호사가 변론을 시작했다. "본 사건에 대해 어떤 선입견도 지니지 않은 초심자라면 누구나 충격을 받을 만한 아주 두드러지는 특성이 하나 있습니다. 다름 아니라, 강탈 혐의를 논하고 있긴 하지만, 이와 동시에 정확히 무엇이 강탈되었는가를 지시할 만한 가능성이 사실상 없다는 점입니다. 돈이, 그것도 정확히 3000이 강탈되었다고 하지만—그것이 정말로 존재했는지, 이 점을 아무도 모른다는 거죠. 한번 판단해 보십시오. 첫째, 3000루블이 있었다는 것을 우리가 어떻게 알게 됐으며 누가 그것을 보았습니까? 그 돈을 직접 봤고 그것이 메모가 쓰인 봉투 속에 들어 있다고 일러 준 사람은 오직 하인 스메르쟈코프 하나뿐입니다. 그가 참극이 일어나기 전에 이 정보를 피고와 피고의 동생인 이반 표도로비치에게 알려 주었습니다. 스베틀로바 양도 들어서 알게 됐습니다. 하지만 이 세 인물 모두 이 돈을 직접 본 적은 없고, 직접 본 자는 역시나 오직 스메르쟈코프뿐인데, 그렇다면 저절로 질문이 생깁니다. 만약 그 돈이 정말로 있었고 스메르쟈코프가 그것을 본 것이 사실이라면, 그가 그것을 마지막으로 본 것은 언제일까요? 만약 주인 나리가 이 돈을 침대에서 꺼내 그에겐 말하지 않고 다시 보석함에 넣어 두었다면 어떻게 되는 겁니까? 유념해 두십시오, 스메르쟈코프의 말에 따르면 돈은 침대 밑, 그러니까 이부자리 밑에 있었다고 합니다. 그렇다면 피고는 그것을 이부자리 밑에서 꺼냈어야 되지만, 사실 침대는 조금도 구겨져 있지 않았으며 이 점에 대해서는 조서에도 꼼꼼하게 기록되어 있습니다. 어떻게 피고는 침대를 조금도 구기지 않을 수 있었으며 더욱이 이번 기회에 일부러 말끔하게 새로 깔아 놓은 얇은 침대보를 피범벅이 된 손으로 더럽히지 않을 수 있었을까요? 하지만, 마룻바닥에 떨어진 봉투는 어쩔 거냐? 하고 말할 사람도 있을 테죠. 바로 이 봉투야말로 일별을 요하는 것입니다. 사실, 전 아까 탁월한 재능을 자랑하는 검사가 이 봉투 얘기를 꺼냈을 때 다소 놀라기까지 했습니다. 검사는 논고를 펼치는 도중에 자기 입으로—들리십니까, 여러분, 자기 입으로 그랬단 말입니다—스메르쟈코프가 살인을 저질렀다는 가정이 얼마나 터무니없는지를 지적하는 대목에서 봉투에 대해 '이 봉투가 없었더라면, 즉 강도가 그것을 마룻바닥에 증거물로 남겨 두지 않고 그냥 가져가 버렸다면, 이 세상의 그 누구도 봉투가 존재했고 그 안에 돈이 있었다는 것을, 고로 돈이 피고에 의해 강탈당했다는 것을 몰랐을 것이다.'라고 선언하지 않았습니까. 이렇듯, 글귀가 적힌 이 찢어진 종잇조각이, 심지어 검사도 인정하는바, 피고의 강도 혐의를 입증하는 유일무이한 증거가 되며 '이것이 없었다면 강도질이 있었음을, 어쩌면 돈이 있었다는 사실 자체를 아무도 몰랐을 것'이 되는 겁니다. 하지만 정녕, 이 종잇조각들이 마룻바닥에서 뒹굴고 있었다는 사실 하나만으로 그 안에 돈이 들어 있었고 이 돈이 강탈당했다는 것이 입증됩니까? '하지만 봉투 안에 돈이 들어 있는 걸 스메르쟈코프가 보았다.'라고 대답할 테지만, 바로 이 점을 저는 문제 삼는 것입니다. 그가 그걸 마지막으로 본 것이 언제, 대체 언제란 말입니까? 저도 스메르쟈코프와 얘기를 나눠 봤지만, 그는 저한테 그 돈을 본 것이 참극이 발발하기 이틀 전이었다고 말하더군요! 그렇다면 제 입장에선 응당 다음과 같은 정황을 가정해 볼 수 있겠죠. 즉, 예를 들어 표도르 파블로비치 노인이 집에 틀어박혀 히스테리가 날 정도로 초조한 심정으로 연인을 기다리다가 마땅히 달리 할 일이 없어서라도 갑자기 돈 봉투를 꺼내 뜯어 봤을 수도 있다는 겁니다. '봉투 따위론 믿음이 가지 않을지도 모르니까 서른 장의 무지갯빛 지폐 한 다발을 통째로 그녀에게 보여 주자, 아마 이게 더 큰 효과를 발휘할 거야, 침을 질질 흘릴 테지.' 자, 그러곤 봉투를 찢어 돈을 꺼낸 뒤 자기가 주인이니까 여봐란듯이 힘차게 봉투를 마룻바닥으로 내던지는데 물론, 증거가 남을까 봐 신경 쓸 이유는 하나도 없죠. 들어 보십시오, 배심원 여러분, 이런 가정, 이런 사실이야말로 정말 가능성 있는 것이 아닐까요? 이것이 왜 불가능하단 말입니까? 만약 이와 같은 일이 뭐라도 일어날 수 있었다면, 강탈 혐의는 저절로 없어지게 됩니다. 돈은 없었고, 따라서 강도질도 없었던 것이죠. 만약 봉투가 마룻바닥에 있었던 것이 그 안에 돈이 있었다는 증거가 된다면, 그 반대의 경우를, 즉 봉투가 마룻바닥에서 뒹군 것은 바로 그 안엔 진작부터 돈이 없었기 때문이고 그건 주인이 미리 꺼냈기 때문이다, 하고 주장하지 못할 이유가 없지 않습니까? 하지만 '그건 그렇다고 쳐도 그런 경우라면, 즉 표도르 파블로비치가 직접 봉투에서 돈을 꺼냈다면 대체 그 돈은 어디로 사라졌는가, 그 집을 수색했을 때 왜 발견되지 않았는가?'라고 반문할 수 있겠죠. 첫째, 그의 보석함에서 돈의 일부가 발견되었으며, 둘째, 그가 아침이나 심지어 그 전날 밤에 돈을 꺼내서 어디다 지불하거나 송금을 하는 등 다른 식으로 처리했을 수도 있고, 끝으로, 스메르쟈코프에겐 미리 알릴 필요가 전혀 없다고 생각하고서 자기 나름의 근거에 기대어 자신의 생각이나 자신의 행동 계획을 바꿨을 수도 있잖습니까? 아니, 이런 가정을 해 볼 수 있는 가능성이나마 존재한다면, 어떻게 그렇게 집요하고도 확고하게 피고를 범인으로 몰면서 돈을 훔치기 위해 살인을 저질렀고 진짜로 돈도 훔쳐 갔노라고 할 수 있겠습니까? 아닌 게 아니라 우리는 이런 식으로 소설의 영역에 들어서는 겁니다. 정말이지 어떤 물건을 강탈당했다고 주장하려면, 그 물건을 제시하든지 최소한 그것이 존재했다는 사실을 확실하게 입증해야 되는 법입니다. 하지만 그것을 본 사람이 숫제 아무도 없잖습니까. 얼마 전 페테르부르크에서 거의 소년이나 다름없는 열여덟 살의 젊고 누추한 노점상 하나가 백주 대낮에 도끼를 들고 환전상에 들어가서 이례적이면서도 전형적인 대담성을 발휘하여 상점 주인을 죽이고 1500루블의 돈을 가져갔습니다. 다섯 시간쯤 뒤에 체포되었는데, 그는 이미 써 버린 15루블을 빼고는 그 1500루블을 모두 갖고 있었습니다. 그 밖에도, 살인 사건 이후 상점으로 돌아온 점원이 도난당한 돈의 액수뿐만 아니라 그 돈이 정확히 어떤 것이었는가, 즉 무지갯빛 지폐가 몇 장, 푸른빛 지폐가 몇 장, 금화가 몇 닢에 정확히 어떤 상태였는지를 경찰에 알렸고, 체포된 살인범한테서는 정확히 똑같은 돈과 동전이 나왔습니다. 더욱이 이 일이 있고 나자 살인범도 자기가 죽이고 그 돈을 가져갔노라고 솔직한 심정으로 죄다 자백했습니다. 바로 이런 것을, 배심원 여러분, 저는 증거라고 부릅니다! 이 경우엔 제가 그 돈을 알 수 있고 눈으로 볼 수 있고 또 손으로 만져 볼 수 있기 때문에 그것이 없다든가 혹은 없었다고 말할 수 없습니다. 본 사건의 경우는 과연 그렇습니까? 그나저나 정말이지 이건 인간의 운명, 생사와 관련된 문제입니다. '그렇다고 치더라도, 바로 그날 밤 그가 술판을 벌여 돈을 왕창 써 버렸건만 그에게서 1500루블이 발견되었다——그럼 이 돈은 어디서 난 것인가?'라고 하겠지요. 하지만 바로 이 때문에, 즉 겨우 1500루블만 나오고 나머지 절반의 금액은 아무리 뒤져도 나오지도, 발각되지도 않았기 때문에 이 돈은 전혀 다른 돈, 그러니까 그 어떤 돈 봉투에도 들어간 적이 없는 돈일 수 있다는 사실이 증명되는 것입니다. 하지만 시간상으로(그리고 매우 엄밀히 따져서 말이죠.) 예심에서도 확인되고 증명된바, 피고는 하녀들한테 갔다가 달려 나와 관리 페르호친을 찾아갔다가 자기 집은 물론이고 아무 데도 들르지 않고 이후부터 줄곧 사람들과 함께 있었고,

고로 3000 중 절반을 떼 내어 시내 어딘가에 숨겼을 리는 없습니다. 바로 이러한 생각 때문에 검사는 돈이 모크로예 마을 어딘가에서 틈바구니에 숨겨졌을 것이라고 가정했던 겁니다. 아니, 차라리 우돌포성(城)[54]의 지하실에 감추어 둔 건 아닐까요, 여러분? 말하자면 이런 가정은 상당히 환상적이고 낭만적이라는 거죠. 해서, 유념해 두십시오, 이 한 가지 가정—즉, 모크로예에서 돈을 숨겼다는 가정만 사라져도 강탈 혐의 자체가 완전히 공중에 분해됩니다. 그러니까 그 경우엔 대체 어디서, 대체 어느 곳에 이 1500을 숨겼단 말입니까? 피고가 아무 데도 들르지 않았음이 증명되었다면, 대체 무슨 기적이 일어나 그 돈들이 사라져 버렸단 말입니까? 이런 소설들을 남발해서 우리는 한 인간의 생명을 파멸시킬 준비를 하는 셈이 아닙니까! '어쨌거나 그는 자기 수중에 있던 이 1500이 어디서 난 것인지 설명하지 못했고, 그 밖에도 그날 밤까지 그에겐 돈이 없었다는 건 누구나 다 아는 사실이다.'라고 말할 사람도 있겠지요. 그런데 대체 누가 이걸 알았다는 거죠? 어쨌거나 피고는 돈이 어디서 났는지를 분명하고 확고하게 진술했고, 배심원 여러분, 정 그러시다면 말씀드리겠는데—이 진술보다 더 신빙성 있는 건 결코 있지도 않았고 또 있을 수도 없으며, 더욱이 이거야말로 피고의 성격과 그 영혼에 가장 잘 부합되는 겁니다. 하지만 검사 측으로선 자신의 소설이 마음에

---

54) 19세기 전반(前半)에 러시아에서 큰 인기를 누린 영국의 여성 작가이자 '고딕소설의 여왕'이라 불리는 앤 레드클리프의 내표 소설 『우돌포 성의 비밀』의 공간적 배경.

들었던 것입니다. 가뜩이나 의지력이 약한 데다가 약혼녀가 제안한 3000을 그런 치욕을 무릅쓰고 착복하기로 결심한 사람이라면 절반을 떼어 내서 부적 주머니 속에 기워 넣었을 리 없다, 오히려, 설령 그렇게 기워 넣었다고 할지라도 이틀마다 한 번씩 뜯어 100루블씩 야금야금 꺼냈을 테고 이런 식으로 한 달 안에 죄다 써 버렸을 것이다, 하는 거죠. 이 모든 얘기가 어떤 반박도 허용하지 않는 어조로 진술되었음을 기억해 주십시오. 하지만 상황이 여러분이 창조한 소설과 전혀 달랐다면, 그 소설 속 인물이 전혀 딴판이었다면 어떻게 될까요? 문제는 전혀 엉뚱한 인물을 창조했다는 것, 바로 그것입니다! 어쩌면 '그가 사건이 일어나기 한 달 전 베르호프체바 양에게서 착복한 이 3000을 모크로예 마을에서 죄다 한꺼번에 1코페이카 다루듯 탕진했다고 말하는 증인들이 있는 만큼, 거기서 절반을 떼어 놓았을 리는 없다.'라는 반박이 쏟아져 나올 수도 있겠죠. 하지만 이 증인들이란 도대체 누구입니까? 이 증인들의 신빙성이 어느 정도인가는 이 법정에서 이미 드러났습니다. 그 밖에도, 남의 떡은 언제나 커 보이는 법입니다. 끝으로, 이 증인들 중 이 돈을 직접 세 본 사람은 아무도 없고 다들 그저 눈짐작으로 판단했을 뿐입니다. 아닌 게 아니라 증인 막시모프는 피고의 수중에 있던 돈이 2만이었다고 진술했습니다. 그러니까 여러분, 심리 분석이란 양날의 칼과 같은 것인 만큼 이제 제가 그걸 다른 각도에서 적용해 볼 테니까 어떤 결과가 나올지 어디 한번 봅시다.

참극이 있기 한 달 전, 피고는 베르호프체바 양에게서

3000루블을 송금해 달라고 부탁받았는데, 곧 의문이 생깁니다. 즉, 조금 전에 선언된 것처럼 그와 같은 치욕과 굴욕 속에서 돈이 위임된 것이 과연 옳은 일입니까? 이 문제에 관한 베르호프체바 양의 첫 번째 증언에서는 그렇지 않다는, 전혀 그렇지 않다는 결론이 나왔습니다. 한편 두 번째 증언에서 우리가 들은 것은 그저 분함과 복수의 외침, 오랫동안 숨어 있던 증오의 외침뿐이었습니다. 하지만 증인이 일단 첫 번째 증언에서 불확실한 증언을 했다 함은 곧 우리로 하여금 두 번째 증언 역시도 불확실할 수 있다는 결론을 내릴 권리를 주는 셈입니다. 검사는 이 로맨스는 건드리고 '싶지도 않고 감히 그러지 못하겠다.'(이건 그 자신의 말입니다.)라고 했습니다. 이건 그렇다 치고 저 역시도 건드리지 않겠습니다만, 그래도 꼭 지적하고 싶은 점이 있습니다. 즉, 베르호프체바 양처럼 순결하고 덕망이 높으신 여성이, 존경을 한 몸에 받고 있는 저 여성이 대놓고 피고를 파멸시킬 목적으로 갑자기 단번에 자신의 첫 법정 증언을 번복했다면, 그녀의 그 증언이 공평하고 냉철한 것이 못 된다는 것입니다. 정녕 복수심에 불타는 여성이 자칫 많은 걸 과장했을 수 있다고 단정 지을 권리마저도 우리에겐 없단 말입니까? 그렇습니다, 다름 아니라, 그녀는 돈이 제안되었을 때의 그 수치와 치욕을 과장했던 겁니다. 실은 그와 정반대로, 그 돈은 정확히 상대가 받아들일 수 있는, 특히 우리의 피고처럼 경솔한 사람의 입장에서는 충분히 받아들일 수 있는 방식으로 제안되었습니다. 무엇보다도, 그 무렵 그는 자신이 계산에 의하면 3000은 족히 되는 빚을 아버지한테서 곧 받을 수 있을 걸로 생각하고 있었습니다. 이건 경솔한 생각이었지만, 바로 이 경솔함 때문에 그는 아버지가 자기한테 돈을 줄 테고 그걸 받기만 하면 곧 언제든지 베르호프체바 양이 자기한테 위임한 돈을 송금하고 이로써 빚도 청산할 수 있다, 하고 굳게 믿었던 겁니다. 하지만 검사는 그가 그날, 즉 혐의가 짙은 그날 자기가 받은 돈 중 절반을 떼 내어 부적 주머니 속에 꿰매 넣었을 수 있다는 사실을 절대 인정하려 들질 않습니다. '그런 성격의 소유자가 아니다, 그런 감정을 가졌을 리 만무하다.'라는 것이죠. 하지만 카라마조프는 넓다고 외쳤으며 또 카라마조프는 두 개의 극단적인 심연을 관조할 수 있노라고 외친 건 다름 아닌 검사였습니다. 카라마조프는 정말로 천성상 두 측면, 두 심연을 아우르기 때문에, 거나하게 술판을 벌이고 싶은 욕망이 자제할 수 없을 만큼 치밀어 오를 때조차도 뭔가가 다른 측면에서 그에게 충격을 준다면 즉각 발길을 멈출 수 있습니다. 그 다른 측면이란——바로 사랑, 그 당시 화약처럼 불타오른 새로운 사랑인 것이며 이 사랑을 위해서는 돈이 필요합니다. 오, 필요하다마다요! 이 연인과 거나한 술판을 벌이기 위해서도 필요하지만, 그보다 훨씬 더 필요한 데가 있습니다. 만약 그녀가 '난 당신 거야, 표도르 파블로비치는 싫어.'라고 말하면 그는 그녀를 데리고 어디론가 가야 할 텐데——그러려면 데려갈 돈이 있어야 될 거 아닙니까. 이것이 술판을 벌이는 것보다 더 중요하죠. 카라마조프가 이걸 몰랐을 리가 있겠습니까? 바로 이 때문에, 이 근심 때문에 가슴앓이를 했던 것인데——그렇다면 그가 만일의 경우를 대비해 이 돈을 따로 떼 내어 숨겨 둔 것이 왜 그럴듯하지 않다는 겁니까? 그나저나 시간은 자꾸만 흘러가고 표도르 파블로비치는 피고에게 3000을 내주기는커녕 오히려 바로 그 돈을 자기 연인을 유혹하는 데 쓰기로 결정했다는 소문이 들려옵니다. 그는 '표도르 파블로비치가 돈을 주지 않으면 나는 카체리나 앞에서 도둑놈이 되고 만다.'라고 생각합니다. 그러자 그의 머릿속에서는 자기가 계속 이 부적 주머니에 담고 다닌 이 1500을 베르호프체바 앞에 가서 내놓고 '나는 비열한 놈이긴 하지만 도둑놈은 아니다.'라고 말하자, 하는 생각이 꿈틀거립니다. 자, 그리하여 바로 여기서 이미 부적을 뜯어 100루블씩 꺼내기는커녕 오히려 이 1500을 눈동자처럼 소중히 간직해야 하는 이중의 이유가 생깁니다. 무엇 때문에 여러분은 피고가 명예심을 가질 수 없다고 생각하십니까? 천만에요, 그는 명예심을 갖고 있습니다. 설사 옳지 못한 것일지라도, 설사 몹시 자주 잘못을 범할 수 있는 것일지라도 분명히 명예심을, 그것도 열정적일 정도로 강렬한 명예심을 갖고 있으며, 그는 이것을 입증해 주었습니다. 하지만 보시다시피, 그럼에도 사태가 더 복잡해지고 질투의 고통이 극에 달하자, 이전의 두 가지 문제가 가뜩이나 열에 들뜬 피고의 뇌 속에서 점점 더 고통스럽게 부각됩니다. '이 돈을 카체리나 이바노브나한테 줘 버리면, 무슨 돈으로 그루셴카를 데려간단 말인가?' 만약 그가 요 한 달 내내 정신을 잃을 만큼 폭음을 하고 온 술집을 돌며 난동을 부렸다면, 그건 바로 스스로가 너무 괴로워 참을 수가 없었기 때문이었을 겁니다. 이 두 가지 문제가 마침내 너무나 첨예하게 부각되자 마침내 그는 절망에 빠져 버렸습니다. 작은동생을 아버지한테 보내 마지막으로 이 3000을 부탁해 보았지만 대답을 채 듣기도 전에 직접 집으로 달려 들어가 가족이 빤히 보는 앞에서 노인을 구타하는 지경에까지 이르렀습니다. 이렇게 된 마당엔 이미 아무한테서도 돈을 받을 수가 없었습니다. 구타까지 당한 아버지가 돈을 줄 리 만무하니까요. 바로 그날 저녁 그는 자기 가슴을, 정확히 그 부적 주머니가 달려 있던 가슴의 윗부분을 두드리면서 자기는 비열한 놈이 되지 않을 수 있는 수단을 갖고 있다, 하지만 결국엔 어쨌거나 비열한 놈으로 남을 것이다, 왜냐면 정신력도 부족하고 강단도 부족하여 어차피 그 수단을 사용하지 않으리라는 걸 자기가 훤히 알기 때문이다, 하고 동생에게 단단히 못 박아 두는 거죠. 왜, 왜 검사 측은 알렉세이 카라마조프가 그토록 순수하고 진실하게, 그토록 즉흥적이고도 그럴듯하게 제시한 증언을 믿지 않는 겁니까? 왜, 정반대로, 저로 하여금 돈이 어디 틈바구니에, 우돌포 성의 지하실에 있노라고 믿게끔 강요하는 겁니까? 그날 저녁, 동생과 대화를 나눈 뒤 피고는 이 숙명적인 편지를 쓰고, 바로 이 편지가 피고의 강도 혐의를 입증할 가장 중요하고도 가장 어마어마한 증거가 된 것입니다! '모든 사람들한테 부탁해 보겠지만 아무도 주지 않을 경우엔, 이반이 떠나 주기만 한다면 아버지를 죽이고 이부자리 밑, 장밋빛 리본으로 묶은 봉투에 든 걸 가져가겠다.' 그야말로 완벽한 살인 프로그램입니다, 정말 그가 아니면 달리 누구겠습니까? '쓰인 대로 행해졌습니다!' 검사 측은 이렇게 외칩니다. 하지만 첫째, 이 편지는 취중에 신경이 끔찍할 정도로 날카로워진 상태에서 쓰인 것입니다. 둘째, 이번에도 그가 봉투를 직접 본 적이 없기 때문에 봉투 얘기는 스메르쟈코프의 말을 듣고 썼을 뿐입니다. 셋째, 쓴 건 그렇게 썼다고 치더라도, 쓰인 대로 행해졌다는 건 무엇으로 증명할 수 있습니까? 피고가 정말로 베개 밑에서 봉투를 꺼내긴 했습니까, 돈을 발견하긴 했습니까, 심지어 그것이 정말로 존재하긴 했던 겁니까? 더욱이, 피고가 과연 돈을 훔치러 그렇게 달려갔던 겁니까, 제발 상기해 주십시오! 그가 쏜살같이 달려갔던 것은 돈을 훔치기 위해서가 아니라 그저 그 여성이, 그를 괴롭혀 온 그녀가 어디에 있는지를 알아내기 위해서였습니다. 고로, 프로그램에 따라, 쓰인 것에 따라, 다시 말해 미리 계획한 강도질을 위해서 달려간 것이 아니라 느닷없이, 돌발적으로 질투에 휩싸여 앞뒤를 잃고 달려갔던 것입니다! '그렇다 치더라도 어쨌거나 달려가서 살인을 하고 돈도 가로챘다.'라고 말할지도 모르겠습니다. 하지만, 끝으로, 그리하여 정말로 그가 죽인 겁니까, 예? 강도 혐의에 대해서라면 저는 분노를 느끼며 거부하는 바입니다. 무엇이 강탈되었는지를 정확히 명시할 수 없다면 강도 혐의를 씌울 수 없습니다, 이건 공리입니다! 하지만 정말로 그가 죽인 겁니까, 돈은 훔치지 않고 죽인 겁니까? 이것은 증명되었습니까? 이것마저도 소설에 불과한 건 아닐까요?"

12 게다가 살인도 없었다

"그런데 배심원 여러분, 이것은 사람의 목숨과 관련된 문제이니만큼 보다 더 신중해야 합니다. 우리가 듣기론, 검사 측도 마지막 날까지, 재판이 열리는 오늘까지도 피고가 미리부터 작정을 하고 꼼꼼하게 살인을 계획했다는 단정을 내릴 수 없어 주저했노라고, 바로 이 치명적인 '취중' 편지가 오늘 법정에 제시되기 전까지도 주저했노라고 증언했습니다. '쓰인 대로 행해졌습니다!' 하지만 다시금 반복하건대, 그가 달려간 건 그녀를 보기 위해, 그녀를 찾기 위해, 오로지 그녀가 어디에 있는지를 알아내기 위해서였습니다. 정말이지 이건 확고부동한 사실이 아닙니까. 그녀가 집에 있었더라면 그는 아무 데도 안 가고 그녀가 있는 곳에 머물렀을 것이며 편지에서 약속한 것을 실행에 옮기지 않았을 겁니다. 그는 돌발적으로 느닷없이 뛰어갔으며 자신의 '취중' 편지에 대해선 그 당시 숫제 기억도 못 했습니다. '공이를 집어 들었다.'라고 하는데, 이 공이 하나에서 그야말로 한 편의 완벽한 심리 분석이 도출된 것을 여러분은 기억하실 겁니다. 그가 왜 이 공이를 흉기로 받아들일 수밖에 없었던가, 왜 그것을 흉기로 생각하여 집어 들었던가 등등의 심리 분석 말입니다. 여기서 제 머릿속으로 아주 평범한 생각 하나가 떠오릅니다. 만약 이 공이가 눈에 잘 뜨이는 장소, 즉 피고가 손쉽게 집어 들 수 있었던 선반이 아니라 장롱 속에 곱게 보관되어 있었더라면 어땠을까요?—아닌 게아니라 그때 공이가 피고의 눈에 들어오지 않았다면 그는 흉기 없이 빈손으로 달려 나갔을 것이고, 자, 그렇다면 아마 아무도 죽이지 않았을 것입니다. 그럼, 대체 어떻게 제가 이 공이를 놓고 피고가 처음부터 작정을 하고 흉기를 마련했다는 결론을 내릴 수 있겠습니까? 그건 그렇지만, 그는 술집을 돌며 아버지를 죽이겠다고 외쳤고 범행 이틀 전 저녁, 즉 자신의 편지를 쓴 날 저녁엔 술집에서 조용하게 있다가 그저 어느 상인의 점원과 말다툼을 했을 뿐이라고 하셨죠. '왜냐면 카라마조프는 말다툼을 하지 않고는 못 배기는 성격이니까요.' 하지만 저는 이것에 대해, 그가 이렇게 살인을 저지를 생각이었다면, 더욱이 계획대로, 쓰인 대로 실행에 옮길 생각이었다면 분명히 그 점원과도 말다툼을 하지 않았을 것이고, 숫제 술집에 들어가지도 않았을 것이라고 대답하겠습니다. 원래 속으로 그런 일을 계획한 사람은 남들이 자기를 보지도, 듣지도 못하게 하기 위해 조용하고 한적한 곳을 찾고 아예 자취를 감출 궁리를 하는 법이니까요. '가능하다면 나를 잊어 주시오.'라는 식으로 나오는 건 무슨 계산에 의해서가 아니라 본능에 따른 것입니다. 배심원 여러분, 심리 분석은 양날의 칼과 같기 때문에 우리도 심리 분석을 이해할 능력쯤은 있습니다. 피고가 요한 달 내내 그렇게 술집을 돌며 떠들어 댄 것은 어린아이들이나 술에 취한 사람들이 술집을 나와 서로들 싸우며 '내 네놈을 죽일 테다.'를 비롯하여 별별 소리를 다 외치는 것과 다를 바 없는데, 그렇게 해 놓고서 실제로 죽이는 일은 없잖습니까. 게다가 바로 이 치명적인 편지 말인데—이 여시도 취중에 신경질이 나서 쓴 것에 지나지 않으니, 술집에서 흘러나오는 외침, 즉 죽일 테다, 네놈들을 죄다 죽일 테다! 등과 뭐가 다릅니까. 왜 그렇지 않단 말입니까, 왜 그럴 수 없단 말입니까? 왜 이것이 치명적인 편지가 되는 겁니까, 왜, 정반대로, 이것이 웃기는 것이 아니란 말입니까? 그건 정확히 살해된 아버지의 시체가 발견되었기 때문이며, 피고가 무장한 채 정원에서 도망치는 것을 한 증인이 보았기 때문이며, 그 증인 자신이 피고에 의해 쓰러졌기 때문이며, 따라서 모든 것이 쓰인 대로 행해진 것이 되고 바로 이 때문에 이 편지는 웃기는 것이 아니라 치명적인 것이 된 것입니다. 다행스럽게도, 우리는 '정원에 있었던 이상, 곧 그가 죽인 것이다.'라는 지점에 도달했습니다. 있었던 이상, 반드시 곧이라는 이 두 마디에 의해 모든 것이 해소되는데—즉, 모든 기소 내용이 '있었던 이상, 곧 그렇고 그런 것이다.'라는 식이죠. 하지만, 설사 정원에 있었다고 할지라도 곧이 되는 게 아니라면 어쩌겠습니까? 오, 저도 동의하지만, 여러 사실들의 총합과 그 일치가 정말로 상당히 휘황찬란합니다. 하지만 그래도 이 모든 사실들, 그것들의 총합에 압도되지 말고 하나씩 따로따로 살펴보십시오. 검사 측은 왜, 예컨대 아버지의 창문 앞에서 달아났다는 피고의 진술이 옳다는 것을 절대 인정하지 않으려 합니까. 갑자기 살인자에게 깃든 공손함과 '경건한' 감정에 관해 검사 측이 신랄한 공격을 가한 것을 기억해 주십시오. 하지만 여기에 정말로 그와 같은 뭔가가 있었다면, 즉 공손한 감정은 아닐지라도 경건한 감정이 있었다면 어쩌겠습니까? 피고는 예심에서 '필경 그 순간 어머니가 저를 위해 기도를 해 주셨던 겁니다.'라고 진술하고 있습니다. 바로 그래서 그는 스베틀로바가 아버지 집에 없다는 확신이 서자마자 도망친 것입니다. '하지만 창문 너머로 봐서는 제대로 확신할 수 없었다.'라고 검사 측은 반박합니다. 하지만 왜 그럴 수 없었다는 거죠? 어쨌거나 피고가 신호를 보내자, 창문이 열리지 않았습니까. 그러고서 표도르 파블로비치는 뭐라고 말을 한마디 하든지 뭐라고 외치든지 해서 스베틀로바가 거기 없다는 걸 피고가 갑자기 확인할 수 있도록 해 주었을 겁니다. 왜 우리는 꼭 자기가 상상하는 대로, 자기가 상상하고 싶은 대로만 모든 걸 가정하는 겁니까? 실제 현실 속에는 가장 섬세한 소설가가 관찰을 하더라도 놓칠 수 있는 것들이 1000개는 족히 될 겁니다. '그건 그렇다고 해도, 그리고리는 문이 열려 있는 것을 보았고, 고로 피고는 분명히 집 안으로 들어갔을 것이며, 고로 살인을 저질렀다.' 이 문제에 관한 한, 배심원 여러분……. 보시다시피, 이 열린 문에 대해서 증언하는 사람은 오로지 한 사람밖에 없으며, 그나마도 그 당시 그 사람의 상태가 그렇고 그런 지경이 아니었습니까……. 하지만 설령, 설령 문이 열려 있었다고 할지라도, 피고가 직접 문을 열어 놓고서 그의 처지를 고려할 때 충분히 이해할 만한 자기 보호 본능에서 거짓말을 했다고 할지라도, 설령, 설령 그가 집 안으로 잠입했고 집 안에 있었다고 할지라도, 그래서 어쨌다는 겁니까—아니 왜, 거기 있었다면 반드시 살인을 저질렀다는 것입니까? 잠입해 놓고선 이 방 저 방을 뛰어다녔을 수도 있고 아버지를 떠밀었을 수도 있고 심지어 아버지를 때렸을 수도 있지만, 스베틀로바가 아버지 집에 없다는 것을 확인한 뒤에는 그녀가 없다는 사실에, 즉 아버지를 죽이지 않고 갈 수 있다는 사실에 기뻐하며 밖으로 뛰어나갔습니다. 바로 그렇기 때문에, 그러니까 순수한 감정, 즉 연민과 동정심을 느낄 수 있었고 아버지를 죽이고 싶은 유혹을 물리치고 뛰쳐나왔고 자신의 내부에서 순수한 마음과 아버지를 죽이지 않았다는 기쁨을 느꼈기 때문에 그는 잠시 후에 자기가 흥분한 나머지 때려눕힌 그리고리를 향해 담장에서 뛰어내렸던 겁니다. 검사는 모크로예 마을에서의 피고의 무서운 상태를 끔찍할 정도로 화려하게 묘사해 주고 있습니다. 즉, 피고 앞에 새로이 사랑이 열려서 그를 새로운 인생으로 초대하지만, 피고의 뒤엔 피범벅이 된 아버지의 시체가 놓여 있고 또 그 시체 뒤엔 형벌이 도사리고 있기에 그는 더 이상 사랑을 할 수 없는 몸이었다는 것이죠. 그럼에도 검사는 어쨌거나 사랑의 존재를 인정했으며 그것을 예의 그 심리 분석에 따라 설명했습니다. '취중이었다느니, 죄수가 형장으로 이송될 때 그 형장은 아직 멀고도 멀다느니 등등.' 하지만 검사님께 다시금 묻겠는데, 검사님께서 영 다른 인물을 창조한 것은 아닐까요? 아니, 만약 피고의 몸에 정말로 아버지의 피가 묻어 있었다면 그런 순간에 사랑을 생각할 수 있을 만큼, 법관 앞에서 어떻게 말을 돌려 댈까를 생각할 수 있을 만큼, 그 정도로까지 피고가 잔인하고 몰인정하게 굴 수 있었을까요? 아니, 아니올시다, 절대 아니올시다! 그녀가 피고를 사랑한다는 것이 밝혀지자마자, 그녀가 자기와 함께하자며 피고를 불러 새로운 행복을 약속하자마자—오, 맹세코, 그의 뒤에 시체가 놓여 있었다면 그때 그는 분명히 자살하고 싶은 욕구를 두 배, 세 배로 더 강하게 느꼈을 것이며 또 반드시 자살했을 겁니다! 오 천만에요, 그가 자신의 권총이 어디에 있는지 잊었을 리 없습니다! 저는 피고를 잘 알고 있습니다. 검사 측은 그가 야만스럽고 목석같이 무정하다고 했지만 그건 그의 성격과 맞지 않습니다. 그는 자살했을 겁니다, 이건 분명합니다. 그가 자살하지 않은 건 다름 아니라 '어머니가 그를 위해 기도를 해 주었기' 때문이며 그의 마음이 아버지의 피에 관한 한 아무 죄가 없었기 때문입니다. 그날 밤 그가 모크로예에서 고통스러워하고 괴로워한 건 오로지 그리고리 노인을 때려눕혔기 때문이었으며, 노인이 정신을 차리고 일어나길, 자신이 가한 일격이 치명적인 것이 아니어서 그로 인해 자신이 형벌을 받지 않아도 되길 마음속으로 하느님께 기도했던 겁니다. 사건을 이렇게 해석한들, 왜 이걸 받아들이면 안 된다는 겁니까? 피고가 우리에게 거짓말을 한다는 무슨 확실한 증거가 있습니까? 그럼, 당장에 여기 아버지의 시신이 있지 않으냐, 하고 또다시 우리에게 말할지도 모르겠군요. 그는 살인을 저지르진 않고 그냥 도망을 쳤다, 그렇다면 도대체 누가 노인을 죽였단 말인가? 하고 말입니다.

반복하건대, 바로 여기에 검사 측의 논리가 오롯이 들어 있습니다. 즉, 그가 아니라면 누가 죽였단 말인가? 그 대신에 내세울 사람이 아무도 없지 않은가, 하는 식이죠. 배심원 여러분, 정말 그런 겁니까? 그야말로, 정말로 달리 내세울 사람이 아무도 없는 겁니까? 우리는 검사 측에서 그날 밤 이 집에 있었거나 드나들었던 사람들을 모두 일일이 손가락으로 세는 것을 들었습니다. 총 다섯 명으로 판명되었습니다. 그들 중 세 사람은, 저도 동의하는바, 혐의를 받을 건수가 전혀 없습니다. 그건 피살자 자신, 그리고리 노인, 그의 아내입니다. 남는 자는, 고로, 피고와 스메르쟈코프인데, 자 여기서 검사는 비장한 어조로 외칩니다. 피고가 스메르쟈코프를 지목한 건 달리 지목할 사람이 없기 때문이다, 만약 여기에 아무나 여섯 번째 사람이 있었다면, 하다못해 여섯 번째 사람의 무슨 유령이라도 있었다면, 피고는 스스로 부끄러워하면서 얼른 스메르쟈코프에게 혐의를 씌우는 짓은 그만두고 이 여섯 번째 사람을 지목했을 것이다, 하고요. 하지만, 배심원 여러분, 제가 완전히 정반대되는 결론을 내리지 못할 이유가 또 어디 있습니까? 두 사람, 피고와 스메르쟈코프가 서 있는데——제 입장에서, 여러분이 저의 고객에게 혐의를 돌리는 것은 오로지 달리 그럴 만한 사람이 아무도 없기 때문이다, 하고 말하지 못할 이유가 어디 있습니까? 그런데 달리 아무도 없다고 하는 것은 그저 여러분이 미리부터 선입관에 사로잡혀 스메르쟈코프를 온갖 혐의에서 배제했기 때문입니다. 사실, 스메르쟈코를 범인으로 지목한 사람은 피고 자신과 그의 두 동생, 스베틀로바 등 이들이 전부입니다. 하지만 이렇게 증언하는 사람이 좀 더 있습니다. 그것은 모호하긴 하지만 여하튼 사교계를 떠도는 어떤 의문과 어떤 의혹의 냄새로서, 어떤 모호한 소문이 들려오고 어떤 기대 같은 것이 존재하는 것이 느껴집니다. 끝으로, 여러 사실들을 어느 정도 비교해 봐도, 불명료하다는 건 저도 인정하지만, 여하튼 극히 특징적인 증거가 되고 있습니다. 첫째, 바로 사건 당일에 일어난 간질 발작인데, 검사는 무엇 때문인지 무척이나 열심히 이 발작의 진정성을 변호하고 옹호해야만 했습니다. 그다음, 공판 전날 스메르쟈코프의 느닷없는 자살이 문제입니다. 그다음, 피고 큰동생의 그 못지않게 느닷없는 증언인데, 그는 지금까지 형의 유죄를 믿었다가 오늘 갑자기 법정으로 돈을 갖고 와서 역시나 스메르쟈코프를 살인범으로 거명했습니다! 오, 저는 재판진 및 검사 측과 마찬가지로 이반 카라마조프가 열병을 앓는 환자이며 그의 증언은 정말로 이미 죽어 버린 자에게 죄를 덮어씌우고 형을 구하고자 하는, 더욱이 미망에 들뜬 상태에서 생각해 낸 절망적인 시도일지도 모른다고 전적으로 확신하는 바입니다. 하지만, 그럼에도 불구하고 스메르쟈코프의 이름이 거명되었으니, 이번에도 꼭 뭔가 수수께끼 같은 것이 들리는 듯합니다. 아무래도 여기선 꼭 뭔가가 채 다 말해지지 않은 것 같고, 배심원 여러분, 아직 다 끝나지 않은 것 같단 말입니다. 그리고 어쩌면 뒤에 가서야 마저 다 말해질지도 모르죠. 하지만 이건 일단 미뤄 둡시다, 앞으로 때가 오겠죠. 법정은 조금 전에 심의를 계속하기로 결정했지만, 지금 이렇게 기다리는 동안에 어쨌거나 저는 뭔가를, 예컨대 검사가 그토록 섬세하고 탁월하게 묘사한 고(故) 스메르쟈코프의 성격과 관련하여 두어 마디 해 둘까 합니다. 검사의 재능에 경탄해 마지않지만, 그럼에도 저는 그의 성격 묘사에는 극히 본질적으로 동의할 수 없습니다. 저도 스메르쟈코프를 찾아가서 그를 만났고 대화도 나눴지만, 그가 저에게 불러일으킨 인상은 완전히 다른 것이었습니다. 몸이 허약하다는 건 사실이었지만, 성격이나 마음에 있어서는, 오 아니올시다, 이자는 절대로 검사 측이 단정 지은 것처럼 그렇게 허약한 사람이 아니었습니다. 특히 저는 그에게서 겁이라는 것을, 검사가 우리에게 그토록 특징적으로 묘사해 준 그런 겁쟁이 같은 면을 전혀 발견하지 못했습니다. 한편, 순진무구한 측면도 전혀 찾아볼 수 없었고, 오히려 제가 발견한 것은 순진함 밑에 감춰진 무서울 정도로 의심이 많은 성격, 그리고 극히 많은 것을 꿰뚫어 볼 수 있는 지적 능력이었습니다. 오! 검사 측이 그를 정신이 박약한 자로 간주한 것은 너무도 순진무구한 일이었습니다. 그가 저에게 남긴 인상은 완전히 결정적인 것이었습니다. 그의 집을 떠날 때 저는 이 존재가 그야말로 표독스러운 데다가 이루 헤아릴 수 없을 만큼 강한 야심을 갖고 있고 불같은 복수심과 질투심에 사로잡혀 있다는 확신을 갖게 됐습니다. 이런저런 정보를 수집한 결과, 그는 자신의 출생을 증오하고 수치스러워했기 때문에 '스메르쟈쉬야의 몸에서 태어났다.'라는 사실을 회상할 때마다 이를 갈았다고 합니다. 어린 시절에 자기에게 은혜를 베풀어 준 하인 그리고리와 그의 아내에게도 공손하지 않았습니다. 러시아를 저주했고 또 비웃었습니다. 그러면서 프랑스인이 되기 위해 프랑스로 떠날 꿈을 꾸었습니다. 그 비용이 부족하다는 얘기를 이전부터도 많이, 자주 해 왔고요. 제 생각에 그는 자기 자신을 제외하곤 아무도 사랑하지 않았으며 자존심이라면 이상할 정도로까지 강했습니다. 좋은 옷, 깨끗한 와이셔츠, 잘 손질한 구두를 계몽의 징표로 생각했습니다. 또한, 자신이 표도르 파블로비치의 사생아라고 생각했던 만큼(그런 증거가 있습니다.) 자기 주인 나리의 정식 자식들과 비교하여 자신의 처지를 증오했을 수도 있습니다. 저들에겐 모든 것이 돌아가겠지만 자기에겐 아무것도 없다, 저들에겐 모든 권리와 유산이 떨어지겠지만 자기는 한낱 요리사에 지나지 않는다, 하는 식으로 말입니다. 그는 저에게 자기가 직접 표도르 파블로비치와 함께 봉투에 돈을 집어넣었다고 알렸습니다. 이 금액을 ─그의 출세 가도에 초석이 될 수도 있는 돈인데 말이죠─ 저런 식으로 쓰려는 것에 대해, 물론, 그는 증오를 느꼈을 겁니다. 게다가 그는 반짝반짝 빛이 나는 무지갯빛 지폐를, 3000루블을 직접 보았습니다.(저는 이 점을 일부러 그에게 물어봤습니다.) 오, 질투심과 자존심이 강한 사람에겐 큰돈을 한꺼번에 보여 주지 말았어야 했건만, 그는 난생처음으로 그만한 금액이 한 손에 들려 있는 걸 보고야 말았습니다. 무지갯빛 지폐 뭉치는 처음에는 일단 어떤 결과로 이어지지 않았지만, 그 인상만은 그의 상상 속에 병적으로 반영되었을 수 있는 노릇입니다. 탁월한 재능을 자랑하는 검사는 스메르쟈코프를 살인범으로 몰 수 있는 가정들에 대해 온갖 찬(pro)과 반(contra)을 이례적일 만큼 섬세하게 우리에게 묘사해 준 뒤, 특히 다음과 같은 질문을 던졌습니다. 그럼, 무엇을 위해서 그가 간질 발작을 연기했단 말인가? 하고요. 이건 그렇습니다만, 아닌 게 아니라 그가 발작이 난 척 연기를 하기는커녕 완전히 자연스럽게 발작이 일어났을 수도 있지만, 역시나 그렇게 완전히 자연스럽게 발작이 멎을 수도 있었고 그리하여 환자가 정신을 차렸을 수도 있습니다. 예컨대,

완전히 회복은 안 되더라도 간질 발작에서 흔히 발견되듯 여하튼 언젠가는 의식이 돌아와서 정신을 차릴 수도 있잖습니까. 검사 측은 스메르쟈코프가 살인을 저지른 순간이 대체 언제인가? 하고 묻습니다. 하지만 그 순간을 짚어 내는 것은 굉장히 쉽습니다. 그가 깊은 잠에서 깨어나(간질병 발작 이후엔 언제나 깊은 잠에 빠져드니까 그는 그냥 잠이 든 상태였죠.) 정신을 차리고 일어났을 법한 순간은 그리고리 노인이 담장을 넘어 도망치는 피고의 발을 붙잡고서 온 동네가 떠나갈세라 '아비 죽인 놈!'이라고 울부짖었던 그 순간입니다. 적막한 어둠 속에서 이렇게 예사롭지 않은 비명 소리가 들려서 스메르쟈코프를 깨웠을 수 있는데, 그 무렵엔 이미 그다지 잠이 깊지도 않았을 겁니다. 아니, 당연히 이미 한 시간쯤 전부터 잠이 깨기 시작했을 테죠. 침대에서 일어난 뒤 그는 어떤 의도도 없이 거의 무의식적으로 대체 무슨 일인가 살펴보려고 비명 소리가 들리는 곳으로 향합니다. 그의 머릿속은 병의 여운 탓에 몽롱하고 생각도 아직은 잘 돌아가지 않지만, 이렇게 정원으로 나와 불 켜진 창문 쪽으로 다가가서, 응당 그를 보고 기뻐했을 주인 나리로부터 무서운 소식을 듣게 됩니다. 그러자 일시에 생각이 그의 머릿속에서 불타오르기 시작합니다. 경악한 주인 나리로부터 그는 모든 것을 상세하게 알게 됩니다. 바로 그때 병적으로 멍멍해진 그의 뇌 속에선 한 가지 생각이——무섭지만 유혹적이고 격퇴할 수 없을 만큼 논리적인 생각이 점점 무르익어 갑니다. 즉, 살인을 저지르고 3000의 돈을 가져간 뒤 나중에 모든 것을 도련님한테 덮어씌우자. 이제 와서 도련님이 아니라면 누굴 범인으로 생각할 수 있겠는가, 그가 여기에 왔다는 증거가 얼마든지 있는데 달리 누구에게 혐의를 둘 수 있겠는가? 혐의를 피해 갈 수 있겠다는 생각까지 들자 돈을, 저 노획물을 손에 넣고 싶은 무서운 갈망에 그는 숨이 탁 막혔을 겁니다. 오, 이렇게 느닷없고 격퇴할 수 없는 격정들은 기회가 주어진다면, 무엇보다도 일 분 전만 해도 자신이 살인을 하고 싶어 할 줄은 꿈에도 생각하지 못했던 살인자들한테도 이토록 자주, 또 느닷없이 생겨나곤 하는 법입니다! 자, 그리하여 스메르쟈코프는 주인 나리의 방으로 들어가 자신의 계획을 실행에 옮길 수 있었을 텐데 무엇으로, 어떤 무기로 그랬을까──생각해 보면 정원에서 맨 처음 집어 든 돌멩이로 그랬을 수도 있는 일입니다. 하지만 무엇을 위해서, 대체 어떤 목적으로 그랬을까요? 바로 3000입니다, 정말이지 이것은 출세 그 자체입니다. 오! 이것은 제가 한 말과 모순되지 않습니다. 돈은 있었을 수도, 정말 존재했을 수도 있는 거니까요. 그리고 심지어, 어쩌면 스메르쟈코프 한 사람만이 그것을 어디서 찾을지, 그것이 주인 나리의 방에서도 정확히 어느 곳에 있는지를 알았을 겁니다. '그렇다면 돈이 들어 있던 봉투, 마룻바닥에 있던 찢어진 봉투는?'이라고 하실 테죠. 아까 검사는 이 돈 봉투 얘기를 하면서 그것을 마룻바닥에 던져 놓고 간 걸 보면 정확히 서투른 도둑, 정확히 카라마조프와 같은 자의 소행이다, 스메르쟈코프라면 절대로 자기에게 불리한 증거를 남기진 않았을 것이다, 하며 자신의 굉장히 섬세한 생각을 진술했는데──배심원 여러분, 저는 아까 이 말을 들으면서 갑자기 뭔가 굉장히 익숙한 얘기를 듣는 것 같은 느낌이 들었습니다. 한 번 생각해 보십시오, 정확히 바로 이러한 생각을, 카라마조프라면 이 돈 봉투를 두고 어떻게 행동했을 것인가에 대한 이러한 추측을 저는 정확히 일이 있기 이틀 전에 이미 스메르쟈코프에게서 들었습니다. 더욱이 그는 심지어 다음과 같은 수작을 부려 저에게 충격을 안겨 주더군요. 다름 아니라 괜히 순진한 척 굴며 미리 선수를 쳐서 저한테 이 생각을 불어넣고선 흡사 저 스스로 이런 생각을 끌어내도록 하는 것 같았고, 꼭 저한테 그것을 넌지시 암시해 주는 것 같았단 말입니다. 혹시 예심에서도 그가 이런 생각을 넌지시 암시하지 않던가요? 탁월한 재능을 자랑하는 검사님께도 이런 식으로 생각을 불어넣지 않던가요? 그럼 노파, 그리고리의 아내는 어떻게 된 거냐? 하실지도 모르겠군요. 그녀는 자기 곁에서 환자가 밤새도록 신음하는 소리를 들었다고 하지 않는가, 하고요. 예, 물론 들었지요, 하지만 이 생각 자체가 굉장히 불안정한 것입니다. 저는 한 부인이 마당에서 스피츠 한 마리가 밤새도록 짖어 대는 바람에 잠을 통 못 잤다고 쓴소리를 하며 투덜대는 걸 들은 적이 있습니다. 하지만 알고 보니, 저 가엾은 강아지는 밤새껏 겨우 두세 번밖에 짖지 않았다더군요. 이건 당연한 일입니다. 원래 사람이 잠을 자다가 갑자기 신음 소리가 들리면, 그는 잠에서 깨어나 잠을 설쳤다는 생각에 신경질을 내지만 또다시 금방 잠이 듭니다. 두 시간쯤 후에 다시 신음 소리가 들리고 다시 잠에서 깨어나고 다시 잠이 들고, 끝으로 다시 두 시간쯤 뒤에 한 번 더 신음 소리에 잠을 설쳐도 밤새껏 겨우

세 번 정도입니다. 이런 식으로 잠을 자다가 아침이 되어 자리에서 일어나면 누군가가 밤새도록 신음을 하는 바람에 계속 잠을 설쳤노라고 투덜댑니다. 하지만 그가 이렇게 여기는 것도 아주 당연합니다. 즉, 두 시간씩 잠을 잤는데 잠을 잔 순간들은 기억을 못 하고 오직 잠에서 깬 순간들만 기억하기 때문에 자기가 밤새껏 잠을 설쳤다고 여기는 거죠. 하지만 검사 측은 그렇다면 왜, 대체 왜 스메르쟈코프가 유서에서 자백을 하지 않았는가? 하고 외칩니다. '어떤 일에선 양심의 가책을 느끼면서도 또 다른 일에선 그렇지 않았단 말입니까.'라는 식으로요. 하지만 말입니다, 양심이란 이미 뉘우침을 뜻하는 것인데, 자살자에겐 뉘우침이 있었을 리 없으며 오직 절망만이 있었습니다. 절망과 뉘우침──이 두 가지는 완전히 다른 것입니다. 절망은 일체의 타협을 거부할 만큼 악의로 가득 찬 것일 수 있으며, 따라서 자살자는 자기 목숨을 끊으려는 그 순간 자기가 평생 동안 질투해 온 자들을 두 배로 증오했을지도 모릅니다. 배심원 여러분, 오심(誤審)을 범하지 않도록 조심하십시오! 제가 지금 여러분에게 제시하고 묘사한 것 중 무엇 하나라도 그럴듯하지 않은 것이 있습니까? 저의 진술에 오류가 있습니까, 불가능한 것이나 부조리한 것이 있습니까? 하지만 만약 저의 가정들 속에 가능성의 그림자라도, 개연성의 그림자라도 있다면──부디 선고를 보류해 주십시오. 그런데 과연 여기에 한낱 그림자밖에 없는 것일까요? 성스러운 모든 것에 맹세하건대, 저는 지금 여러분에게 제시한, 살인에 대한 저의 해석을 전적으로 믿습니다. 제가 무엇보다도, 그 무엇보다도 당혹스러워하고 또 격분하는 것은 아니나 다를까 다음과 같은 생각이 들기 때문입니다. 즉, 검사 측이 피고를 고발하기 위해 제시한, 산더미처럼 누적된 이 모든 사실들 중에 조금이라도 정확하고 확실한 사실은 단 하나도 없건만 그럼에도 이 불운한 피고는 오로지 이 사실들의 총합에 눌려서 파멸할 것이라는 생각이 든단 말입니다. 그렇습니다, 이 총합은 실로 끔찍합니다. 이 피, 손가락 사이로 흘러내리는 이 피, 피투성이가 된 와이셔츠, '아비 죽인 놈!'이라고 울부짖는 소리가 진동하는 이 어두운 밤, 그리고 머리가 깨진 채 비명을 지르며 쓰러지는 자, 그다음엔 이 산더미 같은 발언과 증언과 몸짓과 비명—오, 이것의 영향력이란 실로 막대한 것이어서 신념마저도 매수할 수 있겠지만, 그럼에도, 배심원 여러분, 이것이 여러분의 신념마저도 매수할 수 있을까요? 여러분에겐 무한한 권력이, 매고 풀 수 있는 권력[55]이 주어져 있음을 상기해 주십시오. 하지만 권력이 강하면 강할수록 그것의 행사는 더욱더 무서운 것입니다! 저는 지금 제가 한 말을 단 한마디도 철회하지 않는 바이지만, 설령 그렇다고 할지라도 어쩔 수 없이, 저의 불행한 고객이 자신의 손을 아버지의 피로 붉게 물들였다는 검사 측 주장에 잠깐이나마 동의한다고 칩시다. 이것은 그저 가정에 불과할 뿐이며, 반복하건대, 저는 단 한순간도 피고의 결백을 의심하지 않지만 어쩔 수 없이, 저의 피고가 친부 살해죄를 범했다고 가정해 봅시다. 제가 이러한 가정을 허

---

55) 마태복음서 18: 18.

용한다 할지라도 그래도 여러분은 제 말을 주의 깊게 들어 주십시오. 저의 마음속에는 여러분에게 꼭 드리고 싶은 말씀이 아직도 더 있습니다. 왜냐면 여러분의 마음속, 머릿속에서 커다란 투쟁이 일어날 거라는 예감이 들기 때문입니다……. 여러분의 마음속과 머릿속을 두고 이런 말까지 하는 저를 용서해 주십시오, 배심원 여러분. 하지만 저는 끝까지 정의롭고 진실한 사람이고 싶습니다. 우리 모두 진실한 사람이 되도록 합시다……!"

이 대목에서 상당히 열렬한 박수갈채가 울려 퍼져서 변호사의 말이 중단되었다. 정말로 그의 마지막 말에선 너무나 진실한 음조가 울려 나왔기 때문에 다들, 그가 진짜로 무슨 말을 하려나 보다, 그가 지금 말할 것이야말로 가장 중대한 것이다, 하는 느낌을 받았다. 하지만 재판장은 박수갈채를 듣고는 한 번만 더 '이와 같은 일'이 반복될 시에는 법정에서 '퇴정'시키겠노라고 큰 소리로 으름장을 놓았다. 사위는 곧 잠잠해졌고 페츄코비치는 지금까지 말을 하며 보여 준 것과는 전혀 다른 목소리로, 왠지 새롭고도 감동적인 목소리로 변론을 이어 갔다.

13 사상의 간음자

"비단 여러 사실들의 총합만이 저의 고객을 파멸시키는 것은 아닙니다, 배심원 여러분." 그가 소리 높여 말했다. "천만에요, 저의 고객을 정말로 파멸시키는 것은 오로지 한 가지 사실뿐입니다. 그건 바로 늙은 아버지의 시신입니다! 보통 살인 사건이었다면 여러분은 사실들을 총합으로서가 아니라 그 사실 하나하나를 따로따로 살펴본 다음——그것들이 하찮고 증거도 불충분하고 환상적이라고 여겨질 경우엔 고소를 기각했을 것이며 최소한 부정적인 선입견 하나만으로 인간의 운명을 파멸시키는 일에 회의라도 느꼈을 겁니다. 오, 슬프게도 그는 이런 선입견을 심어 줄 만한 짓을 톡톡히 했습니다! 하지만 이것은 보통 살인 사건이 아니라, 친부 살해 사건이 아닙니까! 이것은 너무나 경악스러운 일인지라, 혐의를 입증해 주는 사실들이 아무리 하찮고 증거가 불충분하다고 할지라도 이미 그다지 하찮지도, 그다지 증거가 불충분하지도 않은 것으로 변모되고, 이건 선입견을 전혀 갖지 않은 사람의 머릿속에서도 마찬가지로 인식됩니다. 그렇다면 어떻게 이런 지경에 처한 피고의 무죄를 증명해 줄 수 있을까요? 아니, 살인을 저질러 놓고서 어떻게 벌 하나 받지 않고 빠져나갈 수 있단 말인가——누구나 마음속으로 거의 어쩔 수 없이 본능적으로 이렇게 느낄 겁니다. 그렇습니다, 아버지의 피를 흘리게 하는 것은 끔찍한 일입니다——나를 낳아 준 자의 피, 나를 사랑해 준 자의 피, 나를 위해 자기 목숨도 아끼지 않고 내가 어렸을 때부터 나의 병 때문에 아파하고 평생 동안 나의 행복을 바라며 마음 졸이고 오로지 나의 기쁨과 나의 성공을 빌며 살아온 자의 피를 흘리게 하다니요! 오, 그런 아버지를 죽인다는 것은 생각조차 할 수 없습니다! 배심원 여러분, 아버지란, 진정한 아버지란 무엇입니까, 이토록 위대한 말의 뜻은 대체 무엇이며 이 호칭 속에 들어 있는 무섭도록 위대한 이념이란 또 무엇입니까? 우리는 지금 막, 참된 아버지는 어떤 것인가, 어떠해야 하는가를 부분적으로 지적했습니다. 본 사건의 경우──지금 우리 모두에게 지대한 관심거리이며 또 우리의 영혼에 고통을 안겨 주는 본 사건의 경우, 고(故) 표도르 파블로비치 카라마조프는 지금 우리의 마음속에 떠오른 아버지의 개념과는 조금도 닮지 않았습니다. 이것은 재앙입니다. 그렇습니다, 정말로 어떤 아버지는 재앙이나 다름없습니다. 그럼, 이 재앙을 좀 더 가까이서 살펴봅시다. 임박한 결정이 아무리 중대하다고 한들, 배심원 여러분, 두려워할 것이 뭐가 있겠습니까. 오히려 우리는 지금 절대 두려워하지 말아야 하며, 탁월한 재능을 자랑하는 검사가 용케도 잘 표현했듯, 말하자면 어린아이나 겁먹은 여자들처럼 어떤 생각을 떨쳐 낼 필요도 없습니다. 하지만 제가 존경해 마지않는 적수(제가 변론의 첫마디를 내뱉기도 전부터 그는 적수였지요)는 그 열렬한 논고에서 몇 번이나 '아니, 나는 피고의 변호를 아무한테도 양보하지 않겠다, 피고의 변호를 페테르부르크의 변호사에게 넘겨주지도 않을 것이다──나는 고발자이지만 동시에 변호인이기도 하니까!'라고 외쳤습니다. 이런 말을 몇 번이나 외치면서도 검사는 다음과 같은 점을 언급하는 건 잊으신 것 같습니다. 즉, 저 무서운 피고가 아직 어릴 때 아버지의 집에 있을 무렵 유일하게 자기를 귀여워해 준 사람에게서 고작 1푼트의 호두를 받은 일이 있었고 그 고마움을 이십삼 년 내내 간직하고 있었다면,

그 반대로, 그런 사람은, 인정 많은 의사 게르첸슈투베의 표현대로, 자기가 아버지의 집 '뒤뜰에서 신발도 신지 않고 단추가 하나만 달랑 달린 바지를 입은 채' 맨발로 뛰어다니던 일도 이 지난 이십삼 년 내내 기억 속에 꼭꼭 담아 뒀을 것이라는 점이죠. 오, 배심원 여러분, 왜 우리가 이 '재앙'을 더 가까이서 살펴보고 이미 다 아는 것을 반복해야 한단 말입니까! 저의 고객이 여기 아버지의 집을 찾아와 무엇을 보았습니까? 대체 왜, 왜 저의 고객을 무정한 사람으로, 이기주의자로, 괴물로 묘사해야 합니까? 그는 걷잡을 수 없는 사람입니다, 그는 야만적이고 난폭합니다. 그리고 바로 이 때문에 지금 우리는 그를 심판하고 있는 것이지만, 하지만 그의 운명이 이렇게 된 건 누구 탓입니까, 좋은 심성을 지녔고 고결하고 감수성이 풍부한 마음을 타고난 그가 이토록 터무니없는 방식으로 양육된 건 과연 누구 탓입니까? 누구 하나 그에게 지혜와 이성을 가르친 적이 있습니까, 학문을 깨우쳐 준 적이 있습니까, 어린 시절 조금이라도 그를 사랑해 준 사람이 있습니까? 저의 고객은 오직 하느님의 보호만을 받으면서, 즉 들짐승이나 다름없이 자랐습니다. 아마 그는 오랜 세월 동안 떨어져 있던 아버지를 몹시 보고 싶어 했을 것이며, 그전부터 자신의 어린 시절을 꿈처럼 떠올릴 때마다 어린 시절 꿈속에서 본 혐오스러운 환영들을 1000번이나 쫓아내면서 마음속 깊이 자기 아버지를 좋게 생각하고 또 얼싸안고 싶었는지도 모른단 말입니다! 하지만, 정작 어땠습니까? 그를 맞이한 것은 오로지 냉소적인 비웃음, 가뜩이나 싸움거리였던 돈 문제에서 비롯된 의심과 책략뿐이었습니다. 그의 귀로 들려오는 소리라곤 하루가 멀다 하고 '코냑을 마시면서' 늘어놓는, 정이 뚝 떨어질 것 같은 잡담과 처세술뿐이었고, 끝으로 그의 눈에 비친 아버지는 아들한테서 바로 그 아들의 돈을 미끼로 하여 아들의 애인을 빼앗으려 하는 자였으니──오 배심원 여러분, 이 얼마나 혐오스럽고 잔인한 일입니까! 그러고서도 이 노인은 뭇사람들을 붙잡고 아들이 불손하다느니, 잔인하다느니 불평을 늘어놓음으로써 사교계에서 아들의 얼굴에 먹칠을 하고 해를 입히고 험담을 늘어놓았을 뿐만 아니라 아들을 감옥에 처넣기 위해 아들의 차용 증서를 사 모으기까지 했습니다! 배심원 여러분, 이 영혼들, 저의 고객처럼 겉보기엔 잔인하고 난폭하고 걷잡을 수 없는 이런 영혼들이 굉장히 부드러운 마음씨를 지니고 있는 일이 참 많은데, 다만 이것이 밖으로 드러나지 않을 뿐입니다. 제발 비웃지 말아 주십시오, 저의 생각을 비웃지 말아 주십시오! 재능 있는 검사는 아까 저의 고객이 실러를 사랑하고 '아름답고 고상한 것'을 사랑한다는 점을 얘기하면서 무자비하게 그를 비웃었습니다. 제가 그, 즉 검사의 자리에 있었다면 이 점을 절대 비웃지 않았을 것입니다! 그렇습니다, 이런 마음들은──오, 사람들이 좀처럼 이해하지 못하고 더러 잘못 이해하기도 하는 이런 마음들을 변호하게 해 주십시오──이런 마음들은 몹시 자주 부드럽고 아름답고 공명정대한 것을 갈망합니다. 그야말로 흡사 자신의 대극으로서, 자신의 난폭함과 자신의 잔인함의 대극으로서 무의식적으로 갈망합니다──그야말로 갈망할 따름입니다. 겉으로는 정열적이고 잔인해 보이지만 그들은 뭐든, 예컨대 여자의 경우에도 고통스러울 정도로까지 사랑할 수 있는 능력을 갖고 있으며, 그 사랑은 반드시 정신적이고 드높은 사랑인 것입니다. 이번에도 저를 비웃지 말아 주십시오. 바로 이런 천성을 타고난 자들이야말로 정말 자주 그렇단 말입니다! 그들은 자신의 열정을, 때때로 몹시 거친 열정을 도저히 숨길 수가 없는데—사람들은 바로 이것에 충격을 받은 나머지, 이것만을 인지하고 그 사람의 내면은 보질 않는 겁니다. 하지만 실상, 그들의 모든 열정은 급속히 해소될지라도, 겉보기엔 거칠고 잔인한 이 사람은 고결하고 아름다운 존재 곁에서 갱생을 추구하고 개과천선의 가능성을 추구하며 더 훌륭한 사람이 되고자, 드높고 성실한 사람이 되고자—또 이 말 때문에 수많은 조롱을 받았건만 그럼에도 '고상하고 아름다운' 사람이 되고자 하는 것입니다! 조금 전에 저는 저의 고객과 베르호프체바 양의 로맨스에 대해서는 감히 건드리지 않겠노라고 말씀드렸습니다. 하지만 그럼에도 한마디 정도는 해도 괜찮지 않을까 싶습니다. 우리가 아까 들은 것은 증언이 아니라 그저 광적인 복수심에 불타는 한 여성의 비명에 지나지 않는 것입니다. 그녀는 연인의 배반을 나무랄 자격이 없습니다, 없다마다요. 왜냐하면 그녀 자신이 배반을 했기 때문입니다! 생각을 고쳐먹을 시간이 조금이라도 있었다면, 그녀는 그와 같은 증언을 하지 않았을 것입니다! 오, 그녀의 말을 믿지 마십시오, 저의 고객은 그녀가 말한 것 같은 '불한당'이 아닙니다, 아니다마다요! 십자가에 못 박히신 저 박애주의자는 십자가행을 떠나시면서 '나는 착한 목자니라, 착한 목자는 양들을 위하여 자기 영혼을 내놓나니,[56] 이는 한 마리의 양도 파멸하지 않게 하기 위함이니라⋯⋯.'라고 말씀하셨습니다. 우리도 제발 인간의 영혼을 파멸시키지 맙시다! 저는 방금 아버지란 무엇이냐고 물었고, 또 이것이 위대한 말이며 고귀한 호칭이라고 외쳤습니다. 하지만 배심원 여러분, 말이란 정직하게 사용해야 되는 것이니만큼 저는 감히 그 대상을 그에 걸맞은 말로, 그에 걸맞은 호칭으로 부르도록 하겠습니다. 피살된 카라마조프 노인과 같은 아버지는 아버지라 부를 수도 없고 또 그렇게 불릴 자격도 없는 위인입니다. 아버지에 대한 사랑은, 그것이 아버지에 의해 화답받지 못하는 한, 터무니없는 것이요, 불가능한 것에 지나지 않습니다. 무(無)에서 사랑을 창조할 수는 없습니다, 무에서 창조할 수 있는 자는 오직 신밖에 없습니다. '아버지들이여, 자신의 아이들을 슬프게 하지 마십시오.'[57] 어느 사도는 사랑에 불타는 마음을 담아 이렇게 쓰고 있습니다. 지금 이 성스러운 말씀을 인용하는 것은 저의 고객을 위해서가 아닙니다, 저는 모든 아버지들을 위해서 이 말씀을 상기하는 바입니다. 누가 저에게 아버지들을 가르칠 수 있는 이런 권력을 주었습니까? 그 누구도 아닙니다. 하지만 저는 한 인간이자 시민으로서 호소하는 바입니다——살아 있는 모든 자들에게 호소한다(vivos voco)[58] 이 말입니다! 이 땅에 머무는 시간이 길지도 않건만 우리는 고약

---

56) 요한복음 10: 11, 14-15.
57) 콜로새 신자들에게 보낸 서간 3: 21의 부정확한 인용.
58) 실러의 「종(鍾)의 노래」의 제사 첫 구절.

한 일을 많이 저지르며 고약한 말들을 많이 내뱉습니다. 하지만 또 그렇기 때문에 우리 모두 서로에게 좋은 말을 하기 위해 우리가 함께 사귈 수 있는 적절한 순간을 포착하도록 합시다. 저도 그렇습니다. 이 자리에 있는 동안 저는 저에게 주어진 이 순간을 이용하는 겁니다. 이 연단이 드높은 의지에 의해 우리에게 선사된 것은 우연이 아닙니다——이 연단에서 나오는 우리의 말을 러시아 전체가 듣고 있으니까요. 저는 이곳의 아버지들만을 위해서 말하는 것이 아니라, 모든 아버지들을 향해 외치는 바입니다. '아버지들이여, 자신의 아이들을 슬프게 하지 마십시오!' 그러니까 우리 자신이 먼저 그리스도의 성약(聖約)을 이행한 후, 그다음에 비로소 우리 아이들에게 감히 뭔가를 요구하든지 합시다. 그러지 않으면 우리는 아버지가 아니라 우리 아이들의 원수이며, 그들 또한 우리의 아이들이 아니라 우리의 원수가 되고 마는 것이니, 그것도 우리 자신이 제 손으로 그들을 원수로 만든 것입니다! '너희가 되어서 주는 만큼 너희도 되어서 받을 것이다.'[59]——이건 이미 제 말이 아니고 복음서의 말씀입니다. 되어서 주는 만큼 여러분도 그렇게 되어서 받을 것이라는 말이죠. 아이들이 우리한테서 받은 만큼 우리에게 되어서 준다고 한들 어떻게 그들을 비난할 수 있겠습니까? 최근에 핀란드에서 한 하녀가 몰래 아기를 낳았다는 혐의를 받은 적이 있었습니다. 조사 결과, 그 집의 다락방 구석의 벽돌 뒤에서 아무도 모르고 있던 그녀의 트

59) 마르코복음 4: 24, 루카복음 6: 37-38, 마태오복음 7: 1-2.

렁크가 발견되었으며, 열어 보니 거기서 신생아, 그러니까 그녀가 죽인 갓난애의 시체가 나왔습니다. 바로 그 트렁크에서, 그녀가 자백한바, 그녀가 그전에 낳은, 낳자마자 곧 죽인 갓난애의 해골이 두 개나 발견되었습니다. 배심원 여러분, 이것이 아이들의 친어미입니까? 아이들을 낳은 건 맞지만, 그렇다고 해서 과연 그녀가 이 아이들의 어머니가 될 수 있는 겁니까? 우리들 중 누가 감히 그녀를 두고 어머니라는 성스러운 이름을 말할 수 있겠습니까? 대담해집시다, 배심원 여러분, 심지어 좀 뻔뻔스러워져도 됩니다. 심지어 우리는 이 순간 그렇게 할 의무마저 있으며, ‘금속’과 ‘유황불’을 두려워한 모스크바의 장사꾼 아내들[60]처럼 어떤 말이나 관념을 두려워해서도 안 됩니다. 아니, 오히려 최근의 진보가 우리의 발달에도 영향을 미쳤음을 증명하는 차원에서라도 단도직입적으로 말합시다. 즉, 자식을 낳았다고 해서 다 아버지가 되는 건 아니다, 아버지란 자식을 낳고서 아버지 구실을 똑바로 한 사람을 말한다, 하고. 오, 물론 ‘아버지’라는 말에는 다른 뜻, 다른 해석도 있기 때문에 비록 나의 아버지가 아이들에게 있어 불한당이나 다름없는 악당이라 할지라도 나를 낳아 주었다는 이유만으로도 어쨌거나 나의 아버지다, 하고 주장하는 측도 있습니다. 하지만 이런 뜻으로 해석하는 것은 이미, 말하자면, 신비주의적인 것으로서 저로선 이성으로 이해하지도 못하겠거니

---

60) ‘유황불’은 종교적 의미를 지니는 것이며, 장사꾼 아내들에 대한 언급은 오스트롭스키의 희곡 「힘겨운 날들」(1863) 2막 2장을 염두에 둔 것이다.

와 그저 믿음을 통해, 아니 더 정확히 말해서 믿으니까 그냥 받아들일 수 있을 따름이니, 이건 이성으론 이해할 수 없지만 종교에 의해 믿도록 강요받는 다른 많은 것과 마찬가지가 되는 거죠. 하지만 이럴 경우에 그것은 현실적 삶의 영역 바깥에 머물게 될 것입니다. 현실적 삶의 영역——즉 그 자신이 자기만의 권리를 가질 뿐만 아니라 그 자체로 위대한 의무들을 부과하기도 하는 이 영역에서 우리가 인도주의적이 되길, 결국엔 기독교도가 되길 원한다면, 우리는 오로지 이성과 경험에 의해 정당화되고 분석의 도가니를 거쳐 나온 신념만을 실행에 옮겨야 하고 또 그럴 의무가 있으며, 한마디로 말해서, 사람에게 해를 끼치지 않기 위해, 사람을 괴롭히거나 파멸시키지 않기 위해서, 꿈을 꾸거나 미망에 빠진 것 같은 광기에 휩쓸려 행동할 것이 아니라 이성적으로 행동해야 합니다. 바로 그때에야 비로소 이것은 진정으로 기독교적인 일이, 즉 마냥 신비주의적인 것이 아닌, 이성적이면서도 이미 진정으로 박애주의적인 일이 될 것입니다⋯⋯."

이 대목에서 법정의 여기저기 구석에서 열렬한 박수갈채가 터져 나왔으나 페츄코비치는 자신의 말을 끊지 말고 끝까지 다 말하게 해 달라고 간청하듯 손을 내젓기까지 했다. 곧 사위가 잠잠해졌다. 연사는 말을 이어 갔다.

"배심원 여러분, 이런 물음들을 우리들의 아이들, 예컨대 이미 청년이 되었고 예컨대 이미 판단력을 갖기 시작한 아이들이 간과할 수 있으리라고 생각하십니까? 아닙니다, 그럴 수가 없지요, 아이들에게 불가능한 절제를 요구하지 맙시다! 제 구실을 못 하는 아버지의 모습을 보면, 특히나 자기 동년배인 다른 아이들의 훌륭한 아버지들과 비교하다 보면, 청년은 어쩔 수 없이 고통스러운 물음들을 던지게 됩니다. 청년의 이런 물음들에 대해 판에 박힌 대답을, '그가 너를 낳았고 너는 그의 혈육이다, 따라서 너는 그를 사랑해야만 한다.'라는 식의 대답을 해 줍니다. 청년은 어쩔 수 없이 생각에 잠기고 점점 더 놀라워하면서 '나를 낳았을 때 나를 정말로 사랑했을까.'라며 의문을 품습니다. '과연 나를 위해서 그가 나를 낳았을까? 그 순간, 어쩌면 술기운에 자극을 받았을 수도 있는 그 열정의 순간에 그는 나를 알지도 못했을 테고 내가 사내애인지 계집애인지도 몰랐을 거다, 나에게 물려준 건 고작 음주벽뿐──그래, 이게 그가 나한테 베풀어 준 은혜의 전부가 아닌가……. 그런데 대체 왜 내가 그를 사랑해야 하는가, 나를 낳기만 했지 그 이후 평생 동안 나를 사랑해 주지도 않았는데?' 오, 여러분에게 이 질문은 거칠고 잔인하게 여겨질 수도 있겠지만, 어린 지성에게 불가능한 절제를 요구하지는 마십시오. '천성이란 문밖으로 쫓아내면 창문으로 날아 들어온다.'[61]라는 말이 있잖습니까. 무엇보다도, 무엇보다도 '금속'과 '유황불'을 두려워하지 말 것이며, 신비주의적인 개념이 아니라 이성과 박애가 일러 주는 것에 따라 물음을 해결합시다. 그럼, 어떻게 해결해야 되겠습니까? 바로 이런 식이어야 됩니다. 즉, 아들이 아버지 앞에 서서 당사자인 아버지한테 직접 명민하게 묻는

---

61) 라퐁텐의 우화 「여자로 변한 고양이」에서 인용.

겁니다. '아버지, 말해 보세요. 내가 무엇을 위해서 아버지를 사랑해야 되는 거죠? 아버지, 내가 아버지를 사랑해야 된다는 걸 증명해 주실래요?' 만약 이 아버지가 아들의 질문에 대답하고 또 그걸 증명해 줄 능력이 있는 상태라면——그렇다면 이들은 한낱 신비주의적 편견이 아니라 이성적이고 자명한, 엄격하게 인도주의적인 기초 위에 세워진 진정으로 정상적인 가족입니다. 반대의 경우, 즉 아버지가 증명을 해 주지 못한다면——이 가족은 곧 끝장입니다. 이 아들에게 그는 더 이상 아버지가 아니며, 아들은 앞으로 자신의 아버지를 남으로, 심지어 자신의 원수로 간주할 수 있는 권리와 자유를 얻게 되니까요. 우리의 연단은, 배심원 여러분, 진리와 상식의 학교가 되어야 합니다!"

여기서 연사의 말은 걷잡을 수 없는, 거의 광적인 박수갈채 때문에 중단되었다. 물론, 법정 전체가 박수를 친 것은 아니었지만 그래도 법정의 절반은 박수를 쳤다. 아버지이고 어머니인 사람들이 박수를 보냈다. 위쪽, 부인석에서는 째지는 듯한 외침 소리가 들려왔다. 손수건을 흔들어 대기도 했다. 재판장은 있는 힘껏 종을 울리기 시작했다. 보아하니 그는 법정의 행태로 인해 짜증이 난 듯했지만, 아까 협박한 대로 법정에서 '퇴정'시킬 엄두는 결코 내지 못했다. 뒤의 특별석에 앉아 있던 고위급 인물들, 연미복에 별을 단 노인들도 연사에게 박수갈채를 보내고 손수건을 흔들어 댔기 때문에, 재판장은 소란이 진정되자 그저 아까처럼 법정에서 '퇴정'시키겠노라고 몹시 엄격하게 일침을 가하는 것으로 만족했고, 의기양양하고 흥분한 페츄코비치는 또다시 자신의 변론을 이어 갔다.

"배심원 여러분, 오늘도 참으로 많은 얘기가 오갔지만, 아들이 담장을 넘어 아버지의 집으로 침입한 뒤 마침내 자기를 낳아 준 원수, 줄곧 자기를 모욕해 온 자와 얼굴을 맞대고 선 그 무서운 밤을 여러분은 기억하시겠지요. 온 힘을 다 바쳐 주장하건대——그 순간 그가 그렇게 달려간 건 돈을 노려서가 아니었습니다. 제가 앞서 이미 진술했듯, 강도 혐의는 터무니없는 것입니다. 또, 아버지 집으로 들어간 것도 살해하기 위해서가, 오, 절대 아닙니다. 만약 미리부터 이런 속셈이 있었다면, 최소한 흉기라도 미리 마련해 놨을 테지만, 그가 놋쇠 공이를 집어 든 건 자기도 무엇 때문인지 모르면서 그냥 본능적으로 한 일이었습니다. 설령 그가 신호를 보내 아버지를 속인 뒤 아버지의 방으로 잠입했다고 칩시다——저는 단 한순간도 이 전설을 믿지 않는다고 이미 말했지만, 어쩔 수 없죠, 한순간만 정말 그랬다고 가정해 봅시다! 배심원 여러분, 여러분에게 모든 성스러운 것을 걸고 맹세하건대, 그 자가 아버지가 아니라 혈연관계도 뭣도 없이 그냥 자기를 모욕한 자였다면, 피고는 이 방 저 방을 뛰어다니다가 이 집 안에 그 여성이 없음을 확인하곤 자신의 연적에게 아무런 해도 입히지 않고 쏜살같이 달아났을 것입니다. 한 대 쥐어박거나 떼밀어 버리긴 했을지언정 여하튼 그 정도로 끝났을 겁니다. 피고로선 이런 데 신경 쓸 겨를도 없었으니까, 그녀가 어디에 있는지를 알아내는 것이 중요했으니까요. 하지만 이건 아버지기, 아버지기 아닙니까——오, 한결같이 그저 아버지의 탈을 써 왔고 어릴 때부터 자기를 증오해 온 원수, 여태껏 자기를 모욕해 놓고서 이제 와선——괴물과 같은 연적이 되어 버린 그런 아버지 말입니다! 증오스러운 감정이 자기도 모르게 걷잡을 수 없이 그를 휘어잡아, 이성적인 판단을 할 수가 없는 지경이었습니다. 모든 것이 한순간에 치밀어 올랐던 겁니다! 이것은 광기와 발광의 발작이었지만, 동시에 자연의 모든 것과 마찬가지로 자신의 영원한 법칙을 향해 무의식적이고 걷잡을 수 없는 복수욕을 분출하는 자연의 발작이기도 했습니다. 하지만 살인자는 이 순간에도 죽이지는 않았으며——저는 그렇다고 주장하며 그렇다고 외치는 바입니다.——그렇습니다, 그는 그저 욕지기가 치밀 것 같은 분노에 사로잡혀 공이를 한 번 휘둘렀을 뿐, 죽일 마음도 없었고 그럴 줄도 몰랐습니다. 그의 손에 저 숙명적인 공이가 없었다면 그는 그저 아버지를 때리기는 했을지언정 죽이지는 않았을 것입니다. 도망을 치면서도 그는 자기가 때려눕힌 노인이 죽었는지 어떤지도 몰랐습니다. 이런 살인은 살인이 아닙니다. 이런 살인은 친부 살해가 아닙니다. 아니, 이런 아버지를 살해하는 것은 친부 살해라고 부를 수도 없습니다. 이런 살인은 그저 편견 때문에 친부 살해로 취급되는 것일 따름입니다! 하지만 이 살인 사건이 정말 있었던 겁니까, 과연 있기는 했던 겁니까, 제 영혼 깊은 곳에서부터 다시, 또다시 여러분에게 호소하는 바입니다! 배심원 여러분, 지금 우리가 그에게 유죄 판결을 내린다면, 그는 스스로에게 이렇게 말할 겁니다. '이 사람들은 나의 운명을 위해, 나의 양육과 교육을 위해, 나를 더 훌륭한 사람으로 만들기 위해, 나를 사람다운 사람으로 만들기 위해 아무것도 해 주지 않았다. 이 사람들은 나에게 먹을 것도, 마실 것도 주지 않았고 벌거숭이나 다름없이 감옥에 갇혀 있는 나를 찾아 주지도 않았다. 그래 놓고선 이렇게 나를 유형지로 보냈다. 나는 셈을 다 치렀다. 지금 난 그들한테 빚진 것이 아무것도 없고 영원토록 그 누구에게도 빚진 것이 없다. 그들이 사악하게 나오니 나도 사악해질 것이다. 그들이 잔인하게 나오니 나도 잔인해질 것이다.' 피고는 바로 이렇게 말할 것입니다, 배심원 여러분! 그러므로 단언하건대, 여러분이 피고의 유죄를 주장하면 그건 그저 그의 마음을, 그의 양심을 가볍게 해 줄 뿐이어서 그는 남의 피를 흘려 놓고서도 유감스러워하기는커녕 오히려 그 피를 저주하게 될 것입니다. 이와 더불어 여러분은 그의 내부에 아직은 하나의 가능성으로 잠재해 있는 인간을 파멸시키는 셈이 됩니다. 왜냐면 그는 평생 사악하고 눈먼 인간으로 남을 테니까요. 이런데도 여러분은 우리가 상상할 수 있는 가장 끔찍한 형벌을 통해 피고를 무섭고 위협적으로 벌하시렵니까, 이런 식으로 그의 영혼을 영원토록 구원하고 갱생시킬 작정이십니까? 만약 그러시다면, 차라리 여러분의 자비를 통해 피고를 압도하십시오! 그러면 여러분은 그의 영혼이 경외감에 차서 전율하는 것을 보고 또 듣게 될 겁니다. '내가 이와 같은 자비를 감당할 수 있을까, 내가 이와 같은 사랑을 감당할 수 있을까, 내가 이런 것을 받을 자격이 과연 있는가.'——피고는 바로 이렇게 외칠 겁니다! 오, 저는 알고 있습니다, 저는 이 미음을, 야성적이지만 그래도 고결한 이 마음을 잘 알고 있습니다, 배심원 여러분. 이 마음은 여러분의 위업 앞에 경배할 것이며, 그것은 위대한 사랑의 행위를 갈망하며 영원토록 불타올라 부활할 것입니다. 자신의 한계 속에 갇힌 채 세상 전체를 비난하는 그런 영혼들이 있습니다. 하지만 자비를 통해 이런 영혼을 압도하고 이런 영혼에 사랑을 베풀어 준다면, 그의 내부에 선량한 맹아들이 너무도 많이 있기 때문에 그는 자기가 한 일을 저주할 것입니다. 이 영혼은 넓어져서, 하느님이 얼마나 자비로운가, 사람들이 얼마나 아름답고 공정한가를 깨달을 겁니다. 회한이, 그리고 이제부터 그 앞에 놓여 있는 무한한 의무가 그를 경악하게 하고 그를 압도할 것입니다. 그럼, 그때는 그도 '나는 셈을 다 치렀다.'라고 말하기는커녕 '나는 모든 사람들 앞에 죄인이고 그 어떤 사람보다 무가치한 존재다.'라고 말할 겁니다. 회한과 타는 듯 고통스러운 감동의 눈물을 흘리면서 그는 '사람들은 나보다 더 훌륭하다, 왜냐면 나를 파멸시키는 것이 아니라 구원하고자 했기 때문이다!'라고 외칠 것입니다. 오, 여러분은 이렇게 하기란, 이런 자비로운 행위를 행하기란 정말로 쉽습니다. 조금이라도 그럴듯해 보이는 증거가 전혀 없는 상태에서 '그렇다, 유죄다.'라고 말하는 것이야말로 정말 힘겨울 테죠. 한 명의 무고한 사람을 벌하느니 차라리 열 명의 죄인을 풀어 주십시오──들리십니까, 지난 세기 우리의 훌륭한 역사에서 나온 이 웅장한 목소리가 들리시냐고요? 저같이 하찮은 자가 러시아의 재판은 비단 징벌일 뿐만 아니라 파멸한 사람을 구원하는 것이기도 하다는 점을 여러분에게 상기시켜야겠습니까! 다른 민족들에겐 법조문과 징벌이 있다 할지라도, 우리들에겐 정신과 의미가 있고 또 파멸한 자들의 구원과 갱생이 있습니다. 만약 그렇다면, 러시아와 러시아의 재판이 정말 그런 것이라면──러시아는 계속 앞으로 나아갈 것이며, 그러니 우리에게 겁을 주지 마십시오, 오, 모든 민족들이 욕지기를 느끼며 물러서게 될 여러분의 저 광포한 트로이카를 들먹이며 우리에게 겁을 주지 마십시오! 광포한 트로이카가 아니라 웅장한 러시아의 바퀴가 장엄하고도 고요하게 목표를 향해 달려갈 것입니다. 저의 고객의 운명은 여러분의 손에 달려 있으며, 우리 러시아의 진실도 여러분의 손에 달려 있습니다. 여러분이 그것을 구원할 것이며 여러분이 그것을 지킬 것이며 여러분이 누가 그것을 지켜야 하는지를, 또 그것이 훌륭한 손에 쥐어져 있다는 것을 증명할 것입니다!"

14 촌놈들이 자기 고집을 부리다

이로써 페츄코비치가 변론을 끝내자, 방청객들 사이에선 폭풍우처럼 걷잡을 수 없는 환호성이 터져 나왔다. 이미 억누른다는 건 생각조차 할 수 없는 상태였다. 여성들은 울었고, 남성들도 제법 많이 울었으며, 심지어 두 명의 고관마저도 눈물을 흘렸다. 재판장도 압도된 나머지 종을 치는 데도 늑장을 부렸다. "그런 열광을 빼앗으려 하는 것은 성물 모독이나 다름없는 일이죠." 훗날 우리네 부인들은 이렇게 읊치곤 했다. 연사 자신도 진정으로 감동에 젖어 있었다. 그런데 바로 이 순간 우리의 이폴리트 키릴로비치가 '이견을 나누고자' 다시 한번 자리에서 일어났다. 다들 그를 바라보곤 증오심을 드러냈다. "뭐예요, 또? 대체 저건 뭐예요? 감히 또다시 이의를 제기하려나 보죠?" 부인들은 이렇게 수군대기 시작했다. 하지만 온 세상의 부인들이 전부 수군댔을지라도, 그리고 이 일에 검사 부인이, 즉 이폴리트 키릴로비치의 부인이 제일 먼저 앞장을 섰을지라도, 그 순간 그를 말릴 수는 없었을 터이다. 그는 창백했으며 또 너무 흥분한 나머지 몸을 부르르 떨었다. 그가 내뱉은 첫마디들, 첫 어구들은 도무지 알아들을 수도 없었다. 숨을 헐떡이는 데다가 발음도 제대로 못 하고 영 조리도 닿지 않았던 것이다. 그래도 곧 그는 정상을 되찾았다. 하지만 그의 이 두 번째 논고 중에서는 몇몇 어구만을 인용하도록 하겠다.

"……우리가 수많은 소설을 만들어 냈다는 비난이 쏟아지고 있습니다. 하지만 그러는 변호사 측이야말로 소설 위의 소설이 아니고 또 뭡니까? 그저 시(詩)가 좀 부족할 따름이죠. 표도르 파블로비치가 애인을 기다리다가 돈 봉투를 찢어서 마룻바닥으로 내던집니다. 심지어 그가 이렇게 놀랄 만한 짓을 하면서 무슨 말을 했는지도 인용되고 있습니다. 아니, 이게 서사시가 아니고 또 뭡니까? 그가 돈을 꺼냈다는 증거가 어디에 있으며 그가 무슨 말을 했는지를 누가 들었습니까? 정신이 박약한 백치 스메르쟈코프는 사생아로 태어났다는 것 때문에 사회에 대한 복수심을 불태우는 무슨 바이런적인 주인공으로 돌변해 버렸는데—정녕 이것이 바이런적 취향의 서사시가 아니란 말입니까? 아들이 아버지의 방에 침입해서 아버지를 죽였지만 또 동시에 죽이지 않았다니, 이건 숫제 소설도, 서사시도 아닙니다. 이건 물론 자기도 풀지 못할 수수께끼를 던지는 스핑크스가 아닙니까. 죽였다면 죽인 것이지, 아니 어떻게 죽였으면서도 안 죽였다니——누가 이걸 이해하겠습니까? 그다음, 우리의 연단이 진리와 상식의 연단이라고 우리에게 선언해 놓고선 바로 이 '상식'의 연단에서 아버지를 죽인 것을 친부 살해라 부르는 것은 그저 편견에 지나지 않는다는 소리가 맹세와 더불어 공리처럼 울려 퍼지게 하다니요! 하지만 친부 살해가 편견이고 모든 아이가 자기 아버지에게 '아버지, 내가 왜 아버지를 사랑해야 되죠?'라고 캐묻는다면——우리는 어떻게 되겠습니까, 사회의 기반들은 또 어떻게 되겠으며 가족은 어디로 사라져 버리겠습니까? 친부 살해——이것이 한낱 모스크바의 장사꾼 아내의 '유황불'에 지나지 않는다고 합니다. 그렇다면, 러시아 재판의 소명과 미래에 있어서 가장 귀중하고 가장 성스러운 맹세는 오로지 어떤 목표를 성취하기 위해, 즉 정당화될 수 없는 것을 정당화시키기 위해 왜곡되고 경솔한 모습을 띠게 됩니다. '오, 그를 자비로 압도하십시오.'라고 변호사는 외치지만, 범죄자에게 필요한 건 오직 이뿐이어서, 당장 내일이면 다들 그가 얼마나 압도되었는지를 보게 될 겁니다! 게다가 그저 피고에게 무죄 판결을 내리자는 요구만 하다니, 변호사가 너무 소박하게 나오는 게 아닐까요? 아니 왜, 친부 살해범의 이름을 기리는 장학 재단이라도 세워 후손과 젊은 세대에게 그의 위업을 영원토록 남기자고 요구하지 않는 겁니까? 복음서와 종교도 교정됩니다. 이건 전부 신비주의에 지나지 않고, 지금 우리한테는 이미 이성과 상식의 분석으로 검증된 진정한 기독교가 있을 뿐이다, 하는 식이죠. 자, 이런 식으로 우리 앞에 가짜 그리스도를 내세우고 있는 겁니다! 변호사는 '너희가 되어서 주는 만큼 너희도 되어서 받을 것이다.'라고 외치면서도 동시에, 그리스도가 너희가 되어서 받는 만큼 너희도 남에게 되어서 주라고 가르쳤다는 식의 결론을 도출하고 있으니──진리와 상식의 연단에서 이런 말이 울려 퍼지다니요! 원래 우리는 연설 전날 밤만 되면 복음서를 슬쩍 들여다보는데, 이는 어쨌거나 상당히 독창적인 이 저작을 알고 있다는 것을 뽐내기 위해서이고, 이렇게 하면 필요할 때, 어디까지나 필요에 따라 어느 정도의 효과를 거둘 수 있지 않습니까! 하지만 그리스도는 바로 이러지 말라고, 이런 짓을 삼가라고 명령합니다. 설령 사악한 세계가 이런 짓을 할지라도 우리는 우리에게 모욕을 가한 자들을 용서해야 하고 그들이 우리를 가늠한 그 잣대로 그들을 가늠할 것이 아니라 우리 자신의 다른 쪽 뺨을 내밀어야 하는 것입니다. 우리의 하느님은 우리에게 이런 가르침을 주셨지, 아이들에게 아버지를 죽이지 말라고 하는 것이 편견이라고 가르치시진 않았습니다. 그러니 우리의 이 진리와 상식의 연단에서 우리 하느님의 복음서를 수정하지 맙시다. 변호사는 그분을 기껏해야 '십자가에 못 박힌 박애주의자' 정도로만 부르지만, 이는 그분을 향해 '그대는 우리의 하느님이십니다!'라고 호소하는 러시아 정교의 온 국민들의 생각과 상치되는 것이니까요!"

여기서 재판장이 개입하여, 이런 경우에 재판장들이 흔히 하는 말이지만, 너무 과장하지 말라, 정해진 한계를 넘지 말라, 등등 부탁의 말을 늘어놓으며 열광에 빠진 검사에게 일침을 가했다. 그런데도 법정 안은 불안했다. 청중은 술렁거렸고 심지어 분노에 찬 외침 소리마저 나왔다. 페츄코비치는 굳이 반박을 하지도 않고, 그저 연단으로 올라와서 한 손을 가슴에 얹은 채 언짢은 목소리로 위엄이 넘쳐 나는 말을 몇 마디 했을 뿐이다. 그는 그저, 또다시 '소설들'과 '심리 분석'을 살짝 조롱한 뒤 어느 대목에서 "주피터여, 그대가 화를 낸다 함은 곧 그대가 옳지 않다는 뜻이로다."라는 말을 삽입했다. 이말에 방청객들은 수많은 공감의 웃음을 보냈는데, 왜냐면 이폴리트 키릴로비치는 주피터와 닮은 구석이 전혀 없었기 때문이었다. 이어, 페츄코비치는 그가 젊은 세대에게 아버지를 죽이라고 허락한다는 식의 비난에 대해 대단한 위엄을 과시하며 숫제 반박조차 하지 않겠노라고 했다. '가짜 그리스도' 부분, 또 그가 그리스도를 하느님이라 부르지 않고 그저 '십자가에 못 박힌 박애주의자'라 부른 것과 '진리와 상식의 연단에서 정교와 상치되는 말이 나올 수는 없는 노릇이다.'라는 것에 관한 한——페츄코비치는 이건 '비방'이나 다름없다, 자기가 여기로 올 때만 해도 이곳의 연단에서 '한 사람의 시민이자 충실한 종복으로서의 나의 인격을 손상시킬' 비난을 받을 위험 따위는 적어도 없을 걸로 생각했다, 하는 식의 말을 넌지시 던졌다. 하지만 시민이니 종복이니 하는 말이 줄줄이 나오자 재판장은 변호사에게도 일침을 가했고, 페츄코비치는 온 법정에서 공감 어린 웅성거림이 들리는 가운데 절을 하고 자신의 대답을 끝냈다. 이폴리트 키릴로비치는, 우리 부인들의 견해론, '영원토록 찌그러져' 버렸다.

이어, 피고에게 발언권이 주어졌다. 미챠는 일어나긴 했으나 말은 많이 하지 않았다. 그는 육체적으로도, 정신적으로도 끔찍할 정도로 지쳐 있었다. 아침에 법정에 나올 때 보여 준 의연하고 힘찬 모습은 거의 온데간데없었다. 그는 이날, 앞으로 평생 남을 뭔가를 경험한 것 같았으며 전에는 이해하지 못했던 아주 중대한 것을 배웠고 깨달은 것 같았다. 목소리에도 힘이 빠져서, 아까처럼 소리를 지르는 일도 더 이상 없었다. 그의 말에서는 뭔가 새로운 것이, 체념과 패배와 굴복 같은 것이 배어 나왔다.

"제가 무슨 말을 하겠습니까, 배심원 여러분! 저에게 심판의 날이 왔으며, 제 몸에 하느님의 손길이 닿는 소리가 들립니다. 방탕한 사람에게 끝이 온 겁니다! 하지만 하느님 앞에서 고해하는 심정으로 여러분에게 말하는 바입니다. '아버지의 피에 관한 한——저는 절대로 죄가 없습니다!' 마지막으로 반복하건대, '제가 죽인 게 아닙니다'. 방탕하게 살았지만 선을 사랑했습니다. 매 순간 개과천선하고자 노력했지만 금수처럼 살았습니다. 검사님께 감사드립니다, 저도 몰랐던 저에 대한 많은 얘기를 해 주셨습니다. 하지만 제가 아버지를 죽였다는 것은 사실이 아닙니다, 검사님은 실수하신 겁니다! 변호사님께도 감사드립니다, 변론을 들으면서 울었습니다. 하지만 제가 아버지를 죽였다는 건 사실도 아닐뿐더러, 그런 가정조차도 해선 안 됐던 겁니다! 의사들의 말을 믿어서도 안 됩니다, 저는 완전히 제정신인데 다만 마음이 무거울 따름입니다. 만약 자비를 베풀어 주신다면, 저를 풀어 주신다면——여러분을 위해서 기도하겠습니다. 훌륭한 사람이 되겠습니다, 정말입니다, 하느님 앞에 약속합니다. 유죄 판결을 내리신다고 해도——제 손으로 제 머리 위의 검을 부수고 그렇게 부서진 파편에 입을 맞추겠습니다! 그럼에도, 자비를 베풀어 주십시오, 저에게 저의 하느님을 빼앗지 말아 주십시오, 저는 저란 놈을 잘 알고 있습니다. 분명히, 원망을 하게 될 겁니다! 제 마음이 무겁습니다, 여러분…… 자비를 베풀어 주십시오!"

그는 거의 쓰러지다시피 자리에 앉았는데, 목소리가 탁 끊기는 바람에 마지막 어구는 간신히 내뱉었다. 이어, 재판장은 질문들을 정리하여 양측에 결론을 요구하기 시작했다. 하지만 나는 자세한 묘사는 하지 않겠다. 마침내, 배심원들이 퇴정해 회의를 하기 위해 자리에서 일어났다. 그들을 떠나보내면서 재판장은 몹시 지쳐 있었기 때문에 아주 힘없는 목소리로 다음과 같은 말을 했다. "공정을 기하십시오, 변호인 측의 미사여구에 현혹돼서는 안 되지만 어쨌거나 잘 헤아려 주시고 여러분에게 위대한 의무가 주어져 있음을 상기해 주십시오." 등등. 배심원들이 퇴정하자 법정은 휴정에 들어갔다. 사람들은 자리에서 일어나 좀 돌아다니면서 이런저런 인상들을 주고받기도 하고 간이식당에서 뭘 좀 먹을 수도 있었다. 이미 시간은 몹시 늦어서 거의 새벽 1시가 다 됐지만, 아무도 집에 갈 생각을 안 했다. 다들 너무 긴장된 상태였기 때문에 그만 편히 쉬고 싶은 마음이 없었다. 다들 마음을 졸이며 기다렸던 것인데, 그렇다고 해서 모두가 다 마음을 졸인 건 아니었다. 부인들은 너무 초조해서 히스테리라도 일으킬 지경이었지만, 그래도 '틀림없이 무죄 판결을 내릴 것이다.'라는 생각에 마음만은 평온했던 것이다. 그들은 누구나 다 함께 열광할 극적인 순간을 준비하고 있었다. 고백하건대, 남성의 방청석 쪽에서도 무죄 판결이 내려지리라고 확신하는 자들이 굉장히 많았다. 더러 기뻐하는 사람들도 있고 인상을 쓰는 사람들도 있고, 또 마냥 시무룩해하는 사람들도 있었는데, 이들은 무죄 판결이 내려지는 게 싫었던 것이다! 페츄코비치 자신은 성공을 굳게 확신하고 있었다. 그는 사람들한테 에워싸여 축하 인사를 받았고, 사람들은 그 앞에서 아첨을 떨어 댔다.

"그러니까 말입니다." 훗날 전해진 바에 따르면 어느 무리에서 그가 이렇게 말했다고 한다. "변호사와 배심원들 사이에는 보이지 않는 실이 연결되어 있습니다. 그것은 변론이 진행되는 동안부터 연결되고, 또 예감할 수 있습니다. 저는 그것을 느꼈습니다, 그것은 존재합니다. 승리는 우리 것이니까 안심하십시오."

"그럼 우리 촌놈들이 이제 무슨 말을 할까요?" 어느 뚱뚱한 곰보 신사가 대화에 열을 올리고 있는 신사들의 무리로 다가와 인상을 잔뜩 쓴 채 이렇게 말했는데, 그는 이 근방의 지주였다.

"무식쟁이 촌놈들만 있는 건 아니잖습니까. 저기엔 관리도 네 명이나 있습니다."

"맞습니다, 관리들도 있죠." 지방자치회 의원이 다가와 말했다.

“그나저나 나자리예프, 그러니까 프로호르 이바노비치 말인데, 저기 메달을 단 상인으로 배심원인데, 아십니까?”

“그래서요?”

“여간 똑똑한 사람이 아닙니다.”

“계속 입을 다물고 있는걸요.”

“입을 다물고 있긴 한데, 사실 그럴수록 더 좋은 겁니다. 페테르부르크 양반이 저 사람을 가르칠 것이 아니라, 저 사람이 직접 페테르부르크 전체를 가르칠걸요. 자식이 열두 명이나 되는 사람인데, 한번 생각해 보십시오!”

“무슨 당치도 않은 말씀을, 정말로 무죄 판결을 내리지 않을까요?” 다른 무리에서 우리네 젊은 관리 중 하나가 소리쳤다.

“분명히 무죄 판결을 내릴 겁니다.” 단호한 목소리가 들려왔다.

“무죄 판결을 내리지 않는다면 수치스럽고 치욕스러운 일이 될 겁니다!” 관리가 소리쳤다. “설사 그가 죽었다고 하더라도 그 아버지가 어떤 아버지입니까! 그리고 끝으로, 그는 반쯤 미친 거나 다름없는 상태였으니까……. 정말로 그냥 공이를 한 번 휘둘렀을 뿐인데 상대방이 나가떨어졌을 수도 있죠. 고약한 건 그저 여기서 하인을 끌어들인 겁니다. 이건 한낱 우스꽝스러운 에피소드에 지나지 않아요. 내가 변호사였다면 그냥 직설적으로 이렇게 말했을 겁니다. 죽였다, 하지만 무죄이다, 에잇, 제기랄!”

“사실 변호사 말이 그 말이지 뭡니까, 다만 ‘에잇, 제기랄’이라는 말을 안 했다뿐이지.”

“아니, 미하일 세묘느이치, 거의 그렇게 말한 거나 다름없죠.” 세 번째 목소리가 말을 받았다.

　“거참 무슨 말씀을, 여러분, 우리 도시에서는 정부(情夫)의 본처의 목을 싹둑 자른 여배우에게 무죄 판결을 내렸는걸요.”

　“하지만 다 자른 건 아니잖습니까.”

　“어쨌거나, 어쨌거나 일단 자르기 시작했잖습니까!”

　“그나저나 아이들에 대한 그의 변론은 어땠습니까? 대단하더군요!”

　“대단했죠.”

　“그럼, 신비주의, 신비주의 대목은요, 예?”

　“신비주의 나부랭이는 그만두시고.”라며 누군가가 또 소리쳤다. “이폴리트, 그의 앞날에 펼쳐질 운명에나 관심을 가지시죠! 당장 내일만 돼도 검사 부인이 미첸카 일로 트집을 잡아 그의 눈을 할퀼걸요.”

　“그 부인도 여기 왔나요?”

　“오긴 어딜 와요? 여기 있었다면, 여기서 당장 할퀴었을걸요. 치통 때문에 집에 있습니다. 헤헤헤!”

　“헤헤헤!”

　세 번째 무리에서는 이랬다.

　“어쨌거나 미첸카에게 무죄 판결을 내릴 것 같습니다.”

　“글쎄, 아마도 내일이면 ‘수도’ 전체가 들썩거릴걸요, 한 열흘은 족히 술판을 벌일 테니까요.”

　“에잇, 제기랄!”

　“제기랄이고 뭐고 간에 당연한 노릇 아닙니까, 저 친구가 거기가 아니면 어디 갈 데가 있어야죠."

"여러분, 웅변이야 뭐 멋졌다고 칩시다. 하지만 아버지들의 머리를 용수철 저울로 깨부수는 건 안 될 일이죠. 그랬다간 세상이 대체 어떤 지경이 되겠습니까?"

"전차, 전차 말입니다, 기억나시죠?"

"기억나다마다요, 달구지에서 마차를 만든 거죠."

"하지만 내일이 되면 마차에서 달구지를 만들걸요, '필요할 때에는, 어쨌거나 필요에 따라서.'"

"약삭빠른 족속들이 생겨났어요. 대체 우리 루시엔 진리라는 것이 있는 겁니까, 여러분, 아니면 전혀 없는 겁니까?"

하지만 종이 울리기 시작했다. 배심원들은 그 이상도 그 이하도 아닌, 정확히 한 시간 동안 회의를 한 것이었다. 방청객들이 다시 자리에 앉기가 무섭게 깊은 침묵이 드리웠다. 배심원들이 법정으로 들어오던 장면이 기억난다. 드디어! 질문들을 조목조목 옮기진 않겠다, 사실 나는 그것을 잊어버렸다. 내가 기억하는 것은 오로지 재판장의 첫 번째이자 가장 중요한 질문, 즉 '강도를 목적으로 의도적으로 살인을 저질렀는가?'(정확한 표현은 기억이 안 난다.)에 대한 대답뿐이다. 다들 숨을 죽였다. 수석 배심원은 아까 그 관리로서 그중에서 제일 젊었는데, 그가 법정 안에 죽음과 같은 정적이 흐르는 가운데 큰 소리로 분명하게 선언했다.

"그렇습니다, 유죄입니다!"

그다음엔 모든 조목에 대해 한결같은 말이 흘러나왔다. 유죄이다, 유죄이다, 그러니까 정상 참작이란 손톱만큼도 없었

던 것이다! 이건 아무도 예상치 못한 일이었으니, 최소한 정
상 참작쯤은 해 주리라고 거의 다들 확신했던 것이다. 법정은
여전히 죽음과 같은 정적에 휩싸인 가운데, 문자 그대로 다
들 — 유죄 판결을 바라던 자들도, 무죄 판결을 바라던 자들
도 돌이 된 듯했다. 하지만 오직 처음 몇 분만 그랬을 뿐이다.
곧이어 무서운 혼돈이 시작됐다. 남성 방청객들 중에서는 많
은 이들이 매우 만족스러워했다. 어떤 이들은 심지어 자신의
기쁨을 감추지도 않고 손을 비벼 대기도 했다. 불만스러운 자
들은 기가 꺾인 듯 어깨를 으쓱하면서 서로 속닥댔지만 아직
도 통 영문을 모르겠다는 투였다. 하지만, 맙소사, 우리 부인
네들은 어떻게 됐겠는가! 나는 그들이 폭동이라도 일으키지
않을까 생각했다. 부인들은 처음엔 자신의 귀를 믿지 못하는
것 같았다. 그러고 나선 갑자기 법정 전체가 떠나갈 만큼 커다
란 외침 소리들이 들리기 시작했다. "아니, 이게 뭐예요? 무슨
이런 일이 다 있어요?" 그들은 연달아 자기 자리에서 벌떡 일
어났다. 분명히, 지금이라도 당장 이 모든 걸 바꾸고 재조정할
수 있다고 생각했던 듯하다. 이 순간 갑자기 미챠가 자리에서
일어나더니, 두 손을 앞으로 뻗으면서 어쩐지 갈기갈기 찢어
지는 목소리로 울부짖듯 외쳤다.

"하느님과 그 최후의 심판에 맹세하건대, 아버지에 피에 관
한 한 저는 아무 죄도 없습니다! 카챠, 당신을 용서한다! 형제
들, 친구들이여, 또 다른 여인에게 자비를 베풀어 주십시오!"

그는 말을 다 끝내지도 못하고 온 법정이 떠나갈세라 목청
껏, 무섭도록 흐느껴 울었는데, 그건 어쩐지 원래 그의 목소

리가 아니라 갑자기 어디서 튀어나왔는지 통 알 수 없는 어쩐지 느닷없고 새로운 목소리였다. 위쪽의 높은 자리, 가장 뒤쪽 구석 자리에서 날카로운 여자의 통곡 소리가 울려 퍼졌다. 그건 그루셴카였다. 그녀는 아까 누군가에게 간청을 해서 법정 공방이 시작되기 전에 이미 다시금 법정 안으로 들어와 있었던 것이다. 미챠는 데리고 나갔다. 판결문 낭독은 내일로 연기되었다. 법정은 온통 아수라장으로 변했지만, 나는 더 이상 뭘 기다리지도, 귀를 기울이지도 않았다. 기억에 남아 있는 건 오직, 이미 현관 출구에서 들은 몇몇 외침들뿐이다.

"이십 년은 광산 냄새를 맡겠군."

"그보다 적진 않을 거야."

"맞아, 우리네 촌놈들이 자기 고집을 부린 거야."

"그래, 그놈들이 우리 미첸카를 작살내 버렸어!"

에필로그

1 미챠 구출 계획

미챠의 공판이 있은 지 닷새째 되는 날, 8시가 막 지난 몹시 이른 아침에 알료샤가 카체리나 이바노브나를 찾아왔는데, 둘 모두에게 중대한 어떤 일에 대해 최종적으로 합의를 봐야 했고 덧붙여 그녀에게 전할, 부탁받은 일도 있었다. 그녀는 언젠가 그루셴카를 접견했던 방에 앉아서 그와 얘기를 나누었다. 바로 옆방에는 이반 표도로비치가 섬망증에 걸려 의식 불명 상태로 누워 있었다. 카체리나 이바노브나는 그때 법정에서 그런 소동을 벌인 직후, 앞으로 사교계에서 기필코 흘러나올 온갖 쑥덕거림과 지탄을 싹 무시하고서 이반 표도로비치를, 의식을 잃은 이 환자를 자기 집으로 옮겨 오게 했다. 그녀와 함께 살고 있던 두 여자 친척 중 한 명은 법정 소동 직후 즉시 모스크바로 떠났고 다른 한 명은 그대로 남았다. 하지만 두 여자가 다 떠났다 할지라도 카체리나 이바노브나는 자신의 결심을 바꾸지 않고 밤낮으로 환자 옆에 붙어 앉아 간호하는 쪽을 택했을 것이다. 그의 치료를 맡은 의사는 바르빈스키와 게르첸슈투베였다. 모스크바에서 온 의사는 앞으로 예상되는 병의 추이에 대해 이렇다 할 소견도 내놓지 않고 모스크바로 돌아가 버렸다. 뒤에 남은 의사들은 카체리나 이바노브나와 알료샤를 격려하긴 했지만, 보아하니 아직 확실한 희망을 줄 순 없는 것 같았다. 알료샤는 하루에 두 번씩 아픈 형에게 들렀다. 하지만 이번엔 특별히 아주 번잡스러운 일이 있었는데, 형한테 그 용건을 꺼내기가 힘들 거라는 예감은 들었지만 그래도 마음이 너무 급했다. 역시나 오늘 아침 중으로 다른 곳에서 또 다른 시급한 일을 처리해야 했기 때문에 급히 서둘러야 했던 것이다. 그들은 벌써 십오 분째 대화를 나누고 있었다. 카체리나 이바노브나는 창백한 얼굴에 몹시 지쳐 있었지만 동시에 굉장히 병적으로 흥분해 있었다. 어떻든 그녀는 알료샤가 지금 왜 자기를 찾아오는지를 예감했던 것이다.

"그 사람의 결정에 대해서는 신경 쓰지 마세요." 그녀가 단호하고 집요하게 알료샤에게 말했다. "이렇든 저렇든 그이는 어차피 이렇게 될 수밖에 없을 테니까요. 탈출하는 길밖에 없어요! 이 불행한 사람, 명예와 양심의 영웅은 저 사람이 아니라——즉 드미트리 표도로비치가 아니라 이 문 너머에 누워 있는 저 사람, 형을 위해서 스스로를 희생한 저 사람입니다." 카챠는 눈을 번득이면서 이렇게 덧붙였다. "저 사람은 이미 오래전에 나한테 이 탈출 계획을 전부 알려 주었어요. 그러니까 이미 그쪽과 접선을 시작했던 거죠……. 당신한테도 제가 이미 좀 알려 줬고요……. 그러니까 아무래도 유형수들과 시베리아로 이송될 때 여기서 세 번째에 해당하는 병참역사(兵站驛舍)에서 일을 성사시킬 모양이에요. 오, 하지만 이건 아직은 먼 일이군요. 이반 표도로비치는 세 번째 병참역사의 사령관을 벌써 만나고 왔어요. 다만, 호송대 담당관이 누가 될지는 아직 알 수 없는 상태이고, 더욱이 미리 알아낼 수도 없다더군요. 아마 내일이면 내가 당신한테 계획의 전모를 상세히 보여 줄 수 있을 텐데, 이 계획안은 이반 표도로비치가 공판 전날 만일의 경우에 대비해서 나에게 남겨 뒀던 거예요……. 그러니까 바로 지난번에 있었던 일인데, 기억나시죠, 그때 저녁에 우리가 다투고 있는데 당신이 왔던 일 말이에요. 저이는 계단을 내려가던 중이었고, 나는 당신이 온 걸 보고선 저이에게 다시 돌아오라고 했는데, 기억나세요? 우리가 그때 무슨 일로 다퉜는지 알고 계세요?"

"아니요, 모릅니다." 알료샤가 말했다.

"물론 그러실 테죠, 저이가 그때만 해도 당신한텐 감췄으니까요. 실은 바로 이 탈출 계획 때문이었어요. 저이는 그 사흘 전에 이미 나한테 주된 요점을 털어놓았고, 그때부터 우리는 싸우기 시작해서 그 후 사흘 내내 다퉜던 거예요. 우리가 다툰 건 저이가 나한테 드미트리 표도로비치가 유죄 판결을 받게 될 경우 저 계집년과 함께 외국으로 도망칠 거라고 알리자 내가 갑자기 발끈했기 때문이에요. 무엇 때문에 그렇게 열을 받았는지는 말하지 않겠어요, 나 자신도 그 이유를 모르기도 하고……. 오, 물론 나는 그때 계집년, 그 계집년 때문에 발끈했던 거예요, 정확히 그 계집년도 드미트리와 함께 외국으로 도망칠 거라는 말 때문에!" 카체리나 이바노브나는 어쩌나 화가 났는지 입술을 파르르 떨면서 갑자기 소리쳤다. "이반 표도로비치는 그때 내가 그 계집년 때문에 발끈하는 걸 보고선 당장, 내가 드미트리 때문에 그 여자한테 질투를 느끼는 거라고, 따라서 내가 아직도 드미트리를 사랑하고 있다고 생각했던 거예요. 이렇게 해서 그때 처음으로 말다툼이 시작됐어요. 나는 구태여 해명을 하고 싶지도 않았고, 딱히 용서를 구할 수도 없었어요. 이반 표도로비치 같은 사람이 저런…… 사람한테 내가 아직도 미련이 있다고 의심할 수 있다니, 난 정말 힘겨웠어요. 게다가 그 무렵엔 이미 말이죠, 그러니까 그전에, 이미 오래전에 내가 사랑하는 건 드미트리가 아니라 오직 당신 한 사람뿐이라고 그에게 대놓고 말했단 말이에요! 나는 그저 이 계집년 때문에 악에 받쳐서 저이에게 발끈 화를 냈던 거예요! 사흘 뒤, 당신이 찾아왔던 바로 그날 저녁, 저이는 나에게 뜯지 않은 봉투를 가져왔는데, 혹시 자기한테 무슨 일이 일어나면 그 즉시 나더러 뜯어 보라는 거였어요. 오, 저이는 자신의 병을 예견했던 거예요! 저이는 나에게 봉투 속엔 탈출 계획이 상세하게 적혀 있다고 털어놓았는데, 자기가 죽거나 중병에 걸리면 나 혼자서라도 미챠를 구하라는 거였어요. 그러곤 그 자리에서 나한테 거의 만 루블에 가까운 돈을 넘겨 두고 갔어요──이 돈이 바로 검사가 논고에서 언급했던 그 돈인데,

검사는 누군가를 통해 그가 이 돈을 바꿔 오라고 사람을 보낸 걸 알게 됐나 봐요. 이반 표도로비치는 내가 아직도 미챠를 사랑한다는 확신에 사로잡혀 여전히 질투심을 느끼면서도 형을 구하겠다는 생각을 버리지 못해 나한테, 다름 아닌 나한테 자기 형을 구출해 내는 일을 맡겼고, 나는 갑자기 무서울 정도로 충격을 받았어요! 오, 이건 희생이었어요! 아니, 당신은 이런 자기희생은 완전히 이해하지도 못할 거예요, 알렉세이 표도로비치! 나는 경건함마저 느낀 나머지 저이의 발밑에 몸이라도 던지고 싶었지만, 갑자기 그랬다간 미챠가 구출되리라는 것에 내가 기뻐하는 거라고 오해할 것 같은(하지만 저이는 틀림없이 이렇게 생각했을 거예요!) 생각이 들었고, 저이가 그런 얼토당토않은 생각을 할 수 있다는 것만으로도 나는 짜증이 났어요. 또다시 얼마나 짜증이 났으면 저이의 발에 입을 맞추는 대신, 또다시 저이에게 한바탕 퍼붓고 말았어요! 오, 나는 불행해요! 내 성격은 왜 이 모양일까──끔찍하고 불행한 성격이에요! 오, 당신은 더한 꼴도 보실 거예요. 난 계속 이렇게 굴다가 결국에 가선 저이도 드미트리처럼 좀 더 속 편하게 살 수 있는 다른 여자한테 가 버리고 나를 버릴 테지만, 하지만 그땐…… 안 돼요, 그땐 난 더 이상 참지 못할 거예요, 난 자살을 할 거예요! 그때 당신이 들어오고 내가 당신을 부르고 저이에게 다시 돌아오라고 명령하고, 그렇게 해서 당신과 함께 들어온 저이가 곧장 갑자기 나에게 증오와 경멸에 찬 시선을 던졌기 때문에 나는 너무나 화가 나서, 기억나세요, 갑자기 당신에게 드미트리가 살인자라고 나한테 주장한 건 이 사람이었다, 이 사람이 혼자서 그랬다, 하고 외쳤던 거예요! 나는 저 사람한테 또다시 상처를 주려고 일부러 그런 못된 소리를 한 거예요. 사실 저이가 자기 형이 살인자라고 주장한 적은 한 번도 없었고, 오히려 내가, 나 자신이 그에게 이렇게 주장해 놓고선 말이죠! 오, 모든 게, 정말 모든 게 내가 미쳤기 때문이에요! 전부 다 내 탓이에요, 법정에서 그 저주스러운 장면을 준비한 것도 나잖아요! 저이는 자기가 고결한 사람임을, 내가 자기 형을 사랑한다 할지라도 어쨌거나 자기는 복수심과 질투심 때문에 형을 파멸시키는 짓은 하지 않을 것임을 나한테 증명하고 싶었던 거예요. 그래서 저이는 법정에 나왔던 거예요……. 모든 게 내 탓이에요, 잘못한 건 나 하나뿐이라고요!"

카챠가 알료샤에게 이런 고백을 한 적은 지금까지 한 번도 없었고, 그랬기에 그는 그녀가 지금 그야말로 참을 수 없을 만큼 극심한 고통을 느끼고 있음을, 가장 오만한 마음이 쓰라림을 참으며 자신의 오만함을 무너뜨리고 고통에 압도되어 쓰러지고 있음을 느꼈다. 오, 미챠가 유죄 판결을 받은 이후 요 며칠 내내 그녀가 아무리 숨기려고 해도 지금 그녀의 고통에 또 다른 끔찍한 원인이 있음을 알료샤는 알고 있었다. 하지만 지금 이 순간 그녀가 완전히 무릎을 꿇고 결국 자기가 먼저 이 원인에 대한 얘기마저 꺼냈다면, 그는 무엇 때문인지 몰라도 몹시 마음이 아팠을 것이다. 그녀는 법정에서의 자신의 '배반' 때문에 고통스러워하고 있었다. 알료샤는 양심이 그녀로 하여금 바로 자기, 즉 알료샤 앞에서 눈물을 흘리고 소리를 지르고 히스테리를 부리고 마룻바닥에서 몸부림치며 사죄를 하라고 내몰고 있음을 예감했다. 하지만 그 순간이 그는 두려웠고 그래서 고통스러워하는 이 여인에게 자비를 베풀고 싶었다. 그렇기 때문에 더더욱 자신이 부탁받은 일에 대한 말을 꺼내기가 힘들어졌다. 그는 다시 미챠 얘기를 꺼냈다.

"괜찮습니다, 괜찮아요, 그 사람에 대해선 염려 마세요!" 카챠가 다시금 집요하고 매몰찬 어조로 말문을 열었다. "어차피 그 사람은 이 모든 게 한순간일 뿐이에요. 나는 그이를 잘 알아요, 그 마음을 너무도 잘 알고 있다고요. 분명히, 그이는 탈출하는 데 동의할 거예요. 그리고 무엇보다도, 지금 당장 결정해야 할 일이 아니니까, 그이가 결단을 내릴 시간적 여유는 얼마든지 있는 셈이죠. 그 무렵이면 이반 표도로비치도 건강이 회복돼서 직접 모든 일을 처리할 테니까 나로선 할 일이 아무것도 없을 거예요. 걱정 마세요, 그 사람은 탈출하는 데 동의할 테니까요. 아니, 이미 동의를 한 셈이죠. 그이가 자신의 계집년을 여기 남겨 두고 떠날 리는 없잖아요? 그 여자를 유형지에 같이 보내 주지도 않을 텐데, 그이가 탈출하지 않고 배기겠어요? 제일 중요한 건 그이가 당신을 두려워한다는 점이에요. 즉, 당신이 도덕적인 측면에서 탈출에 찬성하지 않을까 봐 두려워하고 있지만, 만약 이 일에 당신의 승인이 꼭 필요하다면 당신은 이것을 관대하게 허용해 주어야 돼요." 카챠는 독살스러운 어조로 이렇게 덧붙였다. 그러곤 잠시 입을 다물더니 씩 웃었다.

"그 사람이 저기서"라고 그녀가 다시 말을 시작했다. "찬송가가 어떻고, 그이가 짊어져야 되는 십자가가 어떻고, 의무가 어떻고 하는 소리를 늘어놓고 있어요. 그때 이반 표도로비치가 나한테 이 얘기를 전해 줬기 때문에 잘 기억하고 있어요. 이반 표도로비치의 말투가 어땠는지 당신이 알기만 한다면!" 카챠는 갑자기 걷잡을 수 없는 감정을 담아 이렇게 소리쳤다. "이반 표도로비치가 나한테 그 불행한 인간 얘기를 전할 때, 그 순간에 자기 형을 얼마나 사랑했는지, 그리고 동시에 얼마나 증오했는지를 당신이 알기만 한다면! 나는, 오, 나는 그때 저 사람의 눈물 어린 얘기를 들으면서 오만불손한 냉소를 머금었어요! 오, 몹쓸 년 같으니! 나야말로, 정말 몹쓸 년, 몹쓸 년이에요! 그 사람한테 섬망증을 안겨 준 것도 바로 나예요! 그건 그렇고, 그 인간, 유죄 판결을 받은 그 인간은 정말로 고통을 받을 각오가 되어 있을까요?" 카챠는 짜증스러운 어조로 이렇게 말을 끝맺었다. "아니, 그런 인간이 고통을 감내할 수 있을까요? 그런 인간들은 절대로 고통을 받지 않아요!"

이 말 속에선 이미 어떤 증오와 역겨운 경멸의 감정이 울려 나왔다. 하지만 어쨌거나 그녀는 그를 배반한 셈이었다. 알료샤는 속으로 '아마 자기가 미챠 형한테 죄를 지었다는 느낌이 들기 때문에 때때로 형을 증오하는지도 몰라.'라고 생각했다. 이것이 그저 '때때로'이면 좋겠다 싶었다. 그는 카챠의 마지막 말에서 울려 나오는 도전적인 어조를 들었지만, 그것에 응수해 주지는 않았다.

"내가 오늘 당신을 부른 건 당신이 직접 그를 설득하겠다는 다짐을 받기 위해서예요. 아니면, 당신 생각으론 탈출한다는 것이 역시나 명예롭지도 않고 남자답지도 않은 일이고, 아니면 뭐랄까…… 기독교적이지 못한 일인가요, 예?" 카챠는 한층 더 도전적인 어조로 이렇게 덧붙였다.

"아니, 전혀 그렇지 않습니다. 내가 형님에게 전부 다 말하겠습니다……." 알료샤가 중얼거렸다. "형님은 오늘 당신이 형님을 찾아 주었으면 합니다." 갑자기 그는 단호한 태도로 그녀의 눈을 바라보면서 이런 말을 내뱉었다. 그녀는 온몸을 부르르 떨더니 소파에 앉은 채로 거의 몸을 움찔 뒤로 뺐다.

"나더러 와 달라니…… 아니, 어떻게 그럴 수가 있어요?" 그녀가 창백해지면서 중얼거렸다.

"충분히 그럴 수 있을뿐더러 또 꼭 그래야 합니다!" 알료샤는 완전히 활기를 띠면서 집요한 어조로 말을 시작했다. "형님에겐 당신이 매우 필요합니다, 특히 지금요. 꼭 필요한 일이 아니었다면, 나도 이 얘기를 꺼내서 미리부터 당신을 괴롭히진 않았을 겁니다. 형님은 몸이 안 좋습니다, 꼭 미친 사람 같아요, 형님은 줄곧 당신이 와 줬으면 해요. 형님이 화해를 하기 위해 당신더러 와 달라는 건 아니지만, 그냥 가서 문지방에서 얼굴이라도 내비치면 됩니다. 그날 이후 형님에겐 많은 변화가 있었습니다. 형님은 자기가 당신한테 얼마나 많은 죄를 지었는지를 알고 있습니다. 당신의 용서를 바라는 것도 아닙니다. 형님 입으로 '나를 용서할 순 없겠지.'라고 말하고 있으니까요. 다만 당신이 문지방에서 얼굴이라도 내비치면……."

"이렇게 갑자기 나를……." 하고 카챠가 중얼거렸다. "하긴, 요 며칠간 줄곧 당신이 이런 목적으로 찾아올 것 같은 예감이 들었어요……. 나는 이럴 줄 알았어요, 그이가 나더러 와 달라고 할 줄 알았다고요……! 하지만 그럴 수 없어요!"

"그럴 수 없다고 해도 꼭 그렇게 해 주십시오. 형님이 처음으로, 난생처음으로 자기가 당신을 얼마나 모욕했는지에 대해 충격을 받았다는 점을 상기해 주십시오. 전에는 그걸 이 정도로 완전히 깨달은 적이 결코 없었단 말입니다! 형님은, 만약 그녀가 찾아오길 거절한다면 '이제 평생 동안 불행할 것이다.'라고 말하고 있습니다. 듣고 계십니까, 이십 년 형을 선고받은 유형수가 아직도 행복해질 채비를 하고 있는데—정말 이게 가엾지도 않습니까? 한번 생각해 보십시오. 당신은 죄 없이 파멸한 사람을 방문하는 겁니다." 알료샤의 입에서는 도전적인 어조가 담긴 이런 말이 튀어나왔다. "형님의 두 손은 깨끗합니다, 거기엔 피가 묻어 있지 않습니다! 형님이 앞으로 감당해야 할 무한한 고통을 위해 지금 형님을 방문해 주십시오! 그냥 가서서 암흑 속으로 들어가는 형님을 전송해 주십시오…… 문지방까지만 가면, 그것으로 충분합니다……. 반드시 이렇게 해 주셔야 합니다, 반드시!" 알료샤는 '반드시'라는 말을 대단히 강조하면서 말을 끝맺었다.

"반드시 그래야겠지만, 그렇지만…… 난 못 하겠어요." 카챠는 신음하듯 말했다. "그 사람이 나를 바라볼 테고…… 아무래도 난 못 하겠어요."

"두 분은 눈을 마주쳐야 합니다. 지금 결단을 내리지 않으면 앞으로 평생 어떻게 사실 겁니까?"

"차라리 평생 고통받는 게 낫겠어요."

"반드시 가셔야 합니다, 반드시 가셔야 한단 말입니다." 알료샤가 또다시 완고하게 강조했다.

"하지만 왜 하필 오늘, 왜 하필 지금이어야 하죠……? 환자를 혼자 남겨 두고 갈 순 없어요……."

"잠깐이면 됩니다, 정말 잠깐이잖습니까. 만약 당신이 가지 않으면, 형님은 밤쯤이면 열병에 걸릴 겁니다. 거짓말이 아닙니다, 제발 좀 불쌍히 여겨 주세요!"

"차라리 나를 좀 불쌍히 여겨 주세요!" 카챠는 쓰라린 어조로 책망하면서 울기 시작했다.

"그러니까 가신다는 거로군요!" 알료샤는 그녀의 눈물을 보자 확고한 어조로 이렇게 말했다. "그럼, 가서 형님한테 당신이 지금 올 거라고 말하겠습니다."

"안 돼요, 그런 말은 절대로 하지 말아요!" 카챠가 깜짝 놀라면서 소리쳤다. "가긴 가겠지만, 그래도 그 사람한테 미리 말하지는 말아 주세요. 가긴 가더라도 안으로는 들어가지 않을지도 모르니까……. 나는 아직도 잘 모르겠어요……."

그녀의 목소리가 끊겼다. 숨 쉬는 것도 힘들었던 것이다. 알료샤는 그만 자리를 뜨려고 일어섰다.

"혹시 내가 누구와 마주치기라도 한다면?" 갑자기 그녀는 이런 말을 조용히 내뱉더니, 또다시 온통 새하얗게 질렸다.

"그러니까 지금 가야지만 거기서 누구와 마주치는 일이 없다는 겁니다. 아무도 없을 겁니다, 정말입니다. 그럼, 기다리겠습니다." 그는 완강하게 말을 끝맺은 뒤 방에서 나갔다.

2 한순간, 거짓이 참이 되다

그는 지금 미챠가 누워 있는 병원을 향해 걸음을 재촉했다. 판결이 있은 지 이틀째 되는 날 그는 신경성 열병에 걸려 우리 도시의 시립 병원, 수감자 병동으로 이송되었다. 하지만 알료샤를 비롯한 많은 사람들(호흘라코바, 리자 등)의 청을 받아들여서, 의사 바르빈스키는 미챠를 다른 수감자들이 있는 곳이 아니라 따로, 그러니까 전에 스메르쟈코프가 누워 있던 바로 그 병실에 수용했다. 사실, 복도 끝에는 보초가 서 있고 창문은 철창으로 되어 있었기 때문에 바르빈스키는 이런 걸 묵과해 주는 일종의 편법을 썼다고 해서 마음을 졸일 이유는 없었다. 게다가 그는 원래가 착하고 동정심이 많은 젊은이이기도 했다. 또, 미챠와 같은 사람이 그야말로 갑자기 살인범과 사기꾼 무리 속으로 들어선다는 것이 얼마나 힘든가를, 따라서 일단은 그것에 차츰 익숙해져야 한다는 것을 잘 이해하고 있었다. 한편, 친척들과 지인들의 면회는 의사도, 간수도, 심지어 경찰 서장까지도 허락해 준 일이었지만 여하튼 비밀리에 이루어지는 것이었다. 그래 봤자 최근에 미챠를 방문한 사람은 알료샤와 그루셴카가 다였다. 라키친이 그를 만나려고 설친 적이 두 번이나 있긴 했다. 하지만 미챠는 그를 들여보내지 말라고 바르빈스키에게 완강하게 부탁했다.

알료샤가 들어갔을 때 그는 환자복을 입은 채 침대에 앉아 있었는데, 열이 좀 있는지 아세트산과 물에 적신 수건을 머리에 감고 있었다. 그는 안으로 들어온 알료샤를 몽롱한 시선으로 맞이했지만, 그 시선 속에는 어쨌거나 경악과 같은 것이 번 득였다.

대체로, 공판 때부터 그는 끔찍할 정도로 생각이 많아졌다. 때론 반 시간씩 입을 다문 채, 눈앞에 있는 사람마저 잊고 뭔가를 고통스럽게 되새김질하며 생각하는 듯했다. 그렇게 생각에 골몰해 있다가 말을 하기 시작하면 언제나 느닷없이, 그리고 꼭 정말로 말해야 했던 것이 아닌 엉뚱한 얘기를 꺼내곤 했다. 어떨 때는 고통스러운 얼굴로 동생을 바라보기도 했다. 그루셴카와 있는 것이 알료샤와 있는 것보다 그로선 더 마음이 편한 듯했다. 사실, 그는 그녀와 거의 말을 하지도 않았지만, 그녀가 들어오기만 하면 금방 그의 얼굴에 화색이 돌면서 빛이 났다. 알료샤는 말없이 침대 위, 그의 곁에 앉았다. 이번에 그는 불안한 마음으로 알료샤를 기다렸지만 감히 물어볼 엄두는 내지 못했다. 카챠가 선뜻 가겠다고 했을 리 만무하다고 생각했지만 동시에, 그녀가 오지 않으면 완전히 불가능한 일이 일어날 것 같은 느낌이 들었던 것이다. 알료샤는 그의 감정을 잘 이해하고 있었다.

"트리폰 말인데" 하고서 미챠가 부산을 떨며 말을 꺼냈다. "트리폰 보리스이치 녀석이 자기 여인숙을 전부 뒤집어 놓았다고 하더라. 마루청을 들어내고 벽 판자를 뜯어내고 '회랑'을 아주 엉망진창으로 만들어 놨대. 아직도 보물을 찾고 있는 거지, 바로 그 돈, 내가 거기에 숨겨 놨다고 검사가 얘기한 1500 말이야. 집에 오자마자 곧장 그런 난동을 부리기 시작했다는군. 그놈의 사기꾼, 실컷 당해도 싸지! 이곳 간수가 어제 나한테 얘기해 주었어. 거기 갔다 왔거든."

"형, 그러니까" 하고 알료샤가 말했다. "그녀가 올 거야. 하지만 언제가 될지는 모르겠어, 오늘일지, 한 이삼 일 후가 될지는 모르겠지만 어쨌거나 올 거야, 오긴 올 거라고, 이건 틀림없어."

미챠는 몸을 부르르 떨더니 뭔가를 말하려다가 입을 다물었다. 이 소식이 그에게 몹시 커다란 영향을 미쳤던 것이다. 보아하니 대화 내용을 상세하게 알고 싶어 죽겠지만 지금도 또 묻기가 겁나는 것 같았다. 카챠에게서 무슨 잔인하고 경멸적인 말이라도 들으면 이 순간 그는 칼에 찔리는 거나 다름없었다.

"이래저래 그녀는 이런 말도 했어. 그러니까 형이 탈출 문제로 양심의 고통을 받지 않게 나더러 잘 다독거리라고. 그때까지 이반의 건강이 회복되지 않는다면 그녀가 나서서 이 일을 처리하겠다고."

"그 얘기라면 벌써 나한테 했잖니." 미챠가 곰곰 생각에 잠긴 채 이렇게 지적했다.

"그럼, 형은 이미 그루샤한테 전했어?" 알료샤가 지적했다.

"그래." 하고 미챠가 인정했다. "그루샤는 오늘 아침엔 오지 않을 거야." 그는 수줍은 얼굴로 동생을 바라보았다. "저녁에만 올 거야. 내가 그녀에게 카챠가 이런저런 일을 봐 준다고 말했더니 금방 입을 다물고 입술만 삐죽거리더군. 그냥 '그년 하고 싶은 대로 하라지!'라고 속삭이기만 했어. 중대한 일이라는 걸 알아챈 거야. 나는 더 이상 고문할 엄두가 안 났어. 어쨌 서나 이젠 그루샤도 그 여자가 사랑하는 사람이 내가 아니라 이반이라는 걸 알고 있는 것 같지?"

"정말 그럴까?" 알료샤의 입에서 이런 말이 튀어나왔다.

"어쩌면 모를 수도 있고. 어쨌거나 그루샤는 지금 아침엔 오지 않을 거야." 미챠는 다시 한번 서둘러서 못을 박았다. "내가 그녀한테 심부름 거리를 하나 줬거든……. 들어 봐, 동생 이반은 누구보다도 뛰어날 거야. 그러니까 살아야 되는 건 우리가 아니라 이반이지. 녀석은 건강해질 거다."

"한번 생각해 봐, 카챠는 작은형 때문에 마음을 졸이고 있긴 해도 작은형이 꼭 건강해질 거라고 믿고 있어." 알료샤가 말했다.

"그러니까 그건 녀석이 죽을 거라고 확신한다는 소리야. 건강해질 거라고 믿는 건 너무 무서워서 그러는 거야."

"작은형은 몸이 튼튼해. 그래서 나도 작은형이 건강해질 거라는 희망을 갖고 있어." 알료샤가 불안스럽게 지적했다.

"그래, 녀석은 건강해질 거다. 하지만 그 여자는 녀석이 죽을 거라고 확신하는 거야. 괴로움이 많은 여자지……."

침묵이 찾아왔다. 뭔가 몹시 중대한 것이 미챠를 괴롭히고 있었다.

"알료샤, 나는 그루샤를 정말 죽도록 사랑한다." 눈물이 가득한 떨리는 목소리로 갑자기 그가 말했다.

"그녀를 형이 갈 그곳으로 보내 주진 않을 텐데." 알료샤가 즉시 말을 받았다.

"너한테 하고 싶었던 얘기가 또 있어." 미챠가 갑자기 어쩐지 윙윙 울리는 듯한 목소리로 말을 이어 갔다. "그곳으로 가는 도중에나 그곳에서 나한테 매질을 한다면, 나는 잠자코 있지 않을 거야. 난 그놈들을 죽여 버릴 테고, 그러면 나는 총살감이 되겠지. 게다가 이십 년이 아니냐! 여기서도 슬슬 나를 네놈이라고 부르기 시작했어. 간수가 나한테 네놈이라고 말한단 말이다. 간밤에도 누워서 계속 나 자신에 대해 이리저리 생각해 봤지만 준비가 안 된 거야! 도저히 받아들일 힘이 없어! '찬송가'를 부르고 싶었지만, 간수가 네놈이라고 부르는 것도 감당할 수가 없어! 그루샤를 위해서라면 모든 걸 다 참겠지만, 모든 걸 말이다…… 그래도 매질만은 안 돼……. 하긴, 그녀를 그곳으로 함께 보내 주지도 않을 테지만."

알료샤는 조용히 미소를 머금었다.

"들어 봐, 형, 마지막으로 잘." 알료샤가 말했다. "그러니까 이 문제에 대한 내 생각은 이래. 내가 형한테 거짓말을 하진 않으리라는 거, 형이 더 잘 알잖아. 들어 봐. 형은 준비가 안 돼 있고, 또 그런 십자가는 형을 위한 것이 아니야. 게다가, 준비도 안 된 형한테 그런 위대한 수난의 십자가는 필요치도 않아. 만약 형이 아버지를 죽였다면 나는 형이 십자가를 거부하는 걸 유감스러워했겠지. 하지만 형은 아무 죄도 없는데 형이 그런 십자가를 진다는 건 너무 가혹해. 형은 고통을 통해서 형의 내부에 들어 있는 또 다른 사람을 갱생시키고 싶어했어. 내 생각으론, 평생 동안 형이 어디로 도망을 치든 간에 이 다른 사람을 기억한다면——그래, 그것만으로도 형에겐 충분한 거야. 크나큰 십자가의 고통을 받아들이지 않았다는 것 때문에 형은 오히려 형의 내부에 그보다 더 큰 의무감을 느낄 것이며 앞으로 이 끊임없는 의무감이 평생 형 자신의 갱생을 도와줄 수 있을 것이므로, 어쩌면 이러는 편이 그곳에 가는 것보다 더 나을지도 몰라. 왜냐면 그곳에 가면 형은 참지 못해 원망을 늘어놓을 테고 결국에는 곧장 '나는 셈을 다 치렀다.'라고 말할 테니까. 이 점에선 변호사가 한 말이 맞아. 누구나 다 무거운 짐을 질 수 있는 것도 아니고, 어떤 이들에겐 불가능한 일이니까……. 형이 정 듣고 싶다면, 여하튼 내 생각은 이런 거였어. 만일 형의 탈출에 대해 장교나 군인과 같은 다른 사람들이 책임을 져야 된다면, 나도 형의 탈출을 '허용하지 않겠어.'" 알료샤가 미소를 지었다. "하지만 요령껏 하면 큰 소란 없이 그냥 시시한 일로 처리될 수 있다고 확실히 말하더군.(해당 병참역사의 사령관이 직접 이반한테 말했대.) 물론, 그렇다고 할지라도 뇌물로 매수를 하는 건 떳떳한 일이 못 되지만 이 일에 관한 한 나는 절대로 이러쿵저러쿵하지 않을 거고, 솔직히 말해, 만일 예컨대 이반과 카챠가 형을 위해 이 일을 처리해 달라고 맡긴다면 내가 직접 가서 뇌물로 매수할 거야, 틀림없이. 이 점에 관한 한 나는 형한테 진짜 사실대로 말할 수밖에 없어. 그러니까 형이 어떤 행동을 취하든 나는 형의 재판관이 아니야. 형을 단죄하는 일도 절대 하지 않을 거라는 거, 꼭 알아 줬으면 해. 게다가 이런 일에서 내가 어떻게 형의 재판관이 될 수 있겠어, 그거야말로 이상한 노릇이잖아? 뭐, 이제 내 할 말은 다 한 것 같네."

"하지만 대신 내가 나 스스로를 단죄하겠노라!" 미챠가 소리쳤다. "나는 탈출할 거다. 구태여 네가 나서기 전부터 이미 이렇게 결정되었어. 미치카 카라마조프가 어찌 탈출하지 않을 수 있겠니? 하지만 대신 내가 나 자신을 단죄할 것이고 그곳에서 영원토록 죄를 씻어 달라고 기도하겠네! 한데 이건 예수회 교도들의 말투로구나, 안 그러냐? 지금 내가 너와 말하는 투가 말이다, 안 그러냐?"

"그러네." 알료샤가 조용히 미소를 머금었다.

"나는 네가 정말 좋아, 넌 늘 진짜로 사실대로만 말하고 아무것도 숨기지 않을 테니까 말이다!" 미챠가 기쁘게 웃으면서 소리쳤다. "그러니까 난 우리 알료쉬카가 예수회 교도라는 걸 간파했어! 이러니 너한테 키스를 퍼붓지 않을 수가 없구나, 정말! 자, 이제 나머지 얘기도 들어 보렴, 너한테 내 영혼의 나머지 절반도 펼쳐 보이마. 내가 곰곰 생각한 끝에 내린 결정은 이렇단다. 즉, 내가 돈이며 여권을 챙겨서 도망친다면, 심지어 아메리카로 도망친다 해도, 나한테 힘을 북돋아 주는 생각이 하나 있는데, 바로 내가 기쁨이나 행복을 찾아서 도망치는 것이 아니라 진짜 그 못지않게 고약한 다른 징역살이를 떠난다는 거야! 이 못지않게 고약할 거야, 알렉세이, 진정으로 말하는 거다, 못지않게 고약할 거야! 나는 이 아메리카가 벌써부터 증오스러워. 그루샤가 나와 함께 간다고 쳐도, 그녀를 한번 보렴. 그녀가 어디 아메리카 여자냐? 아무래도 러시아 여자야, 뼛속까지 러시아 여자지. 그루샤는 어머니 러시아 땅이 그리워 가슴 아파할 테고 나는 매 시각 그녀가 나를 위해 가슴 아픈 그리움을 감내하고 나를 위해 이런 십자가를 받아 짊어진 모습을 보게 될 텐데, 도대체 그녀가 무슨 잘못이 있다는 거냐? 한데 나는 또 정말 그곳의 저 천한 놈들을 견딜 수 있을까, 비록 그놈들이 어쩌면 하나같이 나보다 낫다고 하더라도? 나는 이 아메리카가 벌써부터 증오스럽다, 정말! 비록 그곳 놈들이 하나같이 무슨 대단한 기술자나 뭐 그런 유라고 해도, 빌어먹을 놈들, 그놈들은 나와는 다른 사람이고, 내 영혼과는 맞질 않아! 러시아를 사랑한다, 알렉세이, 러시아의 하느님을 사랑한다, 비록 나 자신은 비열한 놈일지라도! 그래, 나는 거기서 뒈져 버릴 테다!" 갑자기 이렇게 소리친 뒤 그는 눈을 번득였다. 울먹이느라 그의 목소리가 파르르 떨렸다.

"자, 내 결정은 이렇단다, 알렉세이, 들어 주렴!" 그는 흥분을 억누르고 또다시 말을 시작했다. "그루샤와 함께 그곳에 간 다음, 즉시 그곳 어딘가 멀리 떨어진 외진 곳을 찾아가 야생 곰들과 어울려 밭을 갈고 일을 할 생각이다. 거기서도 좀 멀리 들어가면 어디든 마땅한 장소가 있을 거 아니냐! 거기엔 아직도 인디언들이 있다고 하더구나, 그곳의 지평선 끝 어디에 말이다. 뭐 그래서 그 끝까지, 최후의 모히칸족[62]들이 있는 곳까지 갈 생각이다. 그리고 나와 그루샤는 당장 문법을 공부하는 거야.

일과 문법을 함께 삼 년 정도. 이 삼 년 동안 영국인 못지않게 영어를 익힐 거야. 다 익히면 그 순간 아메리카는 끝장이다! 그땐 아메리카 시민이 되어서 이곳 러시아로 달려올 테니까. 걱정하지 마, 여기 이 도시엔 나타나지 않을 테니까. 북쪽

---

62) 도스토옙스키는 쿠퍼의 『모히칸족의 최후』(1826)의 불어본을 소장하고 있었다.

이든 남쪽이든 어디 먼 곳에 숨어 버릴 거야. 그 무렵이면 나도, 그녀도 변해 있겠지. 저기 아메리카에 있는 동안 의사가 내 얼굴에 무슨 사마귀라도 하나 만들어 주면 되거든. 그놈들이 괜히 기술자가 아니라니까. 아니야, 차라리 내 손으로 한쪽 눈을 찔러 버리고 턱수염을 허옇게(러시아를 그리워하다 보면 허옇게 되겠지.) 1아르신 남짓 기르는 편이 낫겠다. 그럼 아무도 나를 못 알아볼걸. 설사 알아본들 어떠냐, 그래서 또 유형을 보낸다고 해도 그냥 운수가 텄구나, 하면 되지! 여기 와서도 어디 외진 곳에서 땅이나 파며 살겠지만, 평생 동안 아메리카 사람 행세를 할 거다. 대신 우리는 고향 땅에서 죽을 수 있잖니. 자, 이게 나의 계획이고 이것은 이미 확고해. 찬성해 주는 거냐?”

“찬성이야.” 알료샤가 형의 생각에 반대하기 싫어서 말했다.

미챠는 잠깐 입을 다물었다가 갑자기 말했다.

“하지만 법정 놈들은 대체 어떤 수작을 부린 거냐? 정말 어떻게 그런 수작을 부릴 수가 있어!”

“수작을 부리지 않았어도 어쨌거나 형은 유죄 판결을 받았을 거야.” 알료샤가 한숨을 내쉬면서 말했다.

“이곳 사람들도 나한테 신물이 났던 거야! 그들이야 어떻든, 정말 힘겹구나!” 미챠가 고통스럽게 신음했다.

또다시 둘 사이에는 잠깐 동안 침묵이 흘렀다.

“알료샤, 지금 나를 찔러 죽여도 좋아!” 갑자기 그가 소리쳤다. “그 여자가 지금 올 거냐, 아니냐, 말해라! 뭐라고 하던? 어떻게 말하던?”

"오겠다고 말했지만, 오늘일지는 모르겠어. 그녀도 힘들잖아!" 알료샤가 조심스럽게 형을 바라보았다.

"안 그럴 리가 있나, 힘들지 않을 리가 있느냐 말이다! 알료샤, 나는 이것 때문에 정신이 나갈 지경이다. 그루샤는 줄곧 나를 바라보고 있어. 날 이해해 주는 거지. 맙소사, 주여, 내 마음을 달래 주옵소서. 나는 무엇을 요구하는 걸까? 카챠를 요구한다! 내가 요구하는 것이 무엇인지, 대체 생각이나 하고 있는 것일까? 카라마조프다운 무절제로다, 어찌 이리도 뻔뻔스러운가! 아니, 난 고통받는 능력이 없는 놈이야! 야비한 놈일 뿐이야, 이게 다야!"

"형, 저기 왔어!" 알료샤가 소리쳤다.

그 순간 문지방으로 갑자기 카챠가 나타난 것이다. 한순간 그녀는 그 자리에 멈추어 선 채 어쩐지 멍한 시선으로 미챠를 바라보았다. 미챠는 맹렬하게 벌떡 일어섰는데, 새하얗게 질린 그의 얼굴엔 경악한 기색이 역력했다. 하지만 곧 그의 입가로 용서를 구하는 듯한 조심스러운 미소가 번지더니, 그는 갑자기 걷잡을 수 없는 듯 카챠를 향해 두 손을 뻗었다. 이것을 보고서 그녀는 맹렬하게 그에게 돌진했다. 그러곤 그의 두 손을 붙잡고 거의 강제적으로 그를 침대에 앉히더니 그녀도 그 곁에 앉았는데, 여전히 그의 손을 놓지 않고 부들부들 떨면서 꽉 쥐고 있었다. 두 사람은 몇 번이나 무슨 말을 할 기세였지만 그만두고서 또다시 말없이 이상한 미소를 지으면서 서로 붙박인 듯 뚫어져라 바라보았다. 그렇게 이 분 정도가 지났다.

"용서한 거야, 아닌 거야?" 마침내 미챠가 이렇게 중얼거렸고, 바로 그 순간 알료샤 쪽으로 몸을 돌려서 기쁨으로 일그러진 얼굴을 하고서 그에게 소리쳤다.

"듣고 있어, 내가 뭘 묻고 있는지 듣고 있냐고!"

"내가 당신을 사랑한 건 이 때문이야, 당신이 마음이 관대하기 때문이야!" 카챠의 입에서 갑자기 이런 말이 터져 나왔다. "게다가 내가 당신을 용서해 줄 게 아니라, 당신이 나를 용서해 줘야 돼. 당신이 용서를 하든 말든 어쨌거나 당신은 내 영혼 속에 평생토록 상처로 남을 테고, 나도 당신의 영혼 속에 그렇게 남겠지. 하긴, 어쩔 수 없이 그래야겠지만……." 그녀는 숨을 돌리기 위해 말을 중단했다.

"내가 무엇을 위해 왔겠어?" 미친 듯 흥분하여 그녀가 또다시 다급하게 말을 하기 시작했다. "당신의 발을 껴안고 손을 움켜쥐고, 기억나, 모스크바에서 했듯 그렇게 아플 정도로 움켜쥐고, 또다시 당신에게 당신은 나의 하느님이고 나의 기쁨이라고 말하기 위해서, 당신을 미칠 듯 사랑한다고 말하기 위해서야." 그녀는 고통에 겨워 신음하듯 이렇게 말하곤 갑자기 그의 손에 탐욕스럽게 입술을 갖다 댔다. 그녀의 눈에서는 눈물이 쏟아졌다.

알료샤는 곤혹스러워하며 말없이 서 있었다. 이런 장면을 보게 될 줄은 꿈에도 몰랐던 것이다.

"사랑은 지나가 버렸어, 미챠!" 카챠가 다시 시작했다. "하지만 지나가 버린 그것이 나에겐 고통스러울 정도로 소중해. 이것만은 영원도록 알아 둬. 하지만 지금 한순간만이라도 우리 사이에 가능했을 수도 있는 일이 일어나도록 해 보는 거야."

일그러진 미소를 지으면서 그녀는 이렇게 중얼거리더니, 또다시 기쁜 표정으로 눈을 바라보았다. "당신도 지금은 다른 여자를 사랑하고, 나도 다른 남자를 사랑하지만, 어쨌거나 나는 당신을, 당신은 나를 영원히 사랑할 거야, 당신도 이건 알고 있었지? 듣고 있어, 나를 사랑해 줘, 당신의 삶이 끝날 때까지 나를 사랑해 줘야 돼!" 이렇게 외치는 그녀의 목소리에는 거의 어쩐지 위협적인 전율까지 배어 나왔다.

"사랑하고말고……. 그리고 말이야, 카챠." 한마디 한마디를 할 때마다 숨을 몰아쉬면서 미챠도 말을 시작했다. "닷새 전, 그날 저녁에도, 나는 당신을 사랑했어……. 당신이 쓰러져서 끌려 나가던 그때도……. 한평생! 영원히, 영원히 그럴 거야……."

그렇게 그들 두 사람은 서로서로 거의 무의미하고 미친 듯한, 어쩌면 거짓일 수도 있는 말들을 속삭였지만, 이 순간만은 모든 것이 참이었고 그들 자신도 스스로의 진실을 진정으로 믿고 있었다.

"카챠." 하고 갑자기 미챠가 소리쳤다. "내가 죽였다고 믿는 건가? 지금은 그렇게 믿지 않는다는 거, 알고 있어, 하지만 그때는…… 법정에서 증언을 했을 때는…… 정말로, 정말로 그렇게 믿었던 거야!"

"그때도 믿지 않았어! 절대로 믿지 않았다고! 당신을 증오했고 그래서 갑자기 스스로에게 그런 확신을 불어넣은 거였어, 바로 그 순간에…… 증언을 했을 때…… 억지로 그런 확신을 불어넣으면서 믿었던 거야……. 하지만 증언을 마치자 곧 그 믿음이 사라졌어. 이 모든 것을 알아 줬으면 해. 깜빡 잊었군, 난 스스로를 벌하기 위해서 온 거야!" 갑자기 그녀는 어쩐지 새로운 표현을 쓰면서 말했는데 방금, 조금 전의 사랑의 속삭임과는 완전히 다른 어조였다.

"당신은 얼마나 괴로울까, 여자란 정말!" 미챠의 입에선 갑자기 이런 말이 그야말로 걷잡을 수 없이 터져 나왔다.

"나를 그만 보내 줘." 그녀가 속삭였다. "다시 오겠지만, 지금은 괴로워……!"

그녀는 자리에서 일어났으나, 갑자기 큰 소리를 내지르며 몸을 뒤로 뺐다. 방 안으로 인기척도 내지 않고 느닷없이 그루센카가 들어온 것이었다. 아무도 그녀가 올 줄은 몰랐던 터였다. 카챠는 맹렬한 기세로 문을 향해 걸어갔지만, 그루센카와 나란히 서게 되자 갑자기 걸음을 멈추었다. 그러곤 온통 백지장처럼 새하얗게 질린 얼굴로 거의 속삭이듯 조용히 그녀에게 말했다.

"나를 용서해 주세요!"

그루센카는 그녀를 뚫어지게 노려보며 그 순간을 감내하더니, 증오에 가득 찬, 독기 어리고 표독스러운 목소리로 대답했다.

"이봐, 당신도, 나도 못된 년이야! 둘 다 못된 것들이라고! 그런데 당신이나 나나 어디서 누가 누굴 용서한다는 거야? 차라리 이 사람을 구해 줘, 그러면 난 평생토록 당신을 위해 기도할 테니까."

"용서하는 건 싫다는 소리구나!" 미챠가 광기 어린 질책을 담아 그루센카에게 소리쳤다.

"염려 마, 당신을 위해 저 사람을 꼭 구할 테니까!" 카챠는 다급하게 속삭인 뒤 방에서 뛰쳐나갔다.

"저 여자가 먼저 당신한테 '용서해 줘.'라고 말했는데, 그런데도 당신은 저 여자를 용서할 수 없다는 건가?" 미챠가 다시금 쓰라린 어조로 소리쳤다.

"미챠, 어떻게 형이 이 사람을 나무랄 수 있어, 형은 그럴 권리가 없어!" 알료샤가 열띤 어조로 형에게 소리쳤다.

"저 여자는 오만한 입술론 저렇게 말했어도, 마음속으론 완전히 딴생각을 하고 있었어." 그루셴카는 정말 딱 싫다는 듯 이렇게 말했다. "그래도 당신을 구해 주면 모든 걸 용서해 주지……."

그러고서 그녀는 입을 다물었지만, 마음속 깊이 치밀어 오르는 뭔가를 억누르는 것 같았다. 아직도 제대로 정신을 차릴 수가 없었던 것이다. 나중에 밝혀진 바에 의하면, 그녀는 전혀 아무런 의심도 없이, 지금과 같은 상황에 직면하게 되리라곤 꿈에도 생각지 않은 채 그냥 무심코 들어왔던 것이다.

"알료샤, 저 여자의 뒤를 쫓아가!" 미챠가 동생에게 맹렬한 어조로 말했다. "저 여자한테 말해 다오……. 하지만 뭐라고 해야 될지 모르겠군……. 어쨌든 저대로 그냥 보내지는 마!"

"형, 저녁이 되기 전에 올게!" 알료샤는 이렇게 소리치곤 카챠의 뒤를 쫓아 달려 나갔다. 그가 그녀를 따라잡은 곳은 병원의 울타리 밖이었다. 그녀는 빠른 걸음으로 서둘러 걷고 있었지만, 알료샤가 자기를 따라잡자마자 재빨리 이렇게 말했다.

"안 돼요, 저 여자 앞에서 나를 벌할 순 없어요! 내가 저 여자한테 '나를 용서해 줘.'라고 말한 건 나 자신을 철저하게 벌하고 싶어서였어요. 하지만 저 여잔 용서하지 않았어요…….
하긴, 그래서 난 저 여자가 좋아요!" 카챠는 일그러진 목소리
로 이렇게 덧붙였는데, 그녀의 두 눈은 야성적인 증오로 타올
랐다.

"형은 정말 이럴 줄은 생각도 못 했어요." 알료샤가 중얼거리
듯 말을 해 보았다. "형은 그분이 오지 않을 줄로 믿었는데……."

"물론 그랬을 테죠. 하지만 이 얘긴 그만둡시다." 그녀가 딱
잘라 말했다. "그나저나, 나는 지금 당신과 함께 저기 장례식
엔 갈 수 없겠네요. 관을 장식할 꽃들은 보내 놨어요. 그들에
겐 아직은 돈이 있을 것 같군요. 그래도 저들한테 말씀해 주
세요, 필요하다면 앞으로도 난 절대로 그들을 그냥 버려 두지
않을 거라고……. 자, 그럼 이제 그만 나를 놓아주고 어서 가
보세요, 제발 부탁입니다. 그곳에 가려면 당신도 늦겠군요, 저
녁 미사 종이 울리는데……. 어서 가 보세요, 제발!"

3 일류셰치카의 장례식. 바윗돌 옆에서의 조사

정말로, 그는 늦었다. 그를 기다리다 못해 그 없이, 꽃으로
장식된 좋은 관을 교회로 가져가려던 참이었다. 그것은 가엾
은 소년 일류셰치카의 관이었다. 그는 미챠의 판결이 있은 지
이틀 후에 숨을 거두었다. 알료샤가 집 대문에 나타나자 일류
샤의 친구인 소년들은 환호성을 지르며 그를 맞이했다. 다들
조바심을 내며 그를 기다렸기 때문에 마침내 그가 온 것을 기

뻐했다. 이 자리에 모인 소년들은 모두 열두 명이었는데, 다들 배낭과 책가방을 어깨에 멘 채로 온 것이었다. 죽어 가던 일류샤는 그들에게 '아빠가 울 테니까, 너희들 모두 우리 아빠 곁에 있어 줘.'라는 말을 남겼고, 소년들은 그걸 기억했다. 그들의 대장은 콜랴 크라소트킨이었다.

"당신이 와 주셔서 얼마나 기쁜지 몰라요, 카라마조프 씨!" 그가 알료샤에게 한 손을 내밀며 소리쳤다. "여긴 끔찍해요. 사실, 차마 눈 뜨고 볼 수가 없을 정도예요. 스네기료프는 술에 취하지도 않았어요. 그분이 오늘 술을 한 방울도 입에 안 댔다는 건 우리도 잘 알고 있지만, 그런데도 꼭 술 취한 사람 같아요……. 저야 뭐 늘 굳세지만, 그래도 이건 해도 해도 너무 해요. 카라마조프 씨, 괜찮다면 들어가기 전에 뭐 한 가지 물어보면 안 될까요?"

"뭐죠, 콜랴?" 알료샤가 걸음을 멈추었다.

"당신 형님은 무죄인가요, 유죄인가요? 그가 아버지를 죽인 건가요, 아니면 하인 짓인가요? 모든 게 당신 말씀대로일 테니까요. 이 생각을 하느라 나는 나흘 밤을 잠도 못 잤어요."

"하인이 죽였고, 형님은 무죄입니다." 알료샤가 대답했다.

"내 말이 그 말이야!" 스무로프 소년이 갑자기 소리쳤다.

"그럼, 그는 진리를 위해 무고한 희생양으로서 파멸하겠군요!" 콜랴가 소리쳤다. "파멸했다고 하더라도 그는 행복합니다! 나는 그를 부러워할 준비가 되어 있어요!"

"무슨 소리입니까, 어떻게 그럴 수가 있으며, 또 대체 왜요?" 알료샤가 깜짝 놀라 소리쳤다.

“오, 언제든 진리를 위해 내가 스스로를 희생할 수만 있다면 얼마나 좋을까요!” 콜랴는 열광하며 이렇게 말했다.

“하지만 이와 같은 일, 이와 같은 치욕, 이와 같은 끔찍함으론 안 됩니다!” 알료샤가 말했다.

“물론…… 나는 인류 전체를 위해 죽고 싶고, 치욕이라면 아무렴 어때요. 어차피 우리의 이름은 사멸할 텐데. 당신의 형님을 나는 존경합니다!”

“나도요!” 갑자기, 전혀 뜻밖에도 무리 속에서 한 소년이 이렇게 외쳤는데, 한때 트로이를 건설한 것이 누구인지 안다고 단언한 바로 그 소년이었다. 소년은 꼭 그때처럼 이렇게 외치고 난 뒤에는 귀뿌리까지 홍당무처럼 새빨개졌다.

알료샤는 방으로 들어갔다. 하얀 레이스 주름으로 장식된 파란 관 속에 일류샤가 작은 두 손을 모은 채 눈을 감고 누워 있었다. 바싹 여윈 소년의 얼굴은 그 윤곽이며 이목구비며 거의 전혀 변한 것이 없었으며, 이상하게도 시체에서는 거의 냄새가 나지 않았다. 얼굴 표정은 마치 생각에 잠겨 있는 듯 진지했다. 특히 십자형으로 모아 쥔 손은 꼭 대리석 조각인 양 아름다웠다. 그의 손에는 꽃이 쥐어져 있었고, 관 속과 바깥이 모두 리자 호흘라코바가 이날 아침에 보내온 꽃으로 장식되어 있었다. 하지만 카체리나 이바노브나도 꽃을 보내왔기 때문에, 알료샤가 문을 열었을 때 2등 대위는 떨리는 손에 꽃가지들을 들고 자신의 소중한 아이에게 연거푸 뿌리고 있었다. 그는 방으로 들어신 알료사를 거의 바라보지도 않았다. 아니, 아무한테도, 심지어 정신이 나간 자기 아내한테도, 아픈 다리로 몸을 일으켜 죽은 자기 아이를 조금이라도 더 가까이서 보려고 줄곧 안간힘을 쓰는 '엄마'한테도 눈길을 주지 않았다. 한편, 아이들이 니노치카를 휠체어째로 들어 관 바로 곁으로 데려다주었다. 그녀는 동생 곁에 머리를 바싹 갖다 댄 채 앉아 있었는데, 역시나 조용히 울고 있는 것이 분명했다. 스네기료프의 얼굴은 활기를 띠고 있었으나 어쩐지 멍한 것도 같고 동시에 필사적인 것 같기도 했다. 그의 몸짓이며 입에서 터져 나오는 말을 보면, 어쩐지 반쯤 미친 것 같았다. 그는 일류샤를 바라보면서 연신 "아가, 우리 예쁜 아가!"라고 소리쳤다. 그는 일류샤가 살아 있을 때부터 애를 어르듯 "아가야, 우리 예쁜 아가!"라고 말하는 습관이 있었다.

"아빠, 나한테도 꽃을 줘, 저 애의 손에 쥐어져 있는 걸로 줘, 저기 하얀 걸로, 얼른!" 정신이 나간 '엄마'는 울먹이며 이렇게 부탁했다. 일류샤의 손에 쥐어져 있던 작은 백장미가 마냥 마음에 들어서인지, 아니면 아들 손에 쥐어진 꽃을 기념으로 갖고 싶어서인지, 여하튼 그녀는 꽃을 잡으려고 손을 뻗으며 몸부림을 쳤다.

"아무한테도 안 주겠어, 아무것도 안 주겠어!" 스네기료프가 잔인하게 외쳤다. "저 애 꽃이야, 당신 꽃이 아니라. 모든 것이 저 애 거야, 당신 건 아무것도 없어!"

"아빠, 엄마에게 꽃을 주세요!" 갑자기 니노치카가 눈물범벅이 된 얼굴을 들었다.

"아무것도 안 준다니까, 엄마에겐 더더욱 안 준다! 엄마는 저 애를 사랑하지 않았어. 엄마는 그때 저 애의 대포도 빼앗

앉는데, 저 애는 얌전히 선—물로 줬단 말이야." 그때 일류샤가 엄마한테 대포를 순순히 내주었던 일이 기억나자 2등 대위는 목청껏 엉엉 울었다. 정신이 나간 가엾은 여인은 두 손으로 얼굴을 가린 채 조용히 흐느껴 울었다. 마침내, 소년들은 시간이 다 됐는데도 아버지가 여전히 관을 붙들고 있는 걸 보곤 갑자기 빽빽한 무리를 지어 관을 둘러싼 다음, 들어 올리기 시작했다.

"울타리 안에는 묻고 싶지 않아!" 스네기료프가 갑자기 울부짖었다. "바윗돌 옆에, 우리 집 바위 옆에 묻겠어! 일류샤가 그렇게 해 달라고 했어. 절대 못 가져간다!"

그는 전에도, 사흘 내내 바윗돌 옆에 묻을 거라고 말해 왔다. 하지만 알료샤, 크라소트킨, 집주인 노파, 노파의 언니, 모든 소년들이 반대하고 나섰다.

"이 사람 생각하는 것 좀 보게, 목 졸려 죽은 사람처럼 더러운 바윗돌 옆에 묻겠다니!" 늙은 여주인이 엄격하게 말했다. "저기 울타리 안쪽 땅에는 십자가도 있어. 그곳에 묻혀 있으면 사람들이 그를 위해 기도를 해 줄 게 아닌가. 교회에서 흘러나오는 노랫소리도 들릴 테고, 보제(補祭)가 낭랑하게 또박또박 읽어 주는 모든 말씀들이 매번 일류샤한테까지 들릴 테니까, 꼭 그 아이의 무덤 곁에서 읽어 주는 것 같을 걸세."

2등 대위는 마침내 손을 내저었다. '어디든 마음대로 가져가시오!'라는 식이었다. 아이들은 관을 들어 올렸지만 어머니 곁을 지나면서 그녀 앞에서 잠깐 걸음을 멈추고 관을 내려놓았는데, 일류샤와 작별을 할 수 있도록 하기 위해서였다. 하지만 사흘 내내 그저 좀 멀리 떨어진 곳에서만 보아 왔던 이 소중한 얼굴을 갑자기 가까이서 보자 그녀는 갑자기 온몸을 벌벌 떨었으며 허옇게 센 머리를 관 위에서 히스테릭하게 앞뒤로 흔들어 댔다.

"엄마, 이 애에게 성호를 그어 줘, 축복해 주고 키스를 해 줘." 니노치카가 그녀에게 소리쳤다. 하지만 상대방은 애간장이 녹을 듯 괴로워 얼굴을 일그러뜨린 채 연신 말없이 자동인형처럼 머리를 흔들어 대다가 갑자기 주먹으로 가슴을 치기 시작했다. 관은 계속 옮겨졌다. 니노치카는 관이 자기 곁을 지날 때, 마지막으로 죽은 동생의 입에 입을 맞추었다. 알료샤는 집을 나오면서 집주인 노파에게 남은 사람을 잘 보살펴 달라고 부탁하려 했지만, 상대방이 먼저 말을 꺼냈다.

"잘 알고 있다오, 내 저들과 함께 있을 거요, 우리도 기독교인인걸." 이렇게 말하는 노파는 울고 있었다.

관을 가져갈 교회는 멀지 않은 곳에 있어서, 기껏해야 300보 정도였다. 맑고 한적한 날이었다. 쌀쌀하긴 했지만 심한 추위는 아니었다. 장례 미사를 알리는 종이 아직도 울려 왔다. 스네기료프는 거의 여름용이나 다름없는 짤막하고 낡아 빠진 외투를 걸친 채, 챙이 넓은, 낡고 부드러운 모자는 머리에 쓰지도 않고 두 손에 든 채 얼빠진 사람처럼 허둥지둥 관 뒤를 쫓아 뛰었다. 뭔가 해결하지 못할 근심거리라도 있는 것처럼 그는 갑자기 관머리를 받친답시고 한 손을 뻗는 바람에 관을 나르는 사람들한테 방해만 되는가 하면, 어떻게 하면 여기서 자기 자리를 확보할까 싶어 옆에서 요리조리 뛰어다니기도 했다. 꽃 한 송이가 눈 위로 떨어지자 그걸 줍기 위해 그길로 냅다 달려들었는데, 꼭 이 꽃을 잃으면 무슨 큰일이라도 난다는 듯한 태도였다.

"빵 껍질을 잊고 왔어, 빵 껍질을!" 갑자기 그가 소스라치게 놀라 경악하면서 소리쳤다. 하지만 소년들은 대뜸, 빵 껍질은 아까 그가 직접 챙겼다고, 지금 그의 호주머니 안에 있다고 일러 주었다. 그는 금방 호주머니에서 빵 껍질을 꺼내 확인을 한 뒤에야 진정했다.

"일류셰치카가 그러라고 했어요, 일류셰치카가." 그가 즉시 알료샤에게 설명했다. "어느 날 밤에 녀석이 누워 있고 내가 그 옆에 앉아 있었는데, 갑자기 이러더군요. '아빠, 내 무덤에 흙을 뿌릴 때 빵 껍질을 부숴서 뿌려 줘, 그럼 참새들이 날아올 테니까요. 참새들이 날아온 소리가 들리면, 내가 혼자가 아니라는 생각이 들어 즐거워질 거야.'"

"그건 아주 좋은 일입니다." 알료샤가 말했다. "좀 더 자주 갖고 와야겠군요."

"날마다, 날마다!" 2등 대위가 갑자기 완전히 활기를 찾은 듯 속삭였다.

마침내 교회에 도착하여 그곳 한가운데에 관을 내려놓았다. 모든 소년들이 빙 둘러 관을 에워쌌고 장례 미사가 진행되는 내내 의젓하게 서 있었다. 상당히 가난하고 오래된 교회여서 가지런히 서 있는 성상들 대다수가 숫제 천개(天蓋)도 없었지만, 어쩐지 기도를 하는 데는 이런 교회가 더 좋은 법이다. 미사가 진행되는 동안 스네기료프는 다소 차분해진 것 같았지만 그래도 간간이 아까처럼 무의식적으로, 거의 터무니없을 정도로 허둥대며 부산을 떨긴 했다. 그는 덮개나 화환을 바로잡으려고 관 쪽으로 다가가는가 하면, 촛대의 양초 하나가 넘어지자 갑자기 그리로 달려가 양초를 바로 세우려고 끔찍할 정도로 오랫동안 혼자 씨름하기도 했다. 그러고 나자 이젠 완전히 진정이 되었는지 근심에 가득 찬, 미심쩍은 듯한 얼굴을 하고 관머리 곁에 얌전하게 섰다. 사도행전 낭송이 끝난 직후엔 갑자기 자기 곁에 서 있는 알료샤에게 사도행전 낭송이 엉터리였다고 속삭였지만, 딱히 자기 생각을 설명하지는 않았다. 게루빔 찬가가 시작되자 그도 따라 부르는가 싶었지만 다 끝내지도 못하고 무릎을 꿇고 교회의 돌바닥에 이마를 갖다 대더니 꽤 오랫동안 그대로 엎드려 있었다. 마침내 장례 의식이 시작되자 양초를 나누어 주었다. 정신이 나간 아버지는 또다시 허둥지둥 부산을 떨 태세였지만 가슴을 에는 듯한 감동적인 장송곡이 그의 영혼을 일깨워 뒤흔들어 놓았다. 갑자기 그는 왠지 온몸을 움츠리더니 짧은 간격으로 종종 흐느끼기 시작했는데, 처음엔 목소리를 죽였지만 끝에 가서는 큰 소리로 훌쩍거렸다. 하지만 작별 인사를 하고 관을 덮기 시작하자 그는 일류셰치카를 덮도록 내버려 두지 않겠다는 듯 관을 두 손으로 거머쥐곤 죽은 아이의 입에 끊임없이, 연거푸 탐욕스럽게 입을 맞추기 시작했다. 결국 그를 타일러 계단으로 데리고 내려갈 참이었지만, 갑자기 그가 맹렬한 기세로 한 손을 뻗어 관에서 몇 송이의 꽃을 붙잡았다. 그 꽃을 쳐다보며 어떤 새로운 생각에 사로잡혔는지, 중요한 것은 잠시 잊어버린 것 같았다. 그렇게 그는 조금씩 생각에 빠져든 탓인지, 관을 짊어지고 무덤으로 옮길 때는 더 이상 저항하지 않았다. 그것은 멀지 않은 곳, 교회 바로 곁 울타리 안에 있었다. 무덤 값이 제법 비쌌는데, 그 돈을 지불해 준 건 카체리나 이바노브나였다. 통상적인 의식을 치른 후에 묘지 인부들이 관을 내려놓았다. 스네기료프가 손에 꽃을 든 채 열린 무덤 위로 몸을 너무 많이 굽혔기 때문에 소년들은 경악하면서 그의 외투를 거머쥐고 그를 뒤로 끌어내기 시작했다. 하지만 그는 이미 뭐가 뭔지 제대로 이해하지도 못하는 것 같았다. 무덤 위로 흙이 뿌려지자, 갑자기 그는 근심에 찬 얼굴로 퍼부어지는 흙을 가리키며 심지어 무슨 말까지 중얼거리기 시작했지만 아무도, 아무것도 알아들을 수가 없었다. 게다가 그도 그러다가 갑자기 잠잠해졌다. 이때 사람들이 그에게 빵 껍질을 부숴서 뿌려야 된다는 걸 상기시키자, 그는 몹시 흥분하여 빵 껍질을 꺼내더니 잘게 뜯어 무덤 위로 흩뿌리기 시작했다. "새들아, 이리로 날아오너라, 참새들아, 이리로 날아오렴!" 그는 수심 어린 표정으로 이렇게 중얼거렸다. 소년들 중 누가 그에게 손에 꽃을 든 채 빵을 뜯는 건 불편하니까 잠깐만이라도 누구한테 들고 있게 하라고 일러 주었다. 하지만 그는 순순히 그렇게 하기는커녕 갑자기 누가 자기 꽃을 영영 뺏어 가지나 않을까 싶어 소스라치게 놀랐고, 무덤을 바라보곤 이젠 모든 것이 다 됐고 빵 조각도 다 뿌려진 걸 확인하자 갑자기 뜻밖에도 완전히 평온을 되찾곤 몸을 획 놀려 십을 향해 허둥지둥 걷기 시작했다. 걸음걸이가 점점 더 빨라지고 다급해지더니, 그는 숫제 서두르다 못해 거의 뛰다시피 걸어갔다. 소년들과 알료샤는 그를 놓치지 않고 열심히 쫓아갔다.

"엄마한테 꽃을 줘야 해, 엄마한테 꽃을! 엄마의 마음을 상하게 했어." 그가 갑자기 이렇게 소리치기 시작했다. 누가 그에게 모자를 쓰라고, 안 그러면 이젠 추울 거라고 소리쳤지만, 그는 이 말을 듣자 꼭 악에 받친 사람처럼 모자를 눈 위에다 내동댕이치면서 "모자는 싫어, 모자 따위는 싫단 말이다!"라고 말했다. 스무로프 소년은 모자를 주워서 그의 뒤를 따라 들고 갔다. 소년들은 다들 하나같이 울었지만 누구보다도 서럽게 운 것은 콜랴, 그리고 트로이 창건자를 얘기해 준 소년이었다. 대위의 모자를 손에 들고 있던 스무로프도 역시나 정말 서럽게 울어 댔지만, 그리고 거의 뛰다시피 걸으면서도, 눈덮인 길가에 발갛게 드러난 벽돌 조각을 용케 집어 들어 빠른 속도로 날아가는 참새 떼를 향해 획 던졌다. 물론 명중을 시키진 못했고 소년은 계속 울면서 달렸다. 길을 절반쯤 왔을 때 스네기료프는 느닷없이 걸음을 멈추고 뭔가 충격을 받은 양 삼십 초 정도 가만히 서 있더니, 갑자기 다시금 교회 쪽으로 몸을 획 돌려 방금 떠나온 무덤을 향해 쏜살같이 달리기 시작했다. 하지만 소년들이 금방 그를 따라잡은 뒤 사방에서 그를 붙잡았다. 그러자 한 대 맞은 사람처럼 맥없이 눈 위로 털썩 쓰러져 몸부림을 치며 울부짖고 엉엉 울면서 "아가야, 우리 예쁜 아가!"라고 소리치기 시작했다. 알료샤와 콜랴는 그를 일으켜 세우며 시종 달래고 타이르기 시작했다.

"대위님, 이제 그만하세요, 용감한 사람은 참을 줄도 알아야 됩니다." 콜랴가 중얼거렸다.

"그러다간 꽃도 못 쓰게 될 겁니다." 알료샤도 말했다. "'엄마'가 꽃을 기다리고 있잖습니까. 당신이 아까 일류샤의 꽃을 주지 않았기 때문에 앉아서 울고 있을 테죠. 저곳엔 아직 일류샤의 침대도 있습니다……."

"그래, 그렇군, 엄마한테로 가야지!" 스네기료프는 갑자기 다시금 기억을 되찾았다. "침대를 치워 버릴지도 몰라, 치워 버릴지도!" 그는 정말로 침대를 치워 버릴까 경악한 듯 이렇게 덧붙이곤 벌떡 일어나 다시 집을 향해 뛰기 시작했다. 하지만 이미 집까지는 멀지 않았고, 곧 다들 함께 달려왔다. 스네기료프는 맹렬한 기세로 문을 열고서, 아까 그렇게 매정하게 말싸움을 한 아내를 향해 울부짖었다.

"엄마, 여보, 일류셰치카가 당신한테 꽃을 보내왔어, 당신의 발이 아프다면서 말이야!" 그는 이렇게 소리치면서 아내에게, 방금 눈길 위에서 몸부림을 치는 바람에 꺾어지고 얼어 버린 꽃송이들을 내밀었다. 하지만 바로 그 순간 방구석, 일류샤의 침대 앞에 가지런히 놓인 일류샤의 신발 한 켤레를 보았는데, 낡아서 불그죽죽하게 변해 버린, 여기저기 거칠게 덧댄 자국이 있는 신발을 방금 전에 집의 여주인이 정리해 놓은 것이었다. 신발을 보자 그는 두 팔을 들어 올려 그대로 그쪽으로 돌진하더니 무릎을 꿇은 채 쓰러졌고, 신발 한 짝을 거머쥐더니 입술에 갖다 대고는 "아가야, 일류셰치카, 귀여운 우리 아가, 네 발은 어디 갔니?"라고 외치면서 신발에 탐욕스럽게 입을 맞추기 시작했다.

"당신은 그 애를 어디로 데려갔어? 대체 어디로 데려간 거야?" 정신이 나간 여자가 갈기갈기 찢어지는 목소리로 이렇게 울부짖었다. 그러자 니노치카도 엉엉 울기 시작했다. 콜랴는 방에서 뛰어나갔고, 그의 뒤를 따라 다른 아이들도 나가기 시작했다. 마침내, 그들의 뒤를 따라 알료샤도 나갔다. "실컷 울도록 그냥 둡시다."라며 그가 콜랴에게 말했다. "물론 이런 슬픔은 어찌해도 삭일 수 없겠지만요. 좀 기다렸다가 다시 들어가 봅시다."

"맞아요, 절대 삭일 수 없겠죠, 차마 눈뜨고 볼 수가 없다니까요." 콜랴가 맞장구를 쳤다. "그런데요, 카라마조프 씨." 하고 그가 갑자기 아무도 듣지 못하게 목소리를 낮추었다. "너무 슬퍼요, 만약 일류샤를 부활시킬 수만 있다면, 나는 이 세상의 뭐든지 내주겠습니다!"

"아, 나도 그렇습니다." 알료샤가 말했다.

"그런데 말이죠, 카라마조프 씨, 우리가 오늘 저녁에 여길 와야 될까요? 저분, 아무래도 진탕 마실 것 같은데요."

"아마, 그럴지도 모르죠. 우리 둘만 함께 와서 저기 어머니, 니노치카와 한 시간 정도 앉아 있으면 될 것 같습니다. 다들 한꺼번에 오면 또다시 저들에게 모든 걸 상기시키는 꼴이 될 테니까요." 알료샤가 조언했다.

"지금 저쪽 집에서는 집주인 할머니가 음식을 준비하고 있어요. 추도식인가 뭔가가 있을 예정이고, 신부님도 오신다나 봐요. 우리도 지금 그리로 가 봐야겠죠, 카라마조프 씨, 예?"

"꼭 가야죠." 알료샤가 말했다.

"모든 게 참 이상해요, 카라마조프 씨, 이렇게 슬픔이 있는데 갑자기 무슨 블린[63] 같은 것이 나오다니, 우리의 종교로 봐도 참 자연스럽지 못한 것 같아요!"

"저쪽에서는 연어도 내올 거예요." 트로이 창건자를 얘기해 준 소년이 갑자기 큰 소리로 일러 주었다.

"자네한테 진지하게 부탁하겠는데, 카르타쇼프 군, 그런 바보 같은 소리를 지껄이면서 남의 대화에 끼어드는 일은 없었으면 한다. 특히, 자네와 상대하고 있는 것도 아니고 자네란 인간이 이 세상에 있는지 없는지도 알고 싶지 않을 때는 더더욱." 콜랴가 그를 보면서 짜증 난다는 듯 딱 잘라 말했다. 소년은 대뜸 발끈하긴 했지만 감히 뭐라 대거리를 할 엄두는 내지 못했다. 그러는 동안 다들 오솔길을 따라 조용히 걷는데, 갑자기 스무로프가 소리쳤다.

"이게 바로 일류샤의 바윗돌이야, 이 밑에 묻히고 싶어 했어!"

다들 커다란 바위 옆에 말없이 멈추어 섰다. 그걸 보고 있자니, 알료샤는 언젠가 스네기료프가 해 준 일류셰치카 얘기가, 즉 녀석이 아버지를 껴안고 울면서 "아빠, 아빠, 그 사람이 아빠를 얼마나 업신여겼는지 몰라!"라고 외쳤다는 얘기와 그 장면이 일시에 그의 기억 속에서 되살아났다. 그의 영혼 속에서 뭔가가 전율하는 듯했다. 그는 진지하고 육중한 표정을 지으면서 일류샤의 친구들, 초등학생들의 이 모든 사랑스럽고 해

---

63) 핫케이크와 부침개의 중간쯤 되는 음식으로 속에 양배추, 감자, 고기 등을 넣기도 한다.

맑은 얼굴들을 하나하나 훑어보다가 갑자기 그들에게 말했다.

"여러분, 여기서, 바로 이곳에서 여러분에게 하고 싶은 말이 하나 있습니다."

소년들은 그를 에워싸고서 곧장 기대에 찬, 주의 깊은 시선을 보냈다.

"여러분, 우리는 곧 헤어질 겁니다. 내가 두 형님들과 함께 할 시간도 이제 얼마 남지 않았습니다. 한 형님은 유형을 떠날 것이고 다른 형님은 죽음을 목전에 두고 있으니까요. 나도 곧 이 도시를 떠날 것이고, 어쩌면 아주 오랫동안 돌아오지 않을 겁니다. 자, 이렇게 우리는 헤어지는 겁니다, 여러분. 하지만 여기, 일류샤의 바윗돌 곁에서 첫째는 일류셰치카를, 둘째는 서로서로를 절대로 잊지 않겠노라고 약속합시다. 그리고 훗날 우리의 인생에서 무슨 일이 일어나든, 또 우리가 앞으로 이십 년 동안이나 서로 만나지 못할지라도——어쨌거나 우리가 한 가엾은 소년을 땅에 묻었다는 사실은 기억합시다. 전에 저기 다리 옆에서 이 소년에게 돌팔매질을 퍼부었던 일, 여러분은 기억하시죠? 그다음엔 다들 이 소년을 사랑하게 되었잖습니까. 멋진 소년, 선량하고 용맹스러운 소년이었으며, 명예를 존중했고 아버지의 명예가 치욕을 겪었다고 생각했기 때문에 분연히 떨치고 일어났던 것입니다. 그러니 첫째, 이 소년을 평생토록 기억합시다, 여러분. 우리가 아무리 중대한 일에 몰두할지라도, 아무리 높은 지위에 오를지라도, 또 아무리 큰 불행을 겪을지라도 어쨌거나 우리가 한때 이곳에서 아름답고 선량한 감정으로 결합되고 그것을 공유하면서 아름다운 시절을 보냈다는 사실을 절대로 잊지 맙시다. 이런 감정을 갖고 이 가련한 소년을 사랑하는 동안, 우리는 실제 우리의 모습보다 더 훌륭한 모습을 갖게 됐을 테니까요. 비둘기 같은 아이들이여——여러분을 이렇게 비둘기라고 부르도록 해 주십시오, 여러분의 선량하고 사랑스러운 얼굴을 바라보는 지금 이 순간, 여러분은 모두 이 훌륭한 회청색의 새와 몹시 닮았으니까요——사랑스러운 나의 아이들이여, 어쩌면 여러분은 내가 여러분에게 지금 하려는 말을 이해하지 못할지도 모릅니다. 왜냐면 나는 통 알아들을 수 없게 말할 때가 자주 있으니까요. 하지만 여러분은 어쨌거나 기억해 두었다가 나중에 언젠가는 내 말에 고개를 끄덕여 주십시오. 여러분이 명심해야 할 것은, 앞으로의 인생을 위하여 뭔가 훌륭한 추억, 특히 어린 시절 부모님 슬하에 있을 때 갖게 된 추억보다 더 숭고하고 강렬하고 건강하고 유익한 것은 아무것도 없다는 점입니다. 여러분의 교육에 대해 이런저런 말을 많이들 하지만, 바로 이처럼 어린 시절부터 간직해 온 아름답고 성스러운 추억이야말로 그것이 무엇이든 간에 가장 훌륭한 교육이 될 겁니다. 인생에서 그런 추억들을 많이 갖게 된다면 그 사람은 평생토록 구원받은 셈입니다. 심지어 우리에게, 우리의 마음속에 단 하나의 훌륭한 추억이라도 남아 있다면, 그 덕분에 언젠가는 구원을 향해 한 발짝 더 다가가게 될 겁니다. 어쩌면 우리는 훗날 악한 사람이 될지도, 심지어 고약한 행동 앞에서 버텨 낼 힘을 잃을지도, 인간의 눈물을 조롱하게 될지도 모릅니다. 또 아까 콜랴가 '모든 사람들을 위해서 고통받고 싶다.'라고 외치긴 했지만——바로 이런 사람들을 향한 표독스러운 조롱을 퍼붓게 될지도 모릅니다. 하지만, 물론 그럴 리도 없겠지만, 여하튼 우리가 아무리 사악해질지라도, 우리가 일류샤를 어떻게 땅에 묻었는지, 우리가 최근에 그를 얼마나 사랑했는지, 바로 지금 이 바윗돌 옆에서 다 함께 얼마나 사이좋게 얘기를 나누었는지를 기억한다면, 우리 중 가장 잔인하고 가장 냉소적인 사람조차도, 설령 우리가 그런 사람이 된다고 할지라도 자기가 지금 이 순간 선량하고 훌륭한 사람이었다는 점만은 마음속으로 감히 비웃지 못할 겁니다! 그뿐입니까, 어쩌면 바로 이 추억 하나만 있어도 그는 스스로를 거대한 악으로부터 지켜 낼 수 있을 것이며, 생각을 고쳐먹고 '그래, 그 시절엔 나도 선량하고 용감하고 성실한 인간이었지.'라고 말하게 될 것입니다. 혼자 속으론 코웃음을 칠 수도 있겠죠. 하지만 사람이란 종종 선량하고 훌륭한 것을 비웃곤 하니까, 이런 건 문제도 아닙니다. 이건 그저 경솔한 탓이니까요. 하지만 단언하건대, 여러분, 코웃음을 치는 순간 곧 마음속으론 '아니야, 고약한 짓을 저질렀어, 코웃음을 치다니, 이런 걸 조롱해서는 안 돼!'라는 말을 하게 될 겁니다."

"꼭 그렇게 될 거예요, 카라마조프 씨, 나는 당신의 말이 이해돼요, 카라마조프 씨!" 눈을 번득이면서 콜랴가 소리쳤다. 다른 소년들도 흥분에 차서 역시나 뭔가를 외치고 싶었지만 자제력을 발휘하곤 마냥 감동에 젖은 주의 깊은 눈길로 연사를 바라보았다.

"내가 이런 말을 하는 건 우리가 고약한 사람이 될까 봐 두려워서입니다." 알료샤가 계속했다. "하지만 왜 우리가 고약한 사람이 되어야 합니까, 안 그렇습니까, 여러분? 우리는 첫째, 그 무엇보다도 선량하게 살고, 둘째 성실하게 살아갑시다. 그다음으론 절대로 서로서로를 잊지 맙시다. 이 점을 나는 또다시 반복하는 바입니다. 내 이름을 걸고서 약속하건대, 여러분, 여러분 중 단 한 명도 나는 잊지 않겠습니다. 지금, 현재 나를 바라보고 있는 여러분의 얼굴 하나하나를 삼십 년이 지나더라도 기억할 것입니다. 아까 콜랴는 카르타쇼프에게 우리는 '너란 인간이 이 세상에 있는지 없는지' 알고 싶지도 않다는 식의 말을 했습니다. 내가 어떻게 카르타쇼프가 세상에 있다는 것을, 그리고 그가 지금은 트로이의 창건자를 얘기해 줬을 때처럼 얼굴을 붉히지도 않고 멋지고 선량하고 명랑한 눈으로 나를 바라보고 있다는 것을 잊을 수 있겠습니까. 여러분, 친애하는 여러분, 우리 모두 일류셰치카처럼 관대하고 용감한 사람이 됩시다. 콜랴처럼 총명하고 용감하고 관대한 사람이 됩시다.(어쨌든 콜랴도 좀 더 자라면 훨씬 더 총명해질 테죠.) 그리고 카르타쇼프처럼 수줍음은 많지만 총명하고 사랑스러운 사람이 됩시다. 한데, 왜 내가 이들 두 사람만을 거론하는 걸까! 여러분 모두 지금부터 나에게 사랑스러운 존재인 만큼 나는 여러분을 모두 내 마음속에 담아 둘 것이며, 여러분 역시도 부디 나를 여러분의 마음속에 담아 두십시오! 자, 누가 우리를 이 선량하고 좋은 감정으로 결합시켰으며 또 누가 우리로 하여금 그 감정을 지금부터 한평생 늘 기억하도록, 또 기억하고 싶도록 만들었습니까? 바로 저 훌륭한 소년, 저 사랑스러운 소년, 우리에게 영원토록 소중한 소년 저 일류셰치카가 아닙니까! 그를 영원토록 잊지 말 것이며, 그에 대한 아름다운 추억을 지금부터 영원토록 우리의 마음속에서 간직합시다!"

"그럼요, 그렇고말고요, 영원히, 영원토록!" 소년들은 모두 감동에 겨운 얼굴을 하고서 낭랑히 울리는 목소리로 외쳤다.

"일류샤의 얼굴, 그 옷, 그 초라한 신발, 그 관, 그 불행하고 죄 많은 아버지를, 일류샤가 아버지를 위해 혼자서 용감하게 온 학급을 상대로 분연히 떨치고 일어섰음을 기억합시다!"

"기억할 거예요, 기억하고말고요!" 소년들이 다시 소리쳤다. "그 애는 용맹스러웠고, 또 그 애는 선량했어요!"

"아, 난 그 애가 정말로 좋았어!" 콜랴가 소리쳤다.

"아, 아이들이여, 사랑스러운 벗들이여, 삶을 두려워하지 마십시오! 뭐든 참되고 좋은 일을 한다면 삶이란 정말 좋은 것입니다!"

"그래요, 그래요!" 소년들이 환희에 차서 이렇게 반복했다.

"카라마조프 씨, 우리는 당신이 정말 좋아요!" 급기야 참지 못하고 이렇게 외친 건 카르타쇼프인 것 같았다.

"우리는 당신이 정말 좋아요, 정말정말 좋아요!" 다른 소년들도 전부 호응해 주었다. 대부분의 소년들의 눈에서는 눈물이 반짝였다.

"카라마조프 만세!" 콜랴가 환희에 차서 외쳤다.

"그리고 죽은 소년을 영원히 기억합시다!" 감정을 듬뿍 담아 알료샤가 다시 덧붙였다.

"영원히!" 다시금 소년들이 말을 받았다.

"카라마조프 씨!" 콜랴가 외쳤다. "정말로, 진짜로 종교에서 말하듯, 우리 모두가 죽은 자들 가운데서 되살아나 생명을 얻고 서로서로를, 모든 사람을, 일류셰치카를 다시 보게 될까요?"

　"꼭 되살아나서 꼭 다시 보게 될 것이며 그동안 있었던 일을 즐겁고 기쁘게 서로서로 얘기하게 될 겁니다." 반쯤은 웃고 반쯤은 환희에 젖어 알료샤가 대답했다.

　"아, 그렇게만 되면 얼마나 좋을까요!" 콜랴의 입에서 이런 말이 불쑥 튀어나왔다.

　"자, 이제 말들은 그만하고 일류샤의 추도식에 가 봅시다. 우리가 블린을 먹는다고 해서 당혹스러워할 필요는 없습니다. 이것은 태곳적부터 내려오는 영원한 풍습이고, 여기엔 좋은 점이 있습니다." 알료샤가 웃기 시작했다. "자, 그럼 갑시다! 자, 이제 이렇게 손에 손을 잡고 갑시다."

　"영원히 이렇게, 평생 이렇게 손에 손을 잡고! 카라마조프 만세!" 콜랴가 다시 한번 환희에 차서 이렇게 외쳤으며, 다른 소년들도 전부 또다시 그의 외침에 화답했다.

도스토옙스키와 구원의 문제

1 도스토옙스키: 가난, 유형, 간질, 도박

표도르 미하일로비치 도스토옙스키는 1821년 10월 30일(신력 11월 11일) 모스크바에서 태어나서 1881년 1월 28일에 죽었다. 정확히 60년에 이르는 그의 전기는 그의 소설만큼이나 극적인 사건들로 가득 차 있다. 그중 네 가지를 뽑아 보자.

첫째, 가난 혹은 돈이다. 첫 작품 『가난한 사람들』(1846)에서 보이듯, 도스토옙스키가 가장 관심을 가진 문제는 사람들, 즉 '인간'의 속성으로서의 '가난'이다. 그의 아버지는 마린스키 빈민병원의 군의관이었는데, 모스크바 근처에 조그만 영지가 있긴 했지만 소지주에 불과했다. 이 점에서 도스토옙스키는 방대한 규모의 영지를 소유했던 귀족 작가 톨스토이, 투르게네프와 출발점부터가 달랐다. 밑천이라곤 자신의 머리밖에 없는 '지식인 프롤레타리아', 즉 '잡계급' 출신이었으니 말이다. 애초 그는 당시로선 명문 축에 들었던 페테르부르크 공병학교를 졸업하고서 공병단의 제도국에 편입되었다.(최종 계급은 소위였다.) 하지만 학창 시절부터 그를 사로잡았던 문학을 직업으로 선택하기에 이른다. 전업 작가가 된 순간부터 가난은 그에게 필연이 되었다. 또한 소설 속의 단어 하나하나는 곧 돈이었다. 가난과 신분 콤플렉스는 그다지 매력적이지 않은 외모와(『악령』의 샤토프는 작가의 직접적인 분신이다.) 열등감과 자만심을 오가는 극단적인 성격, 인간을 향한 병적일 만큼 강렬한 연민 못지않게 작가를 힘들게 했다. 심지어 소설 원고료도 여타 귀족 작가들보다 적었던 것으로 알려져 있다.

둘째, 팔 년에 걸친 유형 생활이다. 도스토옙스키가 사회주의적 경향을 띤 페트라솁스키 모임(금요일 모임)에 출입하다가 사형 선고를 받은 것은 스물여덟 살 때였다. 가장 큰 죄목은 고골에게 보내는 벨린스키의 '불온한' 편지를 낭독했다는 것이었다. 비록 「분신」, 「여주인」 등이 평단의 냉대에 부딪쳤지만, 어떻든 이 무렵 그는 전도유망한 신예 작가로서 많은 중단편 소설을 써냈다. 심지어 상당한 규모의 장편 소설(『네토치카 네즈바노바』)도 발표하기 시작했지만 갑작스러운 체포로 작업이 중단되었다. 그러나 다행스럽게도, 애초부터 '경고형'으로 계획됐던 사형 집행은 극적인 순간에 취소되었다. 이후, 그는 사 년을 옴스크 감옥에서, 나머지 사 년을 일개 사병의 신분으로 시베리아 지역의 세미팔라친스크의 부대에서 보낸다. 감옥에 있던 시절 그가 읽을 수 있었던 유일한 책이 성경이었음은 익히 알려진 사실이다. 1859년 자유의 몸이 되었을 때 도스토옙스키는 그야말로 극우 보수주의자(슬라브주의자)가 되어 있었다. 이때부터 초기작에는 거의 보이지 않던 신(혹은 그리스도)이 소설의 화두로 등장한다. 이렇게 작품 속의 현실 세계는 각종 범죄, 자살, 정치 테러, 광기 등으로 가득 차고, 관념적 주인공들의 정신세계는 '독실한 무신론'과 '회의적인 광신' 사이에서 진동한다. 『지하로부터의 수기』(1864) 이후에 나온 모든 장편들이 보여 주듯, 사회적인 문제의식이 심리적, 철학적 차원을 넘어서 윤리적, 종교적 차원으로 이월되는 것이다.

셋째, 간질병을 간과할 수 없다. 첫 발작 시기에 대해서는 의견이 분분하지만, 여하튼 작가가 된 이후 도스토옙스키는 평생 동안 주기적으로 간질 발작에 시달렸다. 『백치』의 므이시킨 공작, 『악령』의 키릴로프에 이어 『카라마조프가의 형제들』의 스메르쟈코프를 통해 형상화되는 간질 발작이 몹시 생생한 것은 이 때문이다. 간질병이 도스토옙스키에게 선사한 것은 말하자면, 순간의 미학 혹은 '문턱의 시간'이다. 간질 발작이 시작되고 의식이 완전히 명멸하기 직전의 순간을 작가는 세계의 모든 비밀을 꿰뚫을 수 있는 순간이라고 말했다. 이 절대적인 황홀경의 체험은 동시에 죽음의 체험이기도 하다. 한 인간으로서도 무척이나 귀중했을 삼십 대를 감옥에서 썩게 만든 공상적 사회주의, 더 근원적으로 유토피아를 향한 꿈이야말로 간질 발작의 절정과 같은 것이 아니겠는가. 이는 또한 그의 소설 속에 등장하는 가난뱅이들, 술주정뱅이들의 광기에 가까운 몽상과도 일맥상통한다. 진리의 깨달음이든 일확천금의 획득이든 천년왕국의 도래이든 그것은 찰나적인 한순간에 신기루처럼 반짝하다가 곧 사라진다.

끝으로, 도박에 대한 열정을 지적해야겠다. 『노름꾼』에 직접적으로 표현된바, 도박은 돈 자체보다도 자신의 운명에 대한 시험 및 도전의 동의어이다. 승부가 나기 직전, 도박자는 사형대에 묶여 있는 순간이나 간질 발작 직전의 순간처럼 은유적인 죽음을—예의 그 황홀경 및 파국의 순간을—체험한다. 도스토옙스키의 장편 소설이 늘 모종의 절정을 겨냥하는 것도, 주인공들이 모든 측면에서 극단을 달리며 파열 일보 직전인 것도 이와 무관하지 않다. 한편 그의 도박벽은 실제 생활에도 적잖은 영향을 미쳤다. 하지만 생활인으로서의 그는, 일반인들의 편협한 오해나 억측과는 달리, 마냥 허랑방탕한 한량 내지는 신경증 환자가 절대 아니었다. 유형 이후 이십여 년간 도스토옙스키가 쓴 글들은 엄청난 양의 에세이를 제외하고 소설만 쳐도 우리의 원고지 매수로 환산해서 4만 매에 육박한다. 또 이 정도의 일 욕심을 지닌 사람치곤 남편으로서도, 아버지로서도 평균을 충분히 웃도는 편이었다. 그럼에도 그는 분명히 타고나길 현실 감각과 재무 능력이 없었다. 말년에 페테르부르크의 한 귀퉁이에 비좁은 아파트라도 한 채 얻을 수 있게 된 것은 거의 전적으로 아내의 노력 덕분이었다. 곁들어 안나 그리고리예브나는 십사 년간의 결혼 생활 동안 남편이 창작에만 전념할 수 있도록 알뜰한 살림꾼과 뛰어닌 조력자가 되어 주었다. 그러니까 그의 도박벽조차도 아내와 아이들이 함께해 준 일상의 테두리를 심하게 벗어나지는 않았던 것이다.

대체로 전기적 사실들만 보면 작가로서의 도스토옙스키는 제법 천운을 타고난 편이다. 하지만 가난, 사형 선고 및 유형 생활, 간질병, 도박벽은 그 자체로는 개인사의 불행 내지는 결함에 지나지 않는다. 이것들이 의미심장한 사건으로 변모되는 것은 바로, 그가 그 토대 위에서 소설을 썼기 때문이다. 문학이 인간을 '구원'하고 '불멸'로 이끄는 것도 바로 이 지점이다. 하지만 촉망받는 신예 작가가 러시아의 대표 작가로 발돋움하는 과정은 간질 발작처럼 찰나적인 것이 아니었다. 당시로서는 서유럽에 비해 명백히 후진국이었던 러시아의 '촌뜨기' 작가가 세계문학의 정상에 우뚝 설 거목으로 자라난 것 역시도 마찬가지이다. 실상, 그의 첫 작품은 가난한 사람들의 일상과 심리를 휴머니즘적인 관점에서 사실주의적으로 그려 냄으로써 1840년대 러시아 문단을 뒤흔들었지만 그 자체로 러시아 문학의 패러다임을 바꿔 놓을 수는 없었다. 그의 소설적 진화에 있어 이정표로 평가되는 『지하로부터의 수기』도 도스토옙스키라는 이름을 신화로 만들 수 있는 대작은 아니다. 발자크와 같은 대가가 되겠다는 야망을 빼면 그다지 뛰어날 게 없었던 가난한 문청이 문학사를 훌쩍 뛰어넘는 위업을 이룩하기까지는 『죄와 벌』, 『백치』, 『악령』 등이 창조될 만큼의 기나긴 시간이 필요했다. 그동안 작가는 매 순간 자신의 천재성을 의심했으며 그러면서도 '고양이 같은 생명력'과 도저한 장인 정신을 발휘하며 소설을 써 나갔다. 그 정점에 그의 마지

막 작품이자 최고작인 『카라마조프가의 형제들』이 버티고 서
있다.

2 작품의 줄거리

　『카라마조프가의 형제들』이 상당히 긴 분량임에도 불구하
고 한달음에 읽히는 것은 무엇보다도 소재의 극단성과 구성상
의 긴장감 덕분이다. 부자간의 재산 다툼 및 여자 다툼, 형제
간의 반목이 친부 살해로 현실화되는 것은 어쨌거나 극히 드
문 일이 아닌가. 이렇게 선정적인 소재에 추리 소설 기법마저
동원되는 바람에 이 작품은 도스토옙스키의 어느 작품보다도
가독성이 높다. 이 점에서 그는 평소 자신이 즐겨 읽었던 삼
류 소설과 각종 저널리즘적 글에 많은 빚을 지고 있다. 특히
이 작품의 사건 축을 담당하는 미챠(드미트리)는 본질적으로,
알렉상드르 뒤마 유의 낭만주의 모험 소설에서 자라 나왔다.
『카라마조프가의 형제들』의 주된 이야기가 미챠의 활약 내지
는 그의 '수난'인 만큼, 그를 중심으로 『카라마조프가의 형제
들』의 줄거리를 살펴보자.
　스코토프리고니옙스크시(市). 왕년의 사업가이자 이 지방
도시의 지주인 표도르 카라마조프는 거의 천재적인 어릿광대
일뿐더러 이기주의와 탐욕의 집적체이다. 그에게는 미챠(첫 부
인 소생), 이반과 알료샤(두 번째 부인 소생) 등 세 아들이 있으
나 처음부터 완전히 내팽개쳤다. 이 마을의 백치 여인 리자베

타 스메르쟈쉬야의 몸에서 태어난, 이 집의 젊은 하인 스메르 쟈코프 역시도 그의 아들로 추정된다. 어느 날, 세 아들이 각기 다른 목적을 갖고 표도르를 찾아온다. 그중 가장 큰 골칫거리가 바로, 아버지와 재산 문제를 담판 지으러 온 미챠이다. 그런데 그는 약혼녀가 있는 상태에서 표도르가 오래전부터 눈독을 들여 온 그루셴카에게 홀딱 빠져 버린다. 하지만 정작 그루셴카는 입장 표명을 하지 않고 부자의 애만 태울 뿐이다. 한편 이 소설이 시작되기 전, 이반은 형의 일로 카체리나와 안면을 텄는데, 곧 반해 버렸다. 이반이 아버지의 집을 찾은 일차적 이유도 그녀 때문이다. 카체리나도 진작 이반에게로 마음이 기울었다. 비록 겉으로는 오만한 '자기기만'에 빠져 미챠를 사랑한다고 주장하고 또 그렇게 믿으려고 하지만 말이다. 수도원에 살고 있는 알료샤는 가족의 불화를 가슴 졸이며 지켜볼 따름이다.

이렇게 집안의 갈등이 첨예화된 가운데 마련된 수도원 회합은 한판의 스캔들로 끝난다. 같은 날 저녁, 그루셴카가 아버지의 집에 와 있다고 오해한 미챠가 표도르를 흠씬 두들겨 패는 사건이 발생한다. 이후에도 미챠는 아버지 집 바로 옆에 감시 초소를 마련하여 망을 보는 한편, 그루셴카가 확답을 줄 시에 필요한 돈(3000루블!)을 구하기 위해 동분서주한다. 즉 상인 삼소노프, 술주정뱅이 장사꾼 랴가브이, 호흘라코바 부인 등을 차례로 방문하지만 모두 헛수고로 돌아간다. 그동안 그루셴카는 오래전 자신을 버렸던 연인의 부름을 받고 모크로예 마을로 떠난다. 이 사실을 모른 채 막연히 그루셴카한테

속았다는 생각에 분기탱천한 미챠는 무의식적으로 놋쇠 공이를 집어 들고 아버지의 집으로 달려간다.

야밤, 표도르의 집. 이반은 모스크바로 떠났고 하인 그리고리는 독한 약을 먹고서 죽은 듯 잠들어 있다. 스메르쟈코프 역시도 간질 발작을 일으켜 의식 불명 상태이다. 미챠는 담장을 훌쩍 넘어 기어코 아버지의 방 창문 앞에 이른다. 심지어 스메르쟈코프가 가르쳐 준 '신호'를 이용하여 그루셴카가 거기 없음을 확인하기까지 한다. 여기서 약간의 공백이 주어지고, 미챠는 다시 줄행랑을 친다. 그때 기적처럼 잠에서 깨어난 그리고리가 그를 추적한다. 이미 담장 위에 발을 걸쳐 놓은 상태에서 미챠는 그리고리의 머리를 놋쇠 공이로 내리친다. 그러곤 다시 그루셴카의 집으로 달려간다. 그 집 하녀에게서 자초지종을 전해 듣자 죄의식과 좌절감은 더 커진다. 이어 저당 잡힌 권총을 되찾지만, 신기하게도 그의 손에는 갑자기 거액의 현금으로 들려 있다. 이렇게 3000루블로 추정되는 돈, 장전된 권총, 유서를 들고서 모크로예로 달려간다.

모크로예. 미챠의 예상과는 달리, 옛 남자에게 실망한 그루셴카가 미챠에게 사랑을 고백한다. 하지만 이들의 사랑이 행복한 순간을 맞이하기도 전에, 표도르 피살 사건을 접한 당국이 미챠 앞에 나타난다. 예심이 시작된다. 미챠는 아버지의 피살 소식에 놀라면서 자기에게 씌워진 혐의를 완강하게 부인하고, 문제의 3000루블에 얽힌 비밀을 털어놓기에 이른다. 그러나 그의 고백은 당국의 비웃음을 사고, 그는 이송된다.

한편, 이반은 여러 정황상 미챠가 진범일 것이라고 생각하지만, 모스크바로 떠나기 전 스메르쟈코프와 나눈 대화를 떠올리며 괴로워한다. 두 번에 걸친 그와의 만남은 의심과 불안을 더 부채질한다. 결국 공판 전날, 세 번째로 그를 방문한 자리에서 사건의 진상을 정확히 알고 경악한다.

마침내 공판이 열린다. 그리고리의 환상이 만들어 낸 '열린 문'을 비롯한 모든 증거들이 미챠에게 불리한 가운데 이반이 법정에 나타나 광기 어린 증언을 하고 이에 흥분한 카체리나가 소위 '수학적 증거'를 내놓는다. 결국 미챠는 유죄 판결을 받는다.

이것이 카라마조프 집안을 덮친 '참극'의 대략적인 개요이다. 이와 나란히 알료샤를 중심으로 수도원 사람들(특히 조시마 장로의 인생 역정)과 일류샤 이야기도 전개된다. 이반의 심리적, 정신적 갈등 또한 많은 분량을 차지한다. 그리고 이 모든 것이 『카라마조프가의 형제들』을 관통하는 죄와 벌, 나아가 구원의 문제로 귀결된다. 죽이고 싶었으나 죽이지는 않았는데, 혹은 죽이지는 않았고 그저 죽음을 바랐을 뿐인데, 이것이 왜 죄가 되는가?

3 죄와 벌, 구원의 문제

『카라마조프가의 형제들』의 친부 살해 테마는 여러 차원을 아우른다. 아비는 곧 황제이며 신이다. 이 지점에서 카라마조프 집안의 부자 갈등이 낳은 참극은 정치적 차원에서의 혁명, 형이상학적 차원에서의 반역으로 확장된다. 『카라마조프가의 형제들』이 집필될 무렵, 1861년 농노해방령을 공포했던 알렉산드르 2세는 황제 암살 미수 사건을 계기로 보수로 돌아선 이후 수차례에 걸쳐 테러 위험에 노출되었다. 젊은 과격 세력의 테러리즘 내지는 혁명 운동을 도스토옙스키는 불안스럽게 지켜보았다. 『악령』을 쓰게 만든 원동력이었던 이 불안이 『카라마조프가의 형제들』에서도 여실히 느껴진다. 최고의 패륜인 친부 살해는 정치적으로 극우 보수주의자의 입장을 고수했고 종교적으로 독실한 기독교(러시아 정교) 신자였던(혹은 그러고자 했던) 그에게 있어 궁극적으로 신에 대한 반란의 가장 극단적인 표현이었다. 1860년대 이후 '니힐리즘'이라 불렸던 일단의 과격한 자유사상은 그 근원에 있어 무신론과 동일시되었다. 이 점에서 가장 주목해야 될 인물이 곧 이반이며, 알료샤는 그 대척점에 놓여 있다.

『카라마조프가의 형제들』은 이반과 알료샤(조시마), 대심문관과 그리스도, 악과 선, 악마와 신 등 이분법적인 구도를 따르고 있다. 작가는 5장 「Pro와 Contra」를 이 작품의 '정점'이라고 불렀으며 그 반론 내지는 대답으로 6장 「러시아의 수도사」를 썼다. 그리고 7장 「알료샤」의 마지막을 장식하는 이른바 알료샤의 엑스터시('갈릴래아의 카나'의 꿈)는 예심 직후 미챠가 꾸는 '애기' 꿈과 더불어, 이반의 '악몽'(11장 「이반 표도로비치형제」)에 대립된다. 마찬가지로 이반의 '(신이 죽으면) 모든 것이 허용된다.'라는 테제와 조시마를 비롯한 여러 인물들의 입을 통해 변주되는 '모든 사람들은 모든 사람들 앞에서 모든 것에 대해 유죄이다.'라는 사상이 팽팽한 긴장을 유지하면서 작품의 저변에 깔려 있다. 무엇보다도 뛰어난 것은 이런 사상들이 구체적인 인물들을 통해 육화된다는 점이다.

이반은 알료샤 앞에서 '신을 받아들이지 않겠다는 것이 아니라 신이 만든 세계를 받아들이지 않겠다.'라는 요지의 '신앙고백'을 한다. 이 논리의 시적인 성과물이 「대심문관」이다. 로마 가톨릭의 부패가 극에 달하고 연일 종교 재판이 열리던 16세기의 에스파냐에 '그', 즉 그리스도가 나타난다. 그 앞에서 아흔 살의 대심문관은 자기가 건설한 지상 낙원의 실체를 털어놓는다. 인간이라는 나약한 존재는 '자유'를 누릴 자격을 갖지 못했기 때문에 그들로부터 자유를 반납받고 대신 '빵'을 제공함으로써, 즉 악마가 그리스도 유혹에서 제시했던 '신비', '기적', '권위'를 기치로 내걺으로써 그들을 행복하고도 온순한 '양 떼'로 만들었다는 것이다. 이 모든 것이 광야에서의 고행을 통해 깨달은 '무덤 뒤에는 어둠밖에 없다.'라는 원칙에 근거한 것이었다. 대심문관의 기나긴 고백이 끝났을 때 그리스도는 그의 핏기 없는 입술에 조용히 입을 맞춘다. 그리스도에게 말(로고스, 논리, 이념) 대신 침묵을 부여하고 오직 입맞춤만을 '행'하도록 한 것은 무엇 때문일까. 다소 단순화하자면, 도스토옙스키식 화해란 이성적이고 논리적인 차원이 아닌 뭔가 보다더 상위의 차원을 지향하고 있다. 작가의 종교성에 기댄다면 그것은 '모든 죄를 용서할 수 있는 유일한 존재', 즉 신적 차원에서의 화해일 것이다. 대심문관과 그리스도가 이반의 서사시속에서 입맞춤을 통해 총체적인 화해를 향해 한 걸음 다가서

듯(그럼에도 대심문관은 '여전히 예전의 이념을 고수'한다!) 이반과 알료샤도 서로 대립되는 성향과 사상에도 불구하고 피를 나눈 형제로서 카라마조프라는 이름 속에서 공존한다. 실제 삶 속에서 이들의 모습은 어떠한가.

스메르쟈코프가 다름 아닌 이반의 묵인 하에 아버지를 죽였다고 말하자 이반은 진정으로 경악한다. 물론, 그가 보유했던 이른바 '기대의 권리'는 형사상의 범죄와는 무관하며 심지어 미필적 고의의 죄도 적용할 수 없는 것이다. 그럼에도 이반은 스스로를 용서하지 못한다. 여기서 도스토옙스키 특유의 죄와 벌에 대한 관념이 환기되는바, 그의 윤리 의식 속에서 죄는 행동 차원에 국한되지 않고 사유와 욕망의 차원으로까지 확대된다. 아버지를 증오하고 은밀한 살의를 품은 죄, 스메르쟈코프 앞에서 그것을 노정시킴으로써 무의식적으로나마 살인을 교사한 죄, 아버지와 형을 지키는 '문지기' 노릇을 하지 않고 떠남으로써 카인의 역할을 자초한 죄(이반은 스스로를 인류 최초의 존속 살해범 카인과 비교한다.), 또한 미챠 형이 사람을 죽일 수는 있어도 돈을 훔칠 만큼 야비한 놈은 아니라고 믿었음에도 형을 살인자로 생각한(그리고 싶어 한) 죄 등등 이반의 죄는 거의 전적으로 내적인 것이다. 인간이 오로지 죄의식 때문에 생명의 위협을 받을 만큼 심각한 정신 분열증에 시달릴 수 있음을 예술적으로 그려 낸 것이야말로 병적인 윤리 의식으로 괴로워했던 도스토옙스키만의 성취일 터이다.

제 손을 아비의 피로 더럽힌 스메르쟈코프는 어떠한가. 실상 그는 도스토옙스키의 작품에서 빈번하게 등장하는 어느 분신들보다도 더 신비스럽고 기괴한 인물이다. 이 '부엌데기-종놈'은 태어남과 동시에 어미를 죽이고 자신의 삶 자체를 악의와 살의로 가득 채웠다가 제 아비를 죽이고 끝으로 자기 자신을 죽인다. 도스토옙스키의 소설을 통틀어 낭만적인 후광을 전혀 입지 않은 순수 악의 화신은 스메르쟈코프가 유일하다. 자신의 운명과 세상을 얼마나 증오했으면 죽을 때까지도 화해를 거부한다. 유서에도 자신의 범행에 대해서는 일언반구도 없으니 말이다. 순수하게 러시아적 토양에서 자라난 스메르쟈코프의 어둠의 깊이와 파괴력이 이토록 어마어마했던 것이다. 그에 비하면 서유럽적 이성주의와 낭만주의의 후예인 이반은, 알료샤의 말대로, "주둥이가 샛노란" 스물네 살의 청년에 불과할 따름이다.

한편, 소설 속 인물로서의 알료샤는 다분히 창백한 것 같다. 그의 육체적, 정신적 건강함도 하나같이 다 병적인 다른 카라마조프들 틈에서는 오히려 이상해 보인다. 구성적 차원에서의 역할도 현재 『카라마조프가의 형제들』의 텍스트에서는 부차적인 수준에 그치고 있다. 하지만 그는 모두에게 사랑받을뿐더러 물이나 공기처럼 필수적인 존재이다. 무엇보다도 그를 통해서 '삶의 논리'에 맞서는 '삶' 그 자체, 말하자면 대심문관의 '말'에 맞서는 그리스도의 '입맞춤', 즉 실천적인 사랑이 실현된다. 미챠의 표현대로 '리얼리즘' 속에서 빛을 발하는 사랑과 구원이란, 알료샤가 보여 주듯, 가장 평범한(=건강한) 형상을 띨 수밖에 없다. 알료샤가 평면적인 인물로 그려질 수밖에 없는 것도 이 때문이다. 『카라마조프가의 형제들』의 결말도 이와 무관하지 않다.

이 작품의 피날레를 장식하는 것은 일류샤의 장례식이다. 도스토옙스키 특유의 교조적인 면모가 지나치게 강조되어 다분히 희극적이기까지 한 이 부분에 이반의 '반역'에 대한 작가 나름의 해답이 들어 있는 듯하다. 일찍이 이반이 죄 없는 아이들의 고통을 근거로 신에 대한 반역을 선언했다면, 알료샤는 동일한 것을 통해 총체적인 용서와 화해를 역설한다. 이반의 아이들이 그의 '컬렉션' 속에 수집된 추상적 존재였다면, 알료샤의 아이는 극히 구체적인 존재, 한 아이 일류샤이다. 이반은 앞서 알료샤에게 가까이 있는 사람을 사랑할 수 없다고 고백했지만, 알료샤는 살과 피를 가진 살아 있는 사람과 바로 가까이에서 소통한다. 그리고 일류샤의 죽음, 즉 '인간의 비극'을 '신의 희극'으로 격상시키고자 한다.

여기서 도스토옙스키가 조시마 장로의 입을 빌려 이야기하는 구약의 욥기, 나아가 『카라마조프가의 형제들』 전체의 제사(題詞)로 사용된 요한복음의 일절이 환기된다. "내가 진실로 진실로 너희에게 말한다. 밀알 하나가 땅에 떨어져 죽지 않으면 한 알 그대로 남고, 죽으면 많은 열매를 맺는다." 일류샤의 무덤 곁에 모인 아이들은 그 자체로 미래적 전망이며, 일류샤-밀알을 유의미하게 만들 수 있는, 그래야만 하는 존재들이다. 이들을 통해서 도스토옙스키 소설의 주제어이기도 한 구원, 부활, 불멸 등이 단순히 공소한 종교적인 개념에 그치지 않고 구체적인 삶의 영역에서 생명을 얻는다. 가령, 콜랴 그라소트킨은 엄숙한 장례식 직후 어떻게 맛있게 블린을 먹을 수 있느냐며 의구심을 보인다. 하지만 알료샤의 따사로운 대답이 시사하는바, 지식이나 믿음을 향한 인간의 정신적 갈망은 식욕과 같은 육체적 현상과 절대 모순되지 않는다. 어차피 인간은 유클리드 기하학적 세계에 종속된 삼차원적 존재이다. 만약 그렇지 않다면 사차원(=비유클리드 기하학의 세계, 즉 유토피아)을 넘보거나 꿈꿀 이유도 없다. 스무 살의 알료샤가 조시마 장로의 시체 썩는 냄새로 인해 크나큰 '유혹'에 시달리는 것, 결국 그 유혹을 극복하고 그 자신의 환시(幻視) 속에서 복음서의 혼인 잔치에 초대되는 영광을 누리는 것도 비슷한 맥락에서이다.

이제 『카라마조프가의 형제들』의 바깥으로 돌아가자. 도스토옙스키는 이 대작의 첫 머리에 "안나 그리고리예브나 도스토옙스카야에게 바친다."라고 썼다. 마흔이 훌쩍 넘어 이십오 세 연하의 처녀와 결혼한 뒤 그에게는 최종적으로 두 아이가 있었다. 그의 건강 악화에 대해 의사는 앞으로 얼마든지 더 오래 살 수 있다고 격려했고 작가 역시도 『카라마조프가의 형제들』의 2부를 기획함(작가 메모에 의할 때 알료샤는 혁명가가 된다.)은 물론 《작가 일기》의 다음 호를 준비했다. 이 무렵 그의 딸 류보비는 열두 살, 아들 표도르는 열 살에 불과했다. 이런 순간에 찾아온 각혈과 죽음은 비단 '위대한 천재' 도스토옙스키가 아니라도 생에 대한 최소한의 애착을 가진 자라면 누구에게나 '파국/참극'이다. 『카라마조프가의 형제들』을 집필하는 내내 어린 알료샤의 죽음이 그를 괴롭혔지만(해서 이 작품의 미래의 주인공에게 이 이름을 선사했다.) 대신 다른 두 아이는 무럭무럭 자라고 있었다. 어쩌면 그래서 작가는 이 작품을 아이들의 환호성으로 마감했는지도 모르겠다. 물론 일차적으론 이들이 주인공이 될, 영원히 쓰이지 못한 2부를 염두에 둔 탓이겠다. 그렇다면 더더욱 이들이 큰 의미를 지닌다. 아버지의 죽음, 그것도 자식에 의한 비극적인 죽음을 극복할 수 있는 유일한 길이 아이들의 무한한 성장에 있음을 작가는 암시하고 싶었던 것이 아닐까. 이 점에서 『카라마조프가의 형제들』은 예순을 바라보던 도스토옙스키의 고백록이면서 동시에 그의 두 아이, 나아가 모든 아이들이 살아갈 미래의 세계 앞에 바쳐진 유언서인 것이다.

* * *

석사 논문을 준비하면서 『카라마조프가의 형제들』의 원문을 처음으로 정독, 완독했을 때 가장 놀란 것은 기존의 한국어 번역본의 높임말과 낮춤말이 원본과 완전히 다른 경우가 많다는 점이었다.(러시아어는 인칭대명사를 통해 존대법이 분명하게 표현된다.) 대체적으로 말해, 우리 세대와 그전 세대들은 '찬물도 위아래' 원칙에 입각하여 알료샤가 팔 세 연상의 미챠와 사 세 연상의 이반에게 높임말을 쓰고(심지어 이반과 미챠를 '형님'이라 부르고) 또 카체리나 이바노브나와 그루셴카가 단지 여성이라는 이유만으로 그들 각각의 연인인 이반, 미챠에게 깍듯이 존댓말을 쓰는 '공손하고 엄숙한' 『카라마조프가의 형제들』을 읽어 왔다. 하지만 이제는 우리의 의사소통 문화에서 장유유서, 남존여비 등이 지니는 의미가 많이 달라졌다. 최소한 나이와 성별이 존대 및 하대의 절대적인 근거는 아니다. 해서, 본 번역본에서는 문화적 상식이 허용하는 한, 도스토옙스키가 표현하고자 했던 인물들 간의 친밀도 혹은 반대로 거리를 최대한 살리고자 노력했다. 덧붙여, 그의 문장은 러시아 독자들이 읽기에도 버거울 만큼 복잡하고 장황하기로 유명하다. 이 때문에 번역자들은 가독성을 높이기 위해 임의대로 문장을 자르고 문단을 나누는 경우가 많았다. 가볍고 경쾌한 단문을 선호하는 독자들의 취향 및 요즘 책의 형태를 고려한 선택이기도 했을 것이다. 하지만 본 번역본에서는 우리말 문법의 테두리를 넘지 않는 선에서 도스토옙스키 고유의 문체와 그 호흡의 속도를 살리는 데 초점을 맞추었다.

끝으로 감사의 말을 덧붙이고자 한다. 여고 시절 훌륭한 우리말 번역본의 형태로 『카라마조프가의 형제들』을 처음 접하게 해 주신 고(故) 김학수 선생님께 이 자리를 빌려 감사드린다. 그리고 도스토옙스키를 비롯하여 러시아 문학 전반을 읽는 눈을 키워 주시고 『카라마조프가의 형제들』에 대한 석사 논문을 지도해 주셨을뿐더러 곁에서 번역 작업의 추이를 지켜봐 주신 김희숙 선생님께 감사드린다. 아울러 이 작품의 번역을 맡겨 주시고 출간에 힘써 주신 민음사에도 감사드린다. 번역 작업 중 소소한 문제에 대해 함께 고민해 준 이현우 선배와 윤영순 선배의 이름을 언급하는 것은 앞으로의 또 다른 작업에 있어서도 여전히 그들의 도움을 바라기 때문이다.

작가 연보

1821년	10월 30일(신력으로 11월 11일) 모스크바 마린스키 빈민병원의 군의관 미하일 안드레예비치 도스토옙스키의 둘째 아들로 태어남.
1833~1837년	모스크바 기숙학교 수학 시절.
1837년	1월 29일, 푸시킨이 당테스와의 결투에서 사망하자 몹시 흥분함. 2월 27일, 어머니 마리야 표도로브나 도스토옙스카야(네차예바) 사망.
1838년	1월 16일, 페테르부르크 공병학교 입학.
1839년	6월 8일, 아버지가 다로보예 영지의 농노들에 의해 피살.
1843년	8월 12일, 장교 수업 과정을 끝내고 공병국 세도실에서 근무하기 시작.

1844년	6~7월, 발자크의 『외제니 그랑데』 번역, 발표.
	10월 19일 소위로 제대.
1845년	5월, 『가난한 사람들』 완성. 비평가 벨린스키, 시인 네크라소프를 비롯한 문학인들과의 친교.
	가을, 벨린스키 클럽에 출입하기 시작.
1846년	1월 15일, 『가난한 사람들』이 《페테르부르크 모음집》에 발표됨.
	2월에 「분신」이, 10월에 「프로하르친 씨」가 《조국 수기》에 발표됨.
1847년	연초에 벨린스키와 사상적, 감정적 이유로 절연.
	봄부터 페트라솁스키의 '금요일' 모임에 출입.
	4~6월, 에세이 「페테르부르크 연대기」(전 4편)를 신문 《상트-페테르부르크 통보》에, 10~12월, 소설 「여주인」을 《조국 수기》에 발표.
1848년	5월, 벨린스키 사망.
	「약한 마음」, 「폴준코프」, 「정직한 도둑」, 「크리스마스트리와 결혼식」, 「백야」, 「남의 아내와 침대 밑의 남편」 등의 단편을 《조국 수기》에 발표.
1849년	1~2월, 미완의 장편 『네토치카 네즈바노바』의 일부를 《조국 수기》에 발표.
	4월 15일, 페트라솁스키 모임에서 고골에게 보내는 벨린스키의 편지 낭독.
	4월 23일, 당국에 의해 체포되어 페트로파블로프스크 요새에 감금됨.

9월 30일, 재판 시작, 11월 13일, 상기 편지 낭독

죄로 사형을 언도받음.

12월 22일, 세묘놉스키 연병장에서 사형이 집행되

기 직전, 황제 니콜라이 1세의 칙령에 의해 사형

집행이 중지되고 강제 노동형으로 감형됨.

1850년 1월, 토볼스크 체류 중 12월 당원(제카브리스트)의

부인들의 방문을 받고, 이 중 폰비지나 부인에게

서 성경을 건네받음.

1월 23일, 옴스크의 요새의 형장에 도착. 이후

1854년 2월까지 복역.

1854년 3월, 사병으로 강등되어 세미팔라친스크에 배치

됨. 이곳의 세무관 이사예프와 안면을 트고 그의

아내 마리야 드미트리예브나 이사예바를 사랑하

게 됨.

1855년 2월 18일, 니콜라이 1세 사망.

8월 4일, 이사예프 사망.

1857년 2월 6일, 미망인이 된 마리야 드미트리예브나와

결혼.

8월, 페트로파블로프스크 요새에서 구상, 일부 집

필했던 「꼬마 영웅」을 《조국 수기》에 발표.

시베리아 유형의 경험을 기록하기 시작.

1859년 3월 18일, 퇴역.

7월 2일 세미팔라친스크를 떠나 8월 19일 트베리

도착, 가을을 보냄.

11월, 페테르부르크 거주 허가를 얻고 12월, 10년 만에 페테르부르크로 돌아옴.

3월, 『아저씨의 꿈』을, 11~12월, 『스체판치코보 마을 사람들』을 각각 《러시아의 말》과 《조국 수기》에 발표.

1860년 9월, 신문 《러시아 세계》에 『죽음의 집의 기록』 초반부 발표.

모스크바에서 첫 작품집(전 2권)이 출간됨.

1861년 1월, 형 미하일과 함께 잡지 《시대》 창간, 첫 호 발간. 여기에 『상처받은 사람들』 발표. 이때부터 1865년까지 아폴리나리야 수슬로바와 친교, 서신 교환 및 여행.

1862년 1월, 《시대》에 『죽음의 집의 기록』 후반부 발표.

6월, 첫 유럽 여행. 베를린, 드레스덴, 프랑크푸르트, 쾰른, 파리 등을 돌고, 런던에서 1846년부터 알고 있던 사상가 겸 작가 게르첸, 무정부주의자 바쿠닌 등을 만남.

12월, 《시대》에 「악몽 같은 이야기」 발표.

1863년 2~3월, 《시대》에 「여름 인상에 대한 겨울 메모」 연재.

5월, 《시대》가 정치적 이유로 발행 정지 조치를 받음.

8월부터 10월까지 유럽 여행. 바덴바덴, 함부르크 등에서 도박으로 많은 돈을 잃음.

1864년	1월, 형 미하일과 함께 두 번째 잡지 《세기》 창간 허가를 받음.
	3월 21일, 《세기》 첫 호에 『지하로부터의 수기』 발표.
	4월 15일, 아내 마리야 드미트리예브나 사망. 7월 10일, 형 미하일 사망. 9월 25일, 문우인 아폴론 그리고리예프 사망. 잇따른 불행으로 인해 심리적, 경제적 어려움에 시달림.
1865년	6월, 《세기》 2호에 고골의 「코」를 모델로 한 단편 「악어」 발표. 거의 직후, 《세기》가 재정난으로 발행 중단됨.(통권 13호.)
	여름, 출판업자 스첼롭스키와 1866년 11월 1일까지 특정 분량의 새 소설을 탈고하고 모든 작품을 양도하며 이를 어길 시 이후 모든 작품의 저작권을 넘긴다는 굴욕적인 계약을 체결. 그의 출판사에서 그동안의 작품을 모은 작품집이 나옴.
	7월부터 10월까지 독일의 비스바덴으로 세 번째 유럽 여행을 떠남.
	11월, 수슬로바에게 청혼하지만 거절당함.
1866년	1월, 《러시아 통보》에 『죄와 벌』 연재 시작, 12월에 완결. 모스크바와 그 근교 류블리노에 체류.
	10월 4일부터 29일까지, 원고 마감일에 대기 위해 속기사 안나 그리고리예브나 스니트키나를 고용하여 『노름꾼』 전부와 『죄와 벌』 마지막 부분을

속기하게 함.

1867년	2월 15일, 안나 그리고리예브나와 결혼.

4월 14일, 유럽으로 떠나 각국을 돌며 이후 4년간 머무름. 그동안 드레스덴 미술관에서 라파엘로의 「시스티나의 성모」, 바젤 미술관에서 한스 홀바인의 「무덤 속 그리스도의 주검」을 보고 큰 감명을 받음. 끊임없이 도박에 손을 대서 경제 사정이 매우 악화됨.『백치』집필 시작. 리가 방문, 바쿠닌의 강연을 들음.

1868년 2월 22일, 딸 소피야 출생, 석 달 후 사망.

가을, 밀라노를 거쳐 피렌체로 감.

《러시아 통보》에『백치』발표.

1869년 7월, 드레스덴으로 돌아옴.

9월 14일, 딸 류보비 출생.

11월, 모스크바에서 '네차예프 사건' 발생,『악령』의 소재가 됨.

1870년 《서광》에 초기작 「남의 아내와 침대 밑의 남편」을 토대로 한『영원한 남편』발표.

1871년 1월,《러시아 통보》에『악령』연재 시작, 1872년에 완결.

7월, 가족과 함께 드레스덴에서 페테르부르크로 돌아옴.

7월 16일, 아들 표도르 출생.

1872년 5월, 가족과 함께 페테르부르크 근교의 스타라야 루사로 떠나, 이곳에서 여름을 보냄.

1873년 메셰르스키 공작의 잡지《시민》의 편집장이 됨과 동시에 「작가 일기」라는 지면을 마련하여 각종 시사 칼럼, 에세이, 단편 소설 등을 싣기 시작.

1874년 봄, 메셰르스키 공작과의 마찰 및 건강상의 이유로《시민》편집 일을 그만둠.

4월,《조국 수기》에 실을 장편 소설을 부탁하기 위해 네크라소프가 도스토옙스키를 방문.

6월, 건강 악화로 요양차 독일의 엠스로 떠남.(1875년, 1876년, 1879년에도 한 차례씩 방문.)

8월, 스타라야 루사로 돌아와 겨울 동안 『미성년』집필.

1875년 1월, 『미성년』을《조국 수기》에 발표하기 시작.

8월, 아들 알렉세이 출생.

1876년 1월,《작가 일기》를 단행본 형태의 월간 잡지로 출간, 대성공을 거둠.

《작가 일기》11월 호에 단편 「온순한 여자」발표.

1877년 《작가 일기》4월 호에 단편 「우스운 인간의 꿈」발표.

12월 2일, 러시아 과학아카데미의 어문학 분과 위원으로 선출됨.

12월 27일, 네크라소프 사망, 30일, 그의 장례식에서 추도문 낭독.

1878년 5월, 아들 알렉세이, 갑작스러운 간질 발작으로 사망.

철학자 블라지미르 솔로비요프와 함께 옵치나 푸
스트인 수도원 방문.

1879년 《러시아 통보》에 『카라마조프가의 형제들』을 발
표하기 시작.

1880년 5월 23일, 푸시킨 동상 제막식 행사 참석차 모스
크바 도착.

6월 8일, 상기 행사 관련 모임에서 이른바 「푸시킨
론」 낭독, 열광적인 반응을 얻음.

11월, 『카라마조프가의 형제들』 완결.

1881년 1월, 《작가 일기》 1881년 첫 호를 집필하기 시작.

1월 26일, 여동생이 찾아와 상속 문제로 다투고
간 뒤 각혈.

1월 28일 저녁 8시 38분, 폐동맥 파열로 사망.

2월 1일, 페테르부르크의 알렉산드르-네프스카야
대수도원 묘지에 묻힘.

세계문학전집 **156**

카라마조프가의 형제들 3

1판 1쇄 펴냄 2007년 9월 20일
1판 65쇄 펴냄 2024년 5월 20일

지은이 표도르 도스토옙스키
옮긴이 김연경
발행인 박근섭, 박상준
펴낸곳 (주)민음사

출판등록 1966. 5. 19. (제 16-490호)
서울특별시 강남구 도산대로1길 62(신사동) 강남출판문화센터 5층 (우편번호 06027)
대표전화 02-515-2000 팩시밀리 02-515-2007
www.minumsa.com

ISBN 978-89-374-6156-9 04800
ISBN 978-89-374-6000-5 (세트)

세계문학전집 목록

세계문학전집은 계속 간행됩니다.